dtv

Die Weisheit König Salomos ist schon zu seinen Lebzeiten legendär. Sein Ruf ist selbst bis ins ferne Königreich von Saba gedrungen, das durch den Handel mit Weihrauch und Myrrhe reich und mächtig geworden ist. Dort regiert Bilkis Balmaka, Sabas kluge und schöne Königin. Mit gewaltigem Gefolge und unsagbaren Schätzen macht sie sich auf den beschwerlichen Weg nach Jerusalem, um sich persönlich vom Ruhm des israelischen Herrschers zu überzeugen. König Salomo empfängt sie mit prachtvollen Feierlichkeiten, und es dauert nicht lange, bis beiden ihre tiefe gegenseitige Liebe bewusst wird. Doch zur gleichen Zeit erschüttern Machtintrigen das Königreich von Saba, und Bilkis Balmaka steht vor der Entscheidung, ob ihr die Erfüllung des eigenen Glücks wichtiger ist als das Wohlergehen ihres Volkes ...

Siegfried Obermeier, 1936 in München geboren, lebt seit 1963 als Roman- und Sachbuchautor in Oberschleißheim bei München. Er schrieb Erzählungen, Essays und Glossen und veröffentlichte bisher rund dreißig Romane und Sachbücher, die in mehrere Sprachen übersetzt wurden. Historische Themen und Biographien bilden den Hintergrund für die sorgfältig recherchierten Werke.

Siegfried Obermeier

Salomo und die Königin von Saba

Roman

Deutscher Taschenbuch Verlag

Für meine Frau

Ungekürzte Ausgabe
Juli 2006
Deutscher Taschenbuch Verlag GmbH & Co. KG,
München
www.dtv.de

Umschlagkonzept: Balk & Brumshagen
Umschlaggestaltung unter Verwendung eines Gemäldes von
Georges Marie Rochegrosse (VG Bild-Kunst, Bonn 2006)
Gesetzt aus der Aldus 10/11,5' (3B2)
Gesamtherstellung: Druckerei C. H. Beck, Nördlingen
Gedruckt auf säurefreiem, chlorfrei gebleichtem Papier
Printed in Germany
ISBN-13: 978-3-423-20910-6
ISBN-10: 3-423-20910-0

Saba

Personen

Bilkis Balmaka (geb. 975 v. Chr.)	Königin von Saba
Hadad	Vater von Bilkis, Mukarib von Saba
Shamsya	Mutter von Bilkis Frau von Hadad
Menelik (geb. um 970 v. Chr.)	Bruder von Bilkis Hoher Priester des Almaka
Zabibe	Mutter von Menelik, Frau von Hadad
Nabat	Hoher Priester
Judith	Bilkis' hebr. Dienerin
Almaka	sabäischer Staatsgott (Mondgott)
Manheb	sab. Fürstensohn mit Bilkis verlobt
Ptahmose	ägypt. Arzt
Yatim	Hauptmann
Iglum	Unterführer
Karib	Sohn einer Geliebten Hadads Gegner von Bilkis
Gaylan	Sohn von Karib
Sadlat	Bauleiter am Damm
Dakar	Heerführer
Yuhanim	Schatzmeister
Udwan	Wesir von Hadad später von Bilkis
Bayim	Udwans Diener

Juda, Israel

Personen

Salomo	geb. 985 v. Chr. reg. 965–926 v. Chr.
Saul (1012–1004)	erster König von Israel
David (1004–065)	König von Israel Salomos Vater
Batseba	Geliebte Davids, Mutter von Salomo
Abischag	Davids Pflegerin
Uria	Mann von Batseba
Adonia	Sohn Davids mit Haggit
Asarja ben Zadok	Hoher Priester
Eliohoref ben Schischa	Schreiber
Ahia ben Schischa	Schreiber
Joschafat	»Sprecher« (mazkir), Herold
Sabud ben Natan	Sohn des Propheten Natan Freund und Berater Salomos
Adoniram	Schatzmeister
Benaja	Heerführer
Rehabeam	Sohn und Nachfolger Salomos Sohn von Naama aus Ammon
Merit-Anat gen. Mirjam	ägypt. Prinzessin Tochter von Pharao Siamun (reg. 978–958)
Naama	Mutter von Rehabeam Ammoniterin

Buch I

1

Ihre Schreie durchdrangen die dünnen Wände des Königspalastes von Maryab in immer kürzeren Abständen und sie wurden immer schwächer. Zuletzt klang es nur noch wie das verschlafene Piepsen eines Vogels, kurz nach Einbruch der Nacht.

Hadad, der Priesterkönig von Saba, hatte in einem Nebenzimmer gelauscht, gewartet, gehofft und gebetet. Seine Gemahlin Zabibe stammte aus dem Königsgeschlecht von Kataban, dem im Süden angrenzenden Nachbarland. Durch Vetternheiraten über viele Geschlechter war sie ein wenig zart und dünnblütig geraten – ein liebenswertes Mädchen, das immer etwas verschreckt dreinschaute, nicht viel redete und sich aus dem Harimsklatsch heraushielt. Nun war sie mit ihrem ersten Kind schwanger und die Wehen wollten nicht enden, zogen sich schon über dreißig Stunden hin.

Ptahmose, der ägyptische Leibarzt, trat leise herein – angewiesen, in diesen schweren Stunden nicht anklopfen zu müssen, kommen und gehen zu dürfen, wie es die Lage der Dinge erforderte. Er verbeugte sich, nicht allzu tief, wie es seine Art war.

»Majestät, deine Gemahlin Zabibe hat dir einen Sohn geboren.«

Hadad sprang auf, was er sonst nicht tat, denn er war es von Jugend an gewohnt, sich mit königlicher Würde zu bewegen. »Lebt er, ist er gesund?«

Der kahlköpfige Arzt, der als Priester der Sachmet alle Körperhaare entfernt hatte, hob beide Hände und drehte sie in zweifelnder Geste hin und her.

»Ja, Majestät, er lebt, aber ...« Er räusperte sich und suchte nach Worten.

Der König drängte. »Aber …«

»Ihn zum Leben zu bringen war nicht leicht. Als er zur Welt kam, atmete er nicht, doch ich hatte zum Glück eine Essenz vorbereitet, von in *al-kul* gelöster Aloe, dazu Weihrauch der Sorten *taron* und *ledanon* …«

»Du sollst mir keine Lehrvorträge halten, Hakim. Also weiter!«

Der Arzt verneigte sich. »Gut – die Schärfe der Essenz – in die Nasenlöcher und auf die Zunge gestrichen – brachte den Jungen zum Leben. Mit Weihrauch zum Leben erweckt, da sehe ich eine gewisse Vorbedeutung …«

»Dass ihr Priester doch immer zum Spintisieren und Prophezeien neigt. Wie geht es Zabibe?«

Ptahmose senkte die Augen. »Nicht so gut, Majestät. Die Blutungen wollten nicht aufhören …«

»Was heißt das?«

»Die ehrenwerte Königin hat sich mit den Göttern vereinigt, ist zur Sonne aufgestiegen.«

Hadad stand auf. »Sie war ein liebenswerter Mensch …«

Der König ging ins Geburtszimmer, küsste die still und bleich daliegende Zabibe auf die Stirn und ließ sich seinen Sohn reichen. Er blickte in das blaurote verschrumpelte Gesicht, sah, dass die verquollenen Lider sich öffneten; der unstete Blick der dunklen Augen schien im Raum etwas zu suchen. Dann verzog sich das Greisengesichtchen, der zahnlose Mund öffnete sich und ließ ein hohes dünnes Quäken hören.

Hadad hob das Kind hoch.

»Hört, hört! Dies ist der von mir gezeugte Sohn meiner Gemahlin Zabibe, die sich mit den Göttern vereinigt hat. Ich werde ihn Menelik nennen und ihm, wenn es dem großen Almaka gefällt, den Königsthron von Saba hinterlassen.«

Der am Fenster hockende Schreiber hatte diese Worte notiert und die anwesenden Zeugen setzten ihre Namen darunter. Dies waren Udwan, der Wesir, Nabat, der Hohe Priester, und Ptahmose, der ägyptische Arzt.

In diesen feierlichen, von Trauer und Freude geprägten

Augenblick platzte die helle fröhliche Stimme der fünfjährigen Bilkis: »Ist es so weit? Habe ich nun ein Schwesterchen oder ...«

Der König legte seiner Tochter mit einer zarten Geste seine Hand auf den Mund. »Leiser, mein Liebes, leiser! Zabibe ist bei der Geburt gestorben, vielleicht weilt ihre Seele noch im Raum, um Abschied zu nehmen. Du hast nun einen kleinen Bruder, den ich Menelik nenne und mit dem du spielen kannst, wenn er ein wenig größer geworden ist.«

Bilkis blickte zu Boden und sagte traurig: »Die anderen sind es nicht geworden ...«

Der Vater verstand sofort, was sie meinte. Die Frauen seines Harims hatten sich als durchaus fruchtbar erwiesen, doch nur in wenigen Fällen waren die Kinder über das dritte Jahr hinausgelangt. Die es überlebt hatten, waren durchwegs Sprösslinge bedeutungsloser Nebenfrauen gewesen – Tribute von Nomadenscheichs, die lieber ein paar Töchter verschenkten als ein Schaf, ein Pferd oder gar ein Kamel.

So war ihm bis jetzt nur Bilkis geblieben, die Tochter Shamsyas, einer Prinzessin von Hadramaut, dem östlichen Nachbarland. Shamsya war das genaue Gegenteil von Zabibe: stark, kraftvoll, etwas träge, ein kräftiges Muttertier. Bilkis hatte sich so mächtig ans Licht gedrängt, dass sie nach kurzen Wehen aus dem Mutterleib schoss wie ein Pfeil. Sie war niemals krank gewesen und – wie sich jetzt mehr und mehr zeigte – ein richtiges Vaterkind geworden. Hadads schmales edles Gesicht mit der kräftig vorstoßenden Nase, den dunklen Falkenaugen und der hohen Stirn war auch das ihrige, nur ins Weibliche verwandelt. Ihre Nase war kleiner und feiner geraten, die Stirn etwas niedriger, die Augen etwas schmäler, aber mit dem scharfen, raschen Blick des Vaters.

Der Mukarrib, der Priesterkönig, hatte mit den Jahren großen Gefallen an dieser Tochter gefunden und ihr gestattet, was sonst nur den Prinzen zukam. Sie erhielt einen Lehrer und war gerade dabei, in die Geheimnisse der Schrift einzudringen, was ihr jedoch nur mäßige Freude bereitete. Lieber begleitete sie den Vater bei seinen Jagdausflügen, saß dabei zu Pferd wie ein Junge und hatte schon reiten gelernt, fast noch ehe sie reden konnte. Das Reiten auf Pferden war der königlichen Familie vorbehalten, während die Nomaden das Kamel und die Bauern den Esel benutzten.

Bilkis bemühte sich um das Erlernen der sabäischen Schrift, die von den Phoinikern übernommen, doch leicht verändert war und neunundzwanzig Buchstaben zählte. Ptahmose, der ägyptische Arzt und Priester, redete ihr gut zu.

»Bedenke, Prinzessin, dass die ägyptische Schrift über siebenhundert Zeichen kennt und daher ungleich schwieriger zu erlernen ist als die eurige. Wer bei uns den ehrenwerten Beruf eines Schreibers ergreifen will, muss sich sechs oder acht Jahre damit abmühen, aber dann stehen ihm alle Türen offen. Er kann Arzt werden oder Priester, Baumeister oder Staatsbeamter, manchmal alles zugleich.«

Neugierig wie stets fragte ihn Bilkis: »Warum bist du auch Priester geworden?«

Ptahmose strich sich lächelnd über sein kahl geschorenes Haupt. »Das ist in Ägypten kaum zu trennen. Sachmet, die löwenköpfige Gemahlin des Schöpfergottes Ptah, dessen Namen ich trage, ist nicht nur Herrin des Krieges, der Seuchen und Vernichtung, sondern auch Patronin der Ärzte, denn sie ist ebenso für Arzneien, Gesundheit und Genesung zuständig. Wer ihr Priester ist, muss zugleich Arzt sein.«

Dass es mit Ptahmose eine eigene Bewandtnis hatte, erfuhr Bilkis erst später, als sie schon schreiben und lesen konnte und in großen Zügen mit der sabäischen Geschichte und der seiner Nachbarländer vertraut war. Ägypten spielte dabei eine beherrschende Rolle, da sowohl die Stadtstaaten am Grünen Meer wie auch Phoinikien und das Land der Pelistim trotz zeitweiliger Auflehnung unter dem Einfluss des Pharaonenreiches standen.

Anders war es mit den von König David beherrschten Ländern Israel und Juda, weil es ihm sogar gelang, die benachbarten Kleinstaaten Ammon, Aram, Edom und Moab tributpflichtig zu machen. Dieser kluge, weithin bekannte und geachtete König verhielt sich Ägypten gegenüber betont neutral und vermied alles, was das Großreich gegen sein Land hätte aufbringen können.

In jener Zeit amtierte Ptahmose als Leibarzt des schwächlichen und häufig kranken Pharaos Osorchon, der für viele als Usurpator galt, weil er mit List und Tücke und durch Heirat einer Prinzessin aus königlichem Stamm zur Herrschaft gelangt war. Siamun, der legitime Thronfolger, sammelte Anhänger um sich, doch es war nahezu unmöglich, sich dem schlauen und übervorsichtigen Osorchon mit einer Waffe zu nähern. So musste der Leibarzt des Pharao gewonnen werden, was nicht allzu schwer war, weil Osorchon, der Gottkönig, seine Umgebung mit spöttischer Herablassung behandelte und zudem krankhaft geizig war. In einem Gespräch unter vier Augen versuchte Siamun dem Arzt seine Strategie zu erläutern.

»Es darf nicht der Hauch eines Verdachts auf mich fallen, denn für den Mörder seines Vorgängers kann der Thron zur Fallgrube werden. Alle wissen, dass Osorchon ständig krank ist, und ich glaube kaum, dass jemand an seinem natürlichen Tod zweifelt, wenn du ihm eine Arznei verabreichst, die in höherer Menge eine tödliche Wirkung hat. So etwas gibt es doch?«

Ptahmose nickte. »Fast alle Heilmittel entfalten in mehrfacher Dosierung eine schädliche Wirkung und einige führen mit Sicherheit zum Tod.« Dann fügte er leise hinzu: »Umsonst tue ich es nicht.«

»Nichts ist umsonst, sogar der Tod kostet Geld. Nach meiner Thronübernahme erhebe ich dich zum Hohen Priester des Ptah-Tempels von Tanis. Dass ich dich als Leibarzt nicht weiter beschäftigen kann, liegt auf der Hand.«

Ptahmose, ehrenamtlich ohnehin schon Priester der Sachmet, erklärte sich einverstanden. Dass dann alles anders kam, war weder seine noch die Schuld des neuen Königs. Zwar starb Osorchon an der verabreichten Überdosis, doch sein Herz war stark, wehrte sich gegen das Gift und so trat der Tod nicht, wie erwartet, nach wenigen Augenblicken ein, sondern erst nach Stunden. In dieser Zeit kam der Pharao immer wieder zu kurzem Bewusstsein und äußerte dabei mehrmals die Überzeugung, sein Leibarzt habe ihn vergiftet. Leider hörten das viele – allzu viele. Als Osorchon endlich starb, machten seine Leibwächter Anstalten, Ptahmose festzunehmen.

Gerade noch gelang ihm die Flucht zu Siamun, der bedauernd den Kopf schüttelte.

»Du musst für die nächsten Jahre verschwinden, nicht einmal ich kann dich hier halten, doch ich gebe dir Gold, so viel du tragen kannst.«

Ptahmose war einverstanden, schnallte sich den breiten Gürtel mit zwanzig Deben Gold um den Leib und erreichte nach monatelanger mühseliger Reise – unterwegs musste er sich häufig verstecken – das einzige ihm bekannte Gebiet außerhalb der Einflusssphäre von Ägypten: die Weihrauchländer im Süden der Arabischen Halbinsel. Dass Saba dort das mächtigste Land und Maryab eine bedeutende Residenz- und Handelsstadt war, wusste man sogar im fernen Ägypten.

Ptahmose bat um Audienz beim Priesterkönig und Hadad empfing ihn sogleich. Bedingt durch den Weihrauchhandel gab es in Maryab eine Reihe von Ausländerkolonien und bald war ein Ägypter gefunden, der beide Sprachen beherrschte.

Ptahmose wies sein Empfehlungsschreiben vor, das Siamun ihm ausgestellt hatte und das wortreich erklärte, der königliche Leibarzt sei auf Reisen gegangen, um sein Fachwissen zu erweitern, und könne als vorzüglicher Arzt jedermann empfohlen werden.

Hadad nickte. »Du bist hier willkommen, Hakim. Bleibe, solange es dir gefällt, erwarte jedoch von unseren Ärzten nicht allzu viel. Ich fürchte, sie werden eher von dir lernen können ...«

Da gab Ptahmose sich einen Ruck. »In dem königlichen Schreiben steht nicht die ganze Wahrheit. Da ich dein Gastrecht nicht mit einer Lüge erkaufen will, sollst du wissen, dass es mir nicht gelungen ist, die Krankheit des Pharaos Osorchon zu besiegen. In meiner Heimat wird das einem Arzt sehr übel genommen und so machte ich mich – natürlich mit Einverständnis des neuen Königs – hierher auf den Weg.«

Das war nun wieder nicht die ganze Wahrheit, aber mehr brauchte der Mukarrib nicht zu wissen.

Als Ptahmose in der folgenden Zeit einige Aufsehen erregende Heilungen gelangen, wurde er an den Königshof berufen und seine von Zeugen bestätigte Rettung des quasi tot geborenen Kronprinzen Menelik tat das Übrige, um ihn berühmt und angesehen zu machen. Er setzte seinen Ehrgeiz daran, den kleinen zarten Sproß nicht sterben zu lassen, und entwickelte fast so etwas wie eine Sehergabe, die ihn ahnen ließ, welche Krankheit das Kind treffen könnte. Dazu sagte er: »Das ist die Kunst eines guten Arztes, der Krankheit immer einen Schritt voraus zu sein, sich nicht von ihr überraschen zu lassen, sondern sie schon im Keim zu ersticken.«

Da gab es für ihn genug zu tun. Als etwa Dreijähriger deutete Menelik auf seinen Hals und sagte mit kläglicher Stimme: »Wehweh.« Ptahmose stellte eine Rötung im Rachenraum fest und rechnete sogleich mit jenen Halskrankheiten, die häufig kleine Kinder befallen und bei nicht wenigen durch Ersticken zum Tod führen. Er experimentierte mit einer Mischung aus Salz, Natron, Alaun und Aloe, erprobte sie an anderen und als er glaubte, die richtige Mischung gefunden zu haben, behandelte er den Kronprinzen damit, sodass die Krankheit sehr milde verlief.

Von den bei den ägyptischen Ärzten gerne benutzten Zauberritualen hielt Ptahmose wenig. Sie machten den Osirismörder Seth für alles Böse verantwortlich, vor allem für Krankheiten, die sich einer natürlichen Begründung entzogen, und dementsprechend wurde Isis in ihrer Eigenschaft als »große Zauberin« durch Anrufung, magische Sprüche und Auflegung ihrer Abbilder bemüht. Ptahmose ließ es hingehen, wenn der Arzt daneben auch innerlich und äußerlich die geeigneten Arzneien anwandte.

Bilkis verfolgte Ptahmoses Eifer mit Neugier und ihr Vater ließ es zu, dass der kluge und rührige Arzt für sie zu einer Art Lehrer wurde.

Hadad hatte seine Tochter manchmal scherzhaft sein »Kronprinzchen« genannt, als sie jedoch in ein verständiges Alter kam und die Bedeutung dieses Wortes erfasste, vermied der König diesen Kosenamen. Dennoch stand Bilkis seinem Herzen weit näher als der kränkliche Thronfolger und manchmal ertappte er sich dabei, dass er gar nicht ernsthaft damit rechnete, in Menelik einen Nachfolger zu sehen, auch wenn Ptahmose den Jungen wie ein Adlerweibchen behütete, Tag und Nacht über ihn wachte und wie ein Spürhund versuchte, den sich tückisch nähernden Feind – eine Krankheit – zu erschnuppern und unschädlich zu machen. Zwar vermied der Mukarrib von nun an den verräterischen Kosenamen, doch er behandelte Bilkis, als sei sie eine Kronprinzessin. Er hielt sie in kurzen, für sie verständlichen Worten über die politischen Ereignisse auf dem Laufenden und ließ sie sogar – unter deutlicher Missbilligung der anderen – an den regelmäßigen Beratungen als stumme Zuhörerin teilnehmen, was Bilkis stolz und etwas eigensüchtig werden ließ.

Alljährlich fand dreißig Tage nach den sommerlichen Regenfällen, wenn das Wasser abgelaufen und die Fluren wieder trocken waren, die rituelle Steinbockjagd des Priesterkönigs statt. Sie geschah zu Ehren des Staatsgottes Almaka und je reicher die Beute ausfiel, umso gnädiger ließ sich der Gott stimmen. Als Jäger kamen nur der König und sein Thronfolger infrage, wobei es alter Brauch war, den Jungen mit etwa zwölf Jahren durch die Mitwirkung an der heiligen Jagd für mündig zu erklären. Der Mukarrib wollte diesem Brauch folgen, machte allerdings Meneliks Teilnahme von der Zustimmung seines Leibarztes abhängig. Der König hatte kaum zu reden begonnen, da schüttelte Ptahmose schon heftig seinen kahlen Schädel.

»Nein, mein König, wenn du erlaubst, nein! Diese ungewohnte Anstrengung würde sein Leben aufs Äußerste gefährden; außerdem hat er bis jetzt keinerlei Übung im Waffengebrauch oder im Reiten. Auch die nächsten Jahre würde ich davon abraten. Vielleicht wird er mit achtzehn kräftig genug sein, um ...«

Der Mukarrib hatte diese Auskunft zwar erwartet, doch so ohne weiteres hinnehmen wollte er sie nicht.

»Weißt du, was du mir da zumutest? Das Volk schaut mit Respekt, aber auch mit Neugier und Kritik auf die Königsfamilie und beredet jeden Schritt, den sie tut oder auch nicht tut. Kannst du überhaupt ermessen, wie wichtig ...«

Ptahmose straffte sich, in seine klugen Augen trat der ganze Stolz des Ägypters auf die älteste Kultur der Menschheit.

»Verzeih, wenn ich dich unterbreche. Ich weiß, wie ungehörig das ist, doch meine Zunge lässt sich nicht mehr im Zaum halten. Gerade mein Volk ist so vernarrt in seine uralten Traditionen und pflegt mit Hingabe jahrtausendealte Bräuche, deren Sinn man nicht mehr kennt und die dadurch sinnlos geworden sind. Schaue dir nur unsere Schrift an! Darüber habe ich kürzlich mit deiner Tochter Bilkis gesprochen. Mit ihren über siebenhundert Zeichen ist es mühselig und zeitraubend, sie zu erlernen, umso mehr, als diese Silbenschrift ohne weiteres durch eine Buchstabenschrift – etwa der euren gleich – zu ersetzen wäre. Doch man schreibt seit zweitausend Jahren so und wird es wohl auch die nächsten zweitausend Jahre tun. Ebenfalls seit zweitausend Jahren sind die südlichen und nördlichen Landesteile Ägyptens zu einem Reich vereinigt und trotzdem nennt sich der Pharao beharrlich *neb taui,* Herr beider Länder, und trägt zwei Kronen übereinander. Beispiele dieser Art gäbe es noch viele Dutzende, aber sie sollen dir zeigen, wie teuer uns alte Bräuche sind und wie gut ich dich verstehe. Lass einfach verkünden, der Kronprinz sei gesundheitlich verhindert, und lege dich zeitlich nicht fest.«

Hadad lachte, aber es klang nicht froh. »Etwas anderes bleibt mir kaum übrig.«

Niemand fand etwas dabei, dass er Bilkis mitnahm, da sie den König schon oft auf die Jagd begleitet hatte. Als Mitglied der Königsfamilie wäre ihr die rituelle Steinbockjagd sogar erlaubt gewesen, es gab jedoch kein Beispiel aus der Landeschronik, dass jemals eine Frau daran teilgenommen hätte. Sie wusste inzwischen mit dem Bogen recht gut umzugehen, hatte auch so manches Wild erlegt, nur diesmal war sie so klug, darauf zu verzichten.

Später dachte Bilkis oft darüber nach, in welchem Alter sie die Erkenntnis getroffen hatte, dass sie dem minderrangigen Geschlecht angehörte, dass es ausschließlich Männer waren, die nach außen wirkten und das Rad der Geschichte in Bewegung hielten. Waren es die Worte ihrer klugen alten Amme, die sie anlässlich des ersten Blutflusses ihrer Milchtochter sprach?

»Du bist nun eine Frau, mein Täubchen, kannst Kinder gebären und nähren. Wenn ich deinem Vater davon Kenntnis gebe, so wird er für dich einen Bräutigam suchen und dann ist es Glückssache, ob du namenlos im Schweigen eines Harims versinkst oder dein Gatte dich im Rahmen von Brauch und Sitte an manchen Ereignissen teilnehmen lässt. Einen solchen Mann wirst du niemals finden, denn so, wie der König dich behandelt und erzogen hat, ist er weit über Landesbrauch hinausgegangen. Was ich dir zu sagen hatte, mag in deinen Ohren nicht schön klingen – erscheint dir fremd, sogar unfassbar, aber die Zukunft wird meine Worte bestätigen.«

Doch ihr Verhältnis zum Vater war so eng und vertraut, dass Bilkis ihm von diesem Gespräch berichtete, um seine, wie sie hoffte, völlig unterschiedliche Meinung darüber zu hören. Doch sie wurde enttäuscht. Hadad betrachtete liebevoll die ihm so ähnliche Tochter und wählte seine Worte mit Bedacht.

»In großen Zügen hat deine Amme natürlich Recht. Wenn auch die Frauen hierzulande nicht gleichrangig angesehen werden, so sind sie doch für jeden vernünftigen Mann gleichwertig. Mann und Frau haben von den Göttern unterschiedliche Leibesfunktionen und damit unterschiedliche Aufgaben zugewiesen bekommen. Niemand, selbst der mächtigste Gottkönig, kann etwas daran ändern, dass Frauen die Kinder gebären und nähren, Männer sie jedoch zeugen. Das ist vergnüglich und schnell geschehen, aber die Aufgabe der Frauen ist weit wichtiger, voll Mühe und Verantwortung, denn sie sind es, die den Nachwuchs in ihrem Körper bergen und austragen, ihm zum Leben verhelfen, ihn hegen und pflegen, bis er ein selbstständiger Mensch geworden ist. Leider gibt es viele Männer, die dies als Nebensache ansehen, was dazu führt, die Frau als notwendige Gebärerin und damit Mehrerin des Stammes den Tieren gleichzusetzen – ja, sie manchmal sogar nach Rindern und Kamelen als drittrangig zu betrachten. Dieses nomadische Denken lehnen wir Sesshaften ab, es ist anmaßend, unkultiviert und wird den Frauen nicht gerecht. Du bist jetzt auch eine Frau, also blicke zurück und entscheide, ob ich dich jemals benachteiligt oder als zweitrangig angesehen habe.«

Bilkis lächelte ihren Vater liebevoll an. »Nein, gewiss nicht ...«

Hadad nickte. »Oder habe ich mein Verhalten geändert, als Menelik zur Welt kam?«

»Kaum – vielleicht davon abgesehen, dass du mich nicht mehr dein Kronprinzchen genannt hast.«

»Das ist dir also nicht entgangen, bist eben meine kluge Tochter und vielleicht sogar das einzige weibliche Wesen im königlichen Palast, das schreiben und lesen kann.«

»Weil du es mir erlaubt hast.«

»Und weil du es wolltest. Aber nun zu etwas anderem, das dir zeigen soll, dass auch Frauen nach außen wirken und den Lauf der Geschichte beeinflussen können.

Du wirst schon von dem Land gehört haben, das viele Tagesreisen im Norden liegt, sich Israel nennt und seit einigen Jahren von dem jungen König Salomo beherrscht wird. Der Machtwechsel verlief blutig, denn der rechtmäßige Thronfolger hieß Adonia und wurde von König David mit seiner Gemahlin Haggit gezeugt. Dass dann doch Salomo den Thron gewann, hat eine Frau bewirkt und du sollst wissen, wie und warum es ihr gelang.«

2

Wenn David an sein Leben zurückdachte, dann gab es Ereignisse, die damals von überragender Wichtigkeit, jetzt im Rückblick jedoch bedeutungslos geworden waren. So waren seine Erinnerungen an die Frauen, die er aus politischen Gründen heiratete, um die Nomadenstämme in der judäischen Wüste für sich zu gewinnen, zu undeutlichen Schatten geworden – ja, er hätte nicht einmal mehr sagen können, durch welche Eigenschaften oder körperlichen Merkmale sich Ahinoam, Abigail und andere voneinander unterschieden hatten. Von Michal, der Tochter Sauls, wusste er nur noch, dass sie kinderlos geblieben war; nach Auslegung der Priester als Strafe für ihre Verachtung, weil David in heiliger Ekstase vor der Bundeslade getanzt hatte. Nun war auch sie gestorben, wie alle seine Frauen aus jener frühen Zeit.

Nur an Goliat, jenen langen Kraftkerl der Pelistim, konnte er sich mühelos erinnern, denn sein Sieg über diesen gewaltigen Krieger hatte ihm nicht zuletzt die Königskrone eingebracht. Gewaltig freilich nur in Bezug auf seinen Körper, denn der Kopf war klein und die niedrige Stirn stets von heftigem Nachdenken gefurcht, das allerdings – David lächelte in sich hinein – damals zu nichts geführt hatte. Was heute in den Schreibschulen als beispielhafte Großtat und geschichtliches Ereignis gelehrt und gefeiert wurde, erschien David im Rückblick fast lächerlich und bestenfalls einer kurzen Erwähnung wert. War es Zufall oder eine besondere Vorliebe gewesen, dass der zu jener Zeit gerade sechzehnjährige David seine Hirtentätigkeit langweilig fand und unablässig mit der Schleuder übte? Sie war aus Schafshaut billig herzustellen und Steine gab es im Überfluss. Zu einer Übung mit herkömmlichen Waffen – Schwert, Lanze oder Keule – fehlten ihm das Rüstzeug und ein geeigneter Partner. So brachte er es im Steinschleudern zu einer solchen Fertigkeit, dass es ihm nicht selten gelungen war, einen Vogel im Flug zu treffen. Diese Erfolge freuten ihn vor allem wegen der Abwechslung, die eine gebratene Schnepfe in seine eintönige Nahrung aus Käse, Brotfladen und Zwiebeln brachte. Sich deshalb als ernst zu nehmenden Krieger zu sehen lag ihm fern. Er hütete die Schafherden seines Vaters, während seine älteren Brüder im Heer des Königs Saul dienten. So war es der Brauch und David wäre es nicht im Traum eingefallen, sich dagegen aufzulehnen. Und trotzdem war da etwas, was ihn machtvoll ergriff, als er davon hörte, dass der riesige Goliat, ein berühmt-berüchtigter Krieger der Pelistim, im Tal von Elah schon seit Tagen jeden Morgen vor die Krieger Israels trat und in höhnischen Worten einen Zweikampf zwischen ihm und einem der ihren vorschlug.

»Warum stellt ihr euch zur Schlacht auf? Ich kämpfe für die Pelistim und ihr für euren König Saul. Wählt einen von euch aus, der mit mir kämpfen soll. Besiegt er mich, so geben wir uns geschlagen und werden euch dienen. Wenn ich siege, werdet ihr unsere Sklaven sein.«

Dieser Mensch war an die sechs Ellen groß, trat gepanzert auf von Kopf bis Fuß und seine Lanze hatte die Größe eines Fahnenmasts. Allein sein Anblick versetzte alle in Furcht und Schrecken und so wagte es keiner, seiner Aufforderung nachzukommen.

Als David von seinem Vater mit Proviant für die Brüder ins Feldlager geschickt wurde, wurde er Zeuge von Goliats anmaßender Rede und das verächtlich hingespuckte Wort »Sklave« war es dann, das wie ein kalter Guss seine aufglimmende Furcht zum Erlöschen brachte und in siedenden Zorn verwandelte. Sklave der Pelistim, dieser unbeschnittenen Götzenanbeter! Das war es, was ihn vor den Riesen treten ließ, doch sein Entschluss wurde von den anderen verlacht und kam Saul zu Ohren. So wurde David vor den König gebracht, der ihn lächelnd musterte.

»Du bist fast noch ein Kind und willst mit einem Mann kämpfen, der von Jugend an mit Waffen umging und die Kraft von drei Kriegern besitzt? Dein Mut ist zu bewundern, aber schlage dir das aus dem Kopf!«

Jetzt, nach über fünfzig Jahren konnte sich David noch genau an seine Antwort erinnern. »Als Schafhirte habe ich mit meiner Schleuder so manchen Löwen oder Bären vertrieben, einige sogar damit getötet. Bei Goliat wird es nicht anders sein.«

Als er gegen den Riesen antrat, mühte er sich, seine ganze Lebens- und Körperkraft im rechten Arm zu konzentrieren. Nicht ich denke, mein Arm denkt, nicht ich führe die Schleuder, mein Arm führt sie, nicht meine Augen nehmen Goliats Kopf zum Ziel, es ist mein Arm, der dies tut. Er hatte einen scharfkantigen dunklen Stein von besonderer Härte in die Schlaufe gelegt und als Goliat Hohn lachend auf ihn zutrat, schwang er mit aller Kraft die Schleuder und traf den Riesen am Kopf. Wie ein gefällter Baum stürzte der Koloss zu Boden, zuckte noch ein wenig und lag dann still und stumm. Der Stein hatte zwischen Stirn und Schläfe die Schädeldecke eingedrückt. David zog das gewaltige Schwert seines toten Gegners aus der Scheide und hieb ihm den Kopf ab. Daraufhin flohen die Pelistim in schierem Entsetzen, denn nur der mächtige Gott des Volkes Israel konnte diesem Jungen die Hand geführt haben.

Saul war dankbar und zog David an den Hof, wo David sich mit dem Königssohn Jonatan anfreundete. Nicht nur der Sieg über die Pelistim hatte David für Saul so unentbehrlich werden lassen, es war auch sein Harfenspiel. Wie viele Hirten hatte David so manche lähmende Stunde mit Musikklängen überbrückt, doch hatte er nicht – wie fast alle anderen – die Flöte gewählt, sondern baute sich aus einem natürlich gekrümmten Holz und Lämmerdärmen eine kleine Harfe. Die Melodien kamen von selbst, er setzte nur um, was um ihn her an Geräuschen auf sein Ohr eindrang: das Spielen des Windes in den Blättern, der Vogelsang, das Grillengezirp, das Klingen des Wassers, wenn es über die Steine sprang.

Saul hatte schnell bemerkt, dass Davids Spiel geeignet war, seine Anfälle von Schwermut zu zerstreuen. Wenn diese – was manchmal geschah – in Tobsucht ausarteten, wähnte Saul sich von Gott verlassen und das Harfenspiel verlor seine Wirkung. Sauls Dankbarkeit wandelte sich allerdings in eifersüchtigen Zorn, als die Frauen in den Städten den Sieger umtanzten und sangen:

Tausend Feinde hat Saul erschlagen, doch
Zehntausende waren es, die David erschlug.

Eine pure Übertreibung, doch auf diese Weise wuchs Davids Ruhm und nach Sauls Tod erhob ihn das Volk in Hebron zum König von Juda und später von Israel.

Abischag trat auf ihre stille Weise ein und fragte nach seinem Befinden. Man hatte das hübsche Mädchen aus der Ortschaft Schunem zu Davids Pflegerin bestellt und sie erfüllte auf vorbildliche Art ihre Pflicht, ging sogar so weit, den immer Frierenden mit ihrem Körper zu wärmen. Der fast Siebzigjährige ließ es geschehen, aber er berührte sie nicht – sein immer so lebhaftes Begehren nach Frauen war längst erloschen. Doch es hatte Zeiten gegeben, da keine vor ihm sicher gewesen war, da er jede Nacht einen Frauenkörper umfangen und genossen hatte. Ja, er hatte es genossen, aber geliebt hatte er nur eine – so sehr, dass er für sie gegen Gottes Gebot gehandelt und schwere Sünde auf sich genommen hatte. Das war in der Zeit des Krieges gegen die störrischen Ammoniter gewesen, die sich mit ihrer Tributpflicht gegen Israel einfach nicht abfinden wollten. So war sein Heerführer Joab nach Rabba gezogen und hatte die ammonitische Hauptstadt belagert.

Der Frühling war gekommen, die Sonne gewann mehr und mehr an Kraft und David hatte sich auf dem Dach seines Palastes ein Zelt errichten lassen, wo er ungestört seine Mittagsruhe halten konnte. Als er um die zehnte Tagesstunde erwachte, neigte sich die funkelnde Goldscheibe dem Westen zu und vom Norden, aus dem Jordantal, kam eine frische Brise. David reckte sich, gähnte herzhaft, trat aus dem Zelt und blinzelte, weil ihn das Tageslicht schmerzhaft in die Augen stach. Zwei Diener eilten herbei, einer trug den leichten Mantel, der andere ein Bronzebecken mit Quellwasser. David erfrischte sich, warf den Mantel über und bemerkte das verhaltene Feixen seines langjährigen Leibdieners.

»Was bringt dich zum Lachen – sprich's ruhig aus.«

Da führte ihn der Diener an den Rand des Daches und deutete hinunter. Man hatte beim Bau des Palastes zu wenig darauf geachtet, der königlichen Residenz mehr Luft zu verschaffen, sodass sie von einem engen Kranz privater Häuser umgeben war. Da drüben badete eine Frau, rieb langsam und hingebungsvoll ihren Körper mit einem großen Schwamm ab. Gegen Blicke von draußen schützte sie die Hofmauer, doch die Sicht nach oben – um die Sonne nicht auszusperren – war frei. David besaß damals noch wahre Falkenaugen und die zierliche Gestalt mit dem schmalen Kopf, den aufgesteckten Haaren und dem runden, einer Melone gleichenden Gesäß nahm ihn sofort gefangen.

Warum gerade sie? Das fragte er sich später oft. Was war denn so Besonderes an ihr? Gab es nicht dutzende und aberdutzende von Frauen, die ihr glichen – ihre Schönheit sogar übertrafen?

Unaufgefordert berichtete der Diener: »Das ist Batseba, die Frau des Hauptmannes Uria, ein hetitischer Söldner in deinen Diensten.«

Nach Einbruch der Nacht ließ David sie in seinen Palast holen und bewirtete sie mit Wein, Kuchen, Dörrfrüchten und Nüssen. Sie sprach nicht viel, mied seinen Blick. David meinte scherzend: »Dein Name bedeutet ja die Üppige, aber den haben deine Eltern falsch gewählt, denn es ist etwas Feines, Zierliches aus dir geworden, ein rechtes Schmuckstück, wie von einem Kunstschmied gefertigt.«

Ihr Gemahl nahm an dem Feldzug gegen die Ammoniter teil und so lebte sie schon seit längerer Zeit allein, denn Kinder hatte ihr die kurze Ehe noch nicht beschert. Ob sie das bedauerte, war ihr nicht anzumerken.

»Vielleicht verweigert euch Gott den Nachwuchs, weil du einen Götzendiener geheiratet hast.«

Batseba blickte auf und schüttelte kaum merklich den Kopf. »Er achtet unseren Glauben …«

»Das ist nicht genug.«

Dann schwiegen sie lange, doch David ließ nicht den Blick von ihr, sog das liebliche Bild ihrer Gestalt, ihres Gesichtes ein wie ein Verdurstender den kühlen Trank und dann war etwas in ihm, das ihm aufzustehen befahl, das seinen Mund auf den ihren pressen, seine eine Hand ihre Brüste umfassen, die andere unter ihr Kleid schlüpfen und ihren Schoß streicheln ließ. Er fühlte, wie ihr Körper weich und gefügig wurde, und wie ein Blitz leuchteten in feuriger Schrift die Mose von Gott gegebenen Gebote vor ihm auf. ›Du sollst nicht ehebrechen! Lass dich nicht gelüsten nach der Frau eines anderen!‹ Später, als seine Lust gestillt war, beruhigte er sich mit dem Einwand, diese Gesetze habe Gott für Sein Volk, die Kinder Israels, gemacht, nicht jedoch für Götzendiener, wie dieser Hetiter einer war.

Die feurige Schrift verblasste schnell und David fand sich auf seinem fellbezogenen Lager wieder, wo er mit Hingabe Batsebas Körper erforschte und sich dabei benahm wie ein unwissender Halbwüchsiger mit der ersten Frau seines Lebens.

»Du gehörst jetzt mir, Batseba, mir allein! Noch niemals habe ich eine Frau gehabt wie dich, du bist etwas Besonderes – Gott selbst hat uns zusammengeführt!«

»Ich nenne es Ehebruch«, sagte sie leise und vorwurfsvoll.

»Du hättest keinen Hetiter heiraten sollen! Wir müssen unser Volk rein erhalten, schon unserem Bund mit Gott zuliebe.«

»Hast du das immer getan? Wie viele Frauen in deinem Harim stammen aus nichtjüdischen Ländern, sind Götzenanbeterinnen?«

»Einige, gewiss, doch ich bin der König, muss politische Rücksichten nehmen, zum Wohle unseres Volkes, unseres Landes. Gott wird das verstehen!«

Am Morgen ging Batseba in ihr Haus zurück und etwas hielt David davon ab, sie wieder rufen zu lassen, obwohl er unablässig an sie dachte. Ihr liebliches Bild hatte sich ihm wie ein Brandmal eingeprägt.

Haggit aus Hebron, die als Mutter des Thronfolgers Adonia ein offenes Wort führen durfte, beklagte sich über seine Missachtung. Zuerst wurde er zornig, dann befahl er Haggit zu sich, aber sein Körper verweigerte die Ehepflichten. Das war noch nie geschehen und Haggit murmelte: »Gott hat dich kraftlos gemacht, du wirst schon wissen, warum ...«

Noch ehe David seinem drängenden Wunsch einer Wiederbegegnung nachgeben konnte, sandte Batseba die Botschaft, sie sei schwanger geworden.

Da reifte in David der Entschluss, dieses trübe Verhältnis zu bereinigen. Unter einem Vorwand ließ er Uria aus dem Feld holen und erkundigte sich ausführlich nach dem Stand der Belagerung. Uria war ein knorriger Mann mit dem kantigen Gesicht eines Berufskriegers, gab sich wortkarg, fast mürrisch und David wusste nicht, ob ihm schon ein Gerücht zu Ohren gekommen war.

Uria ging nach der Besprechung jedoch nicht nach Hause, sondern – wie David am nächsten Tag erfuhr – übernachtete bei der Torwache des Palastes. Der König stellte ihn zur Rede.

»Soll ich nach Hause gehen, dort üppig essen und trinken und mit meiner Frau im weichen Bett schlafen, wenn meine Kameraden bei ihrer Belagerung Mangel leiden und mit dem blanken Boden vorlieb nehmen müssen?«

»Das ist rechtschaffen gedacht, hilft aber deinen Freunden im Feld nicht weiter. Ich werde dich heute Abend an die Hoftafel laden und am nächsten Morgen gehst du zu deinen Leuten zurück.«

Beim Nachtmahl gab Uria sich noch mürrischer und verschlossener, als es sonst seine Art war. Er brütete vor sich hin, trank Becher um Becher und schien nicht auf die munteren Gespräche zu achten, die ihn umbrandeten.

David beobachtete ihn genau und glaubte zu erkennen, dass Uria von den Gerüchten gehört hatte. Als man ihm berichtete, der Hetiter habe wieder bei der Palastwache geschlafen, wurde es für den König zur Gewissheit. Uria mied sein Haus, weil er mit einer Ehebrecherin nicht unter einem Dach schlafen wollte.

Die halbe Nacht grübelte David nach einer Lösung – erwog dies, erwog jenes. Mit einem Geldgeschenk könnte er Uria veranlassen, seine Frau zu verstoßen. Dann würde das Volk jedoch hämisch raunen: Schau an, der König hat aus purer Geilheit dem Uria die Frau abgekauft. Ihn heimlich umbringen und in der Wüste verscharren lassen? Nein! Und nochmals nein! Das wäre eine offene Sünde gegen Gott. Jetzt, im Alter und bei der Rückschau auf sein Leben, hatte David häufig darüber nachgedacht, warum der Mensch so oft und immer wieder gegen die Gebote Gottes verstieß. Jeder Erwachsene kannte die sieben Hauptsünden: Geiz, Stolz, Trägheit, Unmaß, Unkeuschheit, Neid und Zorn – jeder verachtete sie und beging sie dennoch von neuem. Es war ja nicht so, dass der Mensch sündigte, um Gott zu beleidigen, um seinen Zorn zu erregen, um frech gegen den Ewigen und Allmächtigen zu trotzen. Nein, man dachte einfach nicht an Gott und seine Strafen, wenn man einer Eingebung, einer Lust, einer Lockung nachging. Man wusste es vorher und wusste es nachher, im Augenblick der sündhaften Tat hielten einen jedoch böse Dämonen umklammert und es geschah, was geschehen musste.

So war es damals auch gewesen, als er den Gedanken an Urias Meuchelmord empört von sich wies. Doch eine Lösung musste gefunden werden. Warum sie nicht Gott überlassen?

Also schrieb König David einen Brief an Joab und trug Uria auf, ihn dem Feldherrn nur persönlich auszuhändigen. Darin stand:

Uria ist einer unserer besten und mutigsten Krieger.
Stelle ihn stets dahin, wo der Kampf am härtesten ist,
und mit Gottes Hilfe wird der Sieg bald unser sein.

Was David nicht geschrieben, aber gedacht hatte, war dies: Gott, der in die Herzen der Menschen schaut und ihre Gedanken kennt, weiß, dass ich Uria loswerden will. Er kann es verhindern, um mir eine Lehre zu erteilen. Sollte Er Uria im Kampf beschützen und ihn gesund zu seiner Frau heimkehren lassen, dann müsste ich mich seinem Willen beugen und auf Batseba verzichten. Wenn Uria fiel, so konnte dies nicht ohne Gottes Einverständnis geschehen. Oder doch? Ein Ungläubiger und Unbeschnittener, ein der Götzenverehrung Frönender stand vielleicht außerhalb Gottes Fürsorge – ihm geschah weder Gutes noch Böses, der Herr überließ ihn dem blinden Schicksal. David hätte den Hohen Priester Zadok um Rat fragen können, doch davor scheute er zurück. War er als König von Israel nicht selbst ein Hoher Priester, berechtigt, das Allerheiligste im Tempel zu betreten? Nein, das Beste war es, Gott die Entscheidung zu überlassen. Doch der Herr schwieg und überließ Uria seinem Schicksal. Einige Tage später kam der Hauptmann bei einem Ausfall der Ammoniter ums Leben und Joab sandte einen Boten nach Jerusalem. Wie Joab es ihm aufgetragen hatte, berichtete der Bote: »Es war nur ein kleines Scharmützel, doch der Feind zeigte sich überlegen, machte einen Ausfall und griff uns auf offenem Feld an. Als wir den Gegner an das Stadttor zurückdrängten, begannen die Bogenschützen von der Mauer auf uns zu schießen. Einige wurden tödlich getroffen, auch Hauptmann Uria.«

David ließ sich die Freude nicht anmerken, gab sich männlich gefasst. »Das Schwert trifft einmal diesen, dann jenen. Nur Mut! Kämpft weiter, bis die Stadt gefallen ist.«

Batseba hielt dem Herkommen nach die übliche Trauerzeit ein, danach holte David sie in den Palast und nahm sie zur Frau. Obwohl es den Brauch, eine der Frauen zur Hauptgemahlin zu erheben und sie zu krönen – wie die Ägypter dies taten –, in Israel nicht gab, so zeichnete doch David die einzig Geliebte vor allen anderen aus. Sie erhielt einen Teil des Palastes zur alleinigen Wohnung mit Dienerschaft und eigener Leibwache.

Ein bitterer Tropfen fiel in den Kelch von Davids Glück, als der Prophet Natan aus seiner selbst gewählten Bergeinsamkeit unangemeldet in den Palast kam und ihn mit Vorwürfen überhäufte. Er galt als heiliger Mann und niemand hätte gewagt, ihn zurückzuweisen oder zu maßregeln, auch der König nicht.

»Du hast Uria auf dem Gewissen, ihm seine Frau weggenommen. Gott wird deine Nachkommen verfluchen, dir deine Frauen wegnehmen, deine Söhne gegen dich aufbringen. Blut! Blut! Du wirst in Gram und Blut ersticken!«

David zeigte sich nicht nur zerknirscht, er war es auch. Er beugte das Haupt und sagte mit brüchiger Stimme: »Ich bekenne mich schuldig vor dem Herrn.«

Natan nickte feierlich. »Da du es bereust, wird der Herr dir deine Schuld vergeben, doch als Sühneopfer deinen ersten Sohn fordern.«

Und so kam es dann auch. Der Sohn, den Batseba gebar, starb nach einer Woche. David nahm die Strafe gefasst hin und versuchte Batseba zu trösten.

»Du bist jung, kannst mir noch viele Kinder schenken.«

Er zeigte sich so liebevoll und besorgt, so zärtlich und verständnisvoll, dass Batsebas Gehorsam und Verehrung für den König sich zur Liebe für den Mann David wandelte. Mit Genugtuung und Wohlgefallen spürte sie ihre Macht über ihn und als sie ihren zweiten Sohn gebar, den sie Salomo, das heißt »der Friedenliebende«, nannten, rang sie dem Hocherfreuten ein Zugeständnis ab und David ging nach kurzem Zögern darauf ein. Er schwor in Gegenwart des Hohen Priesters Zadok und des Propheten Natan, Batsebas Zweitgeborenen zum Nachfolger zu ernennen, und rief Gott den Herrn zum Zeugen an. Batseba opferte und stiftete einen Teil ihres Besitzes dem Tempelschatz, um Gott ihrem Sohn gnädig zu stimmen und ihm Leben und Gesundheit zu schenken.

Nun war es allerdings so, dass dem König auch von anderen Frauen Söhne geboren wurden, von denen einige das Erwachsenenalter erreichten. Der Älteste von ihnen war Adonia, der Sohn Haggits, ein stattlicher Mann, beliebt beim Volk und mit viel Anhang. David hatte ihn stets mit Nachsicht behandelt, um ihn nicht durch Strenge und Zurückweisung zum Thronraub anzustacheln, denn der Aufruhr, den vor Jahren sein Sohn Abschalom verursacht und das Land an den Rand des Bürgerkrieges gebracht hatte, war ihm eine bittere Lehre gewesen. So hinderte niemand Adonia daran, dass er auftrat wie ein regierender Fürst, auf dem Kriegswagen vorfuhr, umgeben von einer fünfzig Mann starken Leibwache. Das erweckte im Volk den Glauben, er sei der vom Vater erwählte Nachfolger, sodass sich auch der Heerführer Joab und einige andere Große dieser Meinung anschlossen. Nur Zadok, der Hohe Priester, und Natan, der Prophet, hielten sich zurück, um die Stellungnahme des Königs abzuwarten.

So sah Adonia sich von Schmeichlern umgeben, hörte offen von seiner Thronfolge reden und beschloss, für seine Freunde und Anhänger ein großes Opferfest zu veranstalten. Als Ort wählte er die Rogelquelle südöstlich von Jerusalem an der Grenze zu Juda, um damit symbolisch seinen Anspruch auch auf dieses Land zu bekunden. Der Prophet Natan war nicht dazu geladen, wohl auch deshalb, weil Adonia wusste, dass dieser heilige Mann Salomo zuneigte und der Aufforderung nicht gefolgt wäre. Doch Natan hörte von dem Fest, suchte Batseba auf und mahnte sie daran, den König an seinen Eid zu erinnern.

»Sage ihm ruhig, Adonia sei bereits als sein Nachfolger aufgetreten, das bringt Unruhe ins Land und am Ende steht ein blutiger Machtkampf, den wir – Gott sei's geklagt – schon einmal hatten.«

Batseba folgte dem Rat und als der König hörte, wie weit die Sache schon gediehen war und er fürchten musste, vom Thron gestoßen zu werden und seinen geliebten Sohn Salomo zu verlieren, fiel die Altersschwäche wie durch Zauber von ihm ab. Er ließ Natan und den Hohen Priester Zadok rufen, dazu Benaja, den Obersten der Leibwache, einen treuen und verlässlichen Mann.

»Weder habe ich Adonia zum Nachfolger bestimmt noch ihn zu dem Fest aufgefordert. Ich stehe fest zu meinem Eid, dass Salomo und kein anderer nach mir König sein soll.«

Dann befahl er mit ruhiger, fester Stimme, Salomo unter

ausreichender Bedeckung hinab zur Gihonquelle zu begleiten und ihn dort im Angesicht des Volkes von Jerusalem zum König über Israel und Juda zu salben.

So geschah es dann unter dem dumpfen Klang der Hörner und den Jubelrufen des Volkes. Als David den Krönungszug in seinem Palast empfing, küsste er Salomo auf beide Wangen, tat einen tiefen Seufzer und stürzte nieder. Es war, als hätten diese Ereignisse die ohnehin schwache Lebenskraft des alten Königs vollends aufgezehrt.

Adonia, der um sein Leben gefürchtet und im Tempel Schutz gesucht hatte, wurde von Salomo – unter Zustimmung Davids – begnadigt und aus der Stadt verbannt.

Wenig später fühlte David sein Ende nahen und bat Salomo zu sich. Er schickte seine Pflegerin Abischag vor die Tür. »Lass jetzt keinen herein, wer immer es ist.«

Sie nickte, blickte Salomo respektvoll an und verschwand.

David richtete sich auf. »Auch wenn du viel sagend lächelst, so schwöre ich dir beim Leben deiner Mutter, die allein ich geliebt habe, dass die schöne Abischag nur der Trost meiner letzten Tage war; und wenn sie mich berührt hat, dann allein, um mich zu wärmen.«

»Du brauchst dich vor mir nicht zu rechtfertigen, Vater.«

»Nein, das brauche ich nicht. Aber jetzt höre mir gut zu. Wenn du so lebst und handelst, wie der Herr, unser Gott, es mit seinen durch Moses überlieferten Gesetzen geboten hat, dann hält Er Seine Hand über dich und du wirst in allem erfolgreich sein.«

Fünf Tage später starb König David, der vierzig Jahre über die Länder Juda und Israel geherrscht hatte. Adonia, der seine Niederlage niemals vergessen und Salomo die Nachfolge niemals verzeihen konnte, hatte in seiner Verbannung nur auf diesen Augenblick gewartet. Das Bewusstsein, als der Ältere ein göttliches Anrecht auf den Thron zu besitzen, hatte ihn keinen Augenblick verlassen und sein erster Schritt zu diesem Ziel war ein Gespräch mit Batseba, die als von allen hochverehrte Königinmutter nach wie vor in ihrem Teil des Palastes lebte, weil Salomo sich geweigert hatte, ihr den üblichen Witwensitz zuzuweisen.

»Du warst die einzige Frau, die mein Vater wirklich geliebt hat, und meine Liebe als Sohn zu seiner Mutter ist nicht minder stark. Ich möchte dich nicht entbehren.«

So empfing Batseba – mit Wissen und Einverständnis ihres Sohnes – Adonia im Königspalast.

»Er will etwas Bestimmtes«, hatte Salomo gesagt, »und wir werden ihm Gelegenheit geben, sich frei zu äußern.«

Adonia bemühte sich, der Königinmutter frei in die Augen zu blicken, aber das gelang ihm so schlecht, dass es ihr auffiel.

»Deine Augen flackern, du bist erregt und ich hoffe, du verlangst nichts Unziemliches von mir.«

»O nein – o nein! Es ist nur, dass ich Abischag nicht vergessen kann, die in den letzten Monaten um meinen Vater war. Sie ist so schön, so lieblich und ich möchte mich mit ihr verbinden. Lege beim König ein Wort für mich ein, dass er mir diese Ehe gestattet.«

Batseba, sonst durchaus verständig und mit guter Menschenkenntnis ausgestattet, war es nicht gegeben, seine Absichten zu durchschauen. Salomo aber wusste sofort, welch übler Plan dahinter stand.

»Mutter, verstehst du denn nicht? Mein Bruder hält Abischag für Davids letzte Frau und wenn er sie heiratet, glaubt er, damit einen Anspruch auf meinen Thron zu besitzen. Er muss sterben!«

Batseba schwieg, weil sie einsah, dass Salomo Recht hatte und es seine Pflicht war, einen blutigen Thronstreit zu verhindern. Benaja, jetzt auch der Oberste von Salomos Leibwache, fühlte sich dazu aufgerufen, drang in Adonias Haus ein und stach ihn nieder. Salomo, der seinem Namen gerecht werden wollte und sich schwor, es nach Möglichkeit niemals zu inneren und äußeren Kriegen kommen zu lassen, erkannte die bittere Notwendigkeit, einige der Geschwüre, die auf Dauer den ganzen Leib vergiften konnten, auszuschneiden. Mit Adonia war der Anfang gemacht, doch da gab es noch den

Heerführer Joab, der kein Hehl daraus machte, dass er noch immer Adonia anhing. Als dieser nun tot war, fürchtete Joab für sein Leben und nahm im Tempel Zuflucht, ergriff Schutz suchend die Hörnerzierde des Opferaltars, wie es alter Brauch der Asylsuchenden war.

Salomo ließ Benaja kommen. »Befiehl dem Verräter, den heiligen Ort zu verlassen, und töte ihn dann.«

»Er fürchtet deine Rache und wird es nicht tun.«

»Dann töte ihn an Ort und Stelle.«

»Das wird Gott erzürnen.«

»Ich nehme die Schuld auf mich, du bist nur mein Werkzeug.«

Benaja führte den Befehl aus und wurde anstelle Joabs zum Obersten Heerführer ernannt.

Noch einige mussten fallen, bis Salomo seiner Herrschaft sicher war. Einen ernsthaften Gegner gab es nicht mehr und wenn ihn jemand – aus welchen Gründen auch immer – hasste oder verachtete, ihn für ungeeignet oder seine Nachfolge für unrechtmäßig hielt, so behielt er es für sich.

3

Bilkis schaute ihren Vater nachdenklich an. »Und Salomo regiert bis heute unangefochten?«

Hadad lachte. »So viel ich weiß, schon. Zumindest gibt es keine Nachricht von seinem Sturz, sondern der Ruf seiner Weisheit und Gerechtigkeit verbreitet sich mit Windeseile in allen Ländern. Inzwischen hat er in Jerusalem einen prächtigen Tempel erbaut. Ich habe erfahren, dass sie dort nur einen Gott verehren.«

»Im Grunde tun wir das ja auch, denn Almaka ...«

»... ist unser Haupt- und Staatsgott, aber wir beten auch zu Shams, Rub und Attar, dann gibt es noch die kleinen Stammesgottheiten, dazu die fremdländischen Götter Baal, Astarte und den ägyptischen Amun-Ra. Das Volk Israel lehnt diese jedoch alle ab – ja, es hält ihre Verehrung für schwere Sünde gegen ihren einzigen Gott, den sie nicht benennen und von dem es kein Abbild gibt. Keine Statue, kein Bildnis, keine Weihegabe, die ihn darstellt, nichts. So jedenfalls haben es uns Händler aus Juda und Israel berichtet.«

Nicht nur das ließ Bilkis neugierig werden auf das Land Israel und seinen König. Da sie diesen Mann nicht selbst gesehen hatte, machte sie sich ein Bild von ihm, das sie bis in ihre Träume verfolgte. Seltsamerweise glich ihr dieser Salomo wie ein Zwillingsbruder, war nur etwas größer, kräftiger und seine Haut war heller. Er hatte auch ihre etwas schrägen dunklen Augen und teilte ihre Vorlieben für das Herumstreifen in der freien Natur, für scharfe Ritte, für Jagd mit Pfeil und Bogen. Plötzlich kam Bilkis zu Bewusstsein, dass dies der Wesensart ihres Vaters glich. Ich träume mir das Aussehen meines Vaters in das Bildnis des Salomo hinein, dachte sie nüchtern.

Daraufhin änderten sich ihre Träume und der ferne König wurde ins Nebelhafte entrückt und eher statisch. Sie sah ihn wie durch einen hauchdünnen Schleier auf einem von sieben Löwen bewachten Thron sitzen, erlebte ihn als Hohen Priester in seinem Tempel, als gerechten Richter vor seinem Volk, doch immer unbeweglich wie eine Statue – feierlich und heilig.

Dann kam eine neue Sicht in ihre Träume und Salomo wurde zu dem ihr vom Vater erwählten Bräutigam. Das erfreute und erschreckte sie zugleich, doch eine ungewohnte Scheu hielt sie davor zurück, ihren Vater zu fragen, ob er diese Verbindung erwogen hatte. Seit ihrem vierzehnten Lebensjahr war die Rede davon gewesen, für sie einen passenden Bräutigam zu finden, doch ihr Vater zögerte so sehr, dies zu tun, dass seine Freunde und Berater es für ihre Pflicht hielten, ihn daran zu erinnern.

Besonders Udwan, dem Wesir, schien dieses Thema am Herzen zu liegen und der König konnte sich auch denken, warum. Sein erstgeborener Sohn Manheb nämlich hätte sich – aus altadeliger Familie stammend – als Bräutigam vorzüglich geeignet. Leider war er einige Jahre jünger als Bilkis und noch keineswegs in einem Alter, da die Heranwachsenden sich zunehmend mit dem Gedanken an Frauen befassen. Doch schon in wenigen Jahren würde dies der Fall sein und was konnte Hadad gegen diese Verbindung einwenden? In Menelik hatte er einen Nachfolger gefunden und eine mannbar gewordene Tochter gehörte verheiratet. Nicht anders hatten es die Väter und Großväter gehalten und die vor ihnen, solange man denken konnte.

Natürlich hatte der König gute Gründe, die Sache hinauszuzögern, sie waren allerdings von einer Art, die er als Mukarrib von Saba eigentlich nicht gutheißen konnte. Nüchtern betrachtet war es so, dass Bilkis alles an sich hatte, seine Nachfolge anzutreten. Sie war besser gebildet als so mancher junge Mann, kannte die politische Lage und konnte mit Vernunft und Bedacht darüber urteilen. Hadad zog es neuerdings vor, bei strittigen Entscheidungen zuerst seine Tochter um ihre Meinung zu fragen und danach die Ratgeber zu hören. Das machte böses Blut und Udwan, dem Wesir, drängten sich Fragen auf die Lippen, die er nicht unterdrücken konnte und die ihm – als erstem Mann nach dem König – auch zustanden.

So nutzte er das Nachtmahl, an dem er regelmäßig teilnahm, um dann, wenn die anderen gegangen waren, gelegentlich mit dem König heikle Angelegenheiten zu besprechen. Sie saßen am Fenster und ließen sich vom auffrischenden Abendwind die vom Speisen erhitzten Gesichter kühlen.

»Mukarrib, hoher Herr, ich bin in Sorge – wir alle sorgen uns um das Weiterbestehen des Landes Saba. Dein Sohn Menelik steht kurz vor seiner Mündigkeit und sollte längst in die Kunst des Herrschens eingewiesen werden. Deine Tochter Bilkis ist mit fast achtzehn Jahren noch immer ohne Ehemann. Das gehört sich nicht, so ist es bei uns nicht der Brauch. Du bist der Mukarrib, frei in deinen Entscheidungen und nur Almaka und deinem Gewissen verantwortlich. Dennoch sollst du dich wie deine Vorväter in gewisse Vorgehens- und Verhaltensweisen fügen, die das Volk mit Recht von dir erwartet.«

Hadad nickte. »Du bist der Wesir, du darfst mich das fragen und ich werde mich bemühen, dir zu antworten. Was nun Menelik betrifft, so hätte ich ihn längst in die Aufgaben eines künftigen Königs eingeführt, doch er sperrt sich dagegen, will, wenn ich ihn recht verstanden habe, nur Priester, aber nicht König werden. Dass ihn der Arzt Ptahmose damals erst mit einer Weihrauchessenz zum Leben brachte, muss ihn wohl nachhaltig geprägt haben.«

Udwans schlaue, misstrauische Augen öffneten sich vor Erstaunen weit und er setzte zum Reden an, fand jedoch erst beim dritten Versuch zusammenhängende Worte.

»Aber ... aber ... so geht es nicht, nein, hoher Herr, das kannst du nicht dulden, das ist nicht üblich ... Du musst geeignete Maßnahmen finden, deinen Sohn auf seine Verantwortung hinzuweisen, ihm vor Augen zu führen, dass der Erstgeborene des Königs gewisse Pflichten zu erfüllen hat, die ihm notfalls ein jüngerer Bruder, in seinem Fall aber niemand abnehmen kann.«

»Es gibt Bilkis«, sagte Hadad mit leiser Stimme und ließ dabei Udwan nicht aus den Augen.

Der Wesir tat jedoch, als verstünde er nicht. »Es gibt Bilkis, gewiss, aber sie ist eine Frau und kein jüngerer Bruder.«

»Siehst du da ein Hindernis?«

»Ein Hindernis? Wofür?«

»Dass sie mir auf dem Thron nachfolgt.«

Udwan blickte den König verwirrt an. »Ohne Gemahl? Da sehe ich bestenfalls die Möglichkeit, dass sie jemand aus einer der ersten Familien heiratet, der – nach Zustimmung des Kronrats – zum König bestimmt wird. Bilkis kann nur die Frau des Königs sein, niemals Königin selbst.«

Hadad lächelte leise. »Wer sagt das? Wo steht das?«

Udwan knetete seine Finger, als wolle er sie verbiegen oder brechen, und ein deutliches Knacken war zu vernehmen.

»Das ... das steht nirgends, es ist ungeschriebenes Gesetz von alters her ...«

Hadad schüttelte leicht seinen Kopf. »Das stimmt nicht, ich

habe mich bei unserem Hofchronisten erkundigt, habe auch einige weise Männer befragt. Zwar wurde kein Fall einer früheren Herrscherin von Saba gefunden, was jedoch nicht heißen soll, dass es keine gegeben hat. Ehe wir von den Phoinikern die Schrift übernahmen, gab es keine Chroniken und da mag manches in Vergessenheit geraten sein. Aber in Hadramaut, Himyar, Kataban, Main und auch in kleineren Ländern oder Stammesverbänden hat es Herrscherinnen gegeben, die der Chronist auf dieser Liste aufgeführt hat.«

Hadad streckte dem Wesir das Schriftstück hin, doch der zögerte. Der König blieb geduldig und lächelte. »Der Papyrus ist nicht giftig und enthält nur einige Frauennamen.«

So griff Udwan zu, rollte das Blatt zusammen und steckte es in seinen Gürtel. »Wenn du gestattest, werde ich mich später damit befassen.«

Der König erhob sich. »Ich gestatte es.«

Udwan, der etwa gleich alt war wie der Mukarrib, war noch vom Vater des Königs kurz vor seinem Tod zum Wesir ernannt worden, mit den Worten: »Wenn ich es tue, hat es mehr Gewicht und du brauchst dich nicht mit alten Männern herumzuschlagen, die alles besser wissen.«

Udwan war seinem Amt durchaus gewachsen, wenn er auch manchmal Entscheidungen traf, die eigentlich dem König zugestanden hätten. Hadad hatte es hingenommen, denn manchmal zog er es vor, eine Reihe von Tagen, nur von wenigen Freunden begleitet, reitend und jagend durch sein Land zu ziehen, in Zelten oder unter dem freien Himmel zu nächtigen und mit den Gefährten über alles zu sprechen, nur nicht über Politik. Da hatte Udwan, der dann das Staatssiegel führen durfte, sein Haupt hochgereckt und als Stellvertreter des Königs so manchen seine Macht spüren lassen. Doch nach Hadads Rückkehr war er sofort wieder in die zweite Reihe getreten, sodass der König wusste, dass auf Udwan Verlass ist trotz mancher kleiner Übergriffe.

Nun, da sie beide standen und Udwan entlassen war, hob er schnell die Hand.

»Noch etwas, mein König. Auch wenn Prinz Menelik es offenbar vorzieht, Priester und nicht zugleich König zu werden, sollten wir ihm noch einige Zeit zur Besinnung geben. Ich kenne die schwierigen Umstände seiner Geburt und denke mir, dass sie seine geistige und körperliche Reife etwas verzögert haben. Wenn du einverstanden bist, warten wir sein achtzehntes Lebensjahr ab und dann mag er seine endgültige Entscheidung treffen.«

»Ich glaube nicht, dass Menelik seine Meinung ändern wird.«

»Vielleicht doch ...«

»Wir werden sehen.«

Udwan, der sich vorgenommen hatte, bei dieser Unterredung seinen Sohn Manheb als möglichen Bräutigam für Bilkis ins Gespräch zu bringen, hatte es einer blitzschnellen Eingebung zufolge unterlassen. Wenn nämlich, so war es ihm durch den Kopf gegangen, Bilkis tatsächlich zur Thronfolge bestimmt wird, dann würde der Kronrat umso eher einer Verbindung mit Manheb zustimmen. Er hatte dann die Möglichkeit, an ihrer Seite König zu werden. Sie müssten ihn dann als Mukarrib anerkennen und Bilkis war die Frau des Königs und so hätte man die alte Ordnung wiederhergestellt.

Hadad verschwieg seiner Tochter die Bedenken des Wesirs nicht, spann jedoch den Faden weiter. »Wie ich diesen schlauen Ehrgeizling einschätze, gehen seine Zukunftsgedanken in zwei Richtungen. Zum einen wird er sich sagen, wenn Menelik sich doch zur Übernahme des Königsamtes bereit erklärt, dann kann ich – falls er mich überlebt – unter einem schwachen König den starken Wesir spielen. Geschieht dies nicht und er muss dich als Königin anerkennen, so wird er alles darauf richten, seinen Sohn Manheb mit dir zu verheiraten.«

Bilkis' schönes schmales Gesicht hob sich dem Vater entgegen, als biete sie ihm einen Spiegel dar. Hadad verstand es auch so. Das bin ich, dachte er, Fleisch von meinem Fleisch, Geist von meinem Geist. Nur ihr kann ich den Thron hinterlassen, nur sie wird in meinem Sinn weiterherrschen.

»Hast du dich endgültig für meine Nachfolge entschieden? Was ist, wenn Menelik seine Meinung ändert?«

»Das wird er nicht tun und wenn doch, werde ich bei meinem Entschluss bleiben.«

»Das wird einen Aufruhr geben ...«

»Nein, Bilkis, dazu wird es nicht kommen.«

Almaka, der Staatsgott von Saba, verfolgte genau die Wünsche und Träume der Menschen und da sie einander entgegengerichtet waren, weil dieser jenes und andere etwas anderes erwarteten, begann er auf göttliche Weise den Fluss der Dinge umzulenken.

Menelik stand im sechzehnten und Bilkis im einundzwanzigsten Lebensjahr, als die im Frühjahr stattfindende rituelle Jagd des Mukarrib von Saba mit einer Tragödie endete. Die Beute an Steinböcken war bisher gering gewesen; es war, als ahnten diese Tiere die drohende Gefahr, und sie zogen sich in unzugängliche Schlupfwinkel zurück. Es dämmerte schon und Hadads Diener suchten einen Lagerplatz für die Nacht, als der Leibjäger lautlos an ihn herantrat und etwas in sein Ohr flüsterte. Bilkis, gerade dabei, das Aufstellen ihres Zeltes zu überwachen – sie schlief aus Schicklichkeit niemals unter dem freien Himmel –, hatte den Vorgang beobachtet und schaute den Vater fragend an. Er winkte sie herbei und flüsterte: »Hinter der Felsnase da drüben ist ein kleiner Wassertümpel und mein Jäger hat dort einen Wildstier beobachtet. Meinen letzten habe ich vor sechs Jahren erlegt ...«

Bilkis legte ihm warnend eine Hand auf den Arm. »Vater, es dämmert schon und diese Tiere sind höchst gefährlich. Setze einfach ein paar Tage mehr an und du wirst noch einiges erbeuten.«

»Nein, Bilkis! Ich werde wenigstens den Versuch machen.«

»Ich komme mit.«

»Nein, das ist nichts für dich. Kümmere dich besser darum, dass das Lager steht, wenn ich zurück bin.«

Auf der Jagd duldete der Mukarrib keine Widerrede und

Bilkis wusste das. Sie warf dem Leibjäger einen warnenden Blick zu, doch der Mann reagierte nicht. Die beiden füllten ihre Köcher mit den besonders schweren Pfeilen, die für große Tiere auf kurze Entfernung gedacht waren.

Als sie die Deckung des Felsens verlassen hatten, krochen sie auf dem Bauch näher heran. Trotz der Dämmerung konnte Hadad den Stier deutlich sehen. Er hatte sich von der Tränke zurückgezogen und beobachtete seinen Harim und die drei oder vier Kälber beim Trinken.

»Der Wind steht ungünstig«, flüsterte der Leibjäger, »bald wird er unsere Witterung aufnehmen.«

»Wir müssen näher heran, um ihn an der Flanke zu treffen.«

Sie krochen näher, aber da hob das muskelbepackte Tier seinen mächtigen Schädel, witterte kurz und ließ ein warnendes Gebrüll hören. Kühe und Kälber verschwanden wie weggewischt, während der Stier in Richtung der Menschen trabte – zuerst langsam und eher verhalten, dann immer schneller.

»Von vorn können wir ihn nicht erlegen«, sagte Hadad, »du musst ihn seitlich ablenken, damit ich seine Flanke treffen kann.«

Wortlos gehorchte der Jäger, lief geduckt, für den Stier jedoch deutlich sichtbar nach links. Das Tier blieb stehen, witterte und brüllte so laut, dass es klang wie der Schlachtruf einer Schar Trompeter.

Der König lief mit aufgelegtem Pfeil auf den Stier zu, blieb dann stehen, legte an, fixierte und spannte die Sehne mit aller verfügbaren Kraft. Der Pfeil traf den Stier unterhalb des mächtigen Nackens, aber, wie der jagderfahrene Hadad wusste, nicht im Bereich des Herzens. Inzwischen hatte auch der Leibjäger geschossen, sein Pfeil blieb jedoch wirkungslos in dem Fettwulst auf dem Rücken stecken. Der König nahm die kurze schwere Lanze vom Rücken, die eine lange, messerscharf geschliffene Eisenklinge besaß. Ein Händler aus dem Osten hatte ihm das seltene und kostbare Metall verkauft.

Um den Speerwurf sicher und wirkungsvoll zu machen,

musste er näher an das Tier heran. Der Stier erwartete ihn mit gesenkten Hörnern, während der Leibjäger herbeigerannt kam, um ihn auf sich zu lenken, damit der König die Flanke treffen konnte. Der Stier war unschlüssig. Von welchem dieser Zweibeiner drohte ihm die meiste Gefahr? So wandte er sich nur halb vom König ab, der schnell in eine bessere Zielposition lief, weit ausholte und die Lanze auf den Stier schleuderte. Sie traf den tödlichen Punkt, musste das Herz durchbohrt oder gestreift haben, aber die Lebenskraft in dem Koloss war so mächtig, dass er mit gesenkten Hörnern auf seinen Gegner losstürzte. Zwar sprang Hadad schnell zur Seite, doch das linke Horn schlitzte ihm seitlich Bauch und Unterleib auf. Vielleicht keine tödliche Wunde, doch eine Hauptader war getroffen, sodass der König in kurzer Zeit verblutete, sein Haupt auf die Knie des Leibjägers gebettet.

Als dieser blutüberströmt ins Lager rannte, wusste Bilkis sofort, was geschehen war. Sie schob Schmerz und Kummer beiseite.

»Hole seine zwei zuverlässigsten Diener und lege ihn auf eine Bahre. Der König ist schwer verletzt, aber nicht tot! Hast du mich verstanden? Schwer verletzt, hoher Blutverlust, aber am Leben!«

So gelang es ihnen, den Leichnam am nächsten Tag in den Palast zu schaffen, wo Bilkis sich mit Ptahmose und Menelik einschloss. »Du wirst heute Abend mit mir vor den Kronrat treten und aus ärztlicher Sicht die schwere Verletzung des Königs schildern. Lasse es offen, ob mein Vater überlebt, ich brauche etwa zwei Tage, um die Macht für mich zu sichern.«

Ptahmose nickte stumm, sein kahler Schädel glänzte schweißfeucht.

Sie wandte sich an ihren Bruder. »Dir, Menelik, bietet sich heute eine letzte Gelegenheit, deine Meinung zu ändern. Willst du unserem Vater als Mukarrib auf den Thron folgen, werde ich ohne Protest zurücktreten und Manheb heiraten.« Sie lächelte schwach.

»Immerhin wird er der nächste Wesir sein ...« Im Grunde

ihres Herzens meinte sie nicht, was sie sagte. Sie war der festen Überzeugung, Anspruch auf den Thron zu haben. Es war der Wille ihres Vaters gewesen und er hatte sie dazu erzogen.

Menelik sah trotz seiner jungen Jahre um einiges älter aus. Sein schmales, ernstes Gesicht war das eines Zwanzigjährigen, das Bestimmtheit ausstrahlte.

»Nicht einen einzigen Augenblick hat mich das Amt des Priesterkönigs jemals gelockt. Ich will Almaka dienen, ihm allein, ohne Rücksicht auf innere oder äußere Politik. Bei der Versammlung heute Abend werde ich es ausführlich begründen.«

Ptahmose hob die Hand. »Ich werde die zwei Tage nutzen, um den Körper des Königs nach ägyptischer Art einzubalsamieren. Wenn dann alle von ihm Abschied nehmen, wird er aussehen, als sei er vor kurzem gestorben.«

Bilkis nickte. »Es ist gut, dass wir dich haben, Ptahmose.«

Der Arzt hob seine beiden Schultern. »Es geht mir hier nicht schlecht und wenn ich mich gelegentlich erkenntlich zeigen kann ...«

»Dass du mich schwachen Kerl über die Jahre gebracht hast, ist mehr als genug«, sagte Menelik und berührte ihn mit einer dankbaren Geste an der Schulter.

Der Einfluss des Kronrates stieg und fiel mit der Macht des Königs. Es hatte schwache Herrscher gegeben, die ein Spielball waren in den Händen der Räte, und da waren starke gewesen, die sich nichts dreinreden ließen und den Kronrat behandelten wie untertänige Diener. Hadad war es gelungen, diese Herren bei Laune und im Bewusstsein ihrer Macht zu halten, ohne ihnen zu viel Freiheiten zu gestatten. Die Zahl der Räte schwankte zwischen fünfzehn und zwanzig und sie vertraten die unterschiedlichsten Interessen. Die größten Stämme des Landes, Sumay und Amir, sandten je drei Männer in die Versammlung, denen auch der Wesir, der Hohe Priester und Mitglieder der alten Adelsfamilien angehörten.

Menelik trat als erster Sprecher auf, so war es abgemacht.

»Hohe und weise Herren, nach Brauch und Herkommen müsste ich mich als Erst- und Einziggeborener meines Vaters, des weisen Mukarrib von Saba, nun auf die Nachfolge vorbereiten, denn der Hakim Ptahmose meint, dass der Lebensfunke des Königs bald erlöschen wird. Seit ich verantwortlich und einsichtig denken kann, habe ich es abgelehnt, das Amt des Mukarrib zu übernehmen, denn ich möchte nur Priester, aber kein König sein.«

Menelik hustete schwach, kam außer Atem, schöpfte tief Luft und sprach weiter. »Was wäre ich auch für ein König? Von einem Herrscher darf man erwarten, dass er in Notzeiten sein Heer anführt, dass er mit vorbildlichem Geschick Schwert und Lanze, Bogen und Streitkeule führt. Dazu bin ich nicht imstande und ihr alle wisst das. So ist es mein Wille, dem Land als Hoher Priester Almakas zu dienen, und ich glaube, das ist nicht weniger wichtig, nicht weniger verantwortlich, als das Schwert zu führen. Wer entscheidet letztlich die Schlachten, wer führt nicht selten den Schwächeren zum Sieg? Es ist Almaka, der allmächtige Gott, und für mich kann ich mir kein höheres Amt denken, als ihm in Demut zu dienen – zum Wohle des Volkes von Saba. Nach ausdrücklichem Wunsch meines Vaters und mit meiner uneingeschränkten Billigung wird meine Schwester Bilkis das Amt einer Königin übernehmen. Wie es Brauch und Sitte wollen, wird sie sich nach Ablauf der Trauerzeit mit Manheb, dem Sohn des ehrenwerten Wesirs Udwan, verloben und ihn zu gegebener Zeit heiraten. Möge Almaka euch allen, auch mir und meiner Familie gnädig sein und die Seele des Mukarrib in seine Herrlichkeit aufnehmen.«

Bilkis, die auf Udwans Widerstand gefasst war, hatte diesen durch das Angebot einer Heirat mit Manheb zum Erlahmen gebracht. Udwan atmete auf und dachte: Unter mehreren Möglichkeiten ist dies nicht die schlechteste. Dass Manheb König wird, kann Zeit und Mühe kosten, aber nun liegt es im Bereich des Möglichen. Zufrieden knetete er seine Finger, die hörbar knackten.

Dann trat Ptahmose kurz vor die Versammlung hin. »Leider hat es den Göttern gefallen, unseren König den Weg nach Westen antreten zu lassen. Das Horn des Stieres hat einen lebenswichtigen Teil seiner Eingeweide so schwer verletzt, dass wir morgen oder übermorgen mit seinem Ableben rechnen müssen. Dass es sein innigster Wunsch war, Prinzessin Bilkis als Nachfolgerin zu sehen, kann ich bestätigen. Als er heute Mittag in tiefe Bewusstlosigkeit sank, waren es seine letzten Worte.«

Jetzt trat Bilkis vor. »Mein Bruder und ich können dies bezeugen. Ehe ich mich eurer Abstimmung stelle, möchte ich sagen, dass ich, sollte mich der Kronrat bestätigen, als Königin zur Ehre Almakas den Namen Bilkis Balmaka tragen werde.«

Sie hatte ein vielstundenlanges Palaver erwartet, doch schon nach kurzer Zeit meldete Udwan:

»Sie haben dich als Königin bestätigt, allerdings unter der Bedingung, dass Manheb den Mukarrib-Titel erhält.« Seine Augen glitzerten vor Genugtuung, als er dies sagte.

Bilkis tat erstaunt. »Ja, so war es gedacht, ich habe es doch selbst vorgeschlagen.«

»Menelik sprach nur von einer Verlobung …«

Sie lächelte. »Was wäre eine Verlobung, würde ihr nicht die Hochzeit folgen?«

Die Krönungszeremonie wurde in der Südoase Yasran vollzogen, im Königstempel, wie er im Volksmund hieß, weil er näher am Palast lag und alle Staats- und Götterfeste unter Teilnahme des Mukarrib und seiner Familie hier stattfanden. Etwas südlich davon erhob sich der Volkstempel, etwa doppelt so groß, ein gewaltiges Gebäude, von einer ovalen, etwa sechshundert Ellen umfassenden und bis zu dreißig Ellen hohen Mauer umgeben. Dahinter war ein Friedhof angelegt mit hunderten, vielleicht tausenden von Gräbern – vor allem der Wohlhabenden –, sodass sich im Bereich dieses Tempels jahraus, jahrein ein betriebsames Leben abspielte.

Im Königstempel ging es außerhalb der großen Staatsfeste stiller zu, doch jetzt, anlässlich der Krönung einer Königin, war – auch aus Neugierde – alles erschienen, was schon oder noch gehen konnte. Freilich gab es noch den Hohen Priester Nabat, der je nach Bedarf in den zwei Tempeln Zeremonien vollzog, doch er war alt geworden und Menelik hatte ihm seit einigen Jahren zur Seite gestanden und Pflichten abgenommen, die dem greisen Herrn lästig waren. Bilkis hatte ihm nahe gelegt, sein Amt ganz auf Menelik zu übertragen, und er hatte unter der Bedingung zugestimmt, ihre Krönungszeremonie ausführen zu dürfen. Das war ihr ganz recht, denn es machte einen besseren Eindruck, wenn der langjährige Hohe Priester ihre Erhöhung zur Königin guthieß und seinen Segen gab.

Die eigentliche Weihezeremonie fand im Innersten, im Allerheiligsten des Tempels statt, in das man über zwei Innenhöfe gelangte. Der erste, von einer niedrigen mit drei Ecktürmen bestückten Mauer umgeben, stellte nur eine Abgrenzung zwischen dem *haram*, also dem engeren Bereich der Gottheit, und dem *mahram*, dem weiteren Tempelbezirk, dar, zu dem auch Vieh und Weideland gehörten. Der zweite, quadratische Innenhof, durch eine hohe Mauer geschützt, enthielt einige Altäre, an denen nur der König, seine Familie und manchmal auch der Hofstaat opfern durften. Dahinter führte eine schmale, steile Treppe in einen säulengestützten, überdachten Raum mit dem Allerheiligsten, das nur durch eine niedrige Tür gebückt zu betreten und bei Bedarf durch einen verschließbaren Lichtschacht zu erhellen war. Dort herrschte eine magische Dämmerung, die gerade ausreichte, die Umrisse der goldenen, matt leuchtenden Statue des Gottes Almaka zu erkennen. Er war als schöner Jüngling mit lockigem Haar und kurzem gekräuseltem Bart dargestellt, bekleidet mit einem knielangen, mit Weiheinschriften bedeckten Gewand, auf dem oben an der Brust und unten an den Schenkeln die Pranken eines am Rücken getragenen Löwenfells zu sehen waren. Die rechte Hand war segnend ausgestreckt, die linke hielt ein kurzes Schwert – Sinnbilder für Lohn und Strafe, die gleichermaßen von ihm kamen.

Ihm, dem Staatsgott Almaka, führte der greise Hohe Priester, geleitet von Menelik, der ihn sorglich stützte, die neue Königin vor, salbte und krönte sie, legte ihr den Königsmantel um und führte sie nach draußen, wo sich im zweiten Innenhof das königliche Gefolge und der Kronrat versammelt hatten. Hier hätte der Priester dem neuen Herrscher das Schwert reichen müssen, das er dann mit einer Drohgebärde schwenkte und gelobte, damit sein Volk gegen jeden äußeren und inneren Feind zu verteidigen.

Bilkis verzichtete darauf und reichte die Waffe sofort an den Obersten der Palastwache weiter, den sie darauf zum Heerführer ernannte. Das war Dakar aus dem Nomadenstamm der Amir, ein Krieger von Kopf bis Fuß, der die meisten seiner Mitmenschen um Haupteslänge überragte. Seine Treue, Tüchtigkeit und unbedingte Zuverlässigkeit hatten ihn nach Jahren zum Obersten der Palastwache aufsteigen lassen und Bilkis spürte, dass er diese Eigenschaften ungefragt und wie selbstverständlich auch auf den neuen Herrscher übertrug, mochte dieser auch eine Frau sein.

Es war abgesprochen, dass Dakar mit dem Schwert die zeremonielle Drohgebärde ausführte und dabei dann die Worte sprach: »Mit diesem Schwert werde ich die Königin Bilkis Balmaka und unser Volk gegen innere und äußere Feinde verteidigen.«

Bilkis hatte sich gewundert, dass der Machtwechsel so reibungslos und ohne Widerstände vor sich gegangen war, doch es dauerte nicht lange, dann kamen die ersten Proteste. Udwan hatte es erwartet.

»Du hast die Leute mit deiner Nachfolge so geschickt überrumpelt und meines Erachtens damit das Richtige getan. Hätte man ihnen Zeit gelassen, die neue Lage zu überdenken, so hätten sich tausend Hindernisse aufgetan. Nun, da du gesalbt und gekrönt bist, kommen jedoch Fragen an mich heran, die man der Königin vorerst nicht zu stellen wagt. Etwa die, wie es mit dem Harim weitergehen soll. Ein König hätte ihn mit übernommen, die älteren Damen mit einem Geldgeschenk zu ihren Familien zurückgeschickt und neue aus Nachbarländern und befreundeten Stammesverbänden darin aufgenommen. Bei einer Königin geht das nicht. Wie also soll ich diese Frage beantworten?«

Bilkis dachte nach, ohne eine Spur von Sorge oder Unsicherheit zu zeigen. »Ich werde so verfahren, wie es ein König tun würde, also jede der Frauen, wenn sie es will, mit einem großzügigen Geschenk zu ihrer Familie zurückschicken und darüber hinaus soll jeder der unverheirateten Hofleute eine Gelegenheit zur Brautwahl haben, aber nur mit Willen und Zustimmung der betroffenen Frauen und Mädchen. Was nun unsere Nachbarländer betrifft, so werde ich meinen Bruder bitten, Ehen mit Frauen aus Hadramaut, Kataban, Himyar und anderen Ländern zu schließen, um die Freundschaft mit diesen zu erhalten.«

»Ist er nicht zu jung dazu?«

»Er wird es tun müssen – so oder so.«

Udwan nickte, wandte dann seinen Blick verlegen ab, was bei ihm eher selten war. »Da ist noch etwas …«

»Heraus damit!«

»Du wirst wissen, dass dein Vater mit unwichtigen Frauen einige Kinder gezeugt hat, und darunter ist Karib, Sohn einer Palastsklavin, der einige Jahre älter ist als du. Dein verstorbener Vater hat das Kind anerkannt, dem Jungen eine gute Ausbildung im Heer verschafft und so ist aus ihm einer der Hauptleute der Leibwache geworden. Dass Hadad sein Vater war, hat er immer betont und sich damit eine gewisse Anhängerschaft erworben. Ich müsste mich schon sehr täuschen, wenn er nicht – vorerst uneingestanden und eher heimlich – nach deinem Thron schielt. Kürzlich soll er geäußert haben, dass eigentlich ihm als Königssohn das Schwert des Heerführers zusteht, das du an Dakar weitergegeben hast.«

Bilkis ließ sich nichts anmerken, machte nur eine verächtliche Geste. »Der Kerl soll sich nichts einbilden! Behalte du ihn im Auge und sage Dakar Bescheid.«

»Wird geschehen. Wie lange muss Manheb noch bis zu eurer Verlobung warten?«

»Bis das Trauerjahr um ist.«

Udwan verneigte sich, war mit sich und dem Lauf der Ereignisse durchaus zufrieden.

4

Bei einem Thronwechsel war es in Saba üblich, alle Nachbarstaaten und jene Länder, denen man durch den Weihrauchhandel verbunden war, über die neue Lage zu unterrichten. Das waren vor allem Kataban, Hadramaut, Himyar und Main, aber auch die Stadtfürsten der wichtigen Handelszentren von Jathrib (Medina) und Makoraba (Mekka), dann die im Südwesten jenseits des Meeres gelegenen Staaten Damat und Aksum und natürlich das im Norden daran angrenzende Riesenreich von Kemet, dem Schwarzen Land, wo ein legendärer Gottkönig die absolute Macht ausübte. An letzter Stelle stand das weit im Norden der Arabischen Halbinsel gelegene Israel, das seit über fünfzig Jahren von Königen regiert wurde, in deren Folge Salomo nach Saul und David der dritte war.

Hatte Bilkis' Vater Hadad bei seiner Thronübernahme wohl zuletzt an einen Bericht nach Israel gedacht, so war es bei Bilkis der erste Gedanke gewesen. Salomo – der berühmte Friedensfürst, Herr über Israel und Juda, der als Bräutigam durch Bilkis' Träume spukte, den sie als ihren Bruder im Geiste ansah – erhielt einen ausführlichen Bericht über die neuesten Ereignisse in Saba, was ihn verwunderte, ihm jedoch auch schmeichelte. Natürlich wusste er von einem Königreich Saba, viele Tagesreisen weit im Süden gelegen, doch es war für ihn politisch ohne Belang, ohne irgendeine Notwendigkeit, sich damit gegen gemeinsame Feinde zu verbinden, Tribut dorthin zu senden oder welchen zu verlangen. Neben Saba gab es noch Nachbarstaaten, etwa Kataban und Hadramaut, und sie alle waren nur als Handelspartner wichtig. Von dort kamen Weihrauch und Myrrhe, Balsam und Aloe, Kalam und Mastix –

allesamt unentbehrlich zur Herstellung von Arzneien, Duftölen, nicht zuletzt auch, um Gott und die Götter mit duftenden Weihrauchwolken zu ehren und zu feiern.

Salomo hatte keine Scheu davor, auch den Begriff »die Götter« in Gedanken und in Reden zu benutzen, denn sein Reich war von Ländern umgeben, die Gott in seiner Vielfalt verehrten, wie die Phoiniker, die Pelistim, die Moabiter, Edomiter und nicht zuletzt die Bewohner des großen und mächtigen Kemet – die Ägypter. Diese waren zwar keine unmittelbaren Nachbarn, aber wichtig auch für Israel und das hatte vor kurzem eine Auswirkung gehabt, die einmalig war in der Geschichte des Landes Kemet. Noch niemals hatte das Land am Nil eine seiner Königstöchter mit ausländischen Fürsten verheiratet, das war eine Tradition von alters her, doch Pharao Siamun hatte notgedrungen eine Ausnahme gemacht. Notgedrungen, weil es vor einigen Jahrzehnten zu einer Spaltung des Landes gekommen war und sich der südliche Teil unter Führung der Amun-Priester von Theben vom nördlichen – wo in Tanis der Pharao regierte – abgetrennt hatte. Um den Machtverlust auszugleichen, hatte Siamun einen Feldzug nach Norden gegen die Pelistim unternommen, dabei die Stadt Geser erobert und sich mit Israel freundschaftlich verbündet, denn das ägyptische Heer war geschwächt und musste sich auf den Rückweg machen. Um dieses Bündnis zu festigen, gab der Pharao dem König Salomo eine seiner Töchter zur Frau, die hübsche und eigenwillige Merit-Anat. Sie lehrte den israelischen König, was es bedeutete, mit einer ägyptischen Prinzessin verheiratet zu sein, die man nicht stillschweigend wie die meisten anderen in den Harim abschieben und vergessen konnte.

Diese Dinge gingen Salomo durch den Kopf, während sein Schreiber Ahia mit ihm die in letzter Zeit eingetroffenen Schriftstücke durchging. Er teilte sich dieses Amt mit seinem nur wenig jüngeren Bruder Eliohoref und bei beiden war es ein zäher verbissener Kampf – wenn auch in aller Freundschaft – um das Wohlwollen des Königs, mit dem Ziel, die wichtigeren

Aufgaben zu erhalten und somit den Sieg davonzutragen. Salomo betrachtete diesen Wettstreit mit stillem Vergnügen, dachte jedoch nicht daran, einen der Brüder zu bevorzugen, denn beide leisteten Hervorragendes und konnten in vielfältiger Weise eingesetzt werden.

Jetzt kam die Rede auf jenes Schreiben aus Saba, in vorzüglichem Hebräisch abgefasst und sehr umfangreich. Ahia blickte auf.

»Soll ich es dir in voller Länge vorlesen oder willst du nur den Inhalt wissen, Malki?«

Bei anderen bestand Salomo auf einer feierlicheren Anrede, doch innerhalb des engsten Hofstaates begnügte er sich mit *malki,* mein König.

»Zunächst nur den Inhalt. Sollte er mich zu einer näheren Betrachtung verlocken, werde ich mich später genauer damit befassen.«

Ahia nickte eifrig. »Wie du willst, Malki. Also, die *malkah* von Saba teilt dir mit, dass ihr Vater, der *mukarrib* Hadad, bei einem Jagdunfall verstorben sei und ausdrücklich sie zur Thronerbin bestimmt habe.«

»Hat er keinen Sohn?«

»Doch, aber Menelik, schon als schwächliches Kind geboren, fühlte sich dem Thron nicht gewachsen und wollte nur ein Priesteramt übernehmen.«

»Vielleicht hat sie ihn dazu gezwungen?«

»Wer will das wissen? Jedenfalls hat Menelik seinen Verzicht vor dem Kronrat begründet und bestätigt.«

»Begründet ... womit?«

»Mit seiner angeborenen körperlichen Schwäche, die ihn zum Heerführer untauglich macht.«

Salomo stand auf, reckte sich und gähnte verhalten. »Nun gut, Königinnen hat es da und dort immer gegeben, das ist selten, aber nichts Besonderes.«

Ahia nickte. »Ja, doch im zweiten Teil des Schreibens spricht sie ausschließlich von dir, und zwar ...«

Salomo zog mit einer blitzschnellen Bewegung das Schreiben an sich. »Das geht nur mich etwas an«, sagte er schnell und etwas unwillig.

Es war sonst nicht seine Art, anderen ins Handwerk zu pfuschen, und der erschrockene Ahia konnte sich nicht erinnern, seinen König jemals so unwirsch erlebt zu haben.

»Wie ... wie du willst, Malki.«

Als Salomo sein Erschrecken bemerkte, tat ihm der redliche Ahia Leid. Er berührte ihn versöhnlich an den Schultern.

»Das ungewöhnliche Schreiben ließ mich ungewöhnlich handeln, du musst das verstehen. Es ist die erste Nachricht, die ich von einer Königin erhalte ...« Er lachte und wandte sich zur Tür. »Wenn ich es gelesen habe, bekommst du es zurück.«

Salomo ging in seine Privaträume und schickte die Diener hinaus. Was hatte diese Frau nur bewogen, ihn mit solch blumigen Lobpreisungen zu überhäufen, die manchmal klangen wie die Schmeichelreden eines liebedienerischen Höflings?

»Dein Ruhm fliegt mit Adlerschwingen durch alle Völker, tönt wie Posaunenkläge über Stadt und Land. Dein Thron steht auf den vier Säulen von Weisheit und Gerechtigkeit, Friedensliebe und Gottesfurcht. Damit überragst du alle Könige, keiner kommt dir gleich, ob in Süd oder Nord, Ost oder West. Dich zu kennen ist wie ein Gottesgeschenk, ist wie Speise für Hungrige, wie ein belebender Trunk für Durstige, wie kühlender Balsam auf brennende Wunden.«

Salomo legte das Schreiben auf den Tisch und schob es von sich weg, als wolle er mit solchen Lobpreisungen nichts zu tun haben. Hat die Thronerhebung dieser Frau den Geist verwirrt? Vielleicht stand am Ende ein unbilliger Wunsch, eine unerfüllbare Forderung? Widerwillig zog er das Schriftstück wieder heran und überflog es bis zum Ende. Nein, kein Wunsch, keine Forderung, nur Lobpreisungen, gute Wünsche und in einem Halbsatz das Begehren, ihn eines Tages kennen zu lernen. Ein spöttisches Lächeln flog über sein Gesicht. Ich werde dich nicht besuchen, dachte er, und du wirst dir den Gedanken an eine Reise hierher bald aus dem Kopf schlagen, wenn du einen Karawanenführer nach der Dauer und den

Schwierigkeiten fragst. Wenn Frauen sich etwas in den Kopf setzen ...

Ja, damit hatte Salomo einige Erfahrungen, seit eine ägyptische Prinzessin seine Frau war. Er hatte umdenken müssen, hatte – schon aus Respekt für den Pharao und seinen Bündnisvertrag – Merit-Anat eine andere Behandlung angedeihen lassen, als dies mit den Frauen aus Moab, Ammon, Edom, Chatti, Phoinikien und anderen befreundeten Ländern geschah. Eine gewisse Bedeutung erhielten sie nur, wenn sie ihm einen Sohn gebaren, der über das Kindesalter hinaus am Leben blieb, wie dies bei Naama, der Ammoniterin, der Fall war. Deren Sohn Rehabeam hatte das fünfte Jahr erreicht und galt unbestritten als der Thronfolger. Deswegen hatte Naama auch einen eigenen kleinen Wohnbereich erhalten, mit Dienerschaft und ein paar Leibwachen. So war es üblich, so hatte es auch König David mit Batseba gehalten.

Dass Merit-Anat etwas Besonderes war, konnte jeder auf den ersten Blick sehen. Mit ihrer hellen Haut, den graugrünen Augen und einer fast knabenhaften Schlankheit stach sie von allen anderen Frauen im Harim ab. Ihre Mutter war eine Prinzessin aus Ugarit gewesen und hatte ihr das fremdländische Aussehen vererbt. Sie hatte sich nicht in den Harim zu den anderen »namenlosen und unbedeutenden« Frauen abschieben lassen und so hatte sie Salomo vorerst in der Davidsstadt untergebracht, in seines Vaters altem und eher bescheidenem Palast.

Als Salomo der Ägypterin vorschlug, ihren nach Götzenverehrung klingenden Namen in das ähnlich lautende und landesübliche Mirjam abzuändern, zeigte sie sich wider Erwarten einverstanden, aber um welchen Preis! Sie stellte nämlich verschiedene Bedingungen und die lauteten: einen Palast mit eigener Hofhaltung und Leibwache. Der Unterhalt sollte aus ihr übertragenen Ländereien bestritten werden. Keineswegs gesonnen, die eigene Religion zugunsten des unsichtbaren Gottes aufzugeben, verlangte sie die Errichtung eines Tempels der ägyptischen Göttin Anat, nach der ihr alter Name lautete: Merit-Anat – geliebt von Anat.

Salomo zögerte. Er hatte inzwischen ohnehin einige Kultstätten für fremde Gottheiten auf dem Ölberg, also außerhalb der Stadtmauer, errichten lassen und dabei immer betont, dass dies nicht, wie gemunkelt wurde, seinen ausländischen Frauen zuliebe geschehen war, sondern um den durchziehenden und zum Teil auch hier ansässigen Händlern aus Moab und Ammon eine Verehrung der heimischen Gottheiten zu ermöglichen.

Mirjam hatte die nicht immer angenehme Gewohnheit, während des Gesprächs mit Salomo die Augen keineswegs niederzuschlagen, sondern ihren leuchtenden Blick fest und mit leiser Herablassung auf ihn zu richten. Das war nun keine allgemeine Eigenschaft der ägyptischen Frauen, sondern lag an ihrer Erziehung. Als Tochter eines Königs, der vor seinem Namen die Titel trug: Sohn der Sonne und Vollkommener Gott, war sie in dem Bewusstsein aufgewachsen, etwas Besonderes und nicht von der Art gewöhnlicher Frauen zu sein. Sie war es gewohnt, dass andere vor ihr den Blick senkten, und das galt auch für die höchsten Hofbeamten. Da sie einige ältere Schwestern hatte und damit hatte rechnen müssen, dass eine von diesen mit dem Thronfolger verheiratet wurde, war sie ganz zufrieden mit ihrem Schicksal, denn immerhin war Salomo der mächtigste König im Bereich der mit Ägypten befreundeten Länder.

Mirjam, wie sie von nun an als Gemahlin des Königs von Israel genannt wurde, war nicht nur ungewöhnlich schön, sondern auch von berechnender Klugheit. Natürlich hatte sie schon vorher gewusst, dass es hierzulande die Stellung von der Art einer Großen Königsgemahlin nicht gab. Eine solche saß neben dem Pharao auf dem Thron, trug die Geierhaube und über der Stirn die magische, Unheil abwehrende Uto-Schlange. Das Einzige, was sie hier von den anderen »Gemahlinnen« des Königs unterschied, war ihre Herkunft aus Ägypten, dem mächtigsten Königreich im Süden mit einer unvorstellbar langen und ruhmreichen Geschichte.

Doch das genügte ihr nicht und als sie nach einiger Zeit die

Landessprache einigermaßen beherrschte und die politischen und religiösen Verhältnisse von Israel und Juda kennen gelernt hatte, wartete sie auf den günstigen Zeitpunkt für eine gründliche Aussprache mit Salomo. Sie kannte seine Gewohnheiten, seine Vorlieben und Abneigungen, wusste auch, dass sein Geist nach einer leidenschaftlichen Liebesstunde am empfänglichsten war, bis sich – nach einigen Bechern Wein und ein paar Leckerbissen – seine Lust von neuem regte. Dass er ihr am häufigsten beilag, sie schon bald nach der Brautnacht allen anderen vorzog, hielt sie für wenig verwunderlich. Schließlich war sie, in jeder Beziehung, eine außergewöhnliche Frau. Schwanger war sie noch nicht geworden, dafür hatte sie kenntnisreich Sorge getragen. Salomo hatte bald nach der Hochzeitsnacht davon gesprochen, wie schwer es ihm fallen würde, während der letzten Wochen einer möglichen Schwangerschaft auf sie zu verzichten. Sie sei für ihn, hatte er ihr während einer Liebesstunde ins Ohr geflüstert, von Mal zu Mal wie ein unberührtes Mädchen, das er wieder und wieder entjungfere.

Jetzt war die Stunde gekommen, da sie beginnen wollte, diesen Mann nach ihrem Bild zu formen, wie es nach dem Landesglauben Gott mit dem ersten Menschen getan hatte. Doch es musste so behutsam geschehen, dass er nichts davon spürte und glaubte, er selbst sei auf diesen oder jenen Gedanken gekommen.

Er hatte sie in dem ihr vorbehaltenen Teil des Palastes besucht und wurde dabei stets daran erinnert, dass Mirjam nicht war wie seine anderen Frauen. Niemals hätte sie ein Bett bestiegen, das zuvor von anderen benutzt worden war. Diese so genannten Prinzessinnen waren für sie etwas wie Bauerndirnen, wenig besser als das überall herumwimmelnde Sklavenpack. Mirjam vergaß niemals, wer sie war und was man ihr schuldete.

Nun lagen sie auf dem breiten fellbezogenen Ruhebett, die schweren Vorhänge waren halb zurückgezogen und ein verblassendes Stück des Himmels war zu sehen, dessen Farbe ins

Zartgraue überwechselte. Es waren die ersten Tage des zweiten Monats, der Frühling hatte schon Fuß gefasst, berührte mit zärtlicher Hand die Knospen an Büschen und Bäumen, an Blumen und Sträuchern, brachte sie zu farbenfrohem Erblühen, entlockte ihnen betörende Düfte.

Sie spielten ihr lieb gewordenes Spiel, wenn er seinen Becher Wein an ihre Lippen setzte und sie mit dem ihren das Gleiche tat. Da musste man behutsam und geschickt vorgehen, doch nach einiger Übung hatten sie es so weit gebracht, dass kein Tropfen daneben fiel.

Als der leuchtende Blick ihrer graugrünen Augen ihn festhielt, wusste er, dass sie etwas auf dem Herzen hatte. Er lächelte.

»Ich sehe, dir ist nach Reden zumute – also rede!«

»Woran siehst du das?«

»Weil du mich dann nicht mehr aus den Augen lässt.«

»Bin ich so leicht zu durchschauen? Das werde ich in Zukunft anders machen müssen ...«

»Warum? Es ist doch schön, wenn Liebende ihre Gewohnheiten kennen.«

»Da hast du vielleicht Recht. Weißt du, was mir nach der letzten Nachricht von meinem Vater immer wieder durch den Kopf geht? Wie ähnlich ihr euch seid. Das hat nichts mit dem Äußeren zu tun, sehr viel aber mit eurem politischen Verhalten. Beide schätzt ihr über alles den Frieden, beide versucht ihr, mehr nach innen als nach außen zu wirken. Wenn du hier deinen Palast umgebaut und wesentlich erweitert hast ...«

»Nur, weil du einen eigenen wolltest ...«

Sie lachte. »Du hättest es auch so getan. Das Wichtigste aber ist der Tempelbau, zu dem du vor zwei Monaten den Grundstein gelegt hast. Mein Vater hat Ähnliches getan, hat in Memphis, der Stadt des Gottes Ptah, einen großen Amun-Tempel errichten lassen, hat den Tempelkomplex in Tanis wesentlich erweitert. Das nur nebenbei, denn eigentlich wollte ich von etwas anderem sprechen. Ist dir schon aufgefallen, wie sehr ihr euch im Verständnis des Königsamts gleicht?«

Salomo richtete sich halb auf. »Nein … worauf willst du eigentlich hinaus?«

»Wie mein Vater Siamun bist du der erste Priester des Landes, darfst das Allerheiligste betreten, bist die nächste Verbindung zu den Göttern.«

»Zu Gott!«, warf Salomo ein.

»Der Unterschied ist nicht so groß. Das Bündnis eines Gottes mit dem Volk von Israel unterscheidet sich wenig von dem, was den Pharao mit Amun-Ra verbindet. Nur beim Verhältnis des jeweiligen Gottes zum jeweiligen König bist du etwas im Nachteil.«

Salomo verdrehte die Augen und seufzte. »Ach, Merit-Anat, lass uns doch von etwas anderem reden. Unser Gesetzgeber Mose hat festgelegt, wie diese Dinge zu betrachten sind, und ich möchte daran nichts ändern – ja, ich kann es gar nicht.«

Sie nickte heftig. »Aber darum geht es ja! Du kannst es nicht, weil Priester und Propheten dein Tun und Lassen argwöhnisch verfolgen, weil sie dir, dem König, stets auf die Finger schauen. Das ist ein misslicher Zustand und würdigt dich zum Schuljungen herab, den seine Lehrer kritisch beobachten und vor denen er sich rechtfertigen muss. Du bist der erste Priester dieses Landes, bist König und solltest nur deinem Gott und sonst niemand verantwortlich sein. Würde es etwa der Hohe Priester des Amun wagen, meinem Vater Vorhaltungen zu machen, ihn zu belehren oder gar Kritik zu üben, so würde der Pharao, wenn es ihm gefällt, diesen Menschen zum Türsteher in seinem eigenen Tempel degradieren. Das kostet ihn nur ein Wort! Und wie ist es hier? Glaube ja nicht, dass es mir entgangen ist, wie diese Priester und Propheten mit dir umspringen! Dein Freund Sabud, Sohn des verstorbenen Propheten Natan, zehrt vom Namen seines Vaters und spielt sich zum gottgesandten Ratgeber auf. Wenn der Bau des Anat-Tempels immer wieder verschoben wurde, so doch nur deshalb, weil der Hohe Priester Asarja und der selbst ernannte Prophet Sabud dir dringend davon abgeraten haben. Von diesem Götzentempel – noch dazu einer weiblichen Gottheit geweiht – könnte sich Gott schwer beleidigt fühlen und Strafe über das Volk bringen.«

Salomo kannte Mirjams Gesinnung zur Genüge, dass sie jedoch ständig auf seinen lieben Freund und engen Vertrauten Sabud losdrosch, durfte er ihr nicht gestatten. Er hob die Hand, setzte mehrmals zum Reden an, doch es gelang ihm nicht, ihr ins Wort zu fallen.

»Später, mein Freund, später«, sagte sie nur und fuhr fort: »Was ist das für ein Gott, der sich von einer kleinen ägyptischen Göttin beleidigt oder gar herabgesetzt fühlt? Das ist ein Mäusegott, ein Fliegengott und nicht der Schöpfer von Himmel und Erde! Klein haben sie den Gewaltigen gemacht, eure Priester und Propheten – klein, damit er in ihre beschränkten und eigensüchtigen Vorstellungen passt. Klein wollen sie auch dich machen, mein Freund, der sowohl dem Rang als auch dem Geist nach himmelweit über ihnen steht.«

Salomo stimmte ihr in vielem bei, doch einiges musste schon zurechtgerückt werden.

»Die Stellung eines Pharaos hat sich in tausenden von Jahren gebildet und verfestigt. Wenn dein Vater mit einem kurzen Satz einen Hohen Priester entmachten und einen anderen in dieses Amt erheben kann, dann, weil es schon seine Ahnen und Urahnen taten. Unser Königtum ist jung, ich bin erst der dritte in diesem Rang und wir alle – auch die vor den Königen herrschten – fühlen uns den Gesetzen des Mose, der Thora, verpflichtet. Sie sind gottgegeben und müssen genau beachtet werden. Auch ich bin ihnen unterworfen und wenn du abwertend von den Priestern und Propheten sprichst, die mich, wie du es siehst, beaufsichtigen und kritisieren, dann doch nur aus Sorge um das Wohl aller! Gott erzürnen hieße, seine Strafe auf uns ziehen, und wer will das? Wer will Kriege, Seuchen, Hungersnöte, verheerende Stürme, Erdbeben oder Überschwemmungen? Wenn der ägyptische Pharao weit über dem Volk steht, weit sogar über den Priestern und Fürsten seines

Landes und sich den Göttern näher fühlt als den Menschen, so gilt das bei mir nur für mein Amt. Als Mensch bin ich dem Gesetz unterworfen, bin vor Gott nicht mehr und nicht weniger als ein Bettler am Fuß des Tempelberges.«

Mirjam seufzte. »Das ließe sich ändern …«

»Da müsste Gott seine Gesetze ändern und das wird Er kaum tun. Nur eines hast du doch bewirkt: Ich werde den Anat-Tempel bauen und die für unseren Tempel in großer Zahl angeworbenen Handwerker und Arbeiter dafür nutzen, nicht jedoch die einheimischen Fronarbeiter, die unentgeltlich – zur höheren Ehre Gottes – am Haus des Herrn mitwirken. Wofür genau ist deine Göttin zuständig?«

Mirjam lächelte nachsichtig. »Zuständig – wie das klingt. Anat ist die Geliebte und Gefährtin des Gottes Baal und wer sie eine Kriegsgöttin nennt, erfasst nur einen Teil ihres Wesens. Sie ist auch eine große Liebende, wie das Lied von ihr kündet:

Die Jungfrau Anat suchte ihn,
wie das Herz der Kuh nach ihrem Kalb,
wie das Herz des Mutterschafes nach dem Lamm,
so sehnte Anats Herz sich nach Baal …«

Salomo lachte. »Genug, genug! Dieses Lied beweist nur, dass sich das Wesen der Menschen in den Göttern spiegelt. Sie lieben und hassen, sie nehmen und geben. Gott der Herr steht weit darüber! Ihm, der sich selbst genügt, eine Gefährtin anzudichten wäre nicht nur blasphemisch, sondern geradezu lächerlich.«

»Ich weiß, ich weiß. Darum steht dieser Gott mir auch so fern. Das Lied an Anat geht weiter und berichtet:

Baal entblößte sich und griff nach ihrem Leib,
Anat entblößte sich und ergriff seine Hoden.
Baal wurde zum Stier
und Anat war die Kuh …«

»Das führt uns in die Gegenwart zurück ...« Er deutete auf sein Geschlecht. »Auch ich kann zum Stier werden, du siehst es, aber ich werde dich nicht eine Kuh nennen, sondern meine wunderschöne Geliebte, die ich preisen will wie Dichter und Sänger es tun:

Deine Augen sind wie Tauben,
flattern hinter deinem Schleier.
Wie die Herde schwarzer Ziegen
talwärts von dem Berge zieht,
fließt das Haar auf deine Schultern.
Weiß wie frisch geschorne Schafe,
wenn sie aus der Schwemme steigen,
glänzen prächtig deine Zähne,
keiner fehlt in seiner Reihe.
Wie ein scharlachrotes Band
ziehn sich deine feinen Lippen.
Deine Wangen hinterm Schleier
schimmern rötlich wie die Scheibe
eines Apfels vom Granatbaum.«

Als Eliohoref, der Bruder des Ahia und, wie er, königlicher Schreiber, den Befehl zum Bau eines Anat-Tempels aufnahm, stockte ihm der Schreibstift und es war, als hielte ein Dämon – oder Gott? – ihn fest, um den Frevel nicht auf das Blatt gelangen zu lassen. Salomo bemerkte es.

»Was ist? Warum schreibst du nicht weiter? Auch Kemosch und Molech besitzen Tempel auf dem Ölberg und jetzt erhalten sie in Anat eine Gefährtin. Da können sie dann um sie zanken ...«

Eliohoref war nicht nach Scherzen zumute. Sein kleines, etwas farbloses Gesicht erstarrte in beleidigter Würde.

»Molech und Kemosch sind Götter der Ammoniter und Moabiter, unserer unmittelbaren Nachbarn. Viele Menschen aus diesen Ländern leben und arbeiten hier und so ist es nur gerecht, wenn ...«

Salomo musste an Mirjams Worte denken und straffte sich. »Soll ich, der König, mit dir um meine Befehle streiten?« Seine Stimme schwoll an. »Vergiss nicht, wer du bist und was du bist: mein Schreiber, der zu gehorchen hat! Wärst du im Dienst eines Pharaos, so gäbe ich für dein Leben kein Kupferstück. Entweder du tust jetzt sofort deine Arbeit oder ich lasse deinen Bruder kommen und du wirst für den Rest deines Lebens die Abtritte im Palast reinigen.«

Das waren furchtbare Worte, die den Schreiber tief ins Herz trafen. Die Ägypterin hat ihn verhext, dachte er, dieses Weib ist eine Dämonin, uns von Gott zur Strafe gesandt. Er ist der König, ich wasche meine Hände in Unschuld ... Nach mehrmaligen Versuchen gelang es ihm, den teuflischen Götzennamen hinzusetzen.

Der König sagte nichts mehr, sondern entließ ihn mit einem verächtlichen Wink. Doch hielt es der Schreiber für seine Pflicht, eine religiöse Instanz über den Tempelbau zu unterrichten, und er versuchte, zum Hohen Priester Asarja vorzudringen, weil er wusste, dass dieser einer der schärfsten Gegner von allem war, was den Götzendienst förderte oder begünstigte. Doch Sabud, Salomos engster Freund und Vertrauter, fing ihn ab und entlockte dem Schreiber, was ihn bedrängte. Nach einer Weile gelang es ihm, den Aufgebrachten zu beruhigen.

»Ich werde bei nächster Gelegenheit mit dem König reden, das verspreche ich dir.«

So hatte Eliohoref getan, was er für seine Pflicht hielt, und fühlte sich vor Gott dem Herrn gerechtfertigt. Das Richtige zu tun war stets seine Sorge, denn – wie wir noch sehen werden – hatte er den Zorn Gottes zu spüren bekommen und lebte in ständiger Furcht vor weiteren Schicksalsschlägen.

König David, der den Propheten Natan hoch achtete, gerade weil er ihm in Bezug auf Batseba bittere Wahrheiten vorgehalten hatte, hatte dessen Sohn Sabud zusammen mit Salomo erziehen lassen. Sie waren im gleichen Jahr geboren, doch von ganz verschiedener Art, auch was ihr Äußeres betraf.

Sabud überragte seinen mittelgroßen, eher feingliedrigen Freund fast um Haupteslänge, ohne dabei grobschlächtig zu wirken. Schon als Junge zeigte er sich verträumt und zerstreut, schien auch kein bestimmtes Ziel im Auge zu haben. Wer ihn – wie Salomo – besser kannte, wusste, dass sich dahinter ein scharfer, nachdenklicher, sorgsam wägender Geist verbarg.

Als Erwachsener ging er keinem bestimmten Beruf nach, galt als engster Vertrauter und Ratgeber des Königs, der selten eine wichtige Entscheidung traf, ohne Sabud gehört zu haben. Nebenbei und sozusagen ehrenamtlich übte er eine Priesterfunktion aus, das heißt, er stellte sich von Zeit zu Zeit bei den Auslosungen zur Verfügung und zeigte sich besonders als Verwalter der Tempelgüter von großem Geschick, sodass andere dieses meist ungeliebte Amt mit ihm tauschten.

Salomo liebte es, seinen Freund so oft wie möglich bei Tisch zu sehen, und danach kam es fast immer zu langen Gesprächen über alles, was sie bewegte und beschäftigte.

Sabud pflegte bei Dingen, die er ablehnte, niemals belehrend oder missbilligend zu argumentieren, sondern stellte das Problem in den Raum und forderte seinen Freund auf, es von allen Seiten zu betrachten.

»Nun wird der Tempel doch gebaut.«

Salomo hob die Brauen und sah den Freund erstaunt an. Der sagte schnell: »Das ist eine Feststellung, keine Frage.«

»Bist du dagegen?«

Sabud hob lächelnd beide Hände. »Warum sollte ich?«

»Weil du der Sohn des Propheten Natan bist.«

Sabud schüttelte entschieden den Kopf. »Der Sohn muss nicht die Ansichten seines Vaters übernehmen – du solltest mich besser kennen!«

Das klang ein wenig vorwurfsvoll und Salomo sagte beschwichtigend: »Dummes Gerede, verzeih. Im Übrigen weiß alle Welt, dass ich den Tempel baue und schon damit angefangen habe.«

Sabud lachte laut und herzlich. »Du weißt genau, dass ich diesen – unseren Tempel – nicht meine, sondern den anderen jener Göttin, zu dem dich diese ... deine Ägypterin angeregt hat.«

»Ja, auch den will ich jetzt bauen, denn es wäre nicht gerecht, den Gottheiten der Ammoniter und Moabiter einen zu errichten und meiner ägyptischen Gemahlin und ihrem Hofstaat den ihren zu versagen.«

»Aber musste es Anat sein, die berüchtigte Kriegsgöttin?«

»Wäre es klug gewesen, einen dritten Baal, bei den Ägyptern hieß er Ra, auf dem Ölberg anzusiedeln? Ist dir niemals aufgefallen, dass unser Herr und Gott keine weibliche Entsprechung hat – freilich nicht haben kann, da er einzig und allmächtig und sich selbst genug ist? Nur, wie steht es mit unseren Frauen? Gott hat nun einmal zwei Geschlechter geschaffen und wohin du blickst, nach Nord und Süd, nach West und Ost, ob bei den Pelistim oder den Phoinikern, ob bei den Ägyptern oder in Babylon und Assyrien, ganz zu schweigen von unseren unmittelbaren Nachbarn, den Ammonitern und Moabitern, überall verehrt man in Gestalt von Göttinnen auch das weibliche Prinzip. Und vor allem die Frauen wenden sich an sie, die – genau betrachtet – zwar verschiedene Namen tragen, aber nur eine verkörpern. Und deshalb, mein Freund, habe ich mich entschlossen, den Tempel schriftlos zu lassen oder zumindest keinen bestimmten Namen zu nennen.«

»Mirjam erwartet, dass du dieses Heiligtum der von ihr so hoch verehrten Anat weihst und dann ...«

»Ja, gewiss, daran wird sie festhalten, aber wer Astarte in ihr sieht oder Aschera oder welche weibliche Gottheit auch immer, wird die große Allmutter finden, die Gebärerin und Nährerin aller unserer Vorfahren und Nachkommen.«

Sabud wiegte zweifelnd seinen Kopf. »Mose hätte das nicht gutgeheißen. Frauen gehören in sichere Obhut; zuerst in die ihres Vaters, dann in die ihres Gemahls. Gott steht über allen und so können sich Frauen und Mädchen im Gebet vertrauensvoll an ihn wenden, als Vater über den Vätern.«

Salomo packte Sabud in freundschaftlichem Scherz an der Schulter und schüttelte ihn leicht.

»So denkst du in Wirklichkeit nicht, da kenne ich dich besser. Doch betrachte unsere Frauen, wenn sie unter sich sind und dabei Dinge bereden, die sie niemals einem Mann – sei er Vater oder Gemahl – anvertrauen würden. Wenn die Sache zu heikel ist, wenn sie selbst mit der besten Freundin nicht darüber reden will, dann kann sie sich an eine Göttin wenden, ihr alles erzählen in der Gewissheit, dass die Überirdische nichts ausplaudert, dass sie Verständnis und Hilfe findet. So musst du es sehen und ich würde meine Krone dafür verwetten, dass sich in vielen versteckten Winkeln der Frauengemächer zahlreiche kleine Figuren von Göttinnen finden, die in gewissen Fällen um Beistand angefleht werden.«

»Mag sein, nur du wirst für diesen Plan nicht bei allen Verständnis finden. Namen brauche ich wohl keine zu nennen ...«

Salomo lachte unbekümmert. »Die kenne ich so gut wie du und Asarja steht an der Spitze. Er und einige andere vergessen manchmal, dass ich der König bin. Sie sollten Gott täglich danken, ihr Priesteramt nicht in Tanis oder Memphis ausüben zu müssen. Da könnten sie es sich nicht erlauben, den König auf irgendeine Weise zu verärgern. Der braucht nur mit dem Finger zu schnippen und dann dürfen diese Herren, wenn sie Glück haben, ihr Dasein als Türsteher fristen.«

Sabud schmunzelte. »Das hat dir die Ägypterin ins Ohr geblasen, doch zum Glück ist ein solcher Frevel hier nicht denkbar.«

Salomo drohte dem Freund mit erhobenem Zeigefinger und sagte entschlossen: »Nenne Merit-Anat nicht immer die Ägypterin! Wir haben uns geeinigt, ihren Namen ins Hebräische zu verändern, und daran solltest auch du dich halten.«

Sabud verneigte sich mit ernstem Gesicht. »Jawohl, Malki.«

Der Hohe Priester Asarja ben Zadok war vor einigen Jahren seinem Vater ins Amt gefolgt. Salomo hätte dies kaum verhindern können, denn solch hohe Stellungen waren nach altem Brauch an bestimmte Familien gebunden und nur bei Fehlen eines männlichen Nachkommen hätte der König das

Amt auf einen anderen übertragen können. Im Grunde war Asarja – im Gegensatz zur jähen Art seines Vaters – ein umgänglicher Mensch, solange man sich buchstabengetreu an die Gesetze hielt.

Wer allerdings ohne Not oder höhere Zwänge davon abwich, der fand in ihm einen unerbittlichen Eiferer, einen furchtlosen Streiter für Gottes Gebote. Besonders die Sabbatregeln lagen ihm am Herzen und er war der festen Überzeugung, dass ihre Verletzung Gottes Zorn und Strafe über die Häupter der Menschen brachte. Wer etwa den »Sabbatweg« nicht einhielt – also die tausend erlaubten Ellen Entfernung vom Wohnort –, der wurde im Tempelvorhof angesichts des Volkes mit neununddreißig Schlägen ausgepeitscht.

Das war eine schwere Leibesstrafe, die manchen schon nach zwanzig Hieben bewusstlos werden ließ. Dann brachten ihn die Büttel mit Wassergüssen wieder zu sich und die Strafe wurde fortgesetzt.

Schon Salomos Eheschließung mit der ägyptischen Prinzessin hatte Asarjas Abscheu erregt.

»Wo immer du die Bücher Mose aufschlägst, findest du seine nachdrückliche Warnung vor den Ägyptern, seine Abscheu vor diesen eifrigen Götzenverehrern. Hast du vergessen, wie sie unser Volk einstmals quälten und in ihre sklavischen Dienste pressten? Sie machten ihnen das Leben sauer mit Zwangsarbeit auf Feldern und in Städten und der Pharao versuchte sogar, die Wehmütter zum Töten unserer männlichen Nachkommen zu überreden. Immer wieder lesen wir in der Thora die Klage: ›Als unsere Väter nach Ägypten gezogen sind und wir lange Zeit dort gelebt haben, behandelten uns die Ägypter übel und wir flehten zum Herrn, uns aus diesem Land hinauszuführen.‹ Das ist zum Glück geschehen! Warum also diese bittere und durch Gottes Gnade überstandene Vergangenheit wieder aufrühren durch ein Bündnis mit dem Pharao und durch Verschwägerung mit ihm?«

Salomo, nahe daran, die Geduld mit diesem Eiferer zu verlieren, mühte sich um Beherrschung. »Politische Zwänge zum

Wohl von Land und Volk müssen nicht immer mit religiösen Geboten übereinstimmen. Gott hat mich zum König über Israel und Juda erhoben und ich trage die Verantwortung für das Wohl dieser Länder. Dazu gehört auch das Zweckbündnis mit Pharao Siamun gegen die Pelistim – seine und unsere Feinde. Die Ehe mit Mirjam dient demselben Zweck und ...«

»Diese Verbindung ist ein Gräuel vor dem Herrn, eine Beleidigung Gottes! Gut, man könnte sie in aller Stille hinnehmen, um des lieben Friedens willen, den wir mit unseren Nachbarn erhalten wollen, doch einem ägyptischen Götzen einen Tempel zu errichten, noch dazu einem weiblichen, das wird mit Sicherheit Gottes heiligen Zorn erregen und schwere Strafe nach sich ziehen.«

Asarjas Aufgebrachtheit teilte sich seinem vierschrötigen, etwas bäuerischen Körper mit und sein Oberkörper schwang hin und her, als verrichte er ein rituelles Gebet. Sein langer, zweigeteilter Bart fuhr dabei wie ein zorniger Besen durch die Luft.

Er ist nicht viel älter als ich, dachte der König, sieht aber schon aus wie ein bejahrter Mann. Mit ihm zu rechten schien Salomo sinnlos.

»Gut, ich verstehe deine Bedenken und möchte dir sagen, dass Gott mich strafen soll – mich allein –, falls er diese Verbindung missbilligt.«

Als Asarja weitereifern wollte, wies ihm der König die Tür mit den Worten: »Es gibt Wichtigeres, mein Freund, du solltest diese kleine Sache nicht großreden.«

5

Bilkis hatte bisher von ihrem Halbbruder wenig gewusst, denn die von ihrem Vater als Kronprinz gezeugten Kinder wurden kaum beachtet, genossen weder Sonderrechte noch besaßen sie irgendwelche Ansprüche. War aus dem Thronfolger der König geworden, so konnte er den einen oder anderen dieser Sprösslinge – falls bis dahin noch welche lebten – mit einem Hofamt versehen oder, wenn es ein Mädchen war, angemessen verheiraten.

Bei Karib war es so, dass Hadad diesen mit einer Küchensklavin gezeugten Sohn im Auge behielt und ihn zu einem der Hauptleute in seiner Palastwache erhoben hatte.

Als Bilkis auf den Thron kam, beging sie den Fehler – Udwan versicherte ihr, dass es einer war –, diesen Halbbruder am Leben und im Amt zu lassen. Seine Mutter, wohl wissend, dass er keine Thronansprüche besaß, hatte ihn Karib genannt, was ihn und andere daran erinnern sollte, dass er der Sohn des Mukarrib war, des Priesterkönigs von Saba. Hadad hätte dies verhindern können, doch er lachte nur.

»Das wird den Burschen zeitlebens daran erinnern, dass er zwar mein Sohn ist, aber niemals mein Nachfolger werden kann, weil ihm etwas Entscheidendes fehlt: die legitime Herkunft.«

Leider war es so, dass Karib nach Hadads Tod seinen Namen als Verpflichtung empfand, unterstützt von seiner eingebildeten Ähnlichkeit mit dem Vater. Da mehrten sich die Ohrenbläser, die ihm einflüsterten, die Götter müssten eine bestimmte Absicht gehabt haben, wenn sie ihn zum Ebenbild seines Vaters geformt hatten. Das war nun maßlos übertrieben, denn diese Ähnlichkeit war nur in seinem Gesicht zu finden, das bis auf die Augen tatsächlich etwas seinem Vater glich.

Als Bilkis sich endlich entschloss, Karib aus seiner Stellung ehrenvoll und mit einer angemessenen Entschädigung zu entlassen, kam er ihr zuvor. Sie empfing ihn in ihren privaten Räumen, doch in Gegenwart des Wesirs Udwan, der dem jungen Mann mit grimmiger Abneigung entgegenblickte.

»Lass mich mit ihm reden«, hatte er die Königin vorher gebeten, doch sie lehnte ab.

»Du sollst nur Zeuge sein und alles Wichtige im Kopf behalten.«

Bilkis erkannte die oberflächliche Ähnlichkeit mit dem geliebten Vater, die aber der flackernde Blick seiner gelblichen Augen wieder zunichte machte. Die des Vaters waren dunkel, klar, klug und furchtlos gewesen und wer sich etwas zuschulden hatte kommen lassen, hielt ihren Blick nicht lange aus. Karibs Augen waren jedoch unstet und verschlagen, wichen schnell aus, nicht willens oder nicht fähig, länger auf einem Gegenstand oder einem Menschen zu verweilen.

»Du hast mich um deinen Abschied gebeten? Hältst du es mit deiner Würde für unvereinbar, in der Palastwache einer Königin zu dienen?«

Diese Frage klang spöttisch, doch Karib schien es nicht zu bemerken. Er schlug den Blick nieder.

»Nein ... nein, das ... das hat damit nichts zu tun. Der Vater meiner Frau hat keine Söhne, will mich zum Nachfolger in seinem Handelsgeschäft machen. Ich aber habe schon zwei Söhne und es wird ... und so wird ...«

Seine Sprache war stockend, seine etwas heisere Stimme schwer zu verstehen. Bilkis unterbrach ihn.

»Du brauchst es mir nicht näher zu erläutern. Ich gebe deinem Abschiedsgesuch statt und lasse dir eine angemessene Vergütung für treue Dienste auszahlen.«

Kaum war Karib gegangen, begann Udwan zu geifern.

»Der Kerl lügt! Seine wahre Absicht ist es, insgeheim Anhänger zu sammeln, um zuerst die Leute seiner Sippe, dann weitere Kreise gegen dich aufzubringen. Ich warne dich! Du wirst ...« Er knirschte mit den Zähnen, ballte die Fäuste und wandte sich ab.

Bilkis blieb ruhig. »Was heißt ›die Leute seiner Sippe‹? Ich dachte, seine Mutter war eine Küchensklavin?«

»Dein Vater ließ sie frei, als er Mukarrib geworden war, stattete sie mit einer Mitgift aus und verheiratete sie mit einem der unteren Hofbeamten, einem zweifachen Witwer, der bald darauf starb. Seine Sippe nahm Karib schon seines königlichen Vaters wegen gerne auf und ihr fühlt er sich seitdem zugehörig. Sie ist ein Zweig des Amir-Stammes und durch erfolgreiche Führung von Karawanen wohlhabend geworden. Doch nun scheinen sie von Höherem zu träumen und für Karib ist der Weg frei, sich Parteigänger zu verschaffen. Wäre er Hauptmann in der Palastwache geblieben, hätte der ganze Hof ihn beobachtet und verschwörerische Umtriebe wären schnell aufgedeckt worden.«

Bilkis blickte den Wesir nachdenklich an. Was hätte Salomo in einer solchen Lage getan?, ging es ihr plötzlich durch den Kopf. Schon drängte sich die Frage auf ihre Lippen, doch als sie in Udwans zorniges Gesicht blickte, behielt sie es für sich. Der Wesir sollte keine Schwäche an ihr finden, aber da war er schon bei seinem Lieblingsthema.

»Das Trauerjahr wird bald beendet sein und wir sollten schon jetzt Einzelheiten besprechen, wie wir deine Verlobungsfeier gestalten wollen.«

Sie wollte Udwan nicht verprellen, denn immerhin hatte er ihrem Vater lange Jahre treu gedient, aber er musste auf seinen Platz verwiesen werden.

»Ich schätze deinen Rat, Wesir, und wenn ich ihn für diese Verlobungsfeier benötige, werde ich ihn gerne einholen. Gibt es noch etwas?«

Udwan war Höfling genug, um seine Grenzen zu kennen. Er verneigte sich leicht. »Verzeih meine Ungeduld, doch da es sich um meinen Sohn handelt …« Er lächelte entschuldigend und bewegte sich, rückwärts gehend, zur Tür.

Bilkis atmete auf, winkte aber dem Sekretär ab, der hereingekommen war und sie nach Aufträgen fragte. »Später, jetzt brauche ich etwas Ruhe.«

Vor kurzem hatte sie ihr zweiundzwanzigstes Lebensjahr vollendet, saß elf Monate auf dem Thron von Saba und hatte niemals einen Mann an ihrer Seite vermisst. Jetzt, da ihre Herrschaft bedroht war, wünschte sie sich einen Krieger als Gemahl, der Karib auf irgendeine Weise aus der Welt schaffte. An das »Wie« wollte sie jetzt nicht denken, das musste sich nach den Umständen ergeben. Ein König hätte seinen Wesir um Rat gefragt, doch die Königin sollte keine Schwäche zeigen, denn Udwan war befangen und setzte alles daran, seinen Sohn Manheb auf den Thron zu bringen. Seit einiger Zeit führte er den jetzt Sechzehnjährigen in sein künftiges Wesir-Amt ein, ohne dabei aus den Augen zu verlieren, dass Manheb – war er einmal König geworden – es nicht ausüben musste. Bilkis hatte ein längeres Gespräch mit ihrem zukünftigen Verlobten gehabt.

Manheb hatte ein weiches Milchgesicht, ein dünner Bartflaum bedeckte Kinn und Wangen, sein Wesen war die altersbedingte Mischung aus Scheu und Trotz. Das Gespräch hatte hauptsächlich sie bestritten, denn Manheb äußerte kaum einen längeren Satz und in seinen Augen stand deutlich der Schrecken, diese Frau eines Tages heiraten zu müssen. Bilkis fehlte es nicht an Fantasie und ihr reger Geist konnte sich alles Mögliche ausmalen, aber die Vorstellungskraft versagte bei dem Gedanken, dieser grüne Junge könnte ihr Gemahl sein.

Wen also um Rat fragen? Menelik? Der Gedanke lag nahe, ihr Bruder war über seine Jahre hinaus klug und verständig und ging vollkommen in seinem Amt als Hoher Priester auf. Politischen Fragen wich er allerdings aus und würde es wohl auch in diesem Fall tun. Das galt auch für den treuen Dakar, den sie bei ihrer Krönung zum Obersten Heerführer ernannt hatte. Hätte sie ihn um Rat gefragt, wäre dieser stolze Krieger vor Verlegenheit in den Boden gesunken – Bilkis sah es vor sich und lachte leise.

Dann flog ihr ein Name zu und sie wusste sogleich, dass nur Ptahmose infrage kam. Der war nicht nur ein tüchtiger Arzt, sondern auch politisch viel erfahren. Hier war er ein Fremder, keinem Stamm, keiner Sippe verpflichtet und über seinen geliebten Menelik dem Königshaus eng verbunden. Einmal hatte er gesagt, manchmal erscheine ihm Menelik wie der eigene Sohn, denn er habe ihn nach seiner schweren Geburt durch ärztliche Kunst zum Leben erweckt.

Nun saßen sie einander gegenüber. Ptahmose gehörte zu den wenigen, die in Gegenwart der Königin sitzen durften – nicht einmal Udwan genoss immer diesen Vorzug. Schnell stellte sich heraus, dass der Arzt bereits Bescheid wusste und sich Gedanken über den Fall gemacht hatte.

Er strich nachdenklich über seine Glatze, die wie poliertes Zedernholz schimmerte. Sein rundes, bartloses Gesicht mit den Hängebacken und dem ausgeprägten Genießermund war ihr von Kindheit an vertraut. Ptahmose hatte die Gewohnheit, mit gesenkten Augen langsam und nachdenklich zu sprechen, dann aber die Gegenrede mit einem festen Blick auf sein Gegenüber zu erwarten.

»So wie ich es sehe, gibt es drei Möglichkeiten, von denen eine bereits vertan ist. Du hättest Karib gleich nach deiner Thronerhebung zum Obersten der Palastwache erheben können. Ob er sich damit begnügt hätte, wissen wir freilich nicht. Zum anderen hättest du ihn als Gefahr für die Ruhe des Landes zu lebenslanger Zwangsarbeit in den Steinbrüchen verurteilen können, was in der Regel mit baldigem Ableben verbunden ist. Das könntest du jetzt noch tun, da er jedoch schon eine Zahl von Anhängern gewonnen hat, wäre es nicht klug und könnte das Gegenteil bewirken.«

»Das Gegenteil? Wie meinst du das?«

»Dass man ihn befreit und im Triumph zurückführt. Es würde zu Unruhen kommen und deine Königsmacht – auch wenn du Siegerin bleibst – erheblich schwächen. Nach Lage der Dinge rate ich dazu, ihn und seine engsten und wichtigsten Anhänger töten zu lassen. Dann sind die anderen führungslos und verkriechen sich. Allerdings würde ich nicht mehr zu lange damit warten.«

»Und wie ... wie soll es geschehen?«

»Da sehe ich mehrere Möglichkeiten. Du musst bedenken, dass es unter seinen Anhängern ein paar sehr kluge und sehr misstrauische Leute gibt, die sich nicht leicht täuschen lassen.«

»Was genau schlägst du vor?«

Ptahmose blickte zu Boden, schwieg eine Weile und hob dann mit einem Ruck seinen Kopf. »Du musst meinen Rat nicht annehmen. Diese Methode wurde in unserer langen Geschichte – ich spreche von meiner Heimat – mehrfach mit Erfolg angewandt. Nimm Karib und seine Freunde ernst und zeige dich verhandlungsbereit, lasse sogar die Möglichkeit deines Rücktritts offen. Unter dem Vorwand, einen gangbaren Weg auszuhandeln, lade ihn und seine wichtigsten Berater zu einem Gespräch und lasse sie dann töten – alle.«

Bilkis fühlte einen bitteren Geschmack auf der Zunge und schluckte. »Aber das ist ... ich meine, das wäre Heimtücke, ein arglistiger Hinterhalt, um Ahnungslose ...«

Ptahmose ließ ein kurzes trockenes Lachen hören. »Ahnungslose? Was glaubst du, was diese Leute mit dir anstellen, wenn sie glauben, die Zeit sei reif? Sie werden dich, deinen Bruder Menelik, Udwan und seinen Sohn Manheb hinschlachten und danach versuchen, mit Dakar das Heer zu gewinnen. Dakar dient der jeweiligen Königsmacht mit aufopferungsvoller Treue. Wenn es diese Macht nicht mehr gibt, wird er seine Loyalität auf den neuen König – in diesem Fall auf Karib – übertragen. Im Übrigen rate ich dir, zuzuschlagen, noch ehe das Trauerjahr um ist. Wie ich diesen Karib einschätze, wird er darauf achten, die überkommenen Bräuche einzuhalten, und den Thron erst übernehmen wollen, wenn die Trauerzeit für seinen Vater abgelaufen ist.«

»Wird es nach Karibs und seiner Leute Tod nicht in jedem Fall Unruhen geben? Sie alle besitzen Verwandte, Freunde, Abhängige, die das nicht so ohne weiteres hinnehmen werden.«

»Ja, das mag durchaus sein, doch du kannst dem entgegenwirken. Lasse gleich danach von den Herolden verkünden, dass du nun, da Frieden und Eintracht gerettet sind, den von deinem Vater gehegten Plan einer Erweiterung des Dammes verwirklichen wirst. Danach können die Bewässerung der Felder ausgedehnt und die Anbauflächen um ein Vielfaches erweitert werden. Das wird sie erfreuen und ablenken und deine Herrschaft sichern.«

»Daran habe ich auch schon gedacht und ich muss dir Recht geben: Eine bessere Möglichkeit dazu gibt es nicht, als gleich nach Niederschlagung der Verschwörung mit dem Vorhaben zu beginnen. Über dies alles möchte ich auch mit Menelik reden.«

»Diesen Vorschlag habe ich längst erwartet. Das musst du sogar tun, denn solange der eigentliche Thronfolger lebt, wird Karib seiner Herrschaft nicht froh werden.«

»Gut, du, Ptahmose, sollst dabei sein. Sage meinem Bruder Bescheid und wir werden uns morgen um die Mittagszeit hier treffen.«

Menelik hatte von Karibs Umtrieben zwar gehört, sie jedoch nicht ernst genommen. Er war dabei, das allen sabäischen Göttern geweihte Dankfest vorzubereiten. Die Feierlichkeit fand alljährlich im Frühjahr statt, drei Tage nach Abzug des Regengebiets. Im Mittelpunkt stand der Staatsgott Almaka, doch auch die Triade Rub, Shams und Attar wurde geehrt, die als Mond, Sonne und Venus, als Vater, Mutter und Sohn, eine Götterfamilie bildeten.

Menelik hatte monatelang die Tempelbibliothek durchforscht und war auf einen altertümlichen, an die Sonnengöttin Shams gerichteten Hymnus gestoßen, der in ihm fromme feierliche Gefühle auslöste und den er – in einer von ihm überarbeiteten Form – von Sängerinnen aufführen lassen wollte.

Den Weihrauch ließest stets du reifen,
hast die Dunkelheit der Nacht am Morgen aufgerissen.
Wir, die du nährst, werden nicht müde, deine Wohltaten zu preisen!
Die Trauben wandelt dein wärmender Strahl zu Wein,
du machst jeden glücklich, der seine Versprechen einhält ...

Aus dieser ihm so vertraut und lieb gewordenen Welt der religiösen Betrachtung und Forschung versuchte ihn Ptahmose behutsam herauszulösen. Menelik bemühte sich, seinen Unwillen zu verbergen, denn der verehrte Ptahmose – sein zweiter Vater – gehörte zu den wenigen Menschen, die ihn stören durften.

»Ich war selbst Priester, im Grunde bin ich es noch immer, und weiß, dass die Tagesgeschäfte draußen manchmal mit guten Gründen ins Innere der Tempel dringen. Ich kann dir versichern, dass es diesmal um uns alle geht – um die Königin, dich, mich, um Udwan und seinen Sohn und eine Anzahl unserer Freunde. Ich mag jetzt nicht ins Einzelne gehen, weil ich auf Wunsch der Königin an eurer Besprechung teilnehme.«

Bilkis hatte ihren Bruder länger nicht mehr gesehen und fand den kaum Achtzehnjährigen sichtlich verändert. Das betraf nicht sein Äußeres, sondern die Art, wie er auftrat, und den tiefen Ernst, der auf seinem blassen, schmalen Gesicht lag. Sie konnte sich jetzt nicht mehr vorstellen, dass es jemals anders war oder sein würde: Menelik als Hoher Priester drüben in der Südoase Yasran im Königstempel und sie in der Nordoase Abyan auf dem Palasthügel als Königin des Landes Saba. So war es und so musste es bleiben!

Als Menelik von Karibs Umtrieben Genaueres hörte, verhärtete sich sein Gesicht.

»Warum gibt es immer wieder Menschen, die sich mit dem Platz, auf den die Götter sie gestellt haben, nicht abfinden wollen? Wäre es der Wunsch unseres Vaters gewesen, Karib als seinen Nachfolger zu sehen, so hätte er dies deutlich gemacht und ihn dazu ausgebildet. So wurde er zum Krieger erzogen, kann weder schreiben noch lesen, ist weder in Religion noch in der Landesgeschichte unterrichtet worden. Wie stellt er sich das vor? Glaubt er vielleicht, der erhabene Almaka wird ihm seinen Segen und eine höhere Einsicht verleihen, sobald er den Königsthron usurpiert hat?«

Die Empörung hatte Meneliks blasses Gesicht mit einem zarten Rot überhaucht. Bilkis nickte.

»Wenn ich es auch nicht so geschickt hätte ausdrücken können, so gebe ich dir in jedem deiner Worte Recht.«

Ptahmose hob die Hand. »Ich zweifelte nicht an eurer Einigkeit, zornige Worte werden Karib jedoch nicht aufhalten können. In elf Tagen ist die Trauerzeit abgelaufen und ich kann mir vorstellen, dass Karib dem kommenden Frühlingsfest schon als König beiwohnen will – mit einem von ihm ernannten und ihm hörigen Hohen Priester. Ich schlage vor, dass die

Königin ihm eine Botschaft zukommen lässt und dabei andeutet, sich nach ihrer Verlobung mit Manheb aus dem Königsamt zurückziehen zu wollen. Um die Einzelheiten zu besprechen, wird sie ihn hierher in den Palast laden. Udwan muss zugleich das Gerücht verbreiten, dass er für seinen Sohn das Amt des künftigen Wesirs anstrebe und sich auf den Thron wieder einen Mukarrib – einen Priesterkönig – wünsche.«

Ptahmose schaute Bilkis mit seinen dunklen Augen eindringlich an. »Stelle aber die Bedingung, dass Karib seinen Anhang zu dieser geheimen Besprechung mitnimmt. Dakar muss in den nächsten Tagen mit einem Teil des Heeres nach Osten ziehen, weil der König von Hadramaut uns um Unterstützung gegen räuberische Nomadenstämme gebeten hat, die zunehmend den Weihrauchhandel beeinträchtigen. In Wahrheit wendet er sich mit seiner Truppe nach Norden und wird am Tag der Abrechnung den Palasthügel von allen Seiten umstellen. Das ist mein Vorschlag – ihr könnt ihn befolgen oder nicht.«

Wie geplant, wurde nach dieser familiären Vorbesprechung auch Udwan zugezogen und über das Nötigste informiert.

»Ich werde viel Kraft brauchen, diesem Verschwörer und Hochverräter auch noch gut zuzureden, doch wenn es unserer Sache nützt, werde ich es tun. Aber ich kann nicht verstehen, dass man mit diesem Kerl einen solchen Aufwand treibt. Warum ihn nicht sofort festnehmen und im Kerker mitsamt seiner Familie hinrichten lassen?«

Ptahmose wandte sich ihm zu. »Vor allem deshalb, weil er seine beiden Söhne schon seit einigen Monaten zu Verwandten in die Nordwüste gebracht hat. Sie dort aufzustöbern wird kaum möglich sein. Der Ältere ist schon vierzehn und seine Anhänger werden ihn zum Kronprinzen erklären. Ihnen wurden schon jetzt von Karib gewisse Ämter zugesagt oder mit anderen Worten: Der Wesir, die Priester und die höheren Hofbeamten stehen bereits fest und warten ungeduldig auf unsere Ablösung. In die geplante Besprechung wird er sie mitbringen müssen und mit ihm werden sie fallen.«

»Da magst du Recht haben«, gab Udwan widerwillig zu, doch die anderen wussten, dass er schon weiterdachte und nach dem Sturz von Karib und seiner Anhänger für Manheb den Thron von Saba in greifbarer Nähe sah.

Darüber fiel jetzt kein Wort, aber alle dachten sich ihren Teil, wobei Bilkis keineswegs gesinnt war, diesen Manheb in absehbarer Zeit zu heiraten. Die Verlobung war notwendig, weil sie sonst befürchten musste, dass Udwan auf die Feindesseite überwechselte. Später würde sich schon eine Lösung finden.

Nach dieser Besprechung ließ sie ihren Geheimschreiber kommen und diktierte ihm die Einladung an Karib und seine Gefolgsleute. Der Schreiber, sonst schweigsam und zuverlässig, blickte auf.

»Darf ich dich etwas fragen, meine Königin?«

»Wenn es nichts Ungehöriges ist ...«

»Gewiss nicht. Solltest du es so empfinden, dann erwarte ich keine Antwort.« Er schaute sie ernst und fragend an.

Bilkis nickte und sagte scherzend: »Du bist mein Geheimschreiber und hast Anspruch darauf, ein wenig mehr als die anderen zu wissen.«

»Gut. Aus deinem Schreiben lässt sich – auch wenn es nicht deutlich ausgesprochen wird – herauslesen, dass du unter gewissen Umständen deinen Thron zugunsten Karibs aufgeben wirst. Ist das so zu verstehen oder nur der Versuch, mit Karib bei diesem Treffen einen Vergleich auszuhandeln, mit dem beide Teile zufrieden sein können?«

Sie blickte ihn spöttisch an. »Wie sollte das aussehen? König kann man nur ganz sein oder gar nicht, da gibt es kein Zwischending. Dennoch kann ich dir keine schlüssige Antwort geben, weil alles von dieser Besprechung abhängt. Sei jedoch versichert, dass ich bemüht bin, alles wie bisher zu lassen. Du wirst mir also weiterhin als Geheimschreiber dienen dürfen, falls du es wünschest.«

Er verneigte sich gemessen. »Ja, meine Königin, das ist mein Wunsch.«

Karib hatte sein Lager in der Nähe des Staudammes aufgeschlagen, im Westen der Nordoase, kaum eine Reitstunde von der Hauptstadt Maryab entfernt. Als ein Schriftkundiger ihm die Einladung vorgelesen hatte, schüttelte er ungläubig seinen Kopf.

»Es ist, als hätte der große Almaka dabei seine Hand im Spiel und zeigte sich bereit, mich zu unterstützen.«

Er rief einige seiner Vertrauten ins Zelt und sie nahmen am Boden auf Teppichen Platz, während er selbst auf erhöhten Polstern thronte. Das Schreiben wurde nochmals verlesen und dann äußerte einer nach dem anderen seine Meinung. Der Älteste, der für das Amt des Hohen Priesters vorgesehen war, begann.

»Etwas warnt mich, dieser Einladung Folge zu leisten. Bilkis hat in ihrer bisherigen Regierung keine Schwäche gezeigt, keine Andeutung gemacht, dass ihr die Herrschaft zur Last werden könnte.«

»Das stimmt«, sagte der nächste Sprecher, »aber könnte es nicht sein, dass einflussreiche Hofbeamte und ein Teil der Priesterschaft diesen Zustand ungehörig und vor dem Angesicht Almakas als lästerlich empfinden? Mag es anderswo in einigen Fällen schon Frauen auf dem Königsthron gegeben haben, so waren dies immer aus der Not geborene Ausnahmen. Dieser Thron gebührt Menelik und da er sich weigert, dem nächstjüngeren Sohn. Das bist du, Prinz Karib, und da die Götter dein Äußeres nach deinem Vater geformt haben, ist ihre Absicht deutlich zu erkennen.«

Karib hörte dieses übertriebene Lob nicht zum ersten Mal, aber er hörte es immer wieder gern. Inzwischen war er so in seine Rolle als gottgewollter Nachfolger des verstorbenen Mukarrib hineingewachsen, dass er ein Sendungsbewusstsein entwickelt hatte und es auch zeigte. Das gelang ihm weniger durch überzeugende Reden, sondern mehr durch ein etwas steifes, sehr bestimmendes Auftreten, begleitet von knappen, keine Widerrede duldenden Befehlen. Seine hoch gewachsene Gestalt, sein angenehmes Gesicht mit der breiten Stirn und der kühn vorspringenden Nase trugen zu seinem Ansehen bei. Dass seine gelblichen Augen unstet umherirrten und nicht lange auf Menschen oder Gegenständen verweilen konnten, fiel nicht weiter auf.

Sie redeten hin und her und die Mehrzahl seiner hier versammelten Anhänger war ungeduldig und wollte nicht länger warten.

Inzwischen war die Nacht hereingebrochen und die ersten Sterne zwinkerten den Verschwörern aufmunternd zu.

Etliche seiner Vertrauten – kluge, erfahrene Männer – hatten Karib geraten, immer einige zuverlässige Spitzel in der Stadt einzusetzen, die auf den Straßen und Märkten, in den Schenken und Garküchen auf herumschwirrende Neuigkeiten und Gerüchte achten sollten. Zwei dieser Männer brachen nun verstaubt und atemlos in die im Kreis hockende Beraterrunde. Karib straffte sich und hob in einer herrscherlichen Geste den Kopf.

»Nun, was habt ihr zu berichten?«

Beide Männer hatten voneinander unabhängig die überall in der Stadt kursierende Nachricht aufgeschnappt, dass der Heerführer Dakar mit einem Teil seiner Truppen am frühen Morgen nach Hadramaut aufgebrochen war, um den befreundeten Nachbarstaat bei der Bekämpfung von räuberischen Nomaden zu unterstützen. Der für das Amt des Hohen Priesters Vorgesehene sprang auf.

»Das ist der letzte Beweis, dass die Götter auf unserer Seite sind! Wir werden der Einladung Folge leisten und wenn die Besprechung nicht nach unseren Wünschen verläuft, werden wir in einem Handstreich Bilkis, ihren Bruder, den Wesir und seinen Sohn töten. Das Volk muss vor vollendete Tatsachen gestellt werden. Es darf nicht heißen: Prinz Karib ist dabei, den ihm zustehenden Thron zu erobern, sondern unsere Herolde müssen verkünden: Durch Wunsch und Willen des großen Almaka und der anderen Götter hat der Mukarrib Karib nach Recht und Sitte die Macht in Saba übernommen.«

6

Salomo hatte den Wunsch geäußert, der Tempelbau möge zum Fest Chag-ha-sukkoth, dem Laubhüttenfest, beendet sein, und die Baumeister, Handwerker und Tagelöhner hatten diesen Wunsch als Befehl verstanden. So hatte man die Arbeiten am Anat-Tempel auf dem Ölberg vorerst unterbrochen, weil die Leute dringend für die Fertigstellung am Haus des Herrn gebraucht wurden.

Mirjam zeigte Verständnis.

»Du bist der König, du stehst im Wort – vor deinem Gott und dem Volk Israel. Anat ist eine fremde Gottheit, sie wird warten können.«

Asarja ben Zadok, der Hohe Priester, war erfreut. »Dass du den Bau des Götzentempels hast einstellen lassen, ist wohl getan und Adonai wird es zu würdigen wissen.«

Salomo ging zunächst nicht darauf ein. »Wir sind doch etwa gleich alt oder täusche ich mich?«

»Ja, gewiss …«

»Woran liegt es, dass du um so viel älter wirkst? Manchmal denke ich, dieser Priester könnte mein Vater sein.«

Asarja straffte sich und hob stolz sein Haupt. »Das ist die Würde meines Amtes! Der Umgang mit Gott dem Herrn lässt uns weise werden und damit älter erscheinen.«

Salomo lachte. »Nur gut, dass ich kein Priester bin!«

»Du bist es dennoch, denn das Königsamt wird dem des Hohen Priesters gleichgestellt, aber das sollte nicht sein. Nütze die Einweihung des Tempels dazu, dieses Ehrenamt für dich und deine Nachfolger abzulegen.«

»Wir werden sehen. Übrigens sind die Arbeiten am Anat-Tempel nicht eingestellt, sondern nur unterbrochen. Nach dem Laubhüttenfest wird daran weitergebaut.«

Asarja erhob sich und strich sein langes, fransenbesetztes Priestergewand mit einer zornigen Geste glatt.

»Du wirst es verantworten müssen.«

»Ich bin der König«, sagte Salomo mit leiser fester Stimme.

Manchmal war Salomo nahe daran, die Geduld mit diesem Priester zu verlieren, da fast jede ihrer Unterredungen zu einem Streitgespräch ausartete. Schon als er den Plan zum Tempelbau gefasst und Asarja davon unterrichtet hatte, war es zu Meinungsverschiedenheiten gekommen, denn der Hohe Priester hatte die Ansicht vertreten, dass nur Bauleute aus dem Volk Israel in Fronarbeit dieses heilige Werk verrichten durften. Da hatte ihn der König daran erinnert, dass sie noch vor einigen Geschlechtern als Nomaden hierher gekommen waren.

»Nur bei Völkern, die seit Jahrhunderten in Städten leben, wie die Ägypter oder auch die Phoiniker, kann sich eine Erfahrung bilden, wie man Tempel und Paläste in ansprechender und würdiger Form errichtet. Da uns diese Erfahrung fehlt, habe ich mit König Hiram von Tyros, mit dem wir seit Jahren erfolgreich Handel treiben, Verbindung aufgenommen. Er wird uns nicht nur das unerlässliche Zedern- und Zypressenholz liefern, sondern auch bewährte Baumeister überlassen, die imstande sind, einen so fest gefügten Tempel zu erbauen, dass er die Jahrhunderte überdauert. Es wäre geradezu sündhaft, dem Herrn ein stümperhaftes baufälliges Haus als Wohnsitz zuzumuten.«

Asarja musste sich zähneknirschend fügen, denn er hatte schon seit je die freundschaftliche Verbindung zu Hiram von Tyros mit scheelen Augen gesehen und es missbilligt, dass Salomo sich mit einer phoinikischen Prinzessin verband. Aber daran hatte er sich gewöhnen müssen, als im Laufe der Jahre auch Frauen aus Moab, Edom, Ammon, Chatti und dem Land der Pelistim dazukamen. Die Ägypterin Merit-Anat hatte seinen Zorn erregt und es gehörte zu seinen festen Gewohnheiten, bei jeder passenden und unpassenden Gelegenheit vor den Ägyptern und ihrem schädlichen Einfluss zu warnen. Einige Priester aus dem Stamm Levi teilten Asarjas Meinung, doch das Volk liebte und verehrte seinen König und war im Großen und Ganzen der Ansicht, jeder solle nach Brauch und Herkunft den Gott oder die Götter seiner Wahl verehren. Das betraf auch Salomos fremdländische Frauen, die man ihm nicht nur gönnte, sondern es für angemessen und richtig hielt, dass er sich mit den Nachbarländern verschwägerte, um friedlichen Handel und Wandel zu fördern.

Der von den phoinikischen Baumeistern geschaffene Tempel zu Ehren des Herrn war, verglichen mit den gewaltigen Heiligtümern Ägyptens, eher bescheiden ausgefallen. Keine Statue, kein Relief, keine Inschrift störte das schöne und ausgewogene Ebenmaß der äußeren Tempelfassade. Das gewaltige Portal mit der doppelflügeligen Zedernholztür war von zwei hoch aufragenden, sonst fast schmucklosen Säulen bewacht. Ihre einzige bescheidene Zierde bestand in einer Girlande von Granatäpfeln an den Kapitellen. Die Baumeister hatten dem König verschiedene Entwürfe vorgelegt, mit den unterschiedlichen Größen des Baukomplexes, und er entschied sich für die kleinste Ausführung, denn der Tempel sollte durch seine Südmauer mit dem Königspalast verbunden werden, sodass für die beiden anderen Entwürfe der Platz gefehlt hätte. Da gab es geteilte Meinungen.

Der Hohe Priester murrte: »Gott der Herr steht hoch über den anderen Göttern, will sagen von Menschen gefertigten Götzen aus Holz, Stein und Metall – hohl und bedeutungslos. Wenn man so hört, was die Händler über die Heiligtümer in Tanis oder Memphis erzählen, dann ist das unsere wie eine Hundehütte, ein Taubenschlag …«

Diesem Priester kann man es nicht recht machen, dachte Salomo, da verläuft jedes Bemühen im Sand.

»Nicht auf den Umfang eines Tempels kommt es an, sondern auf seinen Inhalt, das müsstest gerade du wissen. Besser ein Zelt, eine Hütte als Sitz des unsichtbaren Gottes als gewaltige Tempelhallen, die nichts enthalten als steinerne, von Menschen gefertigte Götzenbilder. Wenn unser Tempel auch nur sechzig Ellen lang und zwanzig breit ist, so ist er im Inneren doch mit reinem Gold überzogen, als kostbares Gefäß für unsere Bundeslade, dem Thron des unsichtbaren Gottes. Zu Zeiten Moses stand sie noch in einem Zelt und unter König

David war es nicht viel anders. Mir ist nicht bekannt, dass dein Vater dagegen Einspruch erhoben hätte.«

Asarja verzog sein Gesicht, als hätte er in eine Quitte gebissen. Er hob seine raumfüllende Predigerstimme. »Einspruch? Wogegen? Gott selbst hatte König David den Tempelbau untersagt, weil er zu viele Kriege geführt und zu viel Blut vergossen hatte. Gegen den Willen des Herrn aber darf ...«

Salomo verschloss seine Ohren vor dem Gegeifer. Er hatte das in Gesprächen mit Asarja oft geübt und sein Gehör gehorchte willig.

Die feierliche Einweihung des Tempels gestaltete Salomo zu einem Freudenfest für das ganze Volk. Schon Tage zuvor waren die Stammesführer aus Israel und Juda in Jerusalem eingetroffen, um gemeinsam mit dem König, den Hofleuten und Priestern die Bundeslade aus der im Süden gelegenen Davidsstadt in den neuen Tempel zu überführen.

Salomo schritt mit Asarja, Sabud und Joschafat, seinem Sprecher, vor der in Wolken von Weihrauch schwebenden Bundeslade her, während hell und fröhlich die Posaunen, dumpf und feierlich die Widderhörner ertönten, vermischt mit dem brausenden Jubel des Volkes. Dieser Jubel galt nicht nur der Bundeslade und dem neuen Tempel, sondern auch der Aussicht auf üppige Fleischmahlzeiten, denn die Priester schlachteten an diesem Tag zahllose Rinder und Schafe. Ein Freudentag sollte es sein und so hatte der König die Tempelweihe auf das heitere Laubhüttenfest verlegt, das zugleich als Erntedank begangen wurde. Im Gegensatz zu dem täglich zweimal dargebrachten Brandopfer, bei dem das Tier zur Gänze auf dem Altar verbrannt wurde, fiel beim Dankopfer das Fleisch an die Priester ab und bei großen Festen auch ans Volk, während nur die Innereien in Rauch aufgingen.

Als die Prozession die äußere Tempelmauer erreichte, blieben die meisten zurück, nur der König und die Priester erstiegen langsam die zum großen Opferaltar führende Rampe, umgingen den bluttriefenden Altar und betraten den Tempel.

Langsam schritten sie an den zehn feierlich lodernden siebenarmigen Leuchtern vorbei und erreichten die Tür zum Allerheiligsten. Sie öffnete sich erst, als Salomo einige Hände voll Weihrauch auf die glimmende Holzkohle gestreut hatte. Er und seine Begleiter betraten wie durch einen duftenden Nebel den kleinen fensterlosen Raum, wo die beiden Cherubim mit ausgebreiteten Flügeln auf das Heiligtum warteten, das sie künftig zu bewachen hatten. Diese geflügelten Mischwesen mit Menschenantlitz und Löwenkörpern waren keine Gottheiten, sondern so etwas wie stumme Wächter und zugleich Ausdruck der Kraft und der Majestät eines Gottes, der nicht sichtbar, aber spürbar dort weilte, wo die seine Gesetze bergende Bundeslade stand.

Salomo atmete erleichtert auf. Es überkam ihn das Gefühl, etwas Nötiges getan zu haben und zugleich einer Last ledig zu sein. Schnellen Schrittes verließ er das Allerheiligste, trat hinaus und stellte sich vor den Opferaltar, wo die breite Treppe abwärts führte. Er blickte zum Himmel.

»Du wolltest im Dunkeln wohnen, mein Herr und Gott. Ich habe deinen Wunsch erfüllt und dir eine Stätte im Tempel bereitet, lichtlos und abgeschlossen vor aller Welt. Dort sollst du ewig wohnen.«

Dann wandte er sich zum Volk, schaute auf die stumm gewordene Menge, auf gesenkte Häupter und gebeugte Rücken. Er hob beide Hände, segnete sie und tat dies zum letzten Mal. Er wusste, dass er sein priesterliches Gewand niemals mehr anlegen, niemals mehr im Tempel zu solchem Tun erscheinen würde. Künftig wollte er König sein und nur noch König, wollte offen sein für andere Wege zu Gott, wollte nicht strafen müssen, wenn andere ihr Heil nicht in diesem Tempel suchten. Er atmete tief ein und hob seine Stimme. »Gelobt sei Gott, denn er hat wahr gemacht, was er meinem Vater David verhieß ...«

Wie immer, wenn Salomo zu vielen Menschen sprach, fügte sich seine Rede wie von selbst. Da gab es kein Stocken, kein Zögern, keine Pausen, um nachzudenken. Die Worte lagen in ihm, sauber aufgestapelt, und er hatte sie nur noch abzutragen in klingenden Sätzen und wenn man von ihm verlangt hätte, es drei oder vier Stunden lang zu tun, so wäre es ihm nicht schwer gefallen. Er schloss mit den Worten: »Sollte Gott tatsächlich auf Erden wohnen? Das Universum kann dich nicht fassen, wie sollte es dann dieses Haus tun? Herr, mein Gott, achte dennoch auf mein demütiges Gebet und höre auf meine Bitte. Richte deinen Blick Tag und Nacht auf dieses Haus, in dem du von nun an deine Wohnung hast. Höre mich, wenn ich dich rufe, und höre auch die Gebete deines Volkes.«

Salomo ging in den Tempel zurück, warf das Priestergewand ab und legte sich den Königsmantel um die Schultern. Als Asarja ihn vorwurfsvoll ansah, nickte ihm Salomo aufmunternd zu.

»Ja, Asarja, das ist mein fester Entschluss. Niemals mehr werde ich Priester sein, obwohl man mir geraten hat, gerade dieses Amt zu betonen, um als Priesterkönig innere und äußere Macht zu vereinen. Ich spüre, dass Gott dies nicht will, und so lege ich ganz in deine Hände, was ohnehin schon dein Amt und deine Berufung war, nämlich als Hoher Priester in diesem Gotteshaus zu wirken.«

Asarja verneigte sich wortlos, legte ein bereitgehaltenes einfaches weißes Gewand an und ging allein ins Allerheiligste zurück, um die rituellen Gebete zum Abschluss des Laubhüttenfestes zu sprechen. Dabei schwangen vier junge Priestergehilfen die Zweige der vier in Juda und Israel heimischen und häufigsten Pflanzenarten, nämlich Limonen, Palmen, Myrten und Bachweiden.

Salomo ging am Abend in den Tempel zurück und kauerte sich an der Tür zum Allerheiligsten nieder. Da er sein Priestertum abgelegt hatte, wollte er das Haus des Herrn nur noch an Festtagen betreten. Ob es ein Zwiegespräch mit dem Höchsten war oder eines mit sich selbst, blieb sich gleich, da Gott ja ohnehin in die Herzen der Menschen schaut und ihm kein Gedanke und keine Regung verborgen bleibt.

Ja, o Herr, wieder haben wir gesündigt seit dem letzten

Versöhnungstag – das Volk, die Priester und ich. Warum, da du uns doch nach deinem Ebenbild geschaffen hast? Genau betrachtet sind wir warmblütige Säugetiere, nicht anders als Ziege und Esel, Schaf und Rind, aber du hast uns auf zwei Beine gestellt, den Verstand und einen freien Willen gegeben, sodass wir wählen können zwischen Gut und Böse. Können wir das wirklich, sündigen wir, um dich zu ärgern? Ich sage nein, denn so ist es nicht. Es wäre tollkühn, dich wachen Sinnes mit einer Sünde herauszufordern – dich, den Allmächtigen und Allwissenden. Doch warum verstoßen wir gegen deine Gebote? Immer wieder lassen wir uns dazu verleiten, fremde Götter zu verehren, von denen wir uns ein Bildnis machen. Wir missachten die Sabbatruhe und lassen es an Ehrfurcht vor unseren Eltern fehlen. Wir morden und brechen die Ehe, wir stehlen und lügen, neiden dem Nachbarn seinen Besitz. Tun wir das aus einer Laune heraus, mutwillig und bewusst? Nein! Nein, o Herr, etwas treibt uns zu diesen Sünden und du selbst hast es in unsere Seele gesenkt und zugelassen, dass es manchmal stärker ist als wir, und wir nennen es die sieben Todsünden. Der Geiz verleitet uns, die alt gewordenen Eltern darben zu lassen, der Neid lässt uns auf den Besitz des Nachbarn schielen, der Zorn die Hand gegen andere erheben, der Stolz deine Gebote missachten, die Trägheit das Gute unterlassen und sündiges Verlangen treibt uns zur Unzucht – wieder und wieder.

Die wenigen, noch flackernden Lichter waren fast erloschen, nur noch in einem der zehn Leuchter blakten drei Kerzenstümpfe. Dem König war, als habe mit den Lichtern auch seine innere Helligkeit abgenommen; in seiner Seele wurde es dunkel und wie schillernde Giftblasen aus fauligem Wasser stiegen trübe Gedanken in ihm empor. Wenn da oben nichts war? Wenn er diesen Tempel einer Schimäre erbaut hätte, einem Nichts oder einer Macht, die Erde, Menschen, Tiere und Pflanzen zwar geschaffen, sie dann jedoch ihrem Schicksal – einem blinden Schicksal – überlassen hätte? Was die Priester und Propheten von Gott verkündeten, war vielleicht nur der Widerhall ihrer eigenen Visionen – Stimmen, die sie hörten und als den Willen des Herrn auslegten, dabei aber nur nachplapperten, was sie selbst aus den Schriften aufgenommen hatten. Trockenes Papierknistern, leeres Geraschel – nichts weiter.

Salomo schämte sich dieser Gedanken, doch sie waren wie lästige Fliegen, die sich zwar verscheuchen ließen, um dann gleich wieder anzugreifen. Eines wusste er jedoch mit Bestimmtheit: Diese Überlegungen waren ungehörig, blasphemisch und würden Gott den Herrn beleidigen. Ja, er glaubte an ihn, er wusste es, aber dennoch konnte er die schwarzen Gedanken nicht vertreiben.

Im Grunde ist alles sinnlos, dachte er, was man auch tut, wonach man strebt – was bleibt davon? Die Geschlechter kommen und gehen, nur die Erde bleibt, wie sie ist. Trotz schneller Veränderung – so scheint mir – gibt es nichts Neues unter der Sonne. Wer da behauptet, dies oder das sei tatsächlich noch nie da gewesen, und man blickt auf die Geschichte zurück, dann wird deutlich, dass es solches irgendwann schon einmal gegeben hat. Immer wieder habe ich die Menschen und ihr Tun beobachtet, erkannte, wie vergeblich es ist, und es erschien mir wie das Jagen nach dem Wind. Da entschloss ich mich, mein Leben fröhlich zu genießen, aber auch das erscheint mir jetzt sinnlos. Habe ich nicht große Dinge vollbracht? Häuser, Paläste und jetzt den Tempel erbaut, Wein- und Obstgärten angelegt, dazu Teiche, sie zu bewässern. Meine Schatzkammern sind wohl gefüllt, Steuern und Tribute strömen herein – reich und mächtig bin ich geworden. Heute erscheint mir all dies so sinnlos wie ein Haschen nach dem Wind. Man nennt mich einen Weisen und ich muss zugeben, dass ich die Wissenden höher schätze als die Unwissenden, denn diese tappen zeitlebens im Dunkeln. Doch nun sehe ich, dass beide am Ende das gleiche Schicksal trifft – warum dann solche Mühe um Wissen? Der Gescheite muss ebenso sterben wie der Dumme und einer bleibt danach nicht länger in Erinnerung als der andere. Es geht dem Menschen wie dem Vieh: Wie dieses stirbt, so stirbt er auch. Hat der Mensch dem Tier nichts voraus, so erscheint mir alles sinnlos. Was ich geschaffen habe, ist mir verleidet, wenn ich daran denke, dass ich es dem überlassen muss, der nach mir kommt. Da müht sich einer ab, erreicht etwas mit Klugheit und Geschick und muss es dann einem vererben, der nichts dazu getan hat.

Salomo stand auf, streckte sich und schämte sich seiner finsteren Gedanken an diesem heiligen Ort. Hatte Gott ihn nicht höher gestellt als alle anderen, ihn auf allen Wegen sicher geleitet, stets seine schützende Hand über ihn gehalten? So sei fröhlich und dankbar, König Salomo – iss dein Brot und trinke deinen Wein, so ist es gottgewollt. Genieße jeden Tag mit der Frau, die du liebst, solange dieses flüchtige Leben dauert, und nimm es als Lohn für all deine Mühsal.

Wider Willen kam ihn ein leises Lachen an. Damit war natürlich nur sie gemeint – Mirjam, die ägyptische Prinzessin. Die anderen waren nur Pflichtehen gewesen und auch sie schien da anfangs keine Ausnahme zu machen. Aber dann hatte sie sein Herz bezaubert, seine Sinne gefangen genommen. Er mochte es sich kaum eingestehen, aber manchmal empfand er ihr gegenüber ein Gefühl der Unterlegenheit. Da überfielen ihn Gedanken, die er schnell zu verdrängen suchte, etwa von der Art, dass sein Königtum noch in den Kinderschuhen steckte und mit den Dynastien von Babylon oder gar Ägypten kaum zu vergleichen war. Die Zeiten, da die Erbauer der Pyramiden – Reisende hatten ihm von diesen Wunderwerken berichtet – über Ägypten geherrscht hatten, lagen so unendlich weit zurück, dass die Auskünfte der Geschichtskundigen erheblich schwankten. Zweitausend Jahre sei es her, sagten die einen, drei- oder gar fünftausend Jahre schätzten die anderen. Damit verglichen, versank die Geschichte seines eigenen Landes ins Nichts und wenn er sich vor Augen hielt, dass der Regierungsantritt von Saul, dem ersten König von Israel, erst etwa achtzig Jahre zurücklag, dann ergriff ihn so etwas wie Scham, die freilich völlig unangebracht war, denn er hatte die Geschichte nicht gemacht. Gott der Herr war es, der seinen Bund mit dem Volk Israel so spät schloss, und an seinen unerforschlichen Entschlüssen herumzurätseln, sie etwa gar infrage zu stellen wäre Lästerung gewesen.

Mirjam wusste von solchen Dingen nichts. Sie war in dem Bewusstsein erzogen worden, dass der Abstand des Königs zum Volk, auch zu den Großen des Landes und den Priestern – ja sogar zur eigenen Familie ein so gewaltiger war, dass man ihn kaum in Worte fassen konnte. Diese Einstellung übertrug Mirjam auch auf den König von Israel und es wäre ihr in den kühnsten Träumen niemals eingefallen, sie in Zweifel zu ziehen.

Darin wäre sie auch nicht schwankend geworden, als Salomo um die Mitternachtsstunde in ihre Gemächer kam, sie wecken ließ und die Dienerinnen hinausschickte. Der König durfte das, konnte zu jeder Tages- oder Nachtzeit über sie verfügen, so hatte man es sie gelehrt.

»Du musst müde sein, nach diesem Tag der Festlichkeiten und Pflichten ...«

Salomo lachte leise. »Ja, auch ein Freudenfest kann anstrengend sein und hungrig machen.«

Salomo legte sich neben Mirjam auf das Lager und bettete seinen Kopf in ihren Schoß. Sie streichelte sein Haar, spürte, dass er etwas sagen wollte, und wartete.

Doch er schwieg und Mirjam hörte deutlich seinen Magen knurren. Sie lachte leise.

»Da du nicht redest, hat es dein Magen für dich getan ...«

»Ja, ich bin hungrig trotz schwarzer Gedanken, die mich vorhin im Tempel überfallen haben wie ein Schwarm Krähen.«

Sie rümpfte die Nase, doch ihre graugrünen Augen blitzten schalkhaft. »Noch dazu Krähen! Ich habe eure Speisevorschriften durchgelesen und da heißt es, die folgenden Vögel dürfen in keinem Fall gegessen werden: Krähen, Adler, Geier, Eulen ... Die anderen fallen mir jetzt nicht ein.«

»Strauße, Schwalben, Möwen, Störche, Reiher, Wiedehopfe und Fledermäuse, dazu alle Raubvögel.«

»Auch bei uns dürfen Geier und Falken nicht verzehrt werden, aber nicht, weil sie unrein sind, sondern heilig.«

Dann trugen die Diener das Mahl herein: Geflügel, Brot, in Essig eingelegtes Gemüse, Dörrobst, Nüsse, dazu Wein, Fruchtsäfte und Wasser.

Nach ihrem persönlichen Ritual pflegte Mirjam bei diesen späten Mahlzeiten den König zu füttern in einer Reihenfolge, von der sie wusste, dass er sie schätzte. Sie selbst beteiligte sich kaum an der Mahlzeit, nahm nur einige getrocknete Aprikosen, weil sie deren Veilchenaroma liebte. Noch immer ging ihr das Thema der Speisevorschriften durch den Kopf.

»Was mag Mose veranlasst haben, eine Reihe von Tieren als unrein zu erklären und auch den Verzehr zu verbieten? Alle Welt schätzt einen Hasenbraten, euch ist er untersagt. Ich sehe keinen Sinn darin.«

Salomo streckte sich behaglich, richtete sich halb auf und griff nach dem Weinbecher. »Ich auch nicht, meine Liebe. Im Übrigen kümmere ich mich nicht darum, denn meine Köche wissen genau Bescheid und wenn Fleisch auf den Tisch kommt, kann ich sicher sein, dass es nicht von unreinen Tieren stammt. Den Wein hat uns Mose jedenfalls nicht verboten, auch nicht die Liebe zu Frauen, selbst wenn sie Götzen anbeten ...« Er schaute sie verlangend an, tauchte mit einer Hand in ihr kupfern schimmerndes Haar und wickelte eine Strähne um zwei Finger. Seine andere Hand streichelte ihre Brust, doch Mirjam schmollte und wehrte sanft seine kosenden Hände ab.

»Lassen wir die sinnlosen Speisevorschriften einmal beiseite und wenden uns den Menschen zu. Ähnlich den Vorschriften bei Tieren unterscheidet ihr da zwischen rein und unrein. Wer nicht eures Stammes ist und nicht euren unsichtbaren Gott verehrt, das sind Menschen minderen Ranges, was euch jedoch nicht hindert, mit ihnen Handel zu treiben, sie als Arbeiter zu beschäftigen – ja, sie sogar euren Tempel erbauen zu lassen. Wie ich höre, kam der Baumeister aus Phoinikien und sein Bauplan unterscheidet sich nicht wesentlich von Götzentempeln in seiner Heimat, ähnelt sogar ägyptischen Heiligtümern. Da vor unseren Tempeln in der Regel zwei Obelisken stehen, dies euch jedoch zu sehr an Götzendienst erinnert, hat der

Baumeister zwei Säulen vor das Portal gestellt. Was euch Vorteil und Nutzen bringt, nehmt ihr auch von den verachteten Götzendienern an. Wo bleibt da euer Stolz?«

Salomo ließ sich nicht aus der Ruhe bringen. »Du musst zwischen dem unterscheiden, was die Priester mit der Thora in der Hand und grimmig gefurchten Stirnen fordern, und dem, was der König und seine Berater ihnen zugestehen. Asarja hat etwa verlangt, beim Tempelbau nur einheimische Arbeiter zu beschäftigen, und es hat ihn entsetzt, dass ein Phoiniker die Baupläne schuf. Ich habe mich nicht darum bekümmert, denn mein Gottesbegriff ist nicht so eng und buchstabenbezogen wie der seine. Wir alle sind, so glaube ich, Kinder des einen Gottes, der nicht nur uns, sein auserwähltes Volk, sondern auch die Ägypter, Hetiter, Churriter, Syrer und Babylonier erschaffen hat. Warum er sich uns mit besonderer Strenge und besonderen Gesetzen zuwandte, bleibt sein Geheimnis. Heute im Tempel, als die Priester die Bundeslade im Allerheiligsten abstellten, habe ich das Gefühl gehabt, unser Gott ist sehr nahe und zugleich sehr fern. Das ist nur scheinbar ein Widerspruch, aber das will ich jetzt nicht näher erläutern. Die wahrhaft Frommen werden bei euren Göttern sicherlich Ähnliches empfinden. Ich versuche mich hineinzudenken, wenn ich etwa im großen Tempel von Memphis vor eurem Gott Ptah stünde, der ja als Weltenschöpfer gilt, so bete ich nicht zu der Figur aus Stein, sondern zu der Gottheit, die sie symbolisiert und die gewiss auch als himmlisch und ewig gedacht ist. Aber vielleicht ...«

Mirjam unterbrach ihn. »Ich sehe schon, du weißt nichts. Niemand – der Pharao und der Hohe Priester ausgenommen – wird jemals vor der Statue des Gottes Ptah stehen und beten. Auch sie hat ihren Platz im Allerheiligsten, auch sie bleibt dem Volk verborgen wie eure Bundeslade. Wie das eure, so kann auch mein Volk mit der Gottheit nur durch Opfergaben in Verbindung treten und diese sind hier wie dort die gleichen: Blumen, Früchte, Speisen, große und kleine Tiere, aber es genügen auch einige Körner Weihrauch.«

Salomo gähnte und schaute dabei Mirjam begehrlich an. »Damit sprichst du nur aus, was ich schon angedeutet habe. Die Unterschiede sind nicht so groß und wohin du auch in der Welt gehen magst, da gibt es Frauen und Männer, die sich zwar in Haar- und Augenfarbe, in Sprache, Kleidung und Sitten unterscheiden mögen, doch wenn sie nackt sind, fallen diese Unterschiede nicht mehr ins Gewicht. Es gibt keine Frauen mit nur einer oder drei Brüsten, es gibt keinen Mann mit einem Glied so lang wie ein Elefantenrüssel oder mit drei Hoden. Alle haben sie zehn Finger und zehn Zehen, zwei Ohren, zwei Arme und zwei Beine ...«

Während seiner Rede waren sie beide aus ihren Kleidern geschlüpft. Als er ihren geliebten Körper umfing, überkam ihn wie jedes Mal das Empfinden, etwas Neues, Unerhörtes zu erleben.

7

Karib, illegitimer Halbbruder von Königin Bilkis Balmaka, hatte sich zu tief in Umsturzpläne verstrickt – und verstricken lassen –, um jemals wieder herauszufinden. Die Nachricht, dass Dakar, der Heerführer, mit einem Teil der Truppen nach Hadramaut gezogen sei, hielt Karib für ein weiteres deutliches Zeichen der Götter und er wollte es für seine Pläne nutzen, umso mehr, als die Königin jetzt gesonnen schien, unter gewissen Umständen ihren Thron freizumachen. Wenn auch einige seiner Anhänger die damit verbundene Einladung für eine Falle gehalten hatten, so waren doch er und die meisten anderen der Ansicht, diese Gelegenheit ergreifen zu müssen, denn Bilkis konnte ihre Meinung schnell wieder ändern. So rief er seinen Freunden zu: »Die Gelegenheit beim Schopf packen, wie es so schön heißt. Nicht zögern und zaudern – frisch voran!«

Die für ihn scheinbar so günstige Lage, die Ermunterung seiner Anhänger und die Aussicht, vielleicht schon in wenigen

Tagen der Mukarrib von Saba zu sein, hatten in Karib ein Feuer entzündet, das ihn befähigte, sich auch rednerisch besser zu behaupten. Also folgte er mit etwa zwei Dutzend seiner engsten Vertrauten und Anhänger der königlichen Einladung. Diese Männer betrachteten sich als der künftige Hofstaat, denn die frei werdenden Ämter von Wesir, Schatzmeister, Priester, Herold und Berater waren bereits vergeben.

Im Vorzimmer legten sie ihre Waffen ab, wie es an allen Königshöfen der Welt nun einmal der Brauch war. Die meisten taten es nicht gerne, aber fast alle waren sie überzeugt davon, dass diese Besprechung mit einer friedlichen Machtübernahme enden würde.

Bilkis verzichtete darauf, dem Festbankett von ihrem Thronsitz aus vorzustehen. Ptahmose hatte ihr geraten, sich mit Karib an einen Tisch zu setzen, um diesem damit den ersten Schritt eines Thronverzichtes vorzugaukeln. In blumiger Rede sprach sie von der Last des Königtums und ihren Zweifeln, ob sie es nicht zugunsten ihrer Rolle als künftige Ehefrau und Mutter aufgeben solle. Sie seufzte vernehmlich.

»Andererseits hat mein Vater, der zu Gott aufgestiegene Mukarrib, ausdrücklich meine Nachfolge gewünscht, vorausgesetzt, mein Bruder Menelik würde darauf verzichten. Das hat er mehrmals und zuletzt am Todestag unseres Vaters getan. Nun stehe ich vor der Entscheidung, ob ich dem letzten Willen des verstorbenen Königs gehorchen oder meinen Wünschen nachgeben soll.«

Die Gäste hatten beschlossen, für den meist wenig redegewandten Karib seinen künftigen Wesir, einen schlauen, viel erfahrenen Handelsmann, sprechen zu lassen.

»Prinz Karib und wir sind der Meinung, dass der jetzige Zustand nicht gottgewollt, zudem gegen Brauch und Herkommen ist, auch dem Willen des Volkes kaum noch entspricht. Wir streben eine friedliche Lösung an und sollten die Einzelheiten in aller Ruhe durchsprechen.«

So redeten sie hin und her und keiner sagte die Wahrheit.

Dakar hatte unterdessen auf seinem Weg nach Osten kehrtgemacht, einen Bogen geschlagen und war von Norden entlang der Grenze des Nachbarstaates Main in Richtung auf Maryab gezogen. Gleichzeitig war ein Teil seiner Truppen in das von Karibs Stamm besetzte Gebiet eingedrungen und hatte die wehrfähigen Männer und die Familien der mit Karib verbundenen Hauptverschwörer gefangen genommen. Wer sich widersetzte, wurde getötet. Die beiden Söhne Karibs hatte man eilig versteckt, doch sie waren aufgespürt und an Händen und Füßen gefesselt in die Hauptstadt gebracht worden.

Als der Palasthügel umstellt und die zur Tötung Karibs und seiner Leute bestimmten Männer im Palast waren, wurde Bilkis durch eine vertraute Dienerin verständigt. Das Mädchen flüsterte ihr etwas ins Ohr und die Königin lachte, als hätte sie einen Scherz gehört. Sie erhob sich und schritt, begleitet von Udwan und Menelik, zu ihrem an der Stirnwand aufgestellten Thron. Der Wesir trat vor.

»Da es hierzulande nicht üblich ist, dass der König mit eigener Stimme Entschlüsse, Gesetze, Urteile und anderes verkündet, werde ich als der Wesir für die Königin sprechen. Erhebt euch!«

Karib war so erstaunt, dass er sich folgsam erhob, und seine Freunde taten es ihm nach. Einige der Klügeren unter ihnen hatten in diesem Augenblick erkannt, dass diese Sache verloren war, und wer im ersten Schrecken nach seiner Waffe tastete, wurde daran erinnert, dass er sie im Vorzimmer abgelegt hatte.

Der Wesir richtete einen finsteren Blick auf Karib. »Wir haben dich und deine Begleiter geladen, um herauszufinden, welche Absichten euch bewegen, und da ist uns inzwischen – Nachrichten aus der Stadt bestätigen es – deutlich geworden, dass euer Plan auf die Vernichtung der königlichen Familie, des Hofstaates und der Priesterschaft zielt. Unserer Königin und mir ist das Gastrecht heilig, wie jedem ehrbaren Menschen in unserem Land, das bezieht sich jedoch nur auf solche, die guten Willens und mit reinen Absichten gekommen sind. Ihr aber tragt Verrat, Umsturz und Mord im Herzen und so werden wir euch nicht wie geehrte Gäste, sondern wie gemeine Verbrecher behandeln.«

Karib setzte gerade mit schreckensbleichem Gesicht zu einer Rede an, da strömten schon die Bewaffneten in den Saal, trieben die Verschwörer zusammen und machten sie nieder.

Bilkis saß regungslos auf ihrem Thron, Menelik hatte vorzeitig den Raum verlassen. Nach kurzer Zeit lag nur noch ein Haufen blutüberströmter Körper neben- und übereinander und Udwan überzeugte sich mit grimmigem Gesicht vom Tod jedes Einzelnen. Da und dort regte sich noch etwas oder es war ein leises Stöhnen zu vernehmen. Auf einen Wink des Wesirs machte ein Bewaffneter mit seiner bronzenen Streitkeule diesen schwachen Lebensregungen ein Ende. Erst dann erhob sich Bilkis und schritt zur Tür. Sie hätte ihrem Bruder folgen und das Abschlachten der Verschwörer den dazu Berufenen überlassen können, doch etwas hielt sie und es war fast, als drücke eine unsichtbare Faust sie gewaltsam auf den Thron zurück.

Als Karib gesehen hatte, dass seine Sache verloren war, hatten seine sonst so unsteten Augen in Bilkis einen festen Punkt gefunden und sein Blick war nicht von ihrem Gesicht gewichen, als ihn ein Schwertstreich am Hals traf. Enttäuschung, bitterer Vorwurf und tiefer Schmerz lagen in diesem Blick, dem Bilkis so lange standhielt, bis ein zweiter Hieb Karibs Kopf vom Körper trennte. Sie hatte seinen Tod mit eigenen Augen sehen wollen, sehen müssen, um späteren Gerüchten vorzubeugen: Karib habe überlebt, sei geflohen und bereite seine Rückkehr vor. Das hatte Udwan, der Wesir, zu bedenken gegeben und Bilkis musste ihm zustimmen.

Sie hatte damit gerechnet, dass die Tage nach der Zerschlagung der Verschwörung schwierig sein könnten, einen solchen Ansturm hatte sie allerdings nicht erwartet. Dabei betraf es nicht so sehr Karib, dessen Familie gefangen war, sondern die zahlreichen verwandtschaftlichen und stammesmäßigen Verflechtungen der bei dem gescheiterten Umsturz Getöteten. Väter und Brüder, Vettern und Basen, Mütter und Kinder – sie alle wollten für den Verlust dieser Männer entschädigt werden, sodass sogar der viel erfahrene Udwan keinen Rat wusste und eine Versammlung einberief.

Nach langem Hin und Her zeichnete es sich ab, dass die Mehrzahl der Ratgeber vorschlug, diese Menschen als indirekt der Verschwörung zugehörig zu betrachten und sie in die Sklaverei zu verkaufen – ja, es gab sogar Stimmen, die ihre Tötung befürworteten. Natürlich fiel die endgültige Entscheidung der Königin zu und alle beugten sich vor, um jedes Wort ihrer nicht sehr lauten Stimme zu vernehmen.

»Nein, meine Herren, ich stimme weder dem Verkauf in die Sklaverei noch gar einer Tötung zu, weil ich daran zweifle, damit diese Angelegenheit zu bereinigen. Ich werde eine Kommission einsetzen, die jeden einzelnen Anspruch prüfen soll, und zugleich bekannt geben, dass einem möglichen Verdacht, an dieser Verschwörung beteiligt gewesen zu sein, nachgegangen wird. Das wird schon einen Teil der Antragsteller abschrecken.«

Damit hatte Bilkis genau den richtigen Weg gewählt und zugleich spürte sie einen starken Rückhalt im Volk, das bereits ein Jahr Zeit gehabt hatte, sich an seine Königin zu gewöhnen.

Der kluge Menelik wollte der Tatsache des völligen Scheiterns dieser Verschwörung auf den Grund gehen und fand zu einem Ergebnis, das er nach dem Dankfest für Almaka seiner Schwester mitteilte.

»Karib hat einen entscheidenden Fehler begangen, als er ein Jahr bis zu dem Umsturz verstreichen ließ. Hätte er ihn wenige Tage nach unseres Vaters Tod unternommen, so wäre er vermutlich geglückt. Doch das lag nicht in seiner Natur und so musste er erst von einer ehrgeizigen, ämtergierigen Meute aufgehetzt werden, während du in diesem Jahr Zeit hattest, dem Volk zu beweisen, dass auch eine Königin gerecht, weise und kraftvoll regieren kann. Vielleicht weißt du es nicht, meine Bilkis, aber du bist beim Volk von Maryab beliebt und nur darauf kommt es an. Die Menschen auf dem Land, die Nomaden und Halbnomaden in den Bergen und in der Steppe kümmern sich wenig um den Herrscher des Landes – sie nehmen es hin, wie es kommt. Auch deine Entscheidung, jeden einzelnen Fall der beim Umsturzversuch Getöteten prüfen zu lassen, hat viele Gemüter beruhigt und nicht wenige der geheimen Mitverschwörer abgeschreckt. Trotzdem genügt es nicht. Du musst diese jetzt für dich so günstige Lage zu einem Neuanfang nutzen – irgendetwas in die Wege leiten ... Verzeih, aber ich kann und will dir nichts vorschlagen, weil ich glaube, dass du in Udwan und Ptahmose klügere Ratgeber hast.«

Bilkis berührte ihn liebevoll an der Schulter. »Ich muss dir dennoch danken, denn du mahnst mich an ein Vorhaben, das schon länger geplant ist und das ich jetzt verwirklichen werde. Ich rechne fest damit, dass es viele Kräfte binden und die noch aufgeregten Gemüter beruhigen wird. Sollen wir darüber reden?«

»Du weißt, dass Neugierde nicht zu meinen Schwächen zählt. Deute es mir kurz an und zögere nicht, es bald allen bekannt zu geben.«

»Es geht um die Erweiterung des Staudammes, den ich um das Doppelte vergrößern will, und ich glaube, dass es jedermanns Vorteil sein wird. Wenn du bedenkst ...«

»Nein, nein, nichts mehr davon! Lass den Plan durch Fachleute ausarbeiten und mache ihn im ganzen Land bekannt.«

Da der Staudamm schon vor Jahrhunderten errichtet und durch traditionell damit befasste Familien seither gepflegt, instand gesetzt und überwacht wurde, fehlte es nicht an Fachleuten, die über diese Bewässerungsanlage genau Bescheid wussten.

Bilkis versammelte die Betreffenden – es waren sechs Männer – in ihrem kleinen Beratungszimmer.

»Habt ihr einen Sprecher bestimmt?«

Ein älterer Mann mit Hakennase und wettergegerbtem Gesicht trat vor. »Ich heiße Sadlat und stamme aus einer Familie, die schon seit vielen Geschlechtern am Beginn des Hauptkanals zur Nordoase wohnt. Schon dein Großvater hat uns ...«

»Ich weiß das alles, Sadlat, und bitte dich, meine Fragen umfassend, doch möglichst kurz zu beantworten. Setzt euch!«

Sie hatte um ihren Sessel sechs Sitzkissen verteilen lassen, auf denen die Männer jetzt Platz nahmen.

»Ich habe mich entschlossen, den Lebensquell unseres Landes, den Stausee, zu unser aller Nutzen etwa um das Doppelte zu vergrößern. Meine Fragen sind: Hat es überhaupt einen Sinn und ist es technisch möglich?«

Sadlat räusperte sich, blinzelte und zupfte seinen dünnen grauen Bart. »Sinnvoll wäre es in jedem Fall, denn mit der zusätzlichen Wassermenge könnte viel Land fruchtbar gemacht werden. Meiner Schätzung nach geht bei dem alten Damm zu viel Wasser verloren. Die Regenfälle im Frühjahr und im Sommer können kurz sein, aber sie sind meist so heftig, dass sie das jetzige Staubecken füllen und mindestens jedes zweite Mal zum Überlaufen bringen. So versickert ein guter Teil des Wassers nutzlos im felsigen Grund. Das Wadi Dhana – würde man den Damm erhöhen und zurücksetzen – ist durchaus imstande, das überschüssige Wasser aufzunehmen. Zur Sicherheit müsste man den zur Nordoase Abyan führenden Hauptkanal, wie auch den die Südoase Yasran versorgenden Zulauf erweitern, um einer Überschwemmung vorzubeugen. Zugleich müsste das Netz der Bewässerungskanäle beträchtlich vergrößert werden, um neue Felder im Ödland zu erschließen. Die Nordoase könnte etwa um ein Drittel nach Osten, die Südoase um einiges nach Südosten erweitert werden.«

»Um einiges? Wie ist das zu verstehen?«

»Das hängt von verschiedenen Umständen ab. Nicht überall ist der Boden so ohne weiteres fruchtbar zu machen, auch sind manche Gebiete stärker dem Wind ausgesetzt. Das müsste von Fall zu Fall geprüft werden.«

»Auf welche Zeitdauer setzt du die Arbeiten an?«

»Das ist nicht einfach zu beantworten, da weder ich noch mein Vater noch dessen Vater jemals solche Arbeiten ausgeführt haben. Ich denke mir eine Zeit von mindestens fünfundzwanzig, höchstens dreißig Tagen, was den Damm betrifft. Um einiges länger wird es dauern, das Kanalnetz zu erweitern.«

»Und wie viele Leute brauchst du dazu?«

Sadlat blickte verlegen drein. »Auch da fehlt mir jede Erfahrung, aber ich gehe von mindestens acht- bis zehntausend aus. Zur Erweiterung und Versetzung des Dammes benötige ich etwa ein Drittel davon. Die aufwändigsten und zeitraubendsten Arbeiten sind die Planierung des Grundes, die Verbreiterung der beiden Hauptkanäle und die Erweiterung des Bewässerungsnetzes.«

»Hast du dir schon Gedanken über die Ernährung dieser zehntausend Männer gemacht? Wie viele Lasttiere werden sie benötigen?«

»Verzeih, Königin, dafür fühle ich mich nicht zuständig. In solchen Fragen haben die Quartiermeister deines Heerführers Dakar weit mehr Erfahrung. Ich bitte dich, sie zu Rate zu ziehen.«

Bilkis erhob sich und sofort sprangen die Herren auf, was bei den älteren etwas länger dauerte.

»Gut, Sadlat, deine Auskünfte haben mir sehr geholfen. Die Sommerregen sind vorbei und wir können mit sechs bis sieben Monaten absoluter oder doch ziemlicher Trockenheit rechnen. In dieser Zeit müssten die Arbeiten durchgeführt werden, sodass vom nächsten Frühjahrsregen kein Tropfen mehr verloren geht.«

Sadlat verneigte sich. »So ist es, meine Königin.«

Tags darauf ließ die Königin den Schatzmeister Yuhanim kommen. Er gehörte – neben Menelik und Ptahmose – zu den drei Männern, die sie hoch schätzte und auf deren Rat sie hörte. Der verstorbene Mukarrib hatte ihn im Jahr vor seinem Tod mit dem Amt des Schatzmeisters betraut, weil der bisherige sich nur eifrig zeigte, wenn es galt, die eigene Tasche zu füllen.

Yuhanim hatte es in etwa zwei Jahrzehnten zum wohlhabendsten Händler von Maryab gebracht, besaß ungeheueres Geschick in Geschäften aller Art, setzte Wagemut nur da ein, wo mit ziemlicher Sicherheit ein Gewinn in Aussicht stand, und erweiterte nach und nach seine Tätigkeit auf die unterschiedlichsten Bereiche. Mit Getreidehandel hatte er begonnen, dann waren Wein, Obst und Gewürze dazugekommen, später noch Weihrauch, Edelsteine, Holz, Stoffe, Zinn und Kupfer.

Inzwischen waren aus zwei seiner Ehen vier Söhne entsprossen, von denen drei das Erwachsenenalter erreichten. Als der Mukarrib ihn mit dem Schatzamt betraute, teilte er seine Geschäfte unter diesen dreien auf, mit dem Hinweis, dass auch so für jeden genug bleibe und dass sie jeden Zwist untereinander vermeiden sollten.

»Nach außen müsst ihr wie eine Person auftreten! Wenn es Streit gibt, dann macht ihn untereinander und ohne Zeugen aus. Wenn ihr glaubt, keine Lösung zu finden, dann fragt mich um Rat.«

Von da widmete sich Yuhanim mit Kraft, Geschick und Klugheit seinem Amt, wobei er mit Zustimmung des Königs Gesetze erließ, die allgemeines Erstaunen erregten. Was etwa den Weihrauchhandel betraf, war es bisher so gewesen, dass Saba mit seinen unmittelbaren Nachbarn Hadramaut, Kataban, Himyar und Main in einem steten angestrengten Wettstreit lag. Um in den jeweiligen Hauptstädten möglichst hohe Umsätze zu erzielen, erhöhte man ständig die Zölle und Lagergebühren, begünstigte die ansässigen Händler und schränkte die auswärtigen ein. Yuhanim aber ging den umgekehrten Weg. Er legte rund um Maryab geräumige, gut ausgestattete Karawansereien an, die den durchziehenden Händlern während der ersten drei Tage kostenlos zur Verfügung standen. Dann senkte er Zölle und Handelsgebühren – was nicht nur den Weihrauch betraf – um ein Beträchtliches und zog so nach und nach die ihren Vorteil witternden Händler nach Maryab. Die zum Teil auf über die Hälfte gesenkten Gebühren brachten dennoch durch das Ansteigen der Umsätze ein Vielfaches des Früheren ein. Für sich vertrat Yuhanim die Ansicht, dass alles und jedes für den Handel geeignet sei, ausgenommen Gold und Silber. Diese Edelmetalle nutzte er in Stückelungen bis zur Weizenkorngröße ausschließlich zur Bezahlung, weil er meinte, es sei leichter und weniger aufwändig, mit einigen Stücken Gold oder Silber in der Tasche auf dem Markt Verschiedenes einzukaufen, als eine Horde von Dienern zu beschäftigen, die Säcke, Bündel, Amphoren und Kisten wegen des Tauschhandels herumzuschleppen hatten.

Mit Yuhanim also zog sich Bilkis ins Besprechungszimmer zurück, während einer ihrer besten Schreiber mit gekreuzten Beinen am Fenster saß, auf dem Schoß die Schreibtafel, in der Hand die Feder aus Schilfrohr, neben sich das offene Tintenfass.

Alles an Yuhanim war rund – sein Körper, sein Kopf, seine Augen, sogar das in rundliche Schnecken gelegte Haupthaar. An ihm war etwas Biederes, Zuverlässiges, unbedingt Vertrauen erweckendes. Wer mit ihm verhandelte, wäre niemals auf den Gedanken gekommen, dieser Mensch könnte einen belügen oder hintergehen, und Yuhanims Stärke war es, dass er dies auch niemals tat. Vielleicht war es so, dass er diesen Ruf nutzte, um sein Amt als Königlicher Schatzmeister zur eigenen Bereicherung zu gebrauchen? Auch das traf nicht zu. Als der verstorbene Mukarrib ihn gefragt hatte, welchen Lohn er als Schatzmeister fordere, gab Yuhanim zurück: »Keinen.«

Da wurde Hadad gleich misstrauisch. »So geht das nicht, mein Freund. Jedes Amt am Hof ist mit einer Entlohnung verbunden, warum willst du deine Arbeit umsonst tun?«

Die runden Augen blinzelten freundlich. »Umsonst? Nein, denn ich werde mit deiner Zustimmung Gesetze ausarbeiten, die jeden Händler im Land reicher machen werden – die kleinen ein wenig, die großen mehr und die größten um ein Beträchtliches. Da ich zu Letzteren gehöre, wird mein Amt mir nur Vorteile bringen.«

So war es um Yuhanim bestellt und Bilkis freute sich auf jedes Gespräch mit ihm, denn es war getragen von Achtung und Respekt vor seinen Erfahrungen, seinen Leistungen.

Eine von Yuhanims Eigenheiten war es, sich gut, sauber,

erwachte und ihr Kind stillen wollte, fand sie es tot, doch als Mutter spürte sie, dass dieser Säugling nicht der ihre war. So standen sie nun beide vor Salomos Thron und die Beklagte rief empört: »Das ist nicht wahr! Das lebende Kind gehört mir, deines hast du aus Unachtsamkeit erstickt.« Die andere trat vor und rief mit schriller Stimme: »Du lügst! Das tote Kind ist deines und du hast sie ausgetauscht, während ich schlief.«

Der König hob die Hand – alles verstummte. »Hier steht Aussage gegen Aussage, Zeugen gibt es nicht. Da sehe ich nur einen Weg: Holt ein Schwert und zerschneidet das lebende Kind in zwei Teile. So hat jede der Frauen die Hälfte und der Streit ist ausgestanden.«

Da sprang eine der Frauen wie eine Löwin vor und rief: »Nein, nein, das geht nicht. Ich bitte dich, mein Herr und König, das Kind der anderen zuzusprechen, nur lasst es am Leben!«

Der König nickte und wies auf die Sprecherin. »Sie ist die wahre Mutter, gebt ihr das Kind.«

Dieser von tiefer Menschenkenntnis zeugende Spruch verbreitete sich mit Windeseile in Stadt und Land und mehrte die Bewunderung für diesen weisen und gerechten König.

Dennoch fühlte Salomo in den wenigen Stunden, die er sich zur Erholung und Besinnung vorbehalten hatte, wie dunkle Gedanken in ihm aufstiegen, gleich hungrigen Dämonen, begierig, seine Seele aufzufressen. Wieder und wieder kam ihm jener Tag der Tempelweihe in den Sinn, als ihn, vor dem Allerheiligsten kauernd, das Gefühl des Sinnlosen und Vergeblichen nahezu überwältigt hatte.

Da dies nun wieder der Fall war und er auch bei Mirjam keinen Trost gefunden hatte, ließ er seinen Herzensfreund Sabud rufen. Sie setzten sich mit einem Krug Wein in den kleinen abhörsicheren Raum, der nach Norden an die Tempelmauer grenzte, deshalb fensterlos und etwas stickig war, denn der kleine Schlitz an der Decke reichte für eine gute Durchlüftung nicht aus.

»Ein tristes Gemach«, meinte Sabud, »erinnert eher an eine Kerkerzelle ...«

aber sehr einfach zu kleiden. Als einziges Schmuckstück trug er an der rechten Hand einen schweren goldenen Ring mit seinem in Lapis geschnittenen Siegel, das zwei aufrecht stehende Löwen zeigte, die seinen Namen flankierten. Wer dieses Siegel auf einem Schreiben vorzeigte oder, in Wachs gedrückt, an einer Ware fand, war im ganzen Land – und darüber hinaus – geachtet und willkommen.

Sie saßen einander gegenüber, Bilkis nur um ein Weniges höher als ihr Schatzmeister, der seine runden Augen in beflissener Erwartung auf die Königin richtete.

»Was hältst du davon, wenn ich unseren Damm erweitern lasse, um den Stausee zu vergrößern und dadurch neues Land zu gewinnen?«

Yuhanim zeigte keine Überraschung. »Ein Vorhaben, das schon dein Großvater erwog und das dein Vater wegen seines vorzeitigen Todes nicht mehr ausführen konnte. Wenn du es nun tust, würde es dem ganzen Land nützen. Maryab ist zum bedeutendsten Handelszentrum geworden, zumindest verglichen mit den Hauptstädten unserer Nachbarländer, und mit der Vergrößerung unserer Nutz- und Anbauflächen wird es weiterwachsen. Ich glaube kaum, dass es in ganz Saba nicht einen verstandesbegabten Menschen gibt, der dir von diesem Plan abraten wird.«

»Diese Antwort habe ich von dir erwartet, mein Freund. Nun frage ich meinen Schatzmeister: Wird die von Fachleuten auf etwa einen Monat mit rund zehntausend Arbeitern angesetzte Bauzeit den Staatsschatz aufzehren, ihn gar überfordern?«

»Meine vorläufige Antwort ist – nein! Genaueres kann ich dir erst nach sorgfältiger Berechnung sagen. Vorerst nur so viel: Unsere Schatzkammern sind wohl gefüllt und nichts ist darin, das verderben oder seinen Wert verlieren könnte. Als ich vor Jahren erfuhr, dass der überwiegend aus kostbaren Stoffen, Duftölen, Gewürzen und Weihrauch bestehende Staatsschatz von Himyar durch eine Sturzflut fast völlig vernichtet wurde, habe ich es zum Prinzip gemacht, den unseren nur noch in Gold, Silber und Edelsteinen anzulegen, eingeschlossen Geräte, die aus den genannten Dingen gefertigt sind. Eine Sturzflut oder ein Erdbeben können ihnen nichts anhaben und selbst bei einem Brand werden Gold und Silber nur schmelzen, nicht jedoch zu Asche werden.«

Bilkis nickte anerkennend. »Saba hat dir viel zu verdanken, Yuhanim. Aber nach Fertigstellung des neuen Dammes wird die Schatzkammer nicht mehr so wohl gefüllt, vielleicht sogar leer sein ...«

Der Schatzmeister schüttelte kaum merklich seinen runden Kopf. »Leer? Nein, gewiss nicht, doch ein beträchtlicher Teil wird fehlen. Doch diese Schätze sind gut angelegt – man kann sie mit Korn vergleichen, das man aussät und damit die Kornkammern leert. Es trägt vielfach Frucht und wird die Scheunen wieder füllen.«

Yuhanim gehörte zu den Menschen, die meinten, was sie sagten, und Bilkis hegte nicht die leisesten Zweifel, dass es so kommen würde.

Einige Tage später ließ sie durch Herolde in allen Teilen der Stadt ihren Entschluss verkünden: »Bilkis Balmaka, Tochter des Mukarrib Hadad, durch seinen und der Götter Willen Königin von Saba, tut ihren Willen kund, die Lebensquelle unserer Stadt, den gestauten See im Wadi Dhana um ein Beträchtliches zu erweitern. Wer seine Arbeit dafür zur Verfügung stellen will, kann dies unter zwei Bedingungen tun. Ist er ohne Landbesitz und verpflichtet sich, von Anfang bis zur Fertigstellung der Baumaßnahmen mit voller Kraft mitzuwirken, so wird er mit einem Stück des neu bewässerten Landes entschädigt. Wer aber Land besitzt, wird in Abständen von zehn Tagen angemessen entlohnt. Die in Maryab Ansässigen erhalten Sachwerte, die von außerhalb Kommenden den Gegenwert in Silber. Unterhalb des Königspalastes werden einige Schreiber ihren Stand aufschlagen, um die Arbeitswilligen in ihre Listen aufzunehmen.«

Diese Nachricht verwandelte die ohnehin sehr lebhafte Stadt in einen wimmelnden Bienenkorb. Mit Windeseile flog die Botschaft nach draußen, erreichte im Handumdrehen die Nachbarländer und schon nach acht Tagen mussten die Schreiber ihre Listen schließen und weitere Arbeitswillige abweisen.

Wie es die Ratgeber der Königin vorausgesagt hatten, wurde durch dieses Ereignis die Angelegenheit der beim Umsturzversuch Getöteten so sehr in den Hintergrund gedrängt, dass sie, von den betroffenen Angehörigen abgesehen, keinen Menschen mehr erzürnte, bewegte, noch irgendwie beschäftigte, ausgenommen die Königin.

Wie das? Sollte Bilkis sich jetzt vorwerfen, was sie damals getan hatte – tun musste? Nein, das war es nicht. Doch sie spürte ein drängendes, Tag um Tag zunehmendes Bedürfnis, König Salomo von diesen Vorgängen in Kenntnis zu setzen. Warum gerade ihn? Der König von Israel und Juda hatte doch keinen Anteil daran, denn weder seine Familie noch sein Land waren davon in irgendeiner Weise betroffen. Dennoch glaubte Bilkis zu fühlen, dass diese Vorgänge, die denen bei Salomos Regierungsantritt in vielem ähnlich waren, sie auf fast verwandtschaftliche Art mit dem König verbanden. Da sie diese Gedanken vorerst keinem Schreiber anvertrauen wollte, machte sie sich ihre eigenen Aufzeichnungen – entwarf eine Botschaft an Salomo.

Verzeih, wenn ich dich mit Dingen behellige, an denen du keinen Anteil hast, die aber unser beider Schicksal auf eine Weise verbinden, die mir doch bemerkenswert erscheint. Ich habe nicht vergessen, was mir damals mein jetzt in Gott ruhender Vater von deiner Thronübernahme berichtete, als dein Halbbruder Adonia noch zu Lebzeiten von König David – eures Vaters – hinter deinem und seinem Rücken den Thron usurpieren wollte. Er hatte sogar schon den Heerführer und einige Priester auf seine Seite gebracht und der schwer kranke und von allem abgeschirmte König David erfuhr erst davon, als ihm Batseba, seine Lieblingsgemahlin und deine Mutter, genau berichtete und ihn an seinen Schwur erinnerte, ihren Sohn als Thronfolger zu benennen.

Der König stand zu seinem Wort und Adonia musste aufgeben, er tat es jedoch nur nach außen hin.
Jetzt aber will ich von Dingen schweigen, die du selbst erlebt, durchstanden und durchlitten hast. Nur so viel: Als du merktest, dass dein Halbbruder insgeheim seine üblen Ziele weiterverfolgte, ließest du ihn töten, ohne im Geringsten zu zögern.
Was nun mich betrifft, so hatte ich einiges durchzustehen, was deinem Fall auf nahezu wunderbare Weise glich. Der Unterschied war nur, dass mein Halbbruder Karib mir nicht zuvorkommen wollte, sondern fast ein Jahr wartete, bis er sich entschloss, mich vom Thron zu stürzen. Er fand eine Anzahl Unzufriedener, die sich um ihn scharten, und es bedurfte einer List, die zu allem Entschlossenen in die Falle zu locken. Sie und mein Bruder kamen dabei um, was im Volk viel Beifall fand, denn Stadt und Land zeigten sich nun schon ein Jahr mit meiner Herrschaft durchaus einverstanden. Dein namenloser und, wie ich hörte, gestaltloser und ohne Abbild verehrter Gott möge dir, ebenso wie der große Almaka mir, noch viele Dutzend Jahre einer friedvollen und gedeihlichen Herrschaft schenken.

Als Bilkis das Geschriebene durchlas, erkannte sie gleich, dass sie etwas vergessen hatte. Und so fügte sie an geeigneter Stelle hinzu:

Meine bald nach diesem Ereignis verkündete Absicht, unseren Stausee, den Lebensquell von Maryab, um ein Beträchtliches zu erweitern, wurde allgemein freudig begrüßt und gutgeheißen.

Sie schloss das Schreiben gut ein, doch sie vergaß es nicht, musste immer wieder daran denken. Dennoch scheute sie davor zurück, es durch einen der wenigen in Maryab ansässigen Händler aus Salomos Ländern übersetzen zu lassen. Plötzlich, es war nach dem Nachtmahl und sie hatte gerade ein anregendes Gespräch mit Ptahmose, dem Königlichen Leibarzt und Ratgeber, beendet, fiel ihr die beste Lösung ein. Salomo hatte schließlich vor Jahren eine Ägypterin geheiratet, die – das war schnell bekannt geworden – einen eigenen kleinen Hofstaat mit in die Ehe gebracht hatte. Da setzte Bilkis an den Beginn ihres Schreibens die Worte:

Da ich für deine eigene Sprache keinen zuverlässigen Übersetzer fand, hat mein Leibarzt Ptahmose es ins Ägyptische gebracht. Du hast sicher zumindest einen Schreiber am Hof, der diese Sprache beherrscht und dir meine Worte übertragen kann.

Ptahmose nickte nur gleichmütig. »Auch wenn deine Botschaft Staatsgeheimnisse enthalten sollte, so werde ich sie gleich nach der Übersetzung in das Meer des Vergessens werfen.«

Bilkis lachte etwas verlegen. »Nein, Staatsgeheimnisse gerade nicht, aber doch einiges sehr Persönliche …«

»Ich empfinde für dich wie ein Vater, meine Bilkis.«

Sie drohte ihm scherzhaft. »Du solltest von Zeit zu Zeit auch nicht vergessen, dass ich die Königin von Saba bin.«

Ptahmose schlug sich an die Brust, dass es dumpf hallte. »Das tue ich keinen Augenblick – bei allen Göttern!«

Als der Arzt sich mit dem Text befasste, konnte er ein Lächeln nicht unterdrücken. Sie sieht in Salomo eine Vaterfigur, dachte er, eine männliche königliche Instanz, an der sie sich orientieren kann. Wenn Salomo seinen Halbbruder und einige von dessen Anhängern tötete, um Thronstreitigkeiten zu vermeiden, so war das auch für sie ein gangbarer Weg, der einzige vielleicht, den sie nach königlichem Vorbild getrost gehen konnte.

Ptahmose strich nachdenklich über seine wie poliertes Zedernholz schimmernde Glatze. Ihr fehlt ein Mann, dachte er. Zwar hat sie in mir und einigen anderen männliche Ratgeber, aber letztlich steht sie dann mit ihren Entschlüssen allein da. Wer wird diese Knospe öffnen und zum Blühen bringen?

Manheb, dieser grüne Junge, gewiss nicht. Zudem wird es sich ja nur um eine Verlobung handeln, die sie – zu Udwans zorniger Ungeduld – noch immer vor sich herschiebt wie eine unliebsame Last. Er legte die Feder hin, seufzte, streckte sich und gähnte ausgiebig. Nun, wir werden sehen ...

8

Salomos Königsamt war randvoll mit Aufgaben und Pflichten, die sich häufig so zusammendrängten, dass ein Tag von Sonnenaufgang bis in die Nachtstunden nicht hinreichte, sie zu bewältigen. Ihm machte das nichts aus, er beherrschte diese Dinge mit leichter Hand und wenn es schien, dass man ihm zu viel aufbürdete, dann verteilte er manche Lasten auf andere Schultern.

Eines vor allem behielt er jedoch in der eigenen Hand, nämlich in schweren, nicht selten auch in leichteren, aber merkwürdigen Fällen Recht zu sprechen, Dies geschah nach aller Regel einmal in der Woche im großen Festsaal seines Palastes zu Füßen des prunkvollen, aus Gold und Elfenbein gefertigten Thrones. Zu ihm führten sechs Stufen hinauf und jede davon war von zwei golden funkelnden Löwen bewacht, die in Drohgebärde mit aufgerissenen Mäulern auf das Gewimmel zu ihren Füßen blickten.

Manche seiner Urteilssprüche erregten im Volk ein solches Aufsehen, dass sie tage-, ja wochenlang kommentiert, gedreht und gewendet, bewundert und gutgeheißen wurden. So auch der Fall um das tote Kind. Er kam vor den König, weil die zwei betroffenen Frauen jedes andere Gericht ablehnten. Es waren zwei Huren, die im gleichen Haus wohnten und kurz nacheinander Söhne geboren hatten. Eine davon bewegte sich im Schlaf so unglücklich, dass sie dabei ihr eigenes Kind erstickte. Sie merkte es, stand leise auf, schlich zum Bett der anderen und tauschte die Kinder aus. Als ihre Genossin am Morgen

»Ja, der Raum passt zu meiner derzeitigen Seelenlage, die noch düsterer ist.«

Dann schilderte er dem Freund diesen Sog von trüben Gedanken, der ihn zu überwältigen drohte. »Alles erscheint mir so sinnlos, so vergeblich und Gott ist mir so ferne gerückt wie ein schwacher, kaum noch erkennbarer Stern am nächtlichen Himmel. Bald wird er ganz verschwinden und ich werde mich fragen müssen, ob es diesen Gott überhaupt gibt – ob es ihn je gegeben hat ...«

Sabud neigte seinen Kopf und schaute den Freund mit seinen klugen, verträumten Augen nachdenklich an. Wie es seine Gewohnheit war, ließ er sich mit der Antwort lange Zeit. Dann sagte er mit verhaltener Stimme: »Glaube nur ja nicht, dass mir solche Gedanken fremd sind – ja, ich möchte sogar behaupten, dass sie jeden klugen Menschen von Zeit zu Zeit heimsuchen. Wichtig ist nur, dass man aus dem dunklen Nebel wieder herausfindet, ehe er uns ganz verschluckt.«

»Und wie soll das gehen? Sage mir, was ich tun soll.«

»Ich kann dir nur berichten, was ich dagegen tat. Da es keine wirksame Arznei gegen den allgemeinen Seelenschmerz gibt, muss jeder für sich selbst herausfinden, wie ihm beizukommen ist. Ich jedenfalls habe eingesehen, dass es ein vergebliches Bemühen ist, solche Gedanken zu verdrängen, in eine Ecke zu schieben. Dadurch verschwinden sie nicht, sie bleiben am Leben und wagen sich in dunklen Stunden wieder hervor. Ich bin den umgekehrten Weg gegangen, habe sie eingeladen, sozusagen an meinem Tisch Platz zu nehmen und sich frei zu äußern. Es war, als hätte ihnen diese Aufforderung den Wind aus den Segeln genommen. Sie sind offenbar nicht geneigt, ans Licht zu treten, sich frei zu bekennen, denn sie lieben das Zwielichtige, Nebelhafte. Diese Einladung musst du so oft wiederholen, bis sie es müde werden, dich zu belästigen.«

Wider Willen brach Salomo in ein befreites Lachen aus. »Ein ungewöhnlicher Weg, dem Trübsinn zu begegnen, aber es verlockt mich, ihn zu gehen.«

Doch nicht jeder Weg ist für alle gangbar und jeder muss einen anderen wählen, um sein Ziel zu erreichen. Zuerst spürte Salomo, wie die dunklen Gedanken zu verblassen begannen, als er sie – nach Sabuds Rat – aufforderte, ans Licht zu treten.

»Ihr seid zu feige, um euch deutlich zu zeigen«, rief ihnen der König entgegen. »Zu kraftlos und zaghaft, Gestalt anzunehmen, euer wahres Wesen zu zeigen.«

Nein, sie taten es nicht, sie verschwanden jedoch auch nicht und da kam es wie eine Eingebung über Salomo. Wenn sie sich nicht zu ihrer wahren Art bekennen, werde ich versuchen, ihnen Gestalt und Konturen zu verleihen. Er sagte für einige Tage alle Pflichten ab, schloss sich mit einem Stapel Papyrus in einen ruhigen Raum ein und begann zu schreiben.

Zuerst ging es nur zaghaft, dann immer zügiger voran. Zeigten sich anfangs die Gedanken noch recht zögerlich, so kamen sie bald in schnelleren Fluss und mitunter schien es, als wollten sie ihn überrennen. Manchmal überkam es ihn seltsam und er hatte die Empfindung, neben sich selbst zu stehen, neben dem, der da am Tisch saß und so eilig schrieb, dass nicht selten Tintenspritzer durch die Luft flogen und sein Gewand, einmal sogar sein Gesicht sprenkelten.

Dieser Mann, dachte Salomo vergnügt, sitzt da wie ein eifernder Prophet, der eine Bußpredigt schreibt und dem vor heiligem Zorn die Feder davonläuft.

Nicht eigentlich eine Bußpredigt war es, die Salomo verfasste, sondern Gedanken über Sinn und Unsinn, über den Lauf des Lebens, über Gott und die Menschen. Wenn ihm damals in jener Nacht nur Gedankenfetzen durch den Kopf jagten, so versuchte er jetzt, Ordnung in das Geschriebene zu bringen, es in einzelne Abschnitte aufzugliedern. Er griff seinen früheren Gedanken von der Sinnlosigkeit des Daseins wieder auf und führte ihn hin zu den Fragen, die sich daraus ergaben. Lohnte es sich, etwas anzustreben, zu vollbringen oder Wissen zu erwerben? Die vorerst negativen Antworten führten dann zu der Erkenntnis:

Alles, was auf Erden geschieht, hat seine von Gott bestimmte Zeit.
Zeit, um geboren zu werden und zu sterben,
zu säen und zu ernten,
zu töten und Leben zu retten,
niederzureißen und aufzubauen.
Zeit zu weinen und zu lachen,
zu finden und zu verlieren,
zu schweigen und zu reden,
zu lieben und zu hassen.
Zeit auch für Krieg oder für Frieden.

Daraus ergibt sich, schrieb Salomo weiter,

dass Gott nach einem ewigen, für Menschen kaum durchschaubaren Plan handelt. Wir können daran nichts ändern, können nur vertrauensvoll auf Gott blicken und sein Handeln demutsvoll hinnehmen. Eines glaube ich erkannt zu haben: Was in der Vergangenheit geschah, war schon einmal da. Gott lässt alles wiederkehren im ewigen Kreislauf.

Dann schilderte Salomo das Unrecht in der Welt und schloss mit der bitteren Erkenntnis:

Wie gut haben es die Toten, denn ihnen geht es besser als den Lebenden. Noch besser aber ist es, nicht geboren zu werden, um das Unrecht auf Erden nicht mit ansehen zu müssen.

Weiter machte er sich Gedanken über Sinn und Unsinn der Arbeit, über den Reichtum, der kaum einen glücklich macht und letztlich keine Sicherheit bietet. Das führte ihn – wie schon damals – zu dem Schluss:

Darum esse und trinke mit fröhlichem Herzen, denn so gefällt es Gott. Genieße das Leben wie ein Fest, trage schöne Kleider, salbe dich mit Duftöl und feiere jeden Tag, den Gott dir geschenkt hat, mit der Frau deines Herzens. Das ist der Lohn für die Mühsal des Lebens. Wenn du tot bist, ist es zu Ende mit allem Tun und Planen, mit aller Einsicht und Weisheit.

Er hatte nun sechs Federn aufgebraucht, sollte er sich eine siebte zurechtschneiden oder es den Diener tun lassen? Doch er wollte jetzt keinen Menschen sehen, nahm das Messer und spitzte sich zwei weitere Schreibfedern zu. Während er dies tat, kam ihm ein neuer Gedanke, der ihn lächeln ließ.

Noch etwas habe ich erkannt: Nicht immer die Schnellsten gewinnen das Rennen und auch der Mutigste siegt nicht in jedem Kampf. Klugheit führt nicht unbedingt zu Reichtum und Können findet nicht immer Beifall. Freilich: Wissen richtet etwas Besseres aus als Waffen, aber eine einzige falsche Entscheidung macht alles Bessere zunichte.

Er legte eine Pause ein und fand, damit sei es genug, er müsse nur noch einen guten Schluss finden. Er las das Geschriebene in aller Ruhe durch und erkannte, dass noch einige Worte über die Unwägbarkeit der Zukunft fehlten.

Wirf deinen Besitz ins Meer und es kann sein, dass die Wellen ihn später auf das Land zurückspülen. Verstecke dein Geld an sicheren Plätzen, trotzdem kann es sein, dass durch ein Unglück alles verloren geht. Die Vergangenheit ist dein fester Besitz, denn was einmal geschehen ist – im Guten oder im Bösen –, das kann sogar Gott nicht ungeschehen machen. Alle Zukunft aber ist dunkel, unberechenbar oder – wenn du im nächsten Augenblick stirbst – für dich nicht einmal vorhanden. Darum genieße dein Leben, ehe es zu Ende geht und dein Leib zur Erde zurückkehrt, aus der er von Gott erschaffen ist. Fürchte Gott und halte seine Gebote, allein darauf kommt es an.

Salomo legte die Feder nieder, schloss das Tintenfass und legte die wenigen noch unbeschriebenen Papyrusblätter beiseite. Sein Kopf fühlte sich leer an wie ein hohles Gefäß, aber es war keine unangenehme Empfindung. Ihm war, als hätten die trüben Gedanken und das geistige Unlustgefühl einem Wohlbehagen Platz gemacht, das aus der Zufriedenheit über das vollendete Werk kam. Ja, seine »Bußpredigt« – im Stillen nannte er sie weiterhin so – war eine schwere Arbeit gewesen, vielleicht eine Art Beschwörung, welche die dunklen, nach seiner Seele hungernden Dämonen davongejagt hatte.

Danach nahm er die täglichen Amtspflichten wieder auf und seinem heiteren Gesicht war anzusehen, dass seine fröhliche Gestimmtheit zurückgekehrt war und er mit Freude seine Arbeit tat.

Eines allerdings hatte sich – zu Asarjas zornigem Missfallen – verändert: Der König hatte nicht nur Götzen wie Moloch, Milkom, Kemosch und Anat Tempel erbaut, er schien jetzt auch gesonnen, diese Götter zu verehren. So wenigstens empfanden es der Hohe Priester Asarja und einige andere, die am Tempel dienten oder als fromme Menschen bekannt waren.

Doch ganz so war es nicht. Zwar hatte Salomo nach der Niederschrift seiner »Bußpredigt« zu seiner früheren heiteren Gelassenheit zurückgefunden, er war Gott jedoch auch nicht näher gekommen. Noch immer traf der Vergleich mit dem schwach glimmenden Stern am Nachthimmel zu, der zwar nicht – wie Salomo befürchtet hatte – ganz verblasst war, aber er war auch nicht zur alten Größe einer strahlenden, das ganze Universum erhellenden Sonne zurückgekehrt. Salomo war nicht zum Ungläubigen geworden, denn weiterhin stand er zum Bund seines Volkes mit Gott und weiterhin glaubte er an den All-Erhalter, der keinen Anfang und kein Ende hatte. Doch der Glaube an einen persönlichen Gott, der sich um jeden Einzelnen kümmert, war ihm abhanden gekommen. Er neigte nun eher zu der Auffassung, das von Gott in die Menschenseele gelegte Gewissen sei der größte Schatz, den der

Herr seinem sterblichen Ebenbild anvertraut habe, und wer sich davon im Guten leiten lasse, könne nicht fehlgehen.

So äußerte sich Salomo seinem Freund Sabud gegenüber, dem allein er anvertraute, welche Wandlung sich in ihm vollzogen hatte. Sabud dachte lange nach, wie es seine Gewohnheit war. Dann fragte er ruhig: »Wie kommt dann die Sünde in die Welt? Wenn tatsächlich jeden sein Gewissen nur zum Guten leiten kann, dürfte es Verstöße gegen die Gebote Gottes nicht geben.«

Salomo schüttelte unwillig den Kopf. »Natürlich weiß ich, dass Stunde um Stunde, Tag um Tag abertausendmal gesündigt wird. So muss ich dich wieder daran erinnern, dass Gott uns – nicht anders als Schafe, Rinder und Pferde – als warmblütige Säugetiere geschaffen hat mit naturgegebenen Begierden. Wir wollen und sollen uns vermehren, wir müssen essen, trinken und schlafen. Nur muss dies alles in Unzucht, Völlerei, Besäufnis und Trägheit enden? Das Gewissen befiehlt uns, Zügel anzulegen, wo diese Bedürfnisse erwachen, andere stören, schädigen oder beleidigen. So sehe ich das!«

»So kann man es sehen – gewiss. Hätte Gott uns den Widerstreit zwischen Gewissen und den Hang zur Ausschweifung ersparen wollen, so wären wir von ihm als engelsgleiche Wesen erschaffen worden, vielleicht sogar ohne Gewissen, aber mit einer angeborenen Anlage zum Guten, die uns vom geraden Weg nicht abkommen lässt.«

Salomo schlug dem Freund auf die Schulter. »Jetzt hast du mich verstanden – von dir erwarte ich das. Wenn Asarja mir vorwirft, ich gehe zu freundlich mit den fremden Göttern um, lasse mich sogar hinreißen, ihre Tempel zu besuchen, um dort zu beten, so ist diese Einschätzung falsch. Ich verehre diese Götter nicht, doch ich ehre sie und nicht nur um meiner ausländischen Frauen willen, wie viele sagen. Im Gegensatz zu unserem Hohen Priester sehe ich keinen schändlichen Götzendienst, wenn andere Völker zu Baal, Milkom, Astarte oder Amun beten. Wer dies aufrichtigen und reinen Herzens tut, ist in meinen Augen nicht schlechter als dieser Asarja, wenn er im Allerheiligsten kniet. Wir haben unseren Bund mit Gott, darauf bin ich stolz, er verleitet mich jedoch nicht dazu, andere Religionen zu verachten, zu hassen oder als schändlich anzusehen. Gott steht über allen Völkern und wir wissen nicht, warum er mit Israel einen Bund geschlossen hat, aber die Ägypter, Hetiter, Babylonier, Phoiniker und andere bei ihren alten Göttern ließ. Mich soll das nicht kümmern, ich sage mir, das ist gottgewollt, da steht mir kein Urteil zu.«

»So hat jeder seinen Standpunkt und wenn ich im Großen und Ganzen deiner Ansicht zuneige, so kann ich doch auch Asarja verstehen. Er ist Priester mit Leib und Seele und sieht sich im Recht, wenn er den reinen Glauben verteidigt. Vielleicht braucht das Land solche und solche. Dich als König, der die Glaubensformen aller seiner Untertanen achtet, und einen Hohen Priester, der eifersüchtig darauf schaut, dass niemand gegen die Gesetze Gottes verstößt.«

Salomo lachte und drohte dem Freund scherzhaft mit dem Finger. »Sabud, Sabud, an dir ist ein Staatsmann verloren gegangen. Mit deinem rednerischen Geschick könntest du jeden Eiferer vom Gegenteil überzeugen. Sollte es jemals wieder dazu kommen, dass ich mit einer ausländischen Macht verhandeln muss, so werde ich dich zum Botschafter ernennen.«

In diesen Tagen traf eine Handelskarawane aus dem Süden ein, deren Führer um eine Unterredung mit dem König bat. Das war nicht ungewöhnlich, denn diese Männer wandten sich öfter an Salomo mit Vorschlägen, Botschaften, Nachrichten und Bitten. Der König empfing den Mann ganz formlos im kleinen Empfangssaal und um zu zeigen, dass die Besprechung kurz sein müsse, blieb Salomo stehen. Der hagere Karawanenführer erkannte die Absicht.

»Es dauert nicht lange, mein König. Ich selbst will nichts von dir, bin nur beauftragt, dir zweierlei zu überreichen.« Er zog eine gesiegelte Papyrusrolle aus dem Ärmel, die der im Hintergrund stehende Schreiber entgegennahm.

»Das Zweite ist etwas größer und bedarf einiger Zuwendung ...« Er wies zur Tür, die sich auf einen Wink des Königs öffnete, worauf der Diener des Karawanenführers mit einem verhängten Gegenstand eintrat. Er zog das Tuch ab und ein runder Vogelbauer kam zum Vorschein, in dem ein großer dunkler Vogel auf einer Stange hockte, die halb geschlossenen Augen öffnete und die ihn betrachtenden Menschen musterte.

»Beides, Herr, kommt von Bilkis, der Königin von Saba. Das Schreiben enthält eine Botschaft an dich, die Dohle aber ist ein persönliches Geschenk. Dieser kluge Vogel beherrscht einige Wörter der menschlichen Sprache und wenn er sich eingewöhnt hat, satt und zufrieden ist, wird er sich äußern.«

Salomo schüttelte ungläubig den Kopf. »Dieser Vogel spricht?«

»Nicht mit Verstand, mein König, er plappert nur nach, was man ihm vorgesagt hat.«

»Wie ernährt er sich?«

»Die Dohle ist ein Allesfresser, mag Mäuse und Insekten nicht weniger als Nüsse, Getreidekörner und Früchte. Lasst ihr einfach zukommen, was von deinem Tisch abfällt.«

Als der Karawanenführer gegangen war, wandte sich Salomo an den Schreiber – diesmal war es Ahia, der allzeit Eifrige.

»Was enthält die Botschaft der Königin?«

In einer Geste der Verzweiflung warf Ahia beide Hände hoch. »Verzeih, o Malki, deinem Knecht seine Unfähigkeit, die ägyptischen Buchstaben zu entziffern, denn um solche handelt es sich wohl bei dieser seltsamen Bilderschrift.«

»Sie schreibt Ägyptisch? Merkwürdig ...«

»Darf ich einen Vorschlag machen? Im Dienste deiner Gemahlin Mirjam steht ein Schreiber aus ihrer Heimat, der inzwischen auch unsere Sprache beherrscht, und dieser wird ...«

»Gut, gut, Ahia, ich danke dir. Wenn ich heute Abend die Prinzessin besuche, nehme ich das Schreiben mit.«

In Gesprächen mit anderen sprach Salomo stets von der »Prinzessin«, wenn Merit-Anat gemeint war. Seine ägyptische

Lieblingsgemahlin hatte ihm inzwischen eine Tochter geboren und ihm kürzlich mitgeteilt, dass sie ein zweites Kind erwarte.

»Hoffentlich wird es diesmal ein Sohn; ich werde Anat nun täglich ein Opfer bringen, damit sie meine Bitte erfüllt.«

Salomo küsste sie auf beide Wangen. »Kommt es darauf an? Naama hat mir den Thronfolger geboren und viele Söhne bedeuten nur Streit und Machtkämpfe – ich habe es erleben müssen. Wenn unsere Töchter deine Schönheit erben, dann darfst du mir noch fünf weitere schenken.«

Natürlich hatte Salomo – wie er es immer tat – seinen Besuch angekündigt, doch Mirjam gehörte nicht zu jenen Harimsdamen, die sich dann stundenlang schminken, schmücken, Kleider und Geschmeide anlegen, verwerfen, um anderes zu wählen, und am Ende niemals mit diesen Vorbereitungen fertig werden.

Als Mirjam spürte, dass ihre Perücke aus fremden Menschenhaaren ihn abstieß, ließ sie das eigene Haar lang wachsen, pflegte es mit Hingabe und verlieh ihm mit etwas Henna einen kupfernen Schimmer, der vorzüglich zu ihren graugrünen Augen passte. Trug sie es tagsüber hochgesteckt und unter einem farbigen, mit Goldstickerei verzierten Kopftuch verborgen, so öffnete sie es, wenn Salomos Besuch zu erwarten war. Er liebte es, mit seiner Hand in die kupferne Flut zu tauchen, sich Strähnen des rötlich schimmernden Haares um Hand und Finger zu wickeln, während er die lilienweiße Haut von Hals und Schultern mit Küssen bedeckte.

Ja, er liebte diese Frau; nicht nur weil sie schön war, sondern wegen ihrer Eigenart, die sie beträchtlich von seinen anderen Gemahlinnen unterschied. Auch unter den Frauen aus Moab, Ammon, Kanaan, Edom, Chatti, Babylon, Chaldäa und zahlreichen anderen nahen oder fernen Herkunftsländern gab es solche von großer Schönheit, doch sie waren allesamt auf ein Harimsleben hin erzogen. Das hieß, in träger Untätigkeit auf einen Wink des Gebieters zu warten, ihm vielleicht Kinder zu gebären, um damit eine Stufe höher in der Frauenhierarchie zu rücken. Es gab nicht eine unter ihnen – zumindest war ihm noch keine begegnet –, mit der er ein längeres Gespräch hätte führen können, denn alles, was an Wissen und Wollen in diesen kleinen Köpfen vorhanden war, drehte sich um Duftsalben, Kleider, Schmuck und die endlos schwelenden Harimsränke.

Die aus Ammon stammende Naama hatte da keine Ausnahme gemacht, aber sie war zur Mutter seines Thronfolgers geworden und hatte somit den höchsten Rang erreicht, den eine Königsgemahlin in Israel erlangen konnte. Seinem Herzen kam sie allerdings nicht näher, denn darin hatte sich die ägyptische Prinzessin einen Platz erobert, den ihr kaum noch eine andere Frau streitig machen konnte. Das schloss freilich nicht aus, dass Salomo von Zeit zu Zeit die anderen Gemahlinnen aufsuchte, um zu vermeiden, dass diese Damen sich insgeheim bei ihren Vätern beschwerten und damit politische Verwicklungen heraufbeschworen. Er nahm es damit sehr genau und die ägyptische Königstochter hütete sich davor, etwas wie Eifersucht zu zeigen. War sie selbst doch der Spross einer Prinzessin aus Ugarit, die ihr Vater Siamun aus staatsmännischen Gründen zu einer seiner zahlreichen Nebengemahlinnen gemacht hatte.

Salomo hielt die Papyrusrolle hoch.

»Eine Nachricht aus Saba, doch in Ägyptisch geschrieben. Du hast doch aus deiner Heimat einen Schreiber mitgebracht, der deine Sprache beherrscht, oder täusche ich mich?«

»Nein, du täuschst dich nicht – Ibi steht nach wie vor in meinen Diensten.«

»Ibi? Ein wunderlicher Name ... Jedenfalls würde ich dich bitten, ihn diese Schriftrolle übersetzen und den Text einem meiner Schreiber aushändigen zu lassen.«

Mirjams grüne Augen glitzerten vor Neugierde. »Darf ich einen Blick darauf werfen?«

»Ja, gewiss, aber bist du es denn gewohnt, mit eurer so schwierigen Schrift ...«

»Ich habe wie meine Brüder lesen und schreiben gelernt«, sagte sie und es klang etwas verstimmt. Sie nahm dem immer noch Zögernden mit einer entschlossenen Bewegung den Papyrus aus der Hand und rollte ihn auf. »Darf ich?«

»Gewiss, ich glaube nicht, dass die Königin von Saba mir Geheimnisse staatspolitischer oder anderer Art mitzuteilen hat.«

Mirjam lächelte leise. »Wer weiß ...«

Sie setzte sich, rückte die Öllampe näher und runzelte ihre liebliche Stirn. Dann begann sie stockend zu lesen, übersetzte jeden Satz in abgekürzter, erzählender Form ins Hebräische.

»Also – sie konnte für deine Sprache keinen Übersetzer finden und so hat ihr Leibarzt Ptahmose es ins Ägyptische gebracht, weil sie annimmt, dass einer deiner Schreiber diese Sprache beherrscht.«

Dann las sie weiter, blieb stumm, lächelte manchmal, schüttelte zweimal ihren Kopf und blickte dann auf.

»Verzeih, dass ich es dir nicht Wort für Wort übersetze – was ich ohnehin nicht könnte –, sondern nur den Inhalt wiedergebe. Sie berichtet davon, dass ihr Halbbruder eine Verschwörung begann, um auf den Thron zu gelangen, und dass sie ihn und seine Anhänger in eine Falle lockte und töten ließ. Dadurch fühle sie sich mit deinem Schicksal verbunden, das, wie sie von ihrem Vater gehört habe, ein ähnliches war. Sie hat nun begonnen, den für ihre Hauptstadt so wichtigen Staudamm zu erweitern, um mehr Land zu gewinnen, und wünscht am Ende dir und sich selbst den Segen deines Gottes und ihrer Götter.«

Salomo nahm die Rolle auf und zog sie auseinander. »Ich kann gar nicht glauben, dass deine kurze Darlegung der Menge des hier Geschriebenen entspricht.«

»Ich wollte dir unbedeutende Einzelheiten und Ausschmückungen ersparen, aber Ibi wird für dich eine wortgetreue Übersetzung anfertigen.«

»Gut – übrigens wurde dieses Schreiben von einem Geschenk begleitet, einem recht seltsamen.« Er ließ sie etwas zappeln und betrachtete mit Vergnügen ihre vor Neugier flackernden Augen. Nach außen hin zeigte sie sich kaum interessiert.

»Was kann diese Frau dir schon schenken, da du doch alles hast, was ein Mensch, ein König sich nur wünschen kann.«

»Was sie mir gesandt hat, habe ich nicht, wusste auch nicht, dass es dergleichen gibt.«

»Erzähle es nur nicht weiter, dass Salomo etwas nicht weiß! Das würde dein Volk tief verstören, da du doch als Inbegriff der Weisheit giltst.«

Er blickte sie in gespieltem Erstaunen an. »Und du, meine Merit-Anat, teilst diese Meinung nicht?«

Sie nahm das Spiel auf, spielte die Verwirrte. »Ich weiß nicht, habe mir noch keine Gedanken darüber gemacht. Es sind andere Eigenschaften, die ich an dir schätze.«

»Kannst du sie nennen?«

»Ich könnte, will es aber für mich behalten.«

»Gut, ich sage es dir: Königin Bilkis von Saba hat mir einen Vogel gesandt, der sprechen kann.«

Sie tat gelangweilt. »Auch mein Vater hat solche Geschenke erhalten. Sie sind groß und meist sehr bunt, kommen aus fernen Ländern und plappern nach, was ihnen immer vorgesagt wurde. Kein sehr ausgefallenes Geschenk ...«

»Ist es doch, denn dieser Vogel ist weder bunt noch sehr groß. Der Überbringer hat ihn eine Dohle genannt. Sie ist schwarzgrau, ein Allesfresser ...«

»Mag sein, dass es auch solche mit dunklem Gefieder gibt. Hat er schon gesprochen?«

»Nein, ich habe ihn nur kurz gesehen.«

Auch die nächsten Tage gab die Dohle keinen Laut von sich, der nach menschlicher Sprache klang, doch dann, ganz überraschend – Salomo war dabei, den Raum zu verlassen –, rief der Vogel laut und deutlich mit knarrender Stimme: »Bilkis! Bilkis! Bilkis von Saba grüßt Salomo! Grüßt Salomo! Bilkis, Bilkis!«

Der König erschrak zuerst, lachte dann und sagte den anwesenden Dienern: »Ihr dürft es überall herumerzählen, dass König Salomo einen sprechenden Vogel besitzt.«

Nach kurzem Überlegen sandte er in ägyptischer Sprache eine kurze Botschaft an die Königin von Saba.

Gruß und Gottes Segen zuvor. Deine Anteilnahme an mir und meinem Königreich haben mich veranlasst, dich nach Jerusalem einzuladen, um dir ein eigenes Bild von mir und meinem Volk zu machen. Da ich weiß, dass diese Reise lang und beschwerlich sein wird, würde ich es gut verstehen, wenn du meine Einladung ablehnst. Ich würde es bedauern, doch es könnte nichts an unserer freundschaftlichen Verbundenheit ändern. Den Vogel habe ich lebend erhalten, er spricht und erregt allgemeine Bewunderung. Sei bedankt dafür und Gott möge seine schützende Hand über dich und dein Land halten.

9

Etwa zwei Monate später hielt Bilkis das Schreiben in Händen und ließ es sich von Ptahmose übersetzen. Noch während er es vorlas, war sie entschlossen, die Einladung anzunehmen. Zu dem Arzt aber sagte sie: »Es ist sehr freundlich von König Salomo, mich um einen Besuch zu bitten, aber die Reise ist mir denn doch zu weit und ich kann mein Land nicht so lange verlassen. Nein, nein ...«

Sie schwieg und schaute abwesend drein. Dann sagte sie verträumt: »Immerhin, den Vogel hat der König erhalten.«

»Ja«, sage Ptahmose. »Wenn du willst, kann ich ihm gleich deinen Entschluss übermitteln?«

Sie hob ihre nachtdunklen Augenbrauen und hielt wie gewöhnlich den Mund leicht geöffnet, um die Perlenreihe ihrer wunderschönen Zähne zu zeigen. Sie tat das nicht bewusst, sondern hatte es sich nach einer Bemerkung ihres Vaters angewöhnt: »Bilkis, an dir ist alles schön, doch wenn du den Mund leicht geöffnet hast und uns einen Blick auf deine Perlenzähne gestattest, bist du liebreizend wie eine Göttin.«

Ptahmose empfand das nicht minder und musste dabei immer an den Mann denken, der einstmals diese liebliche Blume pflücken würde.

»Nein, das eilt nicht«, hörte er sie sagen, »ich möchte meine Ablehnung ausführlich begründen und dich dann um die Übersetzung bitten.«

Dies alles kam Bilkis so glatt von den Lippen, als sei es die pure Wahrheit, dennoch war sie längst entschlossen, der Einladung Folge zu leisten. Doch hielt sie es für besser, dies vorerst für sich zu behalten. Nie den zweiten Schritt vor dem ersten und den dritten vor dem zweiten tun, hatte ihr Vater sie stets ermahnt.

Sie brauchte nicht lange nachzudenken, um zu wissen, was das Nächstliegende war. Bliebe es wie jetzt, so wäre sie gezwungen, sich mit König Salomo über einen Dolmetscher zu unterhalten, möglicherweise sogar über zwei, wenn niemand in Jerusalem Sabäisch sprach. Dann müsste etwa Ptahmose von einem Ägyptisch sprechenden Schreiber ihre Worte übersetzen lassen und der würde sie ... nein! Es lohnte sich nicht, diese Gedanken weiter zu verfolgen. Sie war der Gast und sie war es dem Gastgeber schuldig, seine Sprache zu verstehen – mit einem Wort, sie musste Hebräisch lernen. Aber wie? Ein paar Händler in Maryab stammten aus Juda und Israel oder hatten sich zumindest dort länger aufgehalten. Nein, das ging nicht. Diese Herren würden ihre Stellung als Sprachlehrer der Königin sofort zugunsten ihrer Geschäfte nützen wollen und sie mit Bitten und Anträgen überhäufen. Das spräche sich schnell herum und alle Welt würde sich fragen – nein und nochmals nein!

Wenn einer ihr helfen konnte, dann war es der dicke Yuhanim – viel erfahren, schlau, wendig und verschwiegen. Sie wandte sich mit ihrem Anliegen an ihn und druckste nicht lange herum.

»Yuhanim, kurz gesagt, ich möchte die hebräische Sprache erlernen, dies aber nicht vor aller Welt tun. Wie lässt sich das machen?«

Der dicke Händler zeigte kein Erstaunen, nur seine runden Augen blickten nachdenklich fragend auf die Königin. Da sie sich jedoch zu keiner weiteren Erklärung bereit fand, meinte er:

»Das schränkt dein Begehren freilich etwas ein. Stillschweigen kannst du nur von einem treuen Diener erwarten und da du eine Frau bist, käme nur eine solche als Lehrerin in Betracht.«

»Ja – warum nicht?«

»Nun, ich sehe da einen möglichen Weg, aber ihn dir zu schildern fällt mir etwas schwer. Es wird vielleicht dein jungfräuliches Gemüt beleidigen, wenn ich ...«

Bilkis unterbrach ihn schroff. »Das soll dich nicht kümmern – rede frei heraus!«

»Also gut, es gibt da in Maryab an etwas versteckter Stelle ein Haus, genauer gesagt ein Hurenhaus, dessen Wirt sich auf etwas ganz Besonderes verlegt hat. Er bietet einer sehr wohlhabenden Kundschaft Jungfrauen an aus aller Welt und da es Männer gibt, die es als etwas ganz besonders Köstliches empfinden ...«

»Du schweifst ab, Yuhanim! Komme zum Wesentlichen!«

»Jawohl, meine Königin. Ich sagte aus aller Welt, denn da finden sich aus Nord und Süd, aus nah und fern weiße, schwarze und braune Schönheiten ein und ich könnte mir denken, dass auch ein Mädchen aus Israel oder Juda darunter ist.«

Bilkis ließ ein kurzes Lachen hören, das etwas verächtlich klang. »Ich soll also von einer Hure Hebräisch lernen?«

»So darfst du es nicht sehen, meine Königin. Diese Mädchen kommen nicht selten aus guten Familien, die verarmt und gezwungen waren ...«

»Yuhanim – warum weißt gerade du darüber so gut Bescheid?«

Zu ihrem Erstaunen brachte der dicke Händler ein leises Erröten zustande.

»Es ist nicht, was du denkst, meine Königin. Einige meiner Karawanen haben gelegentlich solche Mädchen mitgeführt und mich auf die Spur jenes Hauses gebracht. Es wäre mir viel zu anstrengend, immer nur Jungfrauen ...«

»Schluss damit! Mache dich auf den Weg und stelle mich zufrieden, hörst du?«

»Jawohl, meine Königin.«

Auch Yuhanim geriet – wie schon Ptahmose – nach diesem Gespräch ins Grübeln, mit wem diese wunderhübsche Königin einmal das Bett teilen würde. Ihre für demnächst angesagte Verlobung mit Manheb, dem Sohn des Wesirs Udwan, hielt er für bedeutungslos. Bis dieser grüne Junge so weit war, würde Bilkis nach landläufigen Begriffen eine alte Frau sein.

So machte er sich auf den Weg zu jenem Haus, wo der Hurenwirt ihn freudig empfing. Als Schatzmeister der Königin und reichster Mann von Maryab verdiente er ungeteilte Aufmerksamkeit.

»Was kann ich für dich tun, mein Hochverehrter?«

»Ich brauche ein Mädchen, das Hebräisch spricht. Sie muss also aus Juda oder Israel stammen, kann meinetwegen auch länger dort gelebt haben.«

»Und du willst das Mädchen für dich?«

»Nein, doch mein Auftraggeber will nicht genannt werden.«

»Für wie lange brauchst du sie? Für eine Nacht – für zwei?«

»Für immer, mein Freund, ich werde sie dir abkaufen.«

»Abkaufen – nein, das geht nicht, so etwas habe ich niemals getan ...«

Yuhanim lächelte friedlich. »Es wird gehen müssen. Vergiss nicht, wer ich bin.«

Der Hurenwirt hörte einen Ton in Yuhanims Stimme, der ihn warnte. Eilfertig sagte er: »Natürlich wird es gehen, doch es wird kostspielig sein.«

»Du wirst nichts dabei verlieren«, sagte der Schatzmeister und erhob sich. »Zurzeit ist wohl keine Israelin verfügbar?«

»Nein, aber im Laufe der nächsten zwanzig Tage treffen zwei Karawanen aus dem Norden ein, die auch Ware für mich mitführen.«

»Ware?«

Der Hurenwirt hob die Schultern. »Sklaven sind eine Ware wie jede andere.«

»Vielleicht hast du Recht ...«

Es dauerte dann doch um einiges länger, bis ein Bote bei Yuhanim mit der ersehnten Nachricht erschien. Er machte sich sofort mit einer geschlossenen Doppelsänfte auf den Weg. Der Hurenwirt empfing ihn mit zufriedener Miene.

»Die Jungfrau aus Juda ist eingetroffen!«

Yuhanim winkte ärgerlich ab. »Du brauchst nicht immer zu betonen, dass es sich um eine Jungfrau handelt. Das kümmert meinen Auftraggeber nicht und wenn sie ihre Aufgabe erfüllt hat, wird sie noch immer unberührt sein.«

Da konnte der Hurenhausbesitzer nur verständnislos den Kopf schütteln, aber er fragte nicht weiter, sondern führte Yuhanim in sein Arbeitszimmer, wo das Mädchen aufrecht und unbeweglich wie eine Statue ihr neues Schicksal erwartete.

»Sie heißt Judith und das bedeutet Frau aus Juda, von wo sie tatsächlich kommt. Sie beherrscht nur wenige Brocken unserer Sprache, die sie auf der weiten Reise aufgeschnappt hat.«

Judith war gewiss keine Schönheit, doch ging von ihr ein herber Reiz aus, eine strenge Anmut. Sie trug ihre stumpfschwarzen Haare zu einem dicken Zopf geflochten; die etwas schräg liegenden dunklen Augen, die hohen Wangenknochen und die mit schwarzem Flaum bedeckte Oberlippe verliehen dem Mädchen etwas Knäbisches, was die flache, nur schwach ausgebildete Brust noch unterstrich.

»Du bist ganz gewiss, dass sie flüssig Hebräisch spricht?«

»Mir wurde gesagt, es sei ihre Muttersprache. Schreiben wird sie allerdings nicht können ...« Der Hurenwirt fügte ein behagliches Lachen an seinen Scherz.

»Schade«, sagte Yuhanim und der andere sah, dass dies kein Scherz war.

»Ja, hätte sie denn auch noch die Schrift beherrschen sollen? Da wirst du vermutlich in ganz Juda kein Mädchen finden ...«

»Ist schon gut, ich nehme sie auch so.«

Er bezahlte etwas weniger, als der Hurenwirt verlangt hatte, was für diesen ein glänzendes Geschäft bedeutete. Yuhanim schärfte ihm ein: »Zu niemandem ein Wort darüber! Wenn demnächst das Gerücht die Runde macht, der reiche Yuhanim habe eine Jungfrau aus Juda erworben, dann zerre ich dich wegen Verleumdung vor Gericht und du wirst nach einer ausgiebigen Prügelstrafe des Landes verwiesen und dein Vermögen fällt an den Staat!«

Der Hurenwirt nahm die Drohung ernst und sorgte dafür, dass niemand davon erfuhr.

Yuhanim führte die tief Verschleierte zur Sänfte und setzte sich hinter sie. Sie murmelte einige Worte, die er nicht verstand, jedoch mit beruhigenden Sätzen beantwortete. Auch wenn sie den Sinn nicht erfasst, so wird sie doch am Ton erkennen, dass nichts Schlimmes mit ihr geschieht. So dachte Yuhanim, der sich Frauen gegenüber sehr nachsichtig und mitfühlend zeigte, was seine beiden Töchter weidlich ausnützten.

Bilkis hatte lange nachgedacht, wie sie dem Mädchen ihre Absichten begreiflich machen konnte, und so trieb der findige Yuhanim einen phoinikischen Händler auf, der durch seine weit reichenden Geschäfte sich in nahezu allen wichtigen Handelssprachen unterhalten konnte, so auch in Hebräisch. Um vor diesem Mann die Wahrheit zu verbergen, wurde ihm gesagt, Judith sei von einer reichen und vornehmen Dame erworben worden, um durch sie – wegen einer künftigen Ehe mit einem Mann aus Juda – die hebräische Sprache zu erlernen.

Dies alles geschah in Yuhanims Haus und als er sicher sein konnte, dass Judith ihre Aufgabe verstanden hatte, brachte er sie nach Einbruch der Nacht in den königlichen Palast. Dem Mädchen war die Erleichterung anzusehen, dass eine junge schöne Frau sie empfing, sie anlächelte und ihr ermunternd zunickte.

Das war der Beginn einer Beziehung zweier Frauen, die aus unterschiedlichen Ländern, Kulturen und Lebensumständen kamen und die sich von Anfang an erfreulich entwickelte. Judith, vor Erleichterung und Dankbarkeit geradezu strahlend, tat alles, um ihre Herrin zufrieden zu stellen. Bilkis, ihr festes

Ziel vor Augen, hielt sich streng an die Regel, jeden Tag mindestens zwei Stunden mit Sprachübungen zu verbringen, was ganz von selbst dazu führte, dass Judith so nach und nach das Sabäische erlernte. So erkannte sie bald, dass sie nicht nur einer vornehmen, sondern sehr hochrangigen Dame diente und es nicht zu überhören war, dass sie von anderen mit »Königin« angesprochen wurde. Es war Judiths unverblümte Art, Bilkis, der sie unbedingt vertraute, danach zu fragen.

»Ja, Judith, ich bin die Königin von Saba und was ich dir jetzt sage, musst du gleich wieder vergessen. Ich erlerne durch dich das Hebräische, um es bei einem geplanten Besuch in Jerusalem sprechen zu können.«

Judith hatte nur die Hälfte, jedoch das Wichtigste verstanden. Sie schlug die Hände zusammen. »Meine Königin nach Jerusalem – zu König Salomo?«

Bilkis legte einen Finger auf ihren Mund. »Ja, aber du musst so lange darüber schweigen, bis ich es allen bekannt gebe.«

Judith verstand nur, dass sie mit niemanden darüber reden durfte, und nickte eifrig.

Bilkis wusste, dass sie sich unbedingt auf dieses Mädchen verlassen konnte. Im Übrigen brachte ihr Dienst auch noch andere Vorteile mit sich. Die Königin war von einem Schwarm Bediensteter umgeben; für ihre persönlichen Bedürfnisse – Kleidung, Haare, Bad, Schminke und anderes – waren nur Frauen und Mädchen zugelassen. Da entspann sich schnell eine Art Wettstreit um ihre Gunst und manchmal brodelte die Luft vor Eifersüchteleien und hinterhältigen Spielen. Jede wollte etwas erreichen, für sich, für die Familie, für Brüder und Vettern, und oft genug gab Bilkis nach, weil sie es müde war, ihre Ablehnung zu begründen.

Judith hingegen wollte weder etwas für sich noch für andere und weil sie sich in vielem – besonders bei Haar- und Körperpflege – sehr geschickt erwies, konnte Bilkis auf einige Dienerinnen verzichten, die Judith dafür hassten und ihr zu schaden versuchten. Doch das war leicht zu durchschauen und Bilkis kümmerte sich nicht darum. Waren die Sprachversuche anfangs recht zäh und mühselig verlaufen, so schritten sie – je mehr beide voneinander lernten – immer zügiger voran und noch ehe das Jahr sich rundete, konnte Bilkis mit Judith bereits längere Gespräche führen. Beiden fiel es dabei auf, dass es eine große Zahl sprachlicher Ähnlichkeiten gab, so etwa das hebräische Wort für König »melek«, das auf Sabäisch »malik« lautete. Allerdings gab es eine gewisse Einschränkung, denn bei der strengen Geschlechtertrennung ihres Heimatlandes war Judith nur in der weiblichen Sprache bewandert. Wenn es sich um Männerdinge handelte, etwa um Pferde, Kamele, Waffen oder rein männliche Berufe wie Schmied, Sattler, Gerber, Zeltmacher, Bauarbeiter und Ähnliches, so fehlten ihr die entsprechenden Wörter. Bilkis fand das schnell heraus und sie sprachen darüber.

»Bei mir war das von Kindheit an anders. Mein Vater erzog mich sozusagen zum Kronprinzen, ich begleitete ihn auf der Jagd und zu Besuchen bei Stammesführern. So wuchs ich ganz von selbst auch in die männliche Welt hinein und lernte schnell, mich nach ihrem Verständnis auszudrücken. Bis heute habe ich fast nur mit Männern zu tun, ich kenne ihre Welt, ihre Anschauungen, weiß, wie sie denken. Und ich sage dir eines, meine Judith: Das ist eine Welt für sich und für eine Frau manchmal schwer durchschaubar. Sie denken, reden und handeln nach anderen Vorstellungen, kommen, verglichen mit uns, über die gleiche Sache zu verschiedenen Meinungen und man kann es grob in der Einsicht zusammenfassen: Männer wollen gewinnen, Frauen wollen gefallen.«

Judith hatte gespannt zugehört und mehrmals beifällig genickt. »Ein wenig davon habe ich auch erfahren dürfen oder besser gesagt müssen. Ich habe dir bisher noch nichts davon erzählt, aber jetzt – wenn du es hören möchtest?«

Bilkis nickte. »Begleite mich ins Bad und berichte davon.«

Zum Baderaum führte eine schmale Treppe und sie betraten hintereinander den mit Dampf erfüllten Raum. Die Heizer hatten sich schon davongemacht, denn es war ihnen streng untersagt, bei persönlichen Verrichtungen in die Nähe der

Königin zu kommen, die – das muss hier erwähnt sein – in den meisten Fällen verschleiert auftrat. Dieser Schleier fiel nur im engsten Bereich, also im Gespräch mit Menelik, Ptahmose oder dem Wesir und natürlich bei Frauen.

Die zwei Bademägde wurden entlassen, Bilkis entkleidete sich und bestieg das kleine, farbig gekachelte Becken, wo das Wasser ihr bis über die Brust reichte. Judith goss mit einer kupfernen Kelle über den Nacken und die Schultern der Königin das heiße, nach Minze duftende Wasser. Dann nahm sie den Schwamm, goss ein wenig Reinigungsöl darüber und reichte ihn Bilkis, die sich das Gesicht damit abrieb. Die Aufforderung der Königin, am Bad teilzunehmen, lehnte Judith höflich ab. Bilkis hätte gerne diesen knabenhaften Körper mit der etwas flachen Brust nackt gesehen, hätte auch gerne gewusst, ob der dunkle Flaum auf ihrer Oberlippe auch anderswo zu finden war. Dann kam sie auf ein anderes Thema.

»Du hast zwar einmal erwähnt, dass dein Vater dich in die Sklaverei verkaufen musste, doch einen Grund hast du nicht genannt.«

»Es war die pure Not, so wenigstens stellte er es mir dar. Mein Vater hatte sich hoch verschuldet, ob es Nachlässigkeit oder unverdientes Schicksal war, weiß ich nicht. Eine damals grassierende Rinderseuche hatte wohl dazu beigetragen. Mit Sicherheit aber weiß ich, dass mein Vater Unrecht an mir getan hat.«

Bilkis streckte sich und tauchte bis zum Kinn ins Wasser.

»Woher willst du das wissen?«

»Ein Mann hat mir später die entsprechende Stelle aus der Thora genannt und ich habe kein Wort davon vergessen: ›Verkauft ein Israelit seine Tochter als Sklavin, so darf sie nicht wie ein Sklave im siebten Jahr wieder freigelassen werden. Hatte der Käufer sie als Frau für sich selbst bestimmt, aber sie gefiel ihm nicht, so muss er ihrer Familie Gelegenheit geben, sie zurückzukaufen. Er darf sie nicht an Ausländer weiterverkaufen …‹ So lautet das Gesetz Gottes und mein Vater hat dagegen verstoßen, weil er wusste, dass der Käufer ein moabitischer Sklavenhändler war, bekannt dafür, dass er die meisten seiner Sklaven ins Ausland brachte.«

»Hast du deinem Vater verziehen?«

»Erst seit Gott mich in deinen Dienst gebracht hat. Ich hätte ja auch als Hure enden können ...«

»Ich habe von diesem seltsamen Haus erfahren, wo gewisse Männer sich Jungfrauen besorgen können.«

Bilkis stieg aus dem Wasser und Judith hüllte sie in ein großes Tuch. Sie gingen in den kleinen, dem Bad angeschlossenen Ruheraum, wo Bilkis sich auf einem fellbezogenen Lager ausstreckte und auf einen Stapel Kissen und Polster deutete.

»Nimm dir davon und setze dich zu mir. Du wolltest mir von deinen Erlebnissen erzählen ...«

»Ja, meine Königin, und sie sind von einer Art, dass sie dir niemals zustoßen könnten. Der moabitische Sklavenhändler brachte mich und andere nach Gaza, wo, wie ich hörte, das Land Ägypten beginnt. Hier wurden wir einem Kerwan-Baschi – einem Karawanenführer – übergeben, der aus deinem Land Weihrauch nach Norden befördert hatte und nun, neben einer Ladung von Kupfer und Zinn, auch einige Sklaven nach Süden brachte. Soweit ich es sehen konnte, war ich unter all diesen Männern die einzige Frau. So hatte der Karawanenführer ein besonderes Auge auf mich, denn diese kostbare und gewinnträchtige Ware wollte er unversehrt am Bestimmungsort abliefern. Wenn die Männer unterwegs die Nacht im Freien verbrachten, so wurde für mich ein kleines Zelt errichtet, das der Kerwan-Baschi in den ersten Nächten persönlich bewachte, sich sogar davor schlafen legte.«

Judith begann, was sonst nicht ihre Art war, belustigt zu kichern und schlug sich dann leicht mit der Hand auf den Mund.

»Jetzt kann ich darüber lachen, doch eigentlich gibt es keinen Grund dafür. Eine Karawane ähnelt einem Hofstaat: Der Kerwan-Baschi ist der König und absolute Befehlshaber, er kann sogar einen Mann zum Tode verurteilen. Ihm zur Hand gehen ältere und erfahrene Kameltreiber und diese Rangordnung endet bei den Anfängern, den Lehrlingen. Nun ist es üblich, dass die Söhne befreundeter Karawanenführer ihr Handwerk nicht beim Vater, der wohl zu nachsichtig wäre, sondern bei einem anderen erlernen. In unserem Fall war dies Benjamin, genannt Beni, der um die vierzehn war und seine erste Karawanenfahrt unternahm. Der Kerwan-Baschi scheuchte ihn den ganzen Tag herum, zog ihn auch zu schweren Arbeiten heran, aber das machte dem Burschen nichts aus, denn körperlich war er ein Mann und wirkte mit seinen breiten Schultern und den muskulösen Armen eher wie ein Achtzehnjähriger. Sein Lehrmeister allerdings sah in ihm den grünen Jungen, der fast noch ein Kind war. Nach einigen Tagen des Wacheschlafens vor meinem Zelt begann der Kerwan-Baschi Sehnsucht nach seiner allabendlichen Männerrunde zu verspüren, wo die Becher kreisten und man sich erst nach Mitternacht von einem Palaver zurückzog, das vor allem dazu diente, die Heldentaten jedes Einzelnen ins Licht zu rücken. Es gab wohl keinen unter ihnen, der nicht behauptete, ganz allein seine Karawane vor einem todbringenden Sandsturm oder einer Horde beutegieriger Wüstenräuber gerettet zu haben.

So kam der Wachdienst bald an Beni, dessen robuste Natur durch die Plackerei untertags nicht wesentlich geschwächt schien. Er tat drei oder vier Nächte brav seinen Dienst, wobei er beobachtete, dass etwa eine Stunde nach Mitternacht völlige Ruhe herrschte und nur da und dort ein trunkenes Schnarchen zu vernehmen war.

Eines Nachts kroch er zu mir ins Zelt und weckte mich behutsam – zuerst meinen Kopf, dann meinen Körper. Ich hatte davon reden gehört, dass ich für ein Hurenhaus bestimmt sei, und gab mich ihm schon aus Trotz ohne Gegenwehr hin, weil ich mir sagte: Auf diese Weise verlierst du deine Jungfernschaft freiwillig an einen jungen und hübschen Kerl und musst sie nicht einem fetten und schmierigen Lüstling opfern. Was zuerst noch etwas ungeschickt begann, wuchs sich in den darauf folgenden Nächten zu einem lust- und kunstvollen Spiel aus, das uns beiden unendlichen Spaß bereitete.«

Bilkis berührte sie am Arm. »Du weißt ja, dass ich ohne Mann bin, dass ich noch nie ...« Sie schwieg versonnen, lächelte Judith an und fuhr fort: »Der Hof weiß es, das ganze Land weiß es – die Götter wissen es, dass ich noch Jungfrau bin und nicht eigentlich etwas vermisse.«

Judith lächelte unbefangen zurück. »Auch ich habe nichts vermisst, denn das tun wir wohl erst, wenn wir diese ... diese Sache kennen gelernt haben.«

Bilkis seufzte ein wenig. »Wie ist sie denn so – diese Sache? Lässt sie sich beschreiben?«

Judith zögerte etwas, auch weil sie es ein wenig ungehörig fand, darüber zu reden, und noch dazu mit einer Königin, die eigentlich alles wissen musste oder jedenfalls viel mehr als sie, die kleine Sklavin.

»Nun rede schon!« Das war ein Befehl, also gut.

»Ob ich die richtigen Worte finde und ob du alles verstehst in meiner Sprache ...«

»Das lass nur meine Sorge sein.«

»Wenn ich sage, Beni weckte meinen Körper, dann war das so, als hätte mein Schoß bisher geschlafen und mich nicht weiter beschäftigt als mit meiner allmonatlichen Regel. Aber da ist noch etwas und sogar Benis täppisches Bemühen brachte es zum Leben. Zuerst diese vom Bauch ausgehende Schwäche, wenn Männerarme dich umfangen, eine selige Mattheit, die sich schnell auf den ganzen Körper ausbreitet. Dein Kopf wird leer, alles ist nur noch süße Erwartung, die sich dann – wenigstens bei mir – etwas zur Enttäuschung wandelte, als dieses ... dieses Ding da in mich eindrang, stürmisch und fordernd. Da ist zuerst ein Brennen, wenn der Vorhang zerreißt, der das Innere unseres Schoßes verdeckt, und dann, wenn es beginnt, wohl und wohler zu tun, hörst du den Mann keuchen und japsen, als läge er auf der Folterbank. Sie röcheln und schreien es dann heraus, wenn sie ihren Samen loswerden. Für dich ist dann Schluss, denn vorerst geht bei den Männern nichts mehr und etwas wie Ärger kommt dich an, als hätte der Bursche dir etwas vorenthalten. Doch die Natur hat es wohl so eingerichtet und zum Glück kommt bei einem jungen kräftigen Kerl die Kraft schnell zurück und, weil vom Samen nicht mehr viel da ist, dauert es länger, bis er ans Licht tritt, und genau darauf – das habe ich schnell herausgefunden – kommt es bei uns Frauen an. Dann hört es nicht auf mit dem Wohlergehen, dann ballt sich im Bauch eine Kugel aus Lust zusammen, die mit einem Mal platzt wie ein reifer Granatapfel und eine unglaubliche Süße in den Körper verströmt, die noch eine Weile anhält. Man will es dann wieder und wieder und was ein richtiger Mann ist, der lernt auch etwas dazu, und am Ende ist es eine Sache, die du den ganzen Tag im Kopf hast, vor allem, wenn sonst nichts zu tun ist. Mehr gibt es da nicht zu sagen.«

Bilkis hatte mit aufgestütztem Arm genau zugehört, dabei manchmal sogar wie in Gedanken über ihren Schoß gestrichen. »Schön ist es doch nur, wenn man diesen Mann mag, ihn herbeisehnt. Ich kann mir nicht vorstellen, dass dir ein geiler Bock, der im Hurenhaus über dich hergefallen wäre, auch solche Lust bereitet hätte.«

»Ich auch nicht«, sagte Judith und gähnte etwas.

Bilkis lächelte. »Es ist spät geworden. Was nun mich betrifft, so ist dieser Mann, von dem ich mir wünsche, dass er meinen Vorhang zerreißt, noch nicht gekommen, aber ich weiß, dass es ihn gibt. In den Augen der Welt ist mein Zustand vielleicht unnatürlich, denn bald werde ich fünfundzwanzig und habe noch keinen Mann erkannt. Freilich sagt man es der Königin nicht ins Gesicht und der es tun müsste, nämlich mein Wesir, hält lieber den Mund, da ich mich demnächst mit seinem Sohn verloben werde. In seiner Vorstellung sieht er Manheb als den nächsten König, den Mukarrib, während ich mich sozusagen ins Nähstübchen zurückziehe und alljährlich in die Gebärstube überwechsle, um meinem Herrn und König zahlreiche Söhne zu schenken.«

»Was meine Gebieterin keineswegs beabsichtigt«, warf Judith ein.

»Nein, gewiss nicht. Ein König kann sich mit vielen Frauen verbinden, von der Prinzessin aus dem befreundeten Nachbarland bis zur Tochter eines kleinen Stammesführers. Sie alle stehen im Rang unter ihm, nur was soll eine Königin tun? Ich kann mir schließlich keinen Männerharim zulegen, kann nur einen zum Gatten nehmen, aber wer ist mir ranggleich? Ein König! Und wenn es darum geht, dann kommt im ganzen Umkreis nur einer infrage.«

Da sie nicht weiterreden und offenbar keinen Namen nennen wollte, hielten Respekt und Scheu Judith vor einer Frage zurück. »Gut, meine Königin, und nun sollst du auch noch das Ende dieser Geschichte hören. Eine längere Unterbrechung unserer allnächtlichen gemeinsamen Lustreise trat in Yathrib ein, der reichen und mächtigen Handelsstadt, wo unsere Karawane eine Rast von vier Tagen einlegte. In der Karawanserei fiel es dem Kerwan-Baschi wieder ein, dass er für mich eine persönliche Verantwortung trug, auch bedingt durch den Aufenthalt unter so vielen Fremden. In der Wüste, allein mit sich und der von ihm geführten Karawane, glaubte er wohl, alles genau überwachen zu können, aber hier, wo Dutzende von Karawanen sich trafen ... Jedenfalls war auch mein Beni so einsichtig, dass er keinen Versuch unternahm, in dem vor Menschen wimmelnden Haus mein Nachtlager aufzusuchen. Wir beide warteten ungeduldig auf die Weiterreise und nahmen dann sofort unsere lieb gewordenen nächtlichen Lustreisen wieder auf.« Judith räkelte sich in ihren Polstern, seufzte und schloss die Augen. »Ah, wenn ich daran denke ...«

»Du hast es mir ja vorhin genau geschildert«, sagte Bilkis und es klang ein wenig unwillig.

Judith hörte es heraus und konnte die leise Freude nicht unterdrücken, dieses Erlebnis der Königin voraus zu haben. »Vielleicht erlebt es nicht jede Frau in solcher Art, vielleicht hängt es auch von dem Mann ab – jedenfalls war es, als habe Gott in eigener Person Beni und mich füreinander bestimmt. Soll ich weitererzählen?«

Bilkis nickte nur und trank einen langen Schluck von dem bereitgestellten Granatapfelsaft.

»Bis Najran ging es gut, das war die letzte größere Stadt vor dem Ende der Reise, die etwa noch sechs bis acht Tage dauern sollte. Dort waren die beiden Karawansereien so überfüllt, dass wir keinen Platz mehr fanden und außerhalb der Stadt nächtigen mussten. Der Kerwan-Baschi ließ einige Zelte aufstellen, und zwar so, dass das seine den Eingang zu meinem verdeckte. Beni wagte es dennoch, aber das Schicksal fügte es, dass unser Führer – da er noch zwei Tage bleiben wollte – mit seinen Freunden besonders ausgiebig gezecht hatte und seine übervolle Blase ihn bald nach draußen trieb. Als er aus meinem Zelt seltsame Geräusche hörte, blieb er stehen, wohl in der Meinung, ich habe im Schlaf gesprochen. Als er seinen Irrtum erkannte, stürzte er ins Zelt und fand uns beide nackt mit dem schönen Spiel beschäftigt. Er wollte kein Aufsehen erregen und befahl Beni mit flüsternder, aber vor Wut zitternder Stimme, in sein Zelt zu gehen. Mir zischte er ins Ohr: ›Dich werde ich nicht bestrafen, denn ich sollte in Maryab eine Jungfrau abliefern. Dort wird man also dafür sorgen, dass du wieder eine wirst, und das ist Strafe genug.‹ Damals verstand ich nicht, was er meinte, heute weiß ich es. Die anfallenden Prügelstrafen werden bei einer Karawane vor aller Augen vollzogen, aber Beni war der Sohn eines Freundes und so ging der Kerwan-Baschi mit ihm in die Wüste und peitschte ihn so grausam aus, dass er den Rest unserer Reisetage auf dem Bauch liegend verbringen musste. Um das Maß voll zu machen, musste ich zu dieser Zeit feststellen, dass meine monatliche Reinigung schon zum zweiten Mal ausgeblieben war, und ich wusste noch von meiner Mutter, was dieser Umstand bedeutete.

So kam ich nach Maryab in jenes Hurenhaus, aus dem du mich befreit hast. Als Erstes wurde meine Leibesfrucht durch einen giftigen Trank abgetrieben und fast wäre ich dabei gestorben. Das wünschte ich mir dann, als wenig später eine kundige Frau mit Nadel und Faden meine Jungfernschaft wieder herstellte.«

Bilkis blickte sie verwirrt an. »Wie ist das möglich?«

»Beim ersten Beischlaf reißt ein kleines Häutchen ein, das die Natur als Wächter in den weiblichen Schoß gelegt hat. Ein schwacher Wächter zwar, weil ihn jeder Mann ohne große Mühe zerreißen kann. Dieses Zeichen unserer Jungfräulichkeit lässt sich mit einigem Geschick wieder herstellen, wenn auch unter großen Schmerzen.«

»Wie alt bist du, Judith?«

»Fünfzehn, sechzehn, genau weiß ich es nicht.«

»Wir haben jetzt ein langes Frauengespräch gehabt, eines, das keine Königin mit einer Sklavin führen sollte. Bei Männern wäre der Betreffende wohl am Morgen darauf beseitigt worden, aber ich werde es anders machen. Du wirst in den nächsten Tagen deine Freiheit erhalten, unter der Bedingung, dass du mir dienst wie bisher. Du wirst einen Lohn bekommen, der dich instande setzt, zu geeigneter Zeit mit einem Mann eine Familie zu gründen.«

»Das will ich nicht! Lieber dir als einem Mann dienen, der mich einsperrt und mir unzählige Schwangerschaften aufzwingt!«

Bilkis erhob sich. »So wird sich im Grunde nichts ändern, aber bald werden wir eine lange Reise in deine frühere Heimat antreten.«

Judith küsste Bilkis beide Hände. »Es ist eine lange, beschwerliche Reise, die ich ja bereits gemacht habe. Aber mit dir, meine Königin, unternehme ich sie gerne und hoffe, dir weiterhin nützlich sein zu können.«

10

Bilkis wartete noch die sommerlichen Regenfälle ab, denn sie wollte dabei sein, wenn sich der gerade fertig gestellte neue Damm gegen die Wassermassen des erweiterten Stausees behauptete. Die Baumaßnahmen hatten über drei Monate gedauert und wären wohl auch dann nicht abgeschlossen gewesen, hätten nicht die Baumeister mit Billigung der Königin etwa zweitausend zusätzliche Arbeiter angeworben.

Einige Wochen später kam der große Augenblick, als die verbreiterten Kanäle in Nord und Süd geöffnet wurden und man beobachten konnte, wie sich das in den Trockengebieten der Oasen Abyan und Yasran angelegte Bewässerungsnetz füllte, den Boden durchfeuchtete und fruchtbares Land verhieß. Das steigerte die Beliebtheit der Königin beträchtlich, was den Wesir Udwan kaum erfreute, weil es die Aussichten seines Sohnes auf den Königsthron erheblich schmälerte. Zudem hatte Menelik in einer Rede vor Priestern, Hofleuten und Stammesführern ausdrücklich darauf hingewiesen, dass eine solch große Tat – er meinte den neuen Damm – nur mit Almakas Segen und Mithilfe gelingen könne. Es sei ein sicheres Zeichen dafür, dass der Gott seine mächtige Hand über die Königin halte und damit ihre Nachfolge auf den Thron von Saba ausdrücklich billige.

Kurz darauf hatte Bilkis die Verlobungsfeier mit Manheb angesetzt, zu der sein Vater vordem so gedrängt hatte und die er nun am liebsten auf eine günstigere Zeit verschoben hätte. Das konnte er allerdings jetzt nicht tun, er hätte sein Gesicht und damit das Vertrauen der Königin verloren.

Manheb, inzwischen neunzehn, war nun – wenigstens dem Alter nach – kein grüner Junge mehr, aber die Übermacht seines herrischen und selbstsicheren Vaters drückte doch auf sein Gemüt, hatte sein Wesen unsicher und schwankend werden lassen. Der Königin war das nicht entgangen, es berührte sie jedoch wenig, da sie kaum daran dachte, diese Verlobung durch eine Heirat fortzusetzen. Die Teilnehmer an der kleinen Feier werden das wohl gespürt haben, denn jeder musste sich sagen, dass die Verlobung zwischen einer fünfundzwanzigjährigen Frau und einem neunzehnjährigen Mann von Rechts wegen eine Hochzeit hätte sein müssen. Bilkis wusste das auch und sie versuchte es in ihrer kurzen Rede zu begründen.

»Wenn ich mich heute mit Manheb verlobt habe, so liegt

der Grund in einer Reihe von dringenden und längst fälligen Besuchen, die ich unseren Nachbarländern abstatten muss. Ein Mann an meiner Seite könnte an den ausländischen Königshöfen eine Reihe von Fragen aufwerfen, die ich jetzt noch nicht beantworten möchte. So werde ich die Regierungsgewalt während meiner Abwesenheit in die bewährten Hände meines Wesirs Udwan legen, mit der Maßgabe, dass er in entscheidenden Fragen meinen Bruder Menelik zu Rate zieht. Diese meine Entschlüsse sollen in einem Dokument festgehalten und am Altar des Almaka-Tempels hinterlegt werden.«

Bilkis war mit sich durchaus zufrieden, denn nun wussten alle, dass sie länger verreisen würde. Dass mit den »Nachbarländern« eigentlich Israel gemeint war, würde man später ohnehin herausfinden. Zwei Menschen aber mussten die Wahrheit wissen: Menelik und Ptahmose.

Mit seinen klaren stillen Augen schaute ihr Bruder sie an, während sie etwas stockend und aufgeregt ihren Plan erläuterte.

»Dass ich dir niemals in deine Entschlüsse hineinrede, meine Bilkis, wirst du ja inzwischen gemerkt haben. Allenfalls wirst du von mir einen Rat hören, nie aber eine Aufforderung oder ein Gebot. Diesmal muss ich jedoch eine Ausnahme machen. Wer sich mit Geschichte befasst, wird unweigerlich darauf stoßen, dass es für einen Herrscher mit großen Gefahren verbunden ist, sein Land länger zu verlassen. Auch in Kriegszeiten, wo alle Welt weiß, dass der Fürst an die Grenzen zieht, um sein Land und damit sein Volk zu verteidigen, kann er nicht sicher sein, dass ein Bruder, ein Verwandter, ja sogar der eigene Sohn die Gelegenheit nutzt, ihn vom Thron zu stoßen. In deinem Fall gibt es keinen zwingenden Grund, Saba zu verlassen, und noch dazu für so lange Zeit. Ich muss dir dringend von dieser Reise abraten! Dein Anspruch auf die Herrschaft ist unbestritten, denn unser Vater wollte es, ich war und bin einverstanden und die Ratsversammlung hat zugestimmt. Trotzdem wäre es unklug, ja geradezu waghalsig, den Thron für so lange Zeit – ich rechne mit bis zu zwei

Jahren – zu verlassen. Dass dieser Besuch ohne politische Notwendigkeit geschieht, liegt auf der Hand, denn von Israel trennen uns ein sehr langer Weg und mehrere Grenzen. Als du in der Versammlung deine bevorstehende Reise in die Nachbarländer erwähntest, haben alle an Hadramaut, Kataban, Main und Himyar gedacht. Wie du weißt, habe ich mich in den vergangenen Jahren bereit gefunden, Töchter aus den Herrscherhäusern dieser Länder in meinen Harim aufzunehmen, da wir nun einmal keinen König haben.«

»Dafür danke ich dir, lieber Bruder, und einige Kinder beweisen, dass diese Töchter dich nicht gleichgültig gelassen haben.«

Menelik errötete. »Ja, gewiss, ich bin zwar schwach und oft kränklich, aber an Frauen habe ich Gefallen – wie jeder Mann ... Hier geht es jedoch nicht um mich, es geht um die von dir geplante Reise, deren Sinn ich nicht einsehe und die ich, ich muss es immer wieder sagen, für höchst gefährlich halte. Nenne mir nur einen halbwegs vernünftigen Grund und wir werden darüber sprechen.«

Bilkis errötete leicht und wich dem Blick ihres Bruders aus. Sie konnte ihm vieles sagen – fast alles –, nur in diesem Fall ...

»Verzeih, wenn ich dir derzeit entgegen unseres sonstigen Umgangs mein Herz nicht öffnen kann. Vielleicht bedarf es später keiner Erklärung mehr und du wirst meine Gründe verstehen. Dass meine Reise jeder politischen Notwendigkeit entbehrt, weiß ich. Für mich persönlich ist sie dennoch unumgänglich und da ich sie in jedem Fall und gegen jeden Einwand unternehmen werde, bitte ich dich um deine Mithilfe. Während meiner Abwesenheit ist Udwan der verantwortliche Regent, aber ich will nicht, dass er in entscheidenden Fragen eigenmächtig handelt, und das ist schriftlich festgelegt. Schau ihm auf die Finger, Menelik, lass dir alle paar Tage Einblick in seine Entschlüsse und Anordnungen geben. Dakar, unseren Obersten Heerführer, habe ich ausdrücklich darauf verpflichtet, wichtige militärische Befehle zu innen- und außenpolitischen Fragen nur zu befolgen, wenn sie schriftlich vorliegen und von dir gegengezeichnet sind.«

Menelik lächelte auf seine sanfte und liebenswerte Art, aber das Unbehagen war ihm anzumerken. »Du willst dich über meinen doch sehr begründeten Rat hinwegsetzen, willst die Gefahren auf dich nehmen. Nun gut, damit muss ich mich abfinden. Zwar habe ich mich ausschließlich dem Dienst unseres Gottes verschrieben, doch nun werde ich mich auch in staatsmännischen Fragen durchsetzen müssen. Wirst du Ptahmose mit auf die Reise nehmen?«

»Ich habe es ihm angeboten, aber er zieht es vor, hier zu bleiben, wohl hauptsächlich deinetwegen.«

Menelik runzelte seine knabenhafte Stirn und sagte trotzig: »Ich brauche keinen Arzt mehr! Im Übrigen ist es schon seltsam, dass ein Höfling sich den Wünschen seiner Königin widersetzt.«

»Hat dein hohes Amt dir den Sinn verwirrt? Wenn es Ptahmose nicht gäbe, stündest du nicht hier. Vergiss das niemals.«

»Ich stehe hier, weil Almaka es will! Aber verzeih, da bin ich wohl etwas zu weit gegangen und du kannst Ptahmose ausrichten, dass ich mich freue, wenn er hier bleibt.«

»Das werde ich tun, lieber Bruder.«

Als sie gegangen war, kamen Menelik ähnliche Gedanken, wie sie schon andere Vertraute der Königin gehabt hatten. Sie ist voll erblüht, schön und begehrenswert – warum will sie keinen Mann? Die Verlobung mit Udwans Sohn hat kaum jemand ernst genommen. Auch der Wesir wird sich gerade jetzt sagen müssen, dass Bilkis sich im Volk einen Ruf erworben hat, der an einen Thronwechsel nicht denken lässt. Sie weiß das und hätte sie Manheb geheiratet, so wäre ein Zustand eingetreten, den sich kein Königshaus, kein Hofstaat und kein Volk wünschen soll, den es wohl nirgends auf der Welt gibt oder gegeben hat: Eine kraftvoll und glücklich regierende Königin mit einem Mann an ihrer Seite, der König ist und auch wieder nicht ...

Menelik strich sich über die Stirn. Solche Gedanken führen zu nichts. Weit naheliegender ist die Frage, ob eine längere Abwesenheit der Königin ihrem Ruf schadet und gewisse Herren auf den Einfall bringt, den sozusagen verwaisten Thron wieder zu besetzen. Er hatte sie gewarnt, ihr die Gefahren vor Augen geführt. Mehr konnte und wollte er nicht tun. Fast wünschte er sich, der Vater könnte sich für kurze Zeit aus dem Grab erheben und sie vor diesem sinnlosen und gefährlichen Unterfangen warnen. Diese nutzlose Vorstellung mochte Menelik nicht weiter verfolgen und da es schon Abend geworden war, beschloss er, eine seiner Frauen zu Tisch zu bitten, und er wusste auch schon, welche es sein würde.

Als Bilkis ihr letztes Schreiben an Salomo verfasst hatte, hatte sie lange nachgedacht, ob es angebracht sei, ein Geschenk beizufügen. Salomo etwas schenken? War das nicht ein wenig lächerlich bei seinem weithin bekannten Reichtum, um den andere ihn beneideten?

Von Zeit zu Zeit wurden Händler in den Schlosshof vorgelassen und nach Bilkis ausdrücklicher Anweisung wurde streng darauf geachtet, dass sie sich abwechselten und nur solche infrage kamen, die etwas Besonderes zu bieten hatten. Sie versäumte es selten, einen Blick auf das Gebotene zu werfen, und erschien dann – tief verschleiert – im Kreise ihrer Hofdamen. Obwohl sich ihre Kleidung kaum von der des weiblichen Gefolges unterschied, fanden die Händler doch schnell heraus, wer sie war, denn um Bilkis bildete sich eine respektvolle Leere, abgesehen von ihrer ausländischen Leibsklavin Judith, mit der sie fast schwesterlich verkehrte. Jener Händler mit der sprechenden Dohle hatte sich viel Mühe gemacht, ihr die Worte: »Hoch lebe die Königin« beizubringen, aber als Bilkis in Betrachtung der seltsamen Ware stehen blieb, schaute sie der schwarzgraue Vogel aus klugen Augen nur stumm an. Der Händler kniete mit gesenktem Haupt vor der Königin und sprach, wie es sich vor ihr gehörte, mit gedämpfter Stimme.

»Jetzt ist er verschreckt, aber zu gegebener Zeit ist er tatsächlich imstande, einige deutliche Worte zu sprechen. Darf ich einen Versuch machen?«

Bilkis nickte, während Judith ihr ins Ohr flüsterte: »Das sind doch Taschenspielereien! Es gibt kein Tier auf Erden, das ...«

Sie sprach nicht weiter, denn die Dohle sträubte die Federn und stieß mit krächzender Stimme hervor: »Die Königin – die Königin!«

Bilkis, in ihrer Verblüffung, begann mit dem Tier wie mit einem Menschen zu reden. »Ja, ich bin es wirklich ... Gewiss hat ein Magier einen Dämon in deinen Körper gebannt, der nun aus dir spricht.«

»Hoch lebe die Königin!«, ertönte es plötzlich und ihr weibliches Gefolge begann zu kichern und zu tuscheln.

Der Händler sah sich schon wegen Zauberei angeklagt und versicherte eilfertig: »Nein, großmächtige Königin, das hat nichts mit Magie oder verborgenem Zauber zu tun. Diese Dohlen leben in nördlichen Ländern und sind hier fast unbekannt. Wenn sie sprechen, dann nicht aus sich heraus, sondern sie plappern nach, was man ihnen vorgesagt hat.«

Es kam wie eine Erleuchtung über Bilkis: Das Geschenk für Salomo – das besondere Geschenk, hier war es! Sie gab ihrer Hofmeisterin ein Zeichen und ging weiter. Von da an hatte sie sich täglich bemüht, den Vogel mit seinen vom Händler genannten Lieblingsspeisen gefüttert und ihm immer wieder auf Hebräisch vorgesagt: »Bilkis von Saba grüßt Salomo!«

Bald zeigten sich die ersten Erfolge, doch vorerst blieb die Dohle bei einzelnen Worten und stieß hervor: Bilkis! Saba! Salomo! Als sie den gewünschten Satz endlich gesprochen hatte, war sie – zusammen mit der Botschaft – einem zuverlässigen Händler anvertraut worden, der mit seiner Karawane nach Israel und Juda gereist war.

Diese Reise wollte die Königin nun selbst antreten und sie bat einige erfahrene Karawanenführer zu sich, um alles Nähere zu besprechen. Die Geladenen hatten sich aus dem Beruf zurückgezogen und überließen ihren Söhnen das anstrengende Geschäft des Reisens, doch sie besaßen einen reichen Erfahrungsschatz. Die Einladung war mit einem Festmahl verbunden, das nach der Besprechung, etwa um die neunte oder zehnte Tagesstunde, stattfinden sollte.

Bilkis hatte im kleinen Beratungszimmer auf dem erhöhten Sitz Platz genommen, trug den Halbschleier, der Augen und Stirn frei ließ. Diese Herren hatten durchwegs traditionsgebundene Anschauungen und keiner von ihnen war damals mit Bilkis' Thronübernahme einverstanden gewesen. Doch gerade weil sie am Alten hingen und den Wunsch des Königs von der Nachfolge seiner Tochter als verbindlich und verpflichtend ansahen, brachten sie nun auch einer Königin den gebührenden Respekt entgegen.

Zugegen waren noch Ptahmose, der Wesir Udwan, der Heerführer Dakar und der kugelrunde Schatzmeister Yuhanim. Bilkis hatte die Beratung auch anberaumt, um solch einflussreiche Männer über Anordnungen zu unterrichten, die sie für ihre Abwesenheit getroffen hatte. Dank der weit reichenden Verbindungen dieser alten Karawanenführer würde sich das binnen weniger Tage im ganzen Land herumsprechen. Sie hätte ihre Absichten auch durch Herolde bekannt geben können, scheute jedoch vor diesem amtlichen Weg zurück, weil sie sich nicht festlegen wollte.

Ihre erste Frage galt der Reisedauer und da waren die Herren sich ziemlich einig, wenn sie auch blumig von hundert Tagen sprachen, die durch göttliche Gunst und Fürsprache um vier, fünf, vielleicht sogar zehn Tage verkürzt werden könnten.

»Mehr können es nicht werden?«

Der Sprecher hob leicht die Schultern. »Sandstürme, unzeitgemäße Regenfälle, Krankheit bei Mensch und Tier, Wüstenräuber – sollte all dies über eine Karawane hereinbrechen, was die Götter verhüten mögen, so könnte sie auch länger dauern.«

»Gab es so etwas schon?«

Die meist graubärtigen Herren schauten sich an und schüttelten einhellig ihre Köpfe. Der Sprecher sagte: »Früher vielleicht, aber nicht zu unseren Lebzeiten.« Dann verbeugte er sich dreimal. »Darf ich dir eine Frage stellen, meine Königin?«

»Du darfst, ich kann dir jedoch nicht versprechen, ob ich sie beantworten werde.«

»Ganz nach deinem Ermessen. Das Ziel deiner Reise ist Gaza? Geht es von dort weiter nach Ägypten, denn der Pharao residiert ja in Tanis und von Gaza aus wären das nur noch ...«

»Nein, nein, das ist nicht geplant. Die Reise geht nach Jerusalem, denn es ist an der Zeit, mit König Salomos reichen und mächtigen Ländern eine nähere Verbindung aufzunehmen. Es geht dabei vor allem um die Handelsbeziehungen und wie man sie verbessern und noch steigern könnte.«

»Die Hin- und Rückreise eingerechnet, wirst du wohl an die zwei Jahre abwesend sein.« Das klang wie eine Feststellung.

»Mehr oder weniger«, gab sie die unbestimmte Antwort, »doch ich weiß mein Land in guter Hut. Wesir Udwan wird, beraten von meinem Bruder Menelik, die Regierungsgeschäfte führen. Wichtige Entscheidungen werden sie gemeinsam treffen und mein Heerführer Dakar ist verpflichtet, nur solche Befehle auszuführen, die von beiden ausgehen.«

Die Königin blickte Dakar, der rechts unterhalb des Thrones stand, kurz an. Er straffte sich und setzte eine kriegerische Miene auf. »Jawohl, meine Königin.«

Bilkis wandte sich wieder an ihre Gäste. »Sollte Almaka es so bestimmen, dass Udwan stirbt, wird Menelik im Rang eines Mukarrib das Land bis zu meiner Rückkehr regieren. Trifft meinen Bruder das Todeslos, trägt Udwan die alleinige Verantwortung, diesmal unterstützt und beraten von Dakar. Sollten aber beide, was Almaka verhüten möge, den Weg in die Ewigkeit antreten, werden Dakar und mein Schatzmeister Yuhanim die Zügel der Regierung in die Hand nehmen.«

Zu dieser Abmachung hatte sie einige Tage zuvor Meneliks Zustimmung erreicht – wenn auch sehr mühsam.

Der älteste der Karawanenführer erhob sich schwerfällig und verbeugte sich zitternd. »Verzeih, meine Königin, wenn ich, mit dem Vorrecht meines hohen Alters, noch eine Möglichkeit erwäge. Karawanenreisen sind nicht gerade lebensgefährlich, doch ist das Leben der Teilnehmer größeren Gefahren ausgesetzt, als wären sie zu Hause geblieben. Es könnte ... Almaka wird es gewiss verhüten ... aber es könnte auch dich treffen ...«

»Wir alle müssen uns dem unerforschlichen Willen der Götter beugen. In diesem Fall wird Menelik zusammen mit Männern seines Vertrauens die Regierung übernehmen im Namen seines erstgeborenen Sohnes, der nach seiner Volljährigkeit als Mukarrib den Thron von Saba besteigen wird. So ist für jeden Fall gesorgt.«

»Sollen wir deine Anordnungen als Staatsgeheimnis behandeln?«

»Nein, jeder darf und soll es wissen.«

Nach einigen weiteren Erörterungen wegen der bevorstehenden Reise bat Bilkis die Herren zu Tisch.

»Für die Weine hat mein Schatzmeister Yuhanim gesorgt, der wohl am meisten davon versteht.«

»Weil ich von Jugend an damit Handel getrieben habe«, sagte Yuhanim und verneigte sich vor Bilkis, was bei ihm recht seltsam wirkte, da er so gut wie keinen Hals besaß und sein kugelrunder Bauch ihn an einer herkömmlichen Verbeugung hinderte. So kippte er seinen Oberkörper nach vorn und wies auf die Weinkrüge. »Heute seid ihr Gäste der Königin, aber jeden dieser Weine könnt ihr auch bei mir erwerben.«

Bilkis schmunzelte bei den Worten ihres Schatzmeisters, der auch im Königspalast den Händler nicht verleugnen konnte.

»So groß wird die Auswahl nicht sein«, spottete einer, dessen gerötetem Gesicht seine Vorliebe für den Rebensaft anzusehen war. »Mein Angebot ist königlich! Genau gesagt sind es achtunddreißig verschiedene Weinsorten, dazu kommen noch die Weine aus Honig, Datteln und Rosinen.«

Ein einziger der hier versammelten Männer hatte als Getränk Wasser verlangt. Sein hageres, faltiges Gesicht drückte Verachtung und Widerwillen aus.

»Es mag schön und gut sein, wenn man deine Weine schätzt,

so sehr schätzt, dass du mit ihrem Vertrieb reich geworden bist. Doch verzeih, meine Königin, wenn ich das sage, seit der Damm vollendet ist und tausende von Männern mehr Silber in der Tasche haben, als für sie gut ist, scheint es mir, als hätte trunkener Müßiggang in einem Maße zugenommen ...« Er warf seine dürren Arme hoch in einer Geste von Verachtung und Bitterkeit.

Bilkis hielt es für angebracht, die zunehmend angeheiterte Herrenrunde zu verlassen, bat aber, das Mahl auch ohne sie beliebig lange fortzusetzen. Danach blickten alle fragend auf Yuhanim, den Schatzmeister, der ständig persönlichen Umgang mit der Königin pflegte.

»Ist die ehrwürdige Bilkis Balmaka jetzt beleidigt?«

Yuhanim winkte mit seiner gepolsterten Hand beruhigend ab. »Nein, nein, aber sie schätzt es nicht, ihre kostbare Zeit mit Geschwätz zu vertun«, er kicherte, »mit Altmännergeschwätz ...«

Da meldete sich gleich wieder der Wassertrinker zu Wort. »Versteht mich nicht falsch! Wenn alte Männer wie wir sich den Lebensabend mit einem guten Trunk versüßen, lasse ich es hingehen, auch wenn ich selbst nicht viel davon halte. Kürzlich hat einer meiner Söhne davon berichtet, dass sich in der Stadt schon regelrechte Trinkergilden gebildet haben, zu deren Zeremoniell es gehört, das jeweilige Besäufnis auch zu benennen. Ich habe es mir gemerkt! Die morgens schon zu saufen beginnen, nennen es einen *sabuh,* den Mittagsrausch *kayl,* den am Abend *fahma.* Wer die Nacht durchsäuft, kann danach einen *jashiriya* vorweisen. Das nenne ich Kultur, das nenne ich Fortschritt! Wo soll das hinführen? Wie man hört, ist die Stadtmiliz angewiesen, nicht allzu hart gegen Betrunkene vorzugehen. Warum? Kann mir das einer sagen?«

Yuhanim fühlte sich angesprochen. »Es ist nicht eigentlich ein Befehl ... Die Arbeiter sollten nicht abgeschreckt werden, der Dammbau genoss bei unserer Königin den Vorrang vor allem anderen. Es ist übrigens nicht leicht, die vielen angeworbenen Arbeiter – die zum Teil auch aus den Nachbarländern kommen – wieder loszuwerden. Beim Bewässerungsnetz gibt es noch viel zu tun, aber da werden nur Sabäer beschäftigt, vor allem solche, die später mit einem Stück Land entlohnt werden.«

Ja, der Gesprächsstoff ging den Herren nicht aus und so manches Thema wurde behaglich gedreht, gewendet und manchmal breitgetreten. Doch dann brach die Nacht herein und die Diener brachten keine neuen Weinkrüge mehr, sondern steckten einige Lampen an. Das wurde als höfliche Verabschiedung verstanden, doch einer letzten, sein Amt betreffenden Frage musste sich Yuhanim noch stellen. »Ich nehme an, dass die weite Reise der Königin erhebliche Kosten verursachen wird. Müssen wir also mit einer Steuererhöhung oder mit Sondersteuern rechnen?«

Yuhanim prüfte den Sitz seiner dunklen Ringellocken. Er war nicht besonders eitel, doch er wollte den von ihm als störend empfundenen Alterserscheinungen begegnen und dazu gehörte auch die sorgsame Pflege und ein behutsames Nachfärben seiner zunehmend grau werdenden Haare. Nun war er ganz der königliche Beamte und sagte mit Würde: »Kein König erhöht von sich aus Steuern und Zölle, nur weil es ihm so gefällt. Das gehört eher zu den Maßnahmen, die man nicht gerne ergreift, aber zu denen jeder Landesfürst von Zeit zu Zeit gezwungen ist. Kriege, Missernten, Naturkatastrophen und andere Misshelligkeiten können die Ursache sein. Nichts davon hat unser Land getroffen und wir waren reich genug, um die gewiss nicht niedrigen Kosten der Dammerweiterung ohne Sondersteuern tragen zu können. Das gilt auch für diese Reise, die großenteils handelspolitische Gründe hat.«

Das war dem schlauen Yuhanim ganz plötzlich eingefallen, um seine Königin von dem gewiss bald umlaufenden Gerücht zu schützen, sie besuche König Salomo aus purer weiblicher Neugierde. Die Herren blickten einander erstaunt an, zwei von ihnen waren übrigens schon eingenickt. Der beharrliche Wassertrinker allerdings war hellwach geblieben, ihm entging nicht ein einziges Wort. Er hob die Hand und lächelte etwas säuerlich.

»Eine letzte Frage dazu, dann werden wir allmählich aufbrechen. Erläutere mir bitte diese handelspolitischen Gründe.«

Yuhanim blickte ihn freundlich an. »Nichts einfacher als das. Wie ihr wisst, ist Gaza die letzte Station nach einer langen Wüstenfahrt, denn Daydan mit seinen Karawansereien liegt dann gut zwanzig Tage zurück. Wer also Gaza erreicht, leidet in der Regel Mangel an allem, besonders an Wasser. Die von den Pelistim beherrschte Stadt nutzt das weidlich aus mit hohen Preisen und Sonderzöllen auf alle Waren, besonders auf Weihrauch und Gewürze. Wenn die Pelistim sich auch noch immer selbstständig verwalten können, so sind sie doch König Salomo tributpflichtig und nun stellt sich die Frage: Ist es eine außenpolitische Angelegenheit, wenn Gaza die durchreisenden Händler auf unschöne Weise schröpft, oder sind diese Maßnahmen innenpolitisch zu verstehen? Gewiss nicht einfach zu beantworten. Unsere Königin will auf Salomo einwirken, damit er zu unseren Gunsten eingreift. Dass dies auch für Israel Vorteile brächte, liegt auf der Hand, weil die ausländischen Händler dann ihre Waren etwa in Jerusalem weitaus günstiger anzubieten hätten.«

»Was wiederum die dortigen Kaufleute ...«

»Nein, Schluss damit!« Yuhanim war aufgestanden. »Diese Dinge würden uns die ganze Nacht hindurch beschäftigen, aber ich glaube nun doch, dass der heutige Tag die wichtigsten der euch bedrängenden Fragen geklärt hat.«

Dann geschah, was Bilkis erwartet hatte: Die Nachrichten gelangten binnen weniger Tage ins Volk und die Reise der Königin zu Salomo wurde überwiegend zustimmend aufgenommen. Zustimmend auch von einer gewissen Familie, die sich etwas ganz Bestimmtes davon erhoffte. Zwar hatte Bilkis die beiden Söhne des getöteten Karib in die Sklaverei verkaufen lassen, doch einige Monate später gelang es Verwandten, einen von ihnen zurückzuerwerben. Der jetzt Zwölfjährige musste seinen Namen ändern und sein Pflegevater – ein entfernter Verwandter – gab Gaylan als den eigenen Sohn aus. Das Schicksal wollte es, dass dieser Junge tatsächlich auch dem Mukarrib Hadad, also seinem Großvater, auffallend glich. Nur wenige innerhalb der Sippe wussten um seine wahre Herkunft und sie knüpften an die wohl sehr lange Abwesenheit der Königin gewisse Hoffnungen, doch vorerst galt es abzuwarten, wie die Dinge sich entwickelten.

11

Die Pelistim, vor Jahrhunderten aus einer im Nordwesten gelegenen Insel zugewandert, hatten sich, nachdem Ägypten ihren Vorstoß ins Delta abwehren konnte, in der Küstenebene westlich von Israel niedergelassen. Zunächst waren sie Ägypten tributpflichtig und hatten aus einer Pentapolis von Gaza, Askalon, Asdod, Ekron und Gath eine Art Staat gebildet, sich jedoch auf keinen Herrscher über das ganze Land einigen können. So bildeten diese Städte eigene kleine Staaten mit jeweils einem Fürsten. Als Ägypten, durch innere Streitigkeiten geschwächt, die Truppenmacht fehlte, um diese Städte abhängig zu halten, stießen die Pelistim nach Westen vor und unterwarfen zeitweilig ganz Israel. Dann aber kam David, der halbwüchsige Schafhirte, warf den Giganten Goliat nieder, worauf die Pelistim sich ergaben und ihre Tribute künftig an Israel zahlten. Nach der Thronbesteigung Salomos spürten die Pelistim, dass sich die Zügel lockerten, dass der Herrscher über Juda und Israel alles andere als ein Kriegsherr war. Das erweckte ihren Widerstand, die Tribute trafen verspätet, manchmal auch gar nicht in Jerusalem ein und Adoniram, Salomos Schatzmeister, hielt die Zeit für gekommen, seinen König über die neue Lage zu unterrichten.

Verglichen mit Yuhanim, dem dicken, freundlichen und lebenslustigen Schatzmeister der Königin von Saba, war Adoniram das reine Gegenstück. Hager, mürrisch und von krankhaftem Misstrauen, wachte er wie ein Adler über den Staatsschatz und bedrohte jeden, der daran rühren wollte, mit wütenden Schnabelhieben. Er kam aus einer phoinikischen Familie, war keiner Sippe, keinem Stamm verpflichtet und so unbestechlich, dass einige, die es versucht hatten, sich danach schamrot verkrochen.

In dürren Worten schilderte er Salomo die Lage und fragte zuletzt: »Wie ist dem beizukommen, Malki? Schriftliche Aufforderungen, durch Gesandte überreicht, haben so gut wie nichts bewirkt. Der Volksmund sagt: Wer nicht hören will, muss fühlen. Meiner Ansicht nach ist der Zeitpunkt gekommen, die Pelistim die Schärfe unserer Waffen fühlen zu lassen.«

Salomo schaute seinen Schatzmeister nachdenklich an.

»So kriegerische Gedanken? Eigentlich passen sie nicht zu dir ...« Adonirams stechender Blick war berüchtigt und hinter seinem Rücken flüsterte man, diese Augen seien imstande, die vergrabene Schatztruhe eines säumigen Steuerzahlers selbst in den Tiefen der Erde aufzuspüren. Doch jetzt verloren sie ihre Härte und schauten den König fast hilflos an.

»Es passt nicht zu mir, das gebe ich zu, aber was sollen wir tun? Wo gutes Zureden nicht hilft, haben ein paar Stockhiebe noch jedes säumige Kamel auf die Beine gebracht.«

Salomo nickte. »Lassen wir es vorerst dabei und hören uns an, was Benaja zu sagen hat.«

Der König wollte allerdings nicht nur seinen Obersten Heerführer laden, sondern vor Freunden, Vertrauten und Hofbeamten seine Meinung äußern. So fanden sich im Thronsaal neben Adoniram und Benaja noch ein: Sabud, des Königs engster Freund, der Hohe Priester Asarja, die Schreiber Ahia und Eliohoref als Chronisten, dazu Joschafat, des Königs »Sprecher«, sein Oberster Herold.

Salomo hatte die feierlich dunkle, mit Zedernholz getäfelte Thron- und Gerichtshalle zum Versammlungsort bestimmt, um dieser Beratung eine gewisse amtliche Würde und seinen Entschlüssen etwas Endgültiges zu verleihen.

Der König trug ein kunstvoll durchbrochenes, bis zum Boden reichendes sandfarbenes Fransengewand, darüber einen rotbraunen offenen Mantel aus feinstem ägyptischem Leinen, der mit silbergestickten Löwen, Cherubim und Palmen verziert war. Ein goldenes Stirnband umschloss sein schulterlanges Haar und auf diesem Band bildeten aus Lapislazuli geformte Buchstaben den Satz: »Ich bin der Herr, dein Gott.« Wäre dies eine gesetzgebende Versammlung gewesen, mit Vertretern des Volkes, der Priesterschaft und den zwölf Provinzen, so hätte Salomo seine hohe Krone und den purpurnen Königsmantel angelegt. So aber wollte er andeuten, dass dies eine interne Beratung unter Vertrauten sei.

Auch eine Frau war bei der Versammlung zugegen, doch davon wusste nur der König. Hinter der Thronhalle nämlich schlossen sich Salomos private Wohnräume an und im kleinen Obergeschoss gab es einige mit kunstvollen Holzgittern versehene Kammern, die auf die Halle hinabsahen. In einer davon saß Mirjam, die ein Ohr an das Gitter presste und so jedes Wort verstand. Es gehörte zu ihren Vorrechten, solchen quasi geheimen Besprechungen ungesehen lauschen zu können, während es bei den öffentlichen Gerichtssitzungen auch eine Tribüne für Salomos Harim gab. Daran nahm sie allerdings niemals teil, denn als die ägyptische Prinzessin Merit-Anat wollte sie mit diesen von ihren Vätern verkuppelten und durchwegs ungebildeten Gänsen nichts gemein haben.

Der als *mazkir,* also als Sprecher des Königs, auftretende Joschafat trug die Lage vor und forderte den Heerführer Benaja auf, dazu Stellung zu nehmen.

Benaja war eine fröhliche Natur und recht beliebt bei seinen Männern, doch wenn es um ernste Angelegenheiten ging, fiel jeder Frohsinn von ihm ab und er wandelte sich zum grimmigen Krieger. Zwar hatte ihm Salomo untersagt, bewaffnet und im ledernen Panzer aufzutreten, doch ein wahrer Krieger kann auch in bürgerlicher Kleidung seinen Beruf und seine Einstellung nicht verleugnen. So klang in Benajas stählerner Stimme das draußen abgelegte Schwert mit und der ihm verweigerte

Panzer war aus seinen Redeattacken gegen den drohenden Feind zu spüren.

»Es sind nicht nur die Pelistim im Westen, die uns zunehmend Sorge bereiten, mein König, auch aus Süd und Nord mehren sich die Drohgebärden. Da ist einmal Reson, der König von Dimaschki, der unsere Nordgrenze in maßloser Selbstüberschätzung durch Überfälle und zeitweilige Landnahme beunruhigt. Nicht anders verhält sich Fürst Hadid, der unter König David feige nach Ägypten floh, nun aber auf den Thron von Edom zurückgekehrt ist und immer hörbarer mit dem Schwert rasselt.«

Benaja hob anklagend und in kriegerischer Geste seine rechte Faust.

»Ich bin dafür, dass man diese Herren züchtigt, sie auf ihre Plätze verweist, widrigenfalls tötet oder außer Landes treibt. Bei den Pelistim ist es schwieriger, weil es da keinen Landesherrn gibt. Ihnen würde ich Truppenkontingente in die Städte legen, dazu einen nur dir oder deinem Schatzmeister verantwortlichen Beamten, der mit eiserner Faust die fälligen Tribute eintreibt. Um dies wirksam zu tun, mein König, müssten wir unsere Heeresmacht um mindestens ein Drittel verstärken.«

Salomo war nicht entgangen, dass ein Teil der Anwesenden zu diesen Worten beifällig nickte.

»Du redest wie ein Krieger und ich stehe nicht an zu sagen, dass ein Heerführer so reden muss. Doch der König bin ich und ich rede anders. Auch unter den dargelegten Umständen bin ich nicht bereit, die Feder mit dem Schwert zu vertauschen. Wenn mein Vater, König David, mir den Namen Salomo gab, was als der Friedliebende zu verstehen ist, so verband er damit die Hoffnung, dass der Herr mir ersparen möge, was ihm so reichlich auferlegt war, nämlich Kriege zu führen und Blut zu vergießen. Gott hat ihm verboten, der Lade einen Tempel zu errichten, weil das einem blutbefleckten Fürsten nicht ansteht. Ich habe es stattdessen getan, mit gutem Gewissen und im Einklang mit den Wünschen und Geboten des Herrn. Eines von diesen Geboten lautet: Du sollst nicht töten! Mögen Notwehr und die Aburteilung von Gesetzesbrechern davon ausgenommen sein, so sehe ich mich durch die von Benaja geschilderten Tatsachen nicht betroffen. Wenn ich nun sage, ich ziehe die Feder dem Schwert vor, so soll das heißen, dass die meisten Konflikte durch Verträge aus der Welt zu schaffen sind. Natürlich muss dahinter eine Truppenmacht stehen, denn bekanntlich gab und gibt es Fürsten, die weniger friedliebend sind und glauben, dass ein mit dem Schwert erstrittenes Unrecht zu Recht wird. Ich sehe einige von euch verstohlen lächeln und weiß natürlich, dass die Geschichte nicht wenig Fälle kennt, wo dies geschehen ist. Doch wir haben einen Bund mit Gott geschlossen, aus dem wir – das Volk, die hier Anwesenden und ich – uns nicht fortstehlen können. Wenn ich Gottes Gebot vom Nicht-töten-Dürfen erwähnt habe, so werdet ihr eure Gedanken rückwärts wenden und euch daran erinnern, dass ich nach der Thronbesteigung meinen Bruder Adonia, den Feldherrn Joab und einige andere habe hinrichten lassen. Ich sage nicht töten, sondern hinrichten, denn sie hatten Hochverrat begangen, waren dabei, unser Volk zu spalten und einen Bürgerkrieg heraufzubeschwören. Wie viele Menschenleben der gekostet hätte, mag ich nicht abschätzen – einige hundert wären wohl das wenigste gewesen. Dazu stehe ich und Gott zeigte mir sein Einverständnis durch die Wohlfahrt und das Gedeihen unseres Landes. Ich werde Benajas Wunsch stattgeben und unser Heer so verstärken, dass wir die Grenzen in Nord und Süd sichern und die Pelistim einsichtiger machen.«

Salomo stand auf und stieg langsam die von goldenen Löwen flankierten Stufen hinab. Seine Freunde umringten ihn, zollten ihm Beifall. Auch der Heerführer Benaja war halbwegs zufrieden, denn die Erweiterung seiner Armee hatte ihm lange am Herzen gelegen.

Mirjams Meinung hörte der König noch am selben Abend. Ihre grünen Augen musterten ihn zärtlich. Er umarmte sie mit Leidenschaft, tauchte mit einer Hand in die kupferne Flut ihrer Haare und wickelte einige Strähnen um seine Finger.

Vor einiger Zeit war sie wieder schwanger geworden, doch ihr Misstrauen vor den verwickelten und kaum nachvollziehbaren Gesetzen Moses war so groß, dass sie fürchtete, es könnte auch verboten sein, schwangeren Frauen beizuliegen, und Salomo werde dann seine Gunst auf andere richten. Im Grunde aber empfand sie keine Eifersucht, wenn er ein wenig mit der seinen Harim bevölkernden dummen Gänseschar herumtändelte.

Scherzhaft drohend hob sie ihren zierlich-schlanken Zeigefinger. »Ein paar Jahre an deiner Seite und schon bin ich eine rechte Israelitin geworden.«

»Wie ist das zu verstehen? Gerade du scheinst mir am ehesten eine Ägypterin geblieben zu sein und ich schätze das. Wir können viel von deinem Volk lernen ...«

»So meine ich das nicht, vielmehr dass mir deine friedliche Einstellung fast gegen meinen Willen gefallen hat, verwundert mich. Ich bin in einer Welt erzogen worden, die ihren König – ob es nun Kriege gab oder nicht – immer als großen siegreichen Streiter sah. ›Vor dem die Feinde erzittern‹ war einer seiner Titel und um das zu unterstreichen hat sich jeder Pharao an Tempel- und Palastmauern mit der erhobenen Kriegskeule in der einen Hand darstellen lassen, während die andere ein Bündel Feinde am Schopf hält. So wollte das Volk seinen König sehen, so fühlte es sich beschützt. Du hingegen pochst darauf und setzt dafür dein Königswort ein, dass du nicht und um keinen Preis die Feder mit dem Schwert vertauschen möchtest. Das ist groß gedacht, aber ob es auch klug ist ...«

So hätte keine andere Frau mit ihm reden dürfen, doch bei Merit-Anat liebte Salomo auch ihre kritischen Worte. Er lachte und zog sie leicht am Ohr.

»Hüte deine Zunge, du ägyptische Schlange! Klug sein kann man auf vielerlei Weise. Wenn ich es mit Waffengewalt versuche, muss ich so klug sein zu erkennen – ja, mit Sicherheit zu wissen –, dass ich dem Gegner überlegen bin. Wähle ich den friedlichen Weg, dann muss ich klüger sein als die anderen, muss ihre Absichten durchschauen, ihre geheimen Bündnisse aufdecken, muss wissen, wie weit sie gehen werden. Dann erst darf ich handeln.«

»Dass du dich nach solchen Grundsätzen richtest und damit stets erfolgreich bist, weiß jeder im Land und ich hoffe nur, dass auch deine Gegner es beherzigen. Zu etwas anderem. Schon lange habe ich dich um keinen Gefallen gebeten, denn deine Liebe ist mir Geschenk genug. Nun bewegt mich etwas, worüber sich jeder Ägypter Gedanken macht, nämlich die Errichtung eines Hauses der Millionen Jahre.«

»Du willst noch ein Haus? Aber hier ist dein eigener Palast ...«

»Nein, mein Lieber, du verstehst mich falsch. Das Haus, das ich mir wünsche, werde ich länger bewohnen als diesen Palast, eben Millionen und Abermillionen von Jahren, also ewig. Ich spreche von meinem Grab.«

Salomo fuhr zurück. Es war hierzulande der Brauch, von Tod und Grab nur zu sprechen, wenn es unbedingt notwendig war, da man glaubte, es könne Unglück bringen.

»Was soll das heißen? Wenn du stirbst, wird man dir ein würdiges Grab bereiten, am selben Tag noch, wie es hier Vorschrift ist.«

Mirjam legte ihren schlanken Arm um seinen Nacken.

»Wir reden aneinander vorbei. Ich habe dir doch in früheren Gesprächen schon angedeutet, dass wir Ägypter an ein Weiterleben nach dem Tod glauben, an eine Existenz, die der auf Erden ähnlich, in vielem jedoch ganz anders ist.«

»Ja, ich erinnere mich. Hierzulande ist dies kein Thema und ob unseren Seelen nach dem Tod ein Weiterleben gestattet ist, entscheidet Gott allein. Er selbst hat sich nicht dazu geäußert, weder zu Mose noch zu einem der Propheten. Wir alle können nur hoffen, dass unsere Seelen nicht tiefer fallen als in Gottes Hand.«

»Schön, das ist euer Glaube, den ich achte. Wir hingegen sind gehalten, uns auf das Leben nach dem irdischen Tod gehörig vorzubereiten. Das Grab meines Vaters Siamun etwa ist längst fertig gestellt und königlich ausgestattet, die Priester seines Totentempels sind ernannt, die Opfergaben festgesetzt. Ich möchte dich nur bitten, mich auf eine natürlich bescheidenere Art dieselbe Vorsorge treffen zu lassen.«

»Merit-Anat, lasse doch einmal deine Vernunft walten! Der tote Körper vergeht zu Staub, bedarf weder einer Nahrung noch einer anderen Fürsorge. Die Seele ist ein unkörperliches Geisteswesen, allein auf die Gnade Gottes angewiesen.«

Mirjam nickte eifrig. »Auch wir glauben an eine Seele, sogar an deren zwei. Doch sie sind an ein Grab gebunden, brauchen eine Wohnung. Die Ka-Seele lebt im Körper des Verstorbenen weiter und ist daran gebunden, die Ba-Seele ist jedoch ein schöner Vogel mit einem Menschenkopf, der die Züge des Verstorbenen trägt. Er darf das Grab verlassen, kann herumschweifen und alle Stätten besuchen, die der Verstorbene in seinem irdischen Leben geliebt hat. Die Priester sprechen sogar noch von einer dritten Seelenform, dem *ach*. Diese ist eine Verbindung zu den himmlischen Göttern und wir müssen sie uns als Brücke vorstellen zwischen Himmel und Erde.«

Salomo rückte etwas von ihr ab, stand dann auf und setzte sich auf einen gepolsterten Hocker ihr gegenüber.

»Ich kann dem nicht folgen und ich will es auch nicht. Doch du bist meine Herzensfreundin, meine über alles Geliebte und wenn dies dein Wunsch ist, so werde ich ihn dir erfüllen. Wie soll dieses Grab aussehen, was muss es enthalten?«

Sie beugte sich vor und küsste seine Hand.

»Ich danke dir, mein Herr und Gebieter – Herzensgeliebter. Verzeih, dass in diesem Fall zuerst von mir, als die gedachte Verstorbene, geredet werden muss. Mein ägyptischer Schreiber, sein Gehilfe und noch einige andere – irgendwer von ihnen wird mich ja überleben – wissen darüber Bescheid, ebenso die Priester im Anat-Tempel. Nur so viel: Der Körper wird zur Ewigkeit bereitet, also in eine *mumija* verwandelt – die dir wohl abstoßend erscheinenden Einzelheiten lasse ich beiseite. Sie wird in einem dem Körper nachgebildeten, mit magischen Bildern und Sprüchen geschmückten Sarg gelegt und dann von einem kundigen Priester wiederbelebt. In Ägypten ist dies die Aufgabe des ältesten Sohnes des oder der Verstorbenen, aber da dies nicht immer möglich sein kann, springt ein Priester dafür ein. Das Grab kann über dem Erdboden errichtet oder in einen Felsen gehauen werden. Es muss nicht groß, soll jedoch wohnlich sein, mit den nötigsten Möbeln und reichlich mit Nahrung ausgestattet werden und – das ist sehr wichtig – eine Kiste mit dreihundertfünfundsechzig *schawabti* enthalten. Das sind kleine Figuren aus Ton oder Holz, mit Werkzeugen in den Händen und mit meinem Namen versehen. Das ist so eine Art Gefolge, eine Sklavenschar, die, wenn die Götter mich zur Fronarbeit aufrufen, den Ruf mit ›Hier bin ich!‹ beantworten und ihre Tätigkeit aufnehmen. Um die kleinen Diener nicht zu überfordern, tritt für jeden Tag des Jahres ein anderer vor.«

Den König überkam ein Gefühl, da sich Grausen und Lachlust vermischten und er nicht wusste, welchem Gefühl er Ausdruck verleihen sollte. Er runzelte die Stirn und segnete den Gesetzgeber Mose, der sein Volk aus Ägypten weggeführt hatte, wohl weil er fürchtete, dass auch sie im Laufe der Geschlechterfolgen diesem magischen Hokuspokus erliegen würden. Plötzlich fiel ihm die Geschichte des Josef ein, der sich – so war es überliefert – auch nach ägyptischer Weise hatte bestatten lassen. Er fasste Mirjam am Arm.

»Da muss ich dir etwas erzählen. Vor Zeiten hat es bei uns einen Mann namens Josef gegeben, auf den seine Brüder so eifersüchtig waren, dass sie ihn als Sklaven verkauften und dem Vater vorlogen, ein wildes Tier habe ihn getötet. Dieser Josef, ein ganz schlauer Kerl, kam auf Umwegen nach Ägypten und am Ende erlangte er sogar das Amt eines Wesirs beim Pharao. Danach geschah noch viel, die Geschichte ist lang, vielleicht werde ich sie dir später ausführlicher erzählen. Jedenfalls wurde dieser Josef über hundert Jahre alt und der Chronist bemerkt ausdrücklich, dass er sich nach seinem Tod einbalsamieren und nach eurer Art bestatten ließ. Was nun dein Grab betrifft, so wirst du freilich einsehen müssen, dass es weder in der Nähe des Tempels noch innerhalb der Mauern unserer Stadt errichtet werden kann.«

»Das sehe ich ein und kann dir sagen, dass es nach unserer Religion völlig ohne Belang ist, wo solche Gräber stehen. Üblicherweise werden sie in der Westwüste angelegt, doch die jenseitige Welt ist für uns Irdische nicht sichtbar, stellt eine Art Gegenwelt dar.«

Salomo hatte nachgedacht, hatte sich den Plan seiner Stadt vor Augen geführt und da blieb sein Blick am Kidrontal hängen.

»Ich würde das südliche Kidrontal vorschlagen, steiniger Boden, kaum besiedelt. Wir können es gemeinsam ansehen ...«

»Mir ist jeder Ort recht, wenn er nur in deiner Nähe ist ...«

Salomo küsste sie und wünschte von Herzen, sie möge ihn überleben.

Dann kam das Pesachfest, eine Frühlingsfeier mit gemeinsamem Opfermahl. Dabei wurden die erstgeborenen Tiere geschlachtet und dazu wurde ungesäuertes Brot gegessen. Warum ungesäuert? Da gab es verschiedene Auslegungen, doch die der Priester war, dass die Gärung des Sauerteigs eine Art Fäulnis war und somit verderblichen Einfluss oder die Laster des Götzendienstes veranschaulichte.

Danach hatte sich das etwas wechselhafte Wetter in eine Art Frühsommer verwandelt und der König nutzte die schönen Tage, um mit Mirjam das Kidrontal zu besuchen. Sie taten es unauffällig, in geschlossenen Sänften und nur von einer kleinen Wache begleitet. Vom südlichsten und am höchsten gelegenen Teil Jerusalems, der Davidsstadt, führten Stufen ins Tal hinab. Unten angekommen, verließen sie ihre Sänften und sahen sich um. Beide trugen sie einfache Kleidung und waren bis auf die Augen verschleiert. Der Hauptmann der Wache hatte zuvor die Umgebung erkundet und zwei Bauernbuben davongejagt, die ein paar dürre Ziegen über den karstigen Boden trieben.

Mirjam deutete auf eine steile Felswand. »Dort könnte man einen Stollen hineintreiben, es innen zur Kammer ausweiten ...«

»Der Stein ist hier sehr hart, es könnte schwierig werden ...«

»Gut, dann soll die Kammer davor errichtet werden, mit einem pyramidenförmigen Steindach. Das wird die Leute daran erinnern, dass hier eine ägyptische Prinzessin ruht.«

Einige Monate danach – das Fest Jom-ha-kippurim stand bevor – traf ein Bote mit der Nachricht ein, die Königin von Saba sei in Petra eingetroffen, an der Spitze einer vielköpfigen Karawane. Sie entbiete dem König ihren Gruß und freue sich, seiner Einladung gefolgt zu sein und den größten Teil der Reise gesund überstanden zu haben.

Die Nachricht berührte ihn seltsam und löste verschiedene Empfindungen aus. Zuerst einmal Freude über den hohen Besuch, der ein schöner Anlass war, Feste zu feiern, den Königshof, den Palast, die Tempel, die Stadt und sich selbst in angemessener Pracht zu präsentieren. Dann jedoch auch die leise Besorgnis, sie könne seine Residenzstadt zu kümmerlich, den Tempel zu schlicht, den Palast zu bescheiden finden. Von Saba wusste er nur, dass es ein kleines Land war – kleiner als sein aus Juda und Israel bestehendes Reich, allerdings viel älter und außerordentlich wohlhabend. Andererseits: Für wen oder was sollte er sich schämen? Sie waren ein junges Volk, ihr Königtum wies erst den dritten Herrscher auf, während man sie in Ägypten über zweitausend Jahre zu hunderten zählte. Er schüttelte über sich selbst den Kopf. Israel, dachte er beschwichtigend, ist nicht Ägypten und mit diesem alten Land nimmt es keiner so schnell auf. Das brachte ihn gleich auf den Gedanken, Mirjam die Nachricht zu überbringen.

»Du hattest sie eingeladen? Davon wusste ich nichts.« Ihre grünen Augen funkelten vorwurfsvoll.

»Wen lädt man nicht alles ein, aus purer Höflichkeit, ohne nur im Geringsten damit zu rechnen, dass dem Folge geleistet wird. So habe ich auch deinen Vater eingeladen, damals als wir verbündet waren. Der König Hiram von Tyros, den ich schon als alten Freund bezeichnen möchte, ist ebenso wenig nach Jerusalem gekommen wie dein Vater und andere Fürsten. Dass gerade die Königin von Saba, die gut drei Monatsreisen entfernt von hier lebt, meiner Einladung folgen würde, wäre mir nicht in den Sinn gekommen. Nun aber ist sie schon in der Nähe und da ich eine Königin mit ihrem Gefolge nicht gut im Gästehaus unterbringen kann, werde ich in aller Eile den Palast meines Vaters in der Davidsstadt herrichten und bewohnbar machen lassen.«

»Gewiss, mein Freund, tue das – ja, du musst es tun. Eine Königin immerhin! Ist sie noch jung?«

Sie fragte es ganz harmlos und Salomo dachte nach.

»Noch nicht alt jedenfalls. Sie folgte ihrem Vater auf den Thron, weil ihr kränkelnder Bruder es ablehnte und stattdessen das Hohepriesteramt übernahm. Sie wird wohl längst nicht mehr zwanzig, jedoch auch noch nicht dreißig sein.«

»Eine Königin«, wiederholte Merit-Anat, »das ist schon etwas ganz Besonderes.« Sie sagte es mit leisem Spott, was die unausgesprochene Bemerkung einschloss, dass auch eine ägyptische Prinzessin etwas Besonderes und gewiss nicht geringer als eine sabäische Königin sei.

12

Es wäre unsinnig gewesen, diese Reise mit einer gewöhnlichen Karawane zu vergleichen. Allein der Aufwand an Reit- und Lasttieren entzog sich jedem Vergleich, ebenso die Zahl der Menschen. Für die von einem Hauptmann namens Yatim geführte Begleittruppe waren fünf Dutzend Mann vorgesehen, was nach Meinung erfahrener Karawanenführer zur Abwehr von Wüstenräubern – deren Zahl erfahrungsgemäß zwei oder drei Dutzend niemals überstieg – ausreichen musste.

Dazu kamen weitere fünf bis sechs Dutzend Kameltreiber,

Sänftenträger, Sklaven im Dienst der Königin und einige Schnellläufer, die bei Städten und Karawanenstationen den königlichen Zug anzukündigen hatten.

Lange hatte Bilkis über die Art der Geschenke nachgedacht, die sie dem König von Israel überreichen wollte. Gewicht und Zahl mussten hintanstehen, weil eine Karawane sich vor allem mit Wasser belasten muss, und so wählte sie besonders kostbare Gaben aus, etwa seltene Edelsteine von ungewöhnlicher Größe, Gold und Silber in kunstvoller Verarbeitung in Form von Trinkbechern, Weinkrügen und Gefäßen zur Aufbewahrung erlesener Duftöle.

Für Salomos Tempel hielt sie eine Auswahl von Weihrauch bereit, wie er nur an hohen Feiertagen für die Staatsgötter und von sehr wohlhabenden Tempeln gebraucht wurde. Das waren die Sorten *kankamon* und *taron,* dazu das begehrte, betörend duftende *ledanon,* das die Hirten aus den Bärten ihrer Ziegen kämmten, wenn sie die Blätter eines gewissen Strauches abgeäst und das aus den Zweigen austretende Harz sich in ihren Barthaaren verfangen hatte. Aloe, Myrrhe und Balsamöl zur Körperpflege und zur ärztlichen Verwendung ließ sie in kostbare, kunstvoll bemalte Gefäße verpacken, die manchmal sogar den Wert ihres Inhalts übertrafen. Das bei weitem kostbarste Geschenk waren allerdings die matt schimmernden Seidenstoffe in leuchtenden Farben, mit gold- und silbergestickten Drachen-, Löwen- und Pflanzenmustern. Bis diese Stoffe aus dem Ursprungsland gekommen waren, das niemand zu benennen wusste, hatten sie Handelswege zu Wasser und Land von einigen Jahren hinter sich gebracht. Nur in großen Abständen trafen Seidenstoffe hier ein und es verstand sich von selbst, dass sie zuerst der königlichen Familie angeboten wurden. Einiges davon hatte ihr Vater in seiner Schatzkammer aufbewahrt, Weiteres hatte Bilkis vor kurzem dazugekauft, sodass es jetzt für etwa drei Frauenkleider ausreichen würde, obwohl die herrscherlichen Tiere, Löwe und Drache, sich auch für ein prächtiges Männergewand geeignet hätten. Salomo mochte sie nach eigenem Gutdünken verwenden; er würde ja unter seinen vielen Frauen gewiss eine Lieblingsgemahlin haben oder deren zwei.

Yuhanim, der Schatzmeister, hatte bedenklich sein rundes Haupt gewiegt und gemeint, ob die Königin nicht eines Tages Lust verspüre, sich daraus ein Gewand fertigen zu lassen, denn es könnte gut sein, dass die nächste Seidenlieferung acht oder zehn Jahre auf sich warten lasse. Bilkis lobte seine Fürsorge, wandte allerdings ein, dass sie nie einen übermäßigen Drang, sich zu schmücken, verspürt habe und es in ihren Augen sinnlos sei, etwas Kostbares und zugleich Vergängliches ungenutzt herumliegen zu lassen.

Du magst dich nicht schmücken, weil keiner – oder noch keiner – da ist, für den du es tust, dachte Yuhanim und so wurde die Seide zum Transport verpackt.

Lange hatte die Königin überlegt, ob sie einen hohen Staatsbeamten mit nach Israel nehmen sollte, aber keiner schien ihr geeignet und die infrage kamen, Menelik, Ptahmose, der Wesir, Yuhanim und Dakar, mussten aus bereits angestellten Erwägungen im Land bleiben.

Den Hauptmann ihrer Schutz- und Begleittruppe ließ sie von Dakar auswählen, den Kerwan-Bașhi bestimmten die von ihr befragten Karawanenführer. Ihren Schreiber, einen noch jungen und sehr ehrgeizigen Mann, ernannte sie zum Reisemarschall. Und allen sagte sie, dass in wichtigen Fällen das letzte Wort ihr, der Königin, zukäme. Damit war nun der Kerwan-Bashi gar nicht einverstanden und sagte, es sei jahrhundertealte Tradition, dass der Karawanenführer vom Tag der Abreise bis zu dem der Ankunft der allein Verantwortliche sei, wie der Kapitän eines Schiffes oder der Oberste Heerführer in der Schlacht.

»Das sind gute Vergleiche und sie treffen weiterhin zu. So wie der König Gesetze aufheben und neue erlassen kann, so steht er auch über der Tradition und hat in jeder Lage das letzte Wort – auch bei Karawanenreisen. Du bist der Kapitän, daran möchte ich auch nichts ändern, sondern dich nur ersuchen, wichtige Entscheidungen mit mir abzusprechen. Du bist es dann, der sie verkündet, und deine Würde bleibt gewahrt. Im Übrigen ist es so, dass der Hauptmann Yatim mit seiner Schutztruppe und der über mein Gefolge wachende Reisemarschall nur mir verantwortlich sind. Alles andere – also die Kamele, ihre Führer, die Wegstrecke, Proviant, Wasser und was sonst noch die Karawane betrifft – ist ohnehin deine Sache.«

Damit musste sich der Mann einverstanden erklären und er tröstete sich mit dem Gedanken, dass dies wohl das erste, aber auch das letzte Mal sei, eine Königin in seiner Karawane mitzuführen.

Für sich und Judith hatte Bilkis eine leichte Doppelsänfte anfertigen lassen, die nur aus Bambusstangen und Zeltstoff bestand und von vier kräftigen Burschen getragen wurde. Wie sie es von den Jagdausflügen mit ihrem Vater gewohnt war, hätte sie von Zeit zu Zeit gerne zu Pferd gesessen, aber es war undenkbar, Pferde, Maultiere oder Esel in eine Karawane mit einzubeziehen, weil sie bei weitem nicht so lange ohne Wasser auskommen konnten, wie dies bei Kamelen der Fall war. Dass sie sich zu einer Doppelsänfte entschloss, hatte vor allem zwei Gründe: Zum einen wollte sie die Zeit nutzen, um ihr Hebräisch zu verbessern, zum anderen war ihr Judith als Leibdienerin und muntere Gesellschafterin so vertraut, dass es die eintönigen Tage dieser lange sich hinziehenden Reise verkürzen würde.

Als Judith spürte, dass die Königin es nicht liebte, wenn sie von sich aus auf ihre Erlebnisse mit dem jungen Benjamin zu sprechen kam, erzählte sie von ihrer Kinder- und Jugendzeit in Juda, von ihren Eltern und Geschwistern und vom Leben in einer Welt, die von den Gesetzen Moses bestimmt und geprägt war. Judiths Heimat war das judäische Hügelland, ihre Familie gehörte dem Stamm Simeon an, dessen Gebiet im Süden an die Wüste Negeb grenzte.

»Bei uns regnet es sehr wenig und so leben die meisten Menschen von Viehhaltung. Die Gefahr besteht darin, dass sich der Viehbestand durch Krankheit oder mangelnden Graswuchs so stark vermindert, dass die meist vielköpfigen Familien nicht mehr damit auskommen können. Vielleicht war dies der Grund, dass mein Vater mich fortgab.«

Seit sie freigelassen war, scheute Judith, wenn es um ihre Vergangenheit ging, furchtsam das Wort »verkaufen«. Bilkis hatte dafür gesorgt, dass am Hof jedermann von Judiths Freilassung erfuhr. Auch bei der Schlussbesprechung vor dem Reiseantritt wies sie darauf hin, dass Judith ihre vertraute Dienerin und keine Sklavin sei.

»Sie erhält einen regelmäßigen Lohn und kann ihr Dienstverhältnis jederzeit beenden.«

Judith dankte es ihr mit Treue, Hingabe und einer niemals erlahmenden Aufmerksamkeit. Wie schon gesagt, kannte sie den Vorbehalt der Königin gegen ein gewisses Thema, seltsamerweise war es Bilkis, die von sich aus immer wieder darauf zurückkam.

»Du hast doch gesagt, dass er sich bei ... bei der Liebe tollpatschig benahm, unbeholfen ...«

»Ja, meine Königin, vor allem zu Anfang.«

»Du hattest doch auch keine Erfahrung – wie konntest du es dann feststellen?«

»Das stimmt, doch als Frau spürt man das. Das war ein täppisches Herumsuchen, ein Nicht-wissen-Wie. Ein erfahrener Mann hätte zielsicher das Richtige getan, oder?«

Bilkis sagte nichts, zuckte nur leicht mit den Schultern. Wenn es diesem Benjamin mit seinem täppischen Benehmen dennoch gelungen war, Judith Vergnügen zu bereiten, wie mag es dann erst bei einem frauenkundigen Mann sein? Etwa bei Yatim, dem Hauptmann? Sie kannte seine Familienverhältnisse nicht genau, wusste nur, dass er verheiratet war und einige Kinder hatte. Doch was hieß das schon bei einem Mann, der dauernd unterwegs war und so gut aussah wie er? Yatim schien das Gespräch mit ihr zu suchen und im Gegensatz zu den meisten Menschen, schlug er die Augen vor seiner Königin nicht nieder. Manchmal glaubte sie, so etwas wie eine lächelnde Unverschämtheit in seinem Blick zu entdecken. Ihr war das nicht neu, sie kannte diese Einstellung auch von anderen Männern aus ihrer Umgebung, die in ihr das Amt und die Herkunft respektierten, nicht jedoch die Person. Denen galt sie als eine Frau wie andere auch – zweitrangig und jedem Mann untertan, auch dem geringsten.

Mit Ptahmose hatte sie sich einmal darüber ausgesprochen, der ihr dann riet: »Du musst so tun, als merktest du es nicht. Keine Schwäche zeigen, sie fühlen lassen, dass sie es vor allem mit der Königsmacht zu tun haben, die zufällig von einer Frau verkörpert wird.« Plötzlich war er in Lachen ausgebrochen und hatte vergnügt über seinen spiegelblanken Schädel gestrichen. »In Ägypten gab es vor etwa fünfhundert Jahren eine allein regierende Königin, die ihr machtbewusstes Königtum noch dadurch unterstrich, dass sie sich bei öffentlichen Auftritten einen Zeremonialbart umband.«

Da musste auch Bilkis lachen. »Nein, mein Freund, so weit werde ich nicht gehen.«

Dann eilten ihre Gedanken voraus und flüchtig zog es ihr durch den Kopf, wie König Salomo darüber denken mochte – er, an dessen Seite keine Königin saß, er, der seine Frauen im Harim hielt, wo ihre Namen untergingen wie in einer Schafherde. Ob er jeder von ihnen beigelegen, mit jeder Kinder gezeugt hatte? Sie glaubte, viel von ihm zu wissen, und wusste doch so wenig.

»Ich kann mich an diesen Bergen nicht satt sehen! Sie wechseln alle paar Stunden ihre Farbe, die einmal ins Blaugraue, dann ins Bräunliche spielt. Im Sonnenlicht kleiden sie sich in Sandfarbe, gegen Mittag erscheinen sie graugrün und in der Dämmerung fast schwarz. Die Westberge werden in etwa zehn Tagen verschwunden sein, meint der Kerwan-Bashi, und dann sehen wir manchmal in der Ferne das Meer.«

»Ja, daran kann ich mich erinnern ...«

»Ach, Judith, ich vergesse immer wieder, dass du diese lange Reise schon gemacht hast.«

»Viel habe ich nicht gesehen, ich wurde ja sorgfältig unter Verschluss gehalten.«

»Diesem Benjamin ist es dennoch gelungen ...«

»Wenn sich ein Mann etwas in den Kopf setzt ...«

Bilkis lachte. »Vor allem, was Frauen betrifft. Zwar fehlt mir die Erfahrung, denn mein Vater war König und dem kamen die schönsten Mädchen ungebeten ins Haus.«

»Und sogar da gibt es Unzufriedene. Kennst du die Geschichte von König David und Batseba?«

»Ich weiß nur, dass sie Salomos Eltern sind.«

»Das sprach sich im ganzen Land herum und wird heute noch beredet. David war nicht nur ein gewaltiger Feldherr, er war sehr lebenslustig, feierte gern, tanzte und spielte die Harfe, besaß die schönsten Frauen. Aber nein, das genügte ihm nicht, er musste die Frau eines anderen haben, in die er sich verliebt hatte, obwohl er sie nur aus der Ferne sah. Das war Batseba, das Weib des Hetiters Uria, der ihm als Söldner diente. So musste der Mann weg und weil es einem König nicht ansteht, einen Unschuldigen zu ermorden, schickte er ihn an die Front, in die vorderste Linie. Dort fiel er im Kampf und David konnte die Witwe heiraten. Immerhin ist er ihr treu geblieben und hat den gemeinsamen Sohn zum Nachfolger bestimmt.«

So brachten sie die Zeit herum, waren sogar des Nachts zusammen, schliefen in einem wohlbewachten Zelt. Da kam Bilkis gleich auf ihr Lieblingsthema.

»Sollte es auch in meiner Karawane einen Beni geben, dann wird er sich schwer tun, an uns heranzukommen. Die Wachen würden ihm sofort den Kopf abschlagen ...«

Judith kicherte. »Wie ich unseren Hauptmann einschätze, käme ihm eine weibliche Gesellschaft sehr gelegen. Manchmal habe ich den Eindruck, er verschlingt dich mit den Augen.«

Bilkis gähnte und tat gelangweilt. »So, meinst du? Ich glaube, er gehört nur zu den vielen Männern, die glauben, es sei etwas ganz Besonderes, ein Mann zu sein. Ein Geschenk der Natur, eine Gottesgabe – ein Privileg! Auf dieser Reise wird er seine Begierden unterdrücken müssen.«

Judith kicherte. »Vielleicht hat er sich schon an eine deiner Dienerinnen herangemacht? Ich jedenfalls werde mir meine neu erworbene Jungfernschaft für den künftigen Ehemann bewahren.«

»Willst du denn heiraten?«

»Gewiss! Gott hat nicht gewollt, dass ein Mensch allein durchs Leben geht. So hat er für Adam die Eva geschaffen und sieht gnädig auf solche, die sich mehren und die Erde füllen.«

»Daran glaubt ihr?«

»Unbedingt! Du etwa nicht?«

»Auch in Saba wird jedes Mädchen – wenn es nicht krumm, lahm oder geistesschwach ist – von seinen Eltern mit vierzehn, spätestens fünfzehn verheiratet. Ich bilde eine Ausnahme, weil mein Vater mich nicht hergeben wollte.«

»Auch König sein ist schließlich eine Ausnahme. Aber du willst nicht zeitlebens ...«

»Nein, nein!«, sagte Bilkis schnell, »du wirst schon sehen ...«

Zwei Tage später – es waren etwa noch acht Tagesreisen bis Jathrib – musste die Karawane über zerklüftetes Hügelland ziehen, sodass ein Teil von ihr oft völlig verschwand, weil der Weg steil abwärts führte oder große Felsbrocken umgangen werden mussten. Die Anordnung war so, dass voraus die Schutztruppe ritt, bewaffnet mit Schwertern, Bogen und Lanzen, dann folgte die Sänfte der Königin und danach ihre Dienerschaft. Die Lastkamele bildeten den Schluss, bewacht von einem Dutzend Bewaffneter.

Nur diesen letzten Teil der Karawane müssen spähende Wüstenräuber gesehen haben, die von den Westbergen kamen und gleich erkannten, dass da reiche Beute winkte. Sie waren etwa zwanzig, saßen auf schlanken, schnellen Pferden und trauten sich zu, mit den zwölf Mann Bewachern leicht fertig zu werden. Dass vorne, von Felsen verdeckt, weitere fünfzig Schwerbewaffnete ritten, wussten sie in diesem Augenblick nicht. So stürmten sie los und waren schon dabei, die Bewacher der Lastkamele niederzumachen, als auf deren laute Rufe der Hauptmann mit seinen Männern zu Hilfe eilte. Da war es um die Räuber geschehen und einer nach dem anderen fiel, getroffen von Pfeilen und Lanzen, zerhackt von Schwertern. Einige wollten sich auf ihren schnellen Pferden davonmachen, doch sie wurden eingekreist und, da sie ihre Waffen fortwarfen und die Hände hochstreckten, gefangen genommen. Einem steckte ein Pfeil in der Brust, er verdrehte die Augen und stürzte vom Pferd, die anderen beiden, ein älterer und ein ganz junger Mann – fast ein Kind noch –, wurden gebunden vor die Königin gebracht. Die Karawane war zum Stehen gekommen und unter den Treibern fand sich einer, der die Mundart der beiden halbwegs verstehen konnte. Als die Männer hörten, dass sie den Tross einer Königin überfallen hatten, warfen sie sich zu Boden in stummer Demutsgeste.

Mit dem Rechtsbewusstsein einer Fürstin, die in ihrer Stadt von Sesshaften umgeben war, fuhr sie die räuberischen Nomaden an. »Ihr handelt gegen die Gebote der Götter und die Gesetze der Menschen! Friedliche Reisende zu überfallen, zu töten und zu berauben ist kein kriegerisches Abenteuer, sondern eine feige, verabscheuenswerte Tat, die in jedem Land der Erde streng bestraft wird.«

Sie gab dem Hauptmann einen Wink und deutete auf den Älteren. »Töte ihn!«

Yatim zog sein Schwert und hieb mit solcher Kraft in den gebeugten Nacken, dass der Kopf in den Sand fiel. Da richtete der Junge sich auf und rief tränenüberströmt: »Ich bin sein einziger Sohn! Zu Hause warten meine Mutter und vier Schwestern auf mich!«

»Da bist du ja dann das Oberhaupt der Familie – gut, ich lasse dich am Leben, wenn du einen Schwur leistest.«

Der Sprachkundige übersetzte und der Junge rief: »Alles, was du willst, große Königin!«

Er wurde nach seiner Gottheit befragt und musste auf deren Namen und bei den Häuptern seiner Mutter und Schwestern schwören, sich vom Wüstenraub loszusagen und wie andere

Nomaden auch von Viehzucht zu leben. Natürlich hätte der Junge die Sterne vom Himmel herabgeschworen, um sein Leben zu retten.

Die Männer hatten inzwischen sechs der Pferde eingefangen und zusammengebunden.

»Was soll mit den Tieren geschehen, meine Königin? Auf die Reise können wir sie nicht mitnehmen ...«

Einer der Bewaffneten grinste und sagte zum Hauptmann: »Wir haben lange kein frisches Fleisch mehr gesehen ...«

Bilkis, schon auf dem Weg zu ihrer Sänfte, wandte sich um: »Meinetwegen, doch eines gebt dem Jungen, damit er heimreiten kann.«

Später ließ sie den Hauptmann kommen und belobigte ihn für sein Verhalten. Yatim, der als Krieger aufgewachsen und jeder gefährlichen Situation gewachsen war, senkte verschämt seinen Kopf. Er verehrte die Königin über alles und hätte für sie sein Leben geopfert, ihr Lob brachte ihn nun jedoch in solche Verlegenheit, dass er ins Stammeln kam.

»Aber ... aber, das ist doch ... ich meine, das ist meine Pflicht, alles ... aber auch alles zu tun ...«

»Du hast schnell und besonnen gehandelt und ich freue mich, in dir einen mutigen und verlässlichen Beschützer gefunden zu haben.«

Später streifte Yatim ein kühner Gedanke. An ihrer Seite möchte ich König sein ... Sie des Nachts lieben und tagsüber beschützen ... Gleich darauf erschrak er über seine anmaßende Kühnheit und versuchte künftig, solche Gedanken zu verscheuchen, was ihm jedoch nicht immer gelang.

Als Judith von der Geschichte ihres Landes erzählte und immer wieder eine umfassende Kenntnis der Gesetze zeigte, fragte die Königin: »Judith, woher kommt es, dass du darüber so gut Bescheid weißt? Bei uns sind die Frauen auf diesem Gebiet eher unwissend.«

»Das liegt wohl daran, dass fast jeder freie Mann meines Volkes schreiben und lesen kann und schon von Kindheit an mit der Thora, also der Gesetzessammlung, vertraut gemacht wird. Nur Unfreie oder Sklaven müssen im Bedarfsfall darüber aufgeklärt werden, aber kein Familienvater braucht einen Priester, um innerhalb seiner Sippe Recht und Unrecht auseinander zu halten.«

»Wenn ich dich bei einem unserer früheren Gespräche recht verstanden habe, ist jeder junge Mann zur Ehe verpflichtet?«

»Nicht nur das. Wenn der Junge nach seinem dreizehnten Lebensjahr mündig geworden ist, haben ihm seine Eltern meist schon lange zuvor eine Braut bestimmt, manchmal schon im frühesten Kindesalter. Sollte er sterben, noch ehe er mit seiner Frau einen Sohn gezeugt hatte, dann muss sein jüngerer Bruder sie heiraten.«

»Und wenn er schon eine Frau hat ...«

»Ein Mann kann mehrmals heiraten. Die Zahl seiner Ehen hängt von seinem Vermögen und seiner Manneskraft ab. Er muss jede seiner Frauen ernähren und mit ihr Kinder zeugen können.«

»Und wenn einer sich weigert, seine Schwägerin zu heiraten?«

»Dann kommt Gottes Zorn über ihn und jedes Kind kennt bei uns die traurige Geschichte des Onan, der zwar pflichtgemäß die Frau seines verstorbenen Bruders übernahm, allerdings nicht gesinnt war, für diesen einen Sohn zu zeugen. Er ließ seinen Samen auf die Erde fallen, worauf Gott den Frevler vernichtete.«

»Was du alles weißt!«, sagte Bilkis spöttisch-bewundernd.

»Was hat es mir genützt? Mein Vater hat mich ins Ausland verkauft und damit gegen ein Gesetz Gottes verstoßen.«

»Wo kein Kläger ist, gibt es auch keinen Richter.«

»Hätte ich, ein unmündiges Mädchen, ihn verklagen sollen – den eigenen Vater?«

»Einer eurer Nachbarn hätte es tun können.«

»Die verstoßen aus Not oder Habgier oft selbst gegen das Gesetz. Da haben sie um die Wette ihre Augen geschlossen, schon der eigenen Untaten wegen.«

»Jetzt bist du frei und kehrst in deine Heimat zurück. Was wirst du tun?«

»Dir weiterhin dienen, meine Königin, und Gott für meine wunderbare Errettung täglich danken.«

Von Petra aus sandte die Königin zwei Boten nach Jerusalem. Diese seltsame Hauptstadt des Volkes der Nebajot lag ganz hinter Felsen verborgen, doch die Karawansereien hatte man außerhalb errichtet und man gab Bilkis gleich zu verstehen, dass das Innere der Stadt für Ausländer verboten sei und es einer Zustimmung des Königs oder seines Wesirs bedürfe, um eine Ausnahmegenehmigung zu erhalten. Die Königin legte keinen besonderen Wert darauf und vor Ungeduld, so schnell wie möglich nach Jerusalem zu kommen, brach sie ihren Aufenthalt schon nach zwei Tagen ab und setzte am Morgen des dritten ihre Reise fort.

Schon in den nächsten Tagen ließen sie die Negebwüste hinter sich und erreichten das von Salomo beherrschte Land der Judäer.

Judith machte die Königin darauf aufmerksam, dass sich im Westen das Gebiet des Stammes Simeon erstreckte, wo ihre Familie nahe der Stadt Beerscheba lebte. Bilkis dachte nach.

»Einen Umweg können wir nicht machen, der Ort liegt zu weit im Westen. Soll ich durch einen Boten deinen Vater unterrichten? Man könnte ihm jetzt schon sein Unrecht vor Augen halten und ihm mit einer Strafe drohen.«

Judiths Augen begannen zu flackern und ihr Mund verpresste sich. »Nein, meine Königin, im Stammesgebiet meiner Familie und vor den Augen seiner Nachbarn kann ich ihm das nicht antun. Da würde ich mich sofort ins Unrecht setzen und er könnte mich verstoßen.«

Wider Willen musste Bilkis lachen und es klang verächtlich. »Verstoßen? Was redest du da? Hat er dich durch seine ungesetzliche Handlung nicht längst verstoßen? Wer sein eigenes Kind ins Ausland verkauft, wird kaum damit rechnen, dass er es jemals wieder sieht.«

»Du hast Recht, meine Königin, ich habe das nicht so

bedacht. Wenn es um die eigene Familie geht, ist jeder befangen und lässt die Tatsachen außer Acht.«

»Ich verstehe dich, Judith, hätte in deinem Fall vermutlich nicht anders gehandelt.«

In Hebron, zwei knappe Tagesreisen von Jerusalem entfernt, trafen sie auf die Boten des Königs, die sie willkommen hießen und der Königin ein Schreiben überreichten.

»Zwar spreche ich dank meiner Dienerin Judith schon recht leidlich eure Sprache, aber lesen kann ich sie nicht.«

Die Botschafter verneigten sich tief und einer – vom König dazu ermächtigt – entrollte das Schreiben.

»Der Herr möge deinen Einzug in unser Land segnen, Bilkis Balmaka, Königin von Saba. Ich begrüße dich in brüderlicher Verbundenheit, denn unser hohes Amt schafft eine gewisse Gemeinsamkeit, wie sich auch die Umstände unserer Thronübernahme, auf die du selbst hingewiesen hast, in vielem gleichen. Volk, Land und König freuen sich, einen so hohen Gast willkommen zu heißen, und wir hoffen, dass dein Aufenthalt durch keinen Umstand, keine Pflicht begrenzt ist. Der Palast meines Vaters, des in Gott ruhenden Königs David, ist für dich bereitet. Möge der Herr seine Segenshand über dich und die deinen halten und sei noch einmal willkommen – aus frohem Herzen.«

Der Bote rollte das Schreiben ein und überreichte es Bilkis mit einer tiefen Verneigung. »Ihr könnt gleich mit uns zurückreisen, wir brechen morgen noch vor der ersten Tagesstunde auf.«

13

Im Land Saba und seiner betriebsamen Hauptstadt Maryab ging nach Bilkis' Abreise alles weiterhin seinen gewohnten Gang. Um notfalls schneller verfügbar zu sein, siedelte Menelik in den Königspalast über, was der Wesir mit scheelen

Augen verfolgte, sich aber nicht dazu äußerte. Doch dies war Udwans Stärke seit eh und je gewesen: zu schweigen, auch wenn ihm etwas nicht behagte. Wollte er es ändern, dann begann er im Hintergrund seine Fäden zu ziehen, was ihm umso leichter fiel, da er auf die Unterstützung des sesshaften Stammes Sumay bauen konnte, zu dessen obersten Führern er zählte. Im Fall des Menelik unterließ er jede Einflussnahme, denn es war ja nur rechtens, dass der Hohe Priester – quasi als Mitregent eingesetzt – den Palast seiner abwesenden Schwester bewohnte.

Udwans stets glimmender Ehrgeiz erhielt durch die Abwesenheit der Königin neue Nahrung und begann aufzuflammen. Langsam nahm ein Gedanke Gestalt an, der etwas Verwegenes an sich hatte, bei entsprechender Vorsicht und unter gewissen Umständen jedoch durchaus zu verwirklichen war. Gerade heraus gesagt: Udwan suchte nach einem Weg, um seinen Sohn Manheb zum König, vielleicht sogar zum Mukarrib zu machen, der Hoher Priester und König in einer Person war. Für ihn bedeutete es auch, die alten Zustände wieder herzustellen, und nicht wenige würden ihn dabei unterstützen. So ungewöhnlich war es ja nicht, was er vorhatte. In der Palastbibliothek war er schnell auf einige Fälle gestoßen, da in einigen Nachbarländern sich der Wesir des Thrones bemächtigt oder den König durch einen ihm genehmen Strohmann ausgewechselt hatte. Vielleicht war es doch ein Fingerzeig der Götter, die nach Hadad den Thron von Saba vorerst seiner Tochter übergeben hatten. Gleich nach des alten Königs Tod wäre eine gewaltsame Thronübernahme durch den Wesir vielen als Hochverrat erschienen – aber jetzt?

Der Weg zum Thron führte im Wesentlichen über drei Hürden. Erstens einmal musste Manheb dazu bereit sein und sich mit all seinen Kräften dafür einsetzen. Das zweite und wohl das Haupthindernis war Menelik. Ging er auf den Vorschlag, sich wieder auf sein Hohepriesteramt zu beschränken, nicht ein, musste er beseitigt werden. Tat er es doch, musste Manheb sich König nennen und konnte später – wenn der kränkelnde Menelik starb – als Mukarrib auftreten. Das dritte Hindernis, nämlich die Königin selbst, erschien Udwan als leichter zu beseitigen. Saß Manheb einmal auf dem Thron, war auch der Heerführer Dakar bereit, dem neuen Herrn zu dienen. Bilkis müsste dann durch Boten über die neue Lage unterrichtet und für abgesetzt erklärt werden. Wenn sie klug war, würde sie am Hof Salomos um Asyl bitten und den Rest ihrer Tage dort verbringen. War sie es nicht und wollte zurückkehren, so musste ihre Karawane an geeigneter Stelle überfallen und sie selbst getötet werden.

Um diese Vorgänge einzuleiten, würde ein gefälschtes Schreiben der Königin öffentlich bekannt gemacht werden, in dem sie Manheb, noch ehe sie heirateten, zum König erklärte. Die Entfernung von etwa einem halben Jahr für Hin- und Rückreise kam seinen Plänen zugute und am Ende konnte man Bilkis vor vollendete Tatsachen stellen.

Udwan war gerade dabei, in seinem Kopf vorzubereiten, was er nach und nach in die Tat umsetzen wollte, als ein sehr überraschendes Ereignis allem eine andere Richtung gab.

Wäre Bilkis im Land geblieben, so hätte sich die Sippe, der Gaylan als Sohn Karibs und Enkel des Königs Hadad angehörte, mit der Lage abgefunden und seine Abstammung wäre in Vergessenheit geraten. In den Augen gewisser Menschen entstand durch die lange Abwesenheit der Königin jedoch ein gewisses Machtvakuum. Menelik wollte nicht und Udwan konnte nicht König werden; es war schon schlimm genug, dass das altehrwürdige Amt eines Mukarrib unter Bilkis erloschen war.

Gaylan aber, mittlerweile zwölf Jahre alt und damit fast volljährig, sah dem verstorbenen König auf fast lächerliche Weise ähnlich und war durchaus bereit, als Mukarrib das Land Saba zu regieren. Konnte ein Zwölfjähriger überhaupt so weit denken? Natürlich nicht, andere dachten für ihn und redeten es ihm so lange ein, bis er glaubte, er sei selbst darauf gekommen und es sei sein fester Wunsch und Wille, dem Großvater im Amt eines Mukarrib nachzufolgen. Dazu brauchte es keiner großen Änderungen. Menelik konnte und sollte Hoher Priester bleiben und Udwan musste beseitigt oder zumindest gezwungen werden, seinem Sohn im Amt des Wesirs Platz zu machen. Die Königin? Da trafen sich ungewollt und ungeahnt die Vorstellungen eines Udwan mit denen der Gaylan-Sippe. Bilkis sollte durch Boten ihre Absetzung mitgeteilt werden und wenn sie es vorzog, zurückzureisen, um ihren Thron zu behaupten, musste sie unterwegs gestellt und beseitigt werden.

Was, wie zuvor schon erwähnt, langsam in Udwans Kopf Gestalt annahm, war in Form eines Umsturzplanes bei der Gaylan-Sippe schon weiter fortgeschritten. Da die Sippe dem Stamm der Amir angehörte, fand der Plan überraschend schnell Anklang, vor allem deshalb, weil Udwan als Angehöriger des sesshaften Sumay-Stammes verhasst und Menelik als Schwächling verachtet waren. Dass er den Thron ausgeschlagen hatte, wurde von vielen als unverzeihliche Nachgiebigkeit angesehen. Die Amir – überwiegend Nomaden – fühlten sich schon längere Zeit erniedrigt und von den Sesshaften mit Spott und Häme angesehen. Da nun ein Mitglied ihres Stammes durch gnädige Fügung der Götter zugleich Enkel des letzten Mukarrib war, erschien es ihnen wie eine Verpflichtung, den jungen Mann auf den Thron von Saba zu bringen. Zudem war nicht vergessen, dass Bilkis Gaylans Vater Karib samt seinen Anhängern hatte niedermetzeln lassen. Die meisten der davon betroffenen Familien waren sofort bereit, am Umsturz mitzuwirken.

Gaylan gegenüber stellte man seinen Vater als Märtyrer für eine gerechte Sache hin, die nun zu vollenden der Sohn aufgerufen sei. Die einflussreichen Männer um Gaylan hatten aus dem Fall Karib die Lehre gezogen, dass ohne Rückhalt in der Armee an einen Umsturz nicht zu denken war. Dakar war loyal und konnte erst gewonnen werden, wenn Gaylan fest auf dem Thron saß. Zum Glück bestand über die Hälfte der von ihm befehligten Truppe aus Männern des Amir-Stammes, die als rauflustige Nomaden weit besser zum Kriegshandwerk taugten als die Sesshaften, von denen sich größtenteils überzählige Söhne, besitzlose Waisen oder arbeitsscheue Raufbolde zum Waffendienst meldeten. Von den acht unter Dakar dienenden Hauptleuten kamen fünf aus Nomadenstämmen und vor allem diese mussten für den Plan gewonnen werden. Dabei kam den Verschwörern zugute, dass in der Truppe eine Herkunft aus Nomadenkreisen als zweitrangig galt und ein windiger Tagedieb aus dem sesshaften Sumay-Stamm sich um vieles besser dünkte. Ohne zu behaupten, die Verschwörer hätten deshalb ein leichtes Spiel gehabt, lässt sich doch sagen, dass sie auf wenig Widerstand stießen, wenn sie erwähnten, dass der gedachte neue Mukarrib zur Hälfte – von seiner Mutter her – aus einem Nomadenstamm kam und er diesen Teil seines Volkes mit anderen Augen sehen würde als seine Vorgänger.

Dakar, außerhalb seiner Aufgaben als Heerführer nicht gerade schnell von Begriff, horchte auf, als einer seiner Hauptleute ihm von Feststellungen berichtete, die er kürzlich machen konnte.

»Du weißt, Herr, dass ich nicht viel darauf gebe, was am Abend an den Lagerfeuern so dahergeredet wird. Da werden mit Worten Schlachten gewonnen, Länder erobert, Könige gestürzt und es ist bekannt, dass dem fast niemals Taten folgen. In der Regel ist es so, dass diese hitzigen Wortgefechte auch nicht verstummen, wenn ein Vorgesetzter vorbeigeht, denn die Männer nehmen ihr eigenes Gerede nicht besonders ernst und lachen nur gutmütig, wenn man sie nach Einzelheiten fragt. Gerade deshalb stimmt es mich bedenklich, dass in letzter Zeit fast nur noch ein Thema behandelt wird und die Männer sofort verstummen, wenn sich ein Vorgesetzter nähert. Ich tat, als merkte ich es nicht, versteckte mich gestern nach Einbruch der Nacht hinter einem Zelt und spitzte die Ohren. Ich kann dir bei dem Durcheinandergerede keine Einzelheiten nennen, aber eines klang doch deutlich heraus: Da scheint es einen gewissen Gaylan zu geben – fast schon mündig –, den eine bestimmte Gruppe aus dem Amir-Stamm zum Mukarrib erheben will.«

Dakar riss die Augen auf und rief: »Was sagst du da? Aber dieser Gaylan müsste doch ... nein, berichte mir weiter!«

»Ich weiß, was du fragen wolltest. Ja, Gaylan ist der Sohn jenes Karib, den König Hadad als Kronprinz mit einer Küchenmagd gezeugt hat. Alle Welt weiß, wie Karib endete, dass aber unsere gutherzige Königin seine beiden Söhne, anstatt sie zu töten, in die Sklaverei verkauft hat, scheint sich jetzt zu rächen. Gaylan wurde von seiner Sippe zurückgekauft, erhielt seinen jetzigen Namen und soll inzwischen dem verstorbenen Mukarrib so ähnlich sehen, dass es allen, die unseren alten König kannten, die Rede verschlägt.«

Dakars Gesicht war hart geworden. »Hast du den Eindruck, dass diese Leute versuchen, bei der Truppe Stimmung für Gaylan zu machen?«

»Das ist nicht mehr zu übersehen ...«

Noch am selben Tag bat Dakar den Wesir zu einem Gespräch. Udwan konnte bei der Gewährung von Audienzen recht zögerlich sein und die Leute oft tagelang warten lassen, doch den Heerführer empfing er sofort. Ohne eine Miene zu verziehen oder irgendwelche Zwischenfragen zu stellen, hörte er sich dessen Bericht ruhig an. Doch unter seinen weiten Ärmeln knetete er aufgeregt seine Hände und das leise Knacken seiner Finger war deutlich zu hören.

»Dem muss natürlich schnell ein Ende gemacht werden; aber wir werden anders vorgehen als im Fall Karib. Freilich ist man manchmal gezwungen, solche Umsturzversuche durch ein Blutbad zu beenden, aber in diesem Fall machen wir es anders. Wir werden herausfinden, wo dieser Gaylan lebt und wie er aussieht. Dann muss er in einen Hinterhalt gelockt und beseitigt werden. Das ist in großen Zügen mein Plan, der sich in den Einzelheiten nach dem richten wird, was wir herausfinden. Hast du zuverlässige Spitzel, die aus einem Nomadenstamm kommen?«

Dakar dachte nach. »Ich muss das in Ruhe durchdenken, um ja keinen Fehler zu machen, und lasse es dich bald wissen.«

Udwan nicke. »Viel Zeit bleibt uns nicht. Ich werde noch heute den Hohen Priester über die Lage unterrichten.«

Menelik zeigte sich überrascht und empört.

»Ich verstehe diese Leute nicht! Kaum ist die Königin außer Landes, missbrauchen sie ein halbes Kind für ihre üblen Zwecke. Eines gleich vorweg: Ich will nicht, dass dem Jungen etwas geschieht! Schafft ihn irgendwo hin, aber seinen Tod dulde ich nicht!«

Menelik hatte sich so erregt, dass Schweiß auf seine bleiche Stirn getreten war. Udwan überlegte blitzschnell. Wenn er an seine eigenen Pläne dachte, dann wäre es unklug gewesen, Menelik gegen sich aufzubringen.

»Wie soll das gehen – ihn irgendwo hinschaffen? Sie haben Gaylan aus der Sklaverei zurückgeholt, sie werden wieder versuchen, ihn aufzuspüren.«

Meneliks Gesicht verschloss sich.

»Dann lasse dir etwas einfallen!«

Schon auf dem Rückweg ins Zeltlager wusste Dakar, dass für diese Aufgabe vor allem einer infrage kam: sein Unterführer Iglum, der aus einer verarmten Hirtenfamilie kam und sich im Heer durch großen Fleiß hochgedient hatte. Der Mann war mit einer wohlhabenden Witwe verheiratet, besaß einen Sohn und zwei Töchter und hatte jede Verbindung zu seinem Stamm abgebrochen. Er hielt zu den Sesshaften, zählte sich und seine Familie zum Sumay-Stamm und jeder, der sich mit ihm gut stellen wollte, vermied eine Anspielung auf seine wahre Herkunft. Mit Dakar verband Iglum ein besonderes Vertrauensverhältnis und es bestand gute Aussicht, dass er nach Ausscheiden einer der älteren Hauptleute dessen Stellung übernehmen würde.

Darauf kam Dakar nun zu sprechen und sicherte Iglum per Handschlag zu, seine Beförderung voranzutreiben, wenn er sich bei einer gewissen Aufgabe bewähren würde. Wie bei allen Konvertiten betrachtete auch Iglum seine frühere Stammeszugehörigkeit mit Hass und Verachtung. Er hätte alles getan, um zu beweisen, dass er mit Haut und Haaren, Herz und Verstand zu den Sesshaften gehörte, und nun ergab sich eine Möglichkeit, dies zu bezeugen.

Er sammelte einige zuverlässige Männer um sich, von denen keiner eine Bindung irgendwelcher Art zu den Nomadenstämmen hatte. Sie hatten den Auftrag, von der Stadtmiliz verfolgte Flüchtlinge zu spielen, um im Stammesgebiet von Gaylans Familie Schutz zu suchen. Gerade den Nomaden war der Gast heilig und wenn es ihnen gelang, dort Vertrauen zu erringen oder sich gar durch Heirat in den Stamm einzuschleichen, dann würden sie auch erfahren, wo Gaylan sich aufhielt. Drei der Männer scheiterten bei dieser Aufgabe, einer verlor dabei sein Leben, doch zweien gelang es, sich einzugliedern, und einer fand heraus, wo Gaylan lebte.

Dakar überstürzte nichts. Er erreichte Iglums Beförderung zum Hauptmann, stellte einen Spähtrupp zusammen, der Gaylans Gewohnheiten tagelang beobachtete. Eines Nachts – es war Regenzeit – drangen sie in Gaylans nässetriefendes Zelt ein, töteten die beiden Wachen, fesselten und knebelten den vor Angst zitternden Jungen und brachten ihn zum Heerführer. Dakar dachte so angestrengt nach, dass ihn sein Kopf schmerzte. Was erwartete Udwan von ihm? Da er sich nicht schlüssig werden konnte, ging er in den Palast und erstattete Bericht.

Udwan nickte. »Gut gemacht, Dakar. Leider ist Menelik der Ansicht, dass Gaylan nicht getötet werden darf, womit aber ich nicht einverstanden bin.«

»Hast du es ihm gesagt?«

»Ich habe ihn gewarnt.«

»Was sollen wir tun?«

»Wir müssen uns beide heraushalten; es darf nicht der geringste Verdacht entstehen, dass wir seinen Tod verursacht haben. Am besten wäre es, wir lassen ihn auf der Flucht umkommen.«

Dakar dachte nach. »Da gibt es mehrere Möglichkeiten ...«

»Wähle eine davon aus und erstatte uns Bericht – mir und Menelik. Und noch eines: Denke darüber nach, welchem Umstand wir diese Zustände zu verdanken haben.«

»Sage es mir.«

»Solange kein Mukarrib auf dem Thron sitzt, wird es immer wieder Stimmen geben, die sich einen herbeiwünschen. Gaylan ist dazu nicht geeignet, weil dadurch die Nomadenstämme zu großen Einfluss bekämen. So viel für jetzt. Später werden wir nochmals darüber reden.«

Dakar dachte den Gedanken weiter. Mochte Udwan Recht haben, dass es immer wieder zu Unruhen kommen würde, solange nicht wie früher ein Priesterkönig in Saba herrschte – wo aber einen hernehmen? Gaylan war zu jung und seiner Herkunft wegen nicht geeignet. Der kranke Menelik hatte es ein für alle Mal abgelehnt und Bilkis konnte als Frau kein Mukarrib werden. Vielleicht zielt er selbst darauf ab? Da musste er gleich den Kopf schütteln. Udwan – nein, der war mit Leib und Seele Wesir, hatte das Amt vom Vater übernommen und würde es an seinen Sohn weitergeben. Aber Manheb war doch mit Bilkis verlobt und nach ihrer Rückkehr wird sie ihn heiraten müssen. Wieder tauchten Zweifel auf. Müssen? Eine Königin muss gar nichts, wenn sie nicht will oder ihre Meinung geändert hat. Und überhaupt: Was geht mich das an? Ich habe einen Eid auf Bilkis Balmaka geleistet und solange sie lebt, werde ich ihn halten. Punktum! Damit war der Heerführer Dakar jedes weiteren Nachdenkens enthoben.

Sie hatten Gaylan in einem hohen Gefängnisturm unterhalb des Königspalastes festgesetzt. Der Junge fühlte sich von allen im Stich gelassen, hatte gedacht, die Mehrheit des Volkes stünde bereits hinter ihm, hatte allem Glauben geschenkt, was man ihm eingeflüstert hatte. Bei seinem Vater Karib, so wurde ihm versichert, habe man vieles falsch gemacht, sei auf ein Versprechen der Königin eingegangen, die dann am Ende gezeigt hatte, was sie tatsächlich war: eine falsche heimtückische Schlange, stets bereit, ihr tödliches Gift zu verspritzen. Vermutlich war diese Festnahme nur ein bedauerlicher Irrtum gewesen, vielleicht sogar zu seinem Schutz geschehen? Er fasste wieder Mut, schöpfte neue Hoffnung, als ihn die Wächter mit aller Ehrerbietung behandelten.

Am Abend des zweiten Tages kam einer herein, legte schnell den Finger vor den Mund und holte unter seinem weiten Gewand ein gerolltes Seil hervor.

»Sie werden dich umbringen!«, zischte ihm der Mann ins Ohr. »Deine Leute haben das Seil eingeschmuggelt, du musst fliehen.« Er deutete auf das kleine Südfenster neben dem Loch der Latrine. »Da hinaus und dann weiter zum Kanal. Dort triffst du auf Helfer. Warte aber, bis es dunkel geworden ist.«

Noch ehe er etwas fragen konnte, war der Mann verschwunden. Gaylan atmete auf. Sie hatten ihn doch nicht vergessen! Wahrscheinlich standen die Gefängniswärter ohnehin auf seiner Seite und wollten sich später, wenn er auf dem Thron saß, nicht nachsagen lassen, sie seien gegen ihn gewesen.

Er ging zum Fenster und schaute hinaus. Ziemlich hoch ... Ob der Strang auch bis zum Boden reichte? Doch sein Lebenswille überwand schnell die Angst und kaum war es dunkel geworden, knüpfte er das Seil an den metallenen Haken, der die Fensterläden festhielt. Er warf es hinab, hörte es aufschlagen, biss die Zähne zusammen und zwängte seinen schon recht kräftigen Körper durch die enge Fensteröffnung. An die Festigkeit des Seiles verschwendete er keinen Gedanken, denn seine Freunde und Helfer würden sie gewiss genau geprüft haben. Er klammerte sich fest, klemmte den Strick zwischen seine Schenkel und ließ sich langsam in die Tiefe gleiten. Nach etwa einem Drittel spürte er einen leisen Ruck, hielt erschreckt inne und noch ehe er seine Lage erfasst hatte, stürzte er, sich mehrmals überschlagend, ins Tiefe. Auf dem steilen, mit Geröll bedeckten Hang brach er sich das Genick. Als sie ihn am nächsten Morgen fanden, hielt er das Seil noch immer mit beiden Händen fest umklammert.

Udwan atmete auf. Der Weg für Manheb war frei, aber nicht einfach zu begehen. Da bedurfte es einer Reihe von Vorbereitungen und ihn schwindelte, als er daran dachte. Als Erstes musste er Menelik von Gaylans Tod benachrichtigen, doch das schien ihm noch am leichtesten.

Buch II

1

Wenn Salomo an diesem sonnigen Spätsommertag die Königin von Saba mit aller Pracht und Macht empfangen hatte, so war dies verschiedenen Umständen zu verdanken. Weniger ging es dabei um die Pracht, die er an seinem Hof schon gleich zu Anfang entfaltet hatte, sondern um die Macht, deren königliches Auftreten in einem martialischen Gepränge ihren Ausdruck fand. Nachdem Salomo dem Heerführer Benaja versprochen hatte, sein Heer zu vergrößern, nahm er diese Aufgabe sofort in Angriff, sah aber bald, dass es allein damit nicht getan war. Nicht zuletzt war es Mirjam, seine ägyptische Gemahlin, die ihn darauf brachte, seiner Armee eine Streitwagentruppe anzugliedern.

»Auch bei uns hat es die zweirädrigen Kriegswagen lange nicht gegeben. Ich glaube, es waren die Churriter, die sie nach Ägypten brachten, und später ließen sich die Pharaonen auf Tempel- und Palastwänden feiern, wie sie mit ihren Wagen ins Heer der Feinde einbrachen. Du kennst das nicht, aber der Anblick eines aufrecht im Streitwagen stehenden Königs ist nicht weniger majestätisch, als säße er auf dem Thron – eine Freude für dein Volk!«

Damit rannte Mirjam bei Salomo offene Türen ein. Schon damals, als er mit den Ägyptern die Städte der Pelistim berannte, konnte er eine neidvolle Regung nicht unterdrücken, wenn Pharao Siamun, angetan mit der blaugoldenen Chepresch-Krone, dem Kriegshelm der ägyptischen Könige, sich von seinem golden funkelnden Streitwagen zu ihm herabbeugte.

Am Ende waren es nicht kriegerische Gedanken, die Salomo veranlassten, eine Truppe von eintausendvierhundert Streitwagen aufzustellen, von denen jeder mit drei Mann *peraschim* besetzt war – dem Wagenlenker, dem Kämpfer mit Bogen und Schwert und dem Schildträger, der sich und die anderen vor feindlichen Einwirkungen abschirmte. Nein, mit Angriffslust oder Eroberungsplänen hatte die Einführung dieser Wagen nichts zu tun, sondern sie sollten nur den Rahmen für Truppenaufmärsche bilden, die etwa bei der Besetzung der tributpflichtigen Städte Salomos Forderungen den nötigen Nachdruck verliehen. Freilich, die Kosten waren hoch, denn jedes dieser aus Ägypten kommenden Fahrzeuge kostete sechshundert Silberstücke im Gewicht von je einem Schekel. Dazu kamen die ebenfalls aus Ägypten, zum Teil auch aus Kilikien eingeführten Pferde, die nicht unter hundertfünfzig Silberstücken zu haben waren.

Diese eintausendvierhundert Streitwagen mit ihrer Besatzung und den Hilfskräften allesamt in Jerusalem unterzubringen wäre ein Unding gewesen, denn dazu fehlten der Platz sowie die Möglichkeit, Mensch und Tier angemessen zu unterhalten. So war nur etwa ein Drittel davon in der Hauptstadt geblieben, die anderen aber auf Städte verteilt, die der König nach strategischen Gesichtspunkten zu Festungen ausgebaut hatte, wie Hazor und Megiddo im Norden, Geser und Bet-Horon im Westen und Tamar im Süden.

Als Salomo, angetan mit dem golddurchwirkten Purpurmantel und der mit nussgroßen Edelsteinen besetzten Zackenkrone, der Königin entgegenzog, tat er dies inmitten seiner Jerusalemer Streitwagentruppe. Bei allen bisherigen Staatsbesuchen – auch wenn es die Fürsten von Tyros, Ammon oder Edom waren – hatte er keinen Schritt aus seinem Palast getan und war ihnen nur aus Achtung vor ihrem Herrscheramt im Thronsaal einige Schritte entgegengegangen. Was war nun der Grund zu dieser Ausnahme, die seinen Hofstaat in nicht geringes Staunen versetzte? Obwohl Salomo es nicht für nötig hielt, diese Ausnahme zu begründen, tat er es dennoch, und zwar ziemlich wortreich.

»Zum einen dürfen wir nicht vergessen, dass Saba gerade

für uns einen sehr wichtigen Handelspartner darstellt, und zum anderen, dass es dort im Süden zum größten und wichtigsten Königreich geworden ist – nicht zu vergleichen mit unseren kleinen Nachbarländern, auch wenn sich deren Herrscher etwas anmaßend als Könige bezeichnen.«

Salomo hatte noch mehr dazu gesagt, doch mit Worten, die nur bereits Gesagtes etwas drehten und wendeten. Was allerdings unausgesprochen blieb, war der Umstand, dass es sich bei diesem fürstlichen Besuch um eine Frau handelte. Salomo hatte sich zeitlebens dadurch hervorgetan, Frauen mit zuvorkommender Nachsicht zu begegnen, und sich bemüht, ihren Wünschen stets gerecht zu werden. Die Götzentempel auf dem Ölberg zeugten davon.

Bilkis hatte lange mit sich gerungen, auf welche Weise sie dem König gegenübertreten sollte. In ihrer Sänfte? Nein, denn dann musste sie aussteigen und auf das Pferd des Königs zugehen. Ob dieser abstieg und ihr entgegenging? Sollte sie ganz verschleiert auftreten oder nur die Haare bedecken? Judith konnte ihr bei diesen Überlegungen wenig helfen, doch eines wusste sie mit Sicherheit und es war ja auch während der Reise hierher zu beobachten gewesen: Die israelischen Frauen, ob Mädchen, Ehefrau oder Witwe, gingen unverschleiert, verbargen – wenn sie verheiratet waren – allenfalls ihre Haare unter einem Tuch, das auch als Schmuck zu verstehen war.

Dazu bemerkte Judith mit Nachdruck: »Eines darfst du hier niemals vergessen, meine Königin: Wenn eine Frau verschleiert geht, zeigt sie damit ihren Beruf als Hure an.«

Gut, das also war geklärt. Wie aber ließe sich erreichen, dass sie dem König auf gleicher Höhe begegnete? Sie beriet sich mit Judith und anderen, wobei sie herausfanden, dass ein weißes Maultier für Priester und hohe Standespersonen durchaus üblich und angemessen war.

»Schließlich bin ich es gewohnt, zu reiten, habe meinen Vater auf zahlreichen Jagdausflügen begleitet – der Bequemlichkeit halber in Männerkleidung.«

Am Ende einigte man sich darauf, dass Bilkis Balmaka im

züchtigen Damensitz auf einem Maultier ritt, das rechts der Hauptmann Yatim und links der Reisemarschall am Zügel führten. So würden sie sich auf gleicher Ebene begegnen, konnten sich begrüßen und würden dann absteigen, um in ein Zelt oder in ein Haus zu gehen. So stellte Bilkis es sich vor, doch es kam dann ein wenig anders.

Als Ort der Begegnung hatte Salomo ein kleines Tal gewählt, etwa eine Tagesreise südlich der Hauptstadt gelegen. Die Natur hatte sich dort selbst übertroffen und etwas geschaffen, das der Vorstellung von einem Garten Eden glich. Von einem steilen bewaldeten Hügel rauschte ein schmaler Bach herab, bildete unten einen lieblichen, von blühenden Sträuchern umrahmten Teich. Einen Teil des Ufers hatte er von Schilf und Schlamm befreien lassen und mit Steinstufen versehen. So konnte man von da bequem ins Wasser gelangen und der König hatte hier so manchen Sommertag mit Freunden müßig verbracht. Nahe am Ufer hatte Salomo ein luftiges Zelt errichten lassen, dessen Boden mit schönen Teppichen und einladenden Polstern belegt war. Als der König vor Jahren bei einem Jagdausflug dieses landschaftliche Schmuckstück entdeckt hatte, hatte er das ganze Gebiet aufgekauft und nannte es seine Königlichen Gärten. Die nach Jerusalem führende Straße lag etwa eine Reitstunde im Osten und dort hatte er eine Bauernsippe angesiedelt, die zugleich eine Wächterfunktion über dieses Gebiet erfüllen musste.

Als Salomo das Nahen der Königin gemeldet wurde, schwang er sich auf sein goldbeschlagenes Fahrzeug und zog ihr – von Reitern und weiteren Kriegswagen umgeben – langsam entgegen. Dann trafen die beiden Gruppen aufeinander. Die jeweilige Begleitmannschaft wich sofort an den Wegrand zurück und bildete eine Gasse, durch die sich Königin und König aufeinander zubewegten.

Salomo hatte den hohen Gast in einer Sänfte vermutet, doch als er sie auf ihrem weißen Maultier sah, sprang er von seinem Wagen, ging auf sie zu und half ihr aus dem Sattel.

Wie dunkel ihre Haut ist, war sein erster Gedanke. Als sie

ihn dann mit ihren schrägen Augen von Kopf bis Fuß musterte, spürte er, dass vor ihm eine Königin stand.

»Du bist genau so, wie ich es mir vorgestellt hatte«, sagte sie.

»Und du bist ganz anders ... Ich hätte niemals vermutet, dass du meine Sprache sprichst, und meine Vorstellung von deinem Gesicht, deiner Gestalt war eher – nein, das gehört nicht hierher. Du bist mein hochgeehrter Gast für eine hoffentlich sehr lange Zeit und ich lade dich fürs Erste zu einem Mahl in meine Königlichen Gärten.«

»Deine Gärten? Jerusalem ist doch noch weit! Hast du hier einen Sommerpalast?«

»Nein, nein, nur ein kleines Paradies und ich freue mich darauf, es mit dir gemeinsam zu genießen.«

Salomo hatte das Pferd eines seiner Begleiter bestiegen, denn es widerstrebte ihm, sie in seinem kriegerischen Gefährt zu begleiten. So ritten sie nebeneinander, während ihr und sein Gefolge respektvoll Abstand hielten.

Auch Bilkis zeigte sich entzückt von dieser zauberhaften Oase, die sich in dem nach beiden Seiten offenen Zelt – im Grunde nur ein Sonnendach – in Ruhe betrachten ließ. Die einfache, aber vorzügliche Mahlzeit konnten sie kaum genießen, denn in beiden hatten sich so viele Fragen angehäuft, dass mehr geredet als gegessen wurde.

Salomo merkte bald, dass Bilkis viele Begriffe, die ins Männlich-kriegerische führten, nicht verstand. Als er von seinen *merkabah* sprach, schüttelte sie leicht den Kopf. Er deutete hinaus, wo einige der Streitwagen standen.

»Diese da ...«

Bald hatte Salomo erfahren, dass Judith die Quelle ihrer Hebräischkenntnisse war, und er hatte ihr anerkennend zugenickt. Der König lachte.

»Das war der erste Teil deines Unterrichts, der nur von Frauensachen handelte. Von mir kannst du den Rest lernen, mit allem, was sich auf die äußere, die Welt der Männer bezieht.«

»Wozu soll das gut sein?«

»Tue es mir zuliebe! Wir wollen schließlich nicht immer in Gegenwart von Übersetzern sprechen, womit ich zuerst gerechnet habe. Niemals hatte ich erwartet, dass du meine Sprache so gut kennst.«

»Nun siehst du, wie ich mich dir zuliebe schon bemüht habe. Gutwillig, wie ich bin, werde ich es weiterhin tun.«

Das schöne Wetter hielt auch bei der Weiterreise an. Salomo hatte vorgeschlagen, ohne großes Aufsehen und Gepränge in Jerusalem einzuziehen.

»Deinen öffentlichen Auftritt können wir veranstalten, wenn du von deinem Wohnsitz, dem Davidspalast, quer durch die Stadt zu meinem Palast ziehst, wo für dich ein großer Empfang bereitet wird.«

»Werden deine Frauen auch dabei sein? Es heißt, dass du siebenhundert von ihnen hast ...«

Salomo lachte auf seine heiter-anmutige Art.

»Was da alles geredet wird! Es werden höchstens an die siebzig sein; ein Teil von ihnen ist alt und stammt noch aus meines Vaters Zeiten. Meine wichtigen Gemahlinnen – also die Mutter meines Thronfolgers, die Prinzessinnen aus Moab, Ammon, Edom, Tyros, Ugarit, nicht zu vergessen die ägyptische Königstochter, werden natürlich zugegen sein.«

Als Bilkis sich im Davidspalast eingerichtet und zur Nachtruhe vorbereitet hatte, fragte Judith sie nach ihrem Eindruck von Salomo, doch die Königin verhielt sich abweisend.

»Ich glaube, es ist noch zu früh, darüber zu sprechen. Die Begegnung war zu kurz, ich habe mir noch keine Meinung gebildet.«

Judith mochte das nicht so recht glauben, doch sie erkannte den Unwillen der Königin und wünschte ihr eine gute Nachtruhe.

Judiths Zweifel waren angebracht, zu einer abschließenden Meinung war Bilkis jedoch tatsächlich noch nicht gekommen. Sie fasste ihre bisherigen Eindrücke vor dem Einschlafen zusammen. Dabei glaubte sie zu erkennen, dass Salomos Vorzüge im Einzelnen bei den ihr nahe stehenden Männern zu finden waren. In ihm entdeckte sie die klugen nachdenklichen Augen ihres Bruders, die Statur – wie ein gespannter Bogen – ihres Vaters, den scharfen, durchdringenden Verstand eines Ptahmose und die kühle Entschlossenheit ihres Heerführers Dakar. Diese kam in einer Bemerkung zum Ausdruck, die er über die tributpflichtigen Nachbarländer machte. Er benötigte dafür nur zwei Sätze.

»Die Streitwagen und mein ansehnliches Söldnerheer dienen dem Frieden – und nur ihm! Sie sind mein erhobener Zeigefinger, der sich zum Schwert wandelt für alle, die meine friedliche Absicht nicht verstehen wollen.«

Bilkis fand diesen Ausspruch großartig, königlich, weise. Sie hatte lange Zeit gehabt, sich von diesem König ein Bild zu formen, und erkannte nun voll Freude, dass es, zumindest bis jetzt, der Wirklichkeit entsprach.

Einen ganz anderen Eindruck hatte Judith von Salomo gewonnen. Während des Mahles in den Königlichen Gärten war sie in Sicht- und Hörweite unter einer Steineiche gestanden und hatte ungewollt das nicht gerade leise Gespräch mit angehört. Auf dem Weg nach Jerusalem konnte sie sein Verhalten weiterhin genau beobachten. Es war ihr aufgefallen, dass dieser König mit seinen Begleitern und Dienern in freundlicher Herablassung verkehrte und sich niemals mürrisch oder ungehalten zeigte, wenn auch manchmal eine leise Gereiztheit nicht zu übersehen war. Wer seine Weisungen nicht gleich verstand, bekam diese Ungeduld zu spüren, doch war sie niemals zornig, sondern eher in Spott gekleidet.

Wenn dieser König stolz war, so wusste er dies so gut zu verbergen, dass es nicht zu spüren war, aber über allem lag ein Hauch von selbstzufriedener Eitelkeit. Als König stand er immer im Mittelpunkt, alle Augen ruhten auf ihm, seiner Umgebung entging nicht die geringste Regung ihres Herrn und Salomo schien dem Rechnung zu tragen – er verhielt sich so königlich, wie alle es von ihm erwarteten.

Nur, wer will schon wissen, ob ein Bild, das wir uns von

anderen Menschen gemacht haben, auch den Tatsachen entspricht? Mit den Dingen um uns herum – ob tot oder lebendig – verhält es sich ebenso. Dem einen bedeutet ein feuriges Pferd die ehrenvolle Aufgabe, dieses edle Tier zu zähmen und gefügig zu machen. Für andere ist es eine Bestie, die um sich beißt und ausschlägt, nur geeignet, sie möglichst schnell und um jeden Preis wieder loszuwerden.

Ein weiteres Beispiel: Betrachten wir einen Edelstein, vielleicht einen schönen blau leuchtenden Lapis, so würde aufs Erste jeder meinen, dass es keinen Menschen gibt, der nicht seine Freude daran hätte. Aber was ist mit dem Sträfling, der zeitlebens dazu verurteilt ist, den Edelstein aus dem Kalkfelsen zu schlagen, und den man auspeitscht, wenn er ein schönes Stück versehentlich zerbrochen hat, oder ihn auf halbe Essensration setzt, wenn er lange keinen gefunden hat? Er wird seine Arbeit und damit den Lapis hassen, solange er lebt.

Nehmen wir den Fall, dass ein Fürst seinem Freund und Vertrauten einen solchen Stein schenkt. Der eine wird ihm eine Goldfassung geben, sein Siegel hineinschneiden lassen und ihn als Geschenk des Königs zeitlebens hoch achten. Einem anderen hingegen bedeutet er nichts, ein Siegel hat er schon und es fehlt ihm die Lust, sich damit zu schmücken. Er wird den Stein heimlich verkaufen oder mit Dingen vertauschen, die ihm lieber und notwendiger sind. Der ägyptische Buchmaler aber erwirbt den Lapis nur, um ihn im Mörser fein zu zerstoßen und die begehrte Ultramarinfarbe daraus zu gewinnen.

Lassen wir es dabei bewenden und belauschen ein Gespräch, das Salomo nach seiner Ankunft am selben Abend mit Merit-Anat, seiner ägyptischen Gemahlin, führte. O nein, sie drängte sich nicht auf, da konnte ihr Herr und Gebieter lange warten, bis sie ihn nach dieser Frau fragte.

Aber das war nicht nötig, er kam gleich von sich aus darauf zu sprechen.

»Du willst natürlich hören, welchen Eindruck die Königin – sie nennt sich Bilkis Balmaka – auf mich gemacht hat?« Das klang wie eine Frage und er schaute Mirjam erwartungsvoll an.

Sie gähnte verhalten, zeigte dabei die Perlenreihe ihrer wunderschönen Zähne und schloss halb ihre graugrünen Katzenaugen. »Wenn du schon selbst darauf zu sprechen kommst …«

Das klang höchst gelangweilt, aber Salomo kannte seine Lieblingsgemahlin gut genug, um zu wissen, dass sie mit Neugierde und Ungeduld seinen Bericht erwartet hatte. Er hatte es nicht sagen wollen, doch es kam wie von selbst heraus.

»Sie ähnelt dir ein wenig, vielleicht sogar mehr, als es auf den ersten Blick zu erkennen ist. Sie ist feingliedrig wie du, hat denselben stolzen aufrechten Gang und ihre Augen stehen wie die deinen etwas schräg.«

Mirjam schüttelte leicht den Kopf. »Jetzt fehlt nur noch, dass ihre Augenfarbe …«

»Nein«, fiel er ihr ins Wort, »das ist eben der Unterschied! Ihre Augen sind schwarz wie eine mondlose Nacht und ihre Haut ist dunkel.«

Mirjam lachte. »Eine schöne Ähnlichkeit! Da muss sie ja aussehen wie ein Mädchen aus dem elenden Kusch, von wo wir unsere Sklaven beziehen.«

»Du musst sie kennen lernen und wirst beim ersten Blick feststellen, dass sie nicht wie eine Sklavin, sondern mit königlicher Würde auftritt. Sie wird sich einige Tage ausruhen, um dann in festlicher Prozession von der Davidsstadt hierher zu ziehen, wo wir ihr im Palast einen königlichen Empfang bereiten werden.«

»Wir? Wer ist damit gemeint?«

»Du, ich, auch Naama, die Spitzen des Hofes – also Sabud, Benaja, Adoniram und natürlich der Hohe Priester Asarja …«

»Mit ihren Frauen?«

»Natürlich! Du weißt ganz genau, dass ich die Frauen von den großen Festen niemals ausgeschlossen habe.«

Mirjam strich seufzend über ihren Bauch, der im fünften Monat ihrer Schwangerschaft schon eine deutliche Rundung zeigte.

»Bin ich in diesem Zustand überhaupt noch präsentabel?«

Er schaute sie verwundert an. »Dieser Zustand, wie du es

nennst, ist ein gesegneter und gewiss kein Grund, festlichen Ereignissen fern zu bleiben.«

Genau das hatte Mirjam vor, doch Salomo sollte es vorerst nicht wissen.

»Ein gesegneter Zustand? Gewiss, besonders in den Augen der Männer, die einen Sohn erhoffen. Die hässlichen Begleiterscheinungen wie Rückenschmerzen, Übelkeit, Harndrang, Kurzatmigkeit, Heißhunger auf Speisen oder auch Abneigung gegen bisherige Lieblingsgerichte und nicht zuletzt die Schmerzen des Gebärens – dies alles bleibt euch erspart, denn Gott der Herr in seiner eindeutigen Männlichkeit hat alle Mühsal den Frauen aufgebürdet. Euch bleibt die schöne Aufgabe des Zeugens und damit könnt ihr in aller Ruhe das Ergebnis abwarten und die Frau noch schelten, wenn sie ein Mädchen zur Welt gebracht hat.«

Salomo schüttelte den Kopf und lächelte nachsichtig. »Von alldem fühle ich mich nicht betroffen. Dass Gott uns Männern die Mühsal des Kinderaustragens erspart hat, ist nicht meine Schuld und du wirst wissen, mit welcher Sorge ich deine bisherigen Schwangerschaften verfolgt habe. Zudem habe ich dir nicht nur einmal versichert, dass ich von dir keinen Sohn erwarte, denn ein gesunder Thronfolger ist da und gerade ich weiß, welchen Ärger mehrere Königssöhne verursachen können.«

»Ich spüre, dass es diesmal einer wird«, sagte sie trotzig.

»Kommt Zeit, kommt Rat.«

2

Mit Judith war auf dieser Reise eine seltsame Wandlung vor sich gegangen. Als der Sklavenhändler sie nach Saba gebracht hatte, hatte sie die Zähne zusammengebissen und sich bemüht, ihre Familie, ihre Heimat, ihre Herkunft – ihr gesamtes bisheriges Leben zu vergessen. Ihr war klar gewesen, dass es nach menschlichem Ermessen keine Möglichkeit gab, jemals nach Juda zurückzukehren. Ihr künftiges Leben musste sie als Sklavin in der Fremde verbringen und fremde Erde würde sie nach ihrem Tod decken. Nun aber hatte Gott sich ihrer erbarmt und ihr Schicksal nicht nur dahin gewendet, dass sie frei geworden war, sondern sie durfte auch ihre Heimat wieder sehen.

Zuerst hatte sie sich darauf gefreut, hatte von Tag zu Tag ungeduldiger auf den Beginn der Reise gewartet. Die frohe Erwartung hatte auch noch angehalten, als sie nach der Rast in Petra die Grenze überschritten und wenig später das Land Juda erreicht hatten. Dann aber – sie wusste nicht, warum – hatte sie eine Unlust erfasst und es machte ihr mehr und mehr Mühe, mit den Menschen ihrer früheren Heimat zu sprechen, ohne eine nicht zu erklärende Abscheu vor diesem Volk und seiner Sprache zu empfinden. Sie beschränkte sich auf kurze schroffe Worte und hatte einige Male sogar auf Sabäisch geantwortet. Ihrer Herrin war dies nicht entgangen und sie fragte danach.

Judith schüttelte nur traurig den Kopf. »Ich kann es nicht erklären. Es ist schon so, dass ich über mich selbst in Zorn gerate, mich eine dumme Gans schelte, anstatt froh zu sein, dass Gott mich meine Heimat wieder sehen lässt. Vielleicht wird es sich ändern, wenn wir in Jerusalem sind.«

Es änderte sich dann tatsächlich, allerdings nicht so, wie Judith es erwartet hatte. Nun machte es ihr nichts mehr aus, mit jedermann Hebräisch zu sprechen, denn ihr Zorn richtete sich jetzt gegen die eigene Familie. Sie konnte es ihrem Vater nicht verzeihen, dass er sie verkauft, aus Habgier das Gesetz gebrochen und die Familienbande zerschnitten hatte. Ihrer Mutter verübelte sie es, ihn nicht davon abgehalten, dem älteren Bruder, ihm nicht sein verbrecherisches Tun vorgehalten zu haben. Vorbei war es mit ihrer Haltung, sich selbst einen Teil der Schuld zuzuschreiben, ohne übrigens zu wissen, worin diese Schuld bestand. Dass sie ein Mädchen war, dass sie die Jüngste war, dass die Nahrung nicht für alle ausreichte – war das ihre Schuld?

All diese Überlegungen mündeten in der Forderung, ihren Vater vor Gericht zu zerren und ihn bestraft zu sehen. Noch vor kurzem wäre ihr ein solches Vorhaben sündhaft, ja blasphemisch erschienen, hatte doch Gott den Familienvater zum Oberhaupt der Familie bestimmt und diese zu unbedingtem Gehorsam verpflichtet. Doch das Leben mit Königin Bilkis Balmaka hatte ihre Meinung zu diesen Dingen von Grund auf verändert. Bilkis war eine Frau und die Männer mussten sich vor ihrem Thron zu Boden werfen. Sie bestimmte das Geschick ihres Landes und Gott ließ zu, dass es wuchs und gedieh.

Noch sah Judith keinen Weg, ihren Vater zur Verantwortung zu ziehen, als ihr plötzlich die hierzulande weit bekannte Geschichte von Josef und seinen Brüdern einfiel, die sie ja – in einem Gespräch mit Bilkis – schon einmal kurz gestreift hatte. Sie setzte sich fest und ging ihr nicht mehr aus dem Kopf.

Am Tag vor dem Empfang im königlichen Palast zeigte Bilkis sich bedrückt und unruhig. Sie fasste Judith am Arm, als müsse sie sich irgendwo festhalten. »Mir ist vor morgen so bang, als ginge es um mein Leben. Dabei bin ich hier ein hochgeehrter Gast, beladen mit kostbaren Geschenken, und werde einem König von gleich zu gleich gegenübertreten ...«

Judith fiel kein rechter Trost dazu ein. »Vielleicht ist es nur, weil Salomo um einiges älter ist und wir Frauen es gewohnt sind, unseren Vätern und älteren Brüdern mit Gehorsam und Respekt zu begegnen.«

Bilkis lächelte schwach. »Mein Vater könnte er zwar nicht sein, dennoch glaube ich, dass du Recht hast, dass dies die Ursache meiner seltsamen Gefühle sein könnte. Also weg damit! Erzählst du mir noch eine Geschichte, ehe wir schlafen gehen? Vielleicht etwas dieses Land und seine Menschen Betreffendes, womit ich Salomo beeindrucken kann. Fällt dir etwas ein?«

Da brauchte Judith nicht lange nachzudenken. »Ja, meine Königin. Noch in Saba habe ich dir versprochen, über die

Geschichte von Josef und seinen Brüdern ausführlicher zu berichten. Erinnerst du dich?«

»Ja, ganz dunkel ... Wenn sie unterhaltsam ist, lasse sie hören.«

»Sie ist unterhaltsam und herzbewegend dazu. Auch eine traurige Geschichte, weil sie die Niedertracht von Menschen innerhalb der eigenen Familie zeigt, zugleich aber erfreulich, da sie glücklich endet.«

Bilkis kuschelte sich tiefer in ihre Polster. »Wenn ich während deines Berichtes einschlafe, weißt du, dass die Geschichte nicht nur herzbewegend, traurig und zugleich erfreulich ist, sondern auch langweilig.«

Judith lachte. »Du wirst nicht einschlafen, meine Königin. Niemand weiß, wie weit dieses Geschehnis zurückliegt, vielleicht zweihundert, vielleicht drei- oder vierhundert Jahre. Möglicherweise ist es gar nicht so lange her, weil so viele Einzelheiten berichtet werden.

Es geht um Jakob, einen der Stammväter unseres Volkes, der in Kanaan lebte. Sein jüngster Spross hieß Josef, war sein Lieblingssohn, der ihm über alles berichtete, was die älteren Brüder so trieben. Diese ahnten es, neideten ihm die Liebe des Vaters und hassten ihn schließlich so sehr, dass sie beschlossen, ihn zu beseitigen. Dem Vater wollten sie die Lüge erzählen, ein Raubtier habe ihn getötet, und so befleckten sie Josefs Gewand mit dem Blut einer geschlachteten Ziege, ihn selbst verkauften sie an einen Sklavenhändler für zwanzig Silberstücke. Jakob war außer sich vor Kummer, als seine Söhne ihm die Lügengeschichte erzählten, und auch seinen Frauen und Töchtern gelang es nicht, ihn zu trösten. Der Sklavenhändler aber brachte Josef nach Ägypten und verkaufte ihn dort an Potiphar, den Obersten der königlichen Leibwache. Durch Fleiß und Geschick brachte Josef es dort zum Verwalter von Potiphars gesamtem Besitztum, bis dessen Gemahlin ein Auge auf den jungen Mann warf und ihn verführen wollte. Als ihr das nicht gelang, klagte sie ihn der versuchten Notzucht an, was Potiphar so empörte, dass er ihn sofort einkerkern ließ.

Josefs Geschick, mit Menschen umzugehen, brachte ihm bald Vorteile; bei seinen Mitgefangenen machte er sich mit Traumdeutungen beliebt. Als einige seiner Vorhersagen eintrafen, drang sein Ruf bis zum Pharao, der in dieser Zeit einen beunruhigenden Traum gehabt hatte, den er einfach nicht vergessen konnte. Da holte man Josef aus dem Gefängnis, zog ihm gute Kleider an und brachte ihn vor den König, der sofort mit seinem Bericht begann.

›In meinem Traum stand ich am Ufer des Nils und sah sieben fette Kühe aus dem Wasser steigen. Nach ihnen aber kamen sieben magere und hässliche an Land. Da erwachte ich vor Schreck, schlief aber bald wieder ein und nun sah ich auf einem Feld einen Getreidehalm stehen, der sieben schöne volle Ähren trug. Daneben schoss plötzlich ein anderer aus dem Boden mit sieben völlig vertrockneten Ähren, der die schönen und vollen wie ein Raubtier verschlang. Was konnte das nur bedeuten?‹

Josef dachte nach und sagte dann: ›Damit hat Gott dir gezeigt, was er plant, und beide Träume sind im Grunde ein einziger und bedeuten dasselbe, nämlich sieben fette und fruchtbare Jahre für dein Land, gefolgt von sieben mageren.‹

Der Pharao nickte mehrmals. ›Ja, so könnte es kommen, aber was soll ich dagegen tun?‹

›Erwähle dir einen tüchtigen und verständigen Mann, der in deinem Namen in den kommenden guten Jahren den fünften Teil aller Ernten einziehen und lagern soll. Dies wäre dann der Vorrat für die sieben mageren Jahre und niemand müsste verhungern.‹

Der Pharao ernannte Josef zu seinem Stellvertreter und alles kam so, wie er es vorhergesagt hatte. Als Josef sein Amt übernahm, war er dreißig Jahre alt und für ihn begann eine glückliche Zeit. Er heiratete die Tochter eines hohen Hofbeamten, die ihm zwei Söhne gebar. Auch wenn Josef den Gott seiner Väter nicht vergessen hatte, so war aus ihm doch ein Ägypter geworden.

Die von Josef gespeicherten Vorräte für die sieben mageren

Jahre bewahrten Ägypten vor einer Hungersnot, die allerdings einige der Nachbarländer heimsuchte. Als Jakob in Kanaan erfuhr, dass es in Ägypten Getreide zu kaufen gab, sandte er seine Söhne dorthin. Nur Benjamin, seinen Jüngsten, behielt er zu Hause.

Josef, die rechte Hand des Pharao, pflegte von Zeit zu Zeit die ausländischen Bittsteller zu überprüfen und als seine Brüder vorsprachen, erkannte er sie sogleich. Ihn aber, der zu einem erwachsenen Mann gereift war und ägyptische Kleider, eine Perücke und den Schmuck der Vornehmen trug, erkannten sie nicht. Josef fragte sie barsch nach dem Woher und dem Wohin, ließ ihnen kaum Zeit zu einer Antwort und fuhr sie schroff an:

›Ihr seid Spione und wollt euch hier umsehen!‹ Da widersprachen sie heftig, bemerkten, nur Getreide kaufen zu wollen, denn sie seien alle Brüder und im Auftrag ihres Vaters hier. Wie viel sie seien? Mit Benjamin zwölf, doch der sei zu Hause geblieben und ein weiterer sei schon vor vielen Jahren gestorben.

Josef tat, als glaube er ihnen nicht, und ließ sie ins Gefängnis werfen. Nach drei Tagen kamen sie unter der Bedingung frei, beim nächsten Besuch ihren jüngsten Bruder mitzubringen und eine Geisel zurückzulassen. Sie losten dafür Simeon aus und kehrten mit vollen Säcken nach Kanaan zurück. Als sie die Säcke öffneten, fanden sie darin das Silber ihres Kaufpreises zurückerstattet. Niemand konnte sich das erklären und der Vater meinte, vielleicht sei es ein Versehen gewesen. Da die Hungersnot in Kanaan anhielt, reisten sie ein zweites Mal nach Ägypten und Benjamin, der jüngste Bruder, war auch dabei.«

Da unterbrach Bilkis den Erzählstrom. »Das ist ja alles recht bewegend, dennoch hätte ich es mir kurzweiliger gewünscht. Geht es bald dem Ende zu?«

»Du bist müde, meine Königin. Soll ich morgen weitererzählen?«

»Nein, nein, ich möchte schon wissen, wie es ausgeht, aber kürze es ein wenig ab.«

»Ja, meine Königin.

Beim zweiten Besuch wurden sie von Josef festlich empfangen und üppig bewirtet. Wieder durften sie mit vollen Getreidesäcken und ihrem erlassenen Kaufpreis heimwärts ziehen, doch Josef hatte dem Benjamin einen wertvollen Silberbecher ins Gepäck mogeln lassen. Kaum waren sie aus der Stadt, schickte er Bewaffnete aus, die den Becher fanden und sagten, der Dieb müsse nun Josefs Sklave werden, die anderen aber dürften nach Hause reisen. ›Nein!‹, rief Juda, ›das können wir unserem Vater nicht antun! Seine Mutter war Jakobs Lieblingsfrau und Josef, ihr anderer Sohn, kam durch Raubtiere um. Wenn wir ohne Benjamin zurückkehren, wird unser Vater sofort tot umfallen.‹

Die anderen Brüder stimmten in die Klage ein und flehten um Gnade. Da gab Josef sich zu erkennen, sagte, er habe ihnen längst verziehen, weil er in seinem Schicksal das Wirken Gottes erkenne, der nicht zulasse, dass die Familie zugrunde gehe. Er forderte sie auf, die gesamte Sippe in Ägypten anzusiedeln, denn es kamen noch fünf magere Jahre und unter seinem Schutz würden sie diese schlimme Zeit gut überdauern. So geschah es dann auch, doch Josef blieb zeitlebens im Dienst der ägyptischen Könige. Nach Jakobs Tod fürchteten seine Söhne, Josefs Rachedurst könne nun, da der Vater gestorben sei, wieder aufleben. Sie warfen sich vor ihm auf die Erde und boten sich als Sklaven an. Doch Josef sagte nur, zwar hätten sie Böses mit ihm vorgehabt, doch Gott habe es zum Guten gewendet und das verbiete ihm jedes Rachegelüst.«

Judith schwieg, sah, dass Bilkis nicht eingeschlafen war, sondern sie mit wachen Augen fragend ansah.

»Warum hast du gerade diese Geschichte gewählt? Gibt es dafür einen Grund?«

Judith richtete sich auf und sagte mit fester Stimme: »Ja, meine Königin, es gibt einen. Ich finde in diesem Begebnis eine große Ähnlichkeit mit meinem Schicksal.«

Nun richtete sich auch Bilkis auf. »Das musst du mir schon genauer erläutern.«

»Gerne. Zwar haben mich nicht meine Brüder verraten und verkauft, doch sie hätten beim Vater Einspruch gegen seinen üblen Plan erheben müssen. Wie Josef wurde ich in die Sklaverei verkauft und wie er war ich für meine Familie gestorben. Als ihn Gottes schützende Hand zum Pharao führte, erging es mir ähnlich, denn auch ich kam in königlichen Dienst und wurde frei wie er. Wenn Josef mit den von ihm angelegten Getreidevorräten dem Pharao nützlich war, so war ich es dir mit meinen Kenntnissen der hebräischen Sprache.«

»Ja, es mag schon stimmen, die Ähnlichkeiten sind da, aber Josefs Geschichte ist schon vor Jahrhunderten zu Ende gegangen, doch du steckst in deiner noch mittendrin. Wie soll es bei dir weitergehen?«

»Ja, wie wird es weitergehen ...«, sagte sie versonnen und blickte hinaus auf den Dachgarten, wo schon die Nacht ihre schwarzen Schwingen entfaltet hatte.

»Ich bin in deinem Dienst, meine Königin, kann und will mich nicht mit dem mächtigen Josef vergleichen. Andererseits wünschte ich mir schon, ich könnte meinen Vater hierher zitieren und ihn vor des Königs Gericht stellen. Er, der annehmen muss, ich sei irgendwo in einer fremden Sklaverei zugrunde gegangen, soll mich in meiner heutigen Stellung sehen, in Freiheit und als deine vertraute Dienerin. Natürlich würde er mich sofort wieder erkennen, denn seither sind kaum zwei Jahre vergangen. Ja, er soll mich wieder erkennen, soll sehen, wie Gott seinen niederträchtigen Plan ins Gegenteil verkehrt hat, soll spüren und begreifen, dass sein schändliches Tun Gottes Missfallen erregt hat und bestraft gehört – hart bestraft!«

Judith hatte sich in Zorn geredet, auf ihren Wangen war eine feine Röte erschienen, die dunklen Augen flammten.

»Ich bin eine Frau und verstehe dich«, sagte Bilkis ruhig. »Aber du musst auch die andere Seite sehen. Vielleicht war dein Vater wirklich in Not, vielleicht konnte er seine Familie nur erhalten, indem er dich opferte.«

Judith lachte bitter. »Und damit seine Familie tatsächlich

zerstörte! Die Gefühle meiner Mutter und meiner älteren Schwester haben ihn nicht gekümmert. Ihm war es wichtiger, durch meinen Verkauf seinen Viehbestand und damit sein Ansehen zu erhalten. Ach, meine Königin, wenn ich mir all das vor Augen halte, bin ich überglücklich, dir und nicht einem Mann zu dienen.«

Bilkis fasste sie am Arm und strich sanft über ihr Haar.

»Lass es jetzt gut sein, Judith. Vielleicht würde sich Salomo sogar mit dem Fall befassen, doch ich fürchte, es geschieht nur zu häufig, dass Eltern ihre Kinder in die Sklaverei verkaufen. Das ist leider in vielen Ländern alltäglich geworden und wird sich wohl so schnell nicht ändern. Wenn du dein Schicksal schon mit dem des Josef vergleichst, dann nehme dir auch ein Beispiel an seinem Verhalten. Er hat seinen Brüdern verziehen, weil er Gottes Plan erkannte, seine Familie zu erhalten. Was wäre gewesen, hätte dein Vater dich nicht verkauft? Sie hätten dich mit einem Mann deines Stammes verheiratet; dein Alltag wäre Mühe und Plage gewesen und ein von vielen Geburten schnell verbrauchter Körper. Doch schaue dich jetzt an! Du bist so frei, wie eine Frau es nur sein kann, dienst in bevorzugter Stellung einer Königin. Würde ich in Maryab bekannt geben, dass du einen Ehemann suchst, so würden die Bewerber vor dem Palast Schlange stehen.«

Da musste Judith lachen und sie tat es auf ihre dunkle raue Art.

Eine Schönheit ist sie gerade nicht, dachte Bilkis mit gerührter Zuneigung, viele Männer würden sie jedoch allein deshalb begehren, weil sie – wie man so sagt – das Ohr der Königin hat.

»Wir wollen uns zur Ruhe legen ...«

Judith nickte, stand auf, löste das Haar der Königin und half ihr aus den Kleidern. Bilkis deutete auf den Vorhang, der sich unter den sanften Stößen des Nachtwindes wölbte und einzog, als atmete er.

»Weißt du, dass wir hier an bedeutsamer Stätte wohnen?«

»Muss mich das kümmern?«

»Ich glaube schon, da du ja so gut über die Geschichte deines Landes Bescheid weißt.«

»Mein Land ist Saba ... Außerdem wurden uns diese Geschichten schon als Kinder von den Eltern erzählt. Was ich weiß, wissen alle.«

»Gut, dann weißt du auch, dass König David sich in die Frau eines anderen verliebte, diesen in den Tod schickte, sie heiratete und ihren Sohn zu seinem Nachfolger bestimmte.«

Judith lachte. »Natürlich kenne ich diese Geschichte und du wirst sie von mir erfahren haben.«

»Kann sein, doch du ahnst nicht, wie nahe wir der Stätte dieses Ereignisses sind. Da draußen ist der Dachgarten, von wo König David nach seiner Mittagsruhe Batseba beim Bad belauschte.«

Judiths Augen weiteten sich vor Erstaunen. »Tatsächlich? Das war hier?«

»Ja, wir wohnen schließlich in König Davids einstigem Palast.«

Judith gähnte. »Das ist lange her ...«

»So lange auch wieder nicht. Du kannst jetzt schlafen gehen.«

Bilkis' Gemüt war jetzt zur Ruhe gekommen und sie blickte mit Gleichmut auf den kommenden Tag.

Als freue Gott sich über den hohen Besuch, hatte er am nächsten Morgen der Stadt und dem umliegenden Land ein Königswetter bereitet. Die Berge ringsum standen klar vor einem blauseidenen Horizont und als die aufsteigende Sonne die Spitzen festlich vergoldete, war es, als hätte der Himmel ein Freudenfeuer entfacht, um die Königin von Saba zu begrüßen. So wenigstens empfand sie es, denn sie war dazu erzogen worden, den Gottheiten fremder Länder mit Achtung und hohem Respekt zu begegnen. Hier brauchte sie sich nicht mit ganzen Götterscharen vertraut zu machen, denn es gab nur den einen Gestalt- und Namenlosen, der, wie sie von Judith erfahren hatte, dennoch einen geheimen Namen trug. Allein der König und die Hohen Priester kannten ihn und er durfte nur einmal im Jahr, am Versöhnungstag, im Tempel laut ausgesprochen werden.

Salomo hatte Bilkis einen königlichen Tragstuhl zur Verfügung gestellt – ein hoch aufragender prunkvoller Thronsitz, der auf den Schultern von acht Sklaven getragen wurde und es jedem auf der Straße möglich machte, den königlichen Gast zu sehen. Den Sitz überwölbte ein blauseidener, mit Palmen und Pfauen bestickter Baldachin und zu beiden Seiten gingen zwei Wedelträger, die ihre Fächer aus Reiherfedern langsam hin und her bewegten.

Ohne Schleier fühlte Bilkis sich ungewohnt nackt, doch ein zuvor nie gekanntes Bewusstsein königlicher Macht durchströmte sie und ließ sie eins werden mit der himmlischen Macht Almakas und des hier herrschenden namenlosen Gottes. Sie schwebte in einem Glücksgefühl, das sie sich nicht erklären konnte und hinnahm wie ein Geschenk Gottes.

Vom Palast Davids, dem höchsten Punkt der Stadt, führte der Weg sanft abwärts zum Taltor, wo der neue, von Salomo gegründete Teil der Stadt begann. Hier ging es wieder leicht bergan bis zum Pferdetor und von da waren es nur noch wenige Schritte zum Königspalast.

Von dort trennten sie jetzt jedoch noch Stunden, denn der Festzug bewegte sich mit feierlicher Langsamkeit, musste auch immer wieder anhalten, um kleine Begrüßungsgeschenke entgegenzunehmen. Jerusalem war unter Salomo eine weltoffene Stadt geworden und man begegnete Ausländern – von denen hier nicht wenige lebten – mit gastlicher Freundschaft. Wenn einer der tributpflichtigen Kleinfürsten Salomo einen Besuch abstattete, war das fast zum Alltag geworden, doch die Königin von Saba stellte in jeder Beziehung etwas ganz Besonderes dar. Sie war eine Frau und herrschte über ein unabhängiges, sehr fernes Land und wenn sie Geschenke mit sich führte, dann waren dies freiwillige Freundschaftsgaben und keine widerwillig geleisteten Tribute.

Sie hatte ihr prachtvolles Staatsgewand angelegt mit dem knöchellangen grünseidenen Oberkleid, das ein breites Band aus Goldgliedern umgürtete. Darüber trug sie den schweren damastenen Purpurmantel mit den goldgestickten Symbolen der sabäischen Götter: Sonne, Mond, Sternrosetten und die dem Almaka heiligen Steinböcke mit ihren großen, ornamental wirkenden Sichelhörnern. Auf eine Krone hatte sie hier verzichtet, denn sie war nicht die Königin dieses Landes, nur ein wohlgelittener Gast. Stattdessen war in ihr dunkles Haar ein Perlenband geflochten, dazu trug sie Halsketten und Ohrgehänge aus Rubinen und Smaragden.

»Du bist schön, meine Königin«, sagte Judith und ihre Bewunderung war nicht geheuchelt.

Das Volk jubelte ihr zu. Gewiss, das Volk jubelt oft, einesteils, weil man es von ihm erwartet, zum anderen jedoch auch aus ehrlicher Begeisterung für den Landesfürsten, wenn er sich zeigte und sie stolz waren, den weithin bekannten König Salomo auf dem Thron ihres Landes zu wissen. Bei Bilkis war es eher die reizvolle Fremdartigkeit, die sie umgab, ihre dunkle Haut, die Pracht ihrer Gewänder und ihres Schmuckes. Dass etliche ihrer Diener Weihrauchtöpfe schwangen, um die von Almaka erwählte Königin zu preisen, wurde von einigen als götzendienerisch empfunden, aber großherzig hingenommen, weil auch Salomo für seine Duldsamkeit bekannt war, was fremde Götter und Bräuche betraf. Das Volk ahmt gerne seine Fürsten nach – im Guten wie im Schlechten. Nur die Priester rascheln vorwurfsvoll mit ihren Papieren, auf dem die gottgegebenen Gebote und Verbote stehen, deren Einhaltung sie buchstabengetreu verlangen. So war es auch jetzt und Asarjas Spitzel hatten nichts Besseres zu tun, als ihm gleich von dieser göttlichen Huldigung zu berichten.

»Darüber wird noch zu reden sein«, bemerkte der Hohe Priester mit grimmiger Miene. Vorerst hatte er jedoch, wie die anderen, auf das Erscheinen der Königin zu warten.

Salomo hatte sich bisher noch nicht gezeigt, aber als das Nahen des Zuges gemeldet wurde, nahm er ohne großen Umstand auf seinem aus Gold und Elfenbein gefertigten Thron Platz.

Die Sonne hatte den Zenit schon überschritten, ihre Strahlen erfüllten den Thronsaal mit Glanz und ließen die sieben goldenen Löwenpaare, die die Stufen und den Thron säumten, aufleuchten wie überirdische Wesen.

Weit öffneten sich die mächtigen Türflügel und Bilkis trat ein – ihr Gefolge blieb zurück. Als sie am Fuß des Thrones angekommen war, schritt Salomo die sechs Stufen hinab, neigte sich, ergriff ihre rechte Hand und führte sie hinauf, wo zur Rechten seines Thronsessels für sie ein zweiter bereitstand. Auf der Empore erhoben sich grüßend Salomos wichtigste Gemahlinnen: Naama, die Mutter des Thronfolgers Rehabeam, dann die Prinzessinnen aus Ammon, Edom, Moab, Tyros, Ugarit und anderen Kleinfürstentümern. Wo aber war Merit-Anat, die man hier Mirjam nannte? Sie hatte sich im letzten Augenblick wegen Übelkeit entschuldigen lassen, obwohl zumindest jede Frau wusste, dass der schwangerschaftsbedingte Brechreiz höchstens bis zum dritten Monat anhielt und Mirjam am Ende des fünften war.

Salomo nahm es hin, wie er fast alles hinnahm, was Mirjams Launen und Stimmungen entsprang. Er hatte es fast erwartet und schmunzelte in sich hinein. Gerade deshalb war sie ihm so lieb, weil sie ganz anders war als seine übrigen Frauen – immer für eine Überraschung gut.

Bilkis hatte die letzten Tage genutzt, um mit Eliohorefs Unterstützung eine Rede zu entwerfen, die sie sich Wort für Wort einprägte und jetzt vortrug. Salomo hatte diese Schwierigkeiten vorhergesehen und ihr zur Hilfe den eigenen Schreiber überlassen.

Gewohnt, in großen Versammlungen zu reden, war ihre Stimme geschult und bis in die letzten Ecken des Thronsaales zu vernehmen. Dass sie so gut Hebräisch sprach, sorgte bei den meisten für Überraschung, denn sie erinnerten sich an die Staatsbesuche anderer Fürsten, die Übersetzer benötigten oder sich nur stockend und unbeholfen in der Landessprache zurechtfanden.

Wie es bei solchen Begrüßungsansprachen üblich war, gebrauchte Bilkis viele schöne Worte, um damit wenig zu sagen. Und natürlich verschwieg sie, dass der Hauptgrund ihres Besuches eine schwärmerische Verehrung für den weisen König Salomo war, und schwieg erst recht davon, dass es der Mann war, der sie anzog, dass sie in ihm – dessen war sie sich selbst kaum bewusst – den Vater ihres ersten Kindes sah. Nur er durfte es sein, der sie von ihrer Jungfernschaft befreite. Befreite? Vielleicht nicht das rechte Wort, um einen Zustand zu schildern, der für Bilkis bisher keine Last gewesen war. Unter den kostbaren Geschenken war ihre Unberührtheit das kostbarste und nur Salomo schien ihr würdig genug, es entgegenzunehmen. Jetzt, da ihre Diener die Gaben auf die Stufen des Thrones hinbreiteten, war freilich noch nicht der Augenblick dafür gekommen. Sie lächelte leicht bei der Vorstellung, dem König vor aller Augen die Hand zu reichen, mit den Worten: Ich schenke dir alles, was hier vor deinen Augen liegt – und mich dazu ...

Ja, das blitzte und funkelte, klang und klirrte, als die goldenen und silbernen Kostbarkeiten ausgepackt und aufgestellt wurden. Als die Leder- und Leinensäcke mit den verschiedenen Weihrauchsorten hereingetragen, die Bündel mit Gewürzen und Spezereien gezeigt wurden, begann sich ein berauschender Duft zu verbreiten. Ein Raunen ging durch den Saal, als die bunten Seidenstoffe auf den Stufen des Thrones entrollt wurden und vor ihrem Glanz selbst die grimmigen goldenen Löwen verblassten.

Das eigentliche Festmahl fand in kleinerem Kreise statt, in einem Raum hinter dem Thronsaal, den Salomo für intime Besprechungen oder Besuche von guten Freunden nutzte. Sabud, der enge Vertraute, war zugegen, auch Adoniram, der Schatzmeister, Joschafat, der Herold, und natürlich Asarja, der Hohe Priester.

Dann wurden die Speisen aufgetragen, wobei Asarja mit flinken Augen jedes Stück auf die gebotene Makellosigkeit prüfte. Er hob seinen Pokal.

»Möge Gott der Herr dieses nach seinen Geboten angerichtete Mahl segnen.«

Dann wandte er sich an den Gast. »Verzeih, wenn nicht alles nach deinem Geschmack ist, aber wenn es in den Ländern der Götzenverehrer keine Speisevorschriften gibt, so hat unser Herr und Gott seinem auserwählten Volk ...«

Der König unterbrach ihn mit scharfer Stimme. »Erspare uns und unserem hohen Gast solche Belehrungen.«

Bilkis lächelte freundlich.

»Ich verstehe ihn ja. Es ist sein Amt, auf die Einhaltung der Gesetze seines Gottes zu achten. Wenn du mich zu den Götzenverehrern zählst, dann darf ich dir sagen, dass mein Bruder Menelik in unserer Hauptstadt Maryab dasselbe Amt versieht wie du hier in Jerusalem. Mag man dir von uns vielleicht etwas anderes berichtet haben, muss ich dir sagen, dass auch wir im Grunde nur einen Gott verehren: Almaka, der alles Bestehende geschaffen hat und dem zur Ehre ich mich Bilkis Balmaka nenne. Freilich, das Volk hängt mit Liebe und Vertrauen an seinen kleinen Göttern, stellt ihre Figuren auf, streut ihnen Weihrauch. Die Gebildeten und ganz gewiss die königliche Familie sehen in ihnen dienstbare Geister, dem Almaka untertan und nicht so verehrenswert, dass man ihnen Tempel errichten würde. Du magst nun einwenden, dass wir – wie alle von dir als Götzenanbeter Bezeichneten – diesem Almaka eine Gestalt gegeben haben. Ja, er wird als schöner junger Prinz mit Krone und Löwenfell gezeigt, doch kein Priester wird in diesem aus Stein oder Metall gefertigten Bildnis die Gottheit selbst sehen, denn es dient nur dazu, um dem auf seine Sinne angewiesenen Menschen eine Vorstellung von der Majestät des Göttlichen zu geben. Mir, meinem Bruder, den Priestern und den meisten Verständigen stellt sich Almaka als geistige Kraft dar, als eine über allem und in allem wohnende Macht, die das Werden und Vergehen jedes Einzelnen bestimmt und auch über unser Volk in seiner Gesamtheit wacht. Ein Letztes noch: Vor allem euer Hoher Priester, aber wohl auch die meisten der hier Versammelten würden eine Ähnlichkeit oder gar eine Gleichheit zwischen Almaka und eurem Gott verneinen. Und doch glaube ich, dass es in unserer Welt nur einen

Gott gibt, der sich in vielerlei Gestalten zeigt. Mit eurem Volk hat er einen Bund geschlossen und in dieser Eigenschaft ist er euer Gott und nur der eure. Uns stellt er sich als der junge Prinz Almaka dar, den Völkern eurer Nachbarländer als Baal oder Bel mit vielerlei Beinamen, den Ägyptern als der Sonnengott Ra, der sich nach Belieben mit anderen gedachten Gottheiten verbindet, aber doch der Eine und Gleiche bleibt.

Ich sehe es dir an, Priester Asarja, dass dir die Frage nach den Göttinnen auf der Zunge brennt. Für sie, so glaube ich, gilt das von mir vorhin Gesagte. Auch sie sind nur eine Seite der Allgottheit, die ich mir weder männlich noch weiblich vorstelle, sondern als eine allumfassende geschlechtslose Macht, die sehr wohl imstande war, den sterblichen Menschen in zweierlei Geschlechtern zu schaffen, um ihn auf seine Art – nämlich durch seine Nachkommen – unsterblich zu machen.

Was ich jetzt gesagt habe, mag in manchen Ohren lästerlich klingen und ich behaupte nicht, die reine Wahrheit verkündet zu haben, an die ich im Übrigen nicht glaube. Es gibt so viele Wahrheiten, wie es Völker gibt, und was in Israel wahr und recht ist, mag in Saba falsch und unrecht sein. Dies bezieht sich jedoch nur auf Brauch und Herkommen, auf Sitte und Tradition, die sich in unterschiedlichen Ländern unterschiedlich entwickelt haben. Doch gibt es Gebote und Verbote, die allen Völkern gemeinsam sind und die jeder kennt, der sich Mensch nennen will.

Ich hoffe, dass ich mit dieser langen Rede keinen von euch gelangweilt, verärgert oder gar in heiligen Zorn versetzt habe. Der uns allen gemeinsame Gott, den ihr so hoch und heilig schätzt, dass nur euer Hoher Priester einmal im Jahr seinen wahren Namen nennen darf, und den wir als Almaka verehren – er möge euch und uns, wie auch allen Völkern dieser Erde den Frieden bewahren und Wohlstand schenken.«

Damit war Asarja der Wind aus den Segeln genommen, auch weil es ihn verstörte, dass eine Frau so gelehrt daherreden konnte. Doch das kam nicht von ungefähr und sollte erläutert werden.

Als Eliohoref in den Davidspalast gekommen war und – auf Wunsch des Königs – seine Dienste angeboten hatte, war bald von dem Hohen Priester die Rede, auf den der Schreiber – wie es schien – nicht gut zu sprechen war.

»Warum sollst du es nicht wissen, Königin Bilkis? Im Gegensatz zu meinem Bruder Ahia bin ich ein vom Schicksal schwer geschlagener Mann. Meine erste Frau starb mit Sohn und Tochter an einer von Ausländern eingeschleppten Seuche, als ich mit dem König auf einer Reise war. Da nahm ich eine zweite Frau und sie starb ein Jahr später im Kindbett. Das hat Asarja veranlasst, in mir einen heimlichen Sünder zu sehen, den Gott schwer bestrafen musste. Aber glaube mir, ich bin nicht schlechter als mein lieber Bruder, der von zwei Frauen drei Söhne und vier Töchter hat, die alle gesund sind. Warum Gott mich straft, ist kaum zu ergründen, und so muss ich es hinnehmen. Mich deshalb jedoch von Asarja einen Sünder schelten zu lassen geht gegen meine Ehre. Darum stehe ich nicht an, dich vor diesem Priester zu warnen. Er wird dich mit honigsüßen Worten schlecht zu machen versuchen, auch in Gegenwart des Königs. Wenn du es erlaubst, werde ich für dich – zusammen mit dir – eine Rede entwerfen, die seine Bosheit verdorren lässt.«

So war es dann zu dieser Erwiderung gekommen, die Asarja verblüffte und ihm die Lust zu einer Gegenrede nahm.

Noch eines war geschehen, als der Schreiber Eliohoref den Nachmittag bis weit in den Abend hinein mit der Königin verbrachte. Er hatte Judith gesehen und es war, als hätte ein Engel sein Herz berührt. Es gibt schon so etwas wie Liebe auf den ersten Blick und sie pflegt den Betroffenen für gewisse Tatsachen blind zu machen. Weder störte es ihn, dass Judith fast einen halben Kopf größer war als er, und er nahm keinen Anstoß an ihrer hageren Gestalt, den winzigen Brüsten und dem schwarzen Bartflaum in ihrem herben Antlitz. Judith beeindruckte ihn so heftig, dass es Bilkis sofort sah.

»Ich sehe die Fragen in deinen Augen, mein Eliohoref. Also – Judith kommt aus der Gegend um Beerscheba, stammt aus der Simeon-Sippe und kam auf eine schon wunderbar zu nennende Weise in meinen Dienst. Mehr will ich davon ohne ihr Wissen nicht erzählen. Ich lade dich heute zum Nachtmahl und sie wird zugegen sein.«

Da verschlug es dann dem sonst so redegewandten Schreiber die Sprache. Er stocherte in den Speisen herum, trank gegen seine Gewohnheit hastig und viel, brach dann überstürzt auf, sodass es fast aussah, als ergreife er die Flucht.

»Er hat sich in dich verliebt, das ist offensichtlich.«

Judith schien etwas verwirrt. »Ich weiß nicht recht ... Er ist gewiss ein wichtiger Mann, aber ein wenig – unscheinbar. Wenn er nicht redet, ist man geneigt, ihn zu übersehen.«

»Er soll sehr tüchtig sein. Zusammen mit seinem Bruder Ahia führt er die gesamte Korrespondenz des Königs. Er ist ein geschlagener Mann, hat zwei Frauen und drei Kinder verloren, gilt in Asarjas Augen als ein sündiger, von Gott gestrafter Mensch.«

Judith sagte dazu nichts, fühlte jedoch den Wunsch, Eliohoref näher kennen zu lernen – nur aus Neugierde.

3

Salomo nahm es hin, dass Mirjam beim Empfang der Königin von Saba nicht erschienen war, und er machte ihr keine Vorwürfe.

»Eine schwangere Frau genießt Sonderrechte, das sehe ich ein. Ich möchte jedoch auch, dass du, nach ägyptischem Verständnis meine Hauptgemahlin, dem hohen Gast die schuldige Ehre erweist.«

Mirjam tätschelte ihren gewölbten Leib, als wolle sie das darin reifende Kind liebkosen. Sie lächelte träge.

»Gewiss! Ich möchte die Königin so schnell wie möglich kennen lernen und habe mir gedacht, ihr zu Ehren ein Harimstreffen zu veranstalten. Naama und ich werden Bilkis zu einem Fest laden – mit Musik, Tanz ...«

Salomo zeigte sich zufrieden. »Ihr werdet euch gut unterhalten, denn Bilkis ist eine kluge und hochgebildete Frau. Das hat sie, wie ich von ihr erfuhr, nicht zuletzt einem Ägypter zu verdanken, nämlich Ptahmose, dem Leibarzt und Erzieher ihres Bruders.«

Mirjam nickte stolz. »Ja, Ägypten hat nicht nur die älteste Kultur auf dieser Welt geschaffen, es ist zum Vorbild und Lehrmeister anderer Völker geworden.«

Salomo lächelte. »Nicht umsonst lehnte sich unser Volk gegen Mose auf, als er es aus Ägypten führte. Sie warfen ihm vor, sie in der Wüste verhungern zu lassen, während sie in Ägypten vor vollen Fleischtöpfen saßen und Brot im Überfluss hatten. Nun, es ist ihm dennoch gelungen, die Israeliten in das Gelobte Land zu bringen. Morgen werde ich Bilkis meinen – unseren Tempel zeigen.«

»Da muss ich mich sehr wundern! Du willst eine Frau, eine Götzenanbeterin in den Tempel führen?«

»Einer Königin steht das zu. Im Übrigen hat sie unserem Asarja ganz schön herausgegeben. Noch niemals habe ich ihn so sprachlos erlebt.«

»Das scheint dich zu freuen.«

»Ich mag solche Eiferer nicht, aber ich achte sein Amt. Ihm fehlt jedes Verständnis für andere Lebens- und Glaubensformen. Er vergisst ganz, dass es volkreichere Länder gibt als das unsere – vergisst, dass Gott es auch dort regnen und die Ernte reifen lässt. Wenn diese Länder im Auge des Herrn ein Gräuel sind, warum lässt er sie nicht untergehen, sendet Erdbeben, Sturm, Seuchen und Feuersbrunst? Warum blüht und gedeiht Saba, das einen Gott Almaka anbetet, ihm Tempel und Statuen errichtet? Da muss doch jeder Vernünftige annehmen, dass sich hinter Almaka, Baal und Ra auch unser Gott verbirgt – wesensgleich, wenn auch nicht namensgleich.«

Mirjam hob lächelnd ihre schlanken Hände. »Mich brauchst du nicht belehren, ich denke wie du. Asarja ist es, der seinen starren Sinn ändern muss.«

»Er wird es nicht tun, da ist jedes Wort verschwendet.«

Als der Hohe Priester von Salomos Plan hörte, die Königin von Saba in den Tempel zu führen, drang er ungerufen in den Palast ein, wies Diener und Schreiber mit zürnenden Worten hinaus. Einige zögerten, doch Salomo nickte ihnen zu.

»Mir scheint, der Hohe Priester möchte mich ohne Zeugen sprechen …«

»Ja, ja, mein König, genau so ist es!«

»Mache es dir bequem, Asarja.«

»Nein, mein König, was ich dir zu sagen habe, tue ich besser in aufrechter Haltung.«

»Gut, dann bleibe ich auch stehen.«

»Du hast mich wissen lassen, dass du der Königin von Saba unseren – Gottes Tempel nicht nur von außen zeigen, sondern sie auch ins Innere führen willst.«

»Ich habe dich über alles, was den Tempel angeht, unterrichtet.«

»Du hast mich allerdings nicht gefragt, ob ich diesen Frevel gutheiße.«

»Hätte ich es tun sollen?«

»Ich bin der oberste Vertreter Gottes in diesem Land und nehme mir das Recht heraus …«

»Wir sind alle Kinder Gottes – du, ich, bis hinab zum Feldsklaven. Nur unser Amt erhöht uns unter den Menschen. Und mein Amt als König gestattet es mir, in wichtigen Fällen eine Ausnahme zu machen. Das tue ich nun bei Bilkis Balmaka, der Königin von Saba. Ich werde sie über die Stufen hinauf in den Tempel führen, vorbei an den Schaubrottischen und den goldenen Leuchtern bis vor die Türe zum Allerheiligsten. Dich aber bitte ich, diese Türe zu öffnen, und wir werden einen Blick auf die Cherubim und die Bundeslade werfen. Nach einem kurzen Gebet werden wir dann den Tempel gemeinsam verlassen.«

»Ich kann und darf die Pforte zum Allerheiligsten für eine Ungläubige nicht öffnen.«

»Gut, mein Freund, dann werde ich es selbst tun.«

Asarja setzte zu einer Erwiderung an, doch Salomo hob die

Hand. »Die Unterredung ist beendet – bitte geh und rufe meine Schreiber wieder herein.«

Inzwischen war Sabud gekommen und hatte draußen gewartet. Er trat ein und deutete auf den davoneilenden Hohen Priester.

»Er sah zum Fürchten aus, wie ein zornwütiger Dämon.«

»Wir sind wieder einmal verschiedener Meinung gewesen.«

»Worüber?«

»Es erzürnt ihn, dass ich morgen die Königin in den Tempel führe.«

»Das wird auch bei anderen Ärger erregen.«

»Mag sein, aber ich bin der König und möchte meinem Gast eine Freude bereiten.«

Bilkis hatte den Tempel bisher nicht gesehen, weil der Königspalast ihn völlig verdeckte. Sie hatte etwas Gewaltiges, Monumentales erwartet als Wohnort des allmächtigen, allgegenwärtigen und unsichtbaren Gottes und stand nun vor einem Gebäude, das einer Hütte weitaus ähnlicher sah als einem Tempel. Bilkis dachte an Almakas ausgedehntes Heiligtum in der Südoase Yasran, dem Volkstempel, dessen Vorhof allein so groß war, um diesem Tempel hier Platz zu bieten. Doch sie behielt ihre Gedanken für sich und schritt schweigend neben Salomo am äußeren Opferaltar vorbei, hinter dem sich die beiden aus Bronze gefertigten Säulen Boas und Jachin erhoben. Salomo deutete darauf und sagte leise: »Die hat ein Bronzegießer aus Tyros geschaffen. Sie stellen symbolhafte Tempelwächter dar und ihre Namen bedeuten ›Er richtet auf‹ und ›In ihm ist Stärke‹.«

Salomo hatte das Umfeld des Tempels absperren lassen, was freilich nicht für die Priester galt, doch keiner ließ sich blicken. Asarja hatte ihnen befohlen, den Tempel während des Besuchs der Königin von Saba zu meiden, und in diesem Fall wog sein Wort schwerer als das des Königs.

Als sie das golden funkelnde Innere betraten und zwischen den zehn siebenarmigen Leuchtern bis zum kleinen Räucheraltar gingen, erkannte Bilkis, dass die Größe dieses Tempels nicht in seiner Ausdehnung lag. Es war die erlesene Kostbarkeit des Materials, die sparsame Ausschmückung mit vergoldeten Schnitzereien von Blumen und Früchten. Da die Leuchter nicht entzündet waren, fiel durch die hohen, mit Alabaster vergitterten Fenster nur wenig Licht in den Raum. Doch ihre Augen gewöhnten sich langsam an diese mystische Dämmerung, die gerade noch ausreichte, um durch die geöffnete Tür zum Allerheiligsten die beiden goldenen Cherubim und die mit Tragstangen versehene Bundeslade in Umrissen zu erkennen.

Salomo beugte sich tief und streckte beide Hände anbetend nach vorn. Bilkis tat es ihm nach und streute dann den mitgebrachten Weihrauch auf die glimmende Holzkohle des Räucheraltars. Auch wenn Salomo das Bild eines in tiefes Gebet versunkenen Menschen bot, so bewegten ihn doch wenig fromme Gedanken. Er wandte leicht den Kopf und sah Bilkis inmitten der duftenden blaugrauen Weihrauchwolken schweben wie ein von Dämonen gesandtes verführerisches Trugbild. Seltsame Gedanken geisterten durch seinen Kopf. Da kein Blitz auf sie niederfuhr, kein Erdbeben sie unter den Trümmern des Tempels begrub, keine himmlische Donnerstimme sie verdammte, schien Gott seine Zustimmung zu zeigen. Sein Wohlgefallen? Nein – eher seinen göttlichen Gleichmut.

Da fühlte Salomo sich plötzlich aus der Verantwortung gehoben, so unendlich und königlich frei. Bilkis lächelte ihn an und wie durch einen Zauber fiel das Gewand von ihr ab. Sie stand da in verlockender jungfräulicher Nacktheit mit kleinen festen Brüsten, einem leicht gewölbten Bauch über den lieblichen Schenkeln – braun schimmernd wie altes Zedernholz. Ihm wurde ganz heidnisch zumute und er dachte an Götzentempel, wo vor Astartes Bildnis Mädchen ihre Jungfernschaft beliebigen Pilgern opferten. Er fühlte sich so erregt, dass er verlegen auf sein Gewand blickte, dessen lockere Fülle zum Glück nichts verriet.

»Gehen wir?«, hörte er Bilkis leise fragen.

Der Weihrauchdunst hatte sich verzogen und sie stand da – klein, zierlich und festlich gewandet. Eben noch sei sie nackt gewesen, drängte es ihn zu sagen, doch er presste seine Lippen fest zusammen und trat mit ihr ins Freie. Seine Erregung war jetzt vom Bauch in den Kopf gewandert. Hatte zuvor noch sein Fleisch das ihre begehrt, so war es jetzt sein Geist, der eindringen wollte in dieses Wesen Bilkis Balmaka, in ihr Denken und Fühlen. Er musste es ihr sagen, sich ihr öffnen ...

Draußen blieben sie zwischen den Säulen Boas und Jachin stehen.

»Ich verstehe dich schon«, sagte Bilkis und lächelte ihn zaghaft an. Salomo erschrak. Konnte diese Frau Gedanken lesen?

»Was – was verstehst du?«

»Deine Hingabe an diesen Gott, der keinen Riesentempel braucht und nicht in monumentalen Statuen und Bildern gefeiert werden muss. Er lebt in diesem schön gebauten Haus wie eine gestaltlose Kostbarkeit in einer goldenen Truhe. Aber was ist mit den Cherubim? Diese Mischwesen haben mich schon etwas verwirrt. Hat da etwas Gestalt angenommen, das verehrt werden will? Sind sie ein Mitbringsel aus alten Zeiten? Ptahmose, mein ägyptischer Arzt, ist Priester einer Göttin in Menschengestalt mit einem Löwenhaupt. Die da drinnen ...«

»Nein, Bilkis ... nein. Diese Cherubim sind namenlos, niedere Geister allenfalls, die einen Abglanz von Gottes Majestät sichtbar machen und seine Macht über den Himmel – das Adlerhaupt und die Flügel – und über die Erde – den Löwenleib – andeuten sollen.«

Während er noch überlegte, wann und wo ein nächstes Treffen mit ihr zu vereinbaren sei, kam sie mit einem Vorschlag.

»Wenn du willst, mein König, so lade ich dich für morgen in den Davidspalast. Es drängt mich, mit dir über unsere Väter zu plaudern, oder besser gesagt, ich möchte mehr über diesen König David wissen, von dem heute noch so viele Geschichten im Umlauf sind. Judith, meine vertraute Dienerin, ist auf dem

Land in einer Hirtenfamilie aufgewachsen, aber auch ihr hat die Mutter von diesem großen König erzählt, der so leidenschaftlich tanzte, dass sein ganzes Volk daran Anteil nahm.«

Als sei ihm dieses Thema unbehaglich, sagte Salomo abweisend: »Er konnte nicht nur tanzen ...«

»Du willst nicht darüber reden?«

»Wir werden sehen.« Er beugte sich zu ihrem Ohr und flüsterte: »Mir geht es um dich, Bilkis. Die Toten lassen wir besser ruhen.«

Draußen am Tor zur Tempelmauer wartete der Hohe Priester Asarja mit anderen Priestern. Er trat Salomo in den Weg.

»Der Aufenthalt deines Gastes im Tempel hat das Haus Gottes verunreinigt. Wir werden uns sehr bemühen müssen, um es wieder für unseren Herrn und Gott bewohnbar zu machen.«

Salomo hob seine Hand in einer spöttischen Geste. »Ich werde euch nicht daran hindern.«

Bilkis schwieg und schaute an Asarja vorbei, als gebe es ihn nicht. Dann kam Judith und brachte die Königin zur Sänfte. Ehe sie Platz nahm, wandte sie den Kopf und nickte Salomo zu, der unmerklich zurücknickte.

Am nächsten Tag ging Bilkis auf den Dachgarten und legte sich unter das aufgespannte Sonnendach. Leichte Windstöße blähten es von Zeit zu Zeit auf und verursachten ein Geräusch, das wie leises Trommeln klang.

Judith sah sie fragend an. »Soll ich bleiben?«

»Nein – ich werde versuchen, ein wenig zu schlafen.«

Doch allerlei Gedanken bewegten sie so sehr, dass der Anflug von Müdigkeit schwand und einer gespannten Wachheit Platz machte. Ihr war, als sei heute alles mit Bedeutung geladen. Die geräuschvolle Bewegung des Sonnendaches schien ihr wie die Äußerung eines lebenden Wesens, das sich mit flatternden Kleidern dem Wind darbot und dazu leise vor sich hin redete. Eine über den Himmel jagende Wolke war wie eine Hand geformt und diese Hand Gottes schob sich vor die Sonne und löschte das Licht. Bilkis ließ sich in die Kissen zurücksinken und beobachtete weiter den zartblauen Himmelsstreifen zwischen dem Sonnendach und der mit Blumen bepflanzten Einfassungsmauer des Dachgartens.

Eine andere Wolke zog heran, wieder einer Hand ähnlich, mit langen Fingerstreifen, die liebkosend über den glühenden Leib der Sonne strichen. Plötzlich spürte Bilkis diese Finger am eigenen Leib, ihr war, als glitten sie zärtlich über Brust, Bauch und Schenkel. Da erfasste sie ein wohliges Schaudern und es war, als liege er neben ihr. Er? Wer?

Sein Name blieb ungesagt, verbarg sich wie hinter einem Schleier und Bilkis war zu müde, ihn zu lüften. Dieser Schleier war aus roter Seide, verziert mit goldgestickten Cherubim, und sie wusste, dass er beides verbarg – ihn und seinen Gott.

Sie erwachte, als Judith mehrmals ihren Namen rief.

»Unser Gast wird bald eintreffen, du musst dich ankleiden, meine Königin.«

Zuerst erkannte sie ihn nicht, dachte es sei ein Bote. Salomo trug ein tief in die Stirn gezogenes Kopftuch nach Art der Nomaden und war nur von zwei Männern begleitet, die er jetzt wegschickte. Lachend streifte er das Tuch ab.

»Es ist nicht zum ersten Mal, dass ich mich verkleide. Von Zeit zu Zeit verlangt es mich danach, die unverstellte Meinung des Volkes zu hören, dann wandere ich in dieser Verkleidung über die Märkte und Straßen, durch Bazare und Schenken. Da höre ich dann so mancherlei und kann Lehren daraus ziehen. Lasse ich mir durch Freunde und Vertraute von der Stimmung draußen berichten, so erfahre ich im Grunde nur deren Auslegung. Ich könnte mir nun einige der Händler und Handwerker, Tagelöhner und Kameltreiber hereinholen lassen, sie nach der Stimmung im Land befragen und dafür reich belohnen. Was höre ich dann? Lobhudeleien, gestelztes Schönreden – jedenfalls alles andere als die Wahrheit. Du solltest es einmal versuchen …«

Bilkis schüttelte den Kopf. »Nein, bei mir geht das nicht. Du bist ein Mann und hast es leichter, weil euer Leben überwiegend draußen stattfindet. Ich könnte mich höchstens als

Hausfrau verkleiden, die mit ihrer Dienerin auf dem Markt einkauft. Bei uns ist es ohnehin üblich, dass Frauen in der Öffentlichkeit verschleiert auftreten, während bei euch ...«

»Nur käufliche Weiber so herumlaufen ... ich weiß, und das ist gut so. Wenn die Not eine Frau dazu zwingt, ihren Körper feilzubieten, dann ist es doch besser, bei Nachbarn, Freunden und Verwandten unerkannt zu bleiben.«

»Ja, so kann man es auch sehen ...«

Bilkis hatte ihre Diener angewiesen, das Mahl auf dem Dachgarten zu richten. Dem Koch war befohlen worden, nichts von dem zu verwenden, was bei den Israeliten verboten war, und Judith beriet ihn dabei. Also kein Fleisch von Hase, Kamel oder Schwein, keinen Fisch ohne Schuppen, keinen Raubvogel, auch Schwalben, Störche, Reiher und Wiedehopfe waren untersagt. Da musste der Koch lachen und sagte, da hier alles Volk nach diesen Vorschriften lebe, sei auch nichts von dem Verbotenen auf den Märkten zu finden.

So gab es mit Datteln gefüllte Tauben, Hammelfleisch am Spieß, dazu eingelegten Kürbis, in Öl gesottene und mit Kardamom gewürzte Zwiebeln und Artischocken. Barsch, Makrele und Karpfen hatte der Koch mit zerstoßenen Mandeln und frischer Kresse gefüllt und bei kleinem Feuer in einem Bett aus verschiedenen Gemüsesorten gegart.

Zum Nachtisch hatte er eine Spezialität bereitet, für die er wohl bekannt war, nämlich Milchreis mit Rosenöl, Zimt, Honig und Nüssen. Doch der Koch wusste es nicht und Judith hatte nur auf die Hauptspeisen geachtet: Fleisch und Milch durften nicht während einer Mahlzeit zusammen verzehrt werden. Salomo erklärte dies, lächelte und kostete einen Löffel von der milchigen Süßspeise.

»Um den Gastgeber zu ehren«, sagte er und schob dann die Schüssel zurück.

Als das Mahl beendet war, fragte Judith nach weiteren Wünschen. »Wir kommen jetzt allein zurecht, geh schlafen.«

Doch Judith blieb stehen, schaute den König an und öffnete den Mund, fand aber keine Worte. Als Salomo freundlich nickte, stieß sie hervor: »Darf … darf ich den König etwas fragen?«

Bilkis rief vorwurfsvoll: »Aber, Judith, es gehört sich nicht, dass du jetzt …«

Salomo hob die Hand. »Nein, nein, sie soll die Gelegenheit nur nutzen – also?«

Judith kniete neben dem König nieder, weil sie es ungehörig fand, von oben herab mit ihm zu reden.

»Malki, ich stamme aus Juda und mein Vater hat mich gesetzeswidrig an einen Ausländer verkauft, wohl wissend, dass ich außer Landes gebracht und meine Heimat niemals wieder sehen werde. Er hätte mich nach sieben Jahren wieder zurückkaufen müssen, aber diese Gelegenheit war vertan, weil der Käufer – und das wusste er – ein Ausländer war und mich ins Ausland weiterverkaufte. Dass Gott mich in die Obhut der Königin brachte, war nicht sein Verdienst. Ich möchte, dass mein Vater dafür zur Verantwortung gezogen wird.«

Salomo blickte Bilkis an. »Wärst du damit einverstanden?«

»Judith ist frei, sie muss es selbst entscheiden.«

Salomo nickte. »Gesetze müssen befolgt werden. Wenn deine Königin es will, werde ich mit ihr in nächster Zeit wieder meine Königlichen Gärten besuchen. Ich halte dann in Hebron Gericht und werde deinen Vater vorladen.«

»Darf ich dabei sein?«

»Solche Gerichtstage sind öffentlich und jedem zugänglich.«

»Dann danke ich dir, Malki.«

Als sie allein waren, meinte Bilkis: »Es hat sie tief getroffen, dass ihr Vater sie mit Einverständnis der Brüder verkaufte. Sie kann es nicht vergessen und hat vor kurzem ihr Schicksal mit dem des Josef verglichen.«

Salomo schmunzelte. »Und möchte wie er unerkannt bleiben, wenn ihr Vater zur Verantwortung gezogen wird?«

»Vielleicht – ich weiß es nicht. Jedenfalls bin ich ihr Dank schuldig, denn ohne ihre Bemühungen könnten wir uns heute nicht unterhalten.«

»Schön, dass wir es können …«

»Auch von dir habe ich viel gelernt.«

»Darf ich weiterhin dein Lehrmeister sein?«

Sie schwieg mit leicht geöffnetem Mund und zeigte die schimmernde Perlenkette ihrer Zähne.

In der aufziehenden Dämmerung zogen die ersten Fledermäuse ihre lautlosen Zickzackbahnen. Da begannen sie beide gleichzeitig zu sprechen, hielten sofort inne, aber keiner hatte den anderen verstanden. Sie lachten sich an und Salomo sagte: »Du bist mein Gast, also lass hören.«

»Es soll doch hier auf diesem Dach gewesen sein, als dein Vater ...«

»Ich werde dir sagen, was ich weiß. Du kennst wie ich die Zustände in einem Königspalast. Im Grunde ist der Herrscher niemals allein, tausend Augen beobachten sein Tun und Lassen und so gab es auch Zeugen für die damaligen Vorfälle. Der Dachgarten ist geblieben, wie er damals war, nur das Haus meiner Mutter wurde umgebaut und der Innenhof, wo mein Vater sie beim Baden beobachtete, ist verschwunden.« Salomo lachte leise. »Es scheint aber, dass ich nicht hier, sondern wie fast alle Kinder Gottes in einer Schlafkammer gezeugt wurde – es ist übrigens dieselbe, in der du deine Nächte verbringst.«

»Gut, dass ich es weiß ...«

»Die anderen Umstände sind dir wohl bekannt. Du hast ja selbst gesagt, dass diese Geschichte bis nach Saba gedrungen ist.«

Sie nickte. »Für dich muss es schwierig gewesen sein, dich gegen deine vor dir geborenen Halbbrüder zu behaupten. Wie viele waren es denn?«

»Oh – mein Vater war im Zeugen von Söhnen ein wahrer Meister. Als er noch in Hebron residierte, waren es schon fünf oder sechs. Kilab, Absalom, Adonia – an die anderen Namen kann ich mich nicht erinnern. Als er seine Residenz nach Jerusalem verlegt hatte, kam ein weiteres Dutzend dazu. Schima, Nefeg, Natan, Elischua und andere. Ein Teil meiner Halbbrüder starb schon im Kindesalter, andere als junge Männer. Als ich erwachsen wurde, lebte von ihnen nur noch Adonia.«

»Aber nicht mehr lange ...«

»Du hast mich ja in deinem Schreiben auf die Ähnlichkeit unserer Schicksale hingewiesen.«

Davon mochte Bilkis jetzt nicht reden, denn dies alles war so fern gerückt, als sei es nicht ihr, sondern ihren Ahnen zugestoßen. Das erzählte man sich jetzt schon an den Wüstenabenden, wenn die Karawanenleute sich um das Feuer scharten. Es war zur Geschichte geworden.

»Wenn dein Vater so glanzvoll regierte, warum hat er nicht eurem Gott einen Tempel erbaut? Du hast erwähnt, dass die Bundeslade zuvor unter einem Zelt stand.«

»Das geschah auf Gottes Weisung, der ihm mitteilen ließ: Du wirst mir kein Haus bauen, aber ich werde dir eines errichten. Damit war das Versprechen gemeint, Davids Königshaus für alle Zeiten zu erhalten. Die Priester deuten es so, dass sein Name durch zahlreiche Kriege mit Blut befleckt war – Kriege übrigens, in denen Gott ihm stets zur Seite stand. Er hat sie alle besiegt: die Pelistim, die Moabiter, Ammoniter, Edomiter, Syrer und Phoiniker. Doch David war ein großer Sünder vor dem Herrn, der immer wieder seinen Gefühlen und Leidenschaften folgte, auch wenn er damit gegen Gottes Gebote verstieß. Niemand, der es miterlebte, konnte vergessen, wie er die Bundeslade nach Jerusalem holte und dabei fast nackt, wild tanzend vor ihr herzog. Michal, eine seiner Gemahlinnen, fand das so ungehörig, dass sie ihm vorhielt, er habe sich vor aller Welt entblößt, wie das niedrigste Gesindel. David entgegnete, er habe es allein zur Ehre Gottes getan. Offenbar nahm Gott diese Ehre an, denn er strafte Michal mit lebenslanger Kinderlosigkeit.«

»Tanzen zur Ehre Gottes, was soll daran sündig sein?«

Salomo griff nach dem Weinbecher, trank lange und setzte ihn dann so behutsam ab, als wolle er die samtene Stille der Nacht durch nichts stören. Er lehnte sich so weit zurück, dass sein Kopf aus dem Lichtkreis der Lampen kam und sein Gesicht ins Dunkel tauchte.

»Nein, das ist es nicht, aber bei uns hat es dennoch etwas

Anrüchiges. Es erinnert zu sehr an die orgiastischen Tänze, die man den Göttern vor allem im Osten darbringt und die wohl eine andere Form der Anbetung sind. Das soll nicht heißen, dass man hierzulande den Tanz meidet oder verachtet. Bei jedem Fest wird getanzt, besonders bei Hochzeiten, aber nicht als direkte Huldigung an Gott, sondern um das von ihm geschenkte Leben zu preisen. Ich sagte vorhin, dass David meist seinen Gefühlen folgte und erst später erkannte, dass er gegen Gottes Gesetze verstoßen hatte. Dazu muss ich erläutern, dass wir gehalten sind, die Schöpfungen Gottes zu genießen. Wer es aus welchen Gründen auch immer ablehnt, sich an guten Speisen, edlen Weinen oder an der Lust des Ehelebens zu erfreuen, lästert sozusagen Gott, weil er die von ihm geschaffenen Gaben missachtet. David konnte oder wollte die Grenzen jedoch nicht erkennen, schlug über die Stränge, verlor jedes Maß. Zu seinem Glück lebte damals der Prophet Natan in Jerusalem und warf meinem Vater vor, dass er Ehebruch begangen und gemordet hatte. Ehebruch nämlich mit meiner Mutter Batseba und Mord an ihrem Gemahl Uria. Ich weiß nicht, wer damals geplaudert hat, aber Davids Schreiben an den Feldherrn Joab wurde bekannt, das die Weisung enthielt, Uria in die vorderste Linie zu stellen und ihn bei einem feindlichen Angriff nicht zu unterstützen. Natan also hatte Gottes Stimme vernommen, der dem König sagen ließ: Du hast Urias Tod verschuldet und dir dann seine Frau genommen. Weil du das getan hast, werden künftig alle Mitglieder deines Königshauses ein blutiges Ende finden. Du wirst es erleben, dass ich dir deine Frauen wegnehme und sie einem anderen gebe, der vor aller Augen mit ihnen schlafen wird. Da erschrak mein Vater, erkannte die Schwere seines Vergehens und bekannte sich schuldig. Gott verzieh ihm, aber Strafe muss sein und so starb der mit Batseba noch im Ehebruch gezeugte Sohn – mein älterer Bruder. Als sie rechtmäßig verheiratet waren, wurde ich geboren und David gab Batseba sein Wort, dass ich der erwählte Thronfolger sei. Meine Mutter ist ohne Schuld ...«

»Hat jemand daran gezweifelt?«

»Nicht vernehmlich, da und dort wurde jedoch gemunkelt, sie hätte sich als verheiratete Frau dem König verweigern können, hätte sagen können: Bringe Uria dazu, mich zu verstoßen, und nimm mich dann zur Frau.«

Bilkis seufzte. »Wer hätte einem König wie David widerstehen können? Er genoss Gottes Beistand, überwand jeden Feind. Vermutlich hätte ich gehandelt wie deine Mutter.«

Salomo beugte sich vor, das Licht traf sein Gesicht und es war ernst und traurig geworden.

»Ich habe lange gebraucht, um David zu verstehen, um mich mit einer so ... so sündhaften Herkunft abzufinden. Aber da ist noch etwas und du sollst es wissen, ehe dir andere davon erzählen.«

Bilkis gähnte verhalten. »Darf ich dich um etwas bitten? Erzähle es mir ein anderes Mal. Ich bin müde geworden, habe wohl etwas zu viel Wein ...«

Sie beugte sich vor, blickte in den Krug und kicherte.

»Ein wenig ist noch drin ... Zwar habe ich nach dem Tempelbesuch darum gebeten, mit dir über unsere Väter zu plaudern, aber ich sehe schon jetzt, dass ich da nicht mithalten kann. Der meine, als Mukarrib von Saba, hat weder Kriege geführt noch Ehebruch begangen, so viel ich weiß. Er war ein leidenschaftlicher Jäger, hat meine Mutter allen anderen vorgezogen und so bin ich, weil es lange keinen Thronfolger gab, wie ein Junge erzogen worden, habe alles gelernt, was ein königlicher Prinz wissen und können muss. Als dann von einer anderen Frau mein Bruder Menelik geboren wurde und nicht recht ins Leben wollte und immer kränklich blieb, bin ich mit seinem Einverständnis auf den Thron gelangt. Er hat sich ganz auf das Amt des Hohen Priesters zurückgezogen, wenn er auch jetzt in meiner Abwesenheit zusammen mit dem Wesir die Regentschaft übernehmen musste.«

»Traust du diesem Wesir?«

»Ich bin mit seinem Sohn verlobt und Udwan hofft, ihn später als König zu sehen.«

»Und du?«

»Ich habe diese Verlobung nur auf mich genommen, um keinen Streit heraufzubeschwören. Wenn ich zurück bin, werde ich eine Lösung finden müssen.«

Wie fern war dies alles gerückt, wie fern ... Sosehr sie hier zu einem von anderen unabhängigen königlichen Selbstgefühl gekommen war, so kümmerte es sie immer weniger, was in Saba geschah. Manchmal ergriff sie das seltsame Gefühl, nichts als Königin zu sein. Ob von Saba, von Juda, von Tyros – was bedeutete das schon? Sie musste dem entgegenwirken, das war ihr bewusst, doch nicht jetzt, da sie Salomo gegenübersaß.

Als Salomo zum Becher griff, betrachtete sie entzückt seine schön geformte Hand mit den schlanken kräftigen Fingern und da kam ihr gleich jener Traum vor Augen, da die Wolkenfinger den Leib der Sonne streichelten, sich dann in seine verwandelten, die liebkosend über ihren Körper glitten. Ihr Kopf wollte es nicht, aber etwas ließ sie seine Hand ergreifen.

»Darf ich deinen Siegelring betrachten?«

Er nickte und sie beugte sich darüber. In den blauen goldgesprenkelten Lapis war der Buchstabe S eingeschnitten, den von beiden Seiten geflügelte Cherubim bewachten. Sie tat es mit leicht geöffnetem Mund und Salomo betrachtete entzückt die glitzernde Perlenreihe ihrer Zähne.

»Wunderschön ...«

Sie ließ seine Hand langsam sinken wie einen zerbrechlichen Gegenstand, doch da wurden die schlanken Finger lebendig, umfassten ihren Nacken und dann küsste er sie und seine andere Hand machte den Traum wahr, liebkoste behutsam ihre Brust, schlüpfte unter das Kleid, glitt über Schenkel und Bauch, erkundete den Nabel, verharrte auf dem Schoß, ließ einen Finger vordringen. Bilkis wehrte sich nicht, fühlte eine süße Schwäche, die ihren Körper schlaff und zur Hingabe bereit werden ließ. Wie durch Zauber fielen die Kleider von ihr ab und sie taten es der Schöpfungsgeschichte nach, die erzählt: Sie waren beide nackt, der Mann und sein Weib, sie schämten sich nicht und wurden ein Fleisch.

Als Salomo spürte, dass Bilkis noch Jungfrau war, erstaunte es ihn nicht. Sie hat auf mich gewartet und ich auf sie. Wir waren einander bestimmt von Anfang an. Das wusste er jetzt und glaubte es.

Später schliefen sie dann ein und als Bilkis gegen Morgen von der Nachtkühle erwachte und an den Decken zu zerren begann, weckte sie auch ihn. Er trug sie auf seinen Armen in die Schlafkammer, was wiederum Judith im Nebenzimmer munter werden ließ. Sie blickte durch einen Türspalt und das Mondlicht war hell genug, um zu sehen, dass sie nicht gebraucht wurde, dass es besser war, die Tür wieder zu schließen.

Sie liebten sich im grauen Dämmerlicht des beginnenden Tages ein zweites Mal und Bilkis, schon ein wenig kundig geworden, erweckte Salomos Liebesverlangen und flüsterte: »Jetzt erkenne ich die Bedeutung der beiden Säulen vor dem Tempel und den Sinn ihrer Namen. Boas, er richtet sich auf, und Jachin, in ihm ist Stärke.«

Salomo lachte geschmeichelt. »Was du dir da ausdenkst … Aber du hast Recht, die Ähnlichkeit ist sinnfällig und ich werde dich jetzt mit meiner Stärke erfreuen.«

Sie erwachten in den hellen Tag hinein und Bilkis kam darauf zu sprechen, ob dieser unsichtbare Gott von seinem Volk als männlich gesehen werde.

»Ja, die Sprache redet ihn als männliches Wesen an, andererseits aber: Gott ein Mann? Nein. In ihm ist wohl beides vereinigt. Eine Allmacht, die Mann und Frau erschaffen hat, muss auch empfinden können wie Mann und Frau. Die meisten Priester mögen da zwar anderer Meinung sein …«

Ihre Augen leuchteten und hingen gebannt an seinen Lippen.

»Und die Tiere, die Pflanzen, Sonne, Mond und Sterne?«

»Ja, gewiss, alles sein Werk«, er schmunzelte, »oder ihr Werk?«

Bilkis war nicht nach Scherzen zumute, sie wollte in die Seele, in das Denken dieses Mannes eindringen, um ihn zu verstehen – ganz. Mit einer anmutigen Geste fuhr sie mit der Hand über ihre Stirn. Dabei öffnete sich ihr Mund und entblößte die glänzende Perlenreihe ihrer Zähne. Wieder überraschte ihn ihre makellose Schönheit und sein Blick hing an ihren Lippen. Bilkis missverstand es und lächelte.

»Jetzt nicht ... Lass uns doch diese Überlegung weiterführen. Gott als der Schöpfer aller Dinge muss wissen, wie sie fühlen, denken, handeln ...«

»So ist es! Und wenn dieser Schöpfer von Mann und Frau auch weiß, was beide empfinden, so muss er es auch von den Pflanzen und Tieren wissen, von Steinen und Sternen, von Sonne und Mond ...«

»Steine werden kaum denken und empfinden können«, warf sie ein.

»Das nicht, aber da alles Bestehende – ob tot oder lebendig – sein Werk ist, darf ich annehmen, dass dieser unfassliche Gott in sich ruht wie ein Stein, die Erde erwärmt und erhellt wie die Sonne, vor Majestät funkelt wie die Sterne. Er weiß, was eine Ziege empfindet, die auf mühseliger Nahrungssuche durch die Steppe wandert, weiß, wie dem Fisch zumute ist, der sich im Netz zu Tode zappelt. Er kennt das Gefühl, wenn ein verdurstender Baum auf den Regen wartet und wenn dieser endlich kommt, mit der letzten, verzweifelten Kraft seiner Wurzeln das Wasser aufsaugt und es in die Äste und Zweige strömen lässt. Gott hat ja nicht nur Mann und Frau, Tier und Pflanze, Insekten und Würmer und überhaupt alles Lebende geschaffen, sondern diese Wesen auch mit Bedürfnissen und Empfindungen versehen.«

Bilkis errötete leicht, als sie den Gedanken weiterspann.

»Dann wird dieser Gott auch wissen, was eine Frau in den Armen ihres Geliebten ...« Sie stockte und senkte den Kopf.

Salomo ließ ein helles frohes Lachen hören.

»Aber gewiss! Er hat uns ja nicht nur als ein fühlloses Bündel von Fleisch und Knochen gebildet, sondern mit Sinnen ausgestattet. Er lässt uns hören und sehen, fühlen und riechen, hat uns ein unstillbares Verlangen eingegeben, das die Frau zum Mann und ihn zur Frau zieht. Als er dem ersten Menschenpaar wegen dessen Frevel die Unsterblichkeit versagen musste, er sie jedoch nicht für immer von der Erde austilgen wollte, hat er ihnen die Sehnsucht eingehaucht, sich zu verbinden, ein Fleisch zu werden, um damit Nachkommen zu zeugen.«

Er schaute sie mit gespielter Strenge an und fügte hinzu: »Allerdings innerhalb der von ihm gegebenen Gesetze. Alles andere ist Unzucht!«

Bilkis spielte die Ahnungslose. »Wenn es so ist, dann treiben wir also Unzucht? Ich kann mit diesem Wort nichts anfangen, du musst es mir erläutern.«

»Uns hat die Liebe zueinander geführt, daran ist nichts Unzüchtiges. Dieses Wort soll die Familien vor Streit und Zerfall schützen, bezieht sich auf Ehebruch, Notzucht, Blutschande, Sodomie und Vergeudung des männlichen Samens. Nichts davon trifft auf uns zu. Du bist nicht verheiratet und ich nehme meinen Frauen nichts weg. Wir treiben keine Blutschande, ich habe dich nicht mit Gewalt genommen und vergeude auch meinen Samen nicht. Solltest du schwanger werden, so ist es dein Kind, über das du verfügen kannst. Auch wenn es ein Sohn ist, nimmt er meinem Erstgeborenen nicht sein Nachfolgerecht. Unsere Liebe ist ein Fest, das wir immer wieder freudig begehen, um damit Gott zu huldigen.«

Sie schaute ihn zärtlich an, doch etwas in ihr trieb sie dazu, ihn herauszufordern.

»Das gibt es nicht nur hierzulande. Auch bei der in manchen Ländern geübten Tempelprostitution wird einer Gottheit gehuldigt. In Babylon soll es sogar Pflicht jeder Frau sein, ihre Jungfernschaft der Astarte zu opfern.«

»Das ist doch etwas ganz anderes!«, rief Salomo mit empörter Stimme. »Dieses Opfer unterscheidet sich kaum von einer Tier- oder Weihrauchspende. Was wir tun, ist kein Opfer, sondern wir ehren Gott, wenn wir die uns verliehenen Fähigkeiten nutzen. Nicht ohne Grund – ich habe schon davon gesprochen – hat er in unser Fleisch das Verlangen gelegt, das uns zueinander streben lässt, die Liebe entflammt, die Körper entzündet, bis sie in Lust miteinander verschmelzen. Das lässt sich doch wahrhaftig nicht mit der Tempelhurerei vergleichen.«

Bilkis streckte ihre Arme nach ihm aus. »Du hast Recht, Geliebter. Wir sind wie ein Feuerquirl, bei dem ein weiches Holz so lange mit einem Stab Hartholz gerieben wird, bis es zu glimmen und zu flammen beginnt.«

Salomo lächelte. »Ein schöner Vergleich. Ich fühle aber, wie mein Stab härter wird und sich zu regen beginnt ...«

Ihre Augen glänzten. »Zum Glück hinkt mein Vergleich etwas, denn wir sind nicht aus Holz ...«

Auch Mirjam war nicht aus Holz gemacht. Als Salomos Besuche immer seltener wurden, als er gelegentlich sogar durch andere nach ihrem Befinden fragen ließ, bedurfte es keiner langen Nachforschung, um herauszufinden, wo er seine Zeit verbrachte. Ein König kann fast nichts im Geheimen tun, das ist hinreichend bekannt. Salomo machte auch kein Geheimnis daraus, dass ihn sein Weg häufiger in die Davidsstadt als anderswohin führte. Mirjam, jetzt Anfang des achten Monats schwanger, hatte treue Diener und Dienerinnen, die sie über den König auf dem Laufenden hielten.

In diesen Tagen war eine Gesandtschaft aus Ägypten gekommen mit persönlichen Schreiben ihrer Eltern und einigen der Geschwister. Salomo, in tatsächlicher Sorge um ihre Gesundheit, überreichte ihr persönlich die Briefe und erkundigte sich ausführlich nach ihrem Befinden. Mirjam lag zurückgelehnt in den Kissen, hielt mit beiden Händen ihren aufgetriebenen Leib, als wolle sie ihr ungeborenes Kind beschützend umfassen. Ihre schönen graugrünen Augen blickten ihn müde und etwas abweisend an. Sie hatte es sogar aufgegeben, ihrem Haar mit Henna den schönen Kupferton zu geben, sodass es stumpf, glanzlos und ungepflegt auf ihre Schultern hing.

»Dir scheint an meinem Ergehen wenig zu liegen, denn ich habe dich schon etliche Wochen nicht mehr gesehen.«

»Sabud und andere hielten mich auf dem Laufenden. Ich war in Regierungsgeschäften viel unterwegs, wollte dich auch schonen ...«

Sie richtete sich empört auf. »Viel unterwegs? Ja, vom Palast zur Davidsstadt und zurück, das war deine Hauptbeschäftigung, und zwar vor aller Augen!«

Schwangere haben ihre Launen und auch ein Recht darauf, dachte Salomo.

»Warum nicht vor aller Augen? Schließlich habe ich Bilkis, die Königin von Saba, auch öffentlich empfangen. Sie ist kein Geheimbote, sondern ein geehrter Gast, willkommen im ganzen Land. Du selbst hast gesagt, der Besuch einer Königin sei schon etwas Besonderes und erfordere eine besondere Fürsorge. Genau danach habe ich mich gerichtet und werde es weiter tun, solange sie mein Gast ist.«

Mirjams Augen blitzten spöttisch.

»Ah ... und wie weit geht die Fürsorge? Bis hinein in die Schlafkammer, da ich ja geschont werden muss? Ich werde bereits zum Spott deiner anderen Gemahlinnen und Naama hat kürzlich die Bemerkung fallen lassen, sie sei schon verwundert gewesen, dass du es so lange mit mir ausgehalten hast.«

Salomo strich ihr sanft über den gewölbten Leib.

»Eines nach dem anderen, meine Liebe. Mit schonen meine ich die notwendige Rücksichtnahme eines verantwortungsbewussten Gatten auf die hochschwangere Frau. Dann ...«

»Halt! Hochschwanger bin ich erst jetzt. Du aber meidest mein Bett, seit diese Königin im Land ist.«

»Das stimmt nicht ganz, aber lass uns nicht darüber streiten. Was nun das aushalten betrifft, so höre nicht auf das dumme und neidische Gerede der anderen. Du bist die Frau meines Herzens und wirst es bleiben.«

Stimmte das wirklich oder war es nur so dahingesagt? Es trifft wohl beides zu. Im Grunde seines Herzens band ihn die alte Zuneigung an Mirjam, drüben in der Davidsstadt gab es jedoch die schöne, braunhäutige Bilkis, die vielleicht nicht sein Herz, dafür all seine Sinne gefangen hielt.

In diesen Tagen wurde ein schon lange geplanter Ausflug in die Umgebung Jerusalems unternommen. Auf Wunsch der Königin hüllten sie sich wie Reisende in weite Kapuzenmäntel und ritten mit einer kleinen Dienerschaft auf grauen Maultieren. Auch Judith nahm daran teil und Eliohoref, der den König ausdrücklich, fast flehentlich darum gebeten hatte. Dass sie dabei Dinge besichtigten, die er kannte, ließ er nicht gelten und meinte, gerade ihm, der seiner Arbeit wegen kaum ins Freie käme, täte es Not, das schöne Gebiet um die Hauptstadt wieder einmal gründlich kennen zu lernen.

Auch Hauptmann Yatim war dabei, ritt dicht hinter der Königin und hatte inzwischen die kühne und, wie er einsah, auch unsinnige Hoffnung aufgegeben, sich Bilkis auf unziemliche Art zu nähern. Doch nun bewegte ihn ein anderer Gedanke, der von Tag zu Tag deutlichere Gestalt annahm. Sein Auge war auf Judith gefallen, die Vertraute der Königin, und wenn er sie gewann, würde er am Hof zu Maryab um einige Ränge höher steigen. Ja, der Ehrgeiz hatte Yatim gepackt und er fühlte in sich das Zeug, etwa als Oberster der Palastwache durchaus bestehen zu können. Niemand – auch nicht seine ihm von den Eltern vermittelte Gemahlin – würde etwas gegen eine zweite Eheschließung haben, die noch dazu derartige Vorteile brächte. Judith konnte weiterhin im Dienst der Königin bleiben, während er ... Doch halt, noch war es nicht so weit, noch stand dieser farblose Schreiber dazwischen, der – und das wurde von Tag zu Tag deutlicher – sich lebhaft um Judith bemühte. Yatim bemerkte zu seiner Freude, dass sie diesen Eliohoref dabei kaum ermunterte. Er hingegen, so glaubte er fest, stand bei ihr und der Königin seit seinem entschlossenen Handeln bei dem räuberischen Überfall in besonderer Gunst. Nur nichts überstürzen, das nahm er sich vor, und dabei das Ziel immer stetig im Auge behalten.

Als vor einigen Tagen ein kurzer Herbstregen eingesetzt hatte, war der Ausflug zunächst verschoben worden, aber jetzt strahlte wieder die Sonne wie eine auf blaue Seide gestickte goldene Blume. Sie stiegen ins Kidrontal hinab und trafen auf das für Mirjam errichtete Grab, das eine kleine Pyramide überwölbte.

Salomo wies darauf. »Die Grabstätte meiner ägyptischen Gemahlin.«

Bilkis sah ihn verwundert an: »Ihr ... ihr Grab? So viel ich weiß, ist sie doch nur schwanger und nicht todkrank.«

Salomo half ihr aus dem Sattel.

»Wir werden es uns ansehen, Mirjam hat es sich schon zu Lebzeiten gewünscht nach der Sitte ihrer Heimat. Sie nennen es die ›ewige Wohnung‹, weil man dort glaubt, nach dem Tod in einer jenseitigen Welt weiterleben zu können.«

Zwei Wächter traten ihnen entgegen. »Das ist königlicher Besitz und kann nicht besichtigt werden.«

Salomo schlug seine Kapuze zurück. »Ich weiß, habe es schließlich für meine Gemahlin erbauen lassen.«

»Das ... das ist der König!«, rief der eine Wächter fassungslos, während der andere auf die Knie sank.

»Verzeih, Malki, wir wussten nicht ...«

»Ihr habt eure Pflicht getan, wie es sich gehört.«

Die beiden stemmten die schweren Torflügel weit auf, sodass helles Licht die Grabkammer erfüllte. Bunte Malereien und zahlreiche Schriftzeichen bedeckten Wände und Decken.

Merit-Anat war zu sehen, wie sie Isis und ihrer Namenspatronin kniend ein Wasseropfer spendete, wie Osiris ihr Herz gegen die Feder der Wahrheit – verkörpert durch die Göttin Maat – wog, assistiert von seinem Gehilfen, dem hundeköpfigen Gott Anubis.

»Schön ist das«, sagte Bilkis bewundernd.

Salomo hingegen schüttelte missbilligend den Kopf.

»In Ägypten macht man zu viel Aufhebens um den Tod und reimt sich Geschichten über das Jenseits zusammen, die niemand überprüfen kann. Wir Hebräer verehren als Lebende den lebendigen Gott und überlassen es ihm, wie er mit unseren Seelen nach dem Tod verfährt.«

»Da seid ihr vermutlich das einzige Volk, das sich vom Leben nach dem Tod nicht bestimmte Vorstellungen macht. In Saba hält man es eher nach Art der Ägypter; die Könige und die Vornehmen lassen ihre Körper sogar einbalsamieren. Allerdings beten wir den Tod nicht so an, wie es offenbar die Ägypter tun, die das eigentliche Leben, weil es ewig dauert, ins Jenseits verlegen. Mein Lehrer Ptahmose hat mich darüber aufgeklärt. Die Sabäer sehen ihre Hauptverpflichtung darin, zu Lebzeiten den Göttern die nötige Hochachtung zu erweisen und ihre Wünsche nach Gebet, Opfergaben und Tempelwohnungen zu erfüllen.«

»Ja, Bilkis, dazu neigen wir auch, aber in diesem Fall hatte ich einen sehnlichen Wunsch zu erfüllen, nämlich den meiner Gemahlin nach einem schönen und angemessenen Grab.«

Bilkis lächelte. »Wie man hört, hast du ihr auch andere Wünsche erfüllt.«

»Der Anat-Tempel auf dem Ölberg? Ja, auch das hat sie angeregt, aber dort werden von vielen in Jerusalem lebenden Ausländern noch andere Göttinnen verehrt. Genau genommen ist es ein Tempel weiblicher Gottheiten für alle, die nach einer solchen Verehrung verlangen.«

Danach umrundeten sie von Süd nach Nord die alte, von David erbaute und die neue, von Salomo errichtete Stadtmauer, stiegen zur Gichon-Quelle hinab. Salomo half Bilkis über die mächtigen Steinquader der Treppe, bis sie vor der ovalen Öffnung standen, durch die das aus dem Felsen in ein kleines Becken sprudelnde Wasser zu sehen war.

»Hier bin ich gereinigt und zum König gesalbt worden. Als mein Vater erfuhr, dass Adonia sich hinter seinem Rücken schon als König feiern ließ, rief er den Hohen Priester Zadok, den Propheten Natan und Benaja mit seiner Wachmannschaft. Sie begleiteten mich hierher und wieder zurück, wo ich mich auf Davids Befehl auf den Thron setzen musste. Trotz seiner

Todeskrankheit rief er mit mächtiger Stimme: ›Kein anderer als er soll an meiner Stelle König sein! Ihn habe ich zum Herrscher über Israel und Juda bestimmt!‹ Da musste Adonia seine Hoffnungen vorerst begraben, aber als David tot war und seine junge Pflegerin Abischag – vielen galt sie als seine letzte Gemahlin – in ihre Heimat zurückgereist war, ließ er bei mir um ihre Hand anhalten. Da erkannte ich sein verräterisches Vorhaben und ließ ihn töten.«

»Recht getan!«, sagte Bilkis mit fester Stimme. »Mein Halbbruder Karib hatte ähnliche Pläne und sie waren von ähnlicher Einfalt wie die deines Bruders Adonia.«

Wegen des Rauschens der Quelle hatten sie sich so laut unterhalten müssen, dass Salomo lächelnd auf seine Ohren deutete.

»Eine angenehmere Begleitmusik, als sie mich damals zum König salbten. Aber jetzt wird es mir doch lästig ...«

Sie kletterten nach oben und ritten bis zum Pferdetor, von wo es nur noch wenige Schritte bis zum Königspalast waren. Während die Diener eine Mahlzeit auftrugen, gesellte sich Sabud zu ihnen.

»Wenn es erlaubt ist?«

Salomo feixte den Freund an. »Wir müssten einmal herausfinden, was dir nicht erlaubt ist ... Setz dich endlich hin! Sonst bekomme ich noch eine Genickstarre, wenn ich ständig zu dir aufschauen muss.«

»Hattet ihr einen guten Tag?«

»Ich habe Bilkis draußen ein wenig herumgeführt. Zuletzt sind wir an der Gichon-Quelle gewesen und ich habe der Königin die Geschichte von meiner Salbung erzählt. Du warst ja damals auch dabei ...«

»Fast wäre es zu spät gewesen, denn Adonia hatte schon viele Anhänger gewonnen.«

»Wer zu spät handelt, bringt sich um Gottes Hilfe. Der Herr liebt entschlossene Menschen. Es war Adonias entscheidender Fehler und auch der deines Bruders Karib, dass sie zu lange gewartet haben.«

Bilkis nickte. »Ich saß damals schon über ein Jahr auf dem Thron.«

»Thronstreitigkeiten müssen gleich nach dem Tod eines Herrschers ausgetragen werden«, bemerkte Sabud. »Sobald der Nachfolger gesalbt und gekrönt ist, weiß er Gott auf seiner Seite, der es, wäre es gegen seinen Willen gewesen, nicht zugelassen hätte. Wie es bei Bilkis Balmaka gewesen ist, weiß ich nur ungefähr, aber Adonia hatte sich, wohl um sein Leben zu retten, Salomo unterworfen, ihn vor aller Welt als König anerkannt. Dass er dann versuchte, ihn dennoch zu stürzen, wenn er Abischag zur Frau nahm, war so dumm wie ungeschickt und hatte nicht die geringste Aussicht auf Erfolg.«

»Bei Karib war es anders«, sagte Bilkis. »Er hätte wohl von sich aus nichts unternommen, aber er war leicht zu beeinflussen und als Unzufriedene ihm mit seiner kaum vorhandenen Ähnlichkeit mit dem verstorbenen König schmeichelten, sah er sich als legitimer Nachfolger meines Vaters. Natürlich kam ihm dabei zugute, dass ich eine Frau war und der eigentliche Thronfolger, mein Bruder Menelik, verzichtet hatte.«

Gleich nach der Mahlzeit verabschiedete sich Sabud und der König forderte ihn nicht zum Bleiben auf. Als er gegangen war, sagte Salomo: »Es dämmert schon, du solltest besser die Nacht hier verbringen; Gästezimmer gibt es genug. Auch Judith kann bleiben, die anderen sollen in die Davidsstadt zurückkehren und dort Bescheid sagen.«

Bilkis zögerte. »Ich weiß nicht recht – es wird Gerede geben ...«

Salomo lachte fröhlich. »Gerede gibt es jetzt auch schon. Du wirst doch nicht glauben, dass meine Besuche im Davidspalast unbemerkt geblieben sind. Außerdem möchte ich jetzt endlich wissen, wie deine Begegnung mit meinen Gemahlinnen verlaufen ist. Aus Mirjam ist nichts herauszubekommen. Habt ihr euch gestritten?« Auch Bilkis hätte von sich aus nichts von ihrem Besuch erzählt, doch Salomo sollte ruhig ihre Meinung dazu hören.

Wie vom König angeregt, war die Einladung zu einem

Harimstreffen von Mirjam und Naama, der Mutter des Thronfolgers Rehabeam, gekommen. Auch die wichtigsten anderen Gemahlinnen waren dazu geladen – die Prinzessinnen von Tyros, Moab, Ammon und Edom.

Dieser Nachmittag war jedoch anders verlaufen, als Bilkis es sich gedacht hatte. Sie wurde von den Damen nicht im Harim – wohin die Ägypterin keinen Fuß gesetzt hätte – erwartet, sondern in Mirjams Palast, den der König im Norden dem seinen angefügt hatte. Von hier fiel der Blick auf die zum Tempelvorhof führende Rampe. Auch Naama, die Mutter des Thronfolgers, bewohnte eigene Räume, doch Mirjam verwies auf ihre hohe Schwangerschaft und so ging es – wie fast immer – nach ihrem Kopf.

In dem großen, auf ihren Wunsch mit Festszenen ausgemalten Besucherzimmer erhoben sich Salomos Hauptgemahlinnen mit Ausnahme von Mirjam, die ihren hoch gewölbten Bauch demonstrativ umfasst hielt und Bilkis freundlich entgegenlächelte. Naama war eine rundliche, mütterlich wirkende Frau, die sich nicht vordrängte, wenig sprach, aber aufmerksam und teilnehmend zuhörte.

Die anderen, von Salomo aus politischen Gründen angeheiratet, schwiegen verschüchtert, auch weil sie meist sehr schlecht Hebräisch sprachen und niemals Gelegenheit gehabt hatten, diese Sprache gründlich zu erlernen. So kam es, dass sich am Ende nur noch Mirjam und Bilkis unterhielten, auch von Naama fiel dann und wann ein Wort.

»Fühlst du dich gut aufgehoben drüben in der Davidsstadt?«

Damit eröffnete Mirjam das Gespräch und Bilkis nahm sich vor, geduldig auf alle Fragen einzugehen, ein Gespräch zu führen von gleich zu gleich.

»Ja, ich empfinde es als eine große Ehre, dass der König den Palast seines Vaters für mich hat herrichten lassen. So habe ich Platz für meine Dienerschaft und falle deinem ... eurem Haushalt nicht zur Last.«

Als sie einander so gegenübersaßen, die Königin von Saba und die ägyptische Prinzessin, hätte man sie für Schwestern halten können, wäre nicht Bilkis' dunklere Haut gewesen. Von Mirjams Schwangerschaft abgesehen, waren beide von schlanker, eher zierlicher Gestalt, beide hatten dieselben leicht schrägen Augen über betonten Backenknochen. Auch der kleine volle Mund und die makellose Perlenreihe der Zähne waren ihnen gemeinsam.

»Dass der König dich häufiger als üblich besucht, fällt allgemein auf. Es wäre nur zu überlegen, ob das für oder gegen dich spricht.«

Bilkis blieb gelassen. »Warum sollte es gegen mich sprechen? Es gibt mir das Gefühl, ein geehrter und willkommener Gast zu sein.«

Mirjams graugrüne Augen waren hart und abweisend geworden. »Es spricht gegen dich, weil du eine Frau bist, wie es uns alle auch seltsam berührt, dass du noch keinen Mann gefunden hast.«

Bilkis ließ ein heiteres Lachen hören. »Diese Empfindung teilt ihr mit meinem Volk, aber inzwischen hat sich ganz Saba daran gewöhnt und das hoffe ich auch von euch. Im Übrigen habe ich längst einen Mann, wie du sagtest, gefunden und vor meiner Abreise unsere Verlobung gefeiert.«

Mirjam konnte ihr Erstaunen nur schlecht verbergen. »Du bist verlobt? Das wusste ich nicht ...«

»Ist auch nicht so wichtig. Innenpolitische Erwägungen machten es ratsam, den Sohn meines Wesirs als künftigen Gemahl zu erwählen. Der Mann meines Herzens ist er nicht, das kann ich dir versichern.«

»Aha – den suchst du jetzt woanders?« Die Frage klang barsch.

»Warum muss ich darauf antworten? Unhöfliche Fragen soll man überhören, hat mich mein Vater gelehrt.«

»Es geht uns ja auch nichts an«, warf die sonst schweigsame Naama ein.

Weder Mirjam noch Bilkis achteten darauf. Mirjam verlagerte ächzend ihren gewölbten Leib.

»Vielleicht solltest du in Erwägung ziehen, dass der von dir gesuchte oder bereits gefundene Mann schon eine Familie hat und seine Frauen dich als Unfrieden und Verwirrung Stiftende betrachten könnten.«

»Du weißt so gut wie ich, dass in unserer Welt den Männern fast alles, den Frauen fast nichts erlaubt ist.«

Mirjam lachte gehässig. »Ägypten musst du schon ausnehmen. Da sitzt nämlich die Hauptgemahlin des Königs neben ihm auf dem Thron und gilt als Verkörperung der geiergestaltigen Göttin Mut, Gemahlin von Amun-Re. Sie darf sich Sat-Ra, Tochter der Sonne, nennen.«

Bilkis seufzte hörbar. »Ja, Ägypten hat uns vieles voraus und ich weiß, wovon ich spreche, denn der Arzt und Priester Ptahmose war einer meiner Erzieher.«

»Dann sei stolz darauf! Jedenfalls ist Ehebruch ein Verbrechen, hier wie dort, bei allen Völkern.«

»Ich bin noch nicht verheiratet ...«

»Aber dieser Mann könnte es sein.«

Die kluge Bilkis hatte mit solchen Fragen gerechnet und sich mit Eliohoref die entsprechenden, von Gott dem Mose gegebenen Gesetze angesehen. Sie zog einen Papyrus aus ihrem Gewand.

»Kennst du die Thora?«

»Einiges davon ...«

»Gut, dann werde ich dein Gedächtnis auffrischen und dir die von Mose angedrohten Strafen nennen, für das, was er als Ehebruch bezeichnet. ›Hingerichtet muss werden, wer mit der Frau eines anderen Israeliten Ehebruch begeht, auch wer mit der Frau seines Vaters oder seiner Schwiegertochter schläft. Nimmt ein Mann Tochter und Mutter gleichzeitig zur Frau, müssen alle drei den Feuertod sterben. Wer mit seiner Schwester oder mit einer Frau während ihrer Monatsblutung schläft, wird aus dem Volk ausgestoßen.‹ Die drei noch folgenden Beispiele befassen sich ausschließlich mit Unzucht von Verwandten, die können wir uns ersparen. Also – welcher dieser Fälle passt zu mir und diesem gedachten Mann?«

Mirjam verzog angewidert ihr Gesicht. »Mag auch keines

passen, so gibt es doch Verhaltensregeln, die jede Frau beachten sollte.«

Bilkis erhob sich. »Ja, die gibt es und es wäre gut, wenn du selbst mit ihrer Beachtung beginnen würdest.«

Mirjam rief ihr noch etwas hinterher, doch Bilkis wandte sich nicht um und ging stumm hinaus.

So stellte Bilkis es Salomo dar, verschwieg allerdings, dass das Gespräch viel länger gedauert hatte und dabei weitaus schärfere Worte gefallen waren. Freilich war das Hebräische für beide Frauen eine fremde Sprache, bei der sie die Worte nicht immer zutreffend einsetzen konnten und ihre Bedeutung nicht immer richtig verstanden.

Nachdem Bilkis sich zurückgezogen hatte, erforschte Salomo sein Gewissen. Als Erstes stellte er sich die Frage, ob Bilkis ihm mehr als seine anderen Frauen bedeutete – auch mehr als Mirjam. Da lautete die Antwort nein, aber … und er versuchte, dieses »aber« genauer zu erläutern. Mit Mirjam verbanden ihn die gemeinsamen Jahre, der rege geistige Austausch, die Bereitschaft, stets voneinander zu lernen. Was in der Thora über Ägypten geschrieben stand, war exemplarisch, historisch, auch einseitig. Mirjam hatte ihm ihre Heimat lebendig gemacht, ihn vieles verstehen lassen, was die Geschichtsbücher bewusst nicht aufklärten. Zugleich hatte die Ägypterin Merit-Anat ihm ungewollt bei dem Verständnis der alten Schriften geholfen, ihm also die Thora näher gebracht, als ein gelehrter Priester dies tun konnte. Bei allen anderen Frauen erlebte er nur demütige Hingabe, ein sklavisches Eingehen auf seine Wünsche, die sie krampfhaft vorauszuahnen versuchten und meist daneben trafen. In Mirjam hatte er eine gleichrangige Liebespartnerin gefunden, eine Frau, die sich nicht scheute, ihm ihre Wünsche zu nennen, zugleich bemüht, die seinen zu erfahren. Dies alles hatte den Umgang mit ihr so vergnüglich gemacht, dass er ihr auf seine Art treu geblieben war.

Und was fesselte ihn an Bilkis Balmaka? Dass sie eine leibhaftige Königin war? Dass sie zu ihm kam in der, wie er bald erkannt hatte, festen Absicht, ihm ihre Jungfräulichkeit zu opfern – nein, das war ein falsches Wort –, sie ihm darzubringen, zu schenken. Bei ihm führte das zu einer aus Rührung und Dankbarkeit entstandenen Bindung, fast zu einer Verpflichtung, der er gerne nachkam. Wie bei Mirjam fesselte ihn der geistige Austausch, zugleich aber die sehr ähnliche religiöse Anschauung. Mirjam blieb ihren ägyptischen Göttern fest verbunden, glaubte unerschütterlich an ein Fortleben im Jenseits, während Bilkis eher geneigt war, in Almaka und dem Gott der Israeliten ein und dieselbe Macht zu sehen. Das verband ihn mit ihr stärker, als er es anfangs geglaubt hatte. Kurz gesagt, Salomo liebte beide Frauen, wenn auch das, was ihn an sie band, durchaus verschieden war.

Als Bilkis an diesem Abend, zusammen mit Judith, das Gästezimmer aufsuchte, begann ihre Dienerin nach alter Gewohnheit ein, wie sie es nannten, Gutenachtgespräch.

»Hast du nicht bemerkt, wie dieser Schreiber heute hinter mir herhechelte, wie ein verliebter Esel? Er tat es allerdings so ... so verschämt, dass es kaum aufgefallen ist.«

Bilkis schmunzelte. »Wie hätte ich es dann bemerken sollen? Ich wusste nicht einmal, dass er bei unserem Ausflug dabei war.«

»Kein Wunder, da wir ja alle mit unseren faltigen Kapuzen kaum zu erkennen waren.«

»Salomo möchte jedes Aufsehen vermeiden. Er ist beim Volk sehr beliebt und würde man ihn erkennen, liefe gleich die halbe Stadt zusammen.«

»Was diesen Schreiber betrifft, so sollte ich mich wohl durch seine Aufmerksamkeit geehrt fühlen, aber ich weiß nicht ... Er ist so gar nicht der Mann, den ich mir wünsche.«

»Wie soll er denn aussehen? Wie Beni etwa, dein blutjunger Liebhaber? Oder wie unser Hauptmann Yatim, der dich neuerdings mit sehr interessierten Augen verfolgt?«

Judith zog eine Schnute, wobei sich der schwarze Haarflaum auf ihrer Oberlippe noch deutlicher zeigte.

»Wenn ich es genau bedenke, habe ich keine klare Vorstellung davon. Ich weiß nur, wie er nicht sein soll. Nicht wie mein Vater, der aus Habgier sein eigen Fleisch und Blut verschacherte, und nicht wie meine Brüder, die es guthießen. Auch nicht wie Beni, dieser grünschnabelige Frechdachs, und erst recht nicht wie dieser Händler, der mich an ein Freudenhaus verkaufte …«

»Und auch nicht wie Eliohoref?«, forschte Bilkis weiter.

Judith schien unschlüssig. »Nicht unbedingt … Er ist so farblos, erinnert an eine graue Maus. Und dann sein pompöser Name! Im Stillen nenne ich ihn die Elimaus …«

Nur mit Mühe unterdrückte Bilkis ein erheitertes Lachen.

»Es muss im Stillen bleiben! Hörst du?«

»Natürlich, meine Königin. Ich weiß, dass er ein wichtiger, vom König hoch geschätzter Mann ist. In seinem Beruf hat er es weit gebracht, aber sein persönliches Schicksal – kennst du es?«

»Ja, er hat mir darüber berichtet.«

»Du weißt nicht, wie das ist. Wenn ein Mensch unseres Glaubens so vom Unglück verfolgt ist wie er, dann muss er annehmen, Gott habe ihn gestraft. Da fragt Eliohoref natürlich nach dem Grund und findet keinen. Während unseres Ausflugs ist er die ganze Zeit neben mir geritten und hat mit halblauter klagender Stimme über sein elendes Leben gesprochen. Ich habe ihn damit zu trösten versucht, dass Gott oft die Sünden der Vorväter an ihren Nachkommen straft, und da ist er recht nachdenklich geworden. Es ist nur so: Selbst wenn er ein stattlicher Mann wäre – der Glaube an Gottes Zorn ist bei uns so verbreitet, dass sich wohl jede Frau eine Verbindung zu einem Gestraften genau überlegen würde. Er müsste eine Ausländerin heiraten, die kennen solche Bedenken nicht.«

Sie redeten noch ein wenig hin und her, doch Bilkis gewann den Eindruck, dass Judith von Eliohorefs Werbung mehr beeindruckt war, als sie zugeben wollte.

Ehe sie einschlief, dachte die Königin flüchtig an ihren Bruder Menelik und rechnete sich aus, dass allmählich ein Bote mit Nachrichten aus Saba eintreffen musste.

4

Es war, als würden Bilkis' ahnungsvolle Gedanken schnell wie das Licht nach Saba eilen, denn gerade um diese Zeit überlegte Menelik, wie er ihr die Geschehnisse der letzten Tage und Wochen mitteilen sollte.

Dieser Gaylan, der Sohn des Umstürzlers Karib, war nun tot. Von einer Gruppe junger Leute seines Stammes und in der Truppe aufgehetzt, hatte der gutmütige, noch unmündige Junge sich auserwählt und emporgehoben gefühlt. Der Heerführer Dakar – von einem Vertrauten aufgeklärt – hatte ihn stillschweigend festnehmen lassen und dann war Gaylan auf der Flucht umgekommen. Der Wesir Udwan hatte es Menelik mitgeteilt.

»Wir alle waren bemüht, dein Gebot einzuhalten, nämlich ihn nicht zu töten, sondern unbemerkt außer Landes zu schaffen. Das musste genau überlegt werden und noch ehe wir einen Plan ausgearbeitet hatten, muss es seinen früheren Anhängern gelungen sein, ihm eine Fluchtmöglichkeit zu verschaffen. Dass der Strick riss, noch ehe er von seinem Turmfenster aus den Boden erreicht hatte, war nicht vorherzusehen. Es gibt mehrere Zeugen, die bestätigen können, dass er, noch mit dem Seil in Händen, zu Füßen des Turmes mit gebrochenem Genick lag.«

Menelik, zeitlebens schmal, bleich und kränklich aussehend, waren nach Übernahme der neuen Aufgaben Kräfte zugewachsen, die ihn selbst erstaunten. Udwan hatte im Stillen gehofft, der Hohe Priester würde unter dieser Last zusammenbrechen und die Zügel der Regierung ganz in seine Hände legen, aber das Gegenteil war eingetreten. Menelik war immer zur Stelle, wo es um wichtige Entscheidungen ging, sandte niemals einen Vertreter, war immer bei der Sache. Sein sonst bleiches Gesicht zeigte jetzt häufig eine ungesunde Rötung, seine eingesunkenen Augen glänzten fiebrig. Mit Gaylans Tod schien er sich schnell abzufinden.

»Gut, der Fall ist ausgestanden und ich glaube nicht, dass

nach Karib und Gaylan noch jemand Ansprüche auf den Thron von Saba erhebt. Ich werde einen Bericht an meine Schwester zusammenstellen und ihn der nächsten Karawane mit auf den Weg geben.«

Udwans stets misstrauischer Blick wandelte sich in Argwohn. Erregt begann er seine Finger zu kneten, dass sie hörbar knackten. »Darf ich deinen Bericht sehen?«

»Nein, aber du kannst einen eigenen verfassen.«

»Ja, das werde ich tun!«

Menelik schüttelte leicht den Kopf. »Das klingt wie ein Vorwurf. Ich halte es für meine Pflicht, der Königin von all diesen Geschehnissen zu berichten.«

»Wir sollten es gemeinsam tun.«

»Warum? Bilkis ist meine Schwester, da gibt es auch Persönliches mitzuteilen, also Dinge, mein Freund, die dich nichts angehen.«

Udwan hatte in groben Zügen schon einen Plan entwickelt, wie er seinem Sohn den Thron verschaffen konnte, ohne sich über die ersten Schritte noch im Klaren zu sein. Plötzlich traf ihn jedoch die Erkenntnis: Ich muss mit Menelik beginnen, muss ihn zum Handlanger in diesem Spiel machen.

Sie saßen in der Wohnung des Hohen Priesters, die der Rückseite des Tempels angefügt war und einen freien Blick auf die Berge im Westen bot. Diese Hügelkette zeigte zu jeder Tageszeit eine andere Färbung – jetzt am frühen Nachmittag lag sie im leichten Dunst und sah aus, als hätte der Wettergott einen graublauen Schleier darüber gebreitet.

Udwan versuchte, eine vertrauensvolle und besorgte Miene aufzusetzen, aber es gelang ihm nicht ganz, den Ausdruck der Verschlagenheit zu unterdrücken.

»Da ist noch etwas, das wir unter vier Augen besprechen sollten ...«

Der Hohe Priester nickte und gab dem Dienst tuenden Priesternovizen einen Wink. Udwan sprach langsam und wählte seine Worte mit aller Sorgfalt.

»Ich weiß nicht, ob ein Gerücht schon zu dir gedrungen ist,

das vor einigen Tagen von der aus dem Norden zurückgekehrten Karawane verbreitet wurde.«

Da er schwieg, sagte Menelik: »Gerüchte gibt es viele, ich pflege mich nur mit Tatsachen zu befassen.«

»Nun ja – es war die Rede von einer Krankheit unserer Königin und dass Salomos Ärzte sich um sie bemühen.«

Meneliks Gesicht rötete sich und seine Stirn glänzte feucht. »Davon weiß ich nichts.«

»Vielleicht ist es ja wirklich nur ein dummes Gerücht, aber wir sollten dennoch eine solche Möglichkeit in Erwägung ziehen. Nun haben wir zwei Versuche erlebt, die Königin vom Thron zu stürzen, und sollte das Gerücht sich durch zuverlässige Nachrichten bestätigen, sollte, da sei Almaka vor, es sogar dahin kommen, dass ihr Tod gemeldet wird, dann sehe ich schwere Zeiten heraufziehen für dich, für mich, für alle, die der Königin nahe stehen.«

Meneliks jetzt wieder bleiches Gesicht verschloss sich.

»Was sollen wir tun? Ich sehe noch keinen Handlungsbedarf.«

»Vorbeugen, Menelik, vorbeugen, ehe man uns die Zügel aus der Hand nimmt.«

»Woran denkst du dabei?«

»Erkläre dich für die Zeit von Bilkis' Abwesenheit zum Mukarrib. Du bist der Einzige, der dies nach Recht, Gesetz und Herkommen tun kann. Du musst diesen Schritt nicht mit einer etwaigen Krankheit der Königin begründen, sondern allein deshalb, um während ihrer doch ungewöhnlich langen Abwesenheit dem Land die Ruhe zu bewahren.«

Menelik, den die letzten Monate viel Kraft gekostet hatten und der sich seine Stärke und Zähigkeit nur durch den Beistand Almakas erklären konnte – Menelik spürte, wie sich etwas in seinem Inneren löste, wie seine Glieder schlaff und sein Geist taub wurden. Zugleich wehte es ihn fiebrig an, eine Glut wallte in ihm hoch und nahm ihm den Atem. Was hatte Udwan zuletzt gefragt? Er wusste es nicht mehr. Der Hohe Priester ließ sich kraftlos zurücksinken und krächzte: »Wasser ... Wasser ...«

Udwan überkam ein froher Schrecken. Wenn er jetzt stirbt, ist die Hälfte meines Planes schon verwirklicht ...

Dann lief er dennoch hinaus und die Diener strömten herein. Wasser wurde gebracht, nach dem Arzt gerufen, der für beide Tempel zuständig und nicht leicht zu finden war. Udwan befahl, ihn stündlich über Meneliks Befinden zu unterrichten, und ließ sich in den Königspalast bringen, wo er zusammen mit seinem Sohn Manheb einige Räume bewohnte. Er zog den jungen Mann in eine Ecke und flüsterte: »Nun höre einmal gut zu! Heute sind wir unserem Plan so nahe gekommen, wie ich es zu diesem Zeitpunkt niemals erhofft hatte. Menelik ist soeben zusammengebrochen – ob er stirbt, kann jetzt niemand sagen. Ich habe befohlen, mir stündlich von seinem Zustand zu berichten. Wird sein Tod gemeldet, rufe ich die Stammesführer zusammen und schlage vor, dich als Bilkis' zukünftigen Ehemann bis zu ihrer Heimkehr auf den Thron zu erheben. Wir werden dann zusammen das Land regieren, und zwar so erfolgreich, dass die Königin nach ihrer Rückkehr als deine Gemahlin ins zweite Glied treten muss, ob sie nun will oder nicht!«

Manhebs noch weiches jugendliches Gesicht zeigte jähes Erschrecken.

»Aber ... aber ...«, begann er herumzustottern, doch Udwan schnitt ihm mit einer herrischen Geste die Rede ab.

»Kein aber! Lass mich nur machen!«

»Ich wollte nur fragen, was ist, wenn er die Krankheit überlebt?«

»Das macht es etwas schwieriger, doch ich halte an meinem Plan fest. Ich werde ihm dann zu bedenken geben, dass die Regierungsgeschäfte seine Kräfte überfordern, und ihm nahe legen, sich auf sein Amt als Hoher Priester zurückzuziehen. Im Übrigen werde ich unser Vorgehen noch anderweitig absichern, aber davon brauchst du jetzt noch nichts zu wissen.«

Was Udwan vorhatte, war Folgendes: Die nächste, aus dem Norden zurückkehrende Karawane musste eine Nachricht der Königin überbringen, mit der Mitteilung, sie sei von schwerer Krankheit genesen und müsse ihre Rückreise um mindestens ein halbes Jahr verschieben. Um die Ordnung im Land nicht zu gefährden, solle ihr künftiger Ehemann Manheb bis zu ihrer Rückkehr das Amt eines Mukarrib übernehmen. Ihren Bruder bitte sie, dieses Vorhaben zu unterstützen und wieder ausschließlich als Almakas Hoher Priester zu wirken.

Da Udwan gleich nach Bilkis' Thronübernahme ihr Königssiegel hatte vorsorglich kopieren lassen, würde jedermann das Schreiben für echt halten. Nun galt es jedoch, einen vertrauenswürdigen Mann zu finden, der nach Norden zog und für das königliche Schreiben einen Überbringer fand. Udwan dachte lange nach, aber letztlich kam nur einer infrage: Bayim!

Der Wesir, stets bestrebt, sich eine Hausmacht zu schaffen, verfügte über einige Männer, die ihm Leben oder Freiheit verdankten und diese Dankbarkeit gelegentlich unter Beweis zu stellen hatten. Bayim war ein entfernter Verwandter, der wegen Totschlags sterben sollte, außer es würde eine hohe Ablösesumme gezahlt werden. Udwan zahlte und nahm den zutiefst Dankbaren als Sklaven in seine Dienste. Da nun Bayim schon einmal getötet hatte, musste er es von Zeit zu Zeit in Udwans Auftrag weiterhin tun. Er stellte sich sehr geschickt dabei an und als ihn der Wesir diesmal kommen ließ, grinste der Kerl über das ganze Gesicht. Er verneigte sich tief.

»Wieder einer zu viel auf der Welt, Herr?«

Udwan lächelte säuerlich.

»Falsch geraten, die Sache ist diesmal weitaus schwieriger, als jemanden aus der Welt zu schaffen. Jetzt höre genau zu. Eines vorweg: Wenn du alles richtig machst, winkt dir ein hoher Lohn, vielleicht lasse ich dich sogar frei. Ich vertraue dir ein gesiegeltes Schreiben an, das an mich gerichtet ist, doch aus gewissen Gründen erst aus der Ferne an mich gelangen soll. Du reitest also von hier über Najran nach Norden, bis du auf eine Karawane triffst, die aus Petra oder Gaza kommt. Als Erstes musst du herausfinden, ob einer der Reisenden eine Botschaft von unserer Königin mit sich führt. Frage jeden Einzelnen! Ich gebe dir ein mit dem Staatssiegel versehenes Schreiben mit, das dich ermächtigt, den Brief der Königin an dich zu nehmen. Das ist das eine. Zum anderen musst du dir in dieser Karawane einen zuverlässigen Mann aussuchen, der gegen gute Bezahlung mein Schreiben übernimmt und es später vor Zeugen bei mir abliefert. Sage ihm, dass er hier nochmals eine hohe Belohnung erhält.«

Bayim, der zuvor noch frech und zuversichtlich aufgetreten war, zeigte sich jetzt verunsichert.

»Verzeih, Herr, aber ich möchte nichts falsch machen. Also – ich soll nach einer Botschaft von unserer Königin forschen und, wenn es sie gibt, an mich nehmen.«

Udwan nickte ungeduldig. »Ja, ja, was wäre da noch zu reden?«

»Und wenn es keine gibt ...«

»Umso besser! Dann tue das andere und suche dir einen Mann, der dieses Schreiben«, Udwan hielt es hoch, »an sich nimmt und mir zustellt.«

»Aber es ist ja schon in deiner Hand!«

»Dummkopf! Das wissen auf der Welt nur zwei, nämlich du und ich. Es soll so aussehen, als sei dieser Brief aus dem Norden an mich gesandt worden.«

»Von wem?«

»Das geht dich nichts an! Alles, was du wissen musst, habe ich dir gesagt. Und bedenke eines: Sollte irgendetwas dabei schief laufen, so kostet es dich den Kopf!«

»Ja, Herr.«

Bayim hätte sich jetzt am liebsten fortgewünscht, weit weg von hier. Dann fiel ihm ein, dass er ohnehin fortmusste – weit weg ... Er lachte laut und trotzig auf. Das wäre ja noch schöner, redete er sich eifrig zu, dass ich einen Auftrag meines Herrn nicht zu seiner vollen Zufriedenheit ausführen werde können. Natürlich kann ich es!

Einige Tage später machte Bayim sich auf den Weg nach Norden, begleitet von zwei stummen Dienern, die schwer bewaffnet und als Kämpfer erprobt waren. Dem einen war strafweise die Zunge herausgeschnitten worden, der andere hatte durch eine Kinderkrankheit das Gehör und damit auch die

Sprache verloren. Sie ritten auf Kamelen und führten zwei weitere als Lastenträger mit, beladen vor allem mit Wasser und Proviant.

Bayim hatte Glück, denn schon sechs Tagesreisen nach der Wüstenstadt Najran traf er auf eine große Karawane, die sich in Petra aus verschiedenen Richtungen zusammengefunden hatte. Einige der Händler kamen aus Juda, doch Bayim befragte sie alle, zeigte sein gesiegeltes Ermächtigungsschreiben. Zwar konnte keiner es lesen, die meisten erkannten jedoch das sabäische Staatssiegel. Doch keiner wusste etwas von einer Botschaft der Königin und so wandte sich Bayim seiner zweiten Aufgabe zu. Einer der judäischen Kaufleute schien ihm geeignet und ihm log er vor: »Ich habe dieses Schreiben in Makoraba von einem Kerwan-Bashi übernommen, der krankheitshalber vorerst nicht weiterreisen konnte. Jetzt aber habe ich etwas Dringendes in Najran zu erledigen, von dem ich nicht weiß, wie lange es dauert.« Er setzte eine betrübte Miene auf. »Ein Verwandter ist gestorben ...«

Dann übergab er ihm den Brief mit der Weisung, ihn am Königspalast in Maryab abzuliefern. Udwan hatte ihm zu verstehen gegeben, dass die Ankunft des Schreibens möglichst noch Zeugen haben sollte. Er steckte dem anderen ein Silberstück im Gewicht von etwa zwanzig *dirham* zu. Der Mann wog das Silber kennerisch in der Hand und gab ein zufriedenes Grunzen von sich.

»Ein guter Lohn ...«

»Ja, und das Beste daran: Du wirst an der Palastpforte das gleiche Stück nochmals erhalten, wenn du dich auf den Wesir berufst.«

Siebzehn Tage später hielt Udwan sein von ihm verfasstes, der Königin untergeschobenes Schreiben in der Hand und nicht wenige konnten bezeugen, dass ein judäischer Karawanenhändler es gebracht hatte.

Tags darauf berief der Wesir eine Versammlung ein und ließ die Botschaft verlesen. Menelik hatte sich wegen seiner schweren Krankheit entschuldigen lassen, doch seine engsten Vertrauten wussten, dass er den damaligen Schwächeanfall nicht nur gut überstanden hatte, sondern auch zu seiner früheren, wenn auch stets gefährdeten Gesundheit zurückgefunden hatte. Eine seltsame Ahnung ließ ihn weiter den Kranken spielen und die Öffentlichkeit meiden.

So hatte der Wesir den Arzt und Priester Ptahmose zu der Verlesung geladen und ihn gebeten, Menelik den Inhalt des königlichen Schreibens mitzuteilen. Dessen wichtigster Teil lautete:

Durch die Güte des großen Almaka und die Bemühungen der königlichen Ärzte habe ich eine schwere, hierzulande grassierende Seuche überstanden, bin aber noch sehr geschwächt. Zwar hoffe ich, meine Gesundheit wieder zu finden, allerdings gibt es keine Gewissheit, da inzwischen viele an dieser Krankheit gestorben sind. Diese Umstände zwingen mich zu einem längeren Aufenthalt, als ursprünglich vorgesehen, und deshalb hebe ich die bei meiner Abreise getroffenen Anordnungen auf und verfüge wie folgt: Udwans Sohn Manheb – mein künftiger Gemahl – soll bis zu meiner Rückkehr als König herrschen, beraten von meinem Bruder, dem Hohen Priester Menelik, und von seinem Vater, dem Wesir Udwan. Die Stammesführer bitte ich, meinem Vorschlag zuzustimmen. Nach meiner Rückkehr und meiner Verheiratung mit Manheb werden wir uns neu beraten.

Ptahmose hatte sich Notizen gemacht, um später genau Bericht erstatten zu können.

Am Nachmittag begab er sich zu Menelik und wurde sofort vorgelassen. Natürlich wusste er, dass sein früherer Zögling die Krankheit längst überstanden hatte, nur eine kleine Schwäche war geblieben, sodass er jede Anstrengung mied.

Zuerst berichtete Ptahmose von der Botschaft aus Jerusalem, die sich Menelik schweigend anhörte. Dann sagte er mit leiser, vor Zorn und Erregung bebender Stimme: »Der Brief ist eine dreiste Fälschung, meine Schwester war niemals krank.«

Ptahmose, sonst kaum aus der Ruhe zu bringen, begann vor Schrecken und Empörung zu stottern. »Aber ... aber ... das ist ... warum ... woher weißt du ...«

Menelik öffnete einen schön geschnitzten Wandschrank, entnahm ein metallenes Kästchen, entriegelte es und holte ein kaum handgroßes gefaltetes und gesiegeltes Papier heraus.

»Das ist von meiner Schwester eigenhändig geschrieben und auf eine Weise gesiegelt, die wir vorher abgesprochen hatten.«

Er streckte dem Arzt das Schreiben hin. Ptahmose nahm es, ging zum Fenster und prüfte das Siegel.

»Eine Taube mit einem Olivenzweig ...«

»Ja, und nur derart gesiegelte und eigenhändig geschriebene Nachrichten stammen von Bilkis. Der sie mir überbrachte, ein sabäischer Kaufherr, mit unserem Schatzmeister Yuhanim befreundet, hat mir noch eine kleine Geschichte dazu erzählt. Etwa beim letzten Drittel der Reise, im Gebiet von Najran, tauchte ein Mann mit zwei Begleitern auf, der ein mit dem Königssiegel versehenes Schreiben vorwies, das ihn ermächtigen sollte, etwaige Nachrichten von meiner Schwester entgegenzunehmen. Er fragte jeden Einzelnen danach, auch meinen Überbringer. Dem hatte Bilkis jedoch eingeschärft, dieses Schreiben geheim zu halten und nur mir persönlich zu übergeben. Für den Fall, dass ich nicht mehr am Leben sei, hatte er den Auftrag, das Papier zu vernichten. Was Udwan dir und den anderen vorgelesen hat, stammt von ihm selbst und soll seinen Sohn auf den Thron bringen.«

Ptahmose prüfte – wie er es häufig tat – die Glätte seines kahl geschorenen Kopfes und strich langsam mit den Fingerspitzen darüber.

»Udwan hat das recht gut eingefädelt; dass Bilkis ihm nicht traute, wusste ich längst. Ihr Misstrauen hat sich gelohnt – Udwan ist überführt.«

»Ja, und er glaubt, jetzt leichtes Spiel zu haben, da ich, wie er meint, durch meine Krankheit handlungsunfähig bin. Vermutlich ist er schon dabei, die Stammesführer herbeizurufen, um ihnen den Grünschnabel Manheb als neuen König vorzuführen.«

»Darf ich wissen, was in dem Brief steht?«

»Bilkis berichtet vom Leben an Salomos Hof, von seiner Gastfreundschaft, seinen zahlreichen Frauen und von ihrer Überraschung, den Tempel des unsichtbaren Gottes so klein und bescheiden vorzufinden. Das Wichtigste aber: Sie ist bei bester Gesundheit und will sich im Frühsommer des kommenden Jahres auf die Rückreise machen. Sie hat es nicht wörtlich geschrieben, doch zwischen den Zeilen ist zu lesen, dass sie von einer Heirat mit Manheb Abstand nimmt. Was nun uns betrifft, so werden wir Udwan aburteilen und gleich darauf die Königin benachrichtigen. Wenn der Wesir tatsächlich schon dabei ist, die Stammesführer zusammenzurufen, so kann es mir nur recht sein, weil diese Herren dann gleich Zeuge sein werden, wie wir einen Verräter überführen.«

»Wir müssen sofort Dakar benachrichtigen!«

»Der Bote ist unterwegs. Udwan erwartet jetzt dringend deine Nachricht, wie es mir geht und wie ich die Botschaft aufgenommen habe. Sage ihm, da ich bald meinen Tod erwarte, möchte ich die Ausführung von Bilkis' Anordnungen noch miterleben und bitte, die Versammlung hier im Tempel abzuhalten. Er wird das als meine Zustimmung auffassen, aber Dakar wird inzwischen den Tempel umstellen und ich werde diese Versammlung zu einer Gerichtsverhandlung machen, um einen Verräter abzuurteilen.«

»Was geschieht mit Manheb?«

»Da bin ich mir noch nicht schlüssig ...«

»Besser wäre, er müsste mit seinem Vater sterben.«

»Manheb trägt nur eine geringe Schuld, er steht im Schatten seines Vaters, war ihm ausgeliefert. Ich werde ihn hier im Kerker des Tempels festsetzen lassen, bis Bilkis zurück ist. Dann soll sie entscheiden.«

Als Ptahmose am nächsten Morgen bei Udwan erschien, konnte der Wesir seine Zufriedenheit nicht verbergen.

»Es ist ohnehin ein Wunder, dass Menelik so lange gelebt

hat. Keiner weiß dies besser als du. Aber wir müssen vorausblicken, denn das Land braucht in jedem Fall einen König. Falls es Almaka gefällt, Bilkis wieder genesen zu lassen, wird doch noch eine lange Zeit bis zu ihrer Rückkehr vergehen. Gut. Sobald die Stammesführer hier versammelt sind, werden wir gemeinsam zum Tempel gehen und dem Wunsch der Königin Folge leisten.«

Udwan, seit jeher gewohnt, allen Ereignissen mit Misstrauen und Argwohn zu begegnen, ließ auch jetzt äußerste Vorsicht walten. Seine im Königstempel tätigen Spitzel konnten zwar bestätigen, dass der Hohe Priester seine Räume niemals verließ, sie wussten allerdings auch zu berichten, dass der Heerführer Dakar gekommen war und mit Menelik eine sehr lange Besprechung hatte. Es war ihnen auch nicht entgangen, dass – offenbar als Folge dieser Besprechung – nach und nach Truppen im Gebiet des weiter südlich gelegenen »Volkstempels« Stellung nahmen. Da musste Udwan sich fragen, warum man ihn davon nicht unterrichtet hatte. Er ließ sofort nachforschen und es wurde berichtet, die Bewaffneten dienten der Sicherheit der Stammesführer, die sich ja bald im Königstempel versammeln würden. Als er dann noch hörte, dass der angeblich todkranke Menelik ständig Freunde und Ratgeber empfing, ließ Udwan den Hohen Priester durch einen Boten wissen, er müsse ihm etwas sehr Wichtiges mitteilen. Er bekam den Bescheid, da die Versammlung der Stammesführer – an der er ja teilnehme – ohnehin für die nächsten Tage anberaumt sei, solle er sich bis dahin in Geduld fassen.

Udwan, wie schon gesagt, ein äußerst misstrauischer Mensch, dessen Handlungen stets von Argwohn und Vorsicht begleitet waren, ließ es diesmal daran fehlen, weil die Vorstellung und die Erwartung, seinen Sohn bald auf dem Thron von Saba zu sehen, alles andere in den Schatten stellte.

Udwan blühte auf. Nun endlich bewegte sich etwas! Dass Tücke und Verrat dabei im Spiel waren, störte ihn wenig und er dachte: Hätte sich in der Geschichte jemals etwas bewegt ohne Lug und Trug? Nur der Erfolg zählte und so wie es aussah, würde er als Stammvater einer neuen Königsdynastie in die Geschichte eingehen.

Einen Tag vor der im Tempel anberaumten Versammlung bestätigten ihm seine Spitzel, dass die dort versammelten Truppen tatsächlich nur dem Zweck dienten, die nicht selten eintretenden Streitereien zwischen den Gefolgschaften der Stammesführer zu verhindern. Dakar selbst habe dies in einer Ansprache an seine Männer deutlich gemacht und darauf hingewiesen, dass der *mahram*, also das geheiligte Gebiet zwischen den beiden großen Tempeln, nicht durch Bluttaten entweiht werden dürfe.

So zog der Wesir Udwan an der Seite seines erstgeborenen Sohnes Manheb wie ein Triumphator mit Gefolgsleuten und einer kleinen Wachmannschaft in das Gebiet des Königstempels ein. Die Bewaffneten wurden schon am Tor zum Außenhof abgewiesen, weil der geheiligte Boden des Gottes Almaka keine Mordwaffen dulde. Udwan hatte das erwartet und gab seinen Leuten den Befehl, sich den versammelten Truppen anzuschließen. Was ihre wirkliche Aufgabe war, wussten nur Dakar und einige seiner Hauptleute.

Die Versammlung fand in dem von hohen Pfeilern gesäumten Innenhof des Tempels statt. Vor den Stufen zum Allerheiligsten war ein bequemer Sessel für den Hohen Priester aufgestellt, die Stammesführer mit ihren wichtigsten Beratern hatten sich auf Teppichen zu Füßen der Pfeiler gelagert. Nach einem gemeinsamen Gebet zum Staatsgott Almaka bat Menelik den Wesir Udwan, neben ihn zu treten und die Botschaft der Königin zu verlesen.

Er sieht gar nicht so krank aus, dachte Udwan und ihn beschlich ein Gefühl des Unbehagens. Er verdrängte es, hob das Papier, wies auf das Königssiegel und begann zu lesen. Als er das Blatt sinken ließ, ertönte Meneliks hohe, aber keineswegs kraftlose Stimme.

»Hochverehrte Versammlung! Natürlich müssten wir uns alle dem Wunsch der Königin beugen, die auch ausdrücklich um eure Zustimmung zur Thronerhebung Manhebs gebeten hat. Ich sagte, wir müssten, doch wir werden es nicht tun, weil der Brief eine Fälschung ist. Nicht Bilkis Balmaka hat ihn verfasst, sondern der hier anwesende Wesir Udwan.«

Er hielt die Hand mit dem Schreiben der Königin hoch. »Mit der gleichen Karawane, in die Udwan seinen Brief hineingemogelt hat, kam dieses echte, von der Königin mit ihrem privaten Geheimsiegel versehene Schreiben, aus dem ich euch jetzt die wichtigsten Teile vorlesen werde.«

Udwan fühlte sich wie von einer heißen Woge übergossen. In seinen Ohren begann es zu rauschen, sein Mund wurde trocken wie altes Leder. Er blickte sich wie gehetzt um. Nur weg von hier! Weg! Weg! Mit halbem Ohr hörte er noch die Entgegnung des Ältesten der Stammesführer, der zu verstehen gab, dass sie, auch wenn es der Wunsch der Königin war, der Erhebung des Grünschnabels Manheb auf den Thron von Saba kaum zugestimmt hätten.

Udwan wurde von kräftigen Tempeldienern festgehalten und vernahm sein Urteil.

5

Durch ihre hohe Schwangerschaft – die Geburt wurde zum Jahresende erwartet – war Mirjam dem Umkreis des Königs etwas entrückt, wenn er sich auch fast täglich nach ihrem Ergehen erkundigte. Bilkis tat das übrigens auch. Sie wahrte in jeder Beziehung die Form und zollte Salomos Lieblingsgemahlin die verdiente Achtung.

Der König, hingerissen vom Liebreiz und der geistigen Regsamkeit seines hohen Gastes, wollte auch das kleine, Mirjam gewidmete lobpreisende Lied umfassender gestalten und etwas von dem einfließen lassen, was er für Bilkis empfand. Er dachte daran, es in Form eines Zwiegesprächs anzulegen, doch so, dass nur Eingeweihte die Tatsachen dahinter erkannten. Mit seinem Freund Sabud sprach er als Einzigem darüber.

»In den beiden Liebesleuten sollen sich alle Liebenden erkennen, deshalb werde ich sie als Hirtin und Hirt auftreten lassen, denn das ist die Grundlage unserer Völker – des ihren wie des meinen. Natürlich liegt dahinter die Wahrheit verborgen, wie unter einem Schleier, der gerade noch die Konturen erkennen lässt.«

Sabud dachte wie immer lange nach und wühlte dabei in seinem schon grau werdenden Bart, als suche er dort nach einer Erwiderung.

Salomo, ungeduldig geworden, sprach weiter. »Was könntest du auch dazu sagen? Der Schöpfer ist mit seiner Dichtung allein, niemand kann ihm dabei helfen, kann ihm raten. Ursprünglich sollte das Lied – wie mit einem Paukenschlag – mit den Worten beginnen: ›Du bist schön, meine Freundin! Schön bist du!‹ Doch es darf ja nicht nur meine Huldigung an sie sein, es soll ein Liebespaar feiern, und zwar in dessen eigener Sprache. Ich werde dir jetzt die Rohfassung vorlegen, an der nur noch da und dort gefeilt werden muss.«

»Nein«, sagte Sabud überraschend schnell, »nein, mein Freund, das gehört sich nicht. Es ist eine Huldigung an Bilkis Balmaka, für sie und nur für sie gedacht. Wenn sich, wie du sagst, alle Liebenden darin erkennen sollen, dann überlasse später deinem Hofchronisten eine Abschrift und er wird es dem Übrigen hinzufügen. Als Erste aber muss sie es hören und vielleicht solltest du sie fragen, ob das Lied später öffentlich werden soll.«

Salomo war nachdenklich geworden und starrte eine Weile auf den Bart seines Freundes.

»Es ist schon seltsam, Sabud, wir kennen uns von Jugend an, du bist mein bester Freund und wir sehen uns fast täglich. Und doch fällt mir erst jetzt auf, dass dein Bart grau wird. Wie ist das möglich?«

Sabud lächelte auf seine stille, fast verschämte Art.

»Dafür gibt es schon eine Erklärung. Hätten wir uns aus den Augen verloren, als meine Barthaare noch schwarz waren, und ich wäre nach langer Zeit zurückgekommen, so hättest du es bemerkt. So ist es langsam gegangen. Zuerst wird ein Haar grau, dann ein zweites, das fällt nicht weiter auf, weil sie in der Vielzahl der schwarzen untergehen. Damit will ich sagen, du hast dich langsam an diese Veränderung gewöhnt, so, wie wir uns daran gewöhnen, alt zu werden, weil es nicht über Nacht, sondern im Laufe der Jahre geschieht.«

Salomo nickte. »Da muss ich gleich an meinen Vater denken, der ja mit seinen zweiundsiebzig Jahren wirklich alt geworden ist. Kurz vor seinem Tod hat er zu mir etwas gesagt, was deiner Behauptung, man gewöhne sich an das Alter, zwar nicht widerspricht, sie jedoch etwas einschränkt. Das klang etwa so: Dass er nun wirklich alt geworden sei, erkenne er weniger an Einzelheiten, sondern an einer Summe von Zeichen, die sich nicht gleichzeitig, sondern langsam nach und nach einstellen. Da kommen ein paar graue Haare – pah, was ist das schon! Beim Tanzen schmerzt die linke Hüfte. Das wird schon wieder vergehen. Die Zähne fallen nach und nach aus. Jedem geht es so, damit muss man sich abfinden. Aber dann, wenn eines zum anderen kommt, sagte David, dann werde die Summe der einzeln auftretenden und zuvor nicht sehr ernst genommenen Alterserscheinungen zur Plage. Sein letzter Satz lautete: Wenn sie dir am Ende zur Mühsal, zur Last geworden sind, dann bist du alt und fühlst dich auch so.«

Sabud schmunzelte. »Es ist schon erstaunlich, wie wir von einem Liebeslied auf die Plagen des Alters gekommen sind.«

»Das zeigt nur unsere geistige Regsamkeit. Ausgenommen bei Ratsversammlungen, wo es sein muss, hasse ich es, wenn ein Thema so lange gedreht und gewendet wird, bis man es gründlich satt hat und nichts mehr davon hören will. Letztlich aber muss ich dir Recht geben: Bilkis soll das Lied als Erste hören und auch darüber entscheiden, ob es unser beider gemeinsamer Besitz bleibt oder es sich der Hofchronist zu Eigen und damit öffentlich macht.«

»Ich freue mich, dass du meinen Rat annimmst, wenn ich auch glaube, dass sich dir bei längerem Nachdenken dieser Gedanke aufgedrängt hätte.«

»Sei nicht so bescheiden, Sabud! Kann ich jemanden einen Freund nennen, wenn ich mich seinem Rat verschließe und ihn damit missachte?«

Später dachte der König über die häufig aufgestellte Behauptung nach, Frau und Mann könnten nur Geschlechtspartner, aber niemals Freunde sein. Seit Bilkis zu Gast ist, dachte er, halte ich dies für widerlegt. Zu den Wonnen, die ein Liebespaar sich bereiten kann, kommt die Freude über ein geist- und inhaltsreiches Gespräch. Das aber band und bindet mich auch an Mirjam, die – halt! Er sprang auf. War nicht heute früh die Nachricht gekommen, dass bei ihr die Wehen eingesetzt hätten? Er rannte den Türsteher fast um, als er hinauslief und im Laufen der herbeieilenden Leibwache abwinkte.

»Nein, nein, ich schaue nur nach Mirjam!«

Als Mirjams Leibwache den Weg in ihre Räume freigeben wollte, zögerte Salomo und ließ die Hebamme holen. Die kleine rundliche Frau sah seine Besorgnis und winkte beruhigend ab.

»Ihr Männer meint immer, wo Wehen sind, muss es bald ein Kind geben. So ist es leider nicht, Malki. Die Wehen sind zwar etwas stärker geworden, doch die Abstände sind noch zu groß. Einige Stunden wirst du dich noch gedulden müssen. Dir sind doch schon viele Kinder geboren worden und eigentlich ...«

»Ja, ja, ich vergesse es immer wieder! Da ich nun schon einmal hier bin, werde ich auf das Kind warten, wie lange es auch dauern mag.«

Er ging in ihr schön geschmücktes Empfangszimmer, wo sie sich mit ihrem Hofstaat besprach oder gesellige Stunden mit Freundinnen verbrachte. So viel er wusste, war keine seiner anderen Gemahlinnen darunter. Nur Naama lud sie dann und wann aus Höflichkeit dazu.

An der Stirnwand prangte ein Bild mit lebensgroßen Darstellungen von speisenden und trinkenden Menschen, denen eine kleine Musikgruppe mit Harfe und Flöte aufspielte. Als der Hohe Priester Asarja davon hörte, fauchte er empört: »Das muss jedem Rechtgläubigen ein Gräuel sein! Und so etwas duldest du in deinem Palast!?«

Salomo blieb geduldig. »Es ist nicht mein Palast, sondern der ihre. Im Übrigen ist niemand gezwungen, diese Bilder zu betrachten. So kann ich jedem der Recht- und Strenggläubigen nur raten, dieses Ärgernis zu meiden. Da Mirjam unserem Glauben nicht anhängt, gibt es für sie keine Verpflichtung, seinen Gesetzen zu folgen.«

Am Nachmittag schlief Salomo ein, wurde jedoch bald durch laut hallende Wehschreie geweckt, die schnell wieder verstummten. Er stand sofort auf und da erschien auch schon ein Diener, der sich tief verneigte.

»Dir ist ein Sohn geboren worden, hochmächtiger König.«

Ein Sohn? In die jäh aufschießende Freude mischte sich Besorgnis, Mirjam könnte sich wie seine Mutter Batseba verhalten und die Thronfolge für ihren Sohn beanspruchen. Sofort verdrängte er diesen Gedanken. Nur wenn Rehabeam zu seinen Lebzeiten starb und Mirjams Sohn bis dahin noch lebte, würde er der Nachfolger sein. Nur dann!

Salomo eilte zu Mirjam, die ihn vorwurfsvoll anblickte und mit heiserer Stimme flüsterte: »Ihr habt das Vergnügen, wir nur Mühe und Schmerz ... Ist das gerecht?«

Salomo kniete sich vor ihr Bett. »Da du mich gleich mit Vorwürfen empfängst, erkenne ich meine ägyptische Prinzessin wieder.« Er küsste sie auf ihre heißen Wangen. Behutsam nahm er das Kind auf und hörte sich lächelnd sein hohes dünnes Protestgeschrei an. »Im Leib deiner Mutter hat es dir wohl besser gefallen, mein Kleiner.« Er beugte sich nieder und flüsterte Mirjam ins Ohr: »Da sind wir sogar einer Meinung ...«

Sie lächelte schwach. »Ich möchte ihn Simeon nennen, weil dieser hebräische Name dem meines Vaters sehr ähnelt.«

»Gut gewählt und geschichtsbeladen. So hieß ein Sohn Jakobs und seiner Frau Lea. Ruhe dich jetzt aus, heute Abend besuche ich dich wieder.«

»Du bist ungeduldig, ich sehe es dir an. Mit deinen Gedanken weilst du in der Davidsstadt ...«

»Was du da redest ... Und denke immer daran: Mein Gast wird eines Tages die Rückreise antreten, du aber bleibst hier.«

Zum ersten Mal hatte Salomo ausgesprochen, dass Bilkis in ihr Land zurückreisen musste. Er hatte es Mirjam zum Trost gesagt und wider seinen Willen. Sein Herzenswunsch war, sie bliebe hier für alle Zeiten als unsterblich Liebende – als Geliebte unsterblich.

Warum gönnte der Herr den heutigen Menschen nicht mehr das hohe Alter, wie es die Stammväter erreicht hatten? Adam starb mit neunhundertdreißig Jahren, die meisten seiner Söhne erreichten ein ähnlich hohes Alter, Methusalah sogar neunhundertneunundsechzig. Heutzutage können wir uns glücklich schätzen, wenn Gott uns erst mit siebzig oder achtzig abberuft.

Als er aus seinen Gedanken erwachte, fand er sich wieder in seinem Arbeitszimmer. Er schlug sich mit der Faust an die Stirn und flüsterte: »Das führt zu nichts – führt zu nichts! Es kommt nicht darauf an, neunhundert Jahre alt zu werden, sondern aus den zugemessenen sechzig oder siebzig etwas zu machen und diese Zeit zu nützen – für mich und andere. Habe ich genug für mein Volk, habe ich genug für mich getan? Mirjam fühlt sich jetzt beleidigt, übergangen, beiseite geschoben. Doch das stimmt nicht! Unter meinen Gemahlinnen ist sie mir die liebste!«

Und dennoch atmete er auf, als er an die Reinheitsgebote für Wöchnerinnen dachte. Vierzig Tage ist eine Frau nach der Geburt eines Sohnes unrein, sechsundsechzig Tage nach einer Tochter. Eine Tochter wäre mir lieber gewesen ... Er lachte bitter. Wegen der längeren Unreinheit? Nein ... nein ... Weil es nun zwei Söhne gibt und ich daran denken muss, wie es bei meinem Vater war. Bei mir ist es dasselbe: Da ist mein Erstgeborener, der Thronfolger, und nun gibt es Simeon, den Sohn meiner Lieblingsgemahlin, Enkel eines ägyptischen Königs. Bekäme Bilkis einen Sohn, würde ich mein Wort brechen und ihn – nein! Wieder schlug er sich mit der Faust gegen die Stirn, so heftig, dass ihm später eine Beule wuchs.

Da fiel sein Blick auf die vor ihm liegenden Papyrusblätter. Das Liebeslied! Er beugte sich darüber und las, was die Hirtin sang.

Komm doch und küss mich!
Deine Liebe berauscht mich
mehr noch als Wein.

Jedermann kennt dich,
alle Mädchen im Land
lieben dich.

Du bist mein König!

Salomo stutzte. Spricht so eine Hirtin von einem Hirten? Ja, warum nicht, da doch der König ihres Herzens angesprochen ist. Etwas später wird es deutlich, dass nicht der König eines Landes gemeint ist.

Sag mir Geliebter
wo kann ich dich finden?
Wo ruhen deine Schafe
in der Hitze des Mittags?

Andere Hirten,
was sollen sie denken,
wenn ich nach dir frage,
dich überall suche?

Jetzt aber soll der Hirte, der Geliebte, reden:

Musst du mich fragen,
du schönste der Frauen?
Du musst es doch wissen,
wo du mich findest!

Prächtig und schön siehst du aus,
gleichst der Stute vor Pharaos Wagen!
Goldene Ketten und Schnüre von Perlen
schmücken dein Haupt!

Plötzlich wandte er sich ab und schob die Blätter beiseite. Wortgeklingel! Hohle Phrasen, solange sie nicht da ist. Dieses Lied braucht ein Gegenüber, sonst verklingt es im Nichts. Warum brennen schon die Lichter? Er stand auf und schob den Vorhang zurück. Die Nacht war herabgesunken und er hatte es nicht bemerkt, auch nicht, als Diener die Lampen ansteckten. Liebestaub? Liebesblind? Er bedauerte es, dass er die sprechende Dohle weiterverschenkt hatte. Bilkis fragte ihn danach, doch er sagte, der Vogel sei gestorben. Als ihm ihr Kommen gemeldet wurde, schämte er sich des Plappervogels und seiner immer wieder gekrächzten Worte: Bilkis von Saba grüßt Salomo! Bin ich ein grüner Junge, der sich das ständig vorsagen lassen muss? Ein erwachsener Mann handelt – ja, das habe ich getan und sie ist meine Geliebte geworden.

Er fühlte sich fiebrig und stieg zum Dachgarten hinauf. Der Himmel war bedeckt, von Mond und Sternen keine Spur. Doch die kühle Nachtluft tat ihm wohl, beruhigte sein aufgewühltes Gemüt. Da hörte er von unten Stimmengewirr. Er sandte einen Leuchter tragenden Diener hinab, aber da kam ihm schon die Wache entgegen.

»Die Königin von Saba ist eingetroffen, um nach deiner Gemahlin Mirjam zu sehen«, hörte er den Mann sagen.

»Jetzt noch? Mitten in der Nacht?«

»So spät ist es noch nicht, Malki. Im Winter geht die Sonne eher unter – äh, das heißt, heute ist sie gar nicht …«

»Ist gut, ist gut! Lass der Königin ein Gästezimmer richten, ich will nicht, dass sie bei Dunkelheit zurückkehren muss.«

Es drängte ihn, sie zu sehen, doch die Klugheit siegte. Nicht hier, nicht im eigenen Palast, nicht Wand an Wand mit Mirjam, der Wöchnerin. Doch er lud sie am nächsten Tag zum Morgenmahl, vor aller Augen und in Anwesenheit einiger Freunde. Sabud war zugegen, der Schreiber Eliohoref, den Gott gestraft, und sein Bruder Ahia, den Gott gesegnet hatte. Uneingeladen war der Hohe Priester Asarja erschienen, schon um aufzupassen, dass die Götzendienerin durch ihr Verhalten nicht den Zorn des Herrn über sie brachte.

Judith stand hinter Bilkis, dienstbereit, aufmerksam und von Eliohoref mit den Augen verschlungen. Schaute sie ihn an, senkte er sogleich den Blick, aber nicht lange, dann suchten seine Augen wieder die ihren.

Der gute Eli, dachte sie nachsichtig, die graue Maus. Da bietet sein Bruder Ahia schon ein anderes Bild. Er langt beim Essen zu wie ein Ausgehungerter, doch mit Bedacht und nicht ohne Anmut, während Eli wie ein Mäuschen an Brot und Früchten knabbert, weil seine Gedanken bei mir und nicht bei der Mahlzeit sind.

Damit hatte Judith nur zum Teil Recht, denn der Schreiber überlegte angestrengt, wie er Salomo dazu bewegen konnte, ihn auf die im Frühjahr geplante Reise zu den Königlichen Gärten mitzunehmen und nicht Ahia, der eigentlich vorgesehen war. Sie wechselten sich im Turnus ab, stets bemüht, den anderen auf brüderlich-freundschaftliche Art auszustechen.

Bilkis und Salomo sprachen Belangloses, wie immer, wenn andere zugegen waren. Asarja, der in seiner Eigenschaft als höchster Priester des Landes eine gewisse gottselige Narrenfreiheit genoss, durfte den König mit Fragen belästigen, die anderen verwehrt waren. Eigentlich hätte er sich damit an Bilkis wenden müssen, doch er erkundigte sich bei Salomo.

»Wie lange gedenkt dein Gast noch in unserem Land zu verweilen?«

Wie immer bei Fragen seines Hohen Priesters zeigte Salomo eine nahezu engelhafte Geduld.

»Zum einen ist es nicht nur mein Gast, sondern im weitesten Sinn der unsere, zum anderen liegt es bei der Königin von Saba, wie lange sie uns noch die Ehre geben will. Sie allerdings danach zu fragen, halte ich – gelinde gesagt – für sehr unhöflich.«

»Dann werde ich es auch nicht tun«, gab Asarja mürrisch zurück.

Bilkis hob mit einer anmutigen Geste ihre rechte Hand.

»Ich fühle mich dennoch nicht beleidigt, mein König. Warum soll diese Frage nicht angesprochen werden, da ich gut weiß, dass eine Königin kein beliebiger Gast ist, sondern mit Ansprüchen auftritt, die auf längere Zeit schon bedacht sein müssen. Wenn es Al..., wenn es Gott gefällt und er mir bis dahin Leben und Gesundheit erhält, so denke ich an eine Abreise gegen Mitte des nächsten Jahres.«

Salomo kostete es Mühe, seinen aufsteigenden Zorn zu unterdrücken. Warum musste dieser unleidliche Mensch auch solche Fragen stellen? Er und Bilkis hatten stets vermieden, dieses Thema anzuschneiden, und zwar – davon war Salomo fest überzeugt – aus ein und demselben Grund: Sie wollte so lange wie möglich bleiben und er wollte es auch.

Am Ende der Mahlzeit fand sich eine Möglichkeit zu einem kurzen Gespräch ohne Zeugen. Salomo fragte mit leiser Stimme: »Ist das wirklich deine Absicht oder hast du diesem vorlauten Priester nur das Maul stopfen wollen?«

Ein Lachen kam sie an und sie presste eine Hand auf den Mund, um es zu unterdrücken. »Das Maul stopfen – wie das klingt!«

»Es klingt, wie es gemeint ist. Ich kann diesem Herrn nicht alles durchgehen lassen! Manchmal bedauere ich es, nicht dem Rat meiner Gemahlin Mirjam gefolgt zu sein. Sie schlug vor, es wie in Ägypten zu halten, wo der Pharao zugleich der höchste Priester im Lande ist. Er allein führt die Gespräche mit den Göttern und alle anderen sind von ihm ernannte Stellvertreter. Dann könnte sich Asarja nicht so aufspielen.«

»Warum hast du es nicht getan?«

»Hier geht das nicht. In Ägypten verkörpert der König nicht nur das Gesetz, er selbst ist es. In Israel aber ist der König wie alle anderen den von Mose überlieferten Gesetzen Gottes unterworfen, darf nicht das Geringste daran ändern. Einerseits hat das sein Gutes, zum anderen aber ...«

Da trat Sabud heran. »Die Gesandtschaft aus Tyros wartet im Thronsaal.«

Salomo verneigte sich vor Bilkis. »Wir werden unser Gespräch fortsetzen, wenn wir ungestört sind.«

Sabud schmunzelte. »Ich trete nicht gerne als Störenfried auf, nur in diesem Fall ...«

Salomo schlug ihn auf die Schulter. »Ist gut, mein Alter – packen wir es an!«

Der Schreiber Eliohoref passte die nächste Gelegenheit ab, um seinen Bruder Ahia ungestört sprechen zu können. Es war um die Mittagsstunde in der gemeinsamen Amtsstube, die sonst von Schreibern und Dienern wimmelte. Sie alle hatten sich jetzt zur Mittagsruhe zurückgezogen und Ahia stellte einen Stuhl dem seinen gegenüber.

»Nimm Platz, Brüderchen.«

Es war seine Eigenheit, sich vor dem nur elf Monate später Geborenen als der ältere Bruder aufzuspielen. Doch saßen sie einander gegenüber, so schien es dem Betrachter, Eliohoref mit seinen gesetzten Bewegungen und der faltigen Stirn sei um Jahre älter, denn Ahia zeigte in allem eine frische zupackende Lebendigkeit, die ihn jugendlicher wirken ließ. Vom Äußeren aber war an beiden nichts Besonderes zu erkennen, denn sie kleideten sich unauffällig, gaben sich höflich und wortkarg – machten nicht viel von sich her.

»Du kennst meine Lage«, begann Eliohoref das Gespräch, »ich bin zweifacher Witwer, durch Gottes unerforschlichen Willen kinderlos geworden und habe oder besser hatte den Mut verloren, ein drittes Mal eine Familie zu gründen.«

Da er schwieg, warf sein Bruder ein. »Ich würde es dennoch versuchen ...«

»Du hast gut reden! Deine beiden Frauen, deine sieben Kinder sind gesund und gedeihen. Bald brauchst du ein größeres Haus, um alle unterzubringen ... Auf dir ruht sichtbar Gottes Segen, während ich ...« Seine Augen wurden feucht.

Ahia stand auf und legte seinen Arm um die Schulter des Jüngeren. »Aber ich hörte doch recht, als du sagtest, du hattest den Mut verloren? Das klingt, als sei er zurückgekommen ...«

»Ja, deshalb will ich deinen Rat. Es geht um Judith, die Vertraute und Dienerin der Königin von Saba. An dieser Frau ist vielleicht nichts Besonderes, aber sie hat mich – also ich habe sie – nein! Warum soll ich es nicht geradeheraus sagen: Sie ist mir so tief ins Herz gedrungen, wie ich es nicht für möglich gehalten hätte. Judith gibt sich streng, schnippisch, hält auf Abstand und doch habe ich das Gefühl, sie mag mich. Jedenfalls ist sie unverheiratet, wird nicht älter als sechzehn sein und ist vermutlich noch unberührt – das heißt nicht, dass es mich stören würde, wenn … na, du weißt schon. Übrigens stammt sie aus Juda und ich konnte erfahren, dass ihr Vater sie aus Not verkaufte, und so kam sie durch Gottes Hilfe in die Dienste der Königin, die sie dann freiließ. Dass Bilkis Balmaka so erstaunlich gut Hebräisch spricht, hat sie übrigens Judith zu verdanken. Du siehst, ich habe schon eine Menge herausgefunden …«

Ahia nickte. »Gegen eine solche Verbindung wäre nichts einzuwenden, aber hast du sie schon gefragt, ob sie hier bleiben will?«

Eliohoref blickte verlegen drein. »Erst einmal muss ich sie fragen, ob sie geneigt ist, mich … mich zu … zu heiraten …«

Ahia lachte. »Du musst da nicht gleich ins Stottern kommen! Schließlich stellst du etwas dar, hast es zum Geheimschreiber des Königs gebracht.«

»Ja, ja, doch das erscheint mir plötzlich so klein und nichtig, wenn ich daran denke, dass sie …«

»Dass sie was?«

»Ach, ich weiß nicht …«

»Frage sie erst einmal oder noch besser: Lass die Königin vermitteln. Schließlich kennst du sie gut, hast ihr mehrmals geholfen.«

»Ja, mein großer Bruder – genau das werde ich tun!«

Ahia lachte.

»Dann geh mit Gott und viel Glück!«

Eliohoref stand auf und fasste sich an die Stirn.

»Halt – halt, die Hauptsache hätte ich beinahe vergessen, nämlich die Reise zu den Königlichen Gärten. Dort wollen Salomo und die Königin am Frühlingsanfang einige Wochen verbringen und Judith ist natürlich dabei. Zur Begleitung bist diesmal du eingeteilt und da möchte ich dich bitten ...«

Ahia lachte, doch es klang ein wenig falsch. »Glaubst du, mir liegt so viel daran? Meine beiden Frauen sind im dritten und fünften Monat schwanger und von dir weiß ich, dass du beim König nicht gegen mich arbeitest. Wir tauschen! Also nochmals: Geh mit Gott!«

Das ärgerte Eliohoref nun doch. Musste er ihm seine Fruchtbarkeit so deutlich vorführen? Jedes Mal spürte er eine Beklemmung, wenn er daran dachte, dass er im Falle von Ahias Tod diese beiden Frauen heiraten und die Kinder übernehmen musste – als seine eigenen. So lautete das Gesetz. Wenn die Schwangeren geboren hatten, waren es insgesamt neun. Neun! Das konnte er sich kaum vorstellen – gerade er, der niemals mehr als eine Frau haben wollte. Vielleicht war es das, was ihm Gott verübelt hatte? Seid fruchtbar und mehret euch, hatte er allen Geschöpfen geboten. Um dem zu gehorchen, wollte er Folgendes tun: Vor Antritt der Reise würde er dem Herrn ein reiches Opfer darbringen, verbunden mit der Bitte, Judith seiner Werbung geneigt zu machen. Zunächst aber wollte er bei Bilkis Balmaka vorfühlen und sie um Vermittlung bitten. Dass in letzter Zeit auch der Hauptmann Yatim sich um Judith zu bemühen schien, hatte er wohl bemerkt, aber nicht sehr ernst genommen. Junge Männer, so dachte er, sind eben hinter allem her, was lange Haare trägt, und den rechten Glauben hat er auch nicht ...

6

In Jerusalem konnte Bilkis erleben, was der Begriff Winter bedeutete. Eisige Winde kamen von den Bergen, brachten Regen und an einigen Tagen sogar Schnee, der allerdings nicht liegen blieb. Obwohl sie dicke wollene Übermäntel trug, fror sie erbärmlich, sodass Salomo die von ihr bewohnten Räume mit zahlreichen kleinen Holzkohleöfen ausstatten ließ, deren Wärme jedoch nur zu spüren war, wenn man unmittelbar daneben saß.

Das Leben und Treiben in der Stadt war auf das unbedingt Notwendige zurückgefallen. Die Menschen hockten zu Hause und warteten auf die Sonnenwende, auf das Erwachen der Natur. Zwar hörte der Regen während des elften und zwölften Monats (Januar und Februar) fast ganz auf und die Sonne ließ sich häufig blicken, doch sie musste erst wieder Kraft schöpfen und so blieb es in dieser Zeit recht kalt.

Der Mensch, von Gott dazu geschaffen, zu jeder Tages- und Jahreszeit für Liebesspiele fähig und bereit zu sein, begegnete dem unfreundlichen Wetter mit verstärkter Häuslichkeit und das will heißen, dass die Männer sich jetzt weitaus öfter um ihre Frauen bemühten – ob es denen nun recht war oder nicht.

Salomo nächtigte jetzt häufiger im Davidspalast, sodass sich da und dort der Verdacht regte, er wolle die Königin von Saba zur Frau nehmen.

Mirjam hatte längst die gesetzlich gebotene Reinigungszeit von vierzig Tagen hinter sich gebracht, doch Salomo tat, als müsse sie noch geschont werden, und erfand eine Reihe von Gründen, um ihr Bett zu meiden. Da mochte die Ägypterin sich noch so sehr anstrengen, wenn sie etwa ihr Haar stundenlang kämmen ließ und danach mit Henna tönte, sodass es wie eine kupfern schimmernde Flut über ihre Schultern fiel. Salomo hob keine Hand, um zärtlich in diese Flut einzutauchen und dabei wie früher einzelne Haarsträhnen um seine Finger zu wickeln. Am Ende kam es so weit, dass er seiner einstigen Lieblingsgemahlin fern blieb, ohne irgendwelche Ausflüchte zu erfinden.

Mirjam kannte natürlich den Grund, doch auch bei ihr hatte sich seit Simeons Geburt eine Wandlung vollzogen und ihre Gedanken in eine andere Richtung gelenkt. Dabei musste sie immer wieder an Davids Geliebte und spätere Gemahlin Batseba denken. Damals wusste jeder im Land, dass er seinen letztgeborenen Sohn allen anderen vorzog und zum Thronfolger bestimmt hatte. Ein König konnte und durfte das, denn die von Gott übermittelten Gesetze schwiegen sich über die Nachfolgeregelungen der Fürsten aus. So würde auch Salomo keines der Gebote verletzen, wenn er ihren Sohn zum Nachfolger ernannte und Rehabeam in die zweite Reihe verwies. Freilich erinnerte sie sich recht gut daran, dass der König schon einige Male sinngemäß, wenn auch scherzhaft gesagt hatte, von ihr erwarte er keine Söhne, sondern nur hübsche Töchter, die der Mutter glichen. Unausgesprochen blieb dabei, dass ihn ein Sohn Mirjams in einige Verlegenheit versetzen könnte. Er müsste dann entscheiden, ob er sein Naama gegebenes Versprechen und seinen öffentlich geäußerten Entschluss, Rehabeam zur Nachfolge zu bestimmen, zugunsten von Simeon zurücknehmen würde.

Mirjam war in jeder Beziehung eine Ägypterin geblieben und so stand für sie ein Königswort über allen Gesetzen, Schwüren, Versprechungen und früheren Entschlüssen. Wäre sie der König gewesen, so hätte es keinen Zweifel darüber gegeben, wem ranggemäß die Thronfolge zustand, nämlich Simeon, Enkel des ›Vollkommenen Gottes‹ und ›Sohnes der Sonne‹ Siamun, König von Ägypten. Dieser Gedanke beschäftigte Mirjam in zunehmendem Maße und sie stellte vorerst ihre Versuche ein, Salomo zurückzugewinnen. Hätte der König in diesem Winter ihre Gegenwart nicht gemieden, wäre er ihrem Bett nach erfolgter Reinigung nicht fern geblieben, so hätte sie diese Gedanken nicht weitergesponnen und sich sagen müssen, dass David die Heirat mit Batseba durch Ehebruch und Mord erzwungen hatte. Kein gutes Beispiel also und kaum nachahmenswert. Nicht nur Bilkis war es, die Salomo von Mirjam fern hielt, sondern eine Gefühlsregung, die ihm nicht so recht bewusst war. Hätte er auf die stattliche Reihe seiner Gemahlinnen zurückgeblickt, so wäre ihm aufgefallen, dass er die meisten dieser Frauen mied, sobald sie einen Sohn geboren hatten. Dazu kam noch, dass ihm diese Prinzessinnen aus Moab, Ammon, Edom, Sidon und Tyros sozusagen aufgezwungen waren als »Geschenke« besorgter

Nachbarfürsten, die sich durch verwandtschaftliche Bindung seine Gunst sichern wollten. So hatte sich in Salomo unbewusst der Gedanke verfestigt: Nun habe ich mit der Betreffenden einen Sohn gezeugt, damit sind meine Pflichten erfüllt.

Merit-Anat bildete die Ausnahme. Als Tochter des ägyptischen Königs stand sie an Rang und Bildung haushoch über den anderen Frauen. Mit ihr konnte er reden wie mit einem Freund über alles, was ihn beschäftigte und bewegte. Und so war es wohl nicht nur der Sohn, der ihn jetzt fern hielt, sondern doch Bilkis Balmaka, die Königin von Saba.

Nach einer heftig durchliebten Nacht saßen sie beim Morgenmahl und Bilkis bemerkte – eher stolz als schamvoll: »Mein Schoß fühlt sich an wie eine offene Wunde ... Wie geht es dir damit – ich meine, als Mann?«

»Der Pflug muss hart und dauerhaft sein, wenn er den Boden aufreißen und fruchtbar machen soll.«

Schon war Bilkis dabei, zu sagen: Ich glaube, du hast heute ein Kind in mir erweckt, doch sie lächelte nur und fragte: »Warum haben gerade wir zueinander gefunden? Warum habe ich diese weite Reise unternommen, die, soweit ich weiß, keiner meiner Vorfahren gewagt hat?«

Salomo beugte sich vor und küsste ihre Hände, zuerst die rechte, dann die linke.

»Mein Vater glaubte es zu wissen. Als ich in das Alter kam, um zu erkennen, dass meine Mutter seine vor allen bevorzugte Gemahlin war, und die Geschichte ihrer Ehe erfahren hatte, wagte ich die Bemerkung: ›Aber Vater, nach allem was mir mein Lehrer über die Gesetze Gottes – also wenn wir die Thora betrachten und wenn es stimmt, dass du – dass du meine Mutter ...‹ Ich sah ihn zornig werden, sah, wie seine Stirn sich furchte, aber dann zwang er sich zu einem Lächeln.«

Und so erfuhr Bilkis von dem seltsamen Traum des Königs David, den Gott, so glaubte er, ihm sandte, um damit sein Verständnis und seine Nachsicht zu zeigen. Zuerst hatte er jedoch die stotternde Rede seines Sohnes unterbrochen. »Eines gleich vorweg, Salomo: Ich muss mich nicht vor dir rechtfertigen für mein Tun und Lassen, so verwerflich dir manches erscheinen mag. Natürlich weiß ich, dass deine älteren Brüder nach Brauch und Herkommen eher Anrecht auf den Thron hätten vor dir, meinem Jüngsten. So, wie mir deine Mutter die liebste von allen meinen Frauen ist, so bist du mir der liebste Sohn. Und auch wenn ich mich vor dir nicht rechtfertigen muss, so doch vor Gott und er hat mich in einem Traum wissen lassen, dass letztlich er selbst die Ursache für meine Sünde ist. Erschrecken dich diese Worte? Das müssen sie nicht, denn gleich wirst du einsehen, dass sie nicht lästerlich gemeint sind. Nachdem der Gemahl deiner Mutter im Krieg den von mir gewollten Tod gefunden hatte, begann ich mit mir zu hadern. Ich warf mir vor, die große Zahl meiner Frauen gering zu achten um der einen und einzigen willen, die ich wirklich liebte. Da sandte mir Gott einen Traum. Ich stand auf einem windumtosten Bergesgipfel und schrie zum Himmel, warum ... warum nur habe ich ... haben auch andere kein Genügen an den eigenen Frauen, mögen sie noch so schön, so gut, so zärtlich, so hingebungsvoll sein, sondern suchen ihr Liebesglück bei anderen? Da hörte ich, wie Gottes Stimme aus dem Tosen des Windes zu mir sprach, aber so schien es nur, denn in Wahrheit kamen die göttlichen Worte aus meinem Innern.

Ich habe, so sprach der Herr, zu jedem Menschen ein kleines tönernes Ebenbild geschaffen, allerdings nicht eines für Mann oder Frau, sondern eines für beide zugleich. Ehe ich diese Menschen im Schoß ihrer Mutter zum Leben erwecke, zerbreche ich das Abbild und trenne so die weibliche von der männlichen Hälfte. Die beiden Stücke werfe ich auf die Erde, das eine da, das andere dort hin und sie wandeln sich in die Seelen der Neugeborenen. Nun weiß ein jeder, dass etwa ein in zwei Hälften zerbrochener Krug mit seinen Bruchstellen genau aufeinander passt. Es passen jedoch nur diese Hälften und wenn du noch tausend andere zerbrichst, so werden ihre Bruchstellen andere sein. In der Regel ist es so, dass nur wenige dieser verstreuten Hälften zueinander finden, und so werden Männer häufig mit Frauen verheiratet, die sich nicht oder nur schlecht zu ihnen fügen. Mit der Zeit schleifen sich die Bruchstellen ab, man gewöhnt sich aneinander und die Kinder verbinden das ungleiche Paar. Nun kommt es jedoch auch vor, dass die richtigen Bruchstücke zueinander finden und sofort spüren: Das ist die mir von Gott bestimmte andere Hälfte, wir sind aus einem Stück geschaffen. Batseba, mein lieber Sohn, ist deine andere Hälfte und wenn du dich ihretwegen gegen meine Gesetze vergangen hast, dann trage ich, dein Gott, eine Mitschuld daran.«

Als er die Geschichte von seinem Vater beendet hatte, lächelte Salomo Bilkis viel sagend an und sie erkannte sogleich, was damit gemeint war.

»Dann sind auch wir beide die Hälften eines ...«

»Ja, Geliebte, und wir haben auf wunderbare Weise zueinander gefunden und sollten Gott aus tiefstem Herzen dankbar sein. Aus dem Gefühl dieser Dankbarkeit habe ich ein Lied geschaffen, das zwei Liebende feiert und das ich dir widme. Doch nicht König und Königin tragen den Wechselgesang vor, denn da wären wir beide der neugierigen Welt preisgegeben – nein, der Mann und das Mädchen sind Hirten, wie es auch unsere Vorfahren waren, deine und meine.«

»Und du hast es für mich, nur für mich geschaffen?«

Salomos leuchtender Blick umfasste sie wie eine zärtliche Umarmung. »Ja, Bilkis, nur für dich!«

Wäre er jetzt daran erinnert worden, dass er die Urform des Liedes vor nicht allzu langer Zeit seiner Gemahlin Mirjam gewidmet hatte, so hätte er nur den Kopf geschüttelt. Aber doch nicht dieses! Als er daran arbeitete, waren alle seine Gedanken bei Bilkis gewesen – nur bei ihr.

Die geeigneten Sänger zu finden war nicht schwierig gewesen, denn Salomos Vater hatte zahlreiche dazu ausgebildete Frauen und Männer an seinem Hof beschäftigt, die bei passenden Anlässen religiöse und weltliche Lieder vortragen mussten. Nicht selten hatte er selbst zur Harfe gegriffen, um dann mit Hingabe und Kennerschaft sein Spiel einzubringen. Schon wegen des Andenkens an seinen Vater hatte Salomo diese Tradition beibehalten, doch die Zahl der Sänger und Musiker um ein Beträchtliches verkleinert.

Zwei Tage später erschien der König mit vier Musikern im Davidspalast. Dies waren eine Sängerin, ein Sänger sowie ein Lauten- und ein Flötenspieler.

»Wir werden kein Geheimnis daraus machen«, hatte er gesagt, »du kannst dazu laden, wen du willst.«

So versammelten sich im kleinen Festsaal die Königin von Saba mit ihrer Dienerin Judith und einigen anderen Vertrauten, während Salomo nur von seinem Freund Sabud und dem beharrlichen Eliohoref begleitet war. Der Hauptmann Yatim war nicht geladen worden und es fehlte ihm an Erfindungsgabe, um bei der Königin durch einen Vorwand den Zutritt zu erlangen. So hielt er draußen vor dem Palasttor mit seinen Männern Wache und seine Miene war so grimmig, dass ihn keiner anzusprechen wagte. Dennoch dünkte er sich dem Schreiber überlegen, den er nicht als kraft- und blutvollen Mann ansah, sondern ihn voll Verachtung mit einem Stück raschelnden Papieres verglich.

Was nun Eliohoref betraf, so hatte er vor kurzem dem König seine Neigung zu Judith gestanden und Salomo, dem schon die Bemerkung auf der Zunge lag, wie man sich nur in dieses dürre, flachbrüstige Wesen verlieben könne, besann sich noch rechtzeitig.

»Ja, sie ist gewiss eine bemerkenswerte Frau, aber ich zweifle daran, ob sie hier bleiben will. Sie ist nicht nur die bevorzugte Dienerin der Königin, sondern auch ihre engste Vertraute.«

»Es wird sich eine Lösung finden«, entgegnete Eliohoref mit störrischer Zuversicht.

»Liebende finden immer einen Weg«, meinte Salomo beschwichtigend.

»Gewiss, mein König, doch vorerst gibt es nur einen Liebenden und so wie es aussieht ...«

»Du musst Geduld haben, mein Freund. In wenigen Wochen

treten wir die Reise zu meinen Gärten an, da bist du ihr täglich nahe, kannst um sie werben.«

Yatim hegte übrigens ähnliche Gedanken und setzte auch alle Hoffnungen auf ebendiese Reise, ohne zu wissen, dass auch sein Nebenbuhler daran teilnehmen würde.

Im Davidspalast wurde zunächst ein kleines Festmahl aufgetragen, dann kamen die Musiker und nahmen an der Stirnseite des Saales auf niedrigen Hockern Platz, während Sängerin und Sänger sich zu beiden Seiten aufstellten, die Gesichter einander zugekehrt. Beide waren keine jungen Leute mehr, die Frau etwas füllig, mit einem freundlichen runden Gesicht, auf dem ein leises Lächeln lag.

Doch als ihre Stimme ertönte, wandelte sie sich in die junge Hirtin und alle vergaßen, dass sie eine reife Frau war. Sie war es, die das Lied begann.

Komm doch und küss mich!
Deine Liebe berauscht mich,
mehr noch als Wein.

Weithin verströmen
deine kostbaren Salben
herrlichen Duft.

Komm, lass uns eilen,
nimm mich mit dir nach Hause,
fass meine Hand!

Rühmen und preisen
will ich stets deine Liebe,
mehr als den Wein!

Schwarz gebrannt hat mich die Sonne,
schwarz wie Beduinenzelte,
wie Salomos Teppiche.
Trotzdem bin ich schön, ihr Mädchen

aus der Stadt Jerusalem!
Seht nicht so auf mich herunter,
weil ich dunkler bin als ihr.
Draußen muss ich alle Tage
meiner Brüder Weinberg hüten.
Doch für meinen eigenen Weinberg
– für mich selbst – kann ich nicht sorgen,
dafür bleibt mir keine Zeit.

Sag mir, Geliebter,
wo kann ich dich finden?
Wo ruhn deine Schafe
mittags, wenn's heiß wird?

Andere Hirten,
was sollen sie denken,
wenn ich nach dir frage,
überall suche?

Dann hob der Mann seine Hände und sang die Antwort:

Du bist schön, meine Freundin – schön bist du!

Da trat die Sängerin einen Schritt auf ihn zu und lächelte ihn strahlend an.

Stattlich und schön bist auch du, mein Geliebter.
Unser Lager ist duftendes Gras,
es grünt und wächst
gleich unserer Liebe …

Dann er:

Wie eine Rose unter den Dornen,
so erscheint mir meine Freundin unter all
den anderen Mädchen.

Sie schaute ihn stolz an.

Wie ein Apfelbaum im Walde
ist mein Liebster unter Männern.
Seinen Schatten hab ich gerne,
um mich darin auszuruhen;
seine Frucht ist süß für mich.

Dem Mann war die Ungeduld anzusehen, als er rief:

Beeile dich, Geliebte!
Komm heraus, geh mit!
Der Winter ist vorbei mit seinem Regen.
Es grünt und blüht, so weit das Auge reicht.
Im ganzen Land hört man die Vögel singen;
nun ist die Zeit der Lieder wieder da!
Sieh doch: Die ersten Feigen werden reif,
die Reben blühn, verströmen ihren Duft.
Mach schnell, mein Liebes!
Komm heraus, geh mit!

Deine Schönheit will ich preisen!
du bist lieblich, meine Freundin,
und kein Fehler ist an dir!
Wie glücklich du mich machst
mit deiner Zärtlichkeit!
Mein Mädchen, meine Braut,
ich bin von deiner Liebe
berauschter als von Wein.
Du duftest süßer noch
als jeder Salbenduft.

Ich komm in den Garten
zu dir, meine Braut!
Ich pflücke die Myrrhe,
die würzigen Kräuter.

Ich öffne die Wabe
und esse den Honig,
Ich trinke den Wein,
ich trinke die Milch.

Du bist schön, meine Freundin!
Strahlend wie eine festliche Stadt,
wie ein Trugbild in der Wüste
raubt dein Anblick mir den Atem.

Die Sängerin hatte ihren Kopf gesenkt, als schäme sie sich dieser Lobpreisungen. Jetzt aber blickte sie auf. Ihre Stimme klang kräftig und entschlossen:

Komm, lass uns hinausgehn, mein Liebster,
die Nacht zwischen Blumen verbringen!
Ganz früh stehn wir auf, gehn zum Weinberg
und sehn, ob die Weinstöcke treiben,
die Knospen der Reben sich öffnen
und auch die Granatbäume blühen.
Dort schenke ich dir meine Liebe!

Nun schritten die beiden Sänger aufeinander zu, fassten sich an den Händen und blickten auf ihre Zuhörer. Zuerst sang er allein:

Du bist schön wie keine andere,
dich zu lieben macht mich glücklich!
Schlank wie eine Dattelpalme
ist dein Wuchs und deine Brüste
gleichen ihren vollen Rispen.
Auf die Palme will ich steigen,
ihre süßen Früchte pflücken,
will mich freu'n an deinen Brüsten,
welche reifen Trauben gleichen.

Dann ertönten ihre Stimmen gemeinsam:

Deinen Atem will ich trinken,
der wie frische Äpfel duftet,
mich an deinem Mund berauschen,
denn er schmeckt wie edler Wein ...

Der Vortrag erhielt stürmischen Beifall, der gewiss ehrlich gemeint war und auch dem Verfasser galt, dem großen König von Israel und Juda.

Salomo erhob sich und gebot Einhalt. »Gewidmet ist das Lied meinem – unserem geehrten Gast, der Königin Bilkis von Saba, doch ich schenke es auch allen Liebenden in Stadt und Land.«

Später, als sie allein waren und auch die unermüdliche Judith sich zurückgezogen hatte, kam Bilkis auf das Lied zurück.

»Gleich zu Anfang hat mir gefallen, wie du meine dunkle Haut einflochtest und dabei der Sonne die Schuld gabst. ›Trotzdem bin ich schön, ihr Mädchen aus der Stadt Jerusalem!‹«

Salomo lachte leise und fuhr fort: »›Seht nicht so auf mich herunter, weil ich dunkler bin als ihr. Draußen muss ich alle Tage meiner Brüder Weinberg hüten.‹ Das ist unverfänglich, trotzdem sehen alle, dass du gemeint bist.«

»Alle? Vielleicht. Doch nicht alle werden es mit Freude sehen. Wie ich von meinen Leuten höre, verbreitet sich mehr und mehr das Gerücht, dass du mich zur Frau nehmen und hier behalten willst.«

»Würdest du es wollen?«

»Da müsste ich auf meinen Thron verzichten.«

»Wäre das so schlimm?«

»Würdest du es tun?«

Salomo zögerte und sagte dann leise: »Nein. Aber du bist eine Frau ...«

Bilkis hob stolz den Kopf. »Darauf habe ich fast gewartet.

Zwar bin ich eine Frau, doch ich habe meinen Thron nicht erschlichen oder mit Gewalt erobert, sondern im Einverständnis mit Vater und Bruder sowie unter Zustimmung der Ratsversammlung rechtens und ehrenvoll übernommen. Mein Land ist bis zu drei Monatsreisen von dem deinen entfernt und so kann ich …«

Salomo hob die Hand und warf ein: »Wären wir Nachbarn wie Israel und Juda – was dann?«

»Dann würde ich es vielleicht tun.«

Der König richtete sich auf und schaute Bilkis begehrlich an. Sie kannte diesen Blick und schon zu Anfang hatte sie eine süße Schwäche gefühlt, wenn er sie traf – und so war es geblieben. Ob er Mirjam und seine anderen Frauen auch so ansieht? Ich sollte ihn fragen …

Er küsste sie hinter dem Ohr, dann am Hals und auf den Nacken. »Warum sich mit der Zukunft befassen?«, hörte sie ihn flüstern. »Die Zukunft ist dunkel und nur Gott dem Herrn bekannt bis ans Ende aller Zeiten. Deine süße Gegenwart möchte ich mit nichts vertauschen, sie ist mein kostbarster Schatz …«

Bilkis ergab sich ihm, ließ es geschehen, dass er sie langsam und mit genussvollem Bedacht auskleidete. Sie erschauerte beim Anblick seines schlanken, sehnigen Körpers und ihr Leib bog sich dem seinen entgegen. Ihr letzter Gedanke, ehe sie sich in Lust und Liebe vereinigten, war: Ich hätte es ihm sagen müssen …

Woran dachte Bilkis Balmaka? Sie hatte vor einigen Tagen bemerkt, dass ihre monatliche Reinigung zum zweiten Mal ausgeblieben war, und zwar seit jener heftig durchliebten Nacht in der kalten Winterszeit, die jetzt zu Ende gegangen war.

Sobald Salomo wusste, dass sie ein Kind von ihm erwartete, würde er sie vermutlich dabehalten wollen – würde vielleicht alles aufbieten, um die Geburt hier in seinem Land zu erleben. Wenn es dann ein Sohn war und Salomo sich wie sein Vater verhielt … Sie mochte nicht zu Ende denken, was geschah, wenn der König Rehabeam und auch Simeon beiseite schob, um dem Sohn der Geliebten die Nachfolge zu sichern. Nein, dazu durfte es nicht kommen und sie musste schweigen, bis ihre Abreise gesichert war.

Wie das? Hatte die Königin bis jetzt nicht davor zurückgescheut, an die Möglichkeit einer Rückreise auch nur zu denken? Ja, nur häufig wandelt sich der Menschen Sinn und Bilkis machte keine Ausnahme. Wenn sie jetzt zurückblickte, so sah sie sich in Saba als ein von ihrem Vater zum »Kronprinzen« erzogenes Mädchen, das hier in Salomos Armen zur Frau, zur Geliebten und jetzt auch zur künftigen Mutter geworden war. Nun fühlte sie jedoch die Notwendigkeit, zu der ihr von Almaka bestimmten Aufgabe zurückzufinden und sich vor einem Hinabsinken ins Nur-Weibliche zu hüten. So war sie jetzt imstande, an ihre Rückreise zu denken, auch wenn dieser Gedanke sie noch schmerzte und ängstigte.

Während Salomo und Bilkis sich nach Art der Liebesleute vergnügten, spazierte der Schreiber Eliohoref mit Judith im kleinen Schlossgarten herum, vorbei an den Bewaffneten, die das Tor der Schlossmauer bewachten. Die beiden achteten nicht darauf, sondern liefen, ins Gespräch versunken, immer wieder die gleichen kiesbestreuten und von Büschen gesäumten Wege auf und ab.

Hasserfüllt beobachtete Yatim das in sein Gespräch vertiefte Paar, da er sich jedoch vor seinen Männern keine Blöße geben wollte, setzte er eine steinerne Miene auf und schaute immer wieder bewusst in eine andere Richtung. Bald würde seine Zeit kommen – er konnte warten.

Eliohoref hatte nach dem Vortrag des Liedes die Königin in aller Form gebeten, ihre Dienerin Judith für eine Stunde zu einem Gespräch ausführen zu dürfen. Bilkis blickte Judith an, die nur mit sanftem Spott die Schultern hob. Das verursachte der Königin einen leisen Ärger, denn sie meinte, der hoch geachtete königliche Schreiber Eliohoref verdiene in jedem Fall, gehört zu werden. So stimmte sie seiner Bitte mit Nachdruck zu und Judith nahm es mit Gleichmut hin. Sie kannte die Männer und würde auch mit diesem fertig werden. So dachte sie – aber ein wenig anders kam es dann doch.

»Ich will dich nicht weiter mit meinem Unglück behelligen, das du kennst und das ich als eine Art Zurechtweisung Gottes betrachte. Wir sind doch eines Glaubens, verehrte Judith?«

Sie blieb stehen und schaute ihn missbilligend an. Da es schon dämmerte, bemerkte er es nicht.

»Du wirst doch nicht ernsthaft annehmen, ich hätte meinen Glauben an den Einen und Einzigen, Ewigen und Allmächtigen zugunsten von Sabas Götterwelt aufgegeben?«

Schnell ging sie weiter und Eliohoref versuchte, Judith zu beschwichtigen.

»Bitte verstehe mich nicht falsch! Es ist nur so, dass viele Frauen, wenn sie einen Fremden heiraten oder aus anderen Gründen ins Ausland gehen, bald die dortige Art der Gottesverehrung annehmen und wenn dann Kinder kommen ...«

Sie unterbrach ihn jäh. »Auf mich trifft das nicht zu! Ich habe gehört, dass du den König auf der Reise in seine Gärten begleiten darfst, und so wirst du erleben – nein, das geht dich vorerst nichts an. Jedenfalls hat Gott mein Schicksal auf solch wunderbare Weise gewendet, hat mir, der hilf- und rechtlosen Sklavin die Freiheit geschenkt und sie zur Vertrauten einer großen Königin gemacht. Dass ich dies nicht fremden Götzen, sondern dem Gott Israels zu verdanken habe, weiß ich sehr wohl und du weißt es nun auch!«

»Ach, Judith, bitte glaube mir, dass auch ich auf einen Wandel hoffe! Ich sehne mich nach einer Familie, will eine Frau haben, will in meinen Kindern weiterleben. Du kennst meine Stellung und kannst dir denken, dass mir nach dem Tod meiner zweiten Frau viele Väter ihre Töchter angetragen haben, nur bisher fehlte mir der Mut ...«

In diesem Augenblick nahm Judiths spöttische Vorstellung von der grauen Elimaus ein Ende. Das war ein Mann, der viel Leid erfahren hatte, aber offenbar die Hoffnung noch nicht aufgegeben hatte, sein Schicksal zum Guten zu wenden. Eli, der Unglücksrabe – ja, das passte besser zu ihm.

»Du sagtest, bisher …«

Jetzt blieb er stehen, nahm erregt ihre Hand und drückte sie.

»Ja, Judith, seit ich dich gesehen – getroffen habe, ist in mir eine Zuneigung erwacht, die von Mal zu Mal stärker wird. Verstehe es nicht als Lästerung, wenn ich deine Gegenwart als etwas empfinde, das Gott mir gesandt hat. Ich bin weder Priester noch Prophet und kann die Stimme des Herrn nicht aus brennenden Büschen oder aus dem Sturmwind vernehmen, aber etwas in mir sagt, in dir ist die Frau gekommen, die alles gut macht, die mich vergessen lässt – nein, nicht vergessen, die mich in Demut hinnehmen lässt, was Gott mir bestimmt hat. Kämst du aus einer hier ansässigen Familie, würde ich keinen Augenblick zögern und deinen Vater um die Erlaubnis bitten, dich zu heiraten. Aber so ist es ein wenig schwierig …«

Trotz der kühlen Nachtluft schwitzte Eliohoref vor Aufregung und Judith bemerkte es.

»Beruhige dich, mein Freund! Zwar gibt es auch bei mir einen Vater, doch er hat das Recht verwirkt, über mich bestimmen zu dürfen. Ich bin meiner Königin in Freundschaft und Treue verbunden und nur sie hätte das Recht …«, Judith brach plötzlich in Lachen aus, »… aber halt! Es scheint, wir sind gerade dabei, über unsere künftige Ehe zu reden. Nein, mein Lieber, so weit ist es noch lange nicht und bedenke vor allem eines: Niemals werde ich meine Königin verlassen und wenn sie in einigen Monaten nach Saba zurückreist, bin ich an ihrer Seite.«

Unwillkürlich griff sie nach seiner Hand und presste sie kurz an ihre Wange. »Ich weiß nicht, wie es kommt, aber seit heute mag ich dich. Darf ich deinen langen Namen auf Eli verkürzen?«

»Ja, aber ja!«, rief er begeistert und glaubte fest, damit sei der erste Schritt schon getan.

7

Der Frühling hatte mit Macht seine Herrschaft angetreten und alles, was im Winter Laub und Farbe verloren hatte, putzte sich jetzt mit frischem Grün, prunkte mit buntfarbigen Blüten. In den Mandelgärten sah es aus, als hätten sich rötliche Wolken dort niedergelassen, während die Blüten der gleichfarbigen Quittenbäume nur wie vereinzelte Farbtupfer die sattgrünen Blätter schmückten. Die Granatapfelbäume aber kündeten mit ihrer scharlachroten Blütenpracht schon von der saftigen Süße ihrer begehrten Früchte.

Alles war zur Reise vorbereitet: Sänften, Pferde, Maultiere und Lastesel warteten darauf, die Menschen und das ihnen Notwendige von einem Ort zum anderen zu bringen.

Für König Salomo stellte sich die Frage, ob ihn Mirjam – wie es in den letzten Jahren geschehen war – auch diesmal begleiten sollte. Es widerstrebte ihm, sie ungefragt einfach hier zu lassen, andererseits fürchtete er, die beiden Frauen könnten in Streit geraten und dadurch ihm und sich selbst diese Reise verderben.

Unter dem Vorwand, seinen jetzt halbjährigen Sohn Simeon besuchen zu wollen, betrat er Mirjams Palast. Sie kam ihm nicht entgegen wie sonst, sondern wartete darauf, dass er sie besuchte. Salomo schob es durch einen längeren Aufenthalt bei seinem Sohn hinaus. Der Kleine zögerte sichtlich, ob er lachen oder weinen sollte. Schon verzog er das Gesicht, runzelte die Stirn, presste den feuchten Mund zu einer Schnute und brachte damit Salomo zum Lachen. Das wirkte ansteckend und so lachte das Kind auch und bewegte dabei nach Säuglingsart zappelig seine winzigen Arme. Salomo hatte gehofft, sie würden hier im Kinderzimmer zusammentreffen, hatte auch gesehen, wie die Amme ihren Blick immer wieder auf die Türe richtete. Er quälte sich ein Lächeln ab.

»Da meine Gemahlin nicht erscheint, werde ich mich zu ihr bemühen.«

»Ja, Herr«, sagte die Amme und beugte sich forschend

über das Kind, das ein leises schläfriges Quäken von sich gab.

Wie er es immer bei seiner ägyptischen Gemahlin tat – und nur bei ihr –, ließ er seinen Besuch anmelden. Eine schnippische Dienerin teilte ihm nach einiger Zeit mit, die Herrin sei gerade dabei, ihr Haar richten zu lassen – er möge sich gedulden oder später kommen. Das ging ihm dann doch zu weit. Er schob das Mädchen beiseite, stieß die herbeieilenden Wachen vor die Brust und stürmte in den Raum. Tatsächlich war eine Dienerin um Mirjams Haare bemüht und gerade dabei, die vorbereitete Hennafarbe aufzutragen. Sie unterbrach die Arbeit und schaute ihre Herrin empört an. Mirjam setzte ein langmütiges Lächeln auf und wandte sich um. »Du siehst ja, der König ist ungeduldig, also machen wir später weiter.«

Dann waren sie allein und Salomo zog sich einen Hocker heran.

»Ich habe eben deinen ... unseren Sohn besucht, er scheint ja prächtig zu gedeihen.«

»Amun und Anat sei Dank – ja, dem Burschen geht es recht gut. Wir sollten uns einmal über seine Zukunft unterhalten ...«

»Das hat noch Zeit«, sagte er unwillig, »ich bin gekommen, um dich wie alljährlich auf die Reise zu meinen Gärten einzuladen.«

Weit öffneten sich ihre schönen graugrünen Augen in gespieltem Erstaunen. »Oh, ich danke dir für die Einladung, die ja immerhin ein Zeichen ist, dass du mich noch wahrnimmst. Wer von deinen Frauen ist sonst noch dabei?«

»Keine ... nur du.«

»Und Bilkis von Saba?«

»Ja, sie schon, aber sie ist keine meiner Frauen, sondern mein Gast.«

Mirjam saugte nachdenklich an ihrer schön geschwungenen Oberlippe. Wie oft hatte er diesen Mund geküsst, ging es ihm durch den Kopf.

»Am Hof redet man davon, dass du sie heiraten und eure Länder verbinden willst.«

»Das ist ja mehr als lächerlich! Nachbarländer lassen sich vereinen, aber Israel und Saba trennen siebzig bis achtzig Reisetage – wie soll das gehen?«

»Ich weiß es nicht. Dir traut man eben alles zu, auch das Unmögliche.«

Salomo erhob sich.

»Ich warte noch immer auf deine Antwort.«

Sie tat zerstreut. »Worum ging es doch gleich?«

Es gehörte zu Salomos lobenswerten Eigenschaften, dass er bei Frauen nur selten die Geduld verlor. »Um die Reise.«

»Ach so – ja. Nein, diesmal werde ich nicht daran teilnehmen. Die Königin von Saba könnte sich durch meine Gegenwart gestört fühlen. Außerdem ist Simeon noch so klein und ich möchte ihn im Auge behalten.«

»Die Reise ist nicht weit, wir könnten ihn mitnehmen.«

»Nein, nein«, sagte sie sanft. »Die Königin hat ein gewisses Recht darauf, den Rest ihres Aufenthalts mit dir zu verbringen. Sie will doch bald zurückreisen?«

»Das möchte ich ihr überlassen.«

Einige Tage vor Reisebeginn traf eine Karawane aus dem Süden ein und der Bote händigte Bilkis ein Paket mit mehreren Papyrusrollen aus. Es war eine ausführliche Nachricht ihres Bruders Menelik von den durch Udwan heraufbeschworenen Ereignissen. Kopfschüttelnd las sie von den hinterhältigen Ränken des Wesirs, der sich nicht gescheut hatte, einen Brief zu fälschen, um seine Machtgelüste durch angebliche Wünsche der Königin zu untermauern.

Die geschilderte Szene trat ihr so lebhaft vor Augen, dass es ihr am Ende schien, als sei sie Zeugin der Ereignisse gewesen.

Meneliks Wort hatte ein solches Gewicht und der Ruf seiner Ehrenhaftigkeit war so groß, dass die Ratsversammlung seine Darstellung nicht angezweifelt hatte. Gleich wurden Rufe laut wie: »Tod dem Verräter!« Oder: »An den Galgen mit dem hinterhältigen Lügner!«

Menelik hob warnend beide Hände. »Bedenkt, wo ihr seid!

Nicht im *haram* und auch nicht im *mahram* – weder im engeren noch im weiteren Bereich der Gottheit darf geboren oder gestorben werden. Udwan hat den Tod und nichts anderes verdient, aber er soll von Dakars Leuten hinaus in die Wüste geschafft und dort enthauptet werden.«

»Was soll mit Manheb geschehen?«

Auch er war gefesselt worden und stand mit gesenktem Haupt neben seinem Vater. Menelik schaute auf den Gebeugten und etwas wie mitleidige Nachsicht erschien auf seinem schmalen, bleichen Gesicht.

»Er hat nur seinem Vater gehorcht, wie es die Pflicht eines Sohnes ist. Manheb wird im Kerker auf die Rückkehr unserer Königin warten und sie soll über ihn entscheiden.«

Menelik wusste recht gut, wie unklug es gewesen wäre, den Sohn mit dem Vater hinrichten zu lassen. Udwans Sippe war groß und wenn sie sich auch dem Urteilsspruch über einen offensichtlichen Verräter beugen musste, so war durch Manheb die Geschlechterfolge gewahrt und für ihn, den Verführten, konnten sie bei der Königin eine Begnadigung erbitten.

Draußen hatte Dakar inzwischen Udwans persönliche Wachtruppe entwaffnen und umstellen lassen. In knappen Worten teilte der Heerführer den Männern mit, was geschehen war und noch geschehen würde. »In einigen Stunden könnt ihr unbehelligt zu euren Familien zurückkehren – das Waffentragen ist euch vorerst untersagt.«

Der frühere so mächtige Wesir Udwan aber wurde gebunden hinausgeführt, auf einen Esel gesetzt und jenseits der bewässerten Südoase in die Wüste gebracht. Für Verurteilte von solch hohem Rang wählte man niemals einheimische Henker, sondern möglichst Ausländer, die hier nicht versippt und dadurch niemandem verpflichtet waren. Diesmal war es ein baumlanger Hetiter, der – er verriet niemals, warum – aus seiner Heimat hatte fliehen müssen und in Dakars Truppe als Söldner diente.

Obwohl er dies zum ersten Mal tat, so trennte er doch recht

geschickt mit einem gewaltigen und zielsicheren Hieb Udwans bärtiges Haupt vom Körper. Angehörige seiner Sippe fügten die Teile wieder zusammen und brachten den Leichnam ins Familiengrab bei dem nahe gelegenen Volkstempel.

Was Menelik in seinem Brief an Bilkis verschwieg, war sein tags darauf erfolgter körperlicher Zusammenbruch, von dem er sich niemals richtig erholen sollte. Seine Hoffnung war nur, dass Almaka ihn so lange am Leben erhielt, bis die Königin zurückkehren würde.

Bilkis unterrichtete Salomo sofort von den Ereignissen.

»Das war nun der zweite Versuch, mich um meinen Thron zu bringen. Wäre ich im Land geblieben, hätte Udwan es niemals gewagt ...« Sie sprach nicht weiter, schüttelte nur stumm ihren Kopf.

»Er hätte es auf andere Art versucht und auf einer Ehe mit Manheb bestanden. Durch seinen Verrat hat er dich von dieser Verpflichtung befreit.«

»Es ist schon seltsam: Mir scheint es, als beträfen diese Angelegenheiten nicht mich, als würden sich diese Ereignisse in fernen fremden Ländern abspielen. Hier ist die Wirklichkeit – da bist du, da ist Judith, da ist der Davidspalast und wir alle sprechen Hebräisch. Wäre nicht mein Schreiber, so würde ich meine Muttersprache bald vergessen. Es geschieht immer häufiger, dass ich ihn und meine sabäischen Diener in deiner Sprache anrede.«

Salomo berichtete von seiner Unterredung mit Mirjam und ihrer Weigerung, die Reise mitzumachen.

»Wenn ich von hier fortgehe, wirst du wieder ihr gehören.«

»Drängt es dich dazu?«

»Nein, du hast ja gehört, wie fremd ich inzwischen meine Heimat und ihre Sprache empfinde, wie fern dies alles gerückt ist. Ich muss es wieder und wieder sagen: Du bist die Wirklichkeit, bist mein Leben. Mir ist immer gegenwärtig, was du mir vom Gleichnis deines Vaters über Mann und Frau berichtet hast. Es kann nicht anders sein: Du, Geliebter, bist mein Gegenstück, bist die andere Hälfte. Dass wir zusammengefunden haben, empfinde ich als ein Geschenk Gottes, das wir hüten und bewahren müssen.«

Salomos Gesicht war ernst und nachdenklich geworden.

»Hüten und bewahren – ja, nur wie lange? Das uns von Gott gemachte Geschenk des Lebens und der Liebe hat seinen Preis und der heißt Tod oder Trennung. Wenn Liebende aber zeitlebens beieinander bleiben, dann sind Tod und Trennung ein und dasselbe.«

»Jeder Vernünftige weiß das, doch es ist ein Unterschied, im bitteren Bewusstsein eines verfehlten Lebens zu sterben oder mit dem zufriedenen Gefühl eines erfüllten Daseins.«

Salomo schaute sie überrascht an. »Ich glaube fast, du hast meine Bußpredigt gelesen?«

»Davon habe ich zwar gehört, aber ich ziehe den lebendigen Salomo dem vor, was er aufs Papier schreibt. Ich möchte noch etwas zu Mirjam sagen, die ich schätze, weil sie mir geistig verwandt ist. Bleibt es dabei, so werden wir in fünf Tagen unsere Reise antreten. Wenn du dich von Mirjam verabschiedest, dann sage ihr ... sage ihr ...« Bilkis schwieg und blickte zu Boden.

»Was soll ich ihr sagen?«

»Nichts – es ist besser so.«

Dass dies ein Fehler war, sollte Bilkis später erkennen. Hätte sie nämlich der Ägypterin mitteilen lassen, dass sie noch vor Sommerbeginn die Heimreise antreten wolle, so wäre Mirjam beruhigt gewesen und hätte der verrinnenden Zeit vertraut. So wollte sie sich dagegen wappnen, dass ihre und die Zukunft ihres Sohnes ins Nichts führte. Ein Übriges bewirkten die bald nach Salomos Abreise aufkommenden Gerüchte. War vorher schon die Rede davon gewesen, der König wolle sich mit der Sabäerin verbinden, so gab es jetzt Zuflüsterer, die Mirjam Einzelheiten berichteten. Der eine wollte wissen, die Heirat werde, um hier kein unliebsames Aufsehen zu erregen, in Hebron gefeiert, wo der König nach alter Tradition Gericht halten werde. Andere wieder sprachen davon, dass dies in

Sabas Hauptstadt Maryab geschehen würde, dem geheimen Ziel dieser Reise. Dort sollte Salomo dann von der Ratsversammlung als Bilkis' Gemahl und nun auch König von Saba bestätigt werden.

Es waren allerdings nicht diese Gerüchte, die Mirjam zu bedenklichen Entschlüssen trieben, es war das Wissen um die Schwangerschaft der Königin von Saba. Woher aber kam dieses Wissen, da Bilkis nicht einmal Salomo ihren Zustand verraten hatte? Im Grunde war es eine ganz simple Weiberlist, die einem Mann – wenn überhaupt – nur ganz zuletzt eingefallen wäre.

Mirjam, bei Salomos anderen Gemahlinnen eher unbeliebt, manchen sogar verhasst, wurde von ihrer weiblichen Dienerschaft vergöttert, da sie sich nachdrücklich um deren Wohl kümmerte. So war es ihr gelungen, eine zuverlässige Dienerin in die Wäschekammer des Davidspalastes einzuschleusen, die genau darauf achten musste, ob die von den Frauen zur monatlichen Reinigung gebrauchten Tücher immer vollzählig waren. Da die Königin immer besonders feine Stoffe benutzte, war es einfach, deren Fehlen herauszufinden, und so wusste Mirjam bald, dass Bilkis bereits im dritten Monat schwanger war. Da brauchte es nicht viel Verstand, um zwei und zwei zusammenzuzählen: Gebar die Königin einen Sohn, so würde Salomo möglicherweise diesen allen anderen vorziehen und der bisherige Thronfolger Rehabeam wie auch ihr eigener Sohn Simeon mussten – um ihr Leben zu retten – außer Landes gehen. Diese nur in ihrem Kopf existierende Abfolge der Ereignisse nahm in ihrer Vorstellung derart lebhafte Gestalt an, dass sie ihr so gewiss erschien, wie der tägliche Wechsel von Tag und Nacht.

So tat Mirjam den ersten Schritt und suchte Naama auf, die Mutter des Kronprinzen. Sie tat dies selten, es war jedoch auch nicht ungewöhnlich, dass die Ägypterin die Mutter des künftigen Königs besuchte – und nur sie. Die anderen sah sie als Kebsweiber an, deren Existenz sie kaum zur Kenntnis nahm.

Naamas gutmütiges rundliches Gesicht blickte ihr freundlich entgegen. Seit Davids Eroberungszug war ihr Heimatland Ammon dem König von Israel untertan und sie selbst war das Pfand eines friedlichen Nebeneinanders. Der jetzt zwölfjährige Rehabeam galt als Thronfolger, seit der letzte seiner älteren Brüder bei einem Jagdunfall gestorben war.

Allzu leicht wollte es Mirjam der anderen nicht machen. Zuerst erkundigten sie sich gegenseitig nach der Gesundheit ihrer Söhne, dann sagte Mirjam eher beiläufig: »So ganz sicher darfst du dir ja nicht sein, dass Rehabeam unserem König auf den Thron folgt.«

Da war die freundliche Miene in Naamas Gesicht wie weggewischt. »Was soll das heißen? Machst du dir etwa für deinen Simeon Hoffnung?«

»Warum nicht? Sein Großvater ist ja immerhin einer der mächtigsten Könige auf dieser Erde, Ammon aber ist nur einer von vielen tributpflichtigen Kleinstaaten.«

»Worauf willst du hinaus? Aller Voraussicht nach sitzt Rehabeam schon auf dem Thron, während dein Spätgeborener gerade seine Milchzähne verliert.«

»Plustere dich nicht so auf! Es kann auch anders kommen oder genauer gesagt: Es ist schon anders gekommen. Was ich dir jetzt sage, behältst du am besten für dich, wenn dir dein und das Leben deines Sohnes lieb sind.« Sie beugte sich vor und flüsterte: »Bilkis ist jetzt Anfang des dritten Monats schwanger.«

»Wie ... wie hast du das herausgefunden?«

Naama war die Überraschung anzusehen, aber sie schien das Gewicht dieser Nachricht geringer einzuschätzen als Mirjam.

»Ich weiß es eben, und zwar mit völliger Gewissheit.«

»Du weißt allerdings nicht, ob es ein Sohn wird.«

»Nein, doch wir müssen damit rechnen und annehmen, dass dieser Spross mit einiger Sicherheit den Thron erben wird.«

»Was sollen wir tun?«

»Es gar nicht dazu kommen lassen! Vorerst zeichnen sich drei Möglichkeiten ab: Die schwangere Bilkis muss von der Erde verschwinden oder sie muss Israel verlassen. Und wenn ihr Sohn hier zur Welt kommt, darf er nicht überleben.«

Naama dachte nach und sagte dann mit stockender Stimme: »Von der Erde verschwinden würde bedeuten, die Schwangere zu töten?«

»Was sonst?«

»Es sei denn, sie reist in ihre Heimat zurück?«

»Ja.«

»Tut sie es nicht, muss ihr Sohn – wenn es einer wird – noch in der Wiege sterben?«

Mirjam nickte. »Du wirst jetzt vermutlich einwenden, dass mich die Sache nichts angeht. Es stimmt zwar, dass du die zuerst und vor allem Betroffene bist, aber wir sollten die Möglichkeit in Betracht ziehen, dass dein Sohn auf irgendeine Weise zu Tode kommt, ehe er die Nachfolge antreten kann. Immerhin hat er schon zwei seiner älteren Brüder überlebt. Der Tod kommt oft schnell und unerwartet ...«

»Ja, meine Liebe, doch das gilt für uns alle«, sagte Naama mit abweisendem Gesicht und fügte boshaft hinzu: »Auch für deinen Sohn! Die Erfahrung hat uns gelehrt, dass von fünf Kindern nur zwei das dritte Lebensjahr erreichen.«

Mirjam ließ sich nicht aus der Ruhe bringen.

»Simeon wird es tun, da bin ich mir gewiss. Und was Bilkis betrifft, so hatte ich gehofft, wir würden gemeinsam handeln. Ich lasse dir ein paar Tage Zeit zu einer gründlichen Überlegung und wenn du klug bist, wirst du erkennen, dass es in jedem Fall besser ist, vorzusorgen. Sind die Dinge einmal geschehen, so kann nicht einmal Gott sie ungeschehen machen.«

Naama stellte tatsächlich gründliche Überlegungen an und kam zu der Auffassung, dass Mirjam vor allem zwei Dinge im Auge hatte: Sie strebte für Simeon die Thronfolge an und wollte Salomo wieder für sich gewinnen. Dem galt es entgegenzuwirken, allerdings erst dann, wenn sich eine wirkliche Gefahr abzeichnete. Vorsicht war geboten – gewiss, aber erst einmal musste der König zurück sein und seine Zukunftspläne bekannt geben.

Als Mirjam eine Woche später ihren Besuch anmeldete, ließ

Naama ihr ausrichten, sie fühle sich nicht wohl und bitte um Aufschub. Dann ließ sie nichts mehr von sich hören und Mirjam erkannte, dass sie sich in der Mutter des Thronfolgers eine weitere Feindin gemacht hatte.

8

Der König eines Landes führt im Allgemeinen ein öffentliches Leben und es gibt nicht vieles, was er auf die Dauer vor seinem Volk verbergen kann. Seit Salomo jedes Jahr um die Zeit des Pesach-Festes seine nur eine Tagesreise südlich von Jerusalem gelegenen Lustgärten aufsuchte, schwirrten jedes Mal Gerüchte und Vermutungen durch die Stadt, wer ihn diesmal dabei begleiten durfte und welche Schlüsse man daraus ziehen musste. Zuerst war es die Regel gewesen, dass er seine im politischen Sinn wichtigsten Gemahlinnen mit auf die Reise nahm, doch das hatte sich nach seiner Heirat mit Merit-Anat, jetzt Mirjam genannt, geändert. Sie bestimmte, wer von den Frauen dabei sein durfte, und immer häufiger zog sie es vor, die Eine und Einzige zu sein.

In diesem Jahr wurde Salomo nur von der Königin von Saba mit ihrem Gefolge begleitet, woraus sich beim Volk die seltsamsten, zuvor schon genannten Mutmaßungen ergaben. Am meisten erheiterte Salomo das Gerücht, er begebe sich mit Bilkis im Geheimen nach Saba, um sie dort zu heiraten und sich als König des Landes bestätigen zu lassen. Immer wieder von Lachen unterbrochen, meinte er dazu: »Schau dir doch unseren Reisezug an! Begleitet von einer ansehnlichen Streitwagentruppe, dazu mit einem Gefolge von etwa zehn Dutzend Menschen sollen wir insgeheim nach Saba reisen. Das soll mir einer vormachen!«

»Gerüchte bedürfen keiner Logik, sie entstehen aus dem Ungefähr, werden von fantasiebegabten Menschen mit Einzelheiten ausgeschmückt, die jeden Märchenerzähler vor Neid erblassen lassen. Stellt sich dann die Wahrheit ganz anders dar, so trägt keiner dem anderen etwas nach, weil es in der Regel nicht möglich ist, die Urheber aufzuspüren, und weil man sich an den bunt ausgeschmückten Geschichten – so möchte ich die Gerüchte jetzt nennen – berauscht und erfreut, erheitert und unterhalten hat. Schlimm ist es nur, wenn sich ein Gerücht in üble Nachrede verwandelt, wenn jemand damit entehrt und verleumdet wird.«

Salomo nickte. »Du sprichst wieder einmal meine eigenen Ansichten und Gedanken aus. Genau besehen sind wir das vollkommene Paar, handeln in vielem aus dem gleichen Geist, kommen zu den gleichen Schlüssen.«

»Nur gut, dass ich eine Frau bin. Ein Mann mit solchen Eigenschaften wäre für dich wohl kaum erträglich, denn jeder von euch ist doch zutiefst davon überzeugt, dass er einmalig und unvergleichlich ist, von seiner alles überragenden Klugheit ganz abgesehen.«

Salomo lächelte erheitert. »Findet man ähnliche Ansichten nicht auch bei Frauen? Im Übrigen gebe ich dir Recht: Viele Männer denken so, aber ernst zu nehmen sind nur solche, die zugleich wissen, wie fraglich alle diese Eigenschaften sind und dass auf tönernen Füßen steht, was so festgefügt scheint.«

»Das könnte aus deiner Bußpredigt stammen. Ich habe sie mir inzwischen von Eliohoref geben lassen, der dabei erwähnte, dass sie inzwischen weit verbreitet sei und bei nicht wenigen auch Anstoß erregte – besonders bei den Priestern.«

Salomo hob die Brauen. »Anstoß erregen wollte ich gerade nicht, eher zum Nachdenken anregen, den Sinn für das Eigentliche schärfen.«

»Du darfst dich über eine solche Wirkung nicht wundern. Schon die ersten Worte sind wie Hammerschläge auf die versteinerten Seelen der Selbstzufriedenen: ›Völlig sinnlos ist alles, erkannte der Prediger! Man kann tun, was man will – nichts hat einen Sinn. Die Geschlechter kommen und gehen, die Erde aber bleibt unverändert.‹ Dann später: ›Es gibt nichts Neues unter der Sonne: Was gewesen ist, wird wieder sein ...‹

Harte Worte, mein Freund, so recht geeignet, die Selbstzufriedenen zu stören und jene aufzurütteln, die in maßloser Eitelkeit von ihrer Einmaligkeit überzeugt sind.«

»Genau das wollte ich tun! Wenn Schreiber und Redner glauben, sie könnten mit ruhigen belehrenden Worten jemanden zur Einsicht bringen, so ist das ein Irrtum. Du musst gleich von Anfang an aufrütteln, herausfordern, streitbar sein. Nur so erzwingst du die Neugier der Trägen und Selbstzufriedenen. Und weshalb rege ich gerade die Priester damit auf? Weil ich die Dinge infrage stelle und mich nicht mit dem papierenen Gesetz begnüge. Gott hat uns im Unterschied zu den Tieren das Geschenk der Vernunft gemacht, und zwar nicht, um sie in den Tiefen unserer Seelen zu begraben, sondern um sie zu gebrauchen. Nur der Gottlose missachtet die Gabe der Vernunft! In meiner Mahnrede erkennen diese Leute den Vorwurf und das trifft sie schwer. Im Übrigen habe ich den Verdacht, dass die meisten der Anstoßnehmenden meine Predigt nicht zu Ende gelesen haben. Da bin ich nämlich zu dem Schluss gekommen, dass es anmaßend wäre, die Geschenke Gottes zu missachten. Iss dein Brot und trink deinen Wein und sei fröhlich dabei. Hätte Gott es anders bestimmt, hätte er uns anders geschaffen. Da mögen sich sauertöpfische Priester noch so abmühen, doch es wird ihnen nicht gelingen, mich zu widerlegen.«

Dass Salomos Bußpredigt ein solches Aufsehen erregte, lag auch daran, dass in Israel jeder frei geborene Mann schreiben und lesen und so einspringen konnte, wenn der Priester oder Vorleser verhindert war.

Damit folgten sie dem Gebot Gottes, der Mose verkünden ließ, seine Gesetze zu achten: Schärft sie euren Kindern ein und sagt sie euch immer wieder vor, zu Hause und auf Reisen ... Bindet sie euch zur ständigen Erinnerung an den Arm oder auf die Stirn! Schreibt sie auf die Türpfosten eurer Häuser und auf die Tore eurer Städte!

Wer diesen Auftrag erfüllen wollte, musste die Schrift beherrschen, und wer lesen konnte, setzte sich mit anderen zusammen und disputierte über die Auslegung des Geschriebenen. Ein geschriebenes Gesetz ist in der Regel eindeutig, sodass man die Gebote der Sabbatruhe oder der Speisevorschriften nicht unterschiedlich auslegen konnte. Salomos umstrittene Predigt aber übte zum Teil eine gegensätzliche Wirkung aus. Es gab welche, die sie in Bausch und Bogen ablehnten, während andere sie voll Weisheit fanden und guthießen. Nicht wenige aber fanden, in dieser Schrift seien gleichzeitig Wahrheiten und Irrtümer zu finden und die müsse man sorgfältig auseinander halten.

Als der Schreiber Eliohoref der Königin die Bußpredigt verschafft hatte, bat sie ihn – der hebräischen Schrift unkundig –, er möge ihr den Text vorlesen. Das Seltsame war, dass Eliohoref ihren Inhalt nur zum Teil kannte, weil der König sie ihm und anderen Schreibern diktiert hatte. Von dem, was er kannte, hörte er für sich nur das Negative heraus und empfand dadurch sein persönliches Schicksal nur umso bitterer. Nachdem er die Predigt von Anfang bis Ende der Königin vorgelesen hatte, zog er sich mit der Schrift zurück und arbeitete sie noch einmal gründlich durch. Plötzlich ging in seiner verdüsterten Seele ein Licht auf. Zum ersten Mal seit langer Zeit fühlte er etwas wie Zuversicht und die Hoffnung auf ein neues, besseres Leben erfüllte ihn. Hieß es doch in der Predigt: »Ein Mensch kann das, was Gott tut, niemals in seinem Zusammenhang wahrnehmen – mag er sich noch so viel Mühe geben.« Mehrmals und mit feuchten Augen las er die Aufforderung: »Genieße jeden Tag mit der Frau, die du liebst, so lange dieses flüchtige Leben dauert, das Gott dir geschenkt hat.«

Prophetische Worte – wahre Worte! Nicht irgendeiner hatte sie verkündet, sondern Salomo, der von Gott erwählte König und oberste Priester des Landes. Das verlieh ihnen Gewicht und der Schreiber Eliohoref machte sich daran, ihnen nachzueifern. Für ihn gab es keinen Zweifel, dass die Frau, mit der er künftig den Tag genießen wollte, gefunden sei, und er nützte die nächsten Wochen des engen Zusammenlebens, um auch sie davon zu überzeugen.

Judith wusste von sich recht gut, dass sie im landläufigen Sinn nicht als schön gelten konnte. Für eine Frau war sie zu groß, zu hager, zu schmalhüftig, ihre Brust war zu klein, ihr Gesicht wenig lieblich, aber – und das fiel schwer ins Gewicht – sie war die enge Vertraute der Königin und wer sie zur Frau gewann, konnte damit rechnen, im Rang erhöht zu werden. Judith wusste das und verdächtigte jeden, der um sie warb, es nur wegen der in Aussicht stehenden Vorteile zu tun. Nun war sie jedoch in Israel und es wäre so sinnlos wie ungerecht gewesen, den guten Eli solcher Absichten zu verdächtigen.

Kaum hatten sie in den Zelten des Lustgartens Quartier bezogen, begann Yatim heftig um Judith zu werben, aber er tat es auf die falsche Art. In der festen Meinung, die verschämten Aufmerksamkeiten und die zurückhaltende Art des Schreibers Eliohoref würden sie eher abstoßen, trat er in einer Weise auf, die er für kühn und männlich hielt und die sich bei anderen Frauen durchaus bewährt hatte. Doch Judith war nicht wie andere Frauen.

Wo der Bach in den Teich mündete, bezogen Bilkis und Salomo ihr geräumiges Zelt. Hier war ständig das beruhigende Plätschern des kleinen Flusslaufs zu hören, dessen kristallklares Wasser sein schmales Bett verließ und in den kleinen schilfumsäumten See strömte. Aus Gründen der Schicklichkeit schlief Judith hier nicht unmittelbar neben ihrer Herrin, sondern bewohnte – wie Eliohoref – eines der umliegenden, für die engere Dienerschaft errichteten Zelte, wo auch Yatim und seine Männer untergebracht waren. Ein Dutzend weitere Zelte am jenseitigen Ufer beherbergten die weitere Dienerschaft des Königs – etwa die Köche, Reitknechte und Besatzungen der Streitwagen. Von dort führte ein breiter hölzerner Steg über den Bach, sodass jeder in wenigen Augenblicken zur Stelle sein konnte. Das Nachtmahl wurde im Freien gemeinsam eingenommen. Dafür waren vor dem Zelt Polster und Teppiche ausgelegt, wo man vor niedrigen Tischen ohne besondere Rangordnung Platz nahm.

Dieses zeitweise enge Beieinanderleben nutzte der Hauptmann Yatim sogleich für seine Zwecke und kam dem stets zögerlichen Eliohoref mit der Einladung zu einem abendlichen Spaziergang zuvor. Judith, schon länger von Yatim umworben, war nun doch etwas neugierig geworden und sagte so schnell zu, dass der gute Eli verstört und gekränkt seinen Kopf senkte. So konnte er auch nicht den beruhigenden und fast entschuldigenden Blick sehen, den Judith ihm zuwarf.

Um den kleinen See war ein Weg angelegt worden, der zum Teil durch hohes Schilf und Ufergestrüpp führte, der aber wegen seines unsicheren Grundes wenig beliebt und kaum begangen war. Yatim lächelte beruhigend.

»Keine Angst, Judith, ein Trupp Landarbeiter hat den Weg vor der Ankunft des Königs gesäubert und neu befestigt – ich habe das gestern nachgeprüft.«

Sie blickte ihn spöttisch an. »Angst? Warum soll ich mich ängstigen, wenn ein Hauptmann der Leibwache meiner Königin mir zur Seite steht? Da fühle ich mich so sicher wie in Abrahams Schoß.«

Yatim runzelte seine etwas niedrige Stirn. »Was soll das? Wer ist Abraham?«

»Ein Stammvater unseres Volkes. Mit dem Spruch ist die Geborgenheit des auf Gott vertrauenden Menschen gemeint.«

»So, so ... aha ... Auch ich ehre die Götter, aber darüber wollte ich mit dir nicht reden. Ich möchte endlich die Gelegenheit nutzen, dir zu sagen ... zu gestehen ...« Er hatte den Faden verloren und blickte Judith Hilfe suchend an.

»Dass ich dir gefalle?«

»Ja, auch das, aber verzeih, wenn ich es so geradeheraus sage: Ich finde, wir passen gut ... sehr gut zueinander. Beide sind wir jung, dienen eifrig unserer Königin, jeder auf seine Weise, und auch als Paar könnten wir dies weiter tun.«

Judiths Miene blieb undurchdringlich. Yatim konnte nicht erkennen, ob sie sich geschmeichelt oder abgestoßen fühlte, und so sprach er schnell weiter.

»Seit ich dich kenne, schaue ich keine anderen Frauen mehr

an, aber bisher habe ich es nicht gewagt, dir meine Gefühle zu offenbaren. Vielleicht war es deine Nähe zur Königin, vielleicht die Befürchtung, du könntest mich missverstehen ...«

Ach, Yatim hatte es sich so einfach vorgestellt, dieses Mädchen mit kühner, klangvoller Rede für sich einzunehmen, doch ihre kühle, undurchsichtige Art ließ ihn unsicher werden, goss Wasser auf das Feuer seiner Beredsamkeit. Wird aber die Glut durch Nässe erstickt, dann entsteht Rauch und so machte sich in Yatim das schale Gefühl der Vergeblichkeit breit, als habe sich eben alles in Rauch aufgelöst. Doch er, der Krieger, durfte sich solchen Gefühlen der Mutlosigkeit nicht hingeben. Er legte seine Hand auf den Griff des Krummdolches – ein Geschenk der Königin bei Reiseantritt –, straffte sich und versuchte, die Glut neu anzufachen. Schließlich war er dazu imstande und hatte es auch schon mehrmals bewiesen, vor seine Männer hinzutreten und eine zündende Rede zu halten. Aber sie war eine Frau und würde sich nicht mit dürren Worten zufrieden geben. So erteilte er sich selbst den Befehl: Hauptmann Yatim, strenge dich an und gib dein Bestes!

»Du schweigst? Willst du mehr hören? Soll ich dir mein Innerstes offenbaren? Dann musst du auch wissen, dass mich dein Anblick verzaubert – ja, sprachlos gemacht hat. Um dich ist eine hohe, anmutsvolle Würde und so wie Bilkis Balmaka zur Königin unseres Landes geworden ist, so bist du längst die Königin meines Herzens und welcher Befehl auch von dir käme – ich würde ihn blind befolgen!« So, jetzt war es heraus, zu mehr konnte er sich nicht aufschwingen.

Langsam hob Judith ihre knochigen Schultern. »Dir Befehle erteilen? Nein, das käme mir nicht zu. Wenn ich dich vorhin richtig verstanden habe, so möchtest du mich zur Frau nehmen; wir sollen ein Paar werden und weiterhin der Königin dienen. So viel ich weiß, hast du jedoch bereits eine Gemahlin und von ihr einige Kinder. Was willst du mit einer zweiten Frau? Sie würde dir nur zur Last werden.«

»Aber nein! Bedenke doch, was wir gemeinsam erreichen könnten! Du als Vertraute der Königin, ich als der Oberste ihrer Leibwache – vielleicht später sogar ihr Heerführer oder Wesir.«

Yatim griff nach Judiths Hand, küsste sie innig und ziemlich feucht. Dann rief er mit gedämpfter Stimme: »Das ist, als wären wir ein Regentenpaar im Schatten der Königin, eine Macht hinter dem Thron und ich bin mir gewiss, dass Bilkis Balmaka unsere treuen, hingebungsvollen Dienste zu schätzen wüsste, weil sie dann die Bürde der Macht nicht mehr allein auf ihren schwachen Frauenschultern zu tragen hätte, weil wir dann ...«

Yatim wusste nicht mehr weiter. Was er als wenig geübter Redner aufzubieten hatte, war verbraucht, doch – und da war er sich gewiss – diesmal hatte er Eindruck auf sie gemacht, denn sie blieb stehen und legte sanft eine Hand auf seinen Arm.

»Was du da sagst, hört sich gewiss recht gut an, aber ich muss nochmals auf deine Frau zurückkommen.«

Da fiel er ihr gleich ins Wort. »Judith, sie bedeutet mir nichts! Diese Ehe wurde von ihren und meinen Eltern gestiftet, aus familiären Erwägungen, die für das, was ich dir gegenüber empfinde, ohne Belang sind.«

»Gut, mein Freund, lassen wir es dabei und spinnen den Faden ein wenig weiter. Das Wichtigste aus meinem Leben ist dir ja bekannt: Ich kam als Sklavin nach Maryab und durch Gottes Hilfe bewahrte mich unsere Königin vor einem elenden lebenslangen Sklaven- und Hurendasein. Ich habe also allen Grund, diesem Gott weiterhin treu zu sein und ihm nach Kräften zu dienen. Daraus folgt, dass ich niemals einen Mann heiraten könnte, der steinerne Götzen anbetet. Solltest du mir zu Gefallen deinen Glauben wechseln und auf die Seite der Verehrer des unsichtbaren Gottes treten wollen, so musst du dich auch von deiner Vorhaut trennen. Für unsere Männer gehört die Beschneidung zum unverzichtbaren Zeichen ihrer Verbindung mit Gott.«

Mit leiser Freude bemerkte sie sein Erschrecken und wie sich seine Hand vom Dolchgriff löste und schützend sein

Geschlecht bedeckte. Noch ehe er etwas sagen konnte, fuhr sie fort: »Höre also weiter! Zum anderen gefällt mir dein Plan, als mächtiges Regentenpaar hinter dem Thron zu stehen, ganz und gar nicht. Solange die Königin lebt, kann es für mich nur eine Macht in Saba geben, nämlich Bilkis Balmaka, und ihr werde ich treu dienen, solange sie es will. Eine Macht hinter ihrem Rücken zu bilden, empfinde ich als Hochverrat! Nur weil ich deine kriegerischen Eigenschaften wie auch deine Entschlossenheit damals angesichts der Wüstenräuber überaus schätze, werde ich vergessen, was du in dieser Stunde gesagt hast. Dir empfehle ich, das Gleiche zu tun und niemals mehr auf dieses Thema zurückzukommen.«

Ihm war, als hätte sie ihm einen Kübel eiskalten Wassers über den Kopf geschüttet, und sein Zorn richtete sich sofort gegen den anderen.

»Dann gefällt dir also dieser windige Schreiber? Mit der linken Hand könnte ich diesen Schwächling wie eine Fliege zerdrücken! Was versprichst du dir an seiner Seite? Wer die Gelegenheit hat, Frau eines Kriegers zu werden, und dann einen jämmerlichen Schreiberling wählt, dem ist wahrhaftig nicht zu helfen!«

Judith lachte leise. »Woher willst du überhaupt wissen, dass ich Eliohoref heiraten werde? Davon war bis jetzt niemals die Rede ... Doch da du jetzt selbst davon sprichst, werde ich eine Verbindung mit ihm tatsächlich in Erwägung ziehen. Dir empfehle ich hingegen, deine fantastischen und hochgespannten Erwartungen in die Müllgrube zu werfen, ehe sie dir zum Verhängnis werden. Aus dir, Hauptmann Yatim, kann vielleicht einmal der Oberste unserer Palastwache werden, obwohl ich auch das bezweifle, aber niemals ein Heerführer – dazu braucht es nämlich Eigenschaften, die du nicht hast und niemals haben wirst.«

Sie hätte diese Eigenschaften selbst nicht zu nennen gewusst, aber sie wollte Yatim einen weiteren Schlag versetzen. Ja, es gefiel ihr, diesen doch so mutigen Krieger macht- und wehrlos zu sehen, um ihm heimzuzahlen, was andere Männer ihr angetan hatten. Ihr habgieriger Vater, der geschäftstüchtige Sklavenhändler, der hartherzige Karawanenführer, der abstoßende Besitzer des Harimhauses und selbst der flinke Beni – sie alle waren fern und unangreifbar, nur dieser Yatim stand vor ihr und musste für die anderen büßen.

Der Hauptmann – sonst nicht sehr zartfühlend – spürte im Innersten, dass nicht er allein das Ziel ihrer Angriffe war, aber darüber wollte er sich nicht weiter den Kopf zerbrechen. Eine scharfe Entgegnung lag ihm auf der Zunge, doch sein Verstand sagte ihm, dass es gefährlich werden könnte, sich mit der engsten Vertrauten der Königin anzulegen. Dafür wünschte er sich Eliohoref herbei, um diesem elenden Federfuchser einmal gründlich die Meinung zu sagen.

Schweigend gingen sie den Weg zurück. Der Himmel war dabei, sein dunkles Nachtgewand überzuwerfen, und steckte sich gleich sein schönstes Geschmeide an, den hell funkelnden Abendstern.

Als hätte Yatims Wunsch Gestalt angenommen, trat Eliohoref aus seinem Zelt, erfuhr von den Wachen, wohin der Hauptmann gegangen war, und schaute zögernd auf den Pfad, der zum See und ins Uferdickicht führte. Entschlossen ballte er die Fäuste und schritt langsam, aber festen Schrittes den Weg hinab. Es dauerte nicht lange, da sah er zwei Gestalten aus der Dämmerung treten. Sie hielten übertriebenen Abstand und es waren keine Stimmen zu hören. Für Eliohoref war dies ein deutliches Zeichen, dass es Streit gegeben hatte. Das freute und belebte ihn so sehr, dass er schnell auf die beiden zuging und leise lachend fragte: »Der Spaziergang schon zu Ende? Mir scheint, ihr beide wart nicht sehr gesprächig?«

»Es ist alles gesagt worden«, meinte Judith und nahm den Schreiber am Arm. »Für uns beide gilt das freilich nicht, da wäre noch vieles zu besprechen …«

»Ah – daher weht also der Wind!«, rief Yatim laut und zornig.

Eliohoref versuchte, ihn zu beschwichtigen. »Ich glaube, es ist besser, du gehst jetzt zu deinen Leuten zurück.«

»Ich allein entscheide, was für mich gut oder schlecht ist! Dazu brauche ich keinen Schreiberling, dessen Kraft gerade noch ausreicht, um eine Feder zu halten. Wenn du sie dann in die Tinte tauchst, wird sie dir schon fast zu schwer – oder nicht?«

Eliohoref, mit Judith am Arm, fühlte sich stark und siegreich, dem anderen weit überlegen. Zugleich verspürte er einen Anflug von Großmut.

»Mir scheint, du musst dir etwas von der Seele reden? Also gut, ich werde es aushalten …«

»Aushalten!«, rief der Hauptmann gehässig. »Du wirst noch viel mehr ertragen müssen, wenn du dieses Weib zur Frau nimmst. Sie wird dich kaum zu Wort kommen lassen und wenn, dann dreht sie es dir mehrmals im Mund herum. Die sabäischen Götter – an die allein ich glaube – müssen ein gnädiges Auge auf mich geworfen und mich rechtzeitig vor einer riesengroßen Dummheit bewahrt haben.«

Judith, die sich an Eliohorefs Arm sicher und geborgen fühlte, empfand für diesen Menschen nur noch mitleidigen Spott. Sie lachte leise und flüsterte dem Schreiber etwas zu, allerdings so deutlich, dass auch Yatim es hören musste.

»Ganz unter uns, mein Freund, der tapfere Hauptmann hat vorhin heftig um mich geworben, aber seine Bemühungen sofort eingestellt, als er hörte, er müsse seine Vorhaut opfern.«

Nun kam auch Eli – künftig werden wir ihn öfters so nennen – ein trockenes Lachen an. »Ah, du wolltest ihn zum wahren Glauben bekehren? Jetzt verstehe ich, warum er die Bindung an seine Götzen so betont. Sei beruhigt, mein Freund, sie bleibt dir unbenommen, deine sabäische Götterschar.«

Yatim trat nahe an Eli heran und hob die rechte Faust. »Ich hoffe, du weißt, dass ich dich jetzt und hier erwürgen könnte – mit einer einzigen Handbewegung!«

Eli ließ sich nicht einschüchtern. »Ja, dazu bist du durchaus imstande, aber der Preis wäre hoch, denn Mose lehrt uns: Wer einen Menschen tötet, muss von Menschenhand sterben. Das wird kein gnädiger Tod sein, denn der Mord an einem hochrangigen Hofbeamten wird als Majestätsverbrechen angesehen und sehr schmerzhaft gesühnt. Man wird dich bei langsamem Feuer auf dem Scheiterhaufen lebendig verbrennen.« Eli ließ ein leises Lachen hören. »Bin ich dir das wert?«

Yatims Kriegerverstand sagte ihm, dass dieser Kampf verloren war. Die Genugtuung einer Widerrede wollte er diesem Schreiber nicht gönnen und so wandte er sich ab und ging schnell auf die Zelte zu.

Eli fragte mit belegter Stimme: »Judith, darf ich aus alldem schließen, dass ... dass ...«

»Ja«, fiel sie ihm ins Wort, »du darfst!«

Die Zustimmung der Königin stand bereits fest, aber nur unter der Bedingung, dass Eli nach Saba übersiedelte. Salomo würde einen seiner besten Schreiber verlieren und letztlich kam es nun auf seine Billigung an.

Wenn Judith einer Heirat mit Eli so schnell und plötzlich zugestimmt hatte, dann deshalb – mag es auch seltsam klingen –, weil es im Grunde kein wirkliches Jawort war. Dass sie in keinem Fall hier bleiben wollte, hatte sie ihm bereits gesagt, andererseits war kaum anzunehmen, dass der König seinen vertrauten und tüchtigen Schreiber freigeben würde. Ihr überaus schnelles Einverständnis hatte noch einen weiteren Grund: Der Streit mit Yatim hatte während jenes Spaziergangs einen Grad erreicht, da sie sich gedemütigt und herabgesetzt fühlte. Als Eli den Hauptmann warnte und ihm seine mögliche Strafe schilderte, setzte Judith in zorniger Genugtuung eines drauf und warf sich sozusagen in die Arme des Nebenbuhlers.

Der Schreiber Eliohoref nahm ihre Geste und ihre Worte jedoch überaus ernst und bat gleich am nächsten Tag den König um eine Unterredung. Die Episode mit dem Hauptmann schien ihm so bedeutungslos, dass er sie nicht erwähnte und nur davon sprach, dass er sich mit Judith ehelich verbinden wollte und notfalls sogar bereit sei, ihr nach Saba zu folgen.

Salomo zog verblüfft die Brauen hoch. »Du würdest um dieses Mädchens willen tatsächlich deine Heimat verlassen, deinen Dienst aufgeben?«

Aus den Worten des Königs war kein Zorn herauszuhören, sondern nur ein maßloses Staunen darüber, dass ein freier angesehener Mann bereit war, das Gelobte Land zu verlassen.

Doch Elis Entschluss war gefasst und nur Gottes unmittelbarer Befehl hätte ihn umstimmen können.

»Ja, Malki, so ist es und ich bin dir eine Erklärung schuldig. Ich weiß, dass es sinnlos und anmaßend ist, an Gottes Entschlüssen herumzurätseln, aber es ist nur menschlich, dass wir es dennoch tun. So glaube ich jetzt zu erkennen, dass der Herr mit Judith und mir etwas im Sinn hat, vielleicht etwas bewirken und in Gang setzen will. Nicht nur einmal hat Judith mir von ihrem wunderbaren Schicksal erzählt und von der Dankbarkeit, die sie erfüllt, weil Gott sie vor einem elenden Hurendasein bewahrt hat. Dass ich zu solchen Gefühlen keinen Anlass habe, ist dir ja bekannt, aber ich ahne, dass es ein göttlicher Auftrag ist, mich mit Judith zu verbinden und uns in Saba niederzulassen. Du als gesalbter und von Gott erwählter König stehst dem Himmel näher – vielleicht ist es dir möglich, meiner Ahnung Gewissheit zu geben?«

Elis Augen waren in solch vertrauensvoller Demut auf Salomo gerichtet, dass ihn ein starkes Mitgefühl ergriff. Zugleich traf ihn wie ein Blitz der Gedanke: Eliohoref tat das Rechte – ich weiß, was Gott will!

»Ich glaube, mein Freund, du bist auf dem rechten Weg. Wir werden das heute beim Nachtmahl mit der Königin, Judith und dir in aller Ruhe besprechen.«

Während der letzten Tage war Bilkis ins Grübeln geraten, ob es nicht doch an der Zeit wäre, dem König ihre Schwangerschaft einzugestehen. Beinahe hätte sie es schon getan, als er erst kürzlich sein verwundertes Erstaunen darüber äußerte, dass ihre zahlreichen Liebesstunden nicht schon längst ein Kind in ihr erweckt hätten.

»Dass mein Same nicht taub ist, beweisen die Kinder meiner Frauen, von denen es kaum eine gibt, der ich so oft beigelegen bin wie dir.«

»Kaum eine? Du hättest auch sagen können, keine, aber das wäre dann wohl eine Lüge gewesen ...«

Salomo lächelte auf eine Art, die er nur seinen Frauen vorbehielt, sie damit bezauberte und besänftigte.

»Du denkst an meine Ägypterin? Ja, ich liebte sie und liebe sie noch. Es ist nur so, dass mein Liebesverlangen sich etwas verflüchtigt, wenn mir ein Sohn geboren wird. Ich kann es mir nicht erklären, aber dann ergreift mich ein Gefühl, meine Pflicht vor Gott und den Menschen erfüllt zu haben. Den Frauen gegenüber ist das nicht gerecht, das weiß ich schon, doch es gibt Empfindungen, die man nicht beherrschen kann.«

Bilkis spürte: Dies war der rechte Augenblick, um es ihm zu sagen, und fast war es so, als spreche etwas aus ihr, dem sie nicht Einhalt gebieten konnte.

»Ja, mein Freund, das Schicksal dieser Sohnesmütter werde vielleicht auch ich auf mich nehmen müssen.«

Er schaute sie verwirrt an. »Wie ist das zu verstehen?«

»Ich bin schwanger und werde vielleicht einen Sohn gebären.«

»Wie lange weißt du es schon?«

»Sicher bin ich erst jetzt. Es ist mein erstes Kind, da fehlt es an mancherlei Erfahrungen.«

»Und das Kind soll ... ich meine, du willst es hier ...«

»Nein, mein Freund, nein. Da ich nicht deine Gemahlin bin, ist es vor allem mein Kind. Du hast es gezeugt, gewiss, und so habe ich es gewollt. Ein wahrer Prinz soll beiderseits aus königlichem Blut kommen und ich danke den ... danke Gott, dass er es so gefügt hat, und wünsche mir, dass er seine mächtige Hand über ihn hält, bis er mir auf den Thron nachfolgen kann.«

»Und wenn es eine Tochter wird?«

Ihre dunklen Augen strahlten ihn an. »Dann wird es nach mir eine zweite Königin von Saba geben.«

Salomo schüttelte den Kopf. »Ich mag es noch nicht glauben, dass ... dass wir uns trennen müssen.«

»So hat es Gott über die Menschen verfügt: Trennung muss

sein, ob durch Abschied oder den Tod. Du selbst hast mich kürzlich daran erinnert.«

Als sie nach dem Mittagsmahl gemeinsam zur Ruhe gingen und sich nach ihrer Gewohnheit in den Schlaf liebten, blickte Salomo das heiter entspannte Gesicht der Königin aufmerksam an.

»Was ist? Hast du eine Warze entdeckt oder gar ein Fältchen?«

»Nein, nein, du bist mir nur etwas fremd geworden.«

»Fremd? Auf welche Weise?«

»Ich kann es nicht genau sagen ... Erinnere dich an die Erzählung meines Vaters von der zweigeschlechtlichen Tonfigur, die Gott zerbricht, wenn Jungen und Mädchen zur Welt kommen.«

»Ja, genau daran habe ich oft gedacht ... Wenn dann die Bruchstücke genau aufeinander passen, ist dies ein sicheres Zeichen dafür, dass ...«

»... die füreinander bestimmten Menschen sich gefunden haben«, ergänzte der König und fuhr fort: »Nun aber scheint es mir mit einem Mal, als würden sie nicht mehr so haargenau zusammenpassen, als gäbe es winzige Lücken ...«

Bilkis lächelte. »Vielleicht durch die Abnützung? Wenn ein Krug zerbricht und man über Tage und Wochen immer wieder versucht, die Stücke zusammenzupressen, dann schleifen sich die Feinheiten ab und es entstehen kleine Fehlstellen.«

So seltsam es scheinen mag, aber dieses Gespräch bewirkte keinen Abstand zwischen den Liebesleuten, kein behutsames Auseinanderrücken, sondern eine noch innigere Nähe, fast einen Rauschzustand, der sie dazu trieb, zu jeder Tages- und Nachtstunde und manchmal sogar in kurzen Abständen in leidenschaftlicher Umarmung zusammenzufinden. Dieser Zustand hielt an bis zum Tag der Rückreise.

Noch war es allerdings nicht so weit, denn Salomo wollte für einige Tage nach Hebron reisen, um dort Gericht zu halten – auch über Eliam ben Hesed, den Vater der Judith.

9

Das Gespräch mit Bilkis festigte in Salomo den für Eliohorefs Zukunft gefassten Plan. Bilkis – von Judith über ihre Zusage an Eli unterrichtet – aber nahm an, dass der König auf seinen bewährten Schreiber nicht verzichten und dies beim Mahl bekannt geben wollte.

Jeder dieser drei Menschen, die sich an jenem Abend zu einer Mahlzeit mit dem König zusammenfanden, hatte seine eigenen Vorstellungen von dem, was ihnen Salomo heute sagen sollte.

Die Erwartungen der Königin gingen nur dahin, dass Judith wieder mit ihr zurückreiste – das hatte sie zumindest versprochen. Wen sie heiraten würde und ob überhaupt, war ihr nicht so wichtig.

Eliohoref war voll gespannter Neugier und vertraute fest darauf, dass Salomo eine für alle tragbare Lösung finden würde. Judith aber quälte plötzlich der Gedanke, ob es nicht doch falsch gewesen sei, den Hauptmann Yatim so zu verprellen. Schließlich war er ein schmucker junger Mann, der wohl mit Frauen umzugehen wusste und gewiss auch imstande war – nein, daran wollte sie jetzt nicht denken.

Für Eli empfand sie Mitleid, weil er den Nebenbuhler verdrängt hatte, aber dennoch nicht der Sieger blieb. Es sei denn – doch halt! Woher wollte sie denn wissen, ob Salomo am Ende nicht doch dem Wunsch seines Schreibers nachgab?

Der König spürte sogleich, wie erwartungsvoll ihn seine Gäste ansahen. Bei Bilkis war es eine eher belustigte Neugier, Judith und Eliohoref war die Spannung jedoch deutlich anzumerken. Doch Salomo ließ sie ein wenig zappeln.

»Habt ihr draußen den Abendstern gesehen? Die Luft ist hier viel klarer als in Jerusalem und so funkelt er noch festlicher als das kostbarste Geschmeide. Wäre es irgendwie möglich, so würde ich ihn herunterholen und meine Geliebte damit schmücken.«

Eli und Judith blickten sich etwas betreten an, doch Bilkis lachte nur leise.

»Es ist ja kein Name gefallen und dabei wollen wir es belassen. In Saba wird dieser Stern als der Gott Attar verehrt, der sich am Abend wie am Morgen zeigt und mit seiner Mutter Shams, der Verkörperung der Sonne, auf- und untergeht.«

Salomo horchte auf. »Das würde bedeuten, dass es sich am Morgen und am Abend um den gleichen Stern handelt? Hier sieht man es anders und im Volk geht eine Legende um, dass der Morgenstern sich so mächtig dünkte und beabsichtigte, an Gottes Stelle zu treten. So etwas wie ein Thronräuber also, aber da gibt es ein Lied ...«

Der König bewegte die Lippen, schüttelte den Kopf, nickte schließlich. »Ich glaube, es lautet ungefähr so:

Du hattest beschlossen
immer höher zu steigen,
höher als alle Sterne,
um Gott seinen Thron zu rauben,
um zu sein wie der Allmächtige.
Doch der Herr stieß dich hinab
bis in den tiefsten Grund der Totenwelt.

Das Lied ist in Wirklichkeit länger und stellt ausführlich den Kampf zwischen Gott und dem Morgenstern dar. Wir können die Lehre daraus ziehen, dass andere Völker das uns allen Gemeinsame in anderem Licht sehen. In Saba errichtet man Attar Tempel und lässt die Sonne seine Mutter sein, während er hier als Aufrührer gegen Gott zugrunde geht. Eines ist so wahr und so falsch wie das andere ... Doch wenden wir uns nun angenehmeren Dingen zu.«

Die Speisen wurden aufgetragen, aber es fehlten die sonst beim gemeinsamen Mahl lebhaften Gespräche. Sie alle warteten auf Salomos Entscheidung. Er spürte das und es schien ihm Vergnügen zu bereiten. Für jeden hatte er ein Scherzwort, lobte die Speisen, verlangte einen anderen Wein. Erst als die Tische abgeräumt und die Diener verschwunden waren, begann der König vom Eigentlichen zu sprechen. Zuerst wandte er sich an den Schreiber.

»Als ich gestern sah, wie ernst es dir mit deiner Absicht war, Judith zu heiraten und ihr nach Saba zu folgen, traf mich wie ein Blitz die Erkenntnis, es sei gottgewollt, dass einige Kinder unseres Volkes nach Saba auswandern, um dort Kunde von dem unsichtbaren Allgegenwärtigen und Allmächtigen zu geben.«

Salomo tauchte schmunzelnd seine Hände in ein Handwaschbecken und schüttelte das Wasser ab.

»Ich gebe gerne zu, dass auch praktische Erwägungen zu meinem Entschluss beitrugen, die dein Land, Bilkis Balmaka, betreffen. Unsere Handelsbeziehungen sind in den letzten Jahren so lebhaft und umfangreich geworden, dass sie sich längst nicht mehr auf Weihrauch und Gewürze beschränken, sondern Waren der verschiedensten Art umfassen, wie etwa Kupfer, Zinn, Alabaster, Hölzer, Webstoffe, Edelsteine und anderes mehr. Wenn wir geschickt vorgehen, lassen sich ein Teil der anfallenden Zölle und Abgaben umgehen, was für Saba wie auch für Israel nur von Vorteil sein kann. Über die Einzelheiten werden wir später mit Fachleuten sprechen.

Nun zu dir, mein tüchtiger Eliohoref. Wir alle kennen dein Schicksal und jeder wird verstehen, dass du woanders einen Neubeginn wagen willst. Ich heiße das gut, denn solange man lebt, ist Hoffnung und wir wurden von Gott als denkende und vernünftig handelnde Wesen geschaffen. Ein Ochse im Joch, ein Schaf in der Herde oder ein Esel am Wasserrad kann nichts an seiner Lage ändern.

Wir Menschen aber können es und sollten Gebrauch davon machen. Da ich dich jedoch nicht aus meinem Dienst entlassen will, werde ich dich zu meinem Geschäftsträger in Saba ernennen. Du wirst etwas wie ein Botschafter unseres Landes sein, der in Maryab eine Anlaufstelle für Händler und Reisende aus Israel errichtet, um ihnen mit Rat und Tat zur Seite zu stehen. Zugleich werde ich einen Aufruf erlassen, dass besitzlose junge Menschen sich eurer Karawane anschließen können, um in Saba ein neues tätiges Leben zu beginnen.

Wie ich von der Königin erfahren habe, gibt es in Maryab schon eine kleine hebräische Kolonie und so werden sie nicht die Ersten sein, die sich dort ansiedeln und – so wünsche ich es mir – auch nicht die Letzten. Mein Plan setzt freilich voraus, dass die Königin ihn gutheißen und unterstützen wird.«

Bilkis nickte entschieden. »Es war ja schon mehrmals im Ungefähren die Rede davon. Auf diese Weise werden unsere Länder trotz ihrer großen Entfernung näher zusammenrücken und das kann mir nur recht sein. Dass ein tüchtiger und gescheiter Mann wie der Schreiber Eliohoref meine Freundin Judith heiraten und sich in Saba niederlassen will, freut mich besonders.«

Judith fühlte sich überrumpelt, wusste allerdings auch, dass sie nicht zurückkonnte. Sie hatte Eli ihr Wort gegeben, freilich in der festen Meinung, es am Ende nicht halten zu müssen. Auf die Dauer wollte sie nicht unverheiratet bleiben und in Saba würden sich andere wieder und wieder bemühen, sie und damit Einfluss auf die Königin zu gewinnen. Besser, so dachte sie, die erste Frau eines ruhigen, älteren und hoch angesehenen Mannes, als die zweite eines eitlen und ränkesüchtigen Kriegers, für den sie letztlich nur das Mittel zu seinen eigensüchtigen Zwecken war.

Sie räusperte sich und stammelte: »Ja ... ja, ich freue mich ...«

Dann fiel ihr ein, dass sie in einigen Tagen auf dem Gerichtstag in Hebron ihrem Vater gegenüberstehen würde. Da wäre es schon eine Genugtuung, ihm sagen zu können: Du hast deine Tochter in die Sklaverei verkauft und nun ist aus ihr die Gemahlin eines königlichen Botschafters geworden. Das stand ihr so lebhaft vor Augen, dass sie Eli anlächelte und mit fester entschlossener Stimme wiederholte: »Eliohoref, mein Freund und Verlobter, ich freue mich wirklich und werde versuchen, dir eine gute Gemahlin zu sein.«

Da flog ein Leuchten über sein Gesicht und Judith dachte froh: Eine graue Maus bist du wahrhaftig nicht mehr, mein Eli, und das habe ich bewirkt.

Als es darum ging, das Gefolge für Hebron zusammenzustellen, meinte Judith, es wäre wohl besser, den Hauptmann Yatim hier in den Gärten zu lassen. Sie hatte der Königin von seiner erfolglosen Werbung und dem Streit mit Eli berichtet. Bilkis zögerte, nickte aber dann.

»Das trifft sich gut, denn für den König ist es zur Tradition geworden, in Hebron als ein Friedensfürst einzuziehen. Von seiner Streitwagentruppe begleitet ihn nur ein kleiner Teil und ich halte es nicht für angebracht, mich dort mit meiner eigenen Leib- und Palastwache zu zeigen.«

So ließ sie am nächsten Tag Yatim kommen und legte ihm die Gründe dar.

»Man kann den Bürgern von Hebron nicht zumuten, den Aufwand für eine ausländische Königin und ihr Gefolge zu tragen. Ich könnte allenfalls dich allein als meinen Leibwächter mitnehmen, aber da muss ich dir ganz vertraulich sagen, dass ich meine Sabäer nicht ohne deine Führung hier lassen will. Du kennst jeden einzelnen Mann, weißt die Leute richtig zu behandeln, hast es ja oft genug bewiesen. Also wartest du die paar Tage auf unsere Rückkehr, das ist für uns alle die beste Lösung.«

Dass Bilkis ihm seine Führungseigenschaften wie Honig ums Maul schmierte, gab den Ausschlag. Hätte sie ihm schlicht und ohne jede Begründung den Befehl zum Hierbleiben erteilt, wäre er verstimmt gewesen und hätte sich ungerecht behandelt gefühlt. So aber war er auf sich selbst stolz und hatte einen Grund mehr, den Schwächling Eliohoref zu verachten.

Einige Tage später brachen sie mit kleinem Gefolge nach Hebron auf, wo der König zwei Tage lang Gericht halten wollte. Dies geschah seit Jahren vor dem Palast seines Vaters, der hier bis zur Übersiedlung nach Jerusalem seinen Regierungssitz gehabt hatte.

Allein dadurch schon ehrwürdig, konnte sich die uralte Stadt mit einer Geschichte schmücken, die bis in die Zeit der Stammväter zurückreichte, wenn es etwa in den Büchern des

Mose heißt: »Abraham zog mit seinen Zelten weiter und nahm seinen Wohnsitz in Hebron, bei den Eichen von Mamre, wo er dem Herrn einen Altar erbaute. Dort wurde ihm, seiner Frau Sara, seinem Sohn Isaak und seinem Enkel Jakob auch das Grab bereitet.«

»Ein hochheiliger Ort!« Salomo sagte es mehrmals mit vor Ehrfurcht gedämpfter Stimme.

Die kleine Streitwagentruppe musste weit außerhalb lagern und so waren es nur der König mit Bilkis, Judith, Eliohoref und einige andere, die den von Eschen und Terebinthen gesäumten Weg zu den einfachen würfelförmigen Gräbern gingen. Mit ungewohntem Ernst bat der König seine Begleiter, draußen zu warten, während er allein die Grabstätten betrat.

Wenig später erreichten sie die Mauern von Hebron. Die Stadt, in ein grünes Tal geschmiegt und von Weinbergen umgeben, hatte sich aufgeputzt wie eine festliche Braut. Alle Häuser waren mit Blüten, Kränzen und Palmwedeln geschmückt, die Straßen mit Rosen, Lilien und Weinlaub bestreut. Der König ritt auf einer weißen Stute, die Königin saß in einer offenen Sänfte, unverschleiert, im prachtvoll geschmückten Staatsgewand, das Haar mit Perlen und Edelsteinen durchflochten. Betont langsam bewegte sich der Zug zum alten Königspalast und machte stets Halt, wenn jemand eine Bittschrift überreichte, den König huldigend mit Blumen bewarf oder mit Duftwasser besprengte.

Judith folgte der Sänfte zu Fuß, versuchte, ohne auffällig den Kopf zu drehen, die Menschen zu beiden Seiten der Straßen zu mustern, immer gewärtig, den Vater oder die Brüder in der Menge zu entdecken. Es war ein vergebliches Bemühen, denn ihr Vater und sein ältester Sohn Serach ritten zu jener Zeit auf ihren Eseln nach Norden und müssten gegen Abend die Stadt erreichen, wo der König am nächsten Morgen über sie und andere zu Gericht sitzen würde.

War Eliam ben Hesed sich irgendeiner Schuld bewusst? Als die königlichen Boten im Dorf erschienen und ihm die Ladung überbrachten, erregte das ein großes Aufsehen. Noch niemals hatte jemand aus ihrer Sippe vor Gericht erscheinen müssen, und so bewegte sie alle nur die eine Frage: Was hatte Eliam verbrochen, wessen klagte man ihn an? Die Boten gaben vor, nichts zu wissen, doch einer warf spöttisch hin: »So ist es immer: Wer vor Gericht erscheinen muss, spielt den Unschuldigen, kann sich auf kein Vergehen, kein Verbrechen besinnen. Nur Geduld, in Hebron wird man deinem Gedächtnis schon auf die Sprünge helfen.«

Seither betrieb Eliam Gewissensforschung und so nach und nach fiel ihm dann doch einiges ein. Jahr um Jahr hatte er versucht, den Steuereintreiber zu hintergehen, und mehr oder weniger war es ihm jedes Mal gelungen, etwas zu unterschlagen, etwa wenn einer seiner Söhne einen Teil der Herde in unwegsamen Bergregionen versteckte, bis die Steuerschätzung vorbei war. Aber das taten doch alle! Jeder im Dorf, in der Sippe, im Stamm vertrat die Meinung, dass es ehrenhaft – ja, rundweg lebensnotwendig war, die Steuerbeamten zu hintergehen. Da wäre es geradezu unsinnig gewesen, einen Verwandten oder Nachbarn deshalb vor Gericht zu bringen. Doch was konnte es sonst sein? Zweimal hatte Eliam kinderlose Verwandte beerbt, ohne die Mehrung seines Besitzes bekannt zu geben. Jeder im Dorf wusste davon und dass man in solchen Fällen die Steuerbehörde überging, war Ehrensache. Keiner hätte anders gehandelt – keiner!

Dies alles ging Eliam unaufhaltsam durch den Kopf, nur an Judith dachte er nicht. Kannte er die von Mose diesbezüglich gegebenen Vorschriften nicht? Wusste er nicht, dass der Käufer einer Sklavin – nahm er sie nicht selbst zur Frau – sie nicht an Ausländer weiterverkaufen darf? Hatte er es nicht stillschweigend hingenommen, dass der Sklavenhändler Judith nur deshalb erwarb, um sie ins Ausland zu bringen? Eliam hatte nur auf das Silber geschaut und nicht ins Gesetzbuch. Seine Söhne hatten dazu geschwiegen und seine Frau war immer wieder in hilflose Tränen ausgebrochen, wohl wissend, dass sie einen Entschluss des Familienoberhauptes nicht umstoßen konnte.

Serach, sein erstgeborener Sohn, wurde flüchtig von dem Gedanken gestreift, es könne etwas mit Judiths unrechtmäßigem Verkauf zu tun haben. Wo mochte die Schwester jetzt sein? Doch inzwischen waren fast drei Jahre vergangen und Serach hatte immer seltener an sie gedacht. Sind wir nicht alle in Gottes Hand? Schließlich waren noch zwei jüngere Schwestern da und Vaters Besitztum hatte sich durch Erbschaft und glückliche Viehhaltung so vermehrt und gefestigt, dass Judiths Fall sich nicht wiederholen konnte.

Es dämmerte schon, als sie die Stadt erreichten und in einem großen Zelt auf Kosten des Königs untergebracht wurden. Auch die anderen kamen oft von weit her, um Gerechtigkeit zu erlangen oder, wie Eliam und sein Sohn, gerichtet zu werden.

Als der Königspalast nicht mehr genutzt worden war, waren die Wohnhäuser immer näher an den alten Palast herangerückt; da und dort wurden lockere Steine entwendet und es hätte wohl nicht lange gedauert, dann wäre der ohnehin eher bescheidene Bau zum Steinbruch geworden und bald verschwunden.

Seit Salomo hier alljährlich Gericht hielt, hatte er den Palast wieder herrichten und zu nahe angebaute Häuser aufkaufen und abreißen lassen. Den dadurch entstandenen quadratischen Platz bestimmte der König zum Gerichtsort, dem er auf einem erhöhten vor dem Palasttor errichteten Thron vorsaß. Obwohl seine Anwesenheit einem ernsten Zweck diente und der Henker mit seinen Gehilfen in dieser Zeit Schwerarbeit leistete, hatten die Bewohner der Stadt den königlichen Besuch zu einem Fest umgemünzt. Neugierige aus der näheren und weiteren Umgebung strömten in Scharen herbei und Geschäftstüchtige sorgten mit der Errichtung von Wohnzelten vor den Mauern der Stadt für ihre Unterkunft. In dieser Zeit verdoppelten und verdreifachten sich die Preise und das Ereignis lockte – neben den neugierigen Gaffern – auch allerlei loses Volk herbei: Gaukler, Schausteller, Akrobaten und natürlich Huren, die verschleiert und in bunter Kleidung ihre Dienste feilboten.

Der eher bescheidene Palast gewährte gerade Raum für den König, seinen Gast, einige Freunde und eine kleine Dienerschaft; alle anderen waren draußen in Zelten untergebracht.

Der Gerichtstag begann am Morgen zwei Stunden nach Sonnenaufgang mit Pauken- und Fanfarentönen, die, dem Ereignis angemessen, nicht festlich-jubelnd, sondern ernst und getragen über die Stadt hinzogen. Nicht wenige hatten schon in der Nähe des Gerichtsplatzes übernachtet, um sich dann die vordersten Plätze zu sichern; zu beiden Seiten des Thrones gab es Tribünen für Ehrengäste und Mitglieder des Hofstaates. In vorderster Reihe saßen dort Bilkis, Judith und Eliohoref mit seinem Schreibzeug, um seiner Aufgabe als Hofchronist gerecht zu werden. Hinter ihnen hatten die Stadtväter von Hebron Platz genommen, darunter auch einige Richter, die einspringen mussten, wenn ein Fall sich auf lokale Ereignisse bezog, über die der König nicht Bescheid wissen konnte.

Heute war Judith mit einem Gefühl der Beklemmung und Unsicherheit erwacht. Bilkis merkte gleich, wie zerstreut und geistesabwesend sie ihren Dienst tat.

»Judith, was ist? Bedrückt es dich, weil heute dein Vater vor Gericht erscheinen muss?«

»Ja«, sagte sie leise, »es bedrückt mich und ich bereue es schon, den König darum gebeten zu haben.«

»Das brauchst du nicht! Dein Vater hat an dir unrecht gehandelt und es darf nicht dazu kommen, dass er am Ende noch glaubt, sich ehrenhaft verhalten zu haben, unter dem Vorwand, seine Familie vor bitterer Not retten zu müssen.«

»So kann es aber gewesen sein ...«

»Dann soll er es vor Gericht zu seiner Verteidigung vorbringen. Bedenke auch eines noch: Bleibt sein Tun ungestraft, kann es andere dazu verleiten, genauso zu handeln. Der König wird ein Machtwort sprechen, das vielleicht ein paar Dutzend Mädchen vor deinem Schicksal bewahrt.«

Judith musste plötzlich lachen. »Gott hätte viel zu tun, um sie alle bei Königinnen unterzubringen ...«

Bilkis zwickte sie scherzhaft in den Arm. »Du weißt genau, dass es so nicht gemeint war. Im Übrigen habe ich es mit dem König abgesprochen, dass nicht du als Klägerin genannt wirst, sondern ich, deine Dienstherrin.«

So hatte Judith sich zwar beruhigt, saß aber jetzt halb verschleiert auf der Tribüne wie in einem beklemmenden Traum, bei dem eine Tochter ihren Vater vor Gericht gezerrt hatte und nur auf seine Verurteilung wartete. Sie presste ihre Hände zusammen, bis es schmerzte.

»Es ist kein Traum«, flüsterte sie unhörbar, »und mein Vater muss vor dem Richter erscheinen, weil er sich schuldig gemacht hat. Ja – schuldig! Schuldig!«

Warum nur, so fragte sie sich, sind Töchter eher geneigt, den Vätern alles zu verzeihen, während Söhne es nicht selten zum Streit, sogar zum Kampf kommen lassen? Vielleicht, weil der Vater ein Mann ist und wir uns ihm untertan fühlen? Das Mädchen geht aus der Obhut des Vaters in die des Ehemanns über und wird zur Frau. Ob Eli genauso empfindet? Wie sollte er es anders sehen, da sein Vater ihm diese Ansichten gewiss vermittelt hat? Warum füge ich mich nicht, warum bewegen mich so aufrührerische Gedanken?

Die Antwort ist einfach: Ich diene einer Königin und wer an ihren Hof kommt, wird eine im Verständnis der Männer verkehrte Welt vorfinden. Sie müssen vor ihr niederknien und den Saum ihres Gewandes küssen; kein Mann darf mit ihr reden, ohne gefragt zu sein. Sie schmunzelte und zog den Schleier höher. Das färbt ab, dachte sie, das hinterlässt seine Spuren wohl bei allen Frauen, die der Königin dienen, und bei mir am deutlichsten, weil ich ihr am nächsten bin.

Judith war so in ihre Gedanken versunken, dass sie kaum auf die Vorgänge im Gerichtshof achtete. Als jedoch eine Grenzstreitigkeit zur Sprache kam, horchte sie auf.

Ein kleiner Landmann beklagte sich beim König darüber, dass sich seine Hirse- und Weizenfelder von Jahr zu Jahr verkleinerten, weil sich die Grenzsteine zu den Äckern des reichen Nachbarn immer mehr zu dessen Vorteil verschoben.

Als er sich nun kürzlich in seiner Verzweiflung nächtelang auf die Lauer legte, ertappte er die Knechte des Nachbarn beim Ausgraben der Steine, doch sie konnten entkommen. Er brachte den Fall vor einen Ältestenrat, aber der Herr und seine Diener beschworen gegenseitig ihre Unschuld.

»Was soll ich tun, hochmächtiger König? Ich bin arm und habe niemanden, der für mich einen Meineid schwört. Ein Drittel meines Grundbesitzes ist dahin und bald wird es die Hälfte sein. Mein reicher Nachbar besitzt einen solchen Einfluss, dass niemand eine Gegenrede oder gar die Behauptung wagt, er bereichere sich zu seinen Gunsten.«

Der Beklagte musste vortreten, raffte sein schönes Gewand und kniete vor dem König nieder.

»Hochweiser König, der Kläger bewirtschaftet seine Felder schlecht und Gott straft ihn mit Missernten. Er trägt seine Armut vor sich her wie einen Schutzschild und versucht, sich auf meine Kosten zu bereichern.«

»Aber der Kläger hat deine Knechte bei ihrem nächtlichen Tun erkannt.«

»Er lügt! Jeder meiner Knechte kann bestätigen, dass sie nach harter Arbeit die Nacht über ruhen, während dieser faule und träge Mensch ...«

Der König hob die Hand und rief: »Schluss damit. Tretet beide vor! Hier, von meinem Richterstuhl aus, kann ich die Wahrheit nicht ergründen und so sage ich Folgendes: Wie ihr wisst, bin ich zugleich der höchste Priester unseres Landes, auch wenn ich dieses Amt zur Zeit nicht ausübe. Gott hat sich mir oft geneigt erwiesen, meine Stimme zu erhören, und so bitte ich ihn, es auch jetzt zu tun. Falls der Beklagte tatsächlich die Grenzsteine zu seinen Gunsten verschoben hat, möge er sie binnen drei Tagen wieder auf ihre alte Stelle setzen, widrigenfalls wird Gott seine Äcker verfluchen und ihn mit jahrelangen Missernten strafen. Sollte jedoch der Kläger im Unrecht sein, so wird ihn der Erntefluch treffen.«

Judith sollte einige Tage später erleben, dass der arme Bauer sich beim König kniefällig bedankte und davon berichtete, dass seine Grenzsteine zu ihrer alten Stelle zurückgefunden hätten. Ob der König nun den schuldigen Nachbarn bestrafen wolle? Salomo lehnte es ab.

»Seiner schnellen Einsicht wegen soll ihm eine Strafe erlassen werden.«

Doch zurück zum Gerichtstag, der sich – nach dreistündiger Mittagspause – dem Abend zuneigte. Judith wusste, dass der König aus wohlerwogenen Gründen den Fall ihres Vaters an diesem Tag als letzten behandelte.

Um diese Zeit war ein Teil der Zuschauer schon gegangen, aber noch immer umgab ein fester Ring von Menschen den Gerichtsplatz. Die Neugierde galt freilich auch der Königin von Saba, die mit ihrer Dienerin nahe dem Thron saß und ihr jetzt – als die beiden Angeklagten vortraten – etwas zuflüsterte. Dem König wurde ein Papyrus gereicht, den er aufrollte, flüchtig darin las und schnell wieder weglegte.

»Du bist der Viehzüchter Eliam ben Hesed mit deinem erstgeborenen Sohn Serach?«

»Ja, Herr, und ich weiß bis jetzt nicht …«

»Du hast vor nunmehr fast drei Jahren deine Tochter Judith ins Ausland verkauft, ohne dich, wie es die Gesetze vorschreiben, um ihr weiteres Schicksal zu kümmern. Du hättest dich vergewissern müssen, ob der Käufer sie zur Frau nimmt, und wenn nicht, auf ihrer Rückkehr bestehen müssen. Sie aber wurde ins Ausland weiterverkauft, und zwar an einen Hurenhausbetreiber in Maryab, der Hauptstadt des Landes Saba. Bekennst du dich schuldig?«

Eliam fiel auf die Knie und sein Sohn tat es ihm nach.

»Großmächtiger König, woher weißt du das alles? Wer hat mich angeklagt? Waren es Nachbarn? Dann hätten sie wissen müssen, wie schlecht es mir in jener Zeit des Viehsterbens und der Missernten ging. Aber wenn …«

Der König unterbrach ihn mit donnernder Stimme. »An mir ist es, hier Fragen zu stellen! Bekennst du dich schuldig?«

»Es waren die unguten Verhältnisse, die mich zwangen …«

»Ein drittes und letztes Mal: Erkennst du deine Schuld?«

»Ja, gewiss, nur was hätte ich tun sollen ... meine Familie verhungern lassen? So aber ...«

»Halt! Ich habe erfahren, dass deine Lage sich bald besserte, und du hättest sofort die Gelegenheit ergreifen müssen, Judith zurückzuholen. Obwohl dir Fragen nicht zustehen, werde ich dir die nach dem Ankläger beantworten. Es ist Bilkis Balmaka, die Königin von Saba, in deren Diensten Judith jetzt steht.«

Eliam starrte in ihre Richtung. »Ist sie ... ist es ...«

Judith erhob sich. »Ja, Vater, ich bin hier, bin frei und bin mit der Königin vor einem Jahr hierher gereist.«

Eliam breitete die Arme aus und rief. »Dank sei Gott! Dann werde ich der Königin eine Vergütung zahlen und dich wieder in unsere Familie aufnehmen.«

Laut und weithin vernehmlich rief Judith: »Nein, du hast mich aus unserer Familie herausgerissen und ich will nicht wieder zurück. Es ist frech und anmaßend, meiner Königin eine Vergütung anzubieten, und auch unnötig, da ich frei bin und über mich selbst bestimmen kann.«

Ringsum war es so still geworden, als hätte es den Zuschauern die Sprache verschlagen. Weil es so ungewöhnlich und auch ungehörig war, dass eine Tochter ihrem Vater solche Widerworte gab, blickte nun alles auf den König.

Salomo hob die Hand und wies anklagend auf Eliam. »Durch dein Verhalten hast du jedes Recht verwirkt, über deine Tochter zu bestimmen. Du hast gegen die Gesetze des Sklavenhandels verstoßen und ich verurteile dich zur Rückerstattung des Kaufpreises an deine Tochter.«

»Aber mein König, ich als Vater ... ich kann doch nicht ... Judith gehört jetzt wieder zur Familie ...«

»Nein! Judith ist mit dem hier anwesenden Eliohoref ben Schischa verlobt, meinem ersten Schreiber und Hofchronisten. Ich habe ihn zu meinem Botschafter in Saba ernannt und dort werden die beiden sich niederlassen.«

Judith hatte sich erhoben und sagte mit fester Stimme:

»Verzeih, mein König, aber ich will das Geld meines Vaters nicht. Er soll den Betrag als Sühneopfer dem Tempel von Hebron spenden.«

Der König nickte und sagte zu Eliam: »Tue, was deine Tochter verlangt, und gehe in Frieden!«

Da brach in Judith der mühsam gewahrte Gleichmut zusammen. Die drei Jahre ihrer Abwesenheit erschienen ihr jetzt wie drei Tage und es war, als hätte sie ihre Familie erst vor kurzem verlassen.

»Vater!«, rief sie, »Vater, ich muss …«, aber jetzt, da die Gerichtssitzung beendet war, machten die vielen durcheinander laufenden und redenden Menschen einen solchen Lärm, dass ihre Stimme unterging. Doch Bilkis hatte es bemerkt.

»Willst du ihn noch einmal sehen?«

Sie nickte nur.

»Schicke einen Boten hin und lade ihn hierher ins Schloss zum Nachtmahl. Wir werden einen Raum finden, wo ihr ungestört seid.«

Später bemerkte die Königin zu Salomo: »Der Anblick ihres Vaters hat sie furchtbar aufgeregt. Da wurde die Vergangenheit wieder lebendig …«

Der König schüttelte den Kopf. »Nein, ich glaube nicht, dass es sein Anblick war, sondern eher die Situation, in der er sich befand. Sein König hielt über ihn Gericht, seine Tochter war anwesend, auch sein Sohn, dazu vermutlich einige Nachbarn und Verwandte. Das hat ihn schwerer getroffen als die Geldbuße und darin sehe ich die eigentliche Strafe.«

Für Judiths Gäste war ein kleiner, zum Innenhof gelegener Raum bereitet worden. Anstatt der am Königshof meist benutzten Stühle oder Sitzpolster hatte man auf Judiths Wunsch den Boden mit Teppichen belegt, weil sie wusste, dass ihr Vater es so gewohnt war.

Eliam versuchte seine Befangenheit zu überspielen. »Vor einigen Stunden noch vor Gericht und jetzt zu Gast in einem Königsschloss. Der himmlische Vater hält immer einige Überraschungen bereit. Aber die größte bist du! Vertraute einer Königin! Verlobt mit einem ranghohen Hofbeamten!«

Er blickte fragend auf seinen Sohn. »Was soll man da noch sagen?«

Während seiner ganzen Rede hatte er Judiths Blick gemieden, hatte auf ihre Goldkette geschaut mit dem in einen Karneol geschnittenen Bildnis der Königin auf der einen und ihrem Namen auf der anderen Seite.

»Ein Geschenk der Königin«, sagte Judith und hob den Stein hoch, doch Eliam schien es nicht zu bemerken.

Er hockte sich auf dem Teppich nieder und sein Sohn tat es ihm nach.

»Hast du inzwischen geheiratet?«

Serach schaute den Vater an, der schon dabei war, zu antworten, doch Judith unterbrach ihn.

»Kannst du nicht selbst reden? Wenn ich mich recht erinnere, musst du jetzt um die zwanzig Jahre alt sein. Immer wenn Vater zugegen ist, verschlägt es dir die Sprache. Das war schon früher so ...«

Serach schluckte mehrmals, sodass der Adamsapfel auf seinem dürren Hals auf und nieder hüpfte wie ein mutwillig herumgestoßener Ball. Stockend kam es dann heraus.

»Ja, vor einem Jahr habe ich ... auch ein Kind ist schon da ... zum Glück ein Junge ...«

»Warum zum Glück? Schau doch mich an! Wäre ich ein Sohn gewesen, hätte mich Vater gewiss nicht verkauft. Eine Tochter ist doch etwas für Notzeiten – da kann man sie zu Geld machen!« Mit lauter, scharfer und auch höhnischer Stimme hatte sie die Worte hingeworfen, wie Steine, die treffen und schmerzen sollten.

Serach duckte sich, aber ihr Vater blickte sie zornig an.

»Was redest du da? Vergiss nicht, dass ich dein Vater bin und gewisse Rechte besitze! So hast du dich hinter meinem Rücken verlobt, ohne meine Zustimmung einzuholen, und nach Lage der Dinge weiß ich nicht, ob ich sie dir erteilen soll.«

Diese freche Anmaßung ließ Judith für einen Augenblick sprachlos werden, aber dann fuhr es aus ihr heraus. »Du verhökerst mich an einen Sklavenhändler, von dem bekannt war, dass er Hurenhäuser mit Mädchen versorgte, und dann erwartest du, dass ich dich für irgendetwas um Erlaubnis frage? Es kostet mich nur ein Wort und du verschwindest in einem lichtlosen Kerker, bis du deine Steuerschulden beglichen hast.«

Sie hatte das nur so hingesagt, weil sie wusste, dass jeder hierzulande und wohl auch anderswo Steuern zu unterschlagen versuchte.

Eliam riss erschreckt die Augen auf und stieß hervor: »Woher weißt du, dass ...«

»Nichts weiß ich, aber ich habe wohl ins Schwarze getroffen. Im Übrigen will ich mich nicht weiter herumstreiten, sondern wiederholen, was dir heute der König zu verstehen gab, nämlich dass du jedes Recht verwirkt hast, über mich zu bestimmen. Da du aber dennoch mein Vater bist, verlange ich deinen Segen, von dem in der Thora so oft die Rede ist. Steht dort nicht irgendwo: ›Ich lasse dich nur fort, wenn du mich gesegnet hast?‹«

Eliam fuhr auf. »Versündige dich nicht! So redete Jakob zum Engel Gottes und es steht uns nicht zu, da einen Vergleich zu ziehen. Im Übrigen ist es so, dass nur Söhne von ihren Vätern gesegnet werden.«

Judith winkte den an der Tür stehenden Diener heran und sagte ihm etwas ins Ohr. Da wurde Eliam gleich misstrauisch.

»Was gibt es da zu flüstern? Geht es gegen mich?«

»Nein, aber jetzt greift zu.«

Judith hatte auftragen lassen, was der Vater von zu Hause gewohnt war – einen dicken, aus Hirse und Weizen gemischten Brei, dazu Dörrobst, sauer eingelegtes Gemüse und kaltes Geflügel in mundgerechten Stücken. Dazu wurden Quellwasser, Traubenmost und leichter Wein gereicht.

Serach aß und trank mit Genuss und Hingabe, während sein Vater mit mürrischem Gesicht ein paar Häppchen zu sich nahm und immer wieder zur Tür schaute. Gegen Ende der Mahlzeit trat Eliohoref ein, worauf Eliam und Serach sich sofort erhoben. Judith lächelte.

»Da du es bei mir nicht tun wolltest, so spende wenigstens dem Brautpaar deinen väterlichen Segen. Ein Schwiegersohn ist ja schließlich auch ein Mann ...«

Wider Willen musste Eliam lachen. »Und du, meine Tochter Judith, bist eine Schlange!«

Noch ehe sie etwas sagen konnte, warf Eliohoref ein: »Ein schöner und schmeichelhafter Vergleich, denn in der Thora heißt es, die Schlange sei das klügste von Gott geschaffene Tier.«

»Hast du es so gemeint, Vater?«

»Stimmt es denn nicht? Welche Frau aus unserem Stamm hat es jemals so weit gebracht wie du? Darf ich mit dir, mein künftiger Schwiegersohn, einige Worte wechseln?«

Eli nickte und sie nahmen auf der Fensterbank Platz. Judith setzte sich neben ihren Bruder, der sich noch hastig einige Stücke von der Hühnerbrust in den Mund gestopft hatte und jetzt kaum noch zu kauen wagte.

Judith drückte seinen Arm. »Schlucke erst einmal runter und dann musst du mir einige Fragen beantworten.«

So begannen sie mit halblauter Stimme über Mutter, Schwestern und Brüder zu sprechen, über Onkel und Tanten, Freunde und Bekannte. Am Ende schüttelte Serach seinen Kopf mit den noch immer bubenhaft struppigen Haaren.

»Das ist schon eine seltsame Geschichte ...«

»Wie soll ich das verstehen?«

»Was wir jetzt erleben. Weißt du, an was sie mich erinnert? An die Sache mit Josef – Vater hat sie uns mehrmals erzählt. Das war doch der, den seine Brüder ...«

»Ja, ich weiß, was du meinst, aber Josef war ein Mann und ich bin eine Frau.«

Da wurde Serach ganz eifrig. »Das schon, nur deine Stellung bei Hof und dass Vater jetzt zur Rechenschaft gezogen wird ...«

Sie blicke ihn spöttisch an. »Aber in meiner Geschichte sind wir noch mittendrin. Sie könnte ein anderes Ende nehmen.«

»Ich hoffe, ein gutes.«

»Wir werden sehen ... Nach dem, was du mir von zu Hause erzählt hast, ist alles so ziemlich beim Alten geblieben, außer dass es euch jetzt besser geht als zu jener Zeit, da ... da ich euch verließ.« Serach nickte eifrig. »Auf die Missernten und das Viehsterben folgte ein Steuererlass, den unser König – Gott segne und beschütze ihn – sehr großzügig gestalten konnte, weil er in jenem Jahr seine Truppen verstärkte und viele der überfälligen Tribute eintreiben ließ.«

»Woher weißt du das so genau?«

»Bei wichtigen Entscheidungen und Ereignissen ziehen die königlichen Herolde durchs Land und in kurzer Zeit wissen alle Bescheid.«

»Danach wäre es doch an der Zeit gewesen, mich zurückzuholen, wie die Thora es in klaren Worten gebietet. Aber das hätte ja etwas gekostet und dann wäre in der Familie wieder eine Esserin mehr gewesen. Da wart ihr euch dann alle einig, dass man es besser dabei belässt – so einig übrigens wie schon bei meinem Verkauf, den du als der Erstgeborene hättest verhindern können.«

Serach errötete und blickte zu Boden. »Das sagt sich so leicht ... Ich war damals zwar schon mündig geworden, doch solange der Vater lebt, sind seine Kinder ihm verpflichtet, vor allem der erstgeborene Sohn. Selbst wenn ich ihm abgeraten hätte ...«

»Das hat du allerdings nicht!«, fuhr Judith dazwischen. »Die einzig wirklich Unglückliche war unsere Mutter, doch sie stand allein gegen die ganze Familie.«

»Nein, so ist es nicht! Deine Schwestern ...«

Judith lachte böse. »Meine Schwestern waren froh, dass es sie nicht getroffen hatte.«

»Was sollen all diese Vorwürfe? Dem Familienoberhaupt hat man zu gehorchen, so steht es in der Thora. Da gibt es nichts mehr zu sagen.«

Judith spürte, wie ihre Machtstellung sie über diese Familie hob, die ihr kaum noch etwas bedeutete. Einen Schlag wollte sie diesem Grünschnabel noch versetzen.

»O ja, es gäbe schon noch etwas zu sagen, zum Beispiel, dass ihr die Steuereinnehmer seit Jahren betrügt, dass Vater dich mit einem Teil der Herde in die Berge schickt, wenn eure Spione sein Kommen melden.«

Serach schluckte. »Aber das tun doch alle ...«

»Dadurch wird aus Unrecht nicht Recht. Lassen wir es gut sein, aber vergiss niemals, dass ich euch vernichten könnte. Doch das wäre Gott gegenüber undankbar und so lasse ich Gnade vor Recht ergehen.«

Was trieb sie zu so harten Worten, warum konnte sie nicht verzeihen? Doch, sie konnte es, aber es gelang ihr niemals, es zu vergessen.

Inzwischen war das Gespräch am Fenster zu Ende gegangen und Eli wandte sich an seine Verlobte.

»Was hältst du davon, wenn wir unsere Ehe gleich hier schließen? Hebron ist ein uralter, von den Gräbern der Patriarchen geheiligter Ort. Übrigens hat mir der König selbst diesen Vorschlag gemacht und die Königin war sehr angetan davon. Sie wollen sogar unsere Heirat bezeugen und das können wir nicht ablehnen.«

Judith fühlte sich etwas überrumpelt, doch auch ihr gefiel dieser Vorschlag. »Ja, warum nicht – ich hoffe nur, du kannst den Brautpreis aufbringen?«

Eli schmunzelte. »Das habe ich eben mit deinem Vater besprochen. Ich werde das Doppelte der vom König verhängten Geldstrafe bezahlen.«

Judiths Miene verfinsterte sich. »Das würde also bedeuten, dass die Strafe in Wahrheit keine ist, sondern meinem Vater der Brautpreis als Gewinn bleibt?«

Eli blickte etwas verlegen drein. »So kann man es auch sehen, gewiss, aber ich glaube, wir sollten das Vergangene ruhen lassen und hoffnungsvoll in die Zukunft blicken.«

Diese Männer, dachte Judith, schon halb versöhnt, drehen am Ende doch alles so, dass ihnen kein Nachteil entsteht.

»Nein, damit bin ich nicht einverstanden! Der von euch abgesprochene Brautpreis soll bleiben, aber was von der Geldstrafe übrig ist, soll meine Mutter unter der Bedingung erhalten, dass es meinen Schwestern zugute kommt.«

Noch während sie sprach, hatte Eli mehrmals zustimmend genickt. »Dem schließe ich mich an und auch Eliam wird einverstanden sein?« Das war im Befehlston eines Hofbeamten gesprochen und Judiths Vater blieb nichts weiter übrig, als dem Vorschlag zuzustimmen.

Am nächsten Tag gab es ein kleines Fest, wozu Eliam einige Verwandte lud, die in Hebron lebten. Salomo und die Königin nahmen nur kurz daran teil, denn sie spürten die Befangenheit dieser einfachen Menschen, die vor lauter Respekt kaum ein Wort hervorbrachten und die Speisen nur anstarrten, anstatt zuzulangen. Als sich die hohen Herrschaften zurückgezogen hatten, ging es wie ein Aufatmen durch die Festversammlung; muntere Gespräche setzten ein und die aufgetürmten Berge von Reis, Hirse, Hammel-, Ziegen- und Hühnerfleisch nahmen sehr schnell ab.

Als Eliam ben Hesed seine Tochter im fransenbesetzten Brautgewand neben dem Schreiber Eliohoref sitzen sah, fühlte er, wie sein Herz sich vor Scham und Reue verkrampfte und dann gleich wieder vor Freude schnell und aufgeregt zu schlagen begann. Ja, Gott der Herr hatte ihm eine Lehre erteilt und die in der Fremde verschollene Judith als große Dame zurückgeführt. Eli hatte ihm erzählt, dass sie es gewesen war, die ihre Königin mit der hebräischen Sprache vertraut gemacht hatte, und seither bei Bilkis Balmaka in Gunst und Freundschaft stand.

Dass er gerade sie und nicht eine der anderen Töchter verkauft hatte, lag wohl auch an ihrem Aussehen. Sie hatte die lange hagere Gestalt ihres Großvaters geerbt und war vielleicht, so erklärte er es sich, als Junge angelegt gewesen, aber dann durch Gottes Wille zur Tochter geworden.

Der schwarze Bartflaum, die flache Brust ... Und dennoch erschien sie ihm heute schön und begehrenswert und er glaubte etwas wie Gottes Glorienschein um ihre Gestalt zu sehen. Wieder ging es ihm durch den Kopf: Ja, Gott hat mir eine Lehre erteilt, wollte mir sagen, dass es nach seinem Willen gehe und nicht nach dem meinen.

Diese Einsicht brachte ihm freudige Erleichterung, ließ sein Herz höher schlagen. Dann sein Schwiegersohn Eliohoref ben Schischa! Ein würdiger Herr, ein gestandener Mann, der nicht durch besondere Aufmachung prunken musste, denn jeder wusste, in welch hohem Ansehen er beim König stand. Freilich, er würde die Tochter in ein fernes Land entführen – nochmals im Rang erhöht –, als Botschafter des Königs Salomo. Wenn Eliam zu Hause erzählte, dass er mit dem König nicht nur an einem Tisch gesessen war, sondern mit ihm einige Worte gewechselt hatte, würden sie alle vor Neid erblassen. Zum Glück war Serach, sein Erstgeborener, dabei gewesen und konnte alles bezeugen. Dieses Ereignis würden seine Enkel an die Urenkel weitergeben und an alle folgenden Geschlechter, vergleichbar der Geschichte von Ruth, die nirgends geschrieben stand, aber dennoch lebendig blieb und im Volk umging. Aus ihr konnte – nein, musste man die Lehre ziehen, dass Gott jeden sicher führt, der sich ihm anvertraut. Wenn er es sich auch nicht eingestand, so war es ihm ganz recht, dass er nach menschlichem Ermessen Judith niemals wieder sehen sollte. Saba lag etwa drei Reisemonate nach Süden und es gab nur ganz wenige Menschen, die solche Strecken einmal, vielleicht sogar mehrmals zurücklegten. Auch Nomaden kamen niemals so weit, denn das Gebiet ihres Umherziehens entsprach in der Regel den Grenzen ihres Stammes.

Ja, er hatte Judith in die Fremde verkauft und eine Fremde war sie geworden – vom Hirtenmädchen aufgestiegen zur ersten Hofdame einer Königin und jetzt noch zur Frau des Botschafters. Sie passte nicht mehr in seine Familie, in sein Dorf, in seinen Stamm. Andererseits konnte er sich auf sie berufen, wenn die Steuereintreiber allzu frech wurden. Da würde er stolz sein Haupt erheben und ganz ruhig sagen: Ich hoffe, du weißt, mit wem du sprichst? Ich bin der Schwiegervater von Eliohoref ben Schischa, dem Geheimschreiber des Königs! Das würde diesen Blutsaugern die Sprache verschlagen, sie klein und bescheiden machen.

Judith sah, wie ihr Vater sie stolz anlächelte, und sie war auf der richtigen Spur, als sie es auf ihre Heirat bezog, die sie auch hierzulande hoch über die meisten Frauen emporhob. Die Vertraute der Königin von Saba genannt zu werden beeindruckte in Juda nur wenige, denn kaum jemand wusste, wo Saba lag, und viele hörten den Namen dieses Landes zum ersten Mal. Ein anderes aber war, Gemahlin eines Botschafters und obersten Hofbeamten des Königs zu sein. Das konnte jeder einordnen, da wussten alle Bescheid.

Eliohoref fühlte sich auf wunderbare Weise verjüngt. Sein Familienunglück hatte ihn niedergedrückt, ihn altern lassen weit über seine Jahre hinaus. In letzter Zeit hatte er sich bei Veranstaltungen am Hof immer zu den Älteren gesellt, zu denen, die längst Väter und meist schon Großväter waren. Er selbst hätte es ja längst auch sein können, denn sein verstorbener Sohn aus erster Ehe wäre schon über zwei Jahre mündig gewesen und hätte bereits die ersten Enkel zeugen können. Durch die Heirat mit Judith, der jetzt etwa Siebzehnjährigen, war er wieder in die Reihe der hoffenden und werdenden Väter gerückt. Gestern hatte er seinen schon auf Prophetenlänge gewachsenen Bart gestutzt und seine Länge der des Königs angeglichen. Jetzt glaubte er auch zu wissen, warum Salomo kaum alterte. Er hatte sich immer wieder mit jungen Frauen verheiratet und auch jetzt, da einige seiner Töchter schon erwachsen waren, wurden ihm Neugeborene in den Arm gelegt – wie vor kurzem Simeon, der Sohn der ägyptischen Prinzessin.

Wie die meisten am Hof in Jerusalem, hatte auch Eliohoref zu Mirjam ein gespanntes Verhältnis. Es war schwer zu sagen, warum, denn gerade sein Beruf als Geheimschreiber des Königs stand bei den Ägyptern in höchstem Ansehen und Mirjam selbst hatte ihm in gnädiger Stimmung einmal berichtet, zu welchen Höhen sich tüchtige Schreiber in ihrer Heimat emporarbeiten konnten. So solle er sich als Beispiel die Laufbahn des gelehrten Imhotep vor Augen führen, der als Geheimschreiber, Baumeister, Arzt und Dichter am Hof des Königs Djoser lebte und es zu solchem Ruhm brachte, dass man ihm später Tempel errichtet und ihn wie einen Heiligen verehrt hatte. Da konnte Eli sich nicht enthalten und sagte strafend, heilig könne nur Gott sein, aber kein sterbliches Wesen. Da begannen ihre graugrünen Augen vor Verachtung zu funkeln und sie warf ihm die Worte hin, er habe noch viel zu lernen.

Eli atmete erleichtert auf. Damit hatte er zum Glück jetzt nichts mehr zu tun und musste nicht, wenn es wegen ihres Sohnes zum Streit kam, irgendeine Stellung beziehen. Er schaute Judith von der Seite an und gleich wünschte er sich, mit ihr ein Kind zu zeugen, in ihrem Leib die Söhne und Töchter zu erwecken, die der Tod ihm weggenommen hatte. Er wusste, auf welch wunderbare Weise sie an den Hof der Königin gekommen war, und nahm ohne weiteres an, dass sie noch keinen Mann erkannt hatte. Und seltsam genug: Es hätte ihn auch kaum gestört, wenn es anders gewesen wäre. So, wie er versuchte, seine Vergangenheit in das Grab des Vergessens zu senken, so sollte es auch mit der ihren sein. Sein neues Leben hatte begonnen, als er sie in der Davidsburg zum ersten Mal gesehen hatte, und was früher gewesen war, besaß keinen Wert, weil sie es nicht zusammen erlebt hatten. Von nun an zählte nur, was sie gemeinsam taten, und die bevorstehende Hochzeitsnacht sollte der Beginn sein.

Judith, durch den täppischen Beni in den Vorgang und Ablauf der geschlechtlichen Liebe längst eingeweiht, war klug genug, ihr Wissen nach Möglichkeit zu verbergen. Sie spielte die Scheue und Verschämte, was Eli nur noch mehr anstachelte, sie voll Eifer in die Künste des ehelichen Umgangs einzuführen. Er tat es mit Hingabe und Bedacht, spürte als erfahrener Mann den Widerstand des – wenn auch künstlich erneuerten – jungfräulichen Schoßes. Mit froher Überraschung bemerkte er ihr lustvolles und williges Entgegenkommen, ihre freudige Entschlossenheit, das schöne Spiel vergnüglich zu gestalten. Das fachte in ihm Kräfte an, von denen er schon geglaubt hatte, sie seien mit seinen Frauen und Kindern ins Grab gesunken.

In Judith hingegen festigte sich der Glaube, dass der Umgang mit dem zwar feurig-unermüdlichen, dennoch ungeschickt-täppischen Beni nur eine Vorstufe zu den Liebesfreuden war, die ein erfahrener Mann ihr bereiten konnte. Was bei diesem Jungen nichts anderes war als ein schnelles Vergnügen, dehnte sich bei Eli zu kunstvoll ausgekosteter Länge, mit einem wohlig-trägen Nachspiel. Unter den damaligen gefährlichen Umständen war dazu keine Zeit und Beni hätte es auch aus mangelnder Erfahrung weder gewollt noch gekonnt.

10

König Salomo, schon dabei, für die bevorstehende Abreise seiner Geliebten Verständnis aufzubringen und sich damit abzufinden, erlebte nach der kleinen Hochzeitsfeier einen ihm selbst unverständlichen Sinneswandel. Kaum jemals hatte er bei sich selbst oder in seinem Umkreis eine eheliche Verbindung erlebt, die nicht von anderen nach stammesdienlichen, familiären oder politischen Erwägungen ausgerichtet wurde. Es waren die Eltern und Großeltern, Sippenführer und Patriarchen, die junge Menschen ohne Rücksicht auf deren Wunsch oder Willen zusammenbrachten. Bei ihm als dem König von Juda und Israel waren es tributpflichtige Kleinfürsten, die ihm ungefragt ihre Töchter zusandten, und es wäre so unsinnig wie ungeschickt gewesen, solche »Geschenke« zurückzuweisen. Dass eine derartige Verbindung über den reinen Akt einer Zeugung in flüchtiger Lust hinausging, war kaum anzunehmen und so stellte Mirjam die große Ausnahme dar. Den

Gedanken an sie schob Salomo jedoch schnell beiseite, denn er war gerade dabei, einen anderen Vergleich zu ziehen.

Diese aus freien Stücken geschlossene Ehe zwischen Judith und Eliohoref entsprach in groben Zügen seiner Verbindung mit Bilkis Balmaka. Sie war aus der Ferne zu ihm gekommen, nur dem eigenen Wunsch und Willen gehorchend, und hatte sich ihm nicht an den Hals geworfen, sondern seine Werbung erwartet, wohl auch erhofft. Nicht anders hatte Eliohoref um Judith geworben und alles daran gesetzt, ihr zu gefallen, sie zu gewinnen. Dass er dabei den schneidigen und um etliches jüngeren Hauptmann Yatim ausgestochen hatte, sprach für ihn, aber auch für Judith, die so klug gewesen war, einen würdigen, erfahrenen Mann dem jungen Heißsporn vorzuziehen.

So hatte ihn plötzlich die Frage bewegt, warum er auf Bilkis verzichten sollte. Sie waren doch wie füreinander geschaffen, zudem hatte er in ihrem Schoß ein Kind erweckt. Schon jetzt wusste er, dass er diesen Spross, falls er männlich war, seinem derzeitigen Thronfolger vorziehen würde. Ein König konnte und durfte das, sein Vater hatte es gezeigt. Freilich, der Fürst von Ammon würde Kopf stehen, wenn er hörte, dass der Sohn seiner Tochter Naama – unangefochtener Thronfolger seit Jahren – nun ins zweite Glied treten musste. Aber die Ammoniter waren schon unter König David schwierige und störrische Nachbarn gewesen und es bis heute geblieben. Wer zahlte die geringsten Tribute? Das war der Fürst von Ammon, der dann gerne und oft darauf verwies, mit Salomo verschwägert zu sein. Im letzten Jahr hatte er übrigens die Zahlung angeblich wegen fortlaufender Missernten sogar vorübergehend eingestellt. Jedenfalls ein Grund mehr, auf ihn keine Rücksicht zu nehmen.

Was aber war mit Simeon, dem Sohn der Ägypterin? Ihr hatte er nichts versprochen und so musste auch nichts gehalten werden ... Salomo schlug sich vor die Stirn. War es klug, so weit vorauszudenken? Vielleicht zwang ihn Gott auf den rechten Weg zurück, wenn Bilkis eine Tochter gebar? Störrisch schüttelte der König seinen Kopf, als wolle er sich von lästig klammernden Gedanken befreien. Doch das war nicht so einfach. Hatte er nicht schon in seiner Sprüchesammlung geraten: »Wer ehrlich und gerade lebt, nimmt Gott ernst; wer krumme Wege geht, missachtet ihn.« An anderer Stelle: »Wer sich auf Abwege begibt, erhält den angemessenen Lohn dafür, doch der Lohn guter Menschen ist besser.« Aber auch: »Die Ungeduldigen handeln töricht, ein Berechnender macht sich verhasst.« Wo aber die Mitte finden? Wie das Rechte und Richtige tun, ohne jemanden zu ärgern, zu schaden, ohne sich verhasst zu machen?

Salomo sprang so heftig auf, dass er einen Wasserkrug umstieß. Gleich liefen Diener herbei, aber der König jagte sie davon. »Lasst mich um Gottes willen in Ruhe nachdenken!«

Doch die Ruhe war dahin, die Gedanken kehrten zurück und mahnten ihn zur Vernunft. Ja, ich werde vernünftig sein, werde nicht meine Wünsche vornanstellen, werde behutsam versuchen, die Geliebte umzustimmen. Zunächst vielleicht nur insoweit, dass sie ihr Kind hier zur Welt bringt. Es ist schließlich auch mein Kind!

Zu seinem Meinungsumschwung hatte auch der Umstand beigetragen, dass er Bilkis jetzt tagelang so nahe war wie nie zuvor. Schon in den Gärten hatten sie sozusagen Tür an Tür gelebt und jetzt, im bescheidenen Königspalast zu Hebron, war es nicht anders. Zudem saß sie bei jeder Gelegenheit an seiner Seite, ob er ein Gastmahl veranstaltete, eine Abordnung von Stammesführern empfing oder draußen Gericht hielt. Sein geehrter Gast sollte an allem teilhaben, nur auf viele wirkte es so, als säße eine königliche Gemahlin an ihrem angestammten Platz. In verblümter Weise wurde ihm das auch gesagt, allein der Hohe Priester des Tempels zu Hebron drückte es etwas deutlicher aus. Wie Asarja trug auch er einen zweigeteilten Bart, der sich – da der Priester sehr klein war und zum König aufschauen musste – wie zwei drohende Finger auf ihn richtete.

»Du bist der Landesfürst, Malki, und deine Pflichten mögen dich manchmal über das von Gott Erlaubte hinausführen, aber ist dein Umgang mit dieser Götzenverehrerin nicht allzu innig?«

»Du hast Recht, wir sind wie alle Liebesleute aufs innigste verbunden.«

»Du bestätigst nur, was inzwischen alle Welt weiß, aber warum muss diese Verbindung so öffentlich sein? Du führst uns diese Königin vor wie ein Beutestück, das du erobert hast und festhältst.«

»Kein schlechter Vergleich, Hoher Priester. Es ist nur die Frage, ob ich meine Beute auf Dauer festhalten kann.«

»Willst du das?«

»Nur Gottes Wille zählt, hast du das vergessen?«

Der Priester hatte schon eine zornige Entgegnung auf den Lippen, erkannte aber zugleich, dass der König Recht hatte, und kam auf ein anderes Thema zu sprechen.

Bilkis hatte von Zeit zu Zeit eine leichte Übelkeit empfunden, doch sie war auszuhalten gewesen, sodass sich an ihren Vorlieben und Abneigungen bei den Speisen kaum etwas geändert hatte. Schon auf der Fahrt zu den Königlichen Gärten hatte sie die ersten Bewegungen des Kindes verspürt – ein ungewohntes Stoßen und Pochen, als hätten sich ihre Eingeweide verlagert. Von da an schwand die leichte Magenverstimmung und machte einem Heißhunger Platz, den sie bisher nicht gekannt hatte. Nichts davon minderte ihre Freude oder ihre Bereitschaft zum Liebesspiel, aber die fortschreitende Schwangerschaft begann mehr und mehr ihren Geist zu beschäftigen. Äußerlich war ihr fast noch nichts anzusehen und wenn ihr Leib sich jetzt sanft wölbte, so unterstrich es nur den Reiz ihres schönen Körpers.

Am Abend vor der Rückreise kam Bilkis auf ihren Vater zu sprechen, weil sie daran denken musste, dass er um diese Jahreszeit gestorben war.

»Im Frühsommer bricht der Mukarrib zur heiligen Jagd auf, um Almaka die erlegten Steinböcke darzubringen. Je größer die Beute ist, umso reichlicher fällt dann der Frühjahrsregen.«

Salomo, schon dabei, spöttisch zu lächeln, wahrte den gebotenen Ernst. »Und darauf ist Verlass?«

Sie zögerte etwas. »Nein, Sicherheit gibt es keine, genauso

wenig wie bei deinem Gott. Das wäre ja sonst nur ein Handel: Da hast du dein Fleisch, sende mir jetzt den Regen. Die Götter ... ich meine, der Gott verfährt da ganz nach Belieben. Früher war es ja so, dass die Regenzeiten im Frühjahr und im Spätsommer, ob sie nun heftig ausfielen oder dürftig, zum größten Teil zwischen Sand und Geröll versickerten. Nun aber gibt es den Damm und seit ich ihn beträchtlich vergrößert habe, geht kaum noch ein Tropfen verloren. Das Wasser strömt in zwei Kanäle und von dort nach Bedarf in ein weit gespanntes Bewässerungsnetz. Aber ich glaube, das habe ich dir schon erzählt ...«

Sie lächelte ihn zärtlich an und zeigte dabei die glänzende Perlenreihe ihrer wunderschönen Zähne. Das hatte sie schon oft getan, Salomo hatte jedoch noch immer seine Freude daran.

»Auch wenn du mir ein drittes oder viertes Mal davon berichtest, werde ich mich nicht dabei langweilen. Aber zurück zur Jagd. Berührt es dich nicht schmerzlich, dass dein Vater dabei sein Leben verlor? Wo er doch nur seine heilige Pflicht erfüllte, um Almaka ein möglichst großes Opfer darbringen zu können?«

»Auch wenn wir ein solches Geschehen nicht durchschauen, so liegt gewiss ein höherer Sinn darin, der etwas Gottgewolltes bewirkt, wenn vielleicht auch in ferner Zukunft.«

Sie saßen auf dem kleinen Dachgarten des Palastes in Hebron, wo ringsum im dazu aufgeschütteten Erdreich niedrige Sträucher, Zwergpalmen und verschiedene Blumen wuchsen. Der Abendwind lebte auf und Bilkis zog fröstelnd ihr Gewand enger. Aus heiterem Himmel fiel ihr das damals überreichte Geschenk ein.

»Was wirst du mit den Seidenstoffen machen, die ich dir zu Füßen legte – mein kostbarstes Geschenk ...«

»Nein, du selbst bist das kostbarste Geschenk und ich kann mir kein kostbareres denken. Die Seide liegt in meinem Schatzhaus, doch kein Gewandmacher würde es wagen, daraus Kleider zu fertigen, denn Gottes Gebot ist eindeutig: ›Du sollst dir kein Bildnis noch irgendein Gleichnis machen von etwas, das im Himmel, auf Erden, im Wasser oder unter der Erde ist.‹ Die Seide aber zeigt Bilder von allerlei Tieren ...«

Bilkis lachte hell auf. »Ja, ebenso von Drachen, die du kaum auf Erden findest, auch nicht im Himmel oder im Wasser.«

»Das stimmt und das gilt auch für unsere Cherubim im Tempel. Auf diesen Stoffen sind außerdem Löwen, Pferde, Kamele, Vögel und andere von Gott geschaffene Wesen abgebildet. So bleibt uns nichts übrig, als diesen Schatz zu hüten und ihn manchmal zu betrachten, ohne ihn je verwenden zu dürfen.«

»Er soll dich an mich erinnern, also betrachte ihn oft ...«

Er tat erstaunt. »Erinnern? Warum erinnern? Du bist doch stets in meiner Nähe und ich brauche dich nur ...«

Sie unterbrach ihn sanft. »Nicht für immer, mein Freund. Für uns Menschen bleibt die Zeit nicht stehen ...«

»Man könnte sie anhalten! Ich meine das freilich nicht wirklich, aber es gäbe schon etwas, sodass wir beide in nächster Zeit nicht auf Erinnerungen angewiesen wären. Du könntest deinen Aufenthalt verlängern, könntest dein Kind hier zur Welt bringen ...«

Etwas an seinem Gesicht warnte sie, den Vorschlag rundweg abzulehnen. Seine Augen hatten einen starren Blick angenommen, sein Mund verpresste sich und er schaute – was er sonst niemals tat – an ihr vorbei, als betrachte er die beiden Spatzen, die sich unter einem Strauch um eine Brotkrume balgten.

Sie lächelte ihn beruhigend an. »Es hängt viel davon ab, welche Nachrichten aus Saba eintreffen. Zunächst aber freue ich mich auf deine Gärten und hoffe, dort noch ein wenig bleiben zu können.«

»So lange du willst!« Er rief es mit Begeisterung und hörbar erleichtert.

»Dann habe ich dazu gleich eine Frage – besser eine Bitte. Kann ich dort auf die Jagd gehen?«

Seine störrische, fast bedrohliche Miene hatte sich verflüchtigt und einem jungenhaften Staunen Platz gemacht. Er riss den Mund auf, schloss ihn dann gleich wieder und fragte kopfschüttelnd: »Auf die Jagd? Ist das dein Ernst?«

»Ich habe dir doch erzählt, dass ich meinen Vater häufig auf die Jagd begleiten durfte.«

»Ja, schon, ich dachte allerdings, mehr zu seiner Gesellschaft oder um vor seiner Tochter mit der Beute zu prahlen.«

»Ich war in der Vogeljagd kaum zu schlagen, gehörte zu den besten Bogenschützen.«

»Und jetzt willst du in meinen Gärten auf Vogelpirsch gehen?«

»Nein, um diese Zeit findet in Saba die rituelle Steinbockjagd zu Ehren Almakas statt. Dort kann das nur ein Mann erledigen und ich nehme an, dass mein Bruder Menelik dazu einen geeigneten Priester auswählt. Aber die Königin bin ich und so würde ich gerne mit Gottes Hilfe einige Steinböcke erlegen, um später ihre Felle auf dem Altar im Almaka-Tempel niederzulegen. Gibt es dort Steinböcke?«

Da brach der König in ein so fröhliches Lachen aus, dass Bilkis schnell angesteckt wurde. Als sie wieder zu Atem kamen, rief Salomo: »Seit ich dieses Gebiet kaufte, absperren, bewachen und die Jagd verbieten ließ, ist ein Garten Eden entstanden. Natürlich gibt es auf den Höhen auch Steinböcke, mehr, als du jemals jagen kannst. Im Tal finden sich Wildschweine, Füchse und Bären, Dam- und Rothirsche ziehen mit ihren Herden durch und wenn eines dieser Tiere getötet wird, dann sind in der Regel Löwen oder Panther daran beteiligt. Nicht, dass du diese Räuber jemals zu sehen bekommst, denn sie gehen den Menschen mit Bedacht aus dem Weg, die Reste ihrer Mahlzeiten sprechen allerdings eine deutliche Sprache.«

»Du hast die Jagd dort verbieten lassen – in jedem Fall?«

»Nein! Zwar bin ich selbst kein großer Jäger, aber manche meiner benachbarten Kleinfürsten sehen sich selbst im Licht eines Nimrod und so habe ich sie schon öfter dorthin geführt.«

»Wer ist Nimrod?«

»Er gilt als der Gründer des babylonischen Reiches und Erbauer jenes lästerlichen Turmes, der bis in den Himmel reichen sollte, dessen Vollendung Gott jedoch durch eine Sprachverwirrung verhinderte. Dieser Nimrod wird als ein gewaltiger Jäger geschildert, der auch vor den gefährlichsten Tieren nicht zurückschreckte.«

»Nein, so bin ich nicht und auch mein Vater war gewiss kein Nimrod, aber er jagte gern und ich war häufig an seiner Seite. Seit er dabei umkam, ist mir die Jagd verleidet. Jetzt aber – vielleicht zu seinem Gedenken – fühle ich die Verpflichtung, Almaka Steinbockfelle opfern zu müssen.«

»Ich werde noch heute einen Boten vorausschicken, damit einige meiner Leute in den Bergen das Wild aufspüren können.«

Bilkis wusste, dass sie dem Umgang mit Pfeil und Bogen entwöhnt war, und begann gleich nach ihrer Ankunft in den Königlichen Gärten stundenlang zu üben. Hauptmann Yatim ging ihr dabei zur Hand. Sie hatte ihm gleich von Judiths Hochzeit in Hebron berichtet und betont, dass es der ausdrückliche Wille des Königs war, Eliohoref mit einer Hebräerin zu verheiraten und ihn als seinen Botschafter nach Saba zu senden. Yatim hatte es hingenommen und fühlte sich nun durch seine Nähe zur Königin erhoben und ausgezeichnet.

Bilkis hatte an einer blattlosen abgestorbenen Erle am Ufer des Sees ein Dutzend luftgefüllter und bunt gefärbter Fischblasen aufhängen lassen, die sie nun mit Bogen verschiedener Stärke und aus unterschiedlichen Entfernungen zu treffen versuchte. Nach einigen Tagen wählte sie den assyrischen Bogen zur künftigen Jagd aus. Diese Waffe bestand aus einem hölzernen Kern, der zum Griff hin rund, dick und fast völlig starr war, sich aber an beiden Seiten stark verflachte. Das Holz war mit dünnem Leder umwickelt, die verwendeten Pfeile waren von mittlerer Länge und der sicheren Flugbahn wegen sorgfältig gefiedert.

Bald hatte Bilkis ihre alte Treffsicherheit wiedererlangt und als die von Salomo ausgesandten Späher auf den Berghöhen im Südosten ein starkes Steinbockrudel ausgemacht hatten, setzte Salomo zwei Tage später den Jagdzug an.

Kurz zuvor wollte ein Mann aus einer der hier angesiedelten Familien den König sprechen. Einer seiner Söhne, so berichtete er aufgeregt, sei mit seiner Schafherde im Dickicht der Vorberge im Nordosten etwas abseits geraten und dabei von einem Panther bedroht worden. Als dieser sich anschickte, eines der Schafe zu schlagen, fielen ihn die Hirtenhunde an, von denen er einen tötete und einen anderen verletzte. Mit dem toten Hund im Maul sei er dann verschwunden.

Der König schüttelte ungläubig den Kopf. »Soll das am hellichten Tag gewesen sein?«

»Ja, um die Mittagsstunde.«

»Das ist nicht gut möglich! Der Panther jagt nur nachts oder bei Dämmerung. Die hellste Tageszeit verschläft er und das wissen nicht nur die Jäger.«

Das hagere, faltige Gesicht des Viehzüchters zeigte sich gekränkt. »Auch wir wissen das, mein König. Doch mein Sohn lügt nicht, da sei Gott vor. Und das Schlimmste habe ich dir noch nicht berichtet. Diese Bestie hat in den letzten Monaten schon zwei kleine Kinder geraubt!«

»Hat das jemand gesehen?«

»Nein, aber wer soll es sonst gewesen sein?«

»Es gibt hier Löwen, Bären und Wölfe ... sie alle kämen dafür in Betracht.«

»Wölfe fallen keine Menschen an und Bären nur, wenn sie sich bedroht fühlen. Löwen hat man hier schon lange keine mehr gesehen.«

»Was du sagst, ist nicht ganz richtig. Ein Wolf greift keinen Erwachsenen an, aber ein kleines hilfloses Kind ist eine leichte Beute.« Der König zuckte die Achseln. »Dann kann es wohl auch ein Panther gewesen sein ...«

»Du gibst mir also Recht, mein König?«

Der Mann strahlte über das ganze Gesicht und Salomo ließ ihm zwei Schekel Silber als Dankesgabe überreichen.

Bilkis gegenüber zeigte er sich unbekümmert.

»Das hat wenig zu bedeuten. Jedes Mal wenn ich hier bin, kommen einige dieser Leute und erzählen Schauermärchen.

Sicher ist an den Berichten etwas dran, aber vieles kommt doch aus zweiter oder dritter Hand.«

»Trotzdem ... diese Menschen leben hier und man sollte ihre Warnungen ernst nehmen.«

»Das tue ich, aber soll ich jetzt die Jagd abblasen oder verschieben?«

»Nein, warum auch? Wir sind wehrhafte Menschen und keine hilflosen Kinder und so werden uns die Raubkatzen schon aus dem Weg gehen.«

Bilkis legte für die Jagd bequeme Männerkleidung an, steckte ihre Haare hoch und setzte eine lederne Kappe auf. Salomo betrachtete sie lächelnd.

»Ein anmutiger Jüngling! Da musst du den Mädchen schon aus dem Weg gehen, sonst fliegen dir gleich die Herzen zu ...«

»Spotte du nur! Wäre es dir lieber, ich ließe mich in Frauenkleidern in einer Sänfte hinterhertragen?«

Judiths Begleitung hatte Bilkis abgelehnt, aber Yatim ritt an ihrer Seite, blickte kriegerisch um sich und legte seine Hand von Zeit zu Zeit auf den Knauf seines Schwertes.

Nach etwa zwei Stunden verließen sie das Tal und ritten hügelaufwärts. Einige jagderfahrene Männer gingen zu Fuß voran, um das Wild aufzuspüren und darüber Meldung zu erstatten. Was ihnen zuerst begegnete, war eine kleine Herde von Wildziegen, die in einer baumfreien Niederung äste und sofort die Flucht ergriff.

»Für uns steht der Wind schlecht«, sagte einer der Männer, »die Tiere hören und riechen uns, noch ehe sie uns sehen können.«

Salomo lachte leise. »Auf Ziegen haben wir es auch nicht abgesehen, ihr sollt vorerst nur Ausschau nach Steinböcken halten.«

»Ja, Herr, aber die werden wir hier noch nicht finden, da müssen wir schon höher hinauf.«

Während sie hinter den Fährtensuchern hertrabten, wurde

Bilkis von einer seltsamen Empfindung ergriffen oder richtiger gesagt – überwältigt. Obwohl die Landschaft in nichts dem Wüstengebiet in Saba ähnelte, wo sie mit ihrem Vater mehrmals auf die Jagd gezogen war, wurde diese Zeit in ihr so lebendig, dass sie glaubte, hinter dem Mukarrib herzureiten. Salomo ähnelte von der Gestalt her tatsächlich ihrem Vater und da er jetzt einfache bequeme Kleider trug und ihr den Rücken zukehrte, war die Täuschung vollkommen. Erst als der König sich kurz umwandte, um Bilkis auf einen hoch am Himmel kreisenden Greifvogel aufmerksam zu machen, wurde sie aus ihrem Wachtraum gerissen.

Bei einer kurzen Mittagspause erzählte Salomo von den kleinwüchsigen Waldelefanten, die noch zur Zeit seines Vaters hier gelebt hatten.

»Es gäbe sie heute noch, denn diese Tiere haben keine wirklichen Feinde, ausgenommen den habgierigen Menschen. Ihrer wertvollen Stoßzähne wegen hat man sie ausgerottet, woran wir Könige nicht ganz unschuldig sind.«

Bilkis sah ihn fragend an. »Du selbst hast doch niemals …«

»Nein, nein, erlegt habe ich keinen, aber schau dir meine Einrichtung im Palast an! Da gibt es kaum einen Tisch oder Stuhl, eine Truhe oder einen Schrank, der nicht mit Elfenbein eingelegt ist. Jetzt bringen es die Händler von weit her und längst wird sein Gewicht mit Silber aufgewogen.«

Noch ehe Bilkis etwas dazu sagen konnte, stürzte einer der Jagdgehilfen herbei. »Verzeihung, aber eben wird gemeldet, dass eine Reitstunde von hier, auf einem Bergzug im Nordosten, Steinböcke gesehen wurden.«

»Die Böcke der Wildziegen sehen ähnlich aus … sehr ähnlich sogar.«

»Ja, Herr, ich weiß, aber es sind erfahrene Leute, darunter solche mit Vogelaugen …«

»Gut, gut, wir werden es uns ansehen.«

Sie brachen sofort auf, aber bald wurde der Untergrund so felsig, dass die Pferde immer wieder strauchelten.

»Wir hätten besser Maultiere nehmen sollen«, meinte Bilkis.

Salomo stieg ab.

»Die machen nicht weniger Lärm und vergrämen das Wild. Wir werden zu Fuß weitergehen.«

Die das Wild aufgespürt hatten, kamen ihnen jetzt entgegen, legten ihre Finger vor den Mund und gaben flüsternd zu verstehen, dass man einen Bogen schlagen müsse, um in den Gegenwind zu gelangen, der es möglich mache, sich den Steinböcken auf Schussweite zu nähern.

Sie arbeiteten sich mühsam durch das Dickicht, kletterten über Felsbrocken, stapften durch kleine sumpfige Bachläufe. Bilkis stellte sich dabei geschickter an als der König und genoss das Jagderlebnis. Die sie umgebenden Jagdgehilfen vergaßen, dass eine Königin sie begleitete, spürten ihre Bereitschaft, sich einzufügen in den Pirschgang, sodass sie jede Scheu vor ihr verloren und sie behandelten wie ihresgleichen.

Der König ließ es geschehen, weil er sah, wie sie in ihrer Rolle als Jägerin aufging, um die heilige Pflicht der Steinbockjagd zu erfüllen – stellvertretend für den Mukarrib von Saba, der dies immer getan und dessen Thron sie übernommen hatte.

Sie gelangten auf eine schmale, nur von spärlichem Gras bewachsene Felsenplatte, von wo sie kniend ein Rudel von Steinböcken beobachten konnten, das auf der anderen Seite eines schmalen Taleinschnittes behände einen steilen steinigen Berghang abäste. Die Tiere sprangen und kletterten dabei so sicher herum, als befänden sie sich auf ebenem Grund.

Der Beobachtungsplatz bot gerade Raum für vier Menschen und so verfolgten Bilkis, der König, sein Jagdgehilfe und Hauptmann Yatim die Bewegungen der Tiere, die sich deutlich in zwei Rudel teilten. Die eine Gruppe scharte sich um einen mächtigen Steinbock mit einem etwa drei Ellen langen, schief nach hinten gebogenen Gehörn, dessen rötlichgraue Behaarung im mittäglichen Sonnenlicht aufleuchtete, als sei sie in Brand geraten. Seine etwa acht bis zehn Weibchen waren wesentlich kleiner und meist von ein oder zwei halbwüchsigen Jungen begleitet. Das andere Rudel setzte sich aus einjährigen

Böcken zusammen, die es noch zu keinem eigenen Harim gebracht und so zu einer gewissen, manchmal kämpferischen Gemeinsamkeit gefunden hatten. Von Zeit zu Zeit blickte eines der Jungtiere zum stolzen Familienvater hinüber und diese Bewegung kam einer Drohgebärde recht nahe, doch keiner hätte es gewagt, sich mit dem Patriarchen zu messen. Der aber tat, als gäbe es die anderen nicht, und führte sein Rudel zu den etwas höher und flacher gelegenen Weideplätzen.

Bilkis bemerkte flüsternd: »Die anderen sind uns zum Glück näher, liegen gerade noch innerhalb der Pfeilschussweite. Ich werde es versuchen ...«

Sie richtete ihren Oberkörper auf, blieb aber auf einem Knie, zauberte mit einer verblüffenden Schnelligkeit einen Pfeil auf die Sehne, spannte mit aller Kraft und schoss ab. Noch während der erste Pfeil sirrend durch die Luft sauste, hatte sie schon den zweiten aufgelegt. Beide trafen – der eine in den Hals, der zweite in die Flanke der Jungböcke. Einer stürzte sofort hin, der andere taumelte einige Schritte und legte sich dann so behutsam nieder, als bette er sich zum Schlaf.

Ohne große Teilnahme sahen die anderen dabei zu, doch dann setzte sich das Leittier in Bewegung und noch ehe sie zwischen Felstrümmern verschwinden konnten, hatte Bilkis, nach einem Fehlschuss, einen dritten Bock seitlich in die Brust getroffen. Das Tier blieb noch eine Weile stehen, um dann plötzlich in die Knie zu brechen. Der Patriarch hatte diese Vorgänge mit erhobenem Haupt beobachtet und als er die Jungböcke stürzen sah, trieb er sein Rudel sofort hinter eine Felsnase und entzog sie damit der Sicht der Verfolger.

Zuvor hatte die Königin mit Salomo abgesprochen, dass nur sie selbst oder jemand aus ihrem Gefolge ein für Almaka gültiges Opfertier erlegen dürfe. So hatten sich die anderen zurückgehalten, nur Yatim stürmte den Abhang hinunter, stolperte, stürzte, erhob sich wieder und warf seinen Jagdspeer so kraftvoll, dass er einen der letzten davoneilenden Böcke in die Hinterflanke traf. Das verletzte Tier konnte wegen des Speerschaftes seine Flucht nicht fortsetzen und drehte sich hilflos im Kreis.

Schnell kamen sie an Ort und Stelle. Zwei der Tiere waren verendet, den beiden anderen schnitt Bilkis mit dem dafür vorgeschriebenen Huldigungsruf an Almaka die Kehle durch. Zu Yatim sagte sie: »Heute bist du nur mein Werkzeug gewesen, aber ich glaube, du weißt das. Du warst meine Waffe, hast deinen Speer geworfen und ich habe ihn gelenkt. Dafür danke ich dir.«

So lagen sie dann da, die vier erlegten Jungböcke, mit ihren starken gedrungenen Körpern, den gebogenen und geriffelten Hörnern. Der am Rücken entlanglaufende hellbraune Streifen stach von dem dunklen Rotbraun von Kopf, Rücken und Kehle deutlich ab. Der grauweiß gefärbte, zum Teil mit Blut befleckte Bauch wirkte nackt und verletzlich.

»Eine schöne Strecke«, sagte Bilkis, »jetzt fehlen mir noch drei.«

Salomo hob die Brauen. »Warum drei?«

»Weil sieben die Planetenzahl ist und ich mit dem Opfer alle Götter ehren möchte.«

Der König lächelte. »Die werden wir auch noch bekommen, doch für heute ist es genug.«

Bilkis blickte versonnen auf die erlegten Tiere. »Sie gleichen den Steinböcken in Saba aufs Haar ...«

Salomo hatte sich schon zum Gehen gewandt, blieb aber jetzt stehen. »Warum sollen sie anders ausschauen? Auch zwischen den Rindern und Schafen, den Pferden und Kamelen, den Eseln und Ziegen besteht kein Unterschied. Gott hat sie in gleicher Gestalt geschaffen, hier wie dort.«

»Auch die Menschen ...«

Salomo nickte. »Auch die Menschen – nach seinem Bild!«

Da Salomo diesen Tag zum allgemeinen Jagdtag erklärt hatte, hatten auch andere verschiedenes Wild erlegt, das sie am Abend zu Salomos Auswahl vor dem Königszelt niederlegten.

Das waren etwa ein Dutzend Gazellen, Rehe und Wildziegen, die mit ihren gespaltenen Klauen von der Thora zum Verzehr erlaubt waren. Ein Teil davon wurde zum Nachtmahl am Spieß gebraten, doch es wurde eine eher flüchtige Mahlzeit, weil den meisten die Augen schon beim Essen zufielen.

Bilkis und der König machten keine Ausnahme. Sie gähnte mehrmals. »Es ist schon seltsam, wie stark und munter man sich während der Jagd fühlt, mag sie noch so lange dauern. Ist es dann vorbei, schleppt man sich gerade noch ins Haus und möchte nichts als schlafen – schlafen ...«

Wieder gähnte sie anhaltend und lachte, bis sie Salomo damit ansteckte. Der flüsterte ihr ins Ohr.

»Bisher habe ich, wenn du an meiner Seite warst, bei dem Wort Bett kaum ans Schlafen gedacht. Heute allerdings ...«

Sie lächelte ernst. »Und das ist gut so. Bei uns ist es der Brauch, sich ganz auf die heilige Jagd zu konzentrieren und alles andere hintenanzustellen. Morgen werde ich versuchen, drei weitere Böcke zu erlegen, um später im Tempel sieben Felle auf dem Altar des Gottes darbringen zu können.«

»Wenn es morgen aber vier oder sechs werden?«

»Dann bekommt Almaka den Überschuss ...«

»Für uns ist es einfacher, weil die Opfergaben, ob Tiere, Brot, Früchte oder Weihrauch, immer nur dem Einen und Einzigen gelten – ungeteilt.«

»Ich weiß ... ich weiß ...« Sie sagte es ein wenig unwillig.

In dieser Nacht schliefen sie getrennt und erwachten spät.

»Als wäre es eine Liebesnacht gewesen«, bemerkte Salomo beim Morgenmahl spöttisch.

»Vielleicht ist es vor Gott gleichwertig, ob wir seiner Schöpfung als Mann und Frau huldigen oder ihm zu Ehren Wild erbeuten.«

Er schmunzelte. »Weit hergeholt, dieser Vergleich ...«

»Fällt dir ein besserer ein?«

»Vielleicht, darüber möchte ich jetzt allerdings nicht nachdenken. Vorhin hat man mir gemeldet, dass weiter im Süden eine große Steinbockherde gesichtet wurde. Wir sollten gleich aufbrechen, denn der Weg dorthin ist etwa doppelt so lang wie gestern.«

Das erwies sich bald als eine Untertreibung, denn wie so oft hatten die Leute des Königs ihm zuliebe etwas schöngeredet, das sich dann als mühevoll und schwierig erwies. Immerhin trafen sie am frühen Nachmittag auf ein kleines gemischtes Rudel, doch der Wind stand so ungünstig, dass die Tiere sie vorzeitig witterten und die Flucht ergriffen. So nahmen sie mit Hilfe der Fährtensucher – es kostete sie zwei Stunden – eine günstigere Stellung ein und sahen weit verstreut auf einem Steilhang etwa ein halbes Dutzend Böcke äsen.

»So weit reichen meine Pfeile nicht«, bedauerte Bilkis und die Enttäuschung war ihr anzumerken.

»Wir sollten versuchen, sie einzukreisen«, schlug Yatim vor.

Bilkis schaute ihn verwundert an. »Wie soll das gehen?«

»Wir nähern uns von drei Seiten und zwingen sie damit zum Rückzug nach oben, wo ihnen der nackte Steilfels bald den Weg versperren wird. Sie werden nach unten ausweichen und wir müssen versuchen, einige von ihnen auf der Flucht zu erlegen.«

Bilkis übersetzte Yatims Vorschlag ins Hebräische. Salomo schüttelte den Kopf.

»Dafür sind wir zu wenig und da es nur dir und deinem Gefolge erlaubt ist ...«

»Ihr seid heute alle mein Gefolge«, sagte Bilkis schnell.

So schwärmten sie aus und es gelang ihnen tatsächlich, vier der Böcke zu erlegen. Einen traf Bilkis in den Bauch, während er hochsprang, je einen erlegten Salomo und Yatim mit dem Wurfspeer und den vierten traf ein Jagdgehilfe mit der Steinschleuder.

»Ich danke meinem Gefolge für die Mithilfe. Ihr wart mein Werkzeug, ich aber habe eure Waffen gelenkt – zur Ehre Almakas, des Hohen und Mächtigen!«

Inzwischen hatte sich die Jagdgesellschaft auf dem unwegsamen Gelände so zerstreut, dass sie zu wenig Leute hatten, um die vier Böcke, von denen jeder gut anderthalb Talente wog, wegzuschaffen. Salomo packte selbst mit an, doch bald mussten sie eine Pause einlegen.

»Wir sollten auf das Fleisch verzichten und nur die Felle mitnehmen«, schlug Salomo vor.

Bilkis stimmte sofort zu. »Nur um sie und das Gehörn geht es mir, ich bin einverstanden.«

Inzwischen hatten sich drei weitere Jagdgehilfen eingefunden, enthäuteten die Böcke, zerlegten zwei und verteilten die Last auf insgesamt fünf Männer. Dann brachen sie bei schon beginnender Dämmerung auf.

Salomo blieb kurz vor den blutigen Leibern stehen, die sie am Fuß eines mächtigen Wildfeigenbaums niedergelegt hatten.

»Es ist, als hätte man ihnen ihre Kleider weggenommen«, sagte er nachdenklich und wollte sich zum Gehen wenden, als aus der dichten Baumkrone etwas wie ein gelber Blitz auf ihn herabstürzte. Bilkis hatte noch einen Warnruf ausgestoßen, der den König zurückfahren ließ, doch der Panther streifte ihn mit einer Pranke an der Schulter und riss ihm den Oberarm auf. Das hungrige Tier hatte es offenbar auf die enthäuteten Steinböcke abgesehen und in seinem Unverstand vermutet, dass der davorstehende Mensch ihm die Beute im letzten Augenblick streitig machen wollte.

Salomo war zurückgetaumelt, während der Panther in seinem rötlichgelben Fell mit den verschieden großen dunklen Flecken fauchend und zum Sprung geduckt eine Drohgebärde einnahm. Als der König einige Schritte zurückwich, folgte ihm das Tier, doch Bilkis hatte bereits einen Pfeil aufgelegt, den sie der Raubkatze aus nächster Nähe in den Hals schoss, gefolgt von einem zweiten, der die Brust in Höhe des Herzens traf. Das Tier hatte sich schnell von Salomo abgewandt, um der neuen Bedrohung zu begegnen, doch die erlöschende Kraft reichte nur zu einigen taumelnden Schritten, dann brach der Panther zusammen, wälzte sich röchelnd am Boden, bis Yatim ihm seinen Speer in den gelblichweißen Bauch stieß.

Salomo hatte sich niedergesetzt und betrachtete seinen stark blutenden linken Arm. Bilkis zog sich ihr Untergewand vom Leib, riss es in Streifen und legte dem König einen straffen Verband an. Sie wandte sich zu den Helfern.

»Ihr werft das Fleisch weg und tragt den König bis zum Pfad, wo unsere Pferde stehen!«

Als einer der Männer dem Panther das Fell abziehen wollte, entdeckte er auf dessen Rücken eine große offene Wunde, wimmelnd vor Maden. So erkannten sie, dass diese Raubkatze zur Jagd nicht mehr fähig war und sich deshalb in ihrer Not mit Menschen angelegt hatte.

Erst spät in der Nacht erreichten sie die Königlichen Gärten, wo ein Heilkundiger die Wunde des Königs lange und sorgfältig untersuchte. Bilkis stand daneben und wartete auf den Bescheid.

»Zum Glück nichts gebrochen, Muskeln und Sehnen nur leicht angerissen. Es ist eine große Fleischwunde, die man sehr sorgfältig behandeln muss, um einen Brand zu vermeiden.«

Der Heilkundige ordnete einen Umschlag mit verschiedenen zerquetschten Kräutern an, bat jedoch, den Leibarzt des Königs in jedem Fall zu benachrichtigen.

So machte sich gleich bei Tagesbeginn ein Bote zu Pferd auf den Weg, der schon am frühen Nachmittag in Jerusalem eintraf und eine Entwicklung auslöste, die weder gewollt noch vorhersehbar war.

11

Der Unglücksbote aus den Königlichen Gärten gab weisungsgemäß bekannt, der König sei auf der Jagd leicht verletzt worden und werde sich, je nach Entscheidung seines Leibarztes, in vier oder fünf Tagen auf den Rückweg machen. Es stellte sich die Frage, warum – wie bei anderen Fürsten auch – der Leibarzt nicht seinen König begleitet hatte. Salomo, der zeitlebens nie ernsthaft krank gewesen war, hielt das nicht für nötig und gerade in seinen Königlichen Gärten wollte er, mit nur wenigen Vertrauten begleitet, ganz für sich sein.

Während sich nun der Arzt mit seinem Gehilfen eilig auf den Weg machte, berief der Hohe Priester Asarja die Ratsversammlung ein. Ihr gehörten unter anderen der Heerführer Benaja, der Schatzmeister Adoniram, der Herold Joschafat und natürlich auch Sabud, der enge Freund des Königs, an.

»Festzuhalten ist«, begann Asarja, »dass die Nachricht des Boten nicht eindeutig war. Der ganze Arm sei blutig gewesen, aber die Verletzung nur leicht. Wie ist das zu verstehen? Der Prankenhieb eines Panthers kann tödliche Wunden schlagen, kann aber auch nur leicht verletzen. Ich glaube nicht, dass unser König zur Übertreibung neigt, gebe jedoch zu bedenken ...«, er schwieg bedeutsam, hob beide Hände und sah jeden Einzelnen an, wobei sein zweigeteilter Bart wie ein Besen hin und her fuhr.

Sabud fühlte sich angesprochen. »Was Asarja sagt, mag stimmen, denn wir wissen nicht, von wem die Nachricht kam. Man habe sie ihm aufgetragen, sagte der Bote, konnte sich allerdings nicht besinnen, wer genau es war. So viele redeten auf ihn ein, hat er behauptet, und so mag es auch gewesen sein. Im Grunde ist alles möglich – von einer tödlichen Verletzung bis zu einer harmlosen, wenn auch stark blutenden Wunde.«

Unter diesen fraglichen Umständen fasste die Versammlung keinen Beschluss, sondern wollte die nächste, vom Leibarzt bestätigte Nachricht abwarten. Am königlichen Hof hatten natürlich auch andere erfahren, was geschehen war, und es sofort weitergetragen. Das ging dann so: Ein Hofbeamter erzählte seiner Familie davon und sagte, es sei in der Geschichte nicht das erste Mal, dass die gemeldete Verletzung nur verbergen sollte, dass ein Fürst gestorben sei und man auf diese Weise Zeit für allerlei Vorbereitungen gewinnen wolle. Die Frau des Beamten gab das an die Nachbarin weiter und meinte, ihr Gemahl vertrete wohl insgeheim die Ansicht, der König sei bereits gestorben und man wolle nur Zeit gewinnen.

So gingen die Gerüchte ins Land und am nächsten Tag glaubte schon ein Teil des Volkes von Jerusalem an den Tod des Königs. Das wiederum bewirkte, dass sich die ganze Aufmerksamkeit Naama und ihrem Sohn Rehabeam zuwandte. Der Junge war vor kurzem volljährig geworden, stand im vierzehnten Lebensjahr und könnte, wenn auch mit Hilfe eines Regentschaftsrates, bereits als König über sein Land herrschen. Der Rang einer Königsmutter hätte Naama weit über alle anderen Gemahlinnen emporgehoben, wobei die vor einigen Jahren verstorbene Batseba als Beispiel hätte dienen können. Salomo hatte in fast allem den Rat seiner Mutter eingeholt und niemand hatte ihren Einfluss gering geachtet.

Als nun das Gerücht vom Tod des Königs weitere Kreise zog, kam Asarja in den Palast, um sich mit Naama, dem Thronfolger und anderen zu beraten.

»Ich will dieses Gerücht nicht als baren Unsinn abtun, messe ihm jedoch eine sehr geringe Wahrscheinlichkeit bei. Dennoch möchte ich zusammen mit euch verschiedene Möglichkeiten und die daraus folgenden Auswirkungen durchdenken. Nehmen wir also an, morgen oder vielleicht sogar in den nächsten Stunden käme die ärztlich bestätigte Nachricht vom Tod des Königs. Wie er es wünschte und bestimmte, würde ihm Rehabeam auf den Thron folgen, seiner Jugend wegen unterstützt von einem dann zu bildenden Regentschaftsrat, dem mit Sicherheit Naama, ich und unser Heerführer Benaja angehören würden.«

Nun wandte sich Asarja an Rehabeam, der dessen Rede aufmerksam verfolgt hatte. »Mit sechzehn oder siebzehn könntest du dann, nach Maßgabe der Ratsversammlung, allein die Regentschaft übernehmen.«

Der Thronfolger – mit den Jahren glich er mehr und mehr seinem Vater – nickte dazu und versicherte voll Eifer: »Das werde ich tun, ihr alle habt mein volles Vertrauen.«

Danach blieb der Hohe Priester mit Naama allein und stellte zwei Wachen vor die Tür.

»Da gibt es noch einiges zu besprechen. Es geht um Mirjam,

deren Sohn bald sein erstes Jahr vollenden wird. Du hast vor einiger Zeit mir gegenüber erwähnt, dass du ihr nicht traust und dass es Gründe für die Vermutung gibt, sie wolle für Simeon die Thronfolge durchsetzen. Bist du noch immer dieser Meinung?«

Naamas rundliches und eigentlich gutmütiges Gesicht zeigte eine ungewohnte Härte. »Es gab bisher keinen Grund, meine Ansicht darüber zu ändern. Ich traue dieser Frau nicht – ganz und gar nicht!«

Asarja strich nachdenklich seinen zweigeteilten Bart.

»Da muss ich dir Recht geben, auch mir war sie stets ein Ärgernis. Ich sehe aber keine Schwierigkeiten für dich und deinen Sohn, falls unser König das Zeitliche segnet. Mirjam steht dann allein und ich werde ihr nahe legen, sich mit Simeon nach Ägypten zurückzuziehen. Etwas schwieriger wird es, wenn der König, was wir alle von Herzen hoffen, gesund zurückkehrt. Er ist dann wieder dem Einfluss dieser Frau ausgesetzt und es könnte ihr tatsächlich gelingen ...«

Naama unterbrach ihn. »Hat sie noch Einfluss auf ihn? Wir sollten besser daran denken, dass er dieser ausländischen Königin verfallen ist, die noch dazu ein Kind von ihm erwartet.«

»Das hast du mir vor kurzem gesagt, doch da sehe ich keine Gefahr. Bilkis wird noch heuer unser Land verlassen. Irgendwie ist durchgesickert, dass sie ihr Kind unbedingt in ihrer Heimat zur Welt bringen will.«

Naama runzelte misstrauisch ihre Stirn. »Ist das so sicher? Sie mag es einmal erwähnt haben, aber ob sie es auch meint? Diese Frau ist ein Ausbund an Falschheit und Tücke, nicht besser als Mirjam. Wenn eine Königin ohne Not ihr Land und ihren Thron verlässt, nur um sich Salomo an den Hals zu werfen ...«

»Ich gebe dir ja Recht, hatte stets meine Bedenken. Gehen wir trotzdem einmal davon aus, dass sie bald heimreist, so bringt uns das wieder auf Mirjam zurück. Salomo wird sich über den Verlust seiner königlichen Geliebten hinwegtrösten wollen und mit wem er das tut, liegt auf der Hand.«

Naama nickte heftig und ihre Stimme wurde ein wenig laut. »Mirjam wird es sofort dazu nutzen, Simeon für die Thronfolge durchzusetzen.«

Asarja schwieg und dachte nach. »Du denkst dabei natürlich an König David und seine letzte Gemahlin Batseba. Doch eines unterscheidet diesen Fall von dem unsrigen: David hatte zuvor keinem seiner Söhne die Thronfolge versprochen und sich erst entschieden, als Salomo zur Welt kam. Da die Thora nicht vorschreibt, dass ein Fürst seinem Erstgeborenen die Nachfolge überlassen muss, war es Davids gutes Recht, seine eigene Auswahl zu treffen – eine gute, wie wir gesehen haben.«

Auch wenn Asarja und Salomo häufig über viele Dinge zerstritten waren, so hätte doch keiner das Amt des anderen jemals infrage gestellt.

»Was also tun?«, fragte Naama und es klang sehr bestimmt.

»Wir müssen große Vorsicht walten lassen, denn Ägypten ist – Gott sei's geklagt – unserem Land in Freundschaft verbunden und König Siamun bekommt von seiner Tochter regelmäßige Berichte. Mirjam hat doch schon zwei Töchter?«

»Ja, beide wachsen gesund heran.«

»Da wäre es nicht so abwegig, wenn eines ihrer Kinder erkrankt?« Naama wusste genau, was der Hohe Priester meinte.

»Jedes zweite Kind erlebt kaum sein drittes Jahr – diese Erfahrung müssen fast alle Mütter machen.«

Asarja nickte. »Auf Rehabeam liegt sichtbar Gottes Segen. Dass der Herr über einen Heidenbalg schützend seine Hand hält, ist ein eher abwegiger Gedanke. Ich werde heute und die folgenden Tage Bittgebete im Tempel anordnen, verbunden mit reichlichen Brandopfern, um Gott für die Gesundung des Königs geneigt zu machen.«

Dass Salomos Leben kaum gefährdet war, erkannte sein Leibarzt auf den ersten Blick. Er verordnete einen Absud aus Blutwurz, Galläpfeln und Knoblauch, mit dem die von der Schulter über den Oberarm reichende Wunde regelmäßig betupft wurde, und als das Fieber seinen Körper mit feurigen

Krallen ergriff, setzte er nur äußere Mittel ein, etwa kalte Wadenwickel, weil er, wie neuerdings viele Ärzte, diesen Zustand als nützlich und naturgegeben betrachtete. »Wundfieber«, so sagte er, »ist ein von Gott erdachtes Mittel, um Körpergifte auszubrennen – ganz gleich, ob es sich um innere Krankheiten oder äußerliche Verletzungen handelt.«

Das Ergebnis gab ihm Recht. Schon am dritten Tag war Salomo fieberfrei und die Wunde begann zu verschorfen. Da wurde der König gleich ungeduldig, wollte aufstehen und bald aufbrechen.

»Höre auf deinen Arzt«, beschwor ihn Bilkis, »denn die Erfahrung lehrt, dass ein Rückfall gefährlich sein kann.«

»Es werden in Jerusalem längst die wildesten Gerüchte umlaufen und ich möchte dem entgegentreten.«

Er ließ sich dann von seinem Arzt jedoch dazu überreden, die Wunde ganz abheilen zu lassen.

Jeden Abend wachte Bilkis bei ihm, bis er in den Schlaf fand, doch da er untertags öfter einnickte, war das manchmal recht schwierig.

»Seit ich fieberfrei bin und meine Esslust zurückgekehrt ist, hat sich auch wieder ein anderes Bedürfnis eingestellt.«

Sie wusste sofort, was er meinte, heuchelte jedoch Unverständnis. »Was mag das sein? Lass mich raten: Ausfahrten mit dem Streitwagen? Schwimmen im See? Eine Nacht mit Freunden trinken und reden?«

Er drohte ihr mit dem Finger. »Spotte du nur! Aber der letzte Vorschlag kam meinem Verlangen schon recht nahe. Die Nacht kann stehen bleiben, aus Freunden mache eine Freundin. Trinken und reden? Auch, aber nicht nur ...«

Bilkis wies den Diener hinaus und verriegelte die Tür.

»Ich stelle aber eine Bedingung: Du darfst dich nicht bewegen! Wenn die Wunde wieder aufbricht, musst du mindestens drei Tage länger das Bett hüten.«

»Ich kann doch nicht ...«

Sie legte einen Finger auf seine Lippen. »Lass mich nur machen ...« Behutsam kleidete sie ihn aus, legte ihr leichtes

Sommergewand ab und drückte seine Hand, die er heben wollte, sanft zurück.

»Keine Bewegung! Regen darf sich jetzt nur einer ...«

Sie beugte sich nieder, umfasste den schon halb aufgerichteten Penis mit den Lippen und liebkoste ihn mit ihrer Zunge. Salomo begann schneller zu atmen, seine Augen glänzten und wieder versuchte er, ihren Körper zu umfassen.

»Nein! Halte dich an meine Bedingung. Ich weiß, wie schwer es gerade dir fällt, untätig zu bleiben und etwas über dich ergehen zu lassen. Alle Männer glauben doch, das Weib hat es hinzunehmen wie eine geduldige Ackerfurche, wenn der Pflug sie aufbricht und bereit für den Samen macht. Dein Samen, mein Freund, ist in mir längst aufgegangen und alles Weitere ist lustvolle Verschwendung.«

Sie kniete sich über ihn, senkte den Kopf und ließ ihr offenes Haar liebkosend über sein Gesicht streichen. Er lächelte, blies es fort, spürte, wie ihr Schoß spielerisch nach seinem Glied haschte, sich ihm entzog, wieder und wieder, bis er im rechten Augenblick, seinen Körper zur Brücke wölbend, so unsanft zustieß, dass sie leise aufschrie.

»Jetzt habe ich dich«, keuchte er, doch sie drückte seinen Leib nieder, fühlte sein Geschlecht tiefer dringen und flüsterte: »Hätte dein Glied Augen, so könnte es jetzt sehen, was in mir heranreift, und hätte es auch noch eine Stimme, könnte es dir melden, ob es ein Sohn ist oder eine Tochter. Doch es ist blind und stumm und kennt nur ein dumpfes Verlangen, zurückzukehren in die feuchte warme Höhle, aus der es einst gekommen ist. Das ist allerdings nur besuchsweise gestattet und wenn es seinen Samen abgestoßen hat, muss es wieder zurück.«

Salomo lachte. »Ja, weil es weiß, dass es wiederkommen darf ...«

Bilkis lockerte ihren Körper, ließ dem Geliebten Raum für Bewegung, gab sie zurück, schwang mit, schneller und schneller, bis beide eintauchten in die seligen Wogen der Lust.

»So schön war es noch nie«, stieß Salomo noch ganz außer Atem hervor.

Bilkis erschrak vor dem Gedanken, der plötzlich in ihr aufblitzte und Salomos Satz mit ihren eigenen Worten weiterführte – weil es zum letzten Mal war. Einmal, dachte sie, muss es ja sein, dieses letzte Mal – warum nicht jetzt? Fast im selben Augenblick wusste sie, dass dies der Abschied war. Noch vor kurzem hatte sie den Gedanken an eine Abreise verdrängt, ihn vor sich hergeschoben. Und nun war sie sich mit einem Mal sicher. Sie musste zurück – so schnell wie möglich. Der erste und wichtigste Schritt dazu war, die körperliche Nähe aufzuheben – die Trennung von Tisch und Bett musste bei Letzterem beginnen.

Am nächsten Tag entzog sie sich ihm unter einem Vorwand und dann brachen sie auf.

Allem Volk sichtbar zog König Salomo in Jerusalem ein, umgeben von seiner Streitwagentruppe, begleitet vom Klang der Pauken und Fanfaren, getragen vom Jubel der Menschen, der aufrichtig war und aus vollen Herzen kam. Schnell verbreitete sich die Nachricht, dass Bilkis Balmaka es war, die durch schnelles Handeln das Leben des Königs gerettet hatte. Bei nicht wenigen erregte dies ein Unbehagen und eine leise Verlegenheit stellte sich ein, wie man dies betrachten, was man davon halten sollte.

Der Hohe Priester Asarja fand schnell eine bündige Erklärung und meinte, darin sehe er deutlich das Wirken Gottes, der die Götzenanbeterin als Werkzeug zur Rettung des Königs benutzt hatte. In diesen Gedanken hatte er sich so verliebt, dass er ihn bei jeder Gelegenheit vorbrachte. Er tat dies auch in Anwesenheit der Königin bei einem Festmahl.

»Das ist für mich wie eine Vision«, rief er aus, »und so wird mir der Sinn dieses Besuches deutlich. Gott in seiner unendlichen Güte hat dir, mein König, sagen wollen, dass ihm deine Nähe zu einer Götzenverehrerin missfällt, dich mit dem Angriff des Panthers gewarnt und zugleich bestraft.

Dir aber, Königin von Saba, hat Gott der Herr gezeigt, dass er auch eine Ungläubige als Werkzeug seines Willens nicht verschmäht. Vielleicht ist das als eine Mahnung aufzufassen, als ein Hinweis, dich zum rechten Glauben zu bekehren, um ihn später weiterzugeben an dein Volk ...«

»Du vergisst dich!« Bilkis hatte ihre Stimme nicht erhoben, doch sie hatte es so fest und deutlich gesagt, dass alle aufhorchten. Salomo hielt sich heraus, denn er genoss die seltenen Augenblicke, wenn jemand es wagte, dem Hohen Priester zu widersprechen, ihm seine Grenzen zu weisen.

In neuer Erregung hob Asarja den Kopf, dass der zweigeteilte Bart wie eine Waffe in die Luft stach. Doch Bilkis gebot ihm mit erhobener Hand Schweigen.

»Ich bin noch nicht fertig! Religion kann, wenn sie mit ehrlichem Herzen ausgeübt wird, etwas Schönes und Erhebendes sein, aber du missbrauchst sie als Knüppel, um damit auf die Menschen einzuschlagen. Dein König macht keinen Hehl aus seiner Auffassung, in Gott den Gerechten, aber auch den Gütigen zu sehen, der seine eigene Schöpfung – und das sind alle Menschen auf Erden – nicht missachtet, sondern seine schützende Hand auch über Ägypter und Babylonier, Pelistim und Phoiniker, Sabäer und Nabatäer hält. Du schüttelst den Kopf? Würde dein Gott dies nicht tun, würde er die vorhin genannten Völker missachten, so könnte er sie mit dauernden Missernten, Seuchen, Erdbeben und anderen Verhängnissen in die Knie zwingen, ja sogar vernichten. So viel ich weiß, gedeiht aber in Ägypten der Weizen prächtig, sind in Babylon die Rinder fett und fruchtbar, auch in meinem eigenen Land blühen Handel und Wandel wie nie zuvor. Wie erklärst du dir das?«

»Mit Gottes Langmut«, sagte Asarja schnell, »und vielleicht mit seiner Absicht, diese Völker zum rechten Glauben hinzuführen.«

»Ihr seid doch das auserwählte Volk, nur mit euch hat er einen Bund geschlossen ...«

Salomo hielt es für an der Zeit, sich einzumischen.

»Lasst es gut sein, ich bitte euch! Es ist so müßig wie unnötig, über Gottes Absichten zu rätseln. Sein Wille ist unerforschlich und da ihm die Zukunft offenbar ist, wird er für uns Menschen oft unverständlich handeln, zu einem Zweck, der vielleicht erst späteren Geschlechtern erkenntlich wird. Dich, Hoher Priester, möchte ich daran erinnern, dass es unehrenhaft ist, einen Gast zu beleidigen, und du, meine Bilkis, solltest bedenken, dass Asarja ein Eiferer in seinem Amt ist und seine Meinung mit allem Nachdruck vertritt. Freilich magst du schon Recht haben, dass man den Glauben auch als Knüppel missbrauchen kann, um damit auf die Köpfe der Störrischen einzuschlagen. Aber es gilt in allem Maß zu halten und ich selbst bemühe mich, dabei als Vorbild zu dienen«, er hob wie entschuldigend beide Hände, »auch wenn es mir nicht immer gelingt.«

Siebzehn Tage nach Rückkehr des Königs starb überraschend Mirjams Sohn Simeon und jeder der befragten Ärzte nannte einen anderen Grund. Vorhergegangen war die öffentliche Erklärung der Königin von Saba, sie werde noch vor der Sommersonnenwende die Heimreise antreten. War es nicht Salomos Absicht gewesen, sie notfalls zum Verweilen zu zwingen? Doch sollten wir behutsam sein und dem König nicht ohne weiteres unterstellen, er habe ernsthaft erwogen, Bilkis mit Gewalt festzuhalten. Dieser Gedanke hatte ihn nur gestreift, um dann in dem Bestreben zu münden, ihr das Leben an seiner Seite schmackhaft zu machen – ja, sogar sie selbst zu diesem Wunsch anzuregen. Das war ihm nicht gelungen und hatte sogar zu einem Ergebnis geführt, bei dem er in die eigene Falle getappt war.

Einmal hatte Salomo, durch reichlichen Weingenuss weich und empfindsam gestimmt, gesagt: »Bilkis, ich möchte es dir geradeheraus sagen: Dir allein habe ich mein Leben zu verdanken! Keiner in unserer Jagdgesellschaft hätte so schnell zum Pfeil greifen können und deine Schnelligkeit war es, die mich gerettet hat. Ich schulde dir ein Leben!«

Diesen Ausspruch hatte er vor Zeugen getan und er besaß ein solches Gewicht, dass er weder abgemindert noch ungeschehen zu machen war. Er kehrte sich gegen ihn, als Salomo an Bilkis die dringende Bitte richtete, wenigstens die Geburt ihres Kindes hier abzuwarten. Dann fügte er hinzu: »Nach unserem Verständnis ist es nicht nur dein Kind, sondern vor allem meines und wenn es ein Sohn wird, meines allein. Du bist das Gefäß, in dem mein Same das Kind erweckt hat. Das Gefäß aber ist beliebig, es hätte auch ein anderes sein können ...«

Bilkis spürte, dass hinter seinen fast spaßhaft gesprochenen Worten ein Ernst, eine Gefahr lauerte, der sie mit Klugheit begegnen musste.

»In eurem Land mag es so sein und da ich hier bin, sollte ich mich dem fügen. Zuvor möchte ich dich daran erinnern, dass du mir für dein Leben ein Leben schuldest.«

»Ja – was ist damit? Dazu stehe ich!«

»Gut, dann fordere ich das Leben des Kindes, das in mir heranwächst und auf das du nach euren Gesetzen Anspruch erhebst. Du gibst es mir und so ist es allein mein Kind, ob Sohn oder Tochter. Zwar hast du es gezeugt, aber – Leben gegen Leben – mir allein gehört es und ich betrachte es als dein Geschenk. Deinen Ausspruch, das Gefäß hätte auch ein anderes sein können, nehme ich zur Kenntnis und gebe zu bedenken, dass auch der Vater meines Kindes ein beliebig anderer hätte sein können, doch ich wählte dich, weil in meiner Vorstellung kein anderer infrage kam. So habe ich das Richtige getan und bereue nichts.«

Er fasste nach ihrer Hand, drückte und streichelte sie.

»Zu viel Wein hat meine Zunge locker gemacht und so plappert sie daher, was ich selbst nicht empfinde. Verzeih mir, Bilkis, und vergiss das vorhin Gesagte.«

Salomo, der sich zeitlebens niemals besonders kleinlich oder rechthaberisch zeigte, erkannte, dass er verloren hatte, und so geschah es mit seiner Zustimmung, dass die Königin ihre Rückreise ankündigte.

Was aber hatte der Tod des kleinen Simeon damit zu tun? Vielleicht nichts, vielleicht alles – wer mag das schon wissen? Naama jedenfalls hatte in Salomos Abwesenheit großes Ansehen gewonnen, als die Möglichkeit bestand, dass sie in den nächsten Tagen schon die Mutter des künftigen Königs sein würde. Ein Kreis von Freunden und Nutznießern hatte sich um Naama gebildet, denn jeder wollte seinen Namen genannt wissen, wenn es früher oder später galt, vom jungen König Vorteile und Belobigungen einzuheimsen. So kam es, dass eine kleine entschlossene Gruppe von Naamas Anhängern dafür sorgte, dass nicht eines schlimmen Tages dieser Simeon dem jetzigen Thronfolger vorgezogen wurde. Wer aber war es, der seine Hand an das unschuldige Kind legte? War es nur einer – waren es zwei oder drei, die sich verschworen hatten, den Kleinen zu beseitigen? Wer eine solche Tat ausübt, hütet sich, später damit zu prahlen, und so bleiben die Namen der Beteiligten im Dunklen.

Auf welche Weise es geschah, wurde später hinter vorgehaltener Hand herumgetuschelt, doch auch da wurde deutlich, dass niemand etwas Genaueres wusste. Man habe unter einem Vorwand die Amme des Kindes ausgewechselt und der bestochenen Frau Gift auf die Brustwarzen gestrichen – das sagten die einen. Andere sprachen davon, das Kind sei mit einem Kissen erstickt worden oder ein Kundiger habe ihm mit einem raschen Griff das Genick gebrochen. Dass Simeon auch an einer der vielen Kinderkrankheiten hätte sterben können – davon war nicht die Rede.

Und wie nahm Merit-Anat es auf, die ägyptische Prinzessin? Es wäre unsinnig und ungerecht zu sagen, mit Erleichterung, doch war nicht zu übersehen, dass sie sich sehr gefasst zeigte und keine Versuche unternahm, den Tod ihres Kindes aufzuklären, umso mehr, als sie spürte, dass der König durch das schreckliche Ereignis wieder ihre Nähe suchte. Sie fanden zu den alten vertrauten Gesprächen zurück und Salomo redete ganz unbefangen darüber, dass sich seine Wege von der Königin zu trennen begannen.

»Ihr Körper ist zwar noch hier, aber ihr Geist weilt schon in der Heimat und wir, die im Sinne des Wortes ein Fleisch waren, sind wieder zwei geworden.«

Mirjam gab nicht zu erkennen, wie sehr sie sich darüber freute, sondern suchte nach einer Erklärung.

»Sie hat ihr ganzes Fühlen und Trachten dem Kind zugewendet, das in ihr heranwächst. Vielleicht bleibt da für dich kein Raum mehr? Jede Frau mag da anders empfinden, bei mir war es jedenfalls so, dass keine meiner Schwangerschaften deinen Platz in meinem Herzen verdrängt hätte.«

Diese Worte rührten ihn so, dass er zum ersten Mal nach langer Zeit wieder in ihr kupferfarbenes Haar griff und eine Strähne um seine Finger wickelte. Nach ihrer Gewohnheit hielt sie dabei die Augen fest auf ihn gerichtet und ein leiser Spott war dabei nicht zu übersehen.

Mirjam war klug und überstürzte nichts. Sie hielt ihre Tür weit offen, forderte ihn jedoch nicht auf einzutreten oder versuchte gar, ihn hereinzuziehen. Sie wartete geduldig, bis er es von sich aus tat, und es dauerte gar nicht lange, da fanden sie zu ihrem alten Brauch zurück, sich gegenseitig den Weinbecher an die Lippen zu setzen. Sie schliefen auch wieder miteinander auf ihre ganz eigene Art – spielerisch, unernst und sich gegenseitig mit spöttischen Bemerkungen anstachelnd.

Mitten in ihren umfangreichen Reisevorbereitungen erreichte Bilkis eine Nachricht aus Saba in Meneliks eigener, etwas unsicher gewordener Handschrift. Er sprach davon, dass er auf Rat und Wunsch seiner Vertrauten und mit Zustimmung der Stammesführer den Titel eines Mukarrib angenommen habe, doch mit dem ausdrücklichen Hinweis, dass er dieses Amt am Tag ihrer Rückkehr niederlegen würde.

Die Ereignisse der letzten Monate haben meine Kraft aufgebraucht. Es ist nur ein kleiner Rest geblieben, der bis zu deiner Rückkehr hinreichen muss.

Bilkis zeigte sich von dieser Nachricht so ergriffen, dass sie fühlte, wie das letzte Band zwischen ihr und Salomo zerriss.

Eliohoref bemühte sich seinerseits, die Bindung an seine Heimat zu lösen, und seltsamerweise fiel ihm dies leichter, als er es erwartet hatte. Als er seinem Bruder einen Abschiedsbesuch abstattete, betrachtete er neidlos das rege Familienleben mit den beiden Frauen und den sieben – oder waren es schon acht? – Kindern, deren Toben im ganzen Haus zu hören war. Ahia schien verlegen und wusste nicht so recht, was er zu Eliohorefs Auswanderung sagen sollte.

»Dann ... dann willst du es also nochmals versuchen, mein Brüderchen?«

Er stellte sich dumm an. »Versuchen? Was?«

»Na ja, eine Familie zu gründen, Kinder zu zeugen ...«

»Das ist kein Versuch, es ist ein Entschluss. Du könntest ja recht froh darüber sein, nun allein als des Königs erster Schreiber zu wirken. Es könnte natürlich sein, dass er dir einen anderen vor die Nase setzt, einen Fremden, den nicht brüderliche Rücksichten abhalten, sich vor Salomo groß und wichtig zu tun und zu versuchen, dich auszustechen.«

Das traf und Ahias biederes Gesicht verdüsterte sich.

»Ich weiß, dass dies niemals geschehen wird, denn Salomo ist gerecht, er schätzt und achtet mich. Aber wenn du schon glaubst, mir solche Schreckensbilder an die Wand malen zu müssen, könnte ich von meinem Recht als Familienoberhaupt Gebrauch machen. Schließlich bin ich der Ältere und ich könnte dir verbieten ...«

Da musste Eliohoref laut auflachen. »Du mir etwas verbieten? Willst du dich gar einem Befehl des Königs widersetzen? Salomo war nicht nur mein Trauzeuge, was meine Ehe heilig und unangreifbar macht, er hat mir das hohe Amt eines Botschafters anvertraut, der in Saba für ihn spricht und handelt. Sei froh, dass ich dein Bruder bin und deine frevlerischen Gedanken nicht dem König melde.«

Da ging es Ahia durch den Sinn, dass Eliohoref gesetzlich verpflichtet war, die beiden Frauen mit ihren Kindern als eigene Familie zu übernehmen, falls er stürbe. Aber etwas hielt ihn machtvoll davor zurück, von der Möglichkeit des eigenen Todes zu sprechen. So schwieg er denn und schlug einen versöhnlichen Ton an.

»Das wäre ja gelacht, wenn man von Bruder zu Bruder nicht auch solche Gedanken aussprechen könnte. Du weißt, wie sehr ich dein Schicksal bedauerte und mir stets wünschte, du mögest wieder eine Familie gründen. Da du dies nun tust, flehe ich Gottes Segen auf dich herab und hege den vielleicht unsinnigen Wunsch, dich eines Tages wieder zu sehen.«

»Das liegt in Gottes Hand. Jedenfalls werde ich dir regelmäßig Berichte über mein Leben zusenden und wünsche mir von dir das Gleiche.«

So schieden sie denn in Frieden und Eintracht. Für Eliohoref bedeutete es eine Erleichterung, nicht ständig das Familienglück des Bruders vor Augen zu haben, sozusagen als Mahnung und zur schmerzlichen Erinnerung an die verlorenen Frauen und Kinder. Er war jetzt in einem Zustand der frohen Erwartung und freute sich von Herzen auf das Leben mit Judith in einem fremden Land und mit einer neuen Aufgabe. Schreiber des Königs und Chronist – das klang gut, aber königlicher Botschafter klang noch besser. Als solcher würde er einen eigenen Schreiber beschäftigen ...

Etwa zwei Wochen vor Bilkis' Abreise wollte Salomo mit seinem Heerführer Benaja über die Begleitmannschaft der Königin sprechen. Benaja, ein eher zierlicher Mann, dem sein kriegerischer Beruf nicht anzusehen war, hob erstaunt die Brauen.

»Sie hat doch ihre eigene kleine Truppe, geführt von Hauptmann Yatim, warum sollen wir ihr ...«

Salomo unterbrach ihn unwillig. »Darum geht es nicht! Ein solch hoher Gast muss zumindest bis zur Landesgrenze eskortiert werden. Zudem gehört es sich, dass mein neu ernannter Botschafter mit einer kleinen Schutztruppe ausgestattet ist. Ich habe ja schon mehrmals erwähnt, dass ich in Saba gerne eine Kolonie aus Judäern und Israeliten ansiedeln möchte. Ich spüre, dass Gott es von mir erwartet ...«

Benaja, kein sehr frommer Mann, waren die Zweifel an diesen Worten anzusehen, doch er äußerte sie nicht. Da er schwieg, kam Salomo zum ursprünglichen Thema zurück.

»Wer soll die Schutzmannschaft anführen, wen schlägst du vor?«

»Meinen Sohn«, sagte der Heerführer sofort. »Er tritt freudig in meine Fußstapfen, ist vielleicht noch geeigneter zum Kriegerberuf, als ich es bin.«

»Du sprichst von Ariel, deinem Erstgeborenen?«

Benaja nickte. »Du kennst ihn ja, Malki.«

Was er allerdings nicht aussprach, war die Tatsache, dass der Bursche nicht nur entschlossen in des Vaters Fußstapfen trat, sondern sie allmählich zu klein fand. Es war sogar so weit gekommen, dass Ariel dies oder jenes am väterlichen Verhalten rügte. Er tat es auf respektvolle und zurückhaltende Weise, aber er tat es und Benaja wusste nicht, wie er ihn daran hindern sollte. Er hatte schon seine ganze väterliche Autorität ins Spiel gebracht und Ariel mit Nachdruck an das vierte Gebot erinnert, der schlaue Bursche hatte sich jedoch damit verteidigt, dass er nur das Wohl des Vaters im Auge habe und ihn der Zorn Gottes treffen möge, wenn seine Absichten nicht von reiner Sohnesliebe geleitet seien.

Der König sah keinen Grund, den Vorschlag abzulehnen, wollte mit Ariel jedoch noch einiges bereden.

»Gut, Benaja, dein Sohn ist alt genug, um eine solche Aufgabe übernehmen zu können. Alles Weitere werden wir morgen beim Nachtmahl besprechen.«

Nach Ariels Äußerem zu urteilen sah es aus, als hätte nicht Benaja ihn gezeugt. Mit seiner vierschrötigen Gestalt und dem kantigen Schädel glich er den Darstellungen des babylonischen Kriegsgottes Erra und seine angriffslustige Art war bald zu erkennen. Dass seine Augen etwas ungleich standen – das linke war leicht nach außen verdreht –, verlieh seinem Blick etwas Unbeugsames, Wildentschlossenes. Er wusste das und so senkte er die Augen, als er den König anredete.

»Ich möchte diese ehrenvolle Einladung nutzen, um dir einen Vorschlag zu unterbreiten.«

Salomo blickte Benaja an, doch aus dessen verschlossener Miene war nicht zu erkennen, ob er Bescheid wusste. Er nickte. »Gut, lass hören!«

Über Ariels derbes Gesicht flog ein stolzes Lächeln, als hätte er sein Ziel schon erreicht. Wie es seine Art war, redete er nicht lange herum.

»Wir sollten den Besuch der Königin von Saba auch politisch nutzen. Dieser Staat ist uns von nun an in Freundschaft verbunden, doch Saba ist kein Nachbarland und es liegt zu weit entfernt, um daraus unmittelbare Vorteile zu gewinnen. So böte es sich an, Saba zu einem Nachbarland zu machen.« Er sagte es so ruhig hin, als ginge es um eine Kleinigkeit.

Salomo blickte ihn verwundert an. »Wie soll ich das verstehen? Wir können Saba nicht einfach in unsere Nähe ziehen wie einen Teppich.«

»Natürlich nicht, doch wir können das dazwischen Liegende erobern, besetzen und uns einverleiben. Du würdest dann, wie Pharao Siamun, über ein Großreich gebieten.«

Salomo schüttelte mit Nachdruck seinen Kopf. »Das ist unmöglich. Es hieße dann, Nabatäa und die Stadtstaaten am Arabischen Meer zu unterwerfen. Ein großer Teil dieses Gebiets besteht aus Wüste und ist zu nichts zu gebrauchen.«

Er wandte sich an Benaja. »Hat Ariel dir gegenüber von solchen Plänen gesprochen?«

»Andeutungsweise, aber ich habe es so wenig ernst genommen, wie auch du es offenbar tust.«

Ariel hatte eine störrische Miene aufgesetzt und ging auf Benajas Bemerkung nicht ein.

»Könnte es nicht in Gottes Absicht liegen, den Glauben an ihn, den Einen und Einzigen, den Unsichtbaren und Allgegenwärtigen, über andere Länder auszubreiten? Vielleicht versteht er diesen Auftrag als Teil unseres Bundes mit ihm? Was ich vorhin vergaß zu erwähnen: Ehe wir uns ans Werk machen, müssten die uns umgebenden tributpflichtigen Nachbarstaaten unseren Ländern Juda und Israel angegliedert werden. Das hieße natürlich, die dort verehrten Götzen zu stürzen und diese unnützen Kleinfürsten zu entmachten.«

Salomo, der schon dabei war, dieses sinnlose Gespräch ein für alle Mal zu beenden, konnte es sich nicht versagen, Ariel ein warnendes Beispiel vor Augen zu führen.

»Deinem Vater zuliebe werde ich dich nicht in Ungnade entlassen, sondern dir die Gefahr solcher Pläne aufzeigen. Das Volk der Chatti ist dir ein Begriff?«

Ariel nickte. »Natürlich, obwohl es inzwischen jede Bedeutung verloren hat.«

»Richtig, doch vor etwa dreihundert Jahren umfasste dieses Reich eine Fläche wie Assyrien und Babylonien zusammengenommen und Pharao Ramses sah sich gezwungen, den nach Ägypten drängenden Chatti in der Schlacht bei Kadesch ihre Grenzen aufzuzeigen. Diese gewaltige Schlacht blieb zwar unentschieden, bewirkte aber, dass sowohl der Chatti-König als auch Ramses zur Vernunft zurückfanden und einen Friedensvertrag schlossen, der auch von den nachfolgenden Königen nicht gebrochen wurde. Aber darum geht es nicht, sondern um die Art, wie aus Chatti ein großes Reich wurde. Vor über tausend Jahren trat dieses Volk ins Licht der Geschichte, begann zu erobern, zu besetzen, zu unterwerfen und je größer sein Reich wurde, umso leichter fiel es ihm, sich weitere Länder in Nord, Süd und Ost einzuverleiben. Das bewirkte, dass mit der Zeit die Besatzungstruppen nicht mehr ausreichten, die fremden Völker zu knechten, und der Widerstand immer stärker wurde. So kam, was kommen musste: Schneller als dieses Großreich gebildet wurde, zerfiel es wieder und was du vorhin gesagt hast, trifft zu: Heute hat es jede Bedeutung verloren und uns träfe das gleiche Schicksal, wenn wir deinem Vorschlag folgen würden.«

»Verzeih, mein König, aber da muss ich dir widersprechen. Die Chatti begingen bei ihren Eroberungszügen verschiedene Fehler, die sich vermeiden ließen. Der schlimmste davon war, dass sie glaubten, mit einer Hand voll Schwerbewaffneter eine mittelgroße Stadt im Zaum halten zu können. Wichtig wäre es gewesen, eigene, zuvor besitzlose Leute umzusiedeln und jedes eroberte Gebiet damit zu durchsetzen. Diese Menschen hätten ihr Land allenfalls mit Klauen und Zähnen verteidigt und die Besatzungstruppen wirksam unterstützen können. Ein weiterer Fehler war …«

Der König erhob sich. »Halt – jetzt ist es genug! Ich lasse mir von einem Grünschnabel keinen Nachhilfeunterricht in Geschichte erteilen! Deine Vorschläge sind weit hergeholt und entbehren jeder Grundlage. Ich habe bisher niemals Kriege geführt und was dir im Kopf umgeht, sind Raubzüge, um friedliche Nachbarn zu überfallen. Ich kann dir nicht verbieten, solche Gedanken zu hegen, aber ich untersage dir, sie jemals wieder zu äußern – zu wem auch immer. Hast du mich verstanden?«

»Jawohl, mein König! Wirst du mir jetzt deine Zustimmung versagen, die Begleitmannschaft …«

»O nein, da schätzt du mich falsch ein. Es bleibt dabei: Du wirst die Begleitmannschaft der Königin von Saba anführen, aber nicht, wie bis jetzt geplant, nur bis zu unserer Landesgrenze – nein, du wirst mit ihr nach Saba ziehen, dort die Bildung unserer kleinen Kolonie unterstützen und danach deine Männer wieder hierher zurückführen. Auf diese Weise lernst du all jene Gebiete kennen, die du überfallen und erobern wolltest. Vielleicht lehren dich das Leben und Treiben dieser Menschen, sie besser zu verstehen und ihr Recht auf ein unversehrtes, friedliches Leben zu achten.«

Ariel nickte mehrmals und senkte den Kopf, um eine Betroffenheit vorzugaukeln, die er nicht wirklich empfand.

Salomo blieb kopfschüttelnd zurück. Was manchen Leuten im Kopf herumgeht, dachte er; eigentlich müsste ich mich ärgern und doch ist es zum Lachen. So im Handumdrehen ein Weltreich aus dem Boden stampfen! Auch bei den Chatti ging es nicht so rasch, das zog sich, so viel man weiß, über Jahrhunderte hin. Zerfallen ist das Reich in wenigen Jahrzehnten, wenn man den Chronisten glauben darf. Immer wird es eroberungslustige Völker geben, die über reiche, satte, aber schwach gewordene Länder herfallen und alles an sich reißen. Über länger oder kürzer, dann werden auch die Eroberer satt und reich, wie es mit den Churritern geschehen ist. Sie hatten Ägypten im Handstreich durch überlegene Waffen erobert, waren mit ihren dort unbekannten Kriegswagen wie ein Sturmwind über das Land gebraust. Ihre Heerführer hatten sich als Pharaonen auf den Doppelthron gesetzt – und wie lange dauerte es? König Siamun hatte ihm davon erzählt: Nicht einmal hundert Jahre, dann wurden die fremden Herren davongejagt. Was weiß dieser Grünschnabel schon! Dreinhauen, brandschatzen, plündern – töten – töten …

Nun ärgerte der König sich doch. Er hätte den Burschen dazu verdammen sollen, seine Sprüche auswendig zu lernen, wo es bei den »Ratschlägen« hieß: »Nutze die Wehrlosigkeit eines anderen nicht aus, denn Gott schützt die Schutzlosen. Wer ihnen das Recht nimmt, dem nimmt Gott das Leben.« Benaja, sein Vater, hätte ihm das einbläuen und ihn heute schärfer zurechtweisen müssen. Er ist ein vorzüglicher Heerführer, seinem Sohn scheint er jedoch nicht gewachsen zu sein. Sollte Rehabeam jemals auf solche Gedanken kommen, ich würde ihn eigenhändig versohlen! Ein Herrscher muss vor allem nach innen wirken, muss die Ordnung im eigenen Land und die Wohlfahrt seiner Bewohner im Auge haben. Natürlich gilt es auch, jeder Bedrohung von außen zu begegnen, aber Waffen gehören nur als letztes Mittel eingesetzt, nachdem alle Verhandlungen gescheitert, alle Zugeständnisse abgelehnt wurden. David, sein Vater, hatte dies vollendet und mit der Namensgebung des Nachfolgers einen Schlussstrich gezogen: Salomo, der Friedenreiche, der Friedenliebende, der Friedenbringende.

»An dieses Vermächtnis habe ich mich gehalten«, sagte der König laut, »und darauf werde ich beharren, bis Gott mich abberuft.«

Ein Diener streckte den Kopf herein. »Hast du gerufen, Malki?«

»Nein, nur ein Selbstgespräch geführt …«

12

Die zwei Wochen bis zur Abreise der Königin vergingen schnell. Abschiedsbesuche wurden gemacht, Geschenke verteilt ... Und sonst geschah nichts? Stellte Salomo seine früher fast täglichen Besuche im Davidspalast ein? Gab es keine nächtlichen Liebesstunden mehr? Es war schon seltsam: Die beiden Liebenden hatten einmal daran geglaubt, nur Gott könne sie füreinander bestimmt haben, Gott, der die androgyne Menschenform zerbrach und auf die Erde warf. Ein Glück, wenn eines zum anderen fand, wenn es sich erwies, dass die Bruchstellen nahtlos aufeinander passten! So war es doch bei ihnen gewesen, daran hatten sie fest geglaubt. Aber die Zeit als große Gleichmacherin und Zerstörerin – von Gott geschaffen, aber ihm nicht untertan – ließ die Bruchstellen stumpf werden und die Liebenden auseinander rücken. Nein, gleichgültig waren sie einander nicht, niemals, aber jeder fand in den eigenen Lebenskreis zurück, der ihn umschloss und abgrenzte.

Bilkis war in Gedanken schon auf Reisen, stellte sich das Wiedersehen mit ihrem Bruder vor, hoffte, dass er noch lebte, hoffte, alle ihre Freunde noch gesund anzutreffen: Ptahmose, den Klugen, Vielgebildeten; Dakar, den tüchtigen Heerführer; Yuhanim, den dicken und schlauen Schatzmeister, und all die anderen, die sie schätzte und denen sie vertraute.

Salomo, von Ariels kriegerischen Vorschlägen aufgebracht, nahm sich mehr Zeit für seinen Sohn Rehabeam, versuchte, dem Jungen die eigenen Ansichten einzupflanzen, und warnte ihn nachdrücklich vor unbesonnener Gewalt. Er schaute seinen Sohn liebevoll an und bemerkte gerührt den Bartflaum auf Wangen und Kinn.

»Und noch etwas: Auch als König darfst du niemals vergessen, dich wie ein fühlender – ein mitfühlender Mensch zu verhalten. Wenn jemand Hilfe braucht und du ihm helfen kannst, dann tue es und sage ihm nicht, er soll morgen wieder kommen. Beneide keine Gewalttäter um ihre Erfolge und nimm sie nicht zum Vorbild. Ariel könnte ein solcher werden – habe stets ein Auge auf ihn.«

Sein Verhältnis zu Merit-Anat, der ägyptischen Prinzessin, war beinahe wieder das alte geworden. Er schätzte ihre kluge Unterhaltung, ihren Eigenwillen, ihr Eingehen auf seine Liebeswünsche, ohne sich dabei selbst etwas zu vergeben. Als Simeon gestorben war, hatte Salomo ihr angeboten, eine Untersuchungskommission einzusetzen, um den plötzlichen Tod des Kleinen restlos aufzuklären, aber da hatte sie den Kopf geschüttelt.

»Nein, mein Lieber, lass es dabei. Der Bub ist tot, er soll in Frieden ruhen. Vielleicht werde ich ihn drüben wieder treffen ...«

Das hatte dann dazu geführt, dass Mirjam ihre fertige Grabstätte sehen wollte. Salomo tat schon den Mund auf, um zu sagen, er habe sie mit Bilkis bereits besichtigt, aber gerade noch rechtzeitig fiel ihm ein, dass dies ihren Zorn erregen könnte. So sagte er: »Gerne, wenn du es möchtest. Du kennst ja meine Meinung darüber, weißt, dass ich nicht daran glaube, der Mensch könnte ...«

Sie legte eine Hand auf seine Schulter. »Natürlich weiß ich das, aber mit dem Besuch meines Grabes verbinde ich noch einen Wunsch: Es muss öffentlich geschehen!«

»Warum vor aller Augen? Ich habe mir gedacht, dies sei eine Angelegenheit, die nur dich und vielleicht ein wenig auch mich betrifft. Die Priester werden sich wieder den Mund zerreißen und Asarja hat einen weiteren Grund, das götzendienerische Ägypten zu verfluchen.«

Sie lächelte ihn an und wieder einmal stellte er fest, wie sehr sie Bilkis glich, trotz ihrer helleren Haut und den graugrünen Augen. »Da du es schon selbst aussprichst: Ja, es geht um Ägypten. Mein Vater ließ bei mir anfragen, ob damit zu rechnen sei, dass du mich verstößt, um dann mit Bilkis ein gemeinsames Königreich Israel-Saba zu errichten. Ich habe alles getan, um ihn zu beruhigen, habe ihn auch wissen lassen, dass die Königin bald in ihre Heimat zurückkehrt. Achte die

Freundschaft mit meinem Vater nicht zu gering! Ihm ist es gelungen, die weiße Krone des Binsenlandes wieder mit Recht zu tragen, auch wenn der Hohe Priester des Amun in Waset noch viel Macht besitzt. Er ist derzeit der mächtigste König auf Erden und euer Freundschaftsbund soll den anderen zeigen und sagen: Lasst die Finger von diesen Ländern! Hier ist nichts zu holen, außer blutige Köpfe!«

Hätte ihm ein Mann – etwa Sabud – dies vorgehalten, so wäre Salomo zornig geworden und hätte wütend geantwortet. Aber bei einer Frau, bei Merit-Anat, der noch immer Geliebten ... Noch ehe er etwas dazu sagen konnte, sprach sie weiter: »Verstehe mich bitte nicht falsch. Meine Sorge gilt dir und deinem Land, denn ich bin deine Gemahlin. Stieße Ägypten ein Unglück zu, so würde ich es bedauern, aber ich wäre nicht betroffen. Ich verehre meinen Vater, schätze meine frühere Heimat, doch du bist es, den ich liebe – du allein, und so steht mir dein Land näher als das meines Vaters.« Salomo griff mit der Hand spielerisch in die kupferfarbene Flut ihrer offenen Haare und wickelte sich eine Strähne davon um den Finger. Er zog ihren Kopf heran und küsste sie.

»Das weiß ich und ich versichere dir, dass ich den Freundschaftsbund mit Ägypten weit höher schätze und für wichtiger halte als etwa den mit Saba. Ägypten ist unser südlicher Nachbar und diese Grenze bedrohen im Westen die Pelistim und im Osten die Nabatäer. Abgesehen vom Persönlichen wäre es auch politisch unklug, die Allianz mit Ägypten zu gefährden.«

Sie lachte. »Das Persönliche bin wohl ich? Einverstanden! Ich bin dir nah, die Grenze ist fern. Zurück zum Eigentlichen: Wenn wir gemeinsam das Grab besuchen, dann zeigst du vor aller Welt, dass du dich nicht nur zu mir als deiner Gemahlin bekennst, sondern auch zu Ägypten, dem in Freundschaft verbundenen Land.«

Asarja, der Hohe Priester, erfuhr durch seine Zuträger von dem geplanten öffentlichen Auftritt des Königs mit seiner ägyptischen Gemahlin, doch er unterließ es, dagegen lauthals zu protestieren. Dass Bilkis von Saba endlich die Heimreise antrat, war ihm vorerst genug. So richtete er seinen Blick gen Himmel und seufzte: »Im Fleisch ist unser König schwach, o Herr, das weißt du so gut wie ich. Er gibt seinen Frauen in allem nach, auch denen, die nicht dich, sondern eherne oder steinerne Götzen verehren. Halte dennoch deine Hand über ihn, der dir einen Tempel erbaut hat und es sonst an nichts fehlen lässt, weder an Opfergaben in deinem Tempel noch an Ehrfurcht vor deinem Namen.«

Während diese hohepriesterlichen Stoßseufzer zum Himmel stiegen, sammelte sich die kleine Prozession am Pferdetor und bewegte sich – mit dem König an der Spitze – zur Davidsstadt. Mirjam saß in einer geschlossenen Sänfte und spähte durch die dünnen Vorhänge nach draußen. Natürlich wussten die Leute, um was es ging und wer in der Sänfte saß, doch schien es keinen zu kümmern. Ihnen genügte es, den König zu sehen, ihn laut zu preisen und Gottes Segen auf ihn herabzuwünschen.

Bilkis betrachtete den Zug vom Dachgarten des Davidspalastes aus und lächelte in sich hinein. Judith stand neben ihr und sagte empört:

»Da lächelst du noch? Salomo verhält sich so, als seist du schon abgereist, als gäbe es dich nicht mehr. Er klebt jetzt wieder an der Ägypterin und folgt wie ein Hündchen jedem ihrer Befehle. Ich finde, das ist …«

»Judith, ich verbiete dir, so von König Salomo zu reden! Ich lächle, weil wir im Einklang handeln, aber das verstehst du wohl nicht.«

»Eine Dienerin muss schließlich nicht alles verstehen …«

»So ist es und in Zukunft erwarte ich mehr Respekt, wenn vom König die Rede ist.«

Als der Zug die Stufen ins Kidrontal hinabstieg, entschwand er ihren Blicken und Bilkis ging, von Judith und Yatim begleitet, in ihre Wohnräume zurück.

»Wie fremd mir das alles geworden ist … Dabei habe ich fast ein Jahr hier gelebt und alles ist mir so vertraut geworden, als wäre es mein Eigen. Jetzt aber erscheint es mir fremd – es ist wie etwas für kurze Frist Geliehenes, das man zurückgibt.«

Judith nickte. »Dein Eigenes befindet sich in Saba und du wirst wieder so vertraut werden damit, als seist du niemals fort gewesen.«

»Das da«, sie strich über den schon leicht gewölbten Bauch, »ist mir jedenfalls so vertraut geworden, dass ich es nicht mehr missen möchte.«

Dann ging Yatim weg und Judith flüsterte: »Auch bei mir hat die Regel schon zum zweiten Mal ausgesetzt ...«

»Weiß Eli davon?«

»Nein, erst beim dritten Mal, wenn ich ganz sicher bin, werde ich es ihm sagen.«

»Dann sind wir schon unterwegs.«

»So hat er etwas, worauf er sich freuen kann.«

»Vielleicht wird es ihn auch ängstigen, wenn er daran denkt, was mit seinen früheren Kindern geschah.«

»Nein«, sagte Judith fest, »diesmal wird es gut gehen.«

»Deine Brüste sind größer geworden ...«

Judith lachte. »Das hätten sie längst nötig gehabt, aber nun geschieht es des Kindes wegen.«

»Ja, ich weiß.«

Die künftigen Mütter lächelten sich an.

Salomo schüttelte den Kopf, als sie vor den bunten Bildern im Innern des Grabes standen. Um alles deutlich sehen zu können, spiegelten zwei Diener mit großen polierten Bronzeplatten das Sonnenlicht in die fensterlose Grabkammer.

»Ich werde dir alles genau erklären, mein Freund. Hier ist das Hauptstück der Bilder, auf dem du siehst, wie mich meine Namenspatronin Anat an der Hand vor Osiris führt, der von seinem Thron aus die Verstorbenen nach ihren Taten richtet. Wie das geschieht, wird deutlich gezeigt. Da steht eine große Waage, die der schakalköpfige Anubis bedient. Auf den Waagschalen liegt links das Herz – also meines –, rechts eine Feder als Symbol der Wahrheitsgöttin Maat. Daneben steht Toth, Gott der Schreiber, mit Feder und Papyrus, um das Ergebnis aufzuzeichnen.«

Salomo deutete hinauf. »Was ist das für ein seltsames Tier?«

»Das ist Ammut, die Verschlingerin – ein Wesen, zusammengesetzt aus Krokodil, Löwe und Nilpferd. Sollte sich die Waage zu Ungunsten des Verstorbenen neigen, wird sie ihn auffressen. Dann ist er wirklich tot und es gibt kein Fortleben im Jenseits.«

»Aber das wird nicht geschehen?«

»Nein, die magischen Texte verhindern es.«

»Auch wenn der Verstorbene im Leben gefehlt hat?«

»Er hat es eingesehen und seine Beschwörungen versöhnen die Götter.«

Salomo wandte sich ab. »Gehen wir hinaus ins Licht, an die Luft – hier habe ich das Gefühl zu ersticken.«

Mirjam nickte und folgte ihm schweigend. Draußen blieben sie stehen und schauten den Männern zu, die das Grab sorgfältig verschlossen. Ehe er sein Pferd bestieg, sagte der König: »Wir glauben ja auch an so etwas wie ein Totengericht im Sinne einer Rechtfertigung vor Gott. Aber ich kann mir nicht denken, dass der Allmächtige sich durch magische Texte beschwichtigen lässt, die schließlich, wenn wir das Leben der Menschen betrachten, einige Unwahrheiten enthalten. Auch unser Herz wägt Gott in seiner Richterhand, lässt sich dabei jedoch nicht durch verlogene Beschwörungen ablenken oder umstimmen, sondern blickt auf Leben und Taten des Verstorbenen. Danach wird er urteilen.«

»Gut, aber wenn sein Spruch günstig ausfällt, gibt es dann ein Weiterleben?«

»Wir wissen es nicht und vertrauen auf Gottes Güte.«

»Das wäre mir zu wenig.«

»Uns genügt es – muss es genügen. Auf dem Rückweg werde ich Bilkis besuchen und fragen, ob sie noch irgendeine Hilfe braucht. Begleitest du mich?«

»Warum nicht? Ich habe diese Frau niemals gehasst, nur eine Zeit lang beneidet.«

»Auch sie hat von dir immer in größter Hochachtung gesprochen.«

Das entsprach nicht ganz den Tatsachen, denn in Wahrheit hatten sie beide vermieden, die Ägypterin zu erwähnen. Liebende sind sich selbst Thema genug.

Bilkis war überrascht, den König in Mirjams Begleitung zu sehen, doch sie zeigte es nicht.

»Ein seltener Gast in diesem Haus – umso mehr heiße ich dich willkommen.«

Ein spöttisches Lächeln huschte über Mirjams Gesicht.

»Hättest du mich eingeladen, so wäre ich gerne gekommen.«

»Das ... das hat sich nicht ergeben, aber jetzt bist du da.«

Sie ließ auf dem Dach die Sonnensegel aufziehen und eine leichte Mahlzeit auftischen.

Mirjam kuschelte sich in die mit blauer und gelber Seide überzogenen Polster.

»Den König hätte es gefreut, wenn du dein Kind noch hier zur Welt gebracht hättest.«

Salomo wollte protestieren, doch Bilkis antwortete schnell und mit gespielt sanfter Stimme. »Es ist mein Kind – ganz allein und wird in der Hauptstadt meines Landes als Prinz oder Prinzessin von Saba zur Welt kommen.«

Mirjam blickte fragend auf den König, der sich beeilte zuzustimmen.

»So ist es besprochen worden ...«

Mirjam hob in einer betont gleichgültigen Geste eine Hand und ließ sie dann auf ein Kissen fallen. »Wenn es so besprochen ist – schließlich geht es mich nichts an. Ich habe gehört, dass in Saba auf dich ein Verlobter wartet?«

»So war es einmal, doch der Vater dieses jungen Mannes hat Hochverrat begangen und so kann aus unserer Heirat nichts werden.«

»Du hättest in deinem Land bleiben sollen. Wenn ein König seinem Thron zu lange den Rücken kehrt, schielen andere darauf, in der Absicht, ihn zu besetzen.«

»Das weiß ich, dennoch musste ich dieses Wagnis eingehen.«

»Du musstest?«

Bilkis blickte den König lächelnd an. »Ja, ich musste, aber ich werde dir nicht sagen, warum.«

Nach diesem kleinen Schlagabtausch floss das Gespräch munter, aber gleichgültig dahin, später kamen noch Judith und Eliohoref dazu, wurden aufgefordert, Platz zu nehmen.

Salomo sagte scherzend zu seinem früheren Schreiber: »Du musst nicht gleich nach deiner Ankunft versuchen, möglichst schnell ein echter Sabäer zu werden. Als mein Gesandter bist du nach wie vor mein Untertan, wenn auch den sabäischen Gesetzen unterworfen. Bewahre dir deine Heimat im Herzen ...«

Eliohoref nickte dazu sehr eifrig. »Das wird mir leicht fallen, da ja einige Dutzend Menschen von hier nach Saba übersiedeln, deren Haupt und Sprecher ich dann sein werde, und als dein Botschafter bin ich eine Art Bindeglied zwischen unseren beiden Ländern.«

Judith sprach entgegen ihrer sonstigen Art nur wenig, hörte aber genau zu, nickte, lächelte und alle konnten sehen, wie stolz sie auf ihre Vertrauensstellung, aber auch auf ihren Mann war.

Wenige Tage vor der Abreise gab Salomo ein großes Abschiedsfest. Seltsam, dachte er, dass auch Abschiede festlich begangen werden – eine Trauerfeier wäre angebrachter. Dieser Gedanke ging ihm eine Weile im Kopf herum und er sprach mit Sabud darüber. Wie es seine Art war, dachte der Freund lange nach.

»Es ist wohl in uns Menschen so angelegt, dass wir auch bei traurigen und leidvollen Angelegenheiten ein Quäntchen Frohsinn oder Zuversicht mit hineinmengen. Am Ende triumphiert das Leben und wenn die Überlebenden einen Toten begraben, so feiert man mit dem Leichenschmaus im Grunde sich selbst.«

Salomo nickte. »Was bleibt uns schon anderes übrig? Entweder ich bringe mich um und folge dem Toten nach, begebe mich sozusagen auf die andere Seite oder ich stelle mich dem Leben.«

»Auch Selbstmord ist Mord und vor Gott ein Gräuel. Ihm allein nur ist es jedoch vorbehalten, das Leben eines Menschen zu beenden.«

Salomo stieß einen lauten Seufzer aus. »Ich weiß, ich weiß. Wenden wir uns erfreulicheren Dingen zu. Ich denke schon lange über ein geeignetes Abschiedsgeschenk für Bilkis nach. Da sie ohnehin alles besitzt, soll es etwas Besonderes, etwas Außergewöhnliches sein. Was schlägst du vor?«

Sabud dachte nach.

»Du weißt, dass ich dir niemals meinen Rat versage, aber in diesem Fall muss ich eine Ausnahme machen. Ihr habt bereits Geschenke ausgetauscht und es wäre so sinnlos wie lächerlich, all dem Gold, Silber, Weihrauch und anderen Kostbarkeiten noch weitere hinzuzufügen. Kein Rat, nur ein Vorschlag: Frage die Königin selbst, was sie sich zum Abschied wünscht. Vielleicht ist es etwas, an das wir beide – in männlichen Vorstellungen befangen – niemals denken würden.«

Der heißen Frühsommerzeit wegen begann das Abschiedsfest um die erste Abendstunde und – ob beabsichtigt oder nicht – es ähnelte in allem der Festlichkeit, die der Königin vor einem Jahr zum Empfang bereitet worden war – mit einer Ausnahme: Mirjam, die ägyptische Prinzessin, nahm daran teil, wenn sie auch auf der Frauengalerie in großem Abstand zu den anderen und dem König am nächsten saß. Von Rechts wegen hätte dieser Platz Naama, der Mutter des Thronfolgers, gebührt, aber die war so klug, daraus keinen Streitfall und eine Ausnahme zu machen, die ja im Grunde keine war, denn Mirjam blieb in der Regel solchen Festlichkeiten fern.

Wie damals trug Salomo ein kunstvoll durchbrochenes, bis zum Boden reichendes sandfarbenes Fransengewand, darüber einen rotbraunen offenen Mantel aus feinstem ägyptischen Leinen, verziert mit silbergestickten Cherubim, Palmen und Pflanzenornamenten. Sein schulterlanges Haar umschloss ein goldenes Stirnband mit den aus Lapislazuli gebildeten Worten: ›Ich bin der Herr, dein Gott‹.

Als die Königin eintrat und am Fuß des Thrones angelangt war, schritt Salomo die sechs Stufen hinab und führte sie hinauf, wo zur Rechten seines Thronsessels für sie ein zweiter bereit stand. Bilkis hatte wieder ihr prachtvolles Staatsgewand angelegt mit dem knöchellangen grünseidenen Oberkleid, das ein breites Band aus Goldgliedern umgürtete. Darüber trug sie den schweren damastenen Purpurmantel mit den goldgestickten Symbolen der sabäischen Götter: Sonne, Mond, Sternrosetten und die dem Almaka heiligen Steinböcke mit ihren großen ornamental wirkenden Sichelhörnern. Ihr dunkles Haar war von einem Perlenband umwunden, dazu trug sie Halsketten und Ohrgehänge aus Rubinen und Smaragden.

Verwirrt blickte sie sich um. Hatten boshafte Dämonen ihr einen Streich gespielt? Hatte sie dies alles nur geträumt und jetzt begann die Wirklichkeit? Nein! Zwei Dinge brachten sie auf den Boden der Tatsachen: Dort drüben auf der Frauenempore saß Mirjam und mühte sich ein Lächeln ab, dazu spürte sie, wie das Kind sich leise regte. Beides hatte es bei ihrer Ankunft nicht gegeben und sie atmete auf. Dennoch blieb in ihr die Empfindung, als sei das letzte Jahr ein Traumbild gewesen und jetzt begänne die Wirklichkeit.

Die Musiker untermalten mit ihren Hörnern, Pauken und Fanfaren den festlichen Einzug der Königin und als sie auf ihrem Sessel Platz genommen hatte, trat Stille ein. Salomo erhob sich, beugte sich nieder, küsste Bilkis' linke Hand und wandte sich dann seinen Gästen zu.

»Kein Besuch hat mein Herz mehr beglückt als der von Bilkis Balmaka, der Königin von Saba. Ihre überaus kostbaren Gaben hatten mich überrascht und erfreut, aber das kostbarste

Geschenk war ihre Gegenwart, ihre alles durchdringende Klugheit, ihr durch nichts zu trübender Frohsinn und nicht zuletzt die tatkräftige Kühnheit ihrer schnellen und geschickten Hand, mit der sie – zweifellos von Gott geführt – das Leben eures Königs gerettet hat. Wie wir wissen und wie uns der Prediger lehrt, hat jedes Ding eine von Gott bestimmte Zeit. Das gilt auch für Gäste, mögen sie uns noch so lieb geworden sein, und da ihr Besuch einen Anfang hat, so muss auch ein Ende sein. Nur Gott der Herr ist ohne Anfang und wird herrschen in Ewigkeit.

Nun gibt es etwas, das ich bis jetzt nicht lösen konnte, nämlich die Frage eines geeigneten Abschiedsgeschenks für die Königin von Saba. Da gingen mir viele Gedanken durch den Kopf, aber ich konnte die richtige Lösung nicht finden und so möchte ich dich, Bilkis Balmaka, bitten, etwas zu nennen, was ich oder wir dir schenken können. Es sollte etwas sein, das dir lange Freude bereitet, auch etwas, das du bis jetzt nicht besitzt, vielleicht sogar entbehrt hast ...«

Bilkis erhob sich, ergriff die Hand des Königs und legte sie sanft auf ihren Leib.

»Ich enthebe dich der Mühe, weiter darüber nachzudenken, denn das Geschenk ist bereits gemacht und erfüllt deine gestellten Bedingungen: Es wird mir lange Freude bereiten, ich habe es bis jetzt nicht besessen und gewiss auch entbehrt, denn jede gesunde Frau wünscht sich ein Kind.«

Natürlich hatte es sich bei den meisten längst herumgesprochen, dass Bilkis schwanger war, aber nun, da sie sich selbst vor aller Welt dazu bekannte, gab es Gelächter und Beifallsrufe. Sogar Mirjam nickte der Königin zu und Naama, endlich im sicheren Bewusstsein der ungeschmälerten Rechte des Thronfolgers, gab einen kurzen schrillen Freudenruf von sich, wie es in ihrer Heimat der Brauch war.

Nach dem Fest übergab Salomo der Königin eine mit rotem Leinen umhüllte Papyrusrolle.

»Das große Geschenk trägst du ja schon in dir, doch ein kleines will ich dir außerdem noch machen. Du hast mein

Hirtenlied damals bei dem Vortrag der Musiker und Sänger schon gehört; hier ist es nun niedergeschrieben und ausdrücklich dir gewidmet.«

»Ich werde es von Zeit zu Zeit lesen und stets in Ehren halten.«

Den Plan, seinen Gast bis an die Landesgrenze zu begleiten, gab Salomo auf. Er ritt inmitten seiner Streitwagenschar bis zu seinen Gärten, ließ Wein in das große Zelt bringen und ehrte die Königin mit einem feierlichen Abschiedstrunk. Die Diener schickte er hinaus.

»Hier sind wir uns zum ersten Mal begegnet – hier schließt sich der Kreis und wir werden uns verabschieden.«

Bilkis konnte ein Lächeln nicht unterdrücken. »Warum so salbungsvoll, mein Freund? Sind wir uns im Laufe der Zeit nicht näher gekommen? Hast du mir nicht die Legende von der androgynen Tonfigur erzählt, die Gott zerbricht, wenn er Mann und Frau erschafft? Bei uns haben sie doch genau aufeinander gepasst und wir sind ein Fleisch geworden. Ist das jetzt alles dahin und vergessen?«

Der König schenkte Wein in die beiden silbernen Becher und goss etwas Wasser dazu. Er machte eine hilflose Bewegung und wirkte dadurch auf sie wie ein Fremder.

»Ich weiß selbst nicht, warum, doch dieser Abschied lässt mich verlegen werden, als sei er etwas Ungehöriges ...«

»Vielleicht, weil er gegen deinen Willen geschieht und dir so etwas niemals oder nur ganz selten zugestoßen ist. Du schämst dich vor dir selbst, dass du mir nachgegeben hast, aber ich versichere dir, dazu hast du keinen Grund. Soweit man bei Liebenden aus ganzem Herzen von einem Handel sprechen kann, haben wir uns ehrlich und aufrichtig verhalten – Leben gegen Leben. Du hast nach eigenem Bekunden eines geschuldet und ich habe mir das Kind genommen. Du hast es gezeugt, doch mir allein gehört es. Das soll nicht heißen, dass ich ihm oder ihr deine Vaterschaft verschweige. Es soll und wird stolz auf einen solchen Vater sein und wird eine neue Dynastie von

Königen einleiten: geboren aus Salomo und Bilkis, dem König und der Königin.«

Salomo hob seinen Becher. »Möge Gott unsere Kinder segnen und unsere Häuser blühen und gedeihen lassen.«

»Möge er uns allen gnädig sein.«

Sie tranken, küssten einander wie Bruder und Schwester, dann traten sie vor das Zelt und warteten, bis die Sänfte der Königin und das Pferd des Königs gebracht wurden.

Epilog

Es wäre vermessen zu sagen, dass die Rückreise der Königin vom Unglück verfolgt war, aber sie dauerte ungleich länger als die Hinreise und war mit Hindernissen gepflastert. In Petra, der Nabatäerstadt, hielt man sie unter fadenscheinigen Vorwänden fest, doch im Grunde lief es nur darauf hinaus, einen möglichst hohen Wegzoll zu erzwingen. Das war natürlich Wasser auf die Mühlen Ariels, des Führers der von Salomo gestellten Begleitmannschaft.

»Dieses Volk verdient es nicht anders, als unterjocht und mit strenger Faust regiert zu werden. Was die sich an Frechheiten erlauben, ist ohne Beispiel! Genau betrachtet sind es Räuber, die sich allerdings darauf verlegt haben, nicht draußen in der Wüste Karawanen zu überfallen, sondern sie hier festzuhalten und einen Wegzoll zu erpressen, der jedes Maß übersteigt. Wenn du mich fragst, ich würde ...«

Aber die Königin fragte ihn nicht, sondern ließ ihren bewährten und geschickten Reisemarschall so lange verhandeln, bis eine Übereinkunft erzielt war. Den grimmigen Ariel wies sie mit den Worten zurecht, sie sei die Königin von Saba und kein Kameltreiber, der es seiner Ehre schuldig sei, um die Maut zu feilschen. Als sie dann aufbrechen wollten, setzte ein tagelanger Sandsturm ein, sodass es unsinnig gewesen wäre, sich dieser Gefahr zu stellen.

In Yathrib erkrankte der Kerwan-Bashi an einer verdorbenen Nahrung und wäre fast daran gestorben. Als Bilkis sich nach einigen Tagen entschlossen hatte, einen anderen Karawanenführer anzuheuern, flehte der Kranke sie an, seine Gesundung abzuwarten, doch es dauerte noch neun Tage, bis er wieder reisefähig war.

So kam es dann, dass in der von Saba noch etwa sechs Tagesreisen entfernten Stadt Najran die Wehen einsetzten und ein Knabe zur Welt kam, der eigentlich in seiner künftigen Hauptstadt geboren werden sollte. Als es so weit war, ließ Bilkis Judith, Eliohoref, Yatim und ihren Schreiber als Zeugen der Geburt beiwohnen. Die Namensgebung wollte die Königin aufschieben, bis sie sich mit Menelik beraten hatte.

Es war eine schnelle und leichte Geburt, die Judith zu der Bemerkung veranlasste, eine solche wünsche sie sich auch. Bilkis hielt es für zu gefährlich, dem Neugeborenen jetzt schon eine Reise zuzumuten, und so brachen sie erst nach zwanzig Tagen auf. Während der ganzen Zeit hielt die Königin ihren Sohn auf dem Schoß und nur die kräftigsten und bewährtesten Sänftenträger wurden zugelassen.

Natürlich hatte es sich ein Teil ihres Hofes nicht nehmen lassen, die Königin in Najran aufzusuchen, um ihr die Wartezeit zu verkürzen. Auch Dakar war gekommen inmitten einer Ehrengarde ausgesuchter Krieger, die sie auf Meneliks Wunsch auf dem Rest des Weges begleiten sollten.

Dakar mit seiner großen Gestalt musste sich tief bücken, als er das Zelt betrat. Noch ehe er etwas sagen konnte, fragte die Königin schnell und etwas atemlos: »Wie geht es meinem Bruder? Sei gegrüßt, Dakar, verzeih, aber ich bin doch etwas in Sorge, ob ...« Sie schaute ihn fragend an.

Dakar zögerte etwas. »Es geht ihm gut, meine Königin, aber nicht so, wie wir es uns alle wünschen. Auf Ptahmoses Anordnung meidet er jede Anstrengung, benützt nur noch die Sänfte ...«

»Er war niemals ganz gesund, aber bei Ptahmose ist er in guten Händen. Wie geht es dem dicken Yuhanim?«

Dakar schmunzelte. »Der ist noch dicker geworden, was seinen Eifer, dir zu dienen, allerdings kaum schmälert.«

Er meldete noch einige Todesfälle von Hofbeamten, redete vom Segen des erweiterten Dammes und dass Maryab sich wegen der vielen Zuwanderer weiter nach Osten und Westen ausbreite. Da er von sich aus nicht auf Udwan zu sprechen kam, fragte sie ihn danach. Dakar blickte verlegen zur Seite und rutschte unruhig auf dem lederbezogenen Feldstuhl herum.

»Ja, das hat damals viel Staub aufgewirbelt«, sagte er leise und mit belegter Stimme.

Bilkis wurde ungeduldig. »Menelik hat mir alles geschrieben, aber du warst bei seiner Festnahme dabei, hast seine Hinrichtung überwacht ...«

Dakar nickte. »Ja, das stimmt schon und Udwan hat die verdiente Strafe erhalten. Damit war der Fall jedoch nicht ausgestanden ...« Er blickte sie viel sagend an, als wäre ihr alles Weitere bekannt.

»Nein?«

Er seufzte. »Also gut: Udwan war eines der Häupter des Sumay-Stammes, hoch angesehen, mit wichtigen Leuten verwandt und verschwägert. Es hat fast so etwas wie einen Aufstand gegeben, als diese Menschen von seinem Tod erfuhren. Damals vertrat ich die Ansicht, auch Manheb, der ja auf deinen Thron gesetzt werden sollte, müsse den Tod erleiden, aber der Mukarrib, ich meine den Hohen Priester Menelik, war dagegen und aus heutiger Sicht muss ich zugeben, dass es richtig war. Als Udwans Sippe nämlich erfuhr, dass Manheb, sein Erstgeborener, am Leben blieb, beruhigten sich die Gemüter schnell. Freilich war Udwans Verrat so offensichtlich, dass man uns seine Hinrichtung kaum als Willkür auslegen konnte.«

»Hat er sich gegen das Urteil gesträubt?«

»Anfangs schon ... Als wir ihn hinaus in die Wüste führten, weg aus dem geheiligten Umkreis des Tempels, hat er uns mit Vorwürfen und Flüchen bedacht, uns immer wieder daran erinnert, dass sein Sohn dein Verlobter sei und früher oder später auf den Thron kommen werde. Wir blieben natürlich stumm, denn was ein Mann auf dem Weg zur Hinrichtung äußert, kommt aus Angst und Zorn, ist in den Wind gesprochen.«

»In den Wind gesprochen ...«, wiederholte Bilkis mit leiser Stimme. Dann schaute sie Dakar fragend an. »Du würdest wohl niemals einen Verrat begehen?«

»Nein, meine Königin. Ich diene dem Herrscher, der rechtmäßig den Thron innehat oder durch Nachfolge und Bestätigung der Stammesführer auf ihn gelangt ist. Dein Bruder Menelik hat vor der Ratsversammlung bekannt gegeben, dass sein Amt als Mukarrib am Tag deiner Rückkehr erlischt und der Priesterkönig dann nur noch Priester ist. Das sind klare Worte, danach kann man sich richten.«

»Ich danke dir, Dakar, und freue mich, dich beim Einzug in Maryab an meiner Seite zu wissen.«

Bilkis wählte dazu nicht die Sänfte, sondern wollte, allem Volk sichtbar, in ihre Stadt auf einer weißen Stute im Königsgewand einziehen. Für die jetzt hochschwangere Judith mit dem Kind auf dem Schoß war eine offene Sänfte vorgesehen, denn Bilkis wollte die Gelegenheit nutzen und die Menschen gleich mit ihrem Sohn, dem künftigen Thronfolger, bekannt machen.

Bei ihrem Einzug gab es nicht nur Jubel, es waren auch Rufe vernehmbar wie: »Was soll aus Manheb werden?«

»Manheb ist dein Verlobter!«

»Wirst du Manheb heiraten?«

Das waren die Stimmen des sesshaften Sumay-Stammes, der es seit langer Zeit gewohnt war, durch den zweithöchsten Mann im Staat, den Wesir, vertreten zu werden.

Als Dakar daran ging, einige der lautesten Schreier festnehmen zu lassen, hinderte ihn die Königin daran und ließ ihm sagen, dass sie entschlossen sei, diese Fragen in nächster Zeit zu klären.

Im Palast hatten sich inzwischen ihre Vertrauten und einige der höchsten Hofbeamten versammelt. Als Menelik sie begrüßte, konnte sie nur mit Mühe ihr Erschrecken verbergen. Sein Kopf mit den eingefallenen Wangen, den trüben, fiebrig glänzenden Augen und den blauroten Lippen ähnelte einem Totenschädel. Er hielt sich nur mit großer Mühe auf den Beinen, ließ sich nach der Begrüßung wieder in seine Polster sinken und brachte ein mühsames Lächeln zustande.

»Du siehst, dass es mit mir nicht zum Besten steht ... Mit

Freude und Erleichterung lege ich heute das Zepter wieder in deine Hände zurück. Besonders wohl habe ich mich im Kleid eines Mukarrib nicht gefühlt, aber den Umständen entsprechend habe ich es wohl anlegen müssen ...«

Ptahmose betrachtete besorgt seinen Schützling und dass es ihm nicht gefiel, was er sah, war an seiner zitternden Hand zu erkennen, mit der er wieder und wieder über seinen bräunlich glänzenden Kahlkopf strich.

Yuhanim, der Schatzmeister, schien tatsächlich noch um einiges zugenommen zu haben, aber da an ihm ohnehin alles rund war, konnte es auch eine Täuschung sein.

Am nächsten Tag ließ Menelik sich zum Tempel zurückbringen. Gemeinsam betrat er mit Bilkis die im Norden angebaute Hohepriesterwohnung.

»Wie habe ich diesen Augenblick herbeigesehnt! Ohne die Hilfe von Ptahmose und Yuhanim hätte ich diese Zeit nicht überstanden.«

Bilkis fühlte, wie ihr Tränen in die Augen schossen. »Es tut mir so Leid«, sagte sie leise, »aber ich wusste nicht ...«

Mit einer schwachen Geste winkte Menelik ab. »Das war von Almaka so geplant und wir müssen es geduldig hinnehmen, wenn ich ihm auch manchmal zürne, dass er alles an mir so schwach geschaffen hat.«

»Deinen Geist und deinen Willen dafür umso fester«, sagte Bilkis. Menelik ging nicht darauf ein. »Dass ein hinfälliger Körper keinen kraftvollen Samen spendet, siehst du daran, dass meine beiden Söhne inzwischen gestorben sind. Nur eine kleine Tochter ist mir geblieben und dafür bin ich dankbar.«

Dann kamen sie auf die Namensgebung ihres Sohnes zu sprechen und Menelik dachte lange nach.

»Es freut mich, dass du mich dabei zu Rate ziehst. Ich hätte schon einen Vorschlag, doch ich weiß nicht, ob du ihn gutheißen wirst. Da ich selbst wohl nur durch Almakas Willen und die ärztliche Kunst unseres Ptahmose zum Dasein erwacht und erwachsen geworden bin, möchte ich, da es keinen Sohn mehr gibt, in deinem Kind weiterleben. Er wird der nächste

Mukarrib sein und soll meine Regierungszeit der seinen hinzurechnen. Nenne ihn Menelik, liebe Schwester, und betrachte ihn als meinen geistigen Sohn.«

Bilkis zeigte sich überrascht und gerührt. »Das tue ich gerne – sehr gerne sogar. Wir werden gleich morgen hier die Namensgebung feiern.«

Menelik nickte. »Das ist mir sehr recht, denn die Zeit drängt ...«

Sie verstand es falsch und glaubte, er fände es ungehörig, dass das Kind so lange ohne Namen geblieben war. Wie es tatsächlich gemeint war, erfuhr sie von Ptahmose, als sie ihm von dem Gespräch erzählte. Der alte Priesterarzt schüttelte betrübt seinen rundlichen Kopf.

»Wir müssen jetzt täglich mit seinem Tod rechnen. Seine Kräfte sind aufgebraucht und meine Mittel, sie neu zu beleben, haben sich erschöpft. Das Herz schlägt nur noch schwach und unregelmäßig und immer neue Fieberschübe entkräften ihn.«

»Es gibt doch Mittel gegen Fieber ...«

»Natürlich gibt es welche, aber ich müsste sie jetzt so hoch dosieren, dass sie mehr schaden als nützen. Ich bekenne ganz offen, dass ich stolz darauf bin, deinen Bruder zum Leben gebracht und diese schwache Flamme über zwei Jahrzehnte erhalten zu haben. Uns bleibt jetzt nur, ihm ein schönes würdevolles Grab zu bereiten und dann auf deinen Sohn und mit ihm in die Zukunft zu blicken. Ich hoffe zu Sachmet, daran noch ein wenig beteiligt zu sein, aber ich fürchte, auch meine Zeit wird bald um sein. Meine ewige Wohnung ist bereitgestellt, ich sage allerdings ganz offen, dass es mich noch nicht danach gelüstet.«

Um die trüben Gedanken zu verscheuchen, erzählte ihm Bilkis von Salomos ägyptischer Gemahlin und ihren Eigenheiten.

Ptahmose schmunzelte. »Vielleicht habe ich sie am Hof zu Tanis als Kind einmal gesehen, vielleicht war sie damals noch gar nicht geboren. Ich bin ein Mensch, den die Vergangenheit nie besonders interessiert hat, weil die Gegenwart so vieles birgt, uns so zahlreiche Aufgaben stellt, dass kaum Zeit bleibt für das Vergangene, umso mehr, als wir daran nichts mehr ändern können. Die Zukunft aber ist offen, da hat der Mensch schon etwas Raum, sie nach seinem Wunsch zu gestalten.«

»Das mag schon sein, ich jedenfalls werde heute versuchen, Manhebs Zukunft nach meinen Vorstellungen zu formen. In etwa einer Stunde werde ich ihn hier empfangen und will zunächst einmal herausfinden, wie er darüber denkt. Möchtest du dabei sein?«

»Nein, Bilkis Balmaka, ich weiß, du wirst das Richtige tun.«

Da hatte sie ihre Zweifel, aber wer auf dem Thron sitzt, soll sie nicht vor anderen äußern.

Manheb erschien im kurzen gegürteten Gewand eines Priesternovizen, war sehr blass und schien leicht zu zittern. Man hatte ihm gleich nach der Hinrichtung seines Vaters zu verstehen gegeben, dass erst die Königin über sein Schicksal entscheiden werde, und er rechnete mit dem Schlimmsten.

Bilkis empfing ihn im kleinen Beratungszimmer, saß einfach gekleidet auf einem Stuhl am Fenster, neben sich einen Schreiber mit gezückter Feder.

»Vor allem eines erwarte ich von dir: die Wahrheit. Du sollst nichts beschönigen, nichts verschweigen, nichts verbergen. Und denke daran, dass der Schreiber jedes deiner Worte notiert und man dir das heute Gesprochene vielleicht später vorhalten wird. Dass du heute noch am Leben bist, hast du dem Hohen Priester Menelik zu verdanken, denn Dakar schlug damals vor, dich zusammen mit deinem Vater hinrichten zu lassen. Was damals versäumt wurde, lässt sich jederzeit nachholen ...«

Sie sah, wie er zusammenzuckte und seine Stirn schweißfeucht glänzte. Doch er schwieg, da man ihm eingeschärft hatte, nur auf Fragen zu antworten.

»Darüber möchte ich erst nach unserem Gespräch entscheiden. Eines gleich vorweg: Vor einiger Zeit gab es den Vorschlag unserer Heirat, den dein Vater gemacht hatte und der von mir nicht sehr ernsthaft erwogen wurde. Davon kann jetzt keine Rede mehr sein, denn du warst ein Teil von Udwans hochverräterischen Plänen, solltest meinen Thron usurpieren und mich beseitigen. Warst du damit einverstanden, welchen Teil hattest du daran?«

»Keinen«, sagte er leise und mit belegter Stimme. »Mein Vater hat mich zwar in alles eingeweiht, aber über mich bestimmt, als sei ich eine Figur im Brettspiel, die man nach Belieben hin und her schiebt.«

»Das mag so gewesen sein, dennoch warst du offenbar einverstanden, als neuer Mukarrib meinen Thron zu besteigen.«

»Was hätte ich tun sollen? Mich dem Vater widersetzen? Schon beim Schulunterricht wurde mir eingebläut, dass der Sohn dem Vater in allem zu gehorchen hat – unbedingt, ohne Widerrede, ohne nach Gründen zu fragen. Nichts weiter habe ich getan und wenn ich dir jetzt sage, dass ich vollauf zufrieden und es mir lieber gewesen wäre, meinem Vater im Amt des Wesirs nachzufolgen, wirst du es mir vielleicht nicht glauben, doch ich schwöre beim Leben meiner Geschwister, dass es die Wahrheit ist.«

Bilkis schwieg lange, sah an Manhebs linker Schläfe einen Schweißtropfen herablaufen, spürte seine Angst und da tat er ihr plötzlich Leid.

»Ich kenne dich von früher und weiß, dass du nicht lügst. Für dich gibt es jetzt zwei Möglichkeiten: Du kannst am Königstempel bleiben und dich zum Priester ausbilden lassen, wobei vielleicht die Aussicht besteht, später das Amt des Hohen Priesters zu übernehmen. Da ich dir den Hochverrat deines Vaters nicht anlasten möchte und das Amt eines Wesirs schon so lange in eurer Familie ist, gebe ich dir die Gelegenheit, es vielleicht eines Tages wieder zu übernehmen. Ich werde übermorgen bei der Ratsversammlung bekannt geben, dass ich meinen Schatzmeister Yuhanim für drei Jahre zum Wesir ernennen werde. Du kannst ihm dabei als Diener und Gehilfe zur Hand gehen und wenn Yuhanim zustimmt, später sein Amt übernehmen.«

Manhebs Gesicht hellte sich auf und schnell fuhr seine Hand über die schweißglänzende Stirn.

»Ja, das möchte ich, meine Königin!« Er kniete nieder, fasste nach ihrer Hand und küsste sie.

Mit einem leisen Lachen fragte sie: »Du hast nicht gesagt, was du möchtest ...«

»Dem Wesir dienen und ihm später nachfolgen.«

»Nur wenn du tüchtig bist und dich würdig erweist.«

Bilkis hatte diesen Weg gewählt, um den Sumay-Stamm zu befrieden und um weiteren Unruhen vorzubeugen. Bald stellte sich heraus, dass sie damit das Richtige getan hatte, denn die Vorwürfe verstummten und als Manheb später tatsächlich das Amt des Wesirs übernahm, waren die alten Zustände fast wieder hergestellt. Fast, weil es unter Bilkis Balmaka keinen amtierenden Mukarrib gab, sondern nur einen künftigen, der in Menelik heranwuchs.

Einige Jahre gab die Ehelosigkeit der Königin von Saba den Anlass zu allerlei Bemühungen hauptsächlich von Seiten der Nachbarländer. Die Fürsten von Kataban, Main, Himyar und Hadramaut baten für ihre Söhne – dank ihrer zahlreichen Frauen gab es deren genug – um die Hand von Bilkis Balmaka. Auf Anraten des unendlich schlauen Ptahmose lehnte Bilkis solche Anträge niemals geradewegs ab, sondern ließ sich lange Zeit mit der Antwort, die gewunden und unverbindlich ausfiel. Zugleich ließ Bilkis Gerüchte verbreiten, sie sei Salomos heimliche Gemahlin geworden und wolle ihm, ungeachtet der räumlichen Trennung, zeitlebens die Treue halten. Sie selbst äußerte sich niemals dazu, auch nicht zu ihren nächsten Vertrauten. Bald begannen Legenden umzugehen, die bei vielen Chronisten eine rege Fantasie in Gang brachten, sodass die Schilderung von Bilkis' Reise nach Jerusalem immer neue Ausschmückungen erfuhr.

Die Namensgebung eines Kindes war in Saba – auch im Königshaus – niemals Anlass zu einer besonderen Feier gewesen. Doch der Hohe Priester Menelik bestand darauf, in diesem Fall eine Ausnahme zu machen. Er selbst schien für diesen

Augenblick alle noch verfügbare Kraft in sich versammelt zu haben, stand aufrecht und ohne zu schwanken vor der silberbeschlagenen und mit Edelsteinen geschmückten Tür zum Allerheiligsten. Da nur er oder ein Mitglied der Königsfamilie bei der Öffnung dieser Pforte zugegen sein durfte, waren sie allein: Bilkis mit dem Kind auf dem Arm und ihr Bruder, der, nach einer tiefen Verbeugung, mit seiner wie zauberisch wirkenden Geste die Tür aufstieß, deren Flügel lautlos zurückschwangen. Dies geschah zu einer bestimmten Tageszeit, weil dann die Sonne durch einen schmalen Lichtschacht Gesicht und Oberkörper der goldenen Statue in feurige Strahlen hüllte. Das anmutige Jünglingsgesicht des Gottes schien zu lächeln, als die beiden Erwachsenen an der Schwelle niederknieten und der Hohe Priester eine Hand auf das Haupt des schlafenden Kindes legte.

»Wende dein Antlitz zu diesem Kind, allmächtiger und ewiger Gott, und segne seinen Namen, den ich von mir auf diesen königlichen Prinzen übertrage. Ich habe ihn nur ausgeliehen und will namenlos als dein Hoher Priester in die Herrlichkeit deines Reiches eingehen. Ein Stück von mir lebt in diesem Kind weiter, das künftig meinen Namen trägt, und wir bitten dich, gnadenreicher Almaka, deine schützende Segenshand über dieses Kind zu halten, das dich zeitlebens ehren, preisen und mit reichlichen Opfergaben versehen wird.« Menelik nahm seine Hand vom Kopf des Kindes und nickte Bilkis zu.

»O Almaka, nimm die Worte des Hohen Priesters auf, als seien sie von mir gesprochen. Ich danke dir für alles, was du bisher für mich und mein Land getan hast, und bitte dich, mir, meiner Familie und dem ganzen Volk dein Wohlwollen zu bewahren.«

Sie erhoben sich, Menelik schloss die Pforte und schlug leicht an einen seitlich angebrachten Gong. Auf dieses Zeichen brachte man seine Sänfte herein, die er mit Mühe bestieg.

Bilkis übergab ihren Sohn den Kinderfrauen und folgte ihrem Bruder in sein Gemach. Nachdem die Diener ihn auf sein Lager gebettet hatten, schickte er sie hinaus und winkte Bilkis näher heran.

»Das war vorhin nicht nur so dahingesagt«, flüsterte er mit heiserer Stimme. »Ich möchte, dass es nach meinem Tod nur noch diesen einen Menelik gibt und so soll auf meinem Grab stehen: ›Hoher Priester des Almaka‹ – nichts weiter!«

Bilkis konnte nur noch nicken, sie fand keine Worte, ihre Augen schwammen in Tränen.

»Geh jetzt«, hörte sie ihn sagen und sie flüsterte zurück: »Ich komme wieder!«

Am Abend des nächsten Tages brachte ein Bote die Todesnachricht. Mit der Königin trauerte das ganze Volk, denn Menelik war sehr beliebt gewesen und galt bei nicht wenigen als der einzig rechtmäßige Nachfolger seines Vaters.

Der Kronprinz von Saba wuchs gesund heran und viele meinten, er sei das Ebenbild seiner Mutter, doch wer – wie Eliohoref – Salomo persönlich gekannt hatte, fand auch Ähnlichkeiten mit dem Vater. Dass der König von Israel ihn gezeugt hatte, erfuhr Menelik im Alter von zwölf Jahren. Ein Chronist schildert das so: »Als Menelik zwölf Jahre geworden war, fragte er seinen Lehrer, wer sein Vater sei. Als er hörte, dass er König Salomos Sohn war, ging er zu seiner Mutter und wiederholte seine Frage. Bilkis zeigte sich sehr ungnädig. ›Warum fragst du mich nach dem Vater? Ich bin dir Vater und Mutter zugleich – gib dich damit zufrieden!‹ Menelik tat dies nicht und bestürmte seine Mutter in den darauf folgenden Tagen derart, dass sie ihm die Wahrheit gestand, ihn allerdings davor warnte, jemals die weite und gefährliche Reise nach Israel zu unternehmen. Menelik, der Sohn Salomos, war von anmutiger Gestalt. Sein Körper und die Haltung seines Nackens glichen dem Vater, auch seine Augen, die geraden Beine und seine Art, sich zu bewegen, erinnerten an ihn.«

So weit der Chronist – und andere bestätigen mit ähnlichen Worten das Gleiche. Keiner von ihnen hatte freilich irgendwelche Möglichkeiten gehabt, solche Ähnlichkeiten durch Augenschein zu bestätigen. Eliohoref bemerkte einmal, als Menelik gerade acht Jahre alt geworden war: »Unser Prinz ist so unverkennbar dein wie auch Salomos Sohn. Gott hat ihm von euch beiden das Beste mitgegeben.«

Was nun Eliohoref betrifft, so hatte Gott seine vormals strafende Hand in eine segensreiche verwandelt und von den sechs Kindern – zwei Söhne und vier Töchter –, die Judith ihm gebar, starb kein einziges. Eliohoref konnte es sich nicht versagen, seinem Bruder jede dieser Geburten wie eine Siegesnachricht nach Jerusalem zu melden und in dem kleinen, auf seine Anregung hin erbauten Tempel des unsichtbaren Gottes die gebührenden Dankopfer zu spenden.

Das auf Bilkis' Weisung verbreitete Gerücht von ihrer heimlichen Ehe mit Salomo war übrigens nicht nur eine Erfindung, um die verschiedenen Freier abzuschrecken. Sie empfand es so, fühlte sich zeitlebens mit Salomo verbunden und verglich diesen Zustand mit dem einer Frau, deren Gemahl für längere Zeit im Ausland weilt. Während ihrer langen Herrschaft über Saba ging sie fast nur von Amts wegen mit Männern um, ohne jemals einen zu entdecken, dem sie gerne ihr Herz und ihre Schlafkammer geöffnet hätte. Keiner konnte sich mit Salomo messen, dessen Sohn Menelik im Palast heranwuchs, als sein kostbarstes Geschenk und als lebendige Erinnerung an ihn und das Jahr an seiner Seite.

Bilkis pflegte mit Salomo einen regen schriftlichen Verkehr und es verließ keine nach Süden ziehende Karawane sein Land, ohne ausführliche Nachrichten für die Königin von Saba mitzuführen.

Ein Dutzend Jahre oder mehr mochten seit Bilkis' Besuch in Jerusalem vergangen sein – Ptahmose und Yuhanim waren inzwischen verstorben –, da begannen die Berichte darüber ins Wunderliche abzugleiten. Lange schon hatte die staunende Welt nach Gründen für diese Reise gesucht und da man keine fand, wurden welche erfunden.

So erhielt Bilkis eines Tages zusammen mit einem persönlichen Schreiben Salomos einen ausführlichen Bericht, den ein anonymer, fantasiebegabter Schreiber verfasst und in Umlauf gebracht hatte. Sie bat Eliohoref zu sich, der ihr den Hebräisch geschriebenen Text vorlesen musste. Schon nach den ersten Sätzen konnte sie ein spöttisches Lächeln nicht unterdrücken und als sie bald darauf ein lautes herzhaftes Lachen ankam, bat sie ihn, innezuhalten.

»Nein, mein Lieber, dieses Vergnügen dürfen wir uns nicht allein gönnen, es sollen auch andere daran teilhaben.«

So wurden Judith, der junge Wesir Manheb und andere Freunde zu einem Umtrunk gebeten. Doch der Königin war während der kleinen Mahlzeit anzusehen, wie ungeduldig sie ihr Ende erwartete und wie sie mehrmals wie mahnend auf Eliohoref blickte. Judith entging das nicht und schließlich sagte sie: »Eli, mein Lieber, ich glaube, die Königin möchte jetzt deinen Vortrag hören. Du kannst ja danach weiteressen ...«

Alles lachte, König Salomos Gesandter wischte seinen Mund ab, tauchte die Hände in das schnell gereichte Wasser, rieb sie an seiner Kleidung trocken und griff nach der Schriftrolle.

»Also gut, ich folge dem Wunsch unserer Königin, bitte allerdings zu bedenken, dass nicht ich der Verfasser dieses Pamphlets bin, denn anders kann man es wohl nicht nennen.« Er räusperte sich und rollte den Papyrus auf.

»Die erhabene Königin des reichen Landes Saba fühlte eines Tages den dringenden Wunsch, Salomo, den König von Juda und Israel, aufzusuchen. Der Ruf seiner Weisheit war weithin gedrungen und die Königin – neugierig wie jede Frau, aber auch wissbegierig – wollte diese Weisheit durch verschiedene Rätselfragen auf die Probe stellen. So machte sich Bilkis Balmaka auf die lange Reise, hatte jedoch zuvor Hudhud, eine zauberkräftige Dohle, ausgesandt, um ihre baldige Ankunft kundzutun. Der König erschrak, als der schwarze Vogel durchs Fenster hereinflog und zu reden begann. ›Ich komme aus einem Land, das du noch nicht gesehen hast. Man nennt es Saba und dort regiert eine Frau, die überaus reich ist und auf einem Thron sitzt, der an Pracht dem deinen gleichkommt.

Allerdings beten sie in diesem Land nicht Gott den Herrn an, sondern Sonne und Mond, dargestellt durch tönerne Götzenbilder. Die Königin kommt, um deine Weisheit zu prüfen, aber nütze die Gelegenheit, um ihr den allmächtigen, allgegenwärtigen und unsichtbaren Gott nahe zu bringen, dem du kürzlich einen Tempel erbaut hast.‹«

Eliohoref hielt den Papyrus fest und blickte auf. »Der Text scheint von einem Priester zu stammen, vielleicht hat Asarja ihn veranlasst? Es wäre ihm schon zuzutrauen …«

Bilkis wurde ungeduldig. »Lies jetzt weiter!«

»In der darauf folgenden Nacht wurde König Salomo von einem Traum heimgesucht. Ein böser Engel setzte sich auf seine Schulter und flüsterte ihm ins Ohr: ›Prüfe die Königin von Saba genau, wenn sie hier erscheint. Vielleicht ist sie ein teuflischer Dämon, von Gott ausgesandt, um deine Standhaftigkeit zu erproben.‹

Am nächsten Morgen sprach Salomo mit einem Traumdeuter und der meinte, die auf Gottes Geheiß ausgesandten Dämonen könnten in jeglicher Gestalt auftauchen, auch in der einer schönen Frau. Aber sie trügen ein Zeichen am Körper, das ihre wahre Natur verriete, etwa stark behaarte Beine, das Fehlen eines Fingers, unnatürliche Haar- und Augenfarbe oder dergleichen. So beschloss der König, genau darauf zu achten, und da er die Königin nicht gut darum bitten konnte, ihre Beine zu entblößen, ließ er den Weg von der Palastpforte zu seinem Thron mit Spiegelglas belegen.

Als die Königin eintraf, rief sie erstaunt, sie habe noch niemals einen Palast gesehen, den ein Fluss durchquere, und hob ihr Kleid, um durch das vermeintliche Wasser zu gehen. Da sah der König, dass ihre Beine weder behaart waren noch dass ihr ein Finger fehlte oder Augen und Haar von unnatürlicher Farbe waren. Dass ihre Haut etwas dunkler war als bei den Menschen seines Landes, störte ihn nicht, denn das hatte er schon mehrmals bei Gesandten gesehen, die aus dem Süden kamen. So verliebte sich Salomo in Bilkis Balmaka und fing an, sie nach Männerart zu bedrängen, doch die Königin meinte, sie sei seiner Liebe nicht abgeneigt, er müsse ihr jedoch zuvor gestatten, seine Weisheit durch Rätselfragen zu prüfen. Um schneller ans Ziel zu kommen, stimmte Salomo sofort zu und die Königin begann ihre Fragen zu stellen:

›Es gibt ein Wesen auf Erden, das seine Natur im Laufe der Jahre wechselt und sich nacheinander auf vier, zwei und drei Beinen bewegt.‹

Der König dachte kurz nach und nickte. ›Das kann nur der Mensch sein, der zuerst auf allen vieren kriecht, dann auf zwei Beinen steht und sich im Alter auf einen Stock stützen muss.‹«

Bilkis lächelte, einige lachten. Eliohoref blieb ernst.

»Das ist dürftig«, bemerkte er trocken, »unserer Königin wenig würdig und Salomos Weisheit kaum angemessen.«

Als Ruhe eingetreten war, las er weiter.

»Des Weiteren fragte ihn die Königin, wer mit dem folgenden Rätsel gemeint sei: Eine Frau sagt zu ihrem Sohn: Dein Vater ist mein Vater; dein Großvater ist mein Mann, du bist mein Sohn und ich bin deine Schwester. Der König sagte, damit könnten nur Lots Töchter gemeint sein, die nach dem Untergang von Sodom und Gomorrha keinen Mann finden konnten, ihren Vater betrunken machten und sich von ihm schwängern ließen.

Auch das stimmte natürlich, denn Salomos Klugheit war jeder auch noch so schwierigen Rätselfrage gewachsen. Nachdem Bilkis das erkannt hatte, verlegte sie sich darauf, den König zu verführen, und da sie mit ihrer dunklen Haut und ihrer umfassenden Bildung anders war als die Frauen in seinem Harim, ergab er sich ihrer Verführungskunst und lag ihr bei, so oft sie es wünschte. Als sie dann schwanger wurde und der König freudig von einem künftigen Sohn sprach, gab sie ihm schroff zu verstehen, dass dieses Kind allein ihr gehöre und in ihrer Heimat zur Welt kommen müsse. Da erkannte Salomo, dass er den Teufelskünsten einer Dämonin erlegen war, die in ihrer Eitelkeit und Anmaßung nur eines wollte und deshalb auch die weite Reise unternommen hatte: Salomo, der reichste, mächtigste und weiseste aller Könige sollte in ihrem

Schoß ein Kind erwecken, von dem sie hoffte, der Vater werde ihm einen Teil seines Wesens vererben. Als sie endlich die Rückreise angetreten hatte, stimmten die Priester des Landes ein Dankgebet an und brachten Gott, der sie von der Dämonin befreit hatte, überreiche Opfergaben dar.«

Eliohoref rollte den Papyrus zusammen und blickte auf.

Einige gähnten unverhohlen und es wurde gefragt: »Von wem war in diesem Bericht eigentlich die Rede? Von unserer Königin jedenfalls nicht!«

Bilkis scherzte: »Ihr geht mir jetzt besser aus den Augen, ehe die Dämonin euch in Schweine verwandelt.«

Judith aber blieb zurück und die Königin fragte sie: »Hast du in dieser vermutlich von eifernden Priestern verfassten Legende jemanden wieder erkannt? Mich? Den König?«

Judith schüttelte den Kopf. »Lügen, Halbwahrheiten, Erfindungen, Verleumdungen; ich war schließlich bei allem selbst dabei und habe …«

Bilkis drohte scherzhaft mit dem Finger. »Nicht immer! Beginne du jetzt nicht auch noch zu lügen!«

Judith kicherte. »Du hast natürlich Recht – bei allem nicht, aber ich konnte mir doch ein Bild machen und ich muss sagen, dass es sich sehr von dem unterscheidet, was Eli uns eben vorgelesen hat.«

Bilkis nickte. »Ich kann nur hoffen, dass Salomo nicht zu viele Kopien von diesem Pamphlet hat anfertigen lassen. Mein Sohn darf es jedenfalls nicht in die Hand bekommen. Mit seinen zwölf Jahren fehlt ihm jedes Verständnis für die Zusammenhänge und er würde diesen Bericht als tödliche Beleidigung für mich und sich empfinden.«

»Dann lasse es doch verbrennen«, schlug Judith vor.

»Das werde ich auch tun.«

Sie tat es dann doch nicht, sondern vergrub es im Staatsarchiv unter alten Berichten, wo es vielleicht zerfiel oder von späteren Geschlechtern entdeckt und kopfschüttelnd gelesen wurde. Da es von Salomo gekommen war, brachte sie es nicht übers Herz, den Papyrus zu vernichten.

Einige Tage später hatte sie ein Traumerlebnis, das ihr nach der Rückkehr aus Israel mehrmals, aber in immer größeren Abständen begegnet war – zuletzt vor einigen Jahren.

Das Traumbild begann seltsamerweise damit, dass sie sich selbst als schlafend empfand, um dann mit der Sehnsucht nach ihrem Kind zu erwachen. Obwohl der kleine Menelik mit seiner Amme gleich nebenan schlief, musste sie in diesem Traum nach ihm auf die Suche gehen. Dabei wanderte sie durch den nächtlichen, aber von einem geheimnisvollen Licht magisch erhellten Palast. Sie riss Türen auf, ging durch Flure, überquerte Innenhöfe und fand alles leer von Menschen oder Einrichtungen. Plötzlich, sie wusste nicht wie, trug sie ihr Kind im Arm und hatte das dringende Verlangen, aus diesem Geisterpalast zu entfliehen. Sie tat es, stieg den Burghügel nach Süden zum Hauptkanal hinab, der an dieser Stelle breit wie ein kleiner See war. Drüben, am anderen Ufer, stand ein Mann, wegen der Entfernung winzig klein, doch sie wusste, wer es war, und hatte sein Bild deutlich vor Augen. Ebenso deutlich klang seine Stimme, als er rief: »Bilkis, Geliebte, komm herüber!« Sofort lehnte sich etwas in ihr dagegen auf und sie wollte hinüberrufen: »Das ist mein Land, mein Wasser, da oben steht meine Burg und dies«, sie hob das Kind hoch, »ist mein Sohn!« Das wollte sie sagen, brachte jedoch keinen Ton heraus und hörte Salomos Stimme von drüben: »Ich warte! Ich warte!«

Dieser Traum wiederholte sich, doch jedes Mal wurde ihre Empörung über Salomos Verlangen geringer, sein Bild undeutlicher, seine Stimme schwächer. Menelik hingegen, den sie jedes Mal dabei auf dem Arm trug, blieb immer das Kleinkind wie beim ersten Mal. Nur in diesem letzten Traum ging er als Junge neben ihr her und sie hielt ihn an der Hand. Salomo, die kleine Gestalt am anderen Ufer, blieb stumm, während Menelik mit seiner hellen Kinderstimme hinüberrief: »Vater! Vater ... hörst du mich?« Da zog sie den Widerstrebenden fort und erwachte.

Ein letztes Mal begegnete ihr dieser Traum Jahre später und

in völlig veränderter Form. Weder trug sie ihr Kind auf dem Arm oder hielt es an der Hand – sie war allein. Jenseits des Wassers war nur milchiger Nebel zu sehen und es zeichnete sich keine Gestalt ab. Da fand sie erstmals in diesen Träumen zur eigenen Stimme und rief laut: »Salomo, wo bist du?« Nichts war zu hören, nichts zu sehen und sie erwachte mit einem bangen Gefühl. Wenig später traf eine Botschaft aus Jerusalem ein, verfasst von Rehabeam, dem neuen König.

»Durch Gottes heiligen Willen wurde mein Vater Salomo, König von Israel und Juda, nach einer Regentschaft von siebenunddreißig Jahren, vier Monaten und neun Tagen in den Frieden des Herrn aufgenommen.«

Da nun seine Traumstimme verstummt war, holte Bilkis von Zeit zu Zeit das Hirtenlied aus ihrer Schatztruhe, heftete ihren Blick auf Salomos eigenhändige Widmung und stellte so die Verbindung zu ihm her. Sie kannte das Lied längst auswendig und hörte dann den vertrauten Klang seiner Stimme:

Du bist schön wie keine andre,
dich zu lieben macht mich glücklich.

Nachwort

Haile Selassie, der 1975 verstorbene (ermordete?) letzte Kaiser von Äthiopien, früher auch Abessinien genannt, betrachtete sich als der 225. Nachkomme von Salomo und der Königin von Saba. Das war nicht nur als private Familienlegende zu verstehen, sondern in der revidierten äthiopischen Verfassung von 1955 (Art. 2) niedergelegt:

»Die imperiale Würde wird fortwährend angeheftet bleiben der Linie von Haile Selassie I. ..., dessen Linie abstammt ohne Unterbrechung aus der Dynastie Meneliks I., Sohn der Königin von Äthiopien und Saba und des Königs Salomo von Jerusalem.«

Nun, behaupten kann man viel, und so führten die erlauchten altrömischen Geschlechter ihre Herkunft auf die Götter zurück. Hier aber handelt es sich um Menschen, die einen festen Platz in der Geschichte haben, was zumindest für König Salomo gilt, dessen Regierungszeit auf die Zeit um 965–926 v. Chr. angesetzt wird. Obwohl es außerhalb des Alten Testaments keine Zeugnisse über ihn gibt, besteht heute kein Zweifel mehr an seiner realen Existenz.

Mit der Königin von Saba tun wir uns da schon etwas schwerer. Sie hat zwar im Alten Testament ihren Platz und wird sowohl im 10. Kapitel des 1. Buches der Könige erwähnt sowie im 9. Kapitel des 2. Buches der Chronik. In beiden Berichten – es geht ausschließlich um ihren Besuch bei Salomo in Jerusalem – bleibt sie namenlos, wird nur als die »Königin von Saba« bezeichnet. Eine weitere altjüdische Quelle ist das »Targum Scheni« (eine mit dem Buch Esther verbundene Legende) mit einem sehr farbig ausgeschmückten Bericht, allerdings wieder ohne Namensnennung der Königin. Namenlos bleibt sie auch im Koran, wo wir in der 27. Sure (Die Ameise) eine reichlich fantastische Schilderung ihres Besuchs bei Salomo finden. Die 34. Sure trägt sogar den Namen »Saba«, ist allerdings ziemlich wirr, spricht von den Königen David und Salomo und von bösen Geistern, ohne die Königin zu erwähnen. Ihr Name Bilkis taucht erst später in arabischen Legenden auf und ist seither mit einigen im Jemen gefundenen Altertümern verbunden. So trägt der Tempel von Awam in der Südoase von alters her den Namen »Mahram Bilkis«. Dieser Name ist auch im jemenitischen Volk ein fester Begriff und als TV-Reporter (2001) in einer dortigen Mädchenschule nach Vorbildern fragten, war den Schülerinnen der Name Bilkis nicht nur wohl bekannt, sondern sie betrachteten die Königin als ein nachzueiferndes Vorbild und als Inbegriff kluger und entschlussfreudiger Weiblichkeit.

Die ausführlichste und farbenprächtigste Schilderung dieser Königin finden wir im Kebra Nagest (Der Ruhm der Könige), dem im 14. Jahrhundert entstandenen äthiopischen Nationalepos. Dort trägt sie den Namen Makeda und ihr Sohn Menelik reist als Erwachsener nach Jerusalem und raubt dort die Bundeslade. Darauf gründet sich bis heute die Behauptung der christlich-äthiopischen Priester, sie seien im Besitz dieses heiligen Gegenstandes, der in der Kathedrale der alten Königsstadt Aksum verwahrt wird.

An dieser Stelle müssen wir uns fragen, worauf sich die Behauptung in der früheren äthiopischen Verfassung gründet, Bilkis sei nicht nur Königin von Saba, sondern auch von Äthiopien gewesen. Die Erklärung dürfte an dem zunehmenden Einfluss liegen, der von Saba auf die jenseits der Meerenge von Aden und südlich an Nubien gelegenen Länder ausging. Dieses Gebiet entspricht in etwa dem späteren Kaiserreich Abessinien. Welche Hinweise gibt es dafür? Etwa im 6./5. vorchristlichen Jahrhundert nahm die Einwanderung aus Südarabien derart zu, dass die alte nubische, von Ägypten beeinflusste Kultur unterging und Sabäisch für Jahrhunderte zur Schrift- und Landessprache wurde. Dass dann auch die Herrscher aus sabäischen Adelsfamilien oder aus dem Königshaus kamen, ist anzunehmen. Tradition und Nationalstolz hatten dann Bilkis und ihren Sohn Menelik bereits zu Herrschern von Äthiopien gemacht.

Dass die Königin von Saba eine reine Legendengestalt sei, wurde noch vor wenigen Jahren damit begründet, dass nichts in den bisherigen Fund- und Grabungsstätten auf ein staatenähnliches Gebilde vor dem 8. Jahrhundert v. Chr. hinweise. Inzwischen haben die neuesten Grabungen ergeben, dass Maryab nicht nur in der Mitte des 2. Jahrtausends eine Stadtmauer besaß, sondern auch der immer wieder erweiterte und umgebaute Staudamm bereits in der zweiten Hälfte des 3. Jahrtausends weit genug war, um die Oase ausreichend zu bewässern. Zudem musste man inzwischen die Entstehung der südarabischen Schrift – durch Keramikfunde – auf die Zeit um 1200/1000 v. Chr. zurückdatieren.

Aufgrund dieser unstreitigen Tatsachen ist es durchaus denkbar, dass die Königin von Saba als Zeitgenossin Salomos, also im 10. Jahrhundert v. Chr., in einem schon seit Generationen bestehenden südarabischen Stadtstaat gelebt und geherrscht hat.

Siegfried Obermeier im dtv

»So spannend kann Geschichte sein.«
Berliner Morgenpost

Caligula
Roman
ISBN 3-423-20353-6
Intrigen, Dolch, Gift und Henkerschwert waren Caligulas Werkzeuge auf dem Weg zur Macht ... Ein mitreißender Roman über den Gottkaiser und das lasterhafte Römische Weltreich.

Die Geschichte des Judas
Roman
ISBN 3-423-20500-8
War er wirklich der Mann, der Jesus für 30 Silberlinge verriet? Oder war er ein *homo universalis* seiner Epoche, Freund so bedeutender Männer wie Seneca und Petronius? Ist's auch nicht wahr, so ist's doch gut erfunden: das Leben eines vielgescholtenen Mannes.

... und baute ihr einen Tempel
Roman
ISBN 3-423-20542-3
Gottgleich regiert Ramses II. das Reich am Nil. Die Schranken zwischen Hof und Volk sind unüberbrückbar. Da verliebt sich der Baumeister Piay in die schöne Pharaonentochter ...

Mein Kaiser – Mein Herr
Roman
ISBN 3-423-20587-3
Das abenteuerliche Leben eines Königsboten Karls des Großen.

Sappho
Roman
ISBN 3-423-20677-2
Lesbos, um 600 v. Chr. Dort lebte und dichtete sie zum Lob des Eros: Sappho, die größte Dichterin der Antike.

Messalina
Roman
ISBN 3-423-20742-6
Sie war süchtig nach Leben, ihre Ausschweifungen unzählig. Niemand war sicher vor Messalinas geschickten Intrigen. – Ein farbenprächtiger Roman über die grausame Herrscherin.

Don Juan
Roman
ISBN 3-423-20777-9
»Ich muß Euch lieben, Doña Catalina, fast gegen meinen Willen.« – ›Don Juan‹ entführt in die faszinierende Welt des mittelalterlichen Spanien und Portugal.